メアリー・コラム

人生と夢と

Life and the Dream

MARY COLUM

多田稔✣監訳
三神弘子＋小林広直✣訳

幻戯書房

装丁――小沼宏之[Gibbon]

メアリー・コラム（1904年ごろ）
「『ケルズの書』に見られる文様の刺繍を施した青緑の洋服」と「ブルーの石のネックレス」を身に着けている（本書第九章）
Mary Colum. Binghamton University Libraries' Special Collections and University Archives, Binghamton University

A・E（ジョージ・ラッセル）による
コラムの肖像画（1924年）
乱れた赤毛で口も大きく描かれ、コラム本人はやや不満があったようだ（本書第十五章）

George William Russell (Æ) (1867-1935)
Portrait of Mary Colum, 1924 (oil on canvas)
Image courtesy of The Model, home of The Niland Collection

ポーリック・コラム
1912年にメアリーと結婚した頃
のポーリック（本書第十六章）

Image courtesy of UCD Digital Library from an original in UCD Special Collections (Taken by Lafayette Photography)

モナハンにある
聖ルイ修道会付属の寄宿学校
「寄宿学校での最初の日は、生きている限り、私の記憶の中で特別な一日であり続けることだろう」(本書第一章)
Image Courtesy of the National Library of Ireland

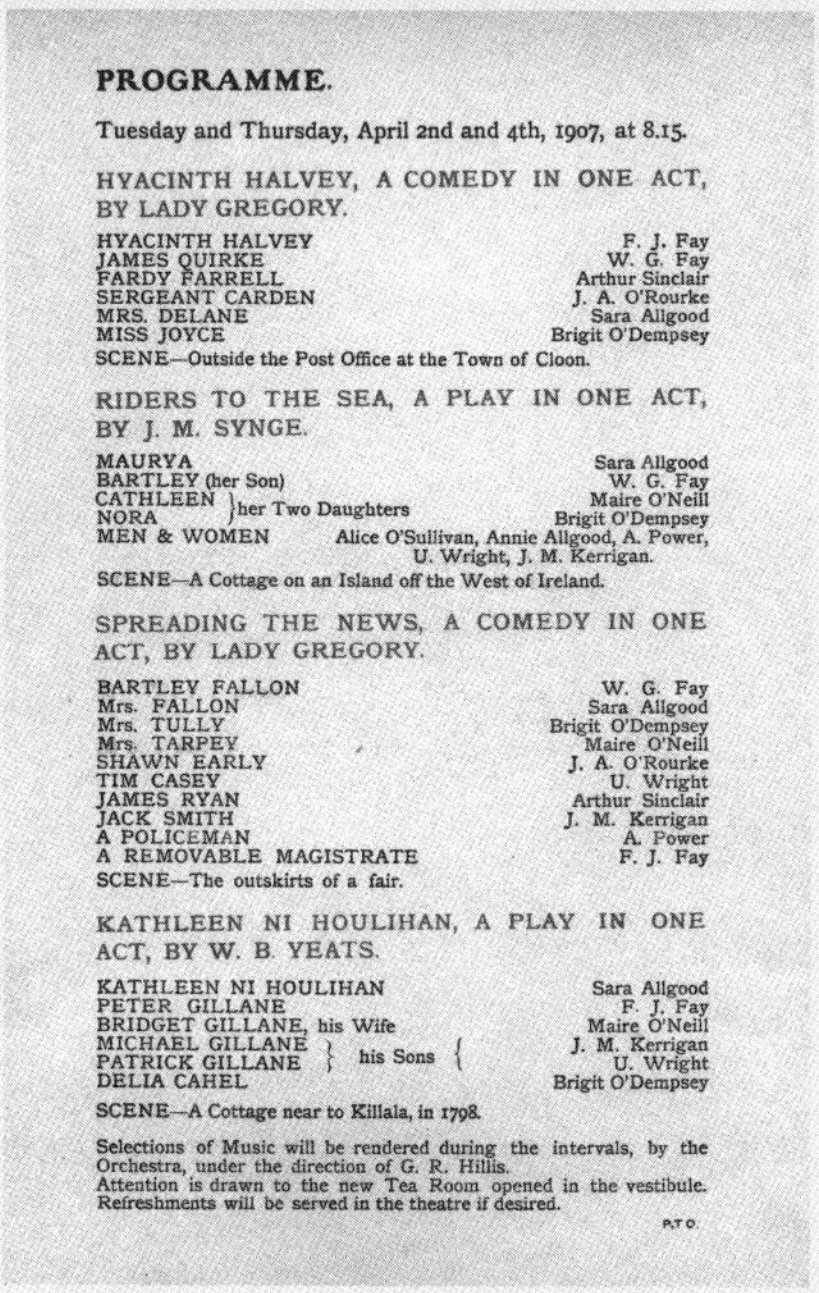

PROGRAMME.

Tuesday and Thursday, April 2nd and 4th, 1907, at 8.15.

HYACINTH HALVEY, A COMEDY IN ONE ACT, BY LADY GREGORY.

HYACINTH HALVEY	F. J. Fay
JAMES QUIRKE	W. G. Fay
FARDY FARRELL	Arthur Sinclair
SERGEANT CARDEN	J. A. O'Rourke
MRS. DELANE	Sara Allgood
MISS JOYCE	Brigit O'Dempsey

SCENE—Outside the Post Office at the Town of Cloon.

RIDERS TO THE SEA, A PLAY IN ONE ACT, BY J. M. SYNGE.

MAURYA	Sara Allgood
BARTLEY (her Son)	W. G. Fay
CATHLEEN } her Two Daughters	Maire O'Neill
NORA	Brigit O'Dempsey
MEN & WOMEN	Alice O'Sullivan, Annie Allgood, A. Power, U. Wright, J. M. Kerrigan.

SCENE—A Cottage on an Island off the West of Ireland.

SPREADING THE NEWS, A COMEDY IN ONE ACT, BY LADY GREGORY.

BARTLEY FALLON	W. G. Fay
Mrs. FALLON	Sara Allgood
Mrs. TULLY	Brigit O'Dempsey
Mrs. TARPEY	Maire O'Neill
SHAWN EARLY	J. A. O'Rourke
TIM CASEY	U. Wright
JAMES RYAN	Arthur Sinclair
JACK SMITH	J. M. Kerrigan
A POLICEMAN	A. Power
A REMOVABLE MAGISTRATE	F. J. Fay

SCENE—The outskirts of a fair.

KATHLEEN NI HOULIHAN, A PLAY IN ONE ACT, BY W. B. YEATS.

KATHLEEN NI HOULIHAN	Sara Allgood
PETER GILLANE	F. J. Fay
BRIDGET GILLANE, his Wife	Maire O'Neill
MICHAEL GILLANE } his Sons {	J. M. Kerrigan
PATRICK GILLANE	U. Wright
DELIA CAHEL	Brigit O'Dempsey

SCENE—A Cottage near to Killala, in 1798.

Selections of Music will be rendered during the intervals, by the Orchestra, under the direction of G. R. Hillis.
Attention is drawn to the new Tea Room opened in the vestibule.
Refreshments will be served in the theatre if desired.

P.T.O.

1907年のアビー・シアターのプログラム
メアリーは大学に進学するためにダブリンにやって来た初日(おそらく1902年)に、サンドウィッチマンがオコンネル橋の上で宣伝していたのを「見た」と書いている(ただし、イェイツ、グレゴリー、シングの一幕劇が揃って上演されたのは、アビーの歴史で1907年のみである。詳細は本書第八章の註を参照のこと)。
Abbey Theatre Collection

アビー・シアター内部

一等席と二等席の違いがわかる。一等席の最後列の座席には、イェイツ、グレゴリー、シングら劇場の理事たちが座ることが多く、メアリーら「黎明文学協会」の会員12名は、そのすぐ後ろの二等席の最前列の座席を約束されていた（本書第十二章）。

Abbey Theatre Collection

W・B・イェイツ（1905年ごろ）

コラムが出会った頃の写真——「当時イェイツは、40歳前後だったはずであるが、20代後半にしか見えなかった」（本書第九章）。

Pictorial Press Ltd / Alamy Stock Photo

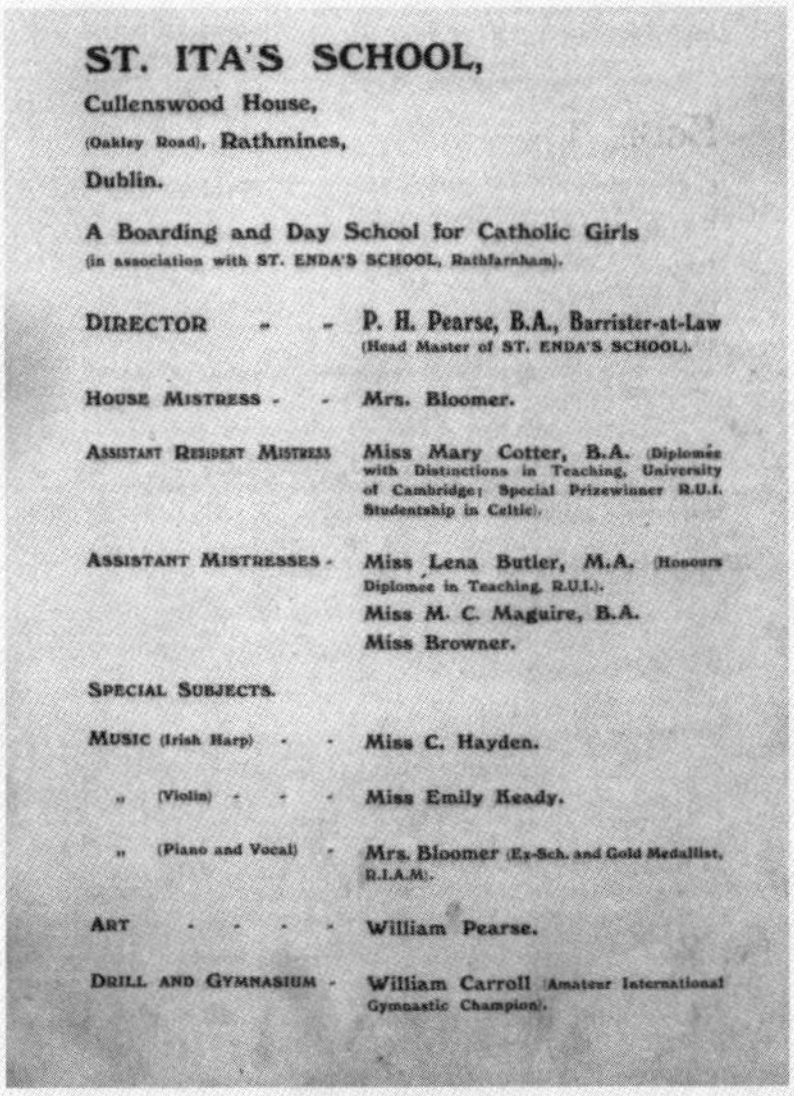

ST. ITA'S SCHOOL,
Cullenswood House,
(Oakley Road), Rathmines,
Dublin.

A Boarding and Day School for Catholic Girls
(in association with ST. ENDA'S SCHOOL, Rathfarnham).

DIRECTOR - -	P. H. Pearse, B.A., Barrister-at-Law (Head Master of ST. ENDA'S SCHOOL).
HOUSE MISTRESS - -	Mrs. Bloomer.
ASSISTANT RESIDENT MISTRESS	Miss Mary Cotter, B.A. (Diplomée with Distinctions in Teaching, University of Cambridge; Special Prizewinner R.U.I. Studentship in Celtic).
ASSISTANT MISTRESSES -	Miss Lena Butler, M.A. (Honours Diplomée in Teaching, R.U.I.).
	Miss M. C. Maguire, B.A.
	Miss Browner.
SPECIAL SUBJECTS.	
MUSIC (Irish Harp) - -	Miss C. Hayden.
" (Violin) - - -	Miss Emily Keady.
" (Piano and Vocal) -	Mrs. Bloomer (Ex-Sch. and Gold Medallist, R.I.A.M).
ART - - - -	William Pearse.
DRILL AND GYMNASIUM -	William Carroll (Amateur International Gymnastic Champion).

聖イタ校の教員リスト
ASSISTANT MISTRESSESの一人に、"Miss M.C. Maguire, B.A."が見られる(コラムの旧姓はマガイヤーで、B.A.は「文学士号(Bachelor of Arts)」の意)。
Pearse Museum

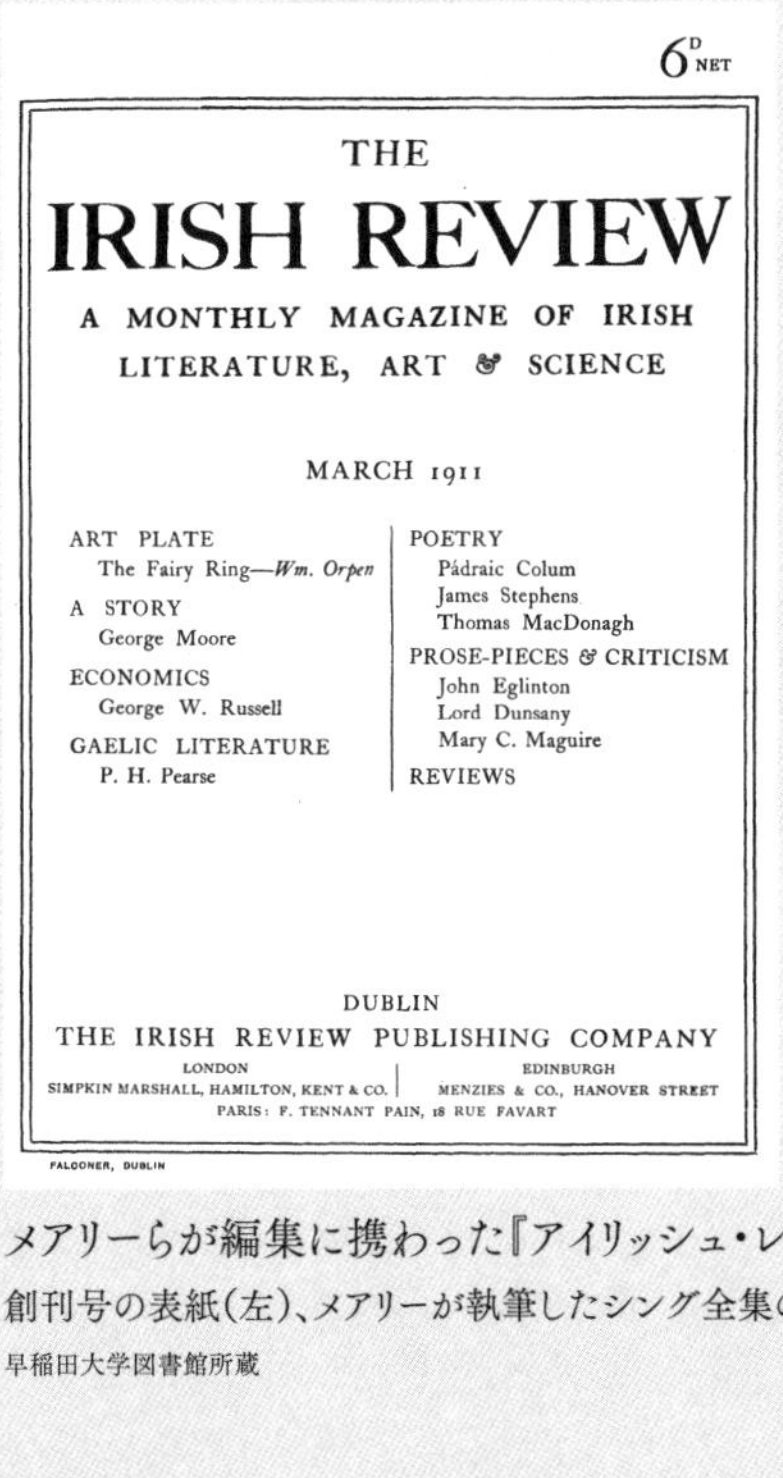

6D NET

THE
IRISH REVIEW
A MONTHLY MAGAZINE OF IRISH LITERATURE, ART & SCIENCE

MARCH 1911

ART PLATE
The Fairy Ring—*Wm. Orpen*
A STORY
George Moore
ECONOMICS
George W. Russell
GAELIC LITERATURE
P. H. Pearse
POETRY
Pádraic Colum
James Stephens
Thomas MacDonagh
PROSE-PIECES & CRITICISM
John Eglinton
Lord Dunsany
Mary C. Maguire
REVIEWS

DUBLIN
THE IRISH REVIEW PUBLISHING COMPANY
LONDON SIMPKIN MARSHALL, HAMILTON, KENT & CO. | EDINBURGH MENZIES & CO., HANOVER STREET
PARIS: F. TENNANT PAIN, 18 RUE FAVART

FALCONER, DUBLIN

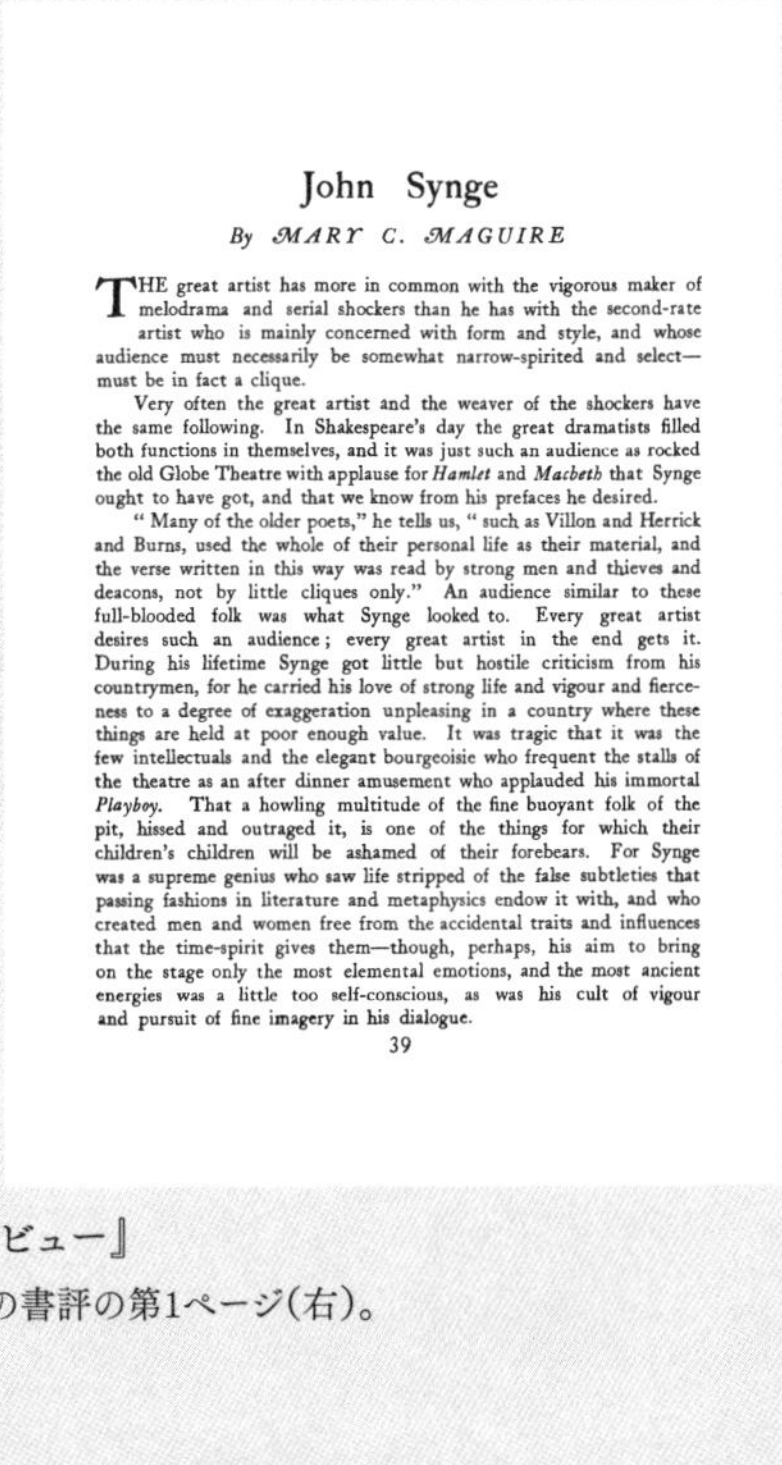

John Synge
By *MARY C. MAGUIRE*

THE great artist has more in common with the vigorous maker of melodrama and serial shockers than he has with the second-rate artist who is mainly concerned with form and style, and whose audience must necessarily be somewhat narrow-spirited and select—must be in fact a clique.

Very often the great artist and the weaver of the shockers have the same following. In Shakespeare's day the great dramatists filled both functions in themselves, and it was just such an audience as rocked the old Globe Theatre with applause for *Hamlet* and *Macbeth* that Synge ought to have got, and that we know from his prefaces he desired.

"Many of the older poets," he tells us, "such as Villon and Herrick and Burns, used the whole of their personal life as their material, and the verse written in this way was read by strong men and thieves and deacons, not by little cliques only." An audience similar to these full-blooded folk was what Synge looked to. Every great artist desires such an audience; every great artist in the end gets it. During his lifetime Synge got little but hostile criticism from his countrymen, for he carried his love of strong life and vigour and fierceness to a degree of exaggeration unpleasing in a country where these things are held at poor enough value. It was tragic that it was the few intellectuals and the elegant bourgeoisie who frequent the stalls of the theatre as an after dinner amusement who applauded his immortal *Playboy*. That a howling multitude of the fine buoyant folk of the pit, hissed and outraged it, is one of the things for which their children's children will be ashamed of their forebears. For Synge was a supreme genius who saw life stripped of the false subtleties that passing fashions in literature and metaphysics endow it with, and who created men and women free from the accidental traits and influences that the time-spirit gives them—though, perhaps, his aim to bring on the stage only the most elemental emotions, and the most ancient energies was a little too self-conscious, as was his cult of vigour and pursuit of fine imagery in his dialogue.

39

メアリーらが編集に携わった『アイリッシュ・レビュー』
創刊号の表紙(左)、メアリーが執筆したシング全集の書評の第1ページ(右)。
早稲田大学図書館所蔵

エリノア・ワイリー（1922年）
伝説的に美しい、と称されたエリノア（本書第二十九章、および第三十一章）
GRANGER / Alamy Stock Photo

ジョイス一家（1924年、パリ）
左からジョイス、妻ノーラ、娘ルチア、息子ジョルジオ
GRANGER / Alamy Stock Photo

ダブリンの聖フィンタン墓地にあるメアリーとポーリックが眠る墓

撮影＝三神弘子

我が祖母
キャサリーン・ガニングに捧ぐ
その通夜と葬儀の模様は
本書に書き記された

目次

第一章　子ども時代

1

寄宿学校での最初の日は、生きている限り、私の記憶の中で特別な一日であり続けることだろう。それは、生まれたばかりの赤ん坊から十七、八歳までの、あらゆる年代の少女たちが作る共同体、また修道女《シスター》たちが作る共同体へと、第一歩を踏み出した日なのだった。また同時に、一日が活動の時間と祈りの時間に分けられていて、日に二度休憩があり、時には娯楽も用意されている日々の始まりでもあった。それは、心霊術の霊媒が本の中で述べている死後の変化というものにどこか似ていて、死んでしまった自分が、現世と少しばかりつながりのある新しい世界に足を踏み入れたような感覚だった。しかし、あの日が忘れられない理由はもっと他にあるような気がする。寄宿学校に入るまで、私はアイルランド西部の片田舎で、読む本にこそ恵まれていたが、絵画にも音楽にもほとんど縁のない子ども時代を過ごしていた。当時としては格別珍しくない習慣として、楽器の演奏を習っている友人や家族の弾くピアノやヴァイオリンの素人演奏に触れるというのが限られた経験だった。そんな私は、寄宿学校での初日に、多くの名画の複製を目のあたりにした。もちろん修道院付属の寄宿学校だったから、すべて宗教画である。何枚かのムリリョ[001]の聖母像、ルーベンス[002]の「十字架からのキリスト降下」、ミケランジェロ[003]のピエタ像[004]の写真、歴代ローマ法皇の肖像画の複製——若い顔、老いた顔、美しい顔、醜い顔、様々な法皇の顔——があった。今になってみると、それらの複製画は、決して質の良いものではなかったと思うのだが、このように多くの神聖な御姿を一度に目にしたとき、私を襲ったのは、単純に歓喜と呼ぶことのできない、何か目の眩むような恍惚感だった。またその日、私は音楽にも出会ったのだった。そして、一度に受けた感銘のため、夜になっても眠ることができず、偉大な音楽家や画家たちがどのような生涯を送り、どのようなことに想いを馳せたのか、あれこれと想像したものだった。

十三歳くらいだった私に、少し年長の少女が一日か二日、寄宿学校の日課、規則、習慣などに早く慣れるようにと付き添ってくれ、夕方になると、大きな中庭を取り囲んだ回廊を一周、二周しながら、起床時間や学習時間などについて説明してくれた。明るく照らされた娯楽ホールの扉が開いていて、そこからは私がそれまでに聴いたこともないようなピアノの音色が流れてきた。それは、過去に耳にしたどのような音楽と比べても全く異質のもので、別世界から聞こえてくるようにすら感じられた。一人の修道女が、生徒たちが入ってくるまでのしばしの間、ピアノの前に座り、演奏に没頭していたのだった。

「シスター・セバスチャンよ」と案内の少女が言った。「あの方は修道院一の音楽家なの。聖職につかれる前は一流のピアニストでいらしたのよ」

確かに彼女は専門の訓練を受け、時々外国で演奏会を開いたりするような音楽家の一人だったのかもしれないが、今振り返ってみると、一流のピアニストではなかったと思う。しかし、経験のない女学生にとっては、彼女が演奏会を開いたこともあるらしいという噂は、非常に心惹かれるものだった。私は修道院の規則や時間割の説明を続ける案内の少女を押しやるようにして、扉の中に入り、流れ出てくるすばらしい調べをもっと聴こうとした。彼女が何を弾いているのか、私にはわからなかった。彼女は音楽にその身を委《ゆだ》ね、鍵盤に覆い被さるようにしていたので、その顔を見ることはできず、黒いヴェールと肩被《おお》いだけが見えた。ようやく彼女は頭を上げ、扉の横木の前にへばりつくように立っている私に目を留めた。そして、厳しい口調で、「あなた、まだ学習室にいる時間でしょう？」と言った。それから、私の方に神経質そうな足取りで急いでやって来た。「ああ、あなたは新入生の一人ね。娯楽ホールには、あと十分入ってはいけません。」彼女は音楽に没頭していた自分に邪魔が入ったことに苛立ったのだろう、もしかしたら、あのように我を忘れて何かに打ち込むことは、修道院の規則に反することだったのかもしれない。その瞳は黒く、背は高かったが、少し猫背ぎみだった。その顔を今でも私は覚えている。もっと親しかった人々の顔は忘れてしまったというのに。彼女の口は大きくて、少し突き出ていた。そして、私に話しかけながら、皮革のベルトから下がっている大きなロザリオと、白い肩被いの上にかけてある黒い十字架とをかわるがわる指でまさぐっていた。彼女は魅力的で神秘的だった。「どうぞ、演奏を続けて下さい」と頼みたくてたまらなかったのに、私の舌は貼りついたように動かなくなり、黙ったままでいた。彼女はとても苛々していて、その一挙手一投足から、その緊張が伝わってきた。私も同じくらい緊張していた。そのため、私たちはお互いに落ち着かない思いで立っているだけだった。

まもなく終業のベルが鳴り、ホールはにぎやかに笑いざわめく少女たちで一杯になった。皆、白い襟のついた黒か濃紺の制服を着ていた。肩の部分に優美なひだ飾りのついた青綬章や赤綬章をつけている者たちがいた。青綬章をつけているのは「聖母マリアの子どもたち」で、赤綬章をつけているのは「精霊の子どもたち」だった。そのどちらになるにも、一種の修行期間が必要とされていた。私は、それまで大人に対しては絶対服従するように、大変厳しく躾けられてきたので、続いて起こった出来事には大層驚き、わくわくする気持ちが収まらなかった。

つい先ほどまで自分自身のためにすばらしい音楽を奏でていたシスター・セバスチャンは、再びピアノの前に座り、今度は非常に快活にワルツを弾き始めた。長い金髪をたなびかせた背の高い少女が一人――彼女は私にはすばらしく美人に見えた――その肩にかかっていた長い青綬章を取り外し、そのサッシュのような青綬章を振りながらホールの中央で踊り始めた。そして、こう歌った。「今宵の私は満面の笑顔。愛しいあなた。今宵の私は満面の笑顔。明日にはきっと泣き暮れる。でも、今宵の私は満面の笑顔。」長い髪を縛っていたリボンを取り、髪をなびかせた二人の少女がこれに加わった。「今宵の私は満面の笑顔、愛しいあなた。今宵の私は満面の笑顔」

次に、シスター・セバスチャンは演奏をやめ、立ちあがった。そして、手を叩き、小さな指揮棒でピアノの上をコツコツと叩いた。「みなさん、レディらしく踊りなさい。」彼女は怒ったようにピアノの椅子のそばに立っていたが、すぐに大胆な少女たちに取り囲まれた。彼女たちは、私には聞き慣れない、柔らかなダブリン・アクセントで、「ねえ、シスター、お願い、シスター！」と懇願していた。

彼女は厳しい表情で鼻眼鏡を押し上げ、少女たちが一組になって整列するのを待った。背の高い少女たちが男性のパートを、背の低い少女たちが女性のパートを踊った。間もなく、ホールはワルツを踊る少女たちで一杯になった。寄宿学校に来るまで、二人の老人と親戚の男たちの世界しか知らなかった私には、目の前の出来事すべてがすばらしく感じられた。その男たちは、若い娘をどのように扱ったらよいのか見当もつかず、また、寄宿学校に送るのに、私にどのような恰好をさせたらよいかもわからず、いつも適度に無視するか、有害になりそうな交際をすべて禁止する他《ほか》なかったのである。

寄宿学校から送られてきた「準備衣類リスト」は、男性の手には余るもので、結局、村の仕立屋に任せきりになった。そのリストに「入浴衣」というのがあったが、具体的に何を指すのか誰にもわからず、その言葉の意味からして、ドレシング・ガウンだろうと結論づけられた。しかし、実際に入学してから一人のシスターが私の準備した衣類を点検し、「入浴衣」がないことに気づき、こう言った。「まあ、入浴するときは、一体どうするつもりなの？　スリップでも着るつもり？」この学校では、誰も裸で入浴しないし、自分の裸も見ないとされていた。自分の家族が、入浴衣を着て入浴するレベルにまで文化的に達していないという事実に直面し、私は恥ずかしく思った。そして、幾分、自己憐憫の気持ちを込めて、自分には女性の親族がなく、誰もそのことを教えてくれなかったのだと説明した。それまで私の周りにいた大人は皆男性だったのである。

授業でも恥ずかしい思いをした。フランス語を読むことはできたのだが、単純な文ですら正確に書き取ることができなかった。動詞や性称や仮定法について、練習したことがなかったのである。かなり難しいフランス語の文章を英語に訳することは簡単にできたのだが、私のフランス語のアクセントはよくなかった。ただ、今思い起こすと、フランスやベルギーの学校に行ったことのある数人の生徒を除いて、他の少女たちのアクセントもひどいものだったと思う。

2

英語を書くことは充分できたのだが、私は正しい句読法を身につけていなかった。そして年齢のわりには、膨大な読書量をこなしていたと思う。詩、小説、随筆、歴史など、何でも読んでいた。あるとき、遠縁の女性が家にやって来て、私が没頭していた文学作品を目にし、大騒ぎして以後、本当に面白くてわくわくするような本は、私の手の届かない高い棚の上にあげられてしまい、私が熟読するようにと机上に残されたのは、少女向けの物語とか、「聖書物語」とか、マライア・エッジワース[005]の『若者のための教訓』などだった。他《ほか》には、子どもが手に取るわけがないと思われる難解な作品だけが残された。しかし、この親戚の女性が適切だと判断した本を熟読した後、読むものがなくなり絶望した私は、辞書を片手に、カント[006]の『純粋理性批判』、バーク[007]の『崇高と美の起源』、ロック[008]の『人間悟性論』などを理解しようと試みたのだった。十一、二歳の少女がこれらの作品から何かを理解することができるなどとは誰も思わないだろうし、理性的に考えると、私もその通りだとは思う。しかし、今日よく言われるような何か超感覚の力を通してなのか、または、何かが毛穴から浸みこんだのかはわからないが、ともかく私は何かを摑んだようである。というのも、以来、それらの作品には触れていないにもかかわらず、その中の文章を今でも覚えているからだ。「あらゆる知識は経験に由来するが、経験に始まるわけではない」という文を私は何年も温め続けたものだったが、それは、文の意味について考えていたのではなく、「由来する」という単語の意味について考えていたのだ。どんな言語であれ、辞書に書いてある意味だけで一つの単語を理解することは不可能で、人生の経験を得たときに初めて、その単語は知的な意味と感情をも同時に伴う自分の所有物になることを知っていたからである。

　それらの本から多くを学んだが、それに加え、鋭く知的な批評精神が、やや生意気なまでに身についてしまったかもしれない。その結果、私は大人たちが矛盾したことを言いはしないか、また、彼らがそれらの本の中に出てくるような難しい言葉を本当に知っているのか、理解しているのかと、耳をそばだてたものだった。私が聞いたことのない言葉を誰かが会話の中で使うと、とても嬉しくなり、できるかぎり早い機会にその言葉を使おうとした。一人のおじが競馬の大会に行こうとして、雑用に使っている男の子に、ある馬が勝つと思うかどうか、尋ねたことがあった。「いや、旦那さん、あの馬は老いぼれのできそこない《バスタード》ですよ。トミーは――トミーというのは、その馬の持ち主だった――馬の飼い方なんか、ちっとも知っちゃいねえ。」私はこの新しい言葉を使う機会を待ちに待った。そして、仕立屋が私の新しい洋服を仮縫いしにやって来たとき、私は服を指差し、嘲りながら言った。「これは、老いぼれのできそこない《バスタード》だわ。この人、洋服の作り方をちっとも知っちゃいないんだから。」自分の放った言葉が周囲の人たちにどのような戦慄を引き起こしたのか、理解できたのは数年後のことだった。心外なことに、私は罰を受けた。その理由がわからなかったので、私は辞書を引き、言葉の意味を調べてみた。辞書には、「不嫡出の。品質がよくないこと。結婚しない状態で生まれたこと」とあった。そして、何か劣った品質のもの、つまり、見苦しい出来ばえの洋服を表現するのに、この言葉以上にふさわしいものはないと思ったのである。また、ある時、一人の客人の前で新しく私の語彙に加わった別の単語を披露したところ、彼は耐えられないといった様子で笑いこけ、おもしろがって「この国随一の恐るべき子ども《アンファン・テリブル》だな」と言った。私は一つ一つのフランス語の意味は知っていたが、二つ合わさったときの意味はわからなかった。この時も言葉遣いについて罰を受け、私は当惑したが、言葉に関する興味と好奇心は一層増幅されることとなった。この事件は、稀に我が家を訪れるおじの一人を怒らせ、「他人の子どもなんか育てるもんじゃない。寄宿学校に送りつけりゃいいんだ。このこましゃくれた、くそがきめが」と、言わせる結果となった。私は決してこの言葉を忘れることができない。アイルランド人にしては不思議なまでの記憶力だと言えるのかもしれないが、このことを思い出さずに、このおじについて考えることはできなくなってしまった。このおじは、哀れを誘う気弱な年寄りで、人生に失望し、不満を持っていた人であることはよくわかっていたのだけれど。

手元から本が遠ざけられてから、子どもなら誰もが感じる長い毎日をどのようにやり過ごしたらよいのか、私は途方に暮れてしまった。自分のエネルギーを発散させるすべをあまり知らなかったのである。時折、年下の女の子がお茶にやって来て、一緒にケーキを作ったりする以外には遊び友だちもいなかったからだ。手に届く範囲にある本の難しさには打ちのめされ、そう、難しい本には打ちのめされ、馬鹿馬鹿しい本にはうんざりさせられた結果、私は二匹のレッド・アイリッシュ・セッターを連れて、野原の散歩に出かけることにした。野原には馬やロバが草を食んでいることがあったが、私は鞍のかわりに麻布を一枚敷いた裸馬の背に乗り、走りまわったものだった。ある時、私が乗った馬は、若くて元気がありすぎ、膝でしっかり挟みつけるには胴体が大きすぎた。馬は急に野原で疾走し始め、すぐに私を振り落とした。外傷はなかったが、身体の内部に損傷があったようで、その後も時折痛んだが、とても家族に話す勇気はなかった。このときの打撲は、何年も後まで私を苦しめ、おそらく様々な病気の遠因となったようである。

その後、私は別の気晴らしを思いついた。家の近くにある、流れのゆっくりした水深の浅い小川を堰き止め、小さな魚を飼うことができる水たまりを作ろうと考えたのである。それは退屈な作業だった。やっとダムの一部を完成させたと思ったら、翌朝には、ゆっくりとは言え、流れのある小川は、ダムのほとんどを流し去っていた。しかし、太陽がいくらかでも水を蒸発させてくれるような時期には、隣の野原から大変な思いをしながら石を引きずってきて、石と石の間に泥を塗りつけることで、何とかダムらしく見え、多少は持ちこたえられそうなものを作り上げることができた。その作業のおかげで、洋服とエプロンはひどい状態になり、もちろん靴は水びたしで泥だらけだったが、困難な労働を成し遂げたという想いが人間に与える満足感を抱いて、私は家に戻った。とても幸福だった。そして、誰か口うるさい大人の目に留まる前に、洋服と靴を替えるつもりだった。しかし、扉を開けたとたん香水の匂いがして、私はぎくりとした。私の手の届く範囲から本を遠ざけた、例の親戚の女性がいたのである。彼女は遠くに住んでいて、たまにしかやって来なかったので、しばらくは彼女から逃れていられると思っていたのだった。それなのに、見事に着飾り、風のそよぎのような香水の香りを漂わせた彼女がいたのである。私が近づくと、彼女は両手を上げ、怖いものでも見るように言った。「まあ、なんて野蛮人なの、どうやったらそんなに汚くできるの?」おじは口からパイプを離し、当惑した面持ちで顎に手をやった。これはおじがよくする仕草だった。遠くから、女中のブリッジーが手に持っているスポンジを振って、早くおいでと合図をしているのが見えた。

　読書の楽しみ同様、散歩の楽しみもこれで奪われてしまった。だが、間もなく、私は仕立屋の家で――彼女は教会のすぐそばの小さな家に住んでいた――『ファミリー・ヘラルド』という名前の雑誌を見つけ、自分の家ではお目にかかったことのない種類の文学に接する機会を得た。それは、領主や公爵、貧しいが美しい娘たちなどが登場する類《たぐ》いの、えも言われぬ魅力を持った物語の数々だった。例えば、貧しい娘が小道で伯爵の息子と出会うとか、無名の衣装係の娘が女優として大成功を収める、といったような物語である。劇場で衣装係を勤めていた娘は、リハーサルや本番を何度も聞いているうちに、主役の台詞を覚えてしまい、心臓発作で倒れた主役の代役を見事に演じきり、翌朝の新聞評で、当世の偉大な女優として大喝采を浴びるのである。それ以来、私は女優になりたいと思うようになった。同じ頃、目も眩むようなアメリカの小説、『フランク・リード[009]の発明』を手に入れたため、探検家になりたいとも思うようになった。

　それは『フランク・リードと蒸気ロボット』や、『フランク・リードと機関車』といったタイトルがつけられた挿絵入りの小ぶりのシリーズだった。中身といえば、かつて、地上にも海上にも現れたことのないような発明家、フランク・リードが巻き込まれる数々の心ときめく冒険活劇である。彼には助手が二人いて、一人はバーニーという名の赤毛のアイルランド人で、もう一人はポンプという名の黒人だった。私は、以前に読んだスコット[010]の小説、シェイクスピアの劇、ジェイン・オースティン[011]やブロンテ姉妹[012]の小説を楽しんだのと同じくらいの喜びを持って、これらの物語を読みふけった。

3

私は一生をこの国で送ったかもしれなかった。海のそばで、長い山並の麓で、小さな湖の畔で、この国特有の円形土砦《ラース》や廃墟の傍らで、古い習慣や昔話に囲まれて。しかし、家族の中で起こった突然の死が、私の住む場所と未来を変えてしまった。それまで、私は近隣の老人たちと奇妙な関係を築いていた。私は彼らのことが大好きで、一緒にお茶を飲むために、一人で出かけて行ったものだった。彼らの多くは読み書きができなかったし、仮に読み書きを習ったことがあったとしても、すっかり忘れていたので、アメリカへ行った彼らの親戚から届いた手紙を読みあげ、それに返事を書くことは、いつも私の役目だった。私は手紙の内容に関して秘密厳守を約束しており、何事も何者も、アメリカから来た手紙の内容と、それに対する返事の内容を、私から聞き出すことは不可能だった。額に汗して働く愛情溢れる息子や娘から届いた手紙には、いつも郵便為替が同封されていたが、それに対する返事は、とりとめのないもので、年老いた母や父が同時に話すのを私が書き留めたものだった。私はペンとインクと二ペンスの線入り便箋の一束を手に、台所のテーブルに向かい、まず、彼らがアメリカに書き送りたいと思っていることを、大まかに、言われたままに書き取っていった。その内容は、それほどひどいものではないとしても、いつも悪いニュースで一杯だった。例えば、父か母が気管支炎で半分死にかけているとか、馬か牛が死んだとか、孵《かえ》ったばかりのアヒルが迷子になって戻ってこないとか、馬かロバが市《いち》へ荷を引いていくのには歳を取りすぎてしまったといったようなものである。私がそうした不幸を要約して紙に書きつけると、年老いた父親か母親がこう言ったものである——「さあ、小さなお嬢さん、ちゃんとした英語に書き直しとくれ。そうしたら、青いアヒルの卵をあげるから。」

　アメリカから郵便為替が届いた場合、人々は隣人に対して、届いた額の倍額を口にするか、半額を言うかのどちらかだった。私の親戚から借金をし、今度アメリカから送金があったら必ず返すと約束していた一家があった。私は、既に何度も郵便為替が送られてきていて、現金化されていることを決して口外しなかった。

　私は手紙を書くということの雑用が大好きで、特にこれらの「信書」の宛先である、遠くの珍しい地名に大喜びしたものだった——サンフランシスコ、チャタヌーガ、フィラデルフィア、ノームなどなど。私が寄宿学校へ行き、さらに大学へ進学した後も、私が休暇で戻ってきて、返事を書けるときまで手紙はしまっておかれた。しかし、教育が進むにつれて私の筆跡は一層読みにくいものとなり、手紙の受け取り手である、愛する息子や娘たちは、子どもの頃は可愛らしくて丸い筆跡だったのに、最近は、大学生の走り書きになってしまい、手紙が読みにくくなったと時折不平を言ってくることもあった。ある老夫婦の息子が里帰りしたとき、母親の手紙を代筆し、自分の手紙を母に読んでくれた上に、その中身を決して口外しなかったお礼だといって、ブローチを土産にくれたことがあった。そして、彼は向こうで身についた強いアメリカのアクセントで私にこう言った――「あなたは、僕の母さんに対して、本当の紳士《ジエントルマン》として振舞ってくれました。」私はその褒め言葉をとても嬉しく思い、大切に心にしまっておいた結果、以来、どのように振る舞えばいいのだろうか、というジレンマに陥ったとき、私は自分自身に「淑女なら、どのように振る舞うだろうか」ではなく、「紳士なら、どのように振る舞うだろうか」と問いかけるようになった。

祖母が死んだため、一週間か二週間、休暇で戻ってくる時を除いて、私はこのような生活を続けることができなくなった。祖母は慢性的な気管支炎に悩まされていた。雨の多い土地柄なのでこの病気から逃れることができる人間は稀だった。彼女は、終日、または昼間の何時間かをベッドで過ごしていた。家族の中では、祖母が一番好きだったのに、ほとんど彼女に会えない日もあった。彼女は私がすることに、留意するだけの充分なエネルギーを持っていなかった。しかし、彼女が私のことを気にかけてくれる時は、アイルランド人が概してそうであるように、非常に厳格であり、真実と名誉について、大層厳しい考えを持っていた。祖母はとても美しい女性だった。少なくとも私にはそう見えた。彼女の顔は居間にあるダンテ[013]像の顔に似ていた。彼女はイタリア人の血を引いているとか、イタリア人の家系であるといったことが言われていた。私にとって彼女は知識の宝庫だった。とはいえ、彼女が私に教えてくれたダンテに関する知識は、覚えているかぎり、彼が生涯愛したベアトリーチェという名前の女性とロマンティックな関係を持ったということに限られていた。彼が『神曲』の作者であることに私が気づいたのは、ずっと後になってからのことである。彼女は正規の教育こそ受けてはいなかったが、ベッドの中でかなりの量の本を、あれこれと楽しみながら読む人だった。そして、死ぬ間際、彼女がベッドのそばに置いていた一冊の本は『地上の楽園』というタイトルの本だった。祖母が死んでから、その本を手に取ってみるまで、私はそれを敬虔な祈りの本だと思っていたのだが、実際はウィリアム・モリス[014]が書いた魅力的な詩集だった。

ある冷たい風の吹く冬の週、祖母の気管支炎はまずインフルエンザになり、その後肺炎になったのだが、家族の男たちの誰も彼女が普段以上に具合が悪くなっていたことに気づかなかった。トーストとお茶を運んでいった女中のブリッジーが、祖母が何も食べていないことに気づいた。定期往診にやって来た医者は、電報を打って祖母の娘、つまり私のおばを呼び寄せたほうがいいと、曖昧な言い方をした。その翌日、ブリッジーがお茶をベッドに持っていったが、祖母は彼女がわからなかった。私が部屋に入っていくと、祖母がとても厳かに言うのを聞いた。「エディーの堅信礼の晴れ着と靴をちゃんと用意するんだよ、わかったね?」彼女は繰り返した。「早く行って、用意なさい」

「神様!」ブリッジーは叫んだ。「気の毒に、譫言《うわごと》を言ってらっしゃるよ! もうだめなんだね。長いこと、生きてきなさったけど、もう終わりなんだ」

祖母はその黒い瞳を私に向けたが、私が誰かわからないようだった。奇妙なことに、彼女は顔を赤らめ、その唇は「エディー」という名前以外は聞き取れない何かをぶつぶつ呟いていた。エディーという名前は何度も何度も繰り返された。

私は祖母にすがりつき、すすり泣きながら言った。「ねえ、おばあちゃん、エディーおじさんはずっと前に死んじゃったのよ。ここにいるのは、あたし、おばあちゃんの孫娘よ。」彼女の腕は力なく私を抱き締めたが、私が誰だかわかっているとは思えなかった。

祖母のベッドは最上のシーツと布団カバーに掛け替えられたが、その間、祖母は肘かけ椅子に座らされていて、用意されて久しい死装束が枕の上に置かれていた。その死装束は以前に病気になったときに、祖母の枕元に置かれたことが何度かあって、そこに置いてあることに格別違和感は覚えなかった。親類たちが次々に汽車で訪れ、「終油の秘蹟」[015]を執り行うために、神父もやって来た。神父は長い間祖母のそばにいたが、夕方になって再び呼ばれ、戻ってきた。彼女の死の床の様子を、今でも苦痛と共に思い出す。祖母の現金は、どれだけあったかはともかく、私の教育にのみ使うようにという遺言を残してくれた。しかし、彼女のささやかな身の回りの装身具やその他の愛蔵の品々については、高熱からの錯乱状態から一度か二度、短い間、意識を取り戻したときに、家族の間で平等に形見分けするよう祖母は申し渡した。再び彼女が錯乱状態に陥ったので、家族全員が跪《ひざまず》き、神父に続いて祈りを唱えた。彼女は最後の苦しみのただ中にあり、息をするのも、左右に寝返りをうつのも苦しそうで、周りの大きな声に心乱されていたに違いない。祈りの声はまるで、天国を襲撃せんとばかりに、ますます大きくなり、それにつれて祖母の苦しみも募っていった。

　死にゆく者への祈祷の最中、跪いている者の中の一人が立ち上がり、厳かに、断固たる調子で「臨終の時が近づきました。御魂が天に召されるまで、ご家族はご退席いただけますか?」と言った。私たちは立ち上がって席を外した。単に部屋から出たばかりではなく、家の外に出た。それは古い迷信に従ったもので、臨終の床にある者と血のつながった親族は誰もその死に際には、家の中にいてはならないというのである。かの国では、人々は、心から信じていようといまいと、死や埋葬や洗礼の際の古くからの習慣には必ず従った。私たちは大急ぎでコートを羽織って、三月の冷たい真夜中に庭に出た。長い間待つこととなった。というのは、死は誕生と同じように、しかるべき時が過ぎても、すぐには訪れないこともあるのである。しかし、遂に朝の光と共に、扉の前に老婆の一人が現れた。彼女たちは、習慣にのっとり、死の家にやって来て、遺体に身支度をさせるのである。彼女は祖父を手招きした。彼は庭の納屋の中で跪いていた私たちのそばに戻ってきて、静かに泣きながら言った。

「さあ、みんな中に入っていいよ。御魂は天に召された。主よ、御魂を安らかにお導き下さい」

　老婆たちは、祖母に死の儀式を執り行い、茶色の死装束を着せ、そのまっすぐな黒髪を梳《と》いて、小さな帽子の中に押し込み、彼女の黒く輝く瞳を、冷たいペニー硬貨[016]で閉じた。その顔は美しかった。生きているときよりも、ずっと美しく感じた。皺はすっかり伸ばされ、白い肌の下の骨格はしっかりしていた。老婆の一人が、祖母は確かに神に出会ったに違いないと私に言い、天国に入った者のみがもつ穏やかな笑みをたたえていると続けた。しかし、笑みをたたえているとは言うものの、苦しみのため、口元はひどく歪んでいた。その顔はいつもと同じように美しいものだったが、哀しみに満ちていて、この世を去って、目の前に広がる天国を見ている者の顔だとはどうしても思えなかった。それでも、私は彼女が確かに神に出会っただろうと思う。祖母は誰も傷つけなかったし、何か他人の役に立つことはないかということだけを考えて生きてきた人だったからだ。祖母は、自分のものにすることができないものを諦めるとき、陽気に、それがすべてを説明する、といった調子で「それは誰か他の人のもの！」と言ったものだった。全く同じ言い回しを私が耳にしたのは、四半世紀後のフランスでのことである。自分では為しがたいことを諦めるとき、また自分が所有しているものを手放さなければならないときに、強く自分に言い聞かせる言葉だった――「それは誰か他の人のもの！」

4

祖母の通夜は二日二晩続き、三日目に埋葬された。通夜では、人々は彼女の部屋で、その魂のために夜通し祈り続けた。家の他の部屋では、皆、飲み食いをしながら大いに楽しんでいた。葬式の日には、テーブルの上には焼いた肉がたくさん置かれ、人々はパーティーの時のように食べたり、酒を飲んだりしていた。人生のほとんどを酒びたりになって生きているおじの一人は、祖母が死んだ日の夜から埋葬の日の朝まで意識が戻らなかった。その間中、酔っぱらって人事不省の状態から彼を正気づけようとする試みが何度もなされた。糊のきいた白いシャツを着て、腕にちりめん地の喪章をつけた喪服を苦心して身にまとった彼が現れたのは、やっと葬式の日の朝になってのことであった。

庭は喪服を着た人々で一杯だった。黒い馬に引かれた柩用の馬車と参列者用の馬車が隣町からやって来た。祖母の柩が、彼女の血縁の男たちによって馬車に運ばれると、祖母の遺体に身支度をさせていた老婆たちがその後に続いた。そして、突然、群衆の中から黒のショールをはおり、白の帽子を被った二人の皺だらけの老婆が加わった。伝統的な〈泣き女〉による死者を弔うむせび泣きを耳にしたのは、私にとってはこの時が初めてだった。それは、非常に低いトーンで始まり、四人の老婆が同音《ユニゾン》で唱和した後、音はだんだん高くなり、大きく強くなっていった。また、祖母の死の部屋での祈りが大きくなるにつれて、遂に泣き声は規則正しく歌われる言葉に変化していった。アイルランドの泣き女によるむせび泣きは、血を凍らせ、また、それは失われた魂の叫び声に似ているという話は何度も聞いていた。本当に、それは奇妙で不思議な、この世のものとは思われないものだったが、祖母が四人の泣き女に伴われて、墓地に向かうというのは、ごく自然な気がした。その言葉はアイルランド語だったが、多くの者はその意味を知っていたし、知らない者は教えられていた。私が覚えている言葉の意味を、ここに書き留めておこう。その言葉は古代から連綿と続くもので、数多くの埋葬で、数多くの死者を弔ってきたことは、疑う余地がない。しかし老婆たちは、この死んだ老女のために、おそらく特別に数行付け加えたのだろうと思う。それらの言葉は形式にのっとって唱和された。老婆たちは、ある箇所になると、柩から顔をそらして、集まった人々に語りかけた。

　明日も、その後も、太陽は毎日喜びと楽しみをもたらすだろう。しかし、朝になり太陽の光が戻ってきても、あなたの胸の鼓動を聞くことはできない。血筋正しく、寛大なあなた、冷たくあなたは眠っている。ああ、哀しや、哀しや《オッホナ・アガス・オッホナ・オー》。

　サクソンの血が一滴も流れぬあなた[017]。正しきゲール人の血を引くあなた。ブレフニーのオルーク、ティルコネルのオドンネル、ハイマニーのオケリー、また、数え切れぬゲール戦士たちの末裔である、あなた。

　刈り取る者は収穫し、若い子羊は遊び、メーと鳴くだろう。だが、あなたの目が収穫や、春の訪れを見ることは決してない。血筋正しく、寛大なあなた、冷たくあなたは眠っている。ああ、哀しや、哀しや《オッホナ・アガス・オッホナ・オー》。

5

それからまもなくして、私は自分の意志からではなく、あの遠縁の女性、私の手の届く範囲から本を取り上げ、私を小さな野蛮人と呼んだ例の女性の元で暮らすことになった。生活は劇的に変化し、私は一日のうち、五分たりとも自由に過ごすことはできなくなった。ぴかぴかに磨かれたボタンのついた靴を履かされ、きれいで仕立てのよい洋服を着せられ、ピアノを練習し、避けなければならないことが書かれた『二十四の不躾な行い』と、守らねばならないことが書かれた『二十四の礼儀作法』とを暗記させられた。また、刺繍《ししゅう》も教わり、自分の下着の裾を扇形に飾った。ヘム・ステッチや、クロシェット・ステッチや、エンブロイダリー・ステッチを習っているうちに、私はだんだんお転婆娘ではなくなっていった。

〈お針仕事〉と呼ばれていた、こうした手仕事の中で、彼女を手伝ってクッションを作ったことは今も忘れられない。色とりどりの絹糸で刺繍がほどこされたクッションのカバーのことではなく、海鳥の羽毛の詰め物についてである。冬の間カモメは、海辺の家々をめがけて、何か食べるものを求め、群れをなして飛んできたものだ。そして、子どもたちがしかけた「鳥のゆりかご」と呼ばれる罠に捕まって、枕やクッションの詰め物用に、おかみさんたちに手渡されたり売られたりするのだった。私はニワトリが殺されるのは平気で見ていられたのに、カモメの首がはねられるのを最初に見たときは、奇妙にぞくぞくする震えが脊椎にまで下りていくのを感じたものだった。その震えは数日間続いたが、食器部屋に隠れてひとしきり泣いた後、忘れることができた。しかし、後の人生において、何か不快なことが起こると、その時と同じ震えに襲われるという経験が度々あった。以前、狐狩りで、狐が殺され、その尻尾が狩りのファースト・レディに手渡されるのを見た時に感じた感情は、それとは全く異なったものだった。その女性は醜い老婆で、うす汚い乗馬服を身にまとい、山高帽を被っていた。帽子が落ちないように、ゴムが一本、後頭部のおだんごにまとめられた髪にかけられ、もう一本は顎にかけられていたのを思い出す。狐はニワトリを盗んで食べるし、イソップやラ・フォンテーヌ[018]の寓話では、狐特有の狡さが語られているため、殺してしかるべきだと考えるように私は育てられていた。従って、犬やハンターたちは良いことをしているように思われたのである。

しかし、その数日後、この感情は別の色彩を帯びるようになる。やはり狐狩りで、一匹の狐が放たれたのだが、崖に沿った曲がり道で、その狐が私と私のおじに突然正面から鉢合わせたときのことである。遠くから吠えたてている犬たちから逃げるために、どの方向に走ればよいのか途方に暮れ、逃げ出す前に、狐はしばし立ち止まり、神秘さと惨めさをたたえた瞳で私たちをじっと見つめた。彼の命の契約期間が間もなく終わろうとしていること、吠えたてる犬と「ホーホー」という掛け声に追い立てられるために自分は生まれたことをよく知っているということを、そのしなやかで、迅速で、神経質な全身から発散させていた。一匹の狐が、自分が間もなく死ぬことを知りうるということ、またその認識を瞳の中にたたえることができるということは、彼を神秘的な存在と感じさせるには充分であり、狐自身が伝えてきた哀しさで私の胸は一杯になった。そのときの私は、まだ死が何たるかを知らず、死んだ人間も見たことがなかったのであるが、何物も永遠には在り続けることはないこと、人間でも動物でも命には限りがあることを、ぼんやりとではあるが理解した。狩りの最中《さなか》、狐の瞳の中に、脅えと惨めさを認めた人物に、その後、二回だけ出会ったことがある。多くの場合、ハンターたちは逃げ去る狐の後ろ姿や尻尾、狡猾そうな頭部しか見ないものだが、もしも、彼らが狩られる狐の、あの奇妙で不安気な瞳を見ることができるならば、決して狐を追い詰めて命を奪おうなどとは思わなくなるはずである。

6

私の読書は宗教的な作品に限られ、徹底した検閲を受けた。しかし、そのような生活は長くは続かなかった。例の親戚の女性が間もなく亡くなったからである。私は彼女を怖がっていたが、今にして思うと、若く陽気で、女らしく優美で、活力に溢れた艶やかな女性だったと思う。彼女は陽気に、男たちとの知的な会話を楽しんでいた。そして、彼女のいるところにはどこでも、笑いがあり、冗談が聞こえた。何人もの男性に流し目を送っていたが、それは、害のないものだったように思う。少なくとも彼女の夫は、気にはかけてないようだった。私はそのような場面に何度も遭遇した。ある時、海辺のベンチで、彼女がとても素敵な男性と一緒に座り、楽しそうに何やらふざけあって話をしているのに出くわしたことがある。笑いながら彼は、口髭をはやした唇で、彼女の手にキスをしていたので、私は夢中になって、彼が私にも同じことをしてくれないかしらと思ったものだ。私が歩き続けて、二人の前に立ったときの彼女の怒りと当惑を決して忘れることができない。羨ましさからくる行動だったのに、いつもと同じように彼女は私を誤解した。のちに大人になってから、男は男、女は女で隔離し、愉快で気まぐれで楽しい男女の友情を阻止する習慣を、野蛮なことだと私は思うようになった。ある時、見知らぬ男性が何か馬のことで訪ねて来たとき、私は彼女と同じくらい幸福を感じることができた。男は、彼女のことを、彼が会いにやって来た男性の妻ではなくて、娘だと勘違いし、楽しそうに一緒にお茶を飲んでいた。何度も目撃したことだが、彼女は結婚指輪をそっと抜き取り、ティーテーブルの引き出しにすべりこませ、早口で楽しく気まぐれな会話を続けていった。

「美しい方だ」と彼は言った。「あなたのように美しい女性には会ったことがない。」私は、彼が語る一言一句に部屋の隅から耳をそばだたせ、夢中になった。そして、自分にこんな風に話しかけてくれる男性がいるなんて、なんて素敵なことだろうと思った。この時は、彼女は本当に私をそばに置いておきたかったのだ。もし、そうでなかったら、私を部屋から追い出せばよかったのだから。アイルランド女性の常で、彼女もある一線、つまり、笑い合い、手にキスを許す以上の線を越えることを望んではいなかった。この馬好きの男性が、別れ際に彼女の首すじから髪を一すじ摑んで、「これは金糸のようだ」と言ったとき、彼女が少し驚いた様子を見せたのを思い出す。私の髪のほうが綺麗だと自分では思っていたので、どうか彼が私の髪の毛に目を留めてくれますようにと願ったけれど、彼は私がそこにいることすら、ほとんど気づいていないようだった。

ほどなくして、彼女は死んだ。病に伏せった最初の日、彼女は一日中暖炉のそばに静かに座って、背中を丸めていた。外は風が吹き荒れ、浜辺には波が、荒い大西洋の高波が打ちつけていた。彼女がうるさく言わないことをいいことに、私は一人で岩だらけの海岸線にそって長い散歩をした。波飛沫《しぶき》や、波や風に触れること、また、彼女の監視から自由になったことが嬉しくてたまらず、岩から岩へ飛び回った。家に帰ろうと思うまで、自分の上着が波飛沫でびしょ濡れで、山羊革の靴は岩で傷ついていることにも気づかなかった。あっという間に、彼女が私の中に叩き込もうとした注意深さと小綺麗さは失われていた。さらに悪いことには、新しい髪かざりのリボンは海に落ち、彼女が髪に止めてくれた小さな輪飾りは海風に吹き飛ばされてしまっていた。

こわごわ家に帰ってみると、彼女は暖炉のそばの安楽椅子にじっと座ったままだった。震えながら、私は叱られるのを待っていた。しかし、しわがれ声でお茶のお盆を暖炉のそばに運ぶようにと言う以外は何も言わず、私のひどい恰好にも気づいていないようだった。彼女は休み休み階段を上がって横になりに行き、二度と床から起き上がることはなかった。その数日後、彼女は悪天候の呪いとでも言うべき肺炎にかかって死んだ。誰もそんな病気にかかるとは思っていなかった。地元の医者は藪医者で、最寄《もよ》りの大きな町からちゃんとした医者がやって来る前に、彼女は死んでしまった。海を荒れ模様にした強い風は、彼女が病に伏せっている間中、止むことなく吹き続け、彼女の窓の下の岩を波は打ち続けた。彼女の飼い犬は昼も夜も唸り続けていた。女性が死んだ冷たい早朝、彼女の夫は夜明けの薄明かりの中、岩の上に立ちつくして、何やら繰り返し繰り返し自分に呟きながら、途方に暮れて海を覗き込んでいた。彼女はまだ若く、そう、三十歳くらいだったが、幸福な一生を送ったと思う。私の面倒を見るよりは、見ない方がより幸福だったに違いないと私は思うのだが、彼女は義務感でそうしていたのだ。彼女は決して私に愛情を注がなかったし、ほとんどキスすることもなかった。しかし、彼女がいなくなって、私の面倒を見るのがまた男性ばかりになると、すべてが以前とは違ってしまっていることに気づいた。私は子どもの時代と思春期の狭間にいて、彼女の生前、私が唯一幸福に感じたのは、彼女の口うるさい指図や邪魔から逃れて一人きりになったときだったはずなのに、今や彼女が死んでとても哀しいと思った。彼女の死後、私が寄宿学校へ送られるまでの間、非常に短い期間ではあったけれど、私は困惑し、惨めな気持ちを味わった。精神的に、ある意味で私は早熟すぎたのだろう。読書し、考えようと試みることは子どもを早熟にする。私は本を読みすぎ、詩を読みすぎていた。たくさんの少女たちと、生真面目な働き者の修道女たちとが作る大きな共同体である寄宿学校の生活に適応するのに苦労はしたが、そこでの暮らしは私を救ってくれた。寄宿学校に行っていなければ、人生という旅路の中で迷いが多いとされる子ども時代に、私は問題児になったかもしれないし、神経症になっていたかもしれない。寄宿学校は、孤独で神経質な人間がなりうるもの、もしくは変貌させられるものから私を救ってくれたのだ。

第二章　寄宿学校の日々

1

冷え冷えとした寮の小部屋には、白いベッドカバーの掛かった幅の狭い鉄製のベッド、祈祷台と洗面台が一揃い置かれていた。宗教画が一枚掛けられ、祈祷書と瞑想録を置く小さな棚があり、ドレシング・ガウンを掛けるフックと歯ブラシ用のマグカップが備えてあった。これが私の新しい〈城〉というわけである。私と同い年か、似たような年齢の二十人ばかりの少女たちにも、一人一人、これと全く同じものが与えられていた。これは下級生用の寮だった。中級生の寮と上級生の寮もあったが、そこもほとんど同じような設《しつら》えになっていた。私は新学期が始まってから、一カ月ほど遅れて学校に入ったが、同じように遅れてやって来た新入生がもう一人いた。最初の晩、おやすみの祈りを唱えたあと、闇の中でベッドに入った。音楽と踊りと歌から受けた印象が薄らいでいくと、私は学校に来たことを喜んでいたので、いわゆるホームシックではなかったが、慣れない環境にやって来た者が感じる孤独感、新しい生活や知らない人々に対する恐れが、どっと襲いかかってきた。今に至るまで私には適応力がなく、人であれ場所であれ物であれ、変化というものに対して、容易に受け入れることができない質《たち》である。というわけで、私は最初の夜だけでなく、幾晩も泣きながら眠りについたのだった。

肉体はまだ朦朧とした境地にあり、神経だけが活動を始め意識を研ぎ澄ませているような早朝に目が覚めることが時々あったが、そんなときは、何だか奇妙に魂が肉体から遊離するような感じを経験しながら、自分が誰で何者なのか、一体なぜ生きているのかなどといったことに想いをめぐらせたものだった。そして、私も同級生の誰も、意識化することはかなわない、何やら恐ろしい考えに取り憑かれた。それに対して名前をつけることはできなかった。私は毛布を頭からすっぽりかぶって、「私、私、私、私は何者？　私は……」と言い続けた。しかし、この「私」に対する問いかけは、意識のあまり深くないレベルで止み、この「私」に慣れ親しんでいる自分の一部分はちっぽけなもので、他人が自分を理解することができないように、自分にとっても「私」は理解しがたいものだ、ということを知ったのである。

　そのような冷たい朝のひととき、温かい鐘の音が聞こえてくると嬉しくなったものだ。鐘を合図に修道院は目を覚まし、人の声以外のあらゆる物音がし始めるからである。それから、幾つもの鐘——修道女たちを起こす起床の鐘、彼女たちをオフィスに招集する鐘、アンジェラスの鐘[001]——が鳴った後で、生徒の起床の鐘が鳴った。

　それから間もなく、寮付の修道女が朝の点呼を取りにやって来た。修道女は聖水を入れたバケツを持った少女を一人従えて、左右に部屋が並んだ廊下を歩いて回った。そして、少し間をおきつつ、「主をほめたたえん《ベネディカムス・ドミノ》」と言うと、少女が「主に感謝す《デオ・グラティアス》」と答えることを繰り返した。修道女は大きな絵筆をバケツに浸し、皆に聖水を振りかけていったものだった。鐘が鳴り、声が聞こえ、聖水の時間になっても、まだ眠り込んでいる寝坊がいたが、修道女は頭から毛布を引きはがし、起こして回った。決然と、「今日はもう一寝入りするわ。シスター・ヴィンセントはゆっくり寝かせて下さるわ」と言う娘が一人、二人いた。後になってわかったことだが、これは、それが真実であれ仮病であれ、頭痛がしたり風邪を引いたりすると、診療室の修道女が、朝食の鐘が鳴るまでベッドにいることを許してくれることを意味していたのである。しかし二、三の例外を除いて、冷たい朝まだき、寮全体は起き上がり、沈黙のうちにドレシング・ガウンを急いではおり、顔を洗い、洋服に着替えた。聞こえてくるのは、水で洗う音、ブラシをかける音、つまり、洗面台で元気に顔をぴしゃぴしゃ洗う時の水の音、髪を梳かし歯を磨くブラシの音だけだった。舌は沈黙を守っていた。なぜなら、当番の修道女に何か必要なことを伝える以外は、夜の娯楽の時間が終わって翌朝の朝食が半ば終わり、食堂係の修道女が銅鑼《ゴング》を鳴らし、およそ十分間のお喋りを認めるまでは、口をきくことは禁じられていたからである。

　春や夏は、六時かそれ以前に起床した。冬は六時半か七時に起きた。朝の光がほの暗く、場合によっては真っ暗な冬の最中《さなか》を除《のぞ》き、私たちの一日は学習時間に始まった。しかし冬の間は、洋服を着替えると、まっすぐにチャペルに向かった。女性の髪は教会の中では被《おお》っておかねばならないという聖パウロの御教えに従い、頭に長く黒いヴェールをまとったものだった。その当時、髪を短く切っている少女は一人もいなかったから、薄いネットのヴェールから金髪やブルネットの長い髪が透けて見えていたので、あれほど女性の頭髪にこだわっておられる聖パウロ様はこれで満足なさっているのかしらと、子どもながらに、私たちは心配した。

　最初の朝ばかりでなく、それに続く多くの朝も、私は孤独と憂鬱に打ちのめされたものだったが、その理由の一つに、朝起きてから長時間何も食べられなかったということがあったように思われる。しかし、修道院の小さなチャペルに赴き、十字架の道行きの留[002]を描いた見慣れた聖画を目にし、ラテン語による「我、神の祭壇に上がらん《イントロイボー・アド・アルタレ・ディー》」といった聞き慣れたミサの朗唱を耳にすることは、そうした陰鬱さをある程度、晴らしてくれたようだ。「私の若さを喜びで満たし給う神……」というラテン語を聞きながら、祭壇の前に跪く他の少女たちも疑いなく感じていたことだと思うが、今この子ども時代は辛いことばかりだけれど、もう少し大人になれば、小説や詩の中に取り上げられている、あの神秘的な恋の喜びも含む、ありとあらゆる喜びに溢れた毎日を送ることになるのだろうと、信じるようになった。

2

　寄宿学校に着いたばかりの数日だけでなく、最初の一年間は、いろいろ大変な思いをした。修道院というのは、宮廷や軍隊と同じように、何世紀にもわたって継承している伝統的なしきたりがあって、そのしきたりに慣れるのは容易なことではなかった。また、宮廷や軍隊や全体主義国家がそうであるように、修道院は個人というものにあまり重きを置かないところだった。すべて、総体的な善、総体的な規則のためにあった。最初の日は、諸規則になんとか慣れようと努力しているうちに、一日が過ぎていった。修道院のあらゆる伝統と習慣は、魅力的ではあったが、同時に、慣れることもまた難しいものだった。私がすることは何でも間違っているようだった。起立しなければならない時、私は座ったままだった。外履きを履くべき時に室内履きを履いた。沈黙を保つべき時に声を上げてしまい、それが大変目立ったので、それから一年ほど、ほとんど口をきかないで過ごすはめになった。一人の修道女が私のために、一日になすべき事柄の時間割を書いてくれた。自習時間ですら、十五分はこれ、十分はあれ、といった具合にご丁寧に指示された。今まで、かなり自分勝手にやって来た私に対して、毎日、二時五十分には、フランス語の不規則動詞の勉強を始め、叙法と分詞を完全にマスターするまで続けることと書いてあった。また、一時半には、木綿の布にエンブロイダリー・ステッチの練習をし、「針仕事」として与えられた青のビロードのスモーキング・キャップ[003]にちゃんと刺繍できるようになる、などといったことが記されていた。生まれてこのかた、スモーキング・キャップを被った大人を見たことがなかったし、もしいたとしても、この帽子はその大人には合わなかったと思う。子どもの私の頭にすら、それは小さすぎたのだから。ピアノの実力を見るために、一人の修道女が私を音楽室に呼んで、まず上行進行で、次に下行進行で音階を弾くようにと言った。不規則動詞の変化を知らずにフランス語を理解するという芸当を見せたのと同様に、私は音階をマスターしないまま、ピアノの小品やアイルランド民謡の「乱れた旋律」と呼ばれる唄、メンデルスゾーンの「断片」を弾いてみせるという離れ技をやってのけた。無慈悲にも、修道女は譜面台からそれらの楽譜を取りあげ、その代わりに、うんざりするようなツェルニー[004]の『五指練習教本』を置いた。それを、私はロザリオの祈りの後、毎日二十分練習せねばならないのだった。この修道女は音楽を運指と拍子でしか捉えていないのだと思わざるを得なかった。彼女はピアノで何かの曲を弾いて、私に何拍子かと尋ねた。ピアノの上にはメトロノームが置いてあったが、私はそれが何をする器械なのかまったく知らなかった。なおもしつこく尋ねられたので、その曲は行進曲だと思うと答えると、彼女は苛々した調子で、「それなら、この曲に合わせて行進してごらんなさい」と言った。それは、惨めな面談ではあったが、音楽にも、音楽の芸術性にもなんら関係のないものだということが、私にはなぜかわかっていた。

　トランクの荷ほどきが、これまた難題だった。すべての生徒に与えられていた番号付きのロッカーが並ぶ衣装部屋でそれは行われた。初日には、「入浴衣」の件で恥ずかしい思いをしたのだが、さらに恥ずかしい思いをしなければならなかった。私は下着でも上着でも、いわゆる学校用に用意した衣類に関して、かなり場違いな思いをしなければならなかった。それらを点検してくれる女性は家にはいなかったし、何点かは、学校用の安い衣類が売り物のイギリスの通信販売の会社から買ったものだった。カタログの写真から私が選んだものに加え、村の仕立屋が縫ったものもあった。また、用意したシーツは新品ではなかった。その当時はどの家でもそうだったと思うが、家にはシーツ類が山ほどあったので、別に新しいものを買う必要はないと判断されたのだ。その結果、ダブリンからやって来た少女たちが使っていた、気持ちのよいすべすべした木綿のシーツではなく、私が持ってきていたのは手織りの麻のシーツだった。それは、たいそう重く、田舎くさい代物だった。私のテーブル・ナプキン――これもまた新品ではなく、他の少女たちのものより大きいものだった――の縁かざりはあちこちがほつれていて、裁縫係の修道女に繕ってもらわなければならなかった。バスタオルは小さすぎ、フェイスタオルは大きすぎた。枕カバーは通常の長方形ではなく、正方形だった。最悪だったのは、私が持ち込んだ本のことだった。本は持ってこないのが規則で、教科書はすべて学校から支給され、その本代として、学期毎に十五シリング支払うことになっていた。しかし、親戚の人々がお別れの記念にといって、本棚を一杯にすることができるほどの本を贈ってくれたのだった。文通していたおじには、ロングフェロー[005]訳のダンテ、マライア・エッジワースの『ラックレント城』、シャーロット・ブロンテの『ジェイン・エア』を貰った。オペラ歌手になろうとアメリカに渡り、結局、アラスカの鮭漁場の拠点や鉱山のキャンプで旅芸人として生涯を終えたおじが贈ってくれたのは、『イースト・リン』[006]、『二輪馬車の秘密』[007]、『レディ・オードリーの秘密』[008]、『聖エルモ』[009]だった。さらに、私が通っていた地元の学校で賞にもらった祈祷書と聖書も持っていた。それは年配の長老派《プレスビテリアン》の信者[010]の女性が経営していた学校で、その女性はカトリックの子どもたちにいつも聖書を賞品に与えていたのである。衣装係の修道女は他の本よりも、このジェイムズ王の欽定訳聖書を私が持っていたことに驚いた様子で、誰に貰ったのかと、厳しく問いただした。私は説明したが、すっかり話したわけではなかった。私は熱心な旧約聖書の読者だったが、それに対して、罪悪感を覚えてもいた。その中の物語に、はっきり何とはわからないが、何かよくない含みを持つものがあることを知っていたからである。以前、家にやって来た旅行経験の豊かな一人の男性が、私がロトの物語[011]を読みふけっているのを見て、私の祖母とおじに対して「なんで子どもにこんなに古いおぞましい話を読ませておくんですか？」と言ったことがある。私はとても混乱した。あらゆる所で、聖書は聖なる書物であり、主によって与えられた世界中で最も崇高な書物であるということが述べられているではないか。とはいえ、旧約聖書の物語がすべて聖なるものでないことは、私もよくわかっていた。それでも、私は衣装係の修道女の非難を予測できなかった。彼女は「誰かの監督なしに、この本を読んではなりません」と言った。その後、長い間、人々が聖書について語ったことについて、あれこれ考え続けることになるが、結局、旧約聖書は若者や就学中の者向けのものではない、というコメントには納得した。修道女は私の本をすべて没収し、代わりに『天国の鍵』、『信仰生活の入門』、『キリストに倣《なら》いて』を手渡した。

一日中恥ずかしい思いをしたあとで、教会のにぎやかな鐘が鳴るのを聞いて、私はほっとした。何か修道院の儀式が始まるため、荷ほどきの作業は終わりになり、根ほり葉ほり尋ねる口うるさい修道女から解放されることがわかっていたからである。ロザリオの祈りの時間となり、私も他の少女たちに加わった。皆整列していた。私は、自分の面倒を見てくれる少女と一緒に行進する列に並び、黙って庭に進んでいった。その日の当番の修道女が、前夜、娯楽ホールで、我を忘れてピアノを弾いていた修道女だとわかり、嬉しくなった。彼女は、少女たちの隊列に並んで歩いた。その表情は生き生きしていたが、彼女は可能な限り威厳を保とうとし、皮革のベルトに掛けられている長いロザリオを神経質そうにまさぐっていた。「哀れみに満ちた教義から」と彼女は切り出した。「まず第一に楽園の主に対する祈り。天にまします我らが父よ」と彼女は祈った。「罪深き我々をお許し下さい」と生徒たちの声が揃って答えた。「慈悲深きアヴェ・マリア、神はあなたとともにあられる」と修道女が祈ると、「聖母マリアさま、我ら罪人のためにお祈り下さい」と生徒たちが答えた。このように、第二の教義から第五の教義までが繰り返され、主の祈り、天使祝詞、栄頌までどんどん続いていった。行進は庭の隅にある修道女たちの墓所まで進んだ。私たちはキリストの像が掛けられているハイ・クロス[012]の前で一分ほど立ち止まった。茨の冠を戴いたその顔は苦痛のために背けられていて、同じような像や十字架をヨーロッパ各地の路傍の祀堂で見ることができる。しかし、一般的にアイルランドには路傍の祀堂はなく、屋外でキリスト像の掛かった十字架を見るのは、これが初めてだった。私たちはその前に立ち、この世を去ったすべての人々の魂のために、世界中の死んでしまった人々の魂のために、また、この修道院で死に、この墓所に埋葬されたすべての人々の魂のために祈った。墓が何列も何列も並んでいて、死んだ修道女の修道名と入信の日付、死んだ日付が刻んである細く黒い十字架がその一つ一つに立てられていた。次にこの修道院で死ぬ者のために用意されている場所もあった。そこにも十字架は立てられていたが、名前も日付も書かれていなかった。死が、そして、生そのものを死への準備期間と見なす思いがあたりに充満していた。しかし、行列が庭を後にし、チャペルに入っていくと、生がまた息づいてきた。賛美歌の伴奏のために、シスター・セバスチャンの指がオルガンの鍵盤を走ると、感情の高まりとともに、生が戻ってきた。生徒たちが斉唱すると、しばらく間があった。何小節か置いて、一人の生徒が歌い始めた。突然独唱部を声高らかに歌い始めたこの声には、何かぞくぞくさせるものがあったので、私は自分の場所から、オルガンのある二階部分を振り返って見た。これは規則違反で、後《あと》で私は叱られることになる。そこにいたのは、昨晩娯楽ホールで、「今宵の私は満面の笑顔。愛しいあなた」と歌いながら踊っていた少女だった。墓所で死者と共にあり、沈んだ気持ちになった直後に耳にしたこの歌声は、私たちの中に僅かばかり残っていた、何かに反応しようという気持ちを高揚させた。この迅速な気分の変化のおかげで、私はその日味わった恥ずかしさと、墓所での憂鬱をすっかり拭い去ることができた。その少女が歌っていた賛美歌は初めて聴いたものだった。

私は夢の時から目覚める
聖なる祭壇へと
天使が導いてくれる
イエス様の御心が脈打つ神の御座へ

それは、シェリー[013]の「インド風セレナード」[014]のパロディのようなもので、誰か単純でエロティックな傾向のある修道女が賛美歌にしてしまったのだろう。長い金髪の少女は、個性的な声の持ち主で、この安っぽい歌詞に魔法を吹き込み、神秘的な恋の唄のように、彼女の心の中にはすばらしい恋が秘められているかのように、そして、何よりも歌うことが好きでたまらないと言わんばかりに歌い上げた。間違いなく、歌詞はひどいものだった。とは言っても当時の私はそんなことには気づくこともなく、すっかり心を奪われてしまった。彼女はその歌詞に、一種の魔力を吹き込んだ。それは、〈時〉が見せる魅力的な夢であり、おそらく〈時〉が彼女に死をもたらすとき、彼女に見せるであろう不思議な何かだった。賛美歌は終わり、跪いていた私たちは立ち上がり、祭壇の前まで二人ずつ進み、片膝をついて祈った。それから、また隊列を組み、独唱をした少女が最後尾についた。私は興奮して震えていた。チャペルの暗がりから外に出ても、グラウンドに続く小さな門を通り過ぎるまでは、私たちは黙ったままきちんと隊列を保っていた。しかし、そこを過ぎると、にぎやかな話し声や笑い声がどっと起こった。さっき、独唱した少女が、憧憬の輪の中心にいた。おそらく、彼女の声は、当時私たちみんなが思っていたほどすばらしいものではなかったかもしれないが、やはり、類い稀な声で、思春期の少女たちを夢中にさせるあらゆる資質を備えていた。彼女たちにとって、そこで起こったことはすべて、人生で初めて経験することだったのである。

寄宿学校の校長は、小柄で機敏で、何ひとつ見逃さない、すばやく動く瞳を持ち、俗っぽい立ち居振る舞いをする女性だったが、独唱をした少女とその声について訓示を垂れた。「フィンダは」と校長は始めた。「あなたたちの中で成績優秀な人たちに比べると、それほど成績は良くないかもしれません。しかし、主は彼女に声という贈り物をくださいました。主は時折、すばらしい肉体をお造りになったり、すばらしい頭脳をお造りになったり、美しい木をお造りになったりなさいます。フィンダの場合、主は彼女にすばらしい喉をお与えになったのです。この声は、主を讃えるためにのみ使うようにと、主がお貸しくださったものなのです。」美しく長身で、長い髪をしたフィンダと一緒にいたのはたった二年だけだったにもかかわらず、また、彼女が死んでから既に三十年も経っているにもかかわらず、彼女の思い出とその声は、今でもはっきりと私の中に息づいている。彼女が与えてくれたのは、私たちの多くが、人生をスタートさせて間もない時期に受けた様々な感動の一つだった。感受性の強い思春期に経験したことは、決して忘れないものだ。実際、昨日起こった出来事より、寄宿学校の最初の年に起こった出来事のほうを、よりはっきりと覚えていたりすることがあるのだ。若い時期に食べたものが身体を作るように、それは永遠に私の意識と気質の一部を形作るものだからである。例えば、ホッケーをしていたときの事故でできた左足の傷が今でもかすかに残っているように、心の傷もまた残っている。その下に潜む何かを癒してしまった傷もあるし、永久に痛み続ける古傷もある。

3

修道院という場所は、本当に小さな、それ自体が独立した全体主義国家で、そこでは生活は厳しい規則にのっとって送られることになっていて、規則を守らなかった者、守れなかった者は罰を受けた。しかし、私にとっては、たとえ厳しいものであったとしても、修道院での生活は幸福で満ち足りたものとなった。

他の生徒と同じように振る舞う努力をすることが、いつも何よりも大切なことだった。私たちは皆そっくりだった。同じ時間に起き、同時に顔を洗い、同時に着替えた。一緒に同じ祈りを唱え、同じ制服を着た。決められたやり方で、髪をおさげに結って背中に垂らし、黒い絹のリボンを結んだ。「整列しなさい」とか「並びなさい」といった号令は、私たちの身体が赴く場所で、一日のうち何度も繰り返されるものだった。私たちは二列に並び、歩調を合わせて行進し、並んで食堂に行き、並んでチャペルに入った。祭壇の前に二人並んで片膝をついて祈り、それから皆、教練のようなリズムで、右側に立っている者は右回りに、左側の者は左回りに自分の席に向かった。一週間に二度ほど、練兵係軍曹による本物の軍事教練も受けた。おそらく教練と順応と全体主義は、民主主義の世界に生きている私たちが考える人間の理想と、それほどかけ離れていないのだろう。検閲はひっきりなしに行われた。私たちがしたことや、ただ考えただけのことも、校長先生にはわかってしまうと思われた。手紙は出すのも受け取るのもチェックされた。そして、私たちが書く手紙は徹底的に検閲を受けた。もちろん、内容に関してはいつも、というわけではなかったが、文体や礼儀に関してはいつもチェックされた。時折、淑女としての手紙の書き方が半時間におよぶ講義のテーマとなったほどである。学校への批判を家に書き送ることは禁じられていたし、修道女たちを批判することは、行動やマナーの点で規則違反であると考えられていたように思う。

耐えがたいような理不尽な面もたくさんあったが、その当時、私たちはそれらが改善されうる理不尽さだとは気づいていなかったし、その時代のヨーロッパのどの学校でも同じようなことが行われていたのだと思う。セントラル・ヒーティングの設備はなく、寮と教室は寒かったため、かじかんで身体は動かなくなり、冬中、風邪で鼻がつまった状態で、手足は、特に手はしもやけだらけだった。しもやけが裂けたり破れたりするほどにひどくなると、とても痛かったことを思い出す。それでも、愚痴を言うことなど誰も思いもしなかった。大陸の学校へ行った経験のある者と、幼い頃、遠くのイギリスの植民地で育った者以外は、冷たい雨が降る冬、時には魅力的な早春、めったに暖かくはならない短い夏、そういったアイルランドの気候しか誰も知らないのだから、私たちは風邪としもやけを天からの十字架だと考えていた。

夏も冬も毎朝冷たい水で顔を洗った。また、終日誰かが入浴していた。というのは、修道院の全員が入浴するのに、浴室の数が限られていたので、そうせざるを得なかったのである。皆自分の入浴時間が決められていて、それは週に一回以上ということはなかった。そして、何らかの理由で自分の順番を逃すと、次の週の順番まで待たなければならなかった。その他に、足洗浄と呼ばれる足を洗う時間もあったと思う。入浴時には、すとんとした形で袖ぐりの部分に穴があいている〈入浴衣〉と呼ばれるものを着て入浴した。時にはこの浴衣を嫌がる大胆で不謹慎な者がいて、浴槽の中で脱ぎ捨てるという噂もあった。

　耐えねばならない懲罰、罰則の類いはたくさんあったが、厳格な規律のわりには、度を超えたものではなかった。授業をちゃんと理解していなかったり、授業や食事や儀式に遅刻したり、沈黙の規則を守らなかったり、礼拝用のヴェールをきちんと畳んで各自番号のついた小さなロッカーにしまっておかなかったりすると、罰が与えられた。私たちにはそれぞれ番号がついていて、時々は名前ではなくてその番号で呼ばれることがあった。食事の最中、食堂係の修道女が「十九番は庭のベンチにラテン語の文法書を忘れていました。二十一番はウォーキングシューズをベッドの下に置き忘れていました。ウィーダ[015]の（または、その他の禁止されている作家の）小説が五十六番のマットレスの下で見つかりました。小説を隠れて持ち込んだ人は、自分から校長先生に名乗り出るように」と注意した。チョコレートや小説本を時折密かに持ち込んでいたのは通学生だった。小説を読むこと自体が禁止されていたわけではなくて、休暇中や娯楽時間に、学校図書館にある本に限って読んでもいいことになっていた。この図書館の蔵書は玉石混淆だったが、私たちは頓着なく、何でも同じように楽しんで読んだ。本は年齢別に分類してあって、最終学年でトマス・ハーディ[016]の小説をたくさん読んだことを思い出す。修道院の外の世界では、当時ハーディは若い娘が読むものとしては不適切と見なされていたのではあるが。また私は在学中、参考図書・辞書室に置いてあったチェンバーズ編の『英文学事典』[017]を最初から最後まで読破した。私はそこに述べられていた、あまり有名でないありとあらゆる詩人に関する記述、例えば、フォード[018]やマッシンジャー[019]といったエリザベス朝の詩人、『三文の知恵』を書いたあのグリーン[020]、『ヒューディブラス』のバトラー[021]、シェンストン[022]、ロバート・タナヒル[023]などに関する記述を暗記した。そんなことができたのは、慌ただしい時の流れが記憶力を鈍らせる前のことである。詩や文学者の伝記に関する限り、私は吸い取り紙が水を吸い取るように吸収していった。一方、その他の才能は何もないようだった。同級生にはとても才能豊かな者たちがいた。ピアノを弾く者、絵やデッサンが上手な者、すばらしい演技や踊りを見せる者、上手に詩を書く者。学年末試験で最高点をとった生徒などは、ほとんど何でも万能にこなしていたことを思い出す。彼女はラテン語や英語が一番だったばかりでなく、演技をしても詩を書いても一番で、何でも暗記することができた。ただ、時が経つにつれて、彼女の能力はあまり目立たなくなった。とはいえ、彼女には芸術的才能があったし、私が知っている限り、その記憶力は尋常ならざるものだった。少女時代と学校時代の友人について考えてみると、思春期や青年期に様々な分野で才能を発揮する女性の数は、同じような才能を持ち合わせる男性よりも多いのではないかという気がする。このような女性たちの多くは、才能あるアマチュアとして一生を送るのが常で、学校時代に得た名声を再び得ようと作家や女優や音楽家を目指して大人になってから何年も努力する者はほとんどいない。多くは過去の栄光をすっかり忘れて幸せな家庭生活に安住し、赤ん坊の洋服を作ることに満足してしまった指は、ピアノの鍵盤や、ヴァイオリンの弦の上を軽やかに踊る能力をなくしてしまうのだった。

　授業時間も自習時間も長かった。私たちが学習する教科書や科目は、元々イギリスの上級官僚によって始められたアイルランド中等教育評議会が定めたものだった。しかし、この学校全体の方向性や教育方針は、大陸的だったと言える。特に、フランスの影響が強く、ディムネ神父[024]による『私が馴染んだ世界』には、私が受けた教育とほとんど同じ内容が書かれていた。後に、私はディムネ神父その人から、「あなたと私は同じようなバックグラウンドを持っているように思われます。そうでなければ、私はかつて英国風の教育を受けたと言わねばならないでしょう」という手紙を受け取ることになる。事実、私の学校は女子教育のためにフランスの修道会が設立したもので[025]、伝統的にフランス流の教育を行っていた。学校はすっかりアイルランド化されるほど長い歴史を持ってはいなかったので、私たちはあらゆる類いのフランスの習慣に従っていた。祝祭日や誕生日には、私たちはフランスでそうするように、左右の頬と唇に計三度ずつキスしあったものだった。建学の精神はフランス語で書かれていたし、練習帳にはフランスの紋章がついていた。このようにフランス風の教育を受け、読み書きという点ではかなりフランス語の勉強をしたにもかかわらず、会話という点についてはあまり重きが置かれていなかった。ドイツ語やイタリア語も同様で、フランス語やドイツ語をある程度流暢に話せるようになったのは、大学生になってからだった。その後何年かフランスに住んだので、それなりにフランス語を使いこなせるようになったが、今でもフランス語は話すよりも読み書きのほうが得意である。フランス人の友だちに言わせると、私のフランス語は「とても《トレ》、穏やかな《ジャンティ》、フランス語《フランセ》」だが、外国なまりの非常に強いものだそうである。

　しかし、本当に私を夢中にさせたのはラテン語とラテン文学だった。辞書の助けを借りて、ウェルギリウス[026]の第二巻の意味を初めて理解した時の得意な思いは、決して忘れることができない。未だにカトゥルス[027]の詩やホラティウス[028]の頌歌を自分で翻訳したときの言葉を覚えている。難解な詩歌を翻訳して自分の言葉に変えようとするときに感じる喜びは、クロスワードパズルを解く喜びにどこか似ているように思う。私はラテン語の詩を響きの良い英語に翻訳しようと苦労したものだった。記憶に残る言葉から判断すると、私の苦労も、「ああ、残酷な姫よ、トロイの最後の苦悩の物語を語ろう」といった類いのかなりひどい詩語を生み出す結果に終わっただけのように思われる。しかし、何というすばらしい神々と英雄たちの世界を、ウェルギリウスから教わったことだろう！　それは興味が尽きることのない魅惑の世界だった。しかし、一方で、タッソ[029]の『解放されたエルサレム』は退屈な世界だった。それは『アエネーイス』の言葉とは異なり、混乱させるような言葉で書かれていた。その結果、今日に到るまで、イタリア文学・文学史というと、我慢できないほど退屈で、のろまな騎士と頭が空っぽの乙女が登場するような、散文で書かれた退屈な道徳物語や、フランス古典演劇作家の作品を学校教師が書き直したような三文芝居を連想してしまうのである。私は英語に翻訳する作業が大好きで、練習を重ねることによって、外国語で書かれた本を取り上げて、まるでそれが英語で書かれたものであるかのように、流暢に読み上げるという能力を獲得した。今でもまだそういうことができるのは、フランス語だけであるが、つい先年まではドイツ語でもイタリア語でも同じようなことができたのだった。私の同級生の中にはとても語学の能力のある者たちがいた。十八歳という年齢でありながら、後に知り合いになった数々の博士号取得者たちよりも能力のある者もいたくらいである。それは、長時間に及ぶ訓練と、熱心な教育の賜物である。

アイルランドの中等教育と大学教育の恩恵に預かった、教養が深く、博学な友人たちの顔が何人も思い浮かぶのだが、それは非常に文学に偏った教育ではあった。もっとも、第一次世界大戦前のヨーロッパの教育はどこでもそうだったと言えるかもしれない。政府ならびに政府諸機関に対する絶え間ない批判は、愛国的な運動には欠かせないもので、私たちが受けたような教育は、無力で重税にあえぐ人々に外国政府が不当に押しつけているものとして、常に厳しい批判の対象となっていた。私が通ったような私立学校は、生徒が受ける年度末の試験の結果により、中等教育評議会から補助金を受けていた。試験で優秀な成績を収めた生徒たちには優等賞や奨学金が与えられた。ウイスキー税による税収財源がそれらの原資となっていた。こうした状況は、機転のきく皮肉屋にとって恰好の冗談となり、反政府運動の武器として利用され活用されたのだった。彼らは、子どもたちが教育を受けられるか否かは、土曜日の夜、国中が消費するウイスキーの量にかかっていて、当世流行の教育はこの国の実情には合ってない、というようなことを親たちにまことしやかに吹き込んだのである。この国情に合っていないという部分は、当たっていると私も思う。その当時、中等教育や大学教育を受ける人間の割合はあまり高いものではなかったが、彼らは確かな主義主張を持った影響力のあるグループを形成していた。教育は、かなりの数の訓練された学究的人物を生み出したが、かの国は、生み出されただけの人材を活用するには、小さすぎたのである。

このような批判に刺激されたのか、イギリス政府はオックスフォードやケンブリッジの研究者をアイルランドの中等教育の調査に送り込んできた。地元の大学やカレッジから人材を派遣しようなどとは夢にも思わなかったようだ。というのは、アイルランド人はアイルランドの問題を自分たちだけでは絶対に解決できないと考えられていたからである。私たちの学校が、二人のイギリス人学者に査察されるという知らせを聞いて、修道女たちも生徒たちもとても興奮したことがあった。そのような査察官は予告なしに突然やって来る、という話だったが、査察の日が近づくと、二人のうち代表が丁寧な手紙をよこし、彼と彼の同僚のスティガル教授はこれこれの日に学校を訪れ、授業を見学したい、と言ってきた。この手紙は食堂で全員に披露された。そして、署名された名前を聞いて、私たちは興奮した。それは非常に珍しい古典学者の名前で、私たちが使っていた教科書の編集者として表紙に印刷されていたエヴリン・シャックバラ氏[030]であると思われたからである。私たちにとって、彼は大変な名士だった。彼の名は、この国で古典を学ぶ少年少女たちの間では広く知られていた。そして彼が学校に現れたときは、まるでウェルギリウスかオウィディウス[031]が、もしくはホメロスその人が教室に入ってきたかのように感じられたのだった。「イヴリン・シャックバラ教授です」とラテン語の教師は、しどろもどろになりながらその名前を紹介したが、アイルランドではイギリスの名前の読み方、音節の切り方がわからないことはよくあることだった。その逆もまた然りで、教授は手渡されたクラス名簿に並ぶ名前にしどろもどろになった。教授は間違った音節を強く発音したり、発音を間違えたりしたが、それはどこか奇妙で魅力的に響いた。打ち解けようと、彼が一人二人の生徒にアイルランドのどの地方の出身かと尋ねる様子から、彼がアイルランドの地理について全く無知であり、そのため、地名を正しく発音できないことが明らかとなった。そして、その名声は轟いていたにもかかわらず、彼が、イギリスの官僚がアイルランドに来て見せる、馬鹿馬鹿しい愚かさの典型であることに私たちは気づいたのである。彼が私を学校一のラテン語学者と呼んだときに、私は冷静にこの点を確信した。古代ギリシャと古代ローマ世界にしか関心のない、この当惑顔の老碩学の夢見るような瞳を見つめていると、彼をからかうことがどれほど簡単なことか、一目瞭然だった。ライオン、つまりイギリスを挑発することは、アイルランドではあまりよしとされていなかった。むしろ、ライオンはからかうべきなのである。外国語を自分自身の英語に翻訳する訓練を重ねてきたことが私の武器であり、ホラティウスの頌歌を使い古された借り物の言葉や単なる注釈とは異なる生きた言葉に翻訳して見せると、私のラテン語の能力は評価された。彼の顔と瞳は喜びで輝いた。多くの同胞と同じように、私は言葉でイギリス人をやっつけたのである。また、もう一人の同級生——本当は彼女がクラス一のラテン語学者だったのだが——がトマス・ムア[032]の「陰鬱な湿原の湖」を、ラテン語六歩格に自分で翻訳したものを朗読し、彼が嬉しそうに驚いているのに気がついたとき、私たちは学校のための闘いに勝利したことを実感した。この老学者にとって、よい学校とは古典の言葉がきちんと教えられているところであり、彼が立ち去るときには、私たちに対する賛辞を惜しまず、小さな魅力的なお嬢さんの学者たちとほめちぎった。私たちの年齢は十七歳前後だったのだが、「小さな」と表現されても、誰も気に留めなかった。手紙のやりとりをしている私のおじに、シャックバラ教授のお世辞について話すと、英国のアイルランド支配が明示されるといつも皮肉を込めてコメントするおじは、サミュエル・バトラーの『ヒューディブラス』から、「野蛮なアイルランド人と同じくらいの学識で……」の部分を引用した。確かに、この世で最上の善意を携えたこのイギリスの査察官たちの態度は、自分たちはどこか無名の大英帝国の植民地に、現地人に対する教育の成果を査察するためにやって来たのだ、と言わんばかりだったのである。

第三章　昔ながらの教育

1

寄宿学校の教育水準は高かったかもしれないが、給食の水準はひどいものだった。本当に身体が求めているものに対してほとんど注意は払われていなかった。起床時間があまりに早すぎたため、小さなチャペルを出て朝食を取りに食堂に入る頃には、一日はまだ本格的に始まってもいないのに、もう疲れきっていることも多かったが、その朝食は紅茶とバタつきパンだけだった。昼のディナーはいつも量が少なかったし、味もひどかったので、修道院長の姪が特別扱いでそれを食べないで、昼の間に紅茶を飲んでいるのが羨ましくてならなかった。三時には、おきまりのバタつきパンと紅茶かミルクが出た。夕食も似たようなものだった。修道女たちも生徒たちも、食の重要性について、特に考えていなかったようだ。私たちはバタつきパンで空腹を満たした。それほど栄養状態が悪く、戸外にも出ることもなく、体操をしていたわけでもなかったのに、私たちの多くが健康に成長したという事実には驚かざるを得ない。若い身体というものは、たいていの事柄に適応できるもののようである。とはいえ、若いうちに結核で死んだ者や、何かの慢性病に生涯苦しんだ者の数は非常に多かった。早朝のミサで跪いていると、時折、強烈な痛みが襲ってくることがあった。ずっと後になって、自分は子どもの頃から慢性の虫垂炎を患っていたことが判明したが、検診に来た校医に、半分は便秘で、半分は早起きをしたくない仮病だと診断された。看護係の修道女にこの腹痛や慢性的な頭痛を訴えると——この偏頭痛は十代の始めに自覚するようになり、後にニューヨークで一人の医者が治してくれるまで続くことになるのだが——彼女はかなり同情的な態度を示してはくれたが、頭痛や腹痛がするときは、十字架にかけられた主の苦しみを思うべきであり、取るに足りない自分の痛みで大騒ぎすることはよくないとたしなめられた。成長するにつれ私は病気がちになり、完治させることのできなかった貧血症のため、体力は損なわれていた。貧血症になった理由の一つに、私が赤毛だからその罰なのだと厳かに言われたこともあった。赤毛の人間は常に貧血症になると信じられていたのである。

食事はひどく、冬は寒く、長すぎる授業と学習時間に加え、欠点をなくし敬虔になるための多大な努力を強いられ、死後の生に向けて常に黙想しなければならなかったにもかかわらず、学校での生活は幸福なものだった。教育は、私たちの魂を神にふさわしいものにするための手段と見なされ、人生への準備だとは考えられていなかった。人生それ自体が永遠なる生への準備期間であり、人生の試練は私たちの精神を完全なものにし、魂を気高いものにするために神が用意されたものなのである。私たちが苦しめば苦しむほど、神はお喜びになり、私たちが永遠の幸せを手にする可能性は高まると考えられていた。しかし、愛情に溢れた生活だった。修道女たちは慈愛に満ちていたし、級友たちとはとても仲がよかった。それぞれ親友がいたが、三人のグループでなければならなかった。「特別な関係」と呼ばれたものを禁止する修道院の規則のため、すべての友人関係は三人でなければならなかったのである。女学生が特定の対象に夢中になることを予防するためにあった規則なのだろうが、私の長い寄宿学校の経験から見ると、そのような関係はあったとしても全くたわいもないものだった。三人組は休暇になると、長い手紙をやり取りし、小説や詩集を交換しあった。休暇が終わって学校に戻ると、親友に再会できることが何より幸せだった。

修道女たちは概して親切だったが、若くて修行が充分でない者や、修練女を志願する者の中に、つまらない意地悪をする者がいたことも記憶にある。ただ、そのことを叱責されたのか、同じ意地悪を再び繰り返す者は稀だった。修道女たちには総じて、高潔で献身的な女性が多かったと思う。彼女たちが訓練し、教育し、育成している少女たちの実の母以上に気配りのできる人々だった。ただ、自分たち自身の健康や、私たちの健康や身体状況について、もう少し責任感を強く持って欲しかった、という気はする。多くの修道女が若死にし、多くが働きすぎ、精進しすぎ、祈りすぎた。

彼女たちが見せた、没我的で、寛大で、献身的な態度は、修道院以外の世界で目撃されることは、ほとんどないということが後になってわかった。また、ヨーロッパ大陸の修道院で教育を受けた女性と出会って話をしてみると、私たちは、痛ましいほど同じような体験をしているのだった。学校時代に叩き込まれた思想や理想に従って生きていくと、しばしば大失敗をすることになった。同じような環境で育てられた人々の間では支障はなかったが、この小さな世界、古いヨーロッパのカトリックの伝統から一歩でも踏み出してみると、私たちが人生と生き方について教えられたことは、ほとんど役に立たなかったのである。それはすばらしい世界だったかもしれないが、狭い世界で、外の世界へ一歩踏み出した者は誰も、学校で受けた教育のほとんどが消し去られるように感じるのだった。この学校の伝統は、他に三つ四つ私が在籍した学校と同様、上流志向のものだった。生徒も教師もできうる限り中流階級の出身者が集められ――ヨーロッパの貴族階級出身の者がいた学校が一つだけあったが――どこでも伝統は同じだった。戦前のこのような教育は、同じ規律で同じ理想という点で、ヨーロッパ中で見ることができた。アイルランドの修道院寄宿学校から、フランス、ドイツ、ベルギーなどの寄宿学校へ転校したとしても、違いはほとんどなかったことだろう。似たような規律、同じ習慣や風習、同じ制服、同じ宗教上の訓練、同じ祈祷書、聖人や殉教者の同じ物語に加え、生ではなくて死のために準備しておかねばならないといった考えを叩き込まれていたおかげで。

礼儀や一般的な行動に関する、より世俗的な教育と同様、宗教教育も絶え間無くほどこされた。昼間は、祈りのための時間が何度も設けられ、部屋に入る際、走ったり、机の蓋をバタンと音をたてて閉めたりする者がいると、その都度、簡単なお説教がなされるのだった。敬虔な心を持つようにといつも言われていたが、何でも疑問に思う年頃だった私たちは、最も信仰心の篤い少女が必ずしも性格的に、また一般的倫理という面で最も優れている者でないのはなぜか、と考え込んだものだった。あらゆる宗教的修練をさぼることが上手なアンが、寛大で、勇気があって、温かい人間なのはなぜなのか、また、毎朝早くに起床し、平日には二度もミサに出て、いつも御聖堂に籠もって祈っているエリノアが、嘘つきで、告げ口屋で、規則違反や行動に関して自ら責めを負うことがないのはなぜなのか、ということも謎だった。私たちはこのような質問をとても巧妙な形で、日曜学校の授業を担当する教師にぶつけてみたことがあったが、返ってきたのは、人間の自然な徳、超自然的な徳、神学的な徳、その他ありとあらゆるジャンルの徳に関する見事な解説だったため、私たちの頭は混乱するばかりだった。それでも疑問は残った。アンの場合を、エリノアの場合を一体、どう説明したらよいのだろう？　さらに、「霊的なること《スピリチュアリティ》」という語は何を意味しているのか、という疑問もあった。これは、修道女によれば、宗教的特質ということだったが、一人の少女が休暇の後で持ち帰ったモーリス・メーテルリンク[001]作の『慎ましき者の宝物』という本の中に、宗教的霊性よりも私たちを夢中にさせる、少々怪しげな霊性についての記述がたくさんあったため、私たちは、一層この問題に対して疑問を持つようになった。私たちはこの霊性に関する新しい視点を校長先生にもぶつけてみた。彼女はこの段階で、私たちが自分の手に余ると考えたようで、学識豊かなイエズス会の神父が招聘され、私たちに講義を行った。神父は黒板に大前提、小前提、結論という三段論法の理論に従ってメーテルリンクが不合理であることを証明し、従って、禁止すべきだとした。実際表面的には、私たちは疑問をあからさまにすることなく、言われたことをそのまま受け入れた。それでも、私たちの懐疑的気質は慎重に監視を受けた。休み時間には校長先生に一人一人呼び出され、私たちの欠点が指摘され、矯正が試みられた。私たちは自らをわずかでも向上させるために、日々、心に潜む欲望や悪徳を見つけ、それを改善するように努力した。あらゆる種類の、あらゆる形態の虚栄心を矯正するために、ありとあらゆる努力がなされた。もし、ある少女が自分を綺麗だと思い、髪をカールしたり、自分を着飾ったりすると——着飾るといっても皆制服を着ていたのだから、限りがあったわけだが——彼女は厳重な注意を受けた。時折授業のない日、一人の大胆な者が、お下げ髪をほどいて長い髪を波うたせて食堂に入って来たことがあった。彼女はすぐに外に出され、規則通りのお下げ髪に結い直させられた。一人の観察力の鋭い修道女が、私が自分の長く赤い髪に自惚れているという間違った結論に達し、自惚れることの悪徳について、かつまた私の外見の一般的な欠点について長々と説教したことがあった。後半の指摘について、彼女が正しいという点に異論はなかった。私はいつも黒髪と青い瞳に憧れていたからである。このような叱責が総合的にもたらした結果として、私は注意散漫で、だらしなくなり、自分の外見について無関心になったが、この影響は生涯私に付きまとうこととなる。しばらくして、もっと鋭い洞察力を持った修道女が、私がその他の虚栄心を露呈していないか注意深く観察した結果、自分の頭の良さに自惚れているという結論に達した。私は同級生たちに比べ、読書量が多かった。文学や歴史という領域に限られてはいたが、私には普通は子どもが知るはずがないような知識があり、常に何かの本を読みふけっていたのである。読書量が多いからといって私がクラスで一番になることは決してなかったのであるが、私たちが従順に受け止めなければならないとされている宗教的な本の文体や内容について、時々生意気な態度を取ったことがあることは否めない。

2

学校の図書館には、古典や聖人伝に加え、卒業生たちが残していった、当時はよい小説だと思われていた作品などがこれといった方針もなく寄せ集められていた。トマス・ハーディやジョージ・メレディス[002]の小説が、ホール・ケイン[003]やマリー・コレーリ[004]の本、志だけは高い女性作家たちのロマンティックな小説に囲まれていた。稀ではあったが授業がない日には、私たちは終日、通俗小説を読みふけり、大いに楽しんだものだった。それは教会の祭日であることが多かったが、全く授業が行われないことが発表されると、私たちは朝早くに図書館で列を作って、〈物語本〉と呼ばれていたものを借り出し、一日中ベッドに横たわってその本を読みながら、チョコレートをかじって過ごすのだった。その頃から、通俗的だと見なされる本でも読むことに何らかの価値があるという確信が変わることはない。それは、人々の夢を理解するのに役立つのである。ここで言う夢とは、目覚めているときに、私たちの内部で絶えず息づく精神性のことを指している。そのような人生における夢とは、決して止むことなく、我々が皆行うことや考えることを支え、互いに分かち合うことのできるものなのである。

私の「知力に関する虚栄」に気づいた修道女は、いずれにしても、私の知識欲を満たさないことが必要だと主張したため、嬉しい休日がやって来たときも、他の同級生には「ご褒美」として質の高い文学作品が与えられるのに、私には馬鹿馬鹿しいまでに感傷的な宗教書が数冊与えられたものだった。私はそれらの本を、私ほどどっぷり悪徳の深みにはまっているわけではないが、知力に関する虚栄に傾く傾向のある友人たちと共に読み、嘲ったものだった。ある若い修道女は私を指差し同級生たちに言った。「彼女が軽蔑しているあの本は、すばらしい本です。無視したらいいんです。人の気を引こうとして、あんな風に話しているだけなんですから」

自宅で耳にしていた大人たちの会話は、ただ単に信心深くなれと諭すようなものではなかったし、道徳的でない本は立派な作品ではないと見なすような文学的基準を押しつけるものでもなかった。学校を運営していた修道会が本来フランスのものだったためか、もしくは、それは単にアイルランドでの普通の用法だったのか、「道徳」という言葉は一般倫理上の言葉として捉えられていた。アメリカでは「道徳」と言うだけで性道徳を意味することもしばしばあるが、ここではそのような意味では使われてなかったように思う。実際、私たちの多くは性という概念について、実に無邪気だったため、性について話題にすることはなかった。しかし、私たちは、動物の毛で粗く編んだシャツを着たり、内側に釘を打ち込んでいるベルトを身につけたり、不眠節食といった肉体的苦行を課し、他人の前で我を卑しめる、といった聖人たちが自分たちを痛めつける様子について、あれこれ批判的に語り合った。また、男性の聖人の中には、女性の目を、自分の母親の目すら、決して見ないという人々もいるということだった。女性の聖人では特に、自分の目の中に胡椒を入れて自らに苦痛を与えたリマの聖ローザ[005]について考えた。こうした議論の指導者的な存在は、ダブリンの医者の娘で、我らが若き心理学者だった。彼女は明らかに、自宅で人間の行動について多くを聞きかじってきて、「私のお父さんによると」という言葉でいつも話を始めるのだった。彼女自身、その内容をよく理解できていたとは思えないが、彼女の父親は多くのダブリンの医者の例に倣って、しばしウィーンに学び、その当時最先端であった新しい心理学[006]、人間の行動に関する新しい解釈の方法を少しばかりかじっていたのだろう。そのような自らに与える苦行は、必ずしも善良さや聖人らしさから行われるのではない、という彼女の説明に、簡単に納得した者もいたが、中にはショックを受けた者もいた。やがて、彼女は校長に咎められることになったが、この校長は、何らかの情報網を用いて、私たちが話したり、行ったりしていることをすべて知っている様子だった。そういった考えは、悪魔の誘惑であると見なされ、その娘の父親は無神論者で、ミサには出席しないし、宗教上の義務にも従わない人だということが、噂で囁《ささや》かれていた。実際、浮世からかけ離れていると思われる修道院でも、外の世界の著名人に関する噂話に全く無縁というわけではないのだった。

　私たちは皆、学校からも家庭からも、道徳的な説教をされ続けていたと思う。手紙を受け取ると、そこには何か、非難か禁止事項が書かれていた。しかし、私が最も楽しみにしていた手紙は、あるおじのフランス人妻からのものだった。それはフランス語で書かれ、人生を最も良く導いてくれるものは「良識《ボン・サンス》」であると保証してくれた。彼女は結婚前、家庭教師をしていて、若い者を教育するという習慣を身につけていた。また、子どもの頃に彼女が学んだフランスの修道院の学校は、どうも私がいた学校の様子とよく似ているようだった。似たような習慣や風習があり、温室の側には同じような洞《ほら》があり、同じようなルルドの聖母像[007]が安置されていた。ベルナデッタの泉は、おばの母親の何らかの病を癒したことがあったらしく、おばはいつもルルドの聖母の小さな絵を同封してきた。このような信心深さに加え、このおばは知的な興味に溢れた人だったので、本のことについて、私を喜ばせようと、あれこれ書き送ってきたものだった。例えば、ラマルティーヌ[008]の『ジョスラン』を読めとか、ウジェニー・ド・ゲラン[009]の日記や、彼女の弟のモーリス[010]の『ケンタウロス』を読めとも言ってきた。

　おばにとって、書物や宗教は人生からの大いなる逃避だったのだろうと思う。人生は「哀しみ」に満ち溢れている、と彼女は繰り返しフランス語で認《したた》めていたが、哀しみというのは彼女の語彙の中でよく登場する言葉で、事実彼女の人生は不幸に付きまとわれていたので、そのことを私は不思議だとは思わなかった。彼女は可愛らしくて、陽気で、芸術的な才能があったが、あのように人里離れた田舎に住んでいて、一体誰が彼女を評価し、その見事な勇気や芸術性を認めることができるというのだろう？　彼女が嫁《とつ》いだのは、芸術性のかけらもなく、本に触りもしない家族、アルスターという土地柄ゆえのカルヴァン主義が骨の髄まで染みこんでいたため、娯楽にすら縁のない家族だったのだから。私は彼女に会う機会はほとんどなかったが、彼女がフランスの唄を歌ったり、ド・ミュッセ[011]やラマルティーヌを朗読していた姿を思い出す。彼女は、ゾラ[012]は絶対に読むなという警告を書き送ってきたが、その一方で、大きくなったら文体の勉強のために、フローベール[013]の抜粋は読んだらいいと言っていた。フローベールの文体はこれ以上ないほど完成されたものだと彼女は思っていたからだ。もともと私はフランス文学には興味を持ち、読書の喜びを知ってはいたが、彼女との文通を通して、その想いはますます強くなっていった。彼女にとっても、私に手紙を書くことは気晴らしになったのだと思うし、彼女自身がかつて経験した修道院の寄宿学校のことを思い出していたに違いない。しかし、私が書いた手紙の性《ジェンダー》や時制や態の間違いなどについて、鉛筆で直して送り返してくるのには少々、辟易した。ほとんど会わなかったのに、彼女の記憶は未だに強く私の中で息づいている。その人生は、フランスを、リヴィエラを、ブルゴーニュの赤ワインを、ルルドを、そして、彼女が知っているアイルランドのカトリシズムの陰気さとは全く異なるフランスの芳醇な宗教を渇望し続けた、孤独なものだったに違いない。

時々彼女は、手作りの見事なフランス刺繍の肩衣《スカプラリオ》で神父の祝福を受けたものを送ってきた。学校でも家でも私たちは皆、首の周りに宗教的な紋章を付けたり、コルセットに縫いつけたりしていた。神の子羊が縫い取られたものも、茶色や青や白のスカプラリオもあった。場合によると、これらがすべて縫いつけられていることもあった。長く身につけているうちに、だんだん汚くなっていったが、祝福を受けているため、捨ててしまうことは罰当たりなことのように思われた。私たちは汚れたものを、寮付の修道女に渡していたが、おそらく、彼女はそれらを燃やしていたのだろうと思う。一人の下級生が一度、スカプラリオを捨ててしまったことがあった。トイレに流してしまったという噂だった。このため、その娘は何カ月にもわたって後悔し、「私は罪を犯しました」とこわばった悲しそうな表情で言い続けたそうだ。私たちの大雑把な心では想像もつかないような繊細な信仰心を彼女は持っているのだと考えていたが、今にして思うと、現代の学校なら、もう少しましな精神健康法が彼女に示されたことだろう。ともかく、彼女は「私は罪を犯しました」の一点張りで、新しい神父様が見えるたびに懺悔し、恐ろしい罪から自分を救済してもらおうとするのだった。彼女の他にも一人か二人、やたらに懺悔したがる少女たちがいたが、彼女たちは未発達の躁鬱病患者だったと言えると思う。スカプラリオを捨ててしまったことで後悔の念に苛まれているというのは思い込みに過ぎず、本当は何か特別な感情を弄んでいたのだ。信仰心を持つことで、よりよい人間になれるのだとしたら、彼女の強烈なまでの残酷さは、私たちを戸惑わせた。彼女は、最年少の少女たちに――いわゆる赤ちゃん寮と呼ばれていた小さなベッドで眠る六、七歳の少女たちが何人かいた――蓋を開けたチョコレートの箱を差し出しておいて、小さな指が一つ摑もうと伸びてくると、彼女は蓋をぴしゃりと閉め、チョコレートを取り上げた。そして「我慢することを学ばなきゃね」と赤ちゃんたちに諭《さと》すのだった。

3

一年のうち、とても楽しみにしていた行事には、新しい修道女たちを修道院に迎える儀式や学校劇、学芸会、年に一度の〈静修〉などがあった。聖職志願者としての見習い期間を修《おさ》めた修練女たちが、修道院に受け入れられる際に白のヴェールを拝領する儀式は、修道女たちにとっても少女たちにとっても大きな出来事だったが、特に少女たちにとっては大変なことだった。修道女が清貧、純潔、従順の誓いを立てる最終段階で、黒のヴェールを拝領する儀式はそれほど感激するものではなかった。しかし、修練女が白のヴェールを被る時は、今まで見習いの修道女として身につけていた世俗の衣服、頭に被った小さなレースのヴェールとシンプルな黒の洋服という見習いの尼僧服を脱ぐ時なのだった。私は三つの修道院の付属学校に在籍したが、この入信の儀式はそれぞれ異なっていた。ある修道会では、修練女は花嫁として象牙色のサテン地のドレスを身にまとい、オレンジの花を散らし、花嫁のブーケを手にし、結婚式のように父親に腕を取られ、祭壇に向かって通路を進んで行ったものだった。それから彼女は祭壇の前の祈祷台に一人跪き、司教によって、修道会に受け入れられた。修練女が若くて綺麗な少女の場合、特にこの儀式は魅力的なものとなった。若い少女の場合が多かったが、時には世俗の世界で数年間、何らかの職業について働いた経験のある、あまり若くない修練女のこともあった。予備的な儀式が終了すると、指導係の修道女が、修練女を聖具室へと厳かに導いた。そこで指導係は修練女の花嫁衣装を脱がせ、断髪し、その修道会の黒い尼僧服に着替えさせた。それから修練女はもう一度司教の前に跪き、白いヴェールを受けた。その後、正式の修道女になり、黒のヴェールを拝領するためには、さらに数年間、修練女として過ごさなければならなかった。ヴェールを拝領した少し後に、若い修練女は、娯楽ホールの私たちの前に、微笑みながら幸福そうに登場した。どんな花嫁にも優る幸福な笑みをたたえている修練女に、年長の聖母マリアの子どもたちは、両頬に一度ずつ、唇の近くに一度、計三度キスする栄誉を与えられた。修道院の面会室で――それは私が何回か経験した儀式のうちの一つだったと思うが――修道女の親戚や友人のための朝食パーティーが持たれ、私たちにも紅茶とレーズンパンが配られ、少し長めの余暇の時間が与えられた。新しく入信を許された修練女が、修道女として世間の女性よりも穏やかで満ち足りた、おそらく幸福な人生を送っていくことを、私はほとんど疑わなかった。修道女は、世間の未婚の女性のように、いや、結婚した女性にもその可能性があるが、オールドミス風の取り澄ました、乾ききった女性になることはないのである。なぜなら、彼女たちの周りには、生涯、教育を授け導いていく若い子どもたち、少女たちがおり、修道院での規範にのっとった生活は、自分のことをあれこれ考える時間をほとんど与えてくれないからだ。修道女はまた毎日、精神面でも徳の面でも、少しずつ自分を向上させるように努力することが義務づけられていた。しかし、残念なことに肉体は蔑《ないがし》ろにされていた。修道院の食事は貧しかったし、生活のほとんどが屋内に限られ、日の光を浴びることもなかったからである。宗教的な実践を続け、自己犠牲を重ね、日々の研鑽を積んでいくと、中年または初老の域に達した時には、精神的に豊かになるのと同時に、教養の面でもおそらく立派になることができるのだろう。

少女たちが十代で修道会に入ることは珍しくなかったが、もちろんその中には、次第に視野が狭くなっていく者も多くいた。ヨーロッパの育ちの良い少女たちは、人生に関して恐ろしく無知だったのである。十八歳で修道会に入った私の親友は、生まれたての赤ん坊と同じくらい、人生における現実に全く無知だったが、それは私も同様だった。ずっと後に彼女と再会したとき、友人は心の広い、寛大な、子どもたちと学校に心身を捧げている修道女になっていたが、彼女が「恋愛の問題」と呼ぶことも含めて、多くの世俗の事柄を全く理解できないでいるようだった。小説の中では、なぜ人々は結婚の秘蹟を受ける前に、お互いに夢中になってしまうのか、といった「問題」である。彼女は、一度でも恋に落ちたことのある人間を一人も知らないと断言していた。「ええ、私の母も恋はしなかったわ。私のおじが司祭様の甥と母を見合いさせたの。そして、母はいつも満ち足りていた。子どもは十人いて、私が修道院に入るまで、ゆりかごの中にはいつも赤ん坊がいて、母はとても幸福だったわ。でも、私は外の世界で本当はどんなことが起こっているのか、知りたいの」

「外の世界」というのは私たちの修道院で、またあらゆる修道院でよく使われる言い回しだった。「外の世界」は、この「小さな全体主義国家」の外のあらゆる生活のことを指す表現である。しかし、私たちの生活が地上の世俗からまだ充分切り離されていない、という判断からなのか、私たちは一年に三日間の「静修」の日々を持ち、宗教的な瞑想、宗教的実践、死後の生への黙想に専心した。そうした静修の日々には、私たちは文字通りの沈黙を保った。もし何か困ったことになったときには、修道女に断片的な言葉を使って話しかけることはできたが、学校全体は全くの沈黙を保っていた。とはいえそれは特別なことではなく、私たちは常に、食事の時も、日中、普通に過ごす時間も、静かにすることを求められていた。静修の間、私たちは一日に三、四回説教や説諭を受け、三、四回ミサに出た。そしてその合間には、私たちは宗教的な本を読んだり、自分の罪の深さを反省したりした。

そのような学校の静修における瞑想や説教は、ジョイスの『若き日の芸術家の肖像』の中に、忘れがたい筆致で描かれている。[014] それは新鮮で完璧で、かつ誠実に描かれているため、その他の作家が同じ情景を描こうとしても二番煎じになるだけである。従って、私はジョイスが書いたこととの重複は避け、自分の学校だけに特徴的なことを書こうと思う。

通常の日程はすっかり変えられて、勉強室の大きな黒板に新しい、全員のための時間割が書かれ、皆それを書き写した。私は、何年もたった今でも、古い学校の祈祷書に書き込んだ静修の時間割の写しを持っている。以下の通りである。それは、十五時間に及ぶものだった。

六時十五分　鐘の音で起床、洗顔、着替え
六時四十五分　チャペルでの瞑想
七時十五分　ミサ
八時　朝食
八時三十分　ベッドを整え、寮の清掃
九時　信仰修養書を読む
九時三十分　チャペルでの説教
十時三十分　黙想に入る
十一時三十分　キリスト教の教義の学習
十二時　昼食
十二時三十分　校庭を散歩
一時　信仰修養書を読む
一時三十分　ロザリオの祈り
二時　針仕事と繕いもの
三時　正餐
三時三十分　十字架の留の道行き
四時　チャペルでの説教
五時　懺悔
七時　夕食
七時三十分　懺悔
八時三十分　説教と終わりの祝祷
九時三十分　就寝

いかなる時も、いかなる場所でも沈黙を保つこと

もし現代の心理学上の通説が真実であるなら、私たち思春期の少女たちが三日間の沈黙と瞑想の後、自らに課

さねばならなかったすべての抑制、聞かねばならなかったすべての説教、自分たちの罪に関するすべての瞑想、食事の間中私たちに読み聞かされる本——聖テレジア[015]の『地獄の幻想』や砂漠の聖人の苦行、コロセウムでの殉教の類い——などにどっぷり浸った結果、少女たちは神経質でヒステリックな状態になったに違いないと思われるかもしれない。しかし、全くそうではなかった。静修のためにやって来た神父が最後のミサを執り行い、沈黙の日々が終わったことを告げる鐘が鳴ると、私たちは、自分の罪が何であれ、それに対して充分な償いをしたという思いに対する高揚感、幸福感、心の平穏で一杯になった。修道院の敷地と学校の敷地をつなぐ道の境界の所に、小さな門があって、「小門《ウイキット》」という名がついていた。しかし、ほとんどの生徒たちは「邪悪な門《ウイキッド・ゲイト》」と呼んでいた。沈黙の期間が終わり、話をしてよい合図となるのが、その「ウィキッド・ゲイト」を通過することだった。静修が終わり、チャペルから二人ずつ列になって出てくると、列の後の方に並んでいる者たちは、先頭の二人が門を通り抜けるのを見つめ、先頭のほうでは、両頬に三度キスしあって、「平和が汝とともにあらんことを《パックス・ヴォビス》」と言うのだった。待ちきれない想いで、それぞれ二人ずつ、自分たちの順番が来るのを待ち、嬉しそうに「パックス・ヴォビス」と言った。それから、丸一日休日となり、踊ったり、ゲームをしたり、私たちが物語本と呼んでいた小説を読んだりして、とても満ち足りた時を過ごした。しかし、同じ学校で私が最終学年になったとき、静修を三日ではなく四日間に延長したことが一度だけあった。これは生徒によっては長すぎたようで、一人のイギリス人の改宗者の少女がヒステリーの発作を起こしたのを覚えている。静修のためにやって来たイエズス会の神父は、十代の若い少女たちには、四日間の沈黙と祈りの日々は苛酷すぎると思ったと、後に私に語ってくれた。少女たちをストレスから解放させるために、彼は三日目の朝の説教のときに、どんなことでもいいから、はっきりさせたい宗教上の疑問点について、無記名で彼に宛てて手紙を書いてくれれば、チャペルの説教壇から答えるつもりだと言った。私は長い間、旧約聖書、子どもの時に読んだ旧約の物語の意味について考えていて、新約聖書との関連について疑問を感じていた。理由はわからないが、一夫多妻のこと、女中たちの産んだ子どもたちのこと、ダヴィデとバテシバ[016]の行為のことなどについて尋ねることは、淑女のすることではないと考えていた。しかし、私は一種哲学的な質問を書きつけた。愛の神である新約聖書の神は、なぜ、あれほどまでに厳しく、嫉妬深く、復讐心に満ちた旧約聖書の神と異なっているのだろう。本当に二者は同一の神なのだろうか？　翌朝の説教で、神父は受け取った手紙を読み上げた。大体、質問には簡単な答えが与えられた。歯磨きをしているときに間違って水を呑み込んでしまった場合、聖体拝領に行ってもいいのだろうか、それとも、聖体拝領の朝は歯磨きをしないほうがいいのだろうか？　教皇のお許しがなくても、又従兄弟と結婚できるのか？　プロテスタントとの結婚は認められるのだろうか？　無神論者は天国に行けるのか？　神父は私の質問を最後に読み上げ、この手紙を書いた人に会いたいと言ったので、私は少し緊張したと同時に、自分が特別な存在だと感じた。私は彼に会いに聖具室に行った。この神父はイギリス人で、修道会に入る前はヴァイオリニストだったそうであるが、話のおもしろい魅力的な中年の男性だった。彼は私の質問には答えてはくれなかったが、いろいろ興味深い話をしてくれて、その後、何年も私と手紙のやり取りをしてくれた。彼の手紙はユーモラスで神父としての愛に満ちたもので、私の手紙は、女学生特有の憧れに満ちたものだった。

しかし、私がこの神父のことを覚えているのは、彼がアイルランドの新しい文学運動について、初めて興味深い調子で語ってくれた人物だったからである。校長は、ややこしい質問をしがちな私のことを、文学的な傾向があると彼に説明していた。「アイルランドは文学に取り掛かったばかりだと言えます。ただ、我々イギリス人に比べると、あなたがたは文学的な国民だとは言いがたいと思うのですが」と彼は言った。この神父が神について私を啓蒙してくれたとは思えないが、文学や音楽について語ったことについては飛びついた記憶がある。ずっと後になって、私より数年歳上のジョイスと、自分たちが同じような教育を受け、学校や大学で同じ学科を学んだことを話題にしていたとき、二人とも、この神父に対して同じような印象を持っていたことがわかった。ジョイスがこの神父を知っていたのは、彼がジョイスのいた学校で何かの科目を教えていたためで、もしかしたら、

『若き日の芸術家の肖像』の中であの有名な静修の説教をした神父だったのかもしれない。彼は他の神父に比べて、カトリック教会の細かな因習に縛られていなかっただけでなく、芸術家気質のため、他の大多数の神父とは一線を画していた。ジョイスにとって、彼は哀愁に満ちた人物だった。アイルランドの修道会の中のイギリス人として、またケルト人、アングロ・ケルト人の中の純粋なサクソン系のイギリス人として、彼は孤独な存在だった。イギリスの文化を受け入れようとしない、この頑固な民族を理解しようとあらゆる努力をしたにもかかわらず、それはかなわず、私たちが時々イギリス人を嘲笑《あざわら》うやり口に驚き、おそらく傷ついていたことだろう。彼はイエズス会士で、ジェラルド・マンリー・ホプキンス[017]が住んでいた同じ家に住んでいたことがあった。ジョイスの、この神父に対する思い出は、幼少期の記憶から切り離すことができないイエズス会士に対する憧れと分かちがたいものとなっている。ジョイスは、クロンゴウズ・カレッジの校長が少年だった彼を扱った時の正義を決して忘れることはなかったのである。その出来事は『若き日の芸術家の肖像』に記されている。[018]

修練女を修道院へ入信させる儀式にも、静修とそれを司る神父の異質な個性にも——記憶にある限り、興味を覚えたのは皆、イギリス人か大陸のヨーロッパ人の神父で、アイルランド人の神父は一人もいなかった——私は夢中になったが、それ以上に興奮し夢中になることができたのは学校劇だった。いわゆる「恋愛劇」がタブーだったこと、また、私たちが演じるあらゆるラブ・シーンが修道女たちによって書き換えられたことを考えると、そうした演劇的芸術に夢中になったのは、かなり驚くべきことだったと言ってもよいかもしれない。一度、あるドイツの短い劇で、劇の大筋を占めるラブ・シーンが長すぎたことがあったが、すっかりカットしてしまうわけにはいかなかったため、若い男女が恋愛感情を吐露する場面から、二人の若い女性のやりとりの場面に変更された。もしも、修道女たちや生徒たちが、いわゆる同性愛に対してあれほどまでに無邪気でなかったら、恋人同士の言い争いの場面で、十五歳前後の少女によって演じられた二人の登場人物が使う情熱的な言葉は、間違いなく私たちを当惑させたことだろう。それでも、ほんの僅かではあったが、私たちは居心地の悪さを感じたものだった。マンスター生まれの少女が朗々たる声で、強い感情を込めて吐露した最後のドイツ語の台詞は、今も私の耳に鳴り響いている――「私たちはもう終わりです。二度とお目にかかることはありません。二度と、もう二度と。」そして、女学生に特有の情熱をもって役を演じきった親友のメアリーの絶望感を今でも忘れることができない。

学校劇の定番の出し物はシェイクスピアの『ジュリアス・シーザー』で、それにはラブ・シーンも、男女間の関係についての言及もほとんどないので、簡単に短くすることができた。その外にも、様々な利点があった。舞台は設定しやすいし、衣装も特別難しいものを必要とはしなかった。トーガは、シーツやベッドカバーやピアノカバーやその他類似の布で作ることができた。登場人物をいかようにも増やすことが可能で、親が見に来たとき自分の娘が舞台に登場しないというような事態を避けることができたし、プログラムに名前が載らないということもなかった。ブルータスやマーク・アントニーに聞き入ったり、野次を飛ばしたりする聴衆には、何人でも生徒を加えることができた。私は、最初は〈市民三〉としての役を与えられたが、たった一つしかない台詞をちゃんと聞こえるように言うことができなかったので、演出担当の修道女は、私に台詞のない役をあてがった。彼女は私のために、ローマを訪れている辺境の地の王の役を作り、動物の毛皮を身にまとわせ、ブルータスの演説を聞いている群衆の端で、ぶつぶつ独り言を言うように指示した。しかし、利用できる毛皮は他の少女のほうがよく似合った上に、私の呟き声は効果的でなく、迷い犬の遠吠えのようにしか聞こえなかったので、結局、合図に従ってカーテンを上げ下げする役をすることになり、その役割でプログラムにも名前が載った。

私たちは劇の一言一句をうっとりしながら聞いた。そして、背の高いブロンドの少女が、シーツを身にまとい、紫のリボンをつけ、マーク・アントニーとしてポーズをとり、高い少女の声で台詞を言うのを聞いた。「このように名誉ある人々を悪し様に言うくらいなら、私は死者を、自分自身を、そしてあなたたちを悪し様に言うほうがまだましだと思う。」こうした舞台を非常に緊張しながら、また感情移入しながら聞き入っていたので、サクラソウの花びらが一枚落下したとしても私たちは聞き取ることができただろう。それ以来、この劇を偉大な役者たちが演じるのを何度も見てきたが、この修道院の寄宿学校の上演ほど観客の心を摑んだ役者たちを見たことがない。それは、観客に観劇経験がほとんどなかったということが理由の一つとして挙げられるに違いない。人生において、何事も初めて経験する年頃だったのである。また、女子学生による朗唱でも成功できたのは、詩の言葉に力があったことがその理由の一つであり、さらに文学において殊に優れた雄弁術、つまりシェイクスピアの雄弁術があったことも理由の一つだったと思われる。その当時、ヨーロッパ中の修道院寄宿学校で大流行だった『ファビオラ』[019]という劇を私は三種類の異なる言語で四度見たことを思い出す。それは、貧弱で、感傷的で、苛々させるような代物だった。気取った声で主役を演じていたのは、思春期の顕示欲が学校中で最も強い生徒で、演技力という才能らしきものを誇示していた。

　私がしばらく在籍していたドイツの学校で、『ジュリアス・シーザー』と同じような条件を満たしていた作品はシラー[020]の『ジャンヌ・ダルク』だった。アイルランドの修道女たちや生徒たちが『ジュリアス・シーザー』に夢中になった以上に、ドイツの観客はこの作品に夢中だった。というのは、この作品は少女が演ずるのに、より相応しかったからだ。ジャンヌの役を演じた少女は、ブルータスやマーク・アントニーを演じた少女が決して与えることのできない幻想を、少女として観客に与えることができた。そして、シラーの詩の言葉の力は、シェイクスピアの詩の言葉の力がアイルランドの観客を魅了したのと同じようにドイツの観客を魅了したのだった。少なくとも、その言葉の意味を理解できる観客を魅了した。なぜなら、私たちの何人かにとって、ドイツ語は外国語で、私たちは前もってきちんとこの劇を勉強させられたが、それでもすみからすみまで理解することはできていなかったのである。

　私はジャンヌの鎧や、劇中でジャンヌが乗る大きな白い馬が、どれほど精巧に作られていたか覚えている。修道院のあらゆる才能が結集したことに加え、近隣の才能ある人々も大いに協力したのである。例えば、大工は木の板から馬の形を切り抜き、村の彫刻家は馬の頭部とひづめを彫った。そして、修道女と生徒たちは、綿とウールとで馬の胴体を作り、白く輝く材料でその身体を飾り付けた。たてがみと眉毛と歯が馬のために作られた。完成したときには、その馬は比類ない軍馬に見えた。ジャンヌの鎧はもっとすばらしかった。灰色のサテン製の下着の上に、おそらく近くの古城から調達してきたと思われる鎖かたびらを重ねたものだった。鎧の脚や腕の部分は、細心の注意をもって、段ボールで誂《あつら》えられ、輝く銀色の紙が糊ではりつけられた。そのジャンヌの役は、どんなプロの女優にも遜色ないほど、見事に演じられたと思う。主役の少女は全力投球だったし、ジャンヌをどのように演じるべきか熟知しているばかりでなく、シラーについて専門家である一人の教師がきちんと指導していたからである。上演の質が非常に高かったという点を除くと、すべて、アイルランドの学校でも起こりうる出来事だった。そこには興奮が、日常的な学校の規律から自由になる解放感が、親戚や教会の人々、また来賓たちを感心させたいという願いが、そして、才能ある女優に対するつつましやかな憧れなどがあったのである。

ドイツの学校には、世界中から生徒が集まっていて、中にはヨーロッパの貴族階級の娘たちもいたということを除くと、この学校とアイルランドの学校は非常によく似ていた。これらの学校では、良妻賢母を養成するために、料理や女性のたしなみについての教育が行われてはいたが、学科目に関していえば、男子校と全く同じで、同じ卒業試験を受けていた。ドイツの学校での音楽と歌唱の時間は、アイルランドでは決して教わらなかったようなメソッドで行われた。アイルランドという国では、楽器をきちんと演奏し、きちんと歌えるようになるためには、長い時間をかけて学ぶ必要があるなどと、人々は思いもしないのである。アイルランドの学校では、幻想的なアイルランド民謡や「乙女の祈り」や、ショパンを少しばかりと、他の古典的作曲家の曲を演奏できれば、自分を音楽家だと自称することができた。アイルランド人の音楽に対する態度は、アメリカ人の言語に対する態度に似ていなくもないと感じることがある。アメリカでは、外国語を数年間かじって、少しばかり読んだり話したりできるようになると、それだけで、言語学上の大いなる達成をしたと思い込む友人が何人もいて、彼らは外国語を本当に習得するためには、何年もかけて繰り返し繰り返し訓練と研鑽が必要だということを夢にも思わないのだった。

ドイツの学校の食事ははるかにましなもので、昼食と正餐にはドイツのおいしいビールが添えられた。私はビールの味を覚え、かなりの量を飲んでいたことを思い出す。しかし、アメリカの少女たちにはワインが与えられていた。ビールを飲むことは上品でないと考えられていたようだ。学校では、私たちの身体が求めるものに多大の関心が払われていて、健康や肉体的な機能に関して率直な説明を受けた。それは、清教徒的で上品ぶっているという点で共通するイギリス、アメリカ、アイルランド生まれのブルジョワのお嬢さまたちが狼狽するほどのあけすけさだった。私たちの健康管理を担っていた、ドイツ王室に連なる貴族階級出身の老修道女は、私たちが彼女のように率直になれないことが不思議で仕方がないようだった。英語を母語とする生徒たちは休み時間になると集まって、我々とドイツ人との違いについて話し合った。フランスにおける宗教的共同体が解散してしまったため、解散後しばらくしてパリからこの修道会に入ってきたフランス人修道女たちは、彼女たちの麗しのパリに対する想いを、フランス人と同様の性向を持つと思われていた私たちアイルランド人と分かち合おうとした。彼女たちが渇望していたのは、修道院の中から見ていた屋根だけのパリだったとはいえ、パリのざわめきは塀に囲まれた修道院の敷地の中にも聞こえていたし、巷《ちまた》での噂話は時折訪れる近郊の婦人たちから聞かされていたのだった。後に、ロダン[021]は聖ドミニク通りにある彼女たちの旧修道院の一部を彼のアトリエに使った。

フランスから来た修道女の一人は、その当時人気絶頂だったベルクソン[022]の数ページとショーペンハウエル[023]の仏語訳の数ページを読んで聞かせ、フランス哲学の精神とドイツのそれとの違いを指摘したものだった。私は大学で学位を取ることを目指して、さらに勉強を続けようとしたため、学校を卒業したら地方か中央かの社交界にデビューして、できるならさっさと結婚しようと思っているような大多数の少女たちとは切り離されることとなった。私と仲のよかったドイツ人同級生の中で、大学へ進学しようという意図を持っていたのは私以外にはたった一人だったが、その娘は、自分が「市民《ビュルガーリッヒ》」階級に属していること、さらに、父親はベルリンの天文学者で、大学で教育を受けるということは、私の場合と同様、運が傾いた時のための一種の保険で、生計を支える助けとなりうるのだと語った。また、長期休暇中、貴族階級に属する同級生から家に招かれたことは一度もなく、学校の外のどこかで会った時でも、彼女たちは遠くから礼儀正しく会釈するだけなのだとも話してくれた。ドイツでもイギリスでも、戦前は、階級意識と階級差別という点においては、何ら変わるところがなかった。

「男爵令嬢《フライフロイライン》」などという聞き慣れない中世風の称号を持つ少女たちが何人かいたのは、この学校だった。しかも、一人、二人は「殿下」だった。もちろん、学校では皆平等という意識で生活していたし、外国人には誰が貴族で、誰に称号があり、誰が持ってないか、などということにはあまりよくはわからないものである。どこか西海岸のほうからやって来た一人のアメリカの少女は、「フォン」とか「ツー」といった貴族を表す名前を間違って発音したり、言い間違えたり、自分の母親が結婚当初、自分で洗濯をしていた、と言ったりして同級生たちをぞっとさせては、面白がっていた。彼女はまた、開拓時代の象徴である丸太小屋をよく話題にしたものだった。それは、アメリカ史を描くにあたってしばしば重要な役割を担ってきたというのである。ある時、商用でドイツにやって来た若い男性が彼女に面会に来たことがあったが、彼女はさり気なく、彼が従兄弟で父親の店の商人《バイヤー》だと説明し、国に帰ったら彼とパーティーやダンスに出かけていくことを楽しみにしているのだと言った。それを聞いていた一人の「男爵令嬢《フライフロイライン》」が極度の嫌悪感を露わにした。男性といえば皆ビジネスマンで、オフィスや店の中で日々を送ることを余儀なくされているような生活、また、自分の崇拝者として、ダンスのパートナーとして、バイヤーを待ちこがれなければならないような生活など、ありえないと言うのである。「あなたの崇拝者はどんな人だったらいいの？　どんな人とダンスに行きたいの？」と私は聞いた。「将校よ」と彼女は尊大に言った。「将校よ」と。彼女の夢の英雄たちは皆将校だった。彼女は、士官服に身を固めた若者たちと乗馬し、ダンスし、そのうちの一人と結婚することを心から望んでいた。その他の多くのドイツ少女たちの夢も同じだった。つまり、将校か外交官と結婚するということである。

確かに、多くの同級生たちが将校や外交官と結婚したが、それらの結婚は世界を、殊に彼女たちが生まれ育った世界とその秩序をすっかり変えてしまった戦争の前か戦争が勃発した直後に行われた。私が知っている限り、立派な大使夫人となったのは同級生のうちたった一人で、もともとドイツ娘たちが望んでいたような人生観からは一線を画していたように思われていたアメリカ人だった。それは、ボストンから来たローズ・フィッツジェラルド[024]で、彼女は駐英アメリカ合衆国大使夫人になった。彼女は、学校の中で数少ない、魅力的でシックな少女の一人だった。アメリカ人たちは、平凡な学校の制服を着ていても魅力的でシックだったけれど、付添い《シャプローン》と一緒に町に出かけていくときは、制服を脱ぎ捨て、垢抜けたアメリカ製の洋服を着ることを許されていた。私たちは皆、月に一度の儀式として、町で買い物したり、髪を切って、こてをあてたりするために外出したが、大半の娘たちは、洒落た洋服を持っていなかったし、本来シックであるはずのフランス人たちですら、私たちと同様、青か紺の制服を着て、ほとんど修道院から外出しない暮らしをしていた。虚栄心の恐ろしさについて常に聞かされていたので、洋服のことばかり考えたり、可愛らしく見せようと外見に気を取られたりすることは、少なくとも在学中は、あまりなかったように思う。また、ヨーロッパの貴族階級に属する娘たちは、結婚するまで隠遁生活とは言わないまでも、世間とは隔離された生活を送っていて、特別なパーティーなどを除いては、着飾ったりしないのだった。アメリカ製の洋服や、すばらしい羽根つきの帽子などを、非難の目で見ていた「若きレディ」たちもいて、ヨーロッパの良家の子女はそんなものは身につけるものではない、パリの高級娼婦《ココット》が好んで身につけるファッションだからである、というようなことが囁かれた。とはいえ、私たちのほとんどが、ココットとは一体何なのか、はっきりとは知らなかったのであるが。

アメリカ娘に比べると、私たちは皆、野暮で不器量だった。私が生活を共にしていたヴェストファーレン地方の貴族の娘たちは、殊に不器量で、手足が大きく、その金髪は硬く、活気も生気も全くなかった。アメリカ娘たちが私たちとは違っているということは、誰もが認めていた。彼女たちの遠い故郷では、若者が厳しく躾けられることがなく、勉強もしなくてよいということだった。その未来は、私たちの未来とは異なっていて、どんなことでも起こりうる可能性がある気がした。一方、私たちの未来はあらかじめ定められていて、驚くようなことは何も起こらないように思われた。

第四章　隣人たち

1

長期の休暇になると、私は数週間はここ、一週間はあそこ、といった具合に、アイルランド各地にある、様々な親戚の家で過ごしたものだった。生まれ育った田舎に、毎年一カ月ほど滞在したが、その習慣も十八歳になるまでのことである。私が、でいる人々のことを、とても教養があり、知りうる限りとても親切な人々だと考えていたのだとしたら、それは単なる依怙贔屓《えこひいき》というものだろう。それは、私の生まれた狭い世界のみで通用する基準にすぎず、アイルランドの他の地方や都市では通用しないことを考えると、全く幻想に過ぎなかったと思われる。また、子どもの頃は、いつもプレゼントを貰っていたような気がする。老人たち、特に手紙の代筆を私に頼んでいた人たちは、市《いち》に出かける度に、なけなしの現金でお土産を買ってきてくれた。ジョン・スタンリーと妻のメアリーがロバに引かれ、遠くの丘を下って来るのが窓から見えると、私は二人のところまで走って出迎えに行ったものだった。ジョンは車の前板とロバの尻尾の間のどこかに脚をぶらぶらさせて座り、メアリーはその後ろの袋の上に座っていた。ジョンのフリーズ織りのコートのポケットの中にはお土産のオレンジが、メアリーの市場用の籠の中にはペパーミントが一袋入っていることを私は知っていたからだ。彼らは市に卵とバターを持って行き、何か食料——大抵の場合ひどい食料だったが——を家に持って帰るのだった。お茶や砂糖、小麦粉、アメリカ製のベーコン、塩漬けニシンなどと交換するために、彼らは自分たちの農場で作った良質の農産物を売らなければならなかった。本当なのかお世辞なのか、メアリーは私のことを

「ほんとに、可愛らしい白の子羊みたいだよねえ」と感嘆し、ジョンに語ったものだった——「金貨みたいに髪は輝いてるよ！　きっと、聖母マリア様か、聖マグダラのマリア様のような娘になるだろうねえ。」

　バートリーという名の大柄な老人が住んでいた。どこへ行くにも自分の二本の脚以外のものを使うことはほとんどなかったバートリーは、寄宿学校から戻った私のために、髪に飾る絹のリボンやハンカチを市からお土産に持って帰ってくれた。絹製のものなら何でも私は好きだったからだ。彼が住んでいた山間の村は、その生活様式や衣類を十八世紀のものから変える必要があることなど考えもしないようなところだった。彼は半ズボンとバックルのついた靴を履き、コウビーン・ハットと呼ばれる丈《たけ》の低い帽子を被り、大きなトネリコの木でできたきれいな杖を持っていた。彼とその兄弟は皆——全員で七人だった——背の高い頑強な赤毛の男たちで、荒々しいが優しい、愛すべき心温かな人たちだった。バートリーを除いた他の兄弟は皆、私の死んだ母に恋をしていて、兄弟の中で誰が彼女の父親に勇気を持って結婚の申込みをするか、籤引《くじびき》をして決めたものの、結局求婚する勇気はなかったということである。母は上品に育てられすぎていた。とはいえ、あのような片田舎でも、イギリスとの畜産物や農産物の取引を通して富が流入していて、彼らは豊かな生活を送り、財産も持ってはいたのである。十八世紀の衣装を身にまとった大柄で赤毛の兄弟たちは、四、五人が一緒になって、商用のためダブリンに向かうことが頻繁にあったが、ホテルで視野に入る人々皆に、食べ物や飲み物をふるまっていたそうである。彼らは少しばかり野蛮な族長《チーフトン》たちのようだった。しかしながら、バートリーだけは他の兄弟とは少し違っていて、どこにも出かけず、兄弟やその連れ合い、子どもたちからは離れた小さな家に一人で住んでいて、市や競《せ》りで会う以外はほとんど兄弟間で往き来がなかった。彼は馬を育てていて、北部のディーラーと取引していた。彼が一人で住んでいた理由は、殺人の罪でスパイク島[001]の流刑監獄で七年間を過ごしたからだった。一人の男が口論の末、市で殺され、バートリーはその殺人を犯したということで裁判にかけられ、有罪となったのである。「もし、わしが殺していたなら」と彼は言ったものだった。「それは知らないでやったことだ。あの時は、皆しこたま酔っぱらっていたからなあ。わしが殺ったかもしれん。隣のやつだったかもしれん。」七年の刑期が終わり、彼が家に戻ってくると、彼の背丈は以前に比べてやや縮まり、非常に寡黙になっていたそうだ。彼は隣人に対して内気で気難しい男に変わっていたが、私に対して気難しいということはなかった。私はいつも休暇になると、忠実についてくる二匹のレッド・セッター犬、クリューガーとジュベールを両脇に連れて、彼に会いに行ったものだった。ボーア戦争[002]が終結してから何年も経っていたというのに、私たちは飼い犬に、トランスヴァール共和国大統領とその将軍にちなんだ名前をつけて、彼らの偉業を記憶に留めていたのである。

バートリーは、単にそのふりをしていただけかもしれないが、牢獄にいる間に書き方を忘れてしまったということだったが、手に触れるものは何でも読む人だったので、私はよく六ペンスの廉価版の小説を、彼に持っていった。休暇の間、私と級友たちは、その手の小説を郵便で交換し合っていたのである。隣人たちのうち、相当数の人々が、書き方は忘れてしまったけれど、読むことはできると言っていたのは不思議なことだ。これは、刑罰法時代[003]の恐怖心がその血の中に受け継がれていて、自己防衛のために書くことができないふりをするという伝統があるのだろうか、などと私は思ったりした。バートリーは、短くてあまり面白くないフィン・マックール[004]やクフーリン[005]といったアイルランドの英雄物語を貸してくれた。彼はまた、私がイェイツの『アシーンの放浪』を朗読するのを、片手にパイプを持ち、興奮に目を輝かせて聞き入るのだった。アシーン[006]は妖精のニアヴ[007]と共に永遠の生の国に行き、しばらくそこで時を過ごして帰ってきてみると、彼は実際には三百年ものあいだ、自分の国を留守にしていたことがわかり、自分の国はフィアナ人のアイルランドではなく、聖パトリック[008]が渡来して人々をキリスト教に改宗させた結果、教会や鐘や十字架でいっぱいのアイルランドに変わってしまっていたという物語である。何者も何事も、彼が記憶していたものとは異なっていて、アシーン自身も彼の青春の地に触れた瞬間、「咳にむせ、老いさらばえて、笑いを失くし、子どもたちの見せ物となり、残るは追憶と恐怖のみ」ということになるのである。

「それは、まさにわしの物語じゃ」とバートリーは言った。「スパイク島から舟に乗せられ、再びアイルランドの地に戻ったとき、すべてがすっかり変わっていた。かつて青々していた草は黄色っぽくなっていたし、かつては見る目を楽しませてくれたコヴ港に浮かぶ多くの帆船は姿を消していた。たまに見えたとしても、ほんの二、三隻にすぎず、大きさも四分の一ほどに縮んでいた。そのかわり、帆のかわりに大きな煙突をつけたアメリカの蒸気船がいた。この国の人々も同じではなかった。わしがスパイク島へ行く前に、その手に傘を持つものなどいやしなかった。今はどうだ！　抜け目のない女ばかりか、男どもも雨の一しずくに濡れるのが嫌だとほざく。雨傘を杖のように丸めて歩くやつらを見たことがあるだろう？」これは、絹の傘をいつも持ち歩いている、私の親戚の一人のことを言っていたのだと思う。バートリーは私の親戚の気取りについて、皮肉な調子でからかうことが大好きだった。「やつらに学があることは認めよう」と彼は頷きながら言ったものだ。「あんたのおじさんのジョンは七カ国語に通じていると言われておる。だが、家柄はわしのほうがいいんだ」

「でもね、バートリー」と私は言った。「アシーンと同じわけはないわ。アシーンは女性、妖精のニアヴと一緒だったのよ。あなたは、一人で行ったんじゃないの」

「一人だったわけじゃない。おまわりが二人いたさ。それぞれ、わしの両脇を固めてな。手錠もされた。僅かばかりの食いものをあてがわれるときでも、手錠ははずしてもらえなんだ。わしは野の獣のように食わねばならんかった。おまわりがパンと紅茶をわしの口もとに運んでくるんだ。それに、女連れじゃあなかったかもしれんが、心の中にはいたんだよ。わしがスパイク島にいる間中、昼も夜も、その女はわしの心の中にいた。女の顔が見たいと、狂おしい思いをしたものだ」

「バートリー、その女の人は今どこにいるの？」

「ずっと北の方の男と結婚したよ。それから一度も会っていない」

「あなたを待ってないなんて、なんてひどい人なんでしょう！」と私は若者らしい同情心でいっぱいになって言った。「その人、手紙もくれなかったの？」

「いや、手紙の書きようがないさ」とバートリーは主張した。「愛を告げたのは、いつもわしの心の中だけのことだ。一言だって告白したことはなかったんだ。挨拶をする以外にその女性と口をきいたこともない。時々、彼女の父親に鮭を届けたことはあったな。本当は、その女性へのプレゼントだった」

「まあ、バートリー」と私はロマンスの不思議に心踊らせながら言った。「スパイク島へ行く前に、さよならを言わなかったの？」

「いや、わしをサイドカーに縛りつけたおまわりに、なんとか彼女の家の周りをまわってもらえれば、そこの木々や乾し草の山だけでも見ることができるからと頼んではみたんだが、牢獄へ直行だった」

バートリーは、兄弟たちとは違い、馬の商いを生業とし、〈北のディーラー〉と取り引きしていたが、その北のディーラーというのはアルスター北部の商人という意味だった。彼らは年に一、二度バートリーやその他の人間から、イングランドに売る馬を買うためにやって来ると言われていた。北のディーラーは何人もいて、それぞれが二、三頭の馬を買い、連れ帰っていった。私たちはそれを楽しみに見守った。北のディーラーが馬を連れ帰る様子を見るのは、この田舎での見世物の一つだったからだ。実のところ、ディーラーの中にはマンスター地方の者もいたし、ミースの者もいたし、ダブリンの者さえいたが、面倒くさいので、皆、十把一からげに北のディーラーと呼んでいた。取引が長引くことはしばしばあったが、私は一行が通り過ぎるのを見るために夜遅くまで起きていたものだった。男たちは馬に乗り、二、三頭の馬を手綱で引きながら進んでいった。最初の男が通り過ぎた後、同じように馬に乗った男たちが次々に続いた。その一団は、時折、早足で駆け抜けることもあったが、大抵の場合、それほど急いではいなかった。馬は扱いにくく、あちこち跳ね回るため、行き合った者たちは皆、邪魔にならないように避《よ》けなければならなかった。一行が通りすぎ、丘や彼方の山を登っていくのを見るたびに、彼らがどこか、アシーンやニアヴが白馬に乗って向かったような、彼方の桃源郷にでも向かっているような気がした。私の記憶の中では、この世のすべての歓びと不思議は、天駆ける馬の姿と足音に結びつけられているのである。

ある年、寄宿学校に戻る前、毎年していたように、私はバートリーにさようならの挨拶に行った。彼は木製の大きなトランクからソヴリン金貨を取り出して、私の髪の色と同じだと言って、延々と講釈し、ためらう私に無理やり押しつけたことがあった。というのは、かの国では、とても小さな子どもか、非常に貧しい老婆でなければ、誰も現金を受け取るという習慣はなかったからである。しかし、彼は、次に私が休暇で帰ってきたとき、自分はここにいないかもしれないし、もしかしたら誰かと一緒に住んでいるかもしれない――一人で暮らすには寂しく感じるようになったし、さらに馬の扱いに関しては、以前のようにうまくやれなくなってきたのだと言った。

2

その冬のこと、バートリーの弟ブライアンが、農産物の売買で寄宿学校の近くまでやって来たと言って、私に面会を求めたことがあった。素性の定かでない訪問者は、学校の教師がまず面接する。修道院の応接間に入った私が目にしたのは、フリーズ織物のコートを椅子の背にかけ、膝までのズボンにストッキングを合わせ、赤毛を逆立たせたブライアンが、小柄で抜け目のない、興味の塊のような修道女に向かって、礼節にかなった会話をしようと努力している姿だった。その時の私を襲った、居心地の悪さ、きりきりするような、若い娘に特有の気取った態度《スノビズム》を、今、この文章を書いているこの日まで、私は心底嫌らしいものとして記憶している。修道女は私たち二人を残して立ち上がり、「十五分だけ、授業を抜ける許可をあげましょう」とブライアンに言った。彼は当惑していた。なぜなら、いつも喜んで、彼やその兄弟たちの話を何時間も座って聴いていた私が、そうではない素振りを見せたからである。修道院の雰囲気に圧倒され、その話し方もいつものブライアンではなかった。そして、私がその応接間では、詩集を片手に犬を連れ、田舎で飛び回っているお転婆娘とは違って見えたため、少し驚いているようだった。結局、彼は十五分もいないで、山盛りのチョコレートを私に手渡して去っていった。しかし、彼は、心穏やかならぬニュースを残していった。バートリーはスパイク島で一緒だったという一人の男をアメリカから呼び寄せ、一緒に住むことにしたというのである。そして、二人の男たちは誰とも話をしないらしい。

小柄な校長は、訪問者のお決まりの丁寧な挨拶を受けるために、玄関に舞い戻ってきた。

「これで失礼します」とブライアンは重々しく言った。修道女に話しかけることに慣れてなかったのである。「実にすばらしい学校です。しかし、この若いレディは」と私を指して続けた。「実にすばらしい、気高いレディです。おそれながら、これほどすばらしいレディは、この学校にもあまりいないでしょう。」ブライアンはぼんやりとではあるが、自分の訪問が、この小柄であか抜けした修道女の目に――彼女はブライアンが直観したように、なかなかの気取り屋だったが――私の社会的位置を下げたように映ったに違いないと感じたため、私の面目を保とうとしてこのようなことを言っているのだと私には思われた。

その次の夏、一番若いおじが結婚することになったので、私はいつものように散歩したり友人たちを訪ねたりする時間がほとんど取れなかった。当時、その地方では、結婚はすべて見合い結婚だった。実際、アイルランドのほとんどの地方がそうだったと言えるだろう。おじは、文字通り毎日、友人を一人連れ、ウイスキーの瓶を何本か持って、馬車に乗り、出かけていった。彼が素面《しらふ》でいることはほとんどなかったが、ハンサムで身なりもよかったので、私の目には面白く魅力的な男性として映っていた。実際、多くの娘たちが父親コンプレックスを持っているとしたら、私にはおじコンプレックスがあり、後に、恋に落ちる男性は皆、おじたちにどこか似ている傾向があった。私にとって、おじたちは、ハンサムで優れた男性であったばかりでなく、愉快な人たちだった。とはいえ、私はこのおじが理想の夫にはほど遠いことをよく知っていた。彼は若くなかったし――アイルランドの田舎では、若くして結婚する者はいなかった――アメリカで無頼の生活を送っていたという噂もあった。おじは歌手になるという目的のため、アメリカで十年程暮したのである。私は、おじが結婚対象となる娘たちのリストに印をつけたものを持っていたことを覚えている。彼は、一人ずつ、娘の家まで馬車で訪ねていった。娘の男性の家族は、彼の目的をわかっていて、その目的を好ましいと思うときは温かく、そうでないときは冷たく彼を迎え入れた。訪問の目的は、あからさまに口にされることはなく、婉曲に伝えられた。ある娘の母親はきっぱりと、こう言ったそうである。「さてさて、ケイトには他の計画がありますよ。娘はあなたにはもったいない。あなたは、世間を知りすぎているお方だから。」このような類いのやりとりが複数回繰り返された後、とうとう夏の終わりにおじは婚約した。私は近隣の人々に、「おじさんはまだ身を固めないのかね」と何度も尋ねられ、恥ずかしい思いをしたものだった。結局、おじは数回会っただけの女性と結婚した。彼女はおじが死ぬまで、心から彼を愛していた。彼はよい夫でも、信頼できる夫でもなかったが、とても魅力的な夫だったと思う。ほとんどアルコールを主食とするような生活だったので、早死にして当然だったのに、このおじは結局、普通の人と同じくらいは長生きした。

おじの結婚が決まった頃、やっと私は、古い友人バートリーの家に向かった。彼の方から、私に会いに来る努力はまったくなされなかった。クリューガーとジュベールを連れ、私は彼の家に向かった。上半分が開いた半ドアから「バートリー！」と呼びかけた。最初、返事はなかった。それから、黒髪で変わった風貌をした眼鏡の男が雑誌を手に現れた。バートリーの新しい同居人で、おそらくスパイク島での囚人仲間だったのだろう。「お名前は？　バートリーさんが会いたいかどうか取り次ぎます」と彼はとても形式張った口調で言った。「具合がよくないんです。なので、会いたいかどうか……」私はとても場違いな気持ちにさせられた。それは、友人だった新婚の男性を訪ね、その妻に初めて会った時に感じる思いに似ていた。

しかし、しばらく経つと、台所の奥にある部屋から私を呼ぶバートリーの声が聞こえてきた。部屋に入ってみると、彼は大きな木のベッドに横たわり、挿絵入りの雑誌のページを繰っていた。実際に病気だったわけではないのに、バートリーから活力というものがなくなってしまっていて、彼の表情にも声にもかつての生気は感じられなかった。また、彼がかつて私に持っていた関心もなくなっていた。彼は、子どもだった私、成長していく過程の私に関心があったのだ。彼は、私を見るために起き上がったが、格別の興味はないようだった。彼の人格は何らかの変化をとげ、いつも彼の内部にあったかすかな哀愁は、紛れもない悲しみ、一種の鬱病に変貌していた。中年以降に性格が変化するという格別珍しいわけではない現象を、私はバートリーの中に初めて目撃したのだった。感受性の強い年頃だったので、私は本当に動揺した。バートリーの同居人は、ダービーという名前だったが、バートリーと共にスパイク島で囚人として、おそらく政治犯として過ごしていた。釈放されてからアメリカに渡り、アメリカ人家庭で使用人として働いていたため、玄関で最初に聞いたような言葉遣いは、その時に身につけたのだろう。

バートリーは、私の訪問で無気力状態から、少しばかり元気になったように思われた。去り際に、私は台所でしばし立ち止まり、ダービーによって調理された夕食に驚いて目を留めた。彼は、生のトウモロコシの軸から粒を削り取り、アメリカ産のベーコンと一緒にフライパンで炒めていた。紅茶のティーポットが暖炉の石炭の上に置かれ、台所のテーブルの上には、なかなか優雅にセットされた盆があった。明らかに、ベッドのバートリーのために用意されたものだった。このあたりでは、バートリーとその兄弟たちは、自分たちの土地で育った羊や豚のベーコン、畑からとれたキャベツ、ジャガイモしか口にしないことで知られていた。しかし、同居人によって持ち込まれたこの新奇な食べ物は、なんだかいかがわしい感じがした。この同居人を近くで見ると、彼は類い稀な知性、もしくは想像力を持ち合わせた人物なのかもしれない、という気持ちになったが、彼のある部分は充分に発達していないようにも思われた。実際、隣人たちは、彼には少し足りないところがあると考えていた。後にわかったことであるが、この人物はたいへんな読書家で、ダブリンで発行された雑誌にアメリカでの生活を寄稿するほどのすばらしい想像力の持ち主だった。

バートリーが死ぬと――私の訪問のすぐ後のことだったが――私は自分の人生の一部がすっかり消えてなくなってしまったような気持ちになった。彼は最晩年には極度の悲しみに沈んでいたためか、彼が死んだとき、あんなに大男だったのに、遺体は少年の大きさにまで縮んでしまっていたと隣人たちは噂した。バートリーの土地にはもう馬はいなかったが、家と数エーカーの土地は同居人が相続した。私が、田舎に数日を超えて滞在した最後の夏は、私がダブリンの大学に行く前の年のことで、昔のように犬を連れ、近隣を歩き回るにはもう歳を取りすぎていたため、あまり外に出ないで過ごしていた。ある日、新調の青いスーツを着たダービーが、彼の娘かと思うような女性を連れて会いにやって来た。彼は妻になる女性だと紹介し、結婚式に出席してほしいと言った。チャペルでの結婚式の後、車に乗った新婚のカップルと一緒に、私は花嫁の家まで行った。花嫁の両親は、娘がどこかの王子とでも結婚したかのように喜んでいるようだった。「世間をよく知った婿ですよ」と、母親が言った。「そして、海賊女王のグローニャ・ウェール[009]に恋い焦がれていなさる。誰よりも安心を与えてくれると思うし、娘を導いてくれると思います。」結婚式の宴の後、新郎新婦はテーブルから立ち上がり、今やダービーのものとなったバートリーの家に向かっていった。花嫁は、尼僧のヴェールと呼ばれるクリーム色をした布で作られたウェディング・ドレスをまだ着ていて、頭にはヴェールを被り、ブーケも手にしたままだった。バートリーの家に行く最短の方法は湖を渡ることだった。その陰鬱な湖はほぼ円形で、一方には山々が迫り、もう一方には妖精の砦、つまり草に覆われた塚が迫っていた。それは、フィン・マックールのもとから駆け落ちしてきたダーモットとグローニャ[010]が眠った場所とされ、このロマンティックなカップルのベッドとして知られていた。結婚式の一行は、ダービーと花嫁が乗って湖を渡るボートが繋がれた船着き場まで小道を下りていった。私の記憶に残っているのは、白い花嫁衣装に身を包んだ娘が風にヴェールをなびかせながら、薄明かりの中を舟で運ばれていく情景である。ウズラクイナが鳴き、風に揺れる湖畔の葦の何本かは折れ、水面に浮かんでいた。その湖の底には、ウナギの王と呼ばれる、先史時代から生き続ける巨大なウナギが住んでいて、それが水面に浮かびあがって来ると、あたり一帯に尋常ならざる出来事が起こると代々伝えられていた。「どうかお願いですから、花嫁が向こう岸に渡りきるまで、現れませんように」と花嫁の母親が言った。まもなく、向こう岸で新郎新婦を歓迎するヴァイオリンの音色が聞こえてきたので、二人が無事に湖を渡ったことがわかった。

第五章　旅の楽士たち、バラッドの歌い手たち、放浪する人々

旅の楽士、フィドル弾き、バラッドの歌い手、放浪者、乞食女といった面々は私たちの地域では珍しいものではなかった。彼らを意識的に見るようになったのは、寄宿学校に行ってからのことである。アイルランドの文芸復興の噂は私たちの学校にも届き、新しい作家たちが、彼らを主人公にした詩や劇を書いているということだった。私の子ども時代、彼らは、木々や茂みと同様、田園風景の一部として、ごく当たり前に捉えられていた。ところが、休暇で家に戻るたびに、私は新しい目で、つまり一種の文学的な興味を持って彼らを見るようになった。アイルランド中を巡っている者もいて、ほとんどが徒歩で移動していたが、時折、馬車に乗る者もいた。旅の楽士とか放浪の民と呼ばれていた者たちは、年に一、二度、定期的に戻ってきて、私たちの家で食事をしたり現金を受け取ったりした。私たちの地方では、彼らを友人として遇していた。来る方も迎える方も、ともに素朴で穏やかな人たちで、互いのことをよく知っていたため、一部の陰気な〈植民者《プランター》〉の家族を除いて、彼らは歓迎されることが多かった。マーティン・フォックスという名の放浪のフィドル弾きは殊に腕がよく、アイルランド民謡をむせび泣くように見事に演奏した。彼の演奏を聞いたら、石ですら涙を流すと言われたものだった。彼が風呂に入ったことがあったとは思えない。フォックスが立ち去ると、演奏のために彼が腰掛けた椅子は、直ちに入念にブラシがかけられ、外で風を通された。同様に、彼が飲み食いした盃や皿は、石鹸を入れた熱湯で消毒され、屋外の物置小屋の棚にしまわれた。それらは、〈マーティン・フォックス専用〉とされていた。フォックスは、桁外れに不潔だったが、彼自身がいみじくも認めていたように〈才能を持った男〉で、そのフィドルの演奏

は観客を魅了した。家中の者が彼の周りに集まり、一時間か二時間、音楽の調べに耳を傾けた。男たちは、ウイスキーのパンチを飲んでいたが、女たちは紅茶を飲んだ。女性だけの集まりの場では必ずしもそうではなかったが、男性と同席するときは、女たちは決して強い酒を口にすることはなかった。私の親族の一人で、ヴァイオリンをたしなんでいた女性が、マーティン・フォックスのレパートリーになっているアイルランド民謡を写譜しようと試みたことがある。しかし、狐《フォックス》という名の通り狡猾なこのフィドル弾きは、彼女が正確に音を書き写すのを邪魔し、なんとかメロディーをとらえたと思ったら、別の曲に切り替える、といったことをするのだった。美しい多くの伝統音楽が、放浪のフィドル弾きたちのこうした頑なさ故に、永遠に失われてしまったのだろうと思う。それらは本来、弾き手から弾き手へと伝えられるべきものだったはずなのに、と思うと残念でならない。

　フィドル弾きに比べると、バラッドの歌い手たちはつまらないと私の家族は思っていたが、一般的には、田舎では人気があったようだ。ダンスの集まりなどでそこそこの現金を稼ぐことができるフィドル弾きやフルート吹きに比べると、バラッドの歌い手たちは放浪の民という要素が強かった。バラッドでは、常に一つの物語が語られるが、歌い手が必要以上に芝居がかった声色をつけて歌うのが煩わしかった。バラッドにメロディーをつけ、劇的に歌い上げることがよいことだと歌い手たちは思い込んでいるのだろうが、そんなことをしないで淡々と朗唱した方がどんなにかいいのにと私は思った。歌い手は詩のことばを書いた長い巻紙を手に、家中の者たちの前に立ち、死者をも墓場から呼び覚ますような大声で、アイルランドの悲しみや栄光の物語を歌い上げたものだった。「いざ来たれ、勇ましきアイルランドの民よ。我が物語に耳を傾けよ。」多くのバラッドが、「いざ来たれ」で始まっていたので、それらは「〈いざ来たれ〉もの」と呼ばれていた。その他にも「ブリーディーン・ヴェサック」、「海の悲しみ」、「クロッピー・ボーイ」といった民謡があって、美しいもの、機知に富んだもの、ユーモラスなものが、アイルランド語と英語で歌われた。さらには、皮肉でいっぱいの「警官と山羊」、「ラリーがしばり首になる前夜」[001]、また、アイルランド系アメリカ人がよく歌う「フィネガンの通夜」[002]などがあった。女のバラッド歌手も何人かいたようだったが、女のフィドル弾きで私が覚えているのは一人だけである。彼女は、有名なフィドル弾きだった父親と一緒に巡業を始めた。その父親が死ぬと、彼女はアメリカに移ったのだったが、アイルランドで巡業する暮らしが忘れられず、戻ってきた。芸術的な面から言うと、その演奏はひどいものだったが、それでも私はとても興味深いと思っていた。男のフィドル弾きが得意とするような民謡やジグやリール曲を彼女が演奏することは稀で、彼女は自分自身の体験に基づいて歌うのだった。その声は美しく、切々とした響きがあった。フィドルは、彼女がアメリカでの滞在中に知った唄の、一種の伴奏として使われた。もの悲しい、心をかき乱すような声で、「ベル・マホーン」という唄が歌い上げられた。私が今でも覚えている歌詞は、次のようなものである。

港の潮を遠くに越えて
私の帆舟は、行ってしまう
……
ベル・マホーン
天国の門で待っていておくれ

また、このような歌詞も覚えている。

ビンゲンの小屋の壁
ライン川のほとりの美しい町ビンゲン

他にも、「糸車」という題の唄を、もの悲しい、胸がちぎれるような声で歌ってくれたことがある。その歌詞は、十代だった私の心を震わせた。

一年前の今宵、
あの人は私を花嫁に、と言ってくれたはずだった。
でもかわいい顔のメイベルが現れた。
母さん、これはどういうことかしら。
もう、わたしを花嫁にはしてくれないって。

しかし、放浪する人々の中で、最も印象に残る人となりだったのは、とても身なりのいい盲目の男だった。彼はアイルランド中を一人で旅をしていて、盲目の旅人にはおきまりの友である犬も連れていなかった。家族中の誰もがとても忙しい時であったとしても、いつも誰かが彼に付き添い、次の場所まできちんと送っていった。というのも、その道中に同行することを拒むようなことをしたら、彼は呪いをかける能力を持っていると思われていたからである。この男は、常に〈盲目の神父〉と呼ばれていた。正式な神父だったとは到底思えないが、いつも神父のお下がりの服を身にまとっていた。服は小ぎれいでブラシもかかっていたし、本人もこざっぱりと髭を剃っていた。毎朝、誰かが、男でも女でも、彼のカーペット製の袋から剃刀《かみそり》を取りだし、髭をきちんと剃ってやると言われていた。盲目ではあったが、彼は放浪する者たちの中で、群を抜いて清潔だった。毎年七月か八月に、直前の訪問地である家の少年に連れられ、彼は我が家にやって来た。ゆっくり休み、空腹を満たし、しばし談笑した後、彼が次の訪問地として選んだ家まで、一緒にお供するのを私は楽しみにしていた。この男は訪問する家を選り好みしていたので、時折、私と犬たち、クリューガーとジュベールは、彼がよしとする家に到着するまで、途中にある家を何軒も通り過ぎ、何マイルも歩くこともあった。「スニーディ家には行かないよ」と彼はよく言っていた。「自分たちの生活で手一杯なんだ。マグレガー家にも行かない。陰気なスコットランド人だからね。ギャラハー家は皆、無礼で野蛮で教養がない。パブの持ち主か、豊かな農家か、私のような者を歓迎してくれる、一番近い紳士の家に連れて行っておくれ。」彼はいつも自分のことを紳士であり学者であると主張していたが、私もその通りだと思っている。彼の個人的な歴史について知っている者は誰もいなかった。何年も前のある日、彼は、神父の黒い服を着て、国中の道を物乞いしながら旅を続ける放浪の男たちの中に身を投じたのだろう。そして、革張りのホラティウスを一冊手にし、私の祖父の家に現れた。アイルランドの田舎で、彼が不思議な能力を持つ人物、沈黙の神父として人々に一目置かれるようになったという物語は口伝えに広がっていったが、一体、どこで生まれ、放浪し始めたきっかけは何だったのかといったことについては誰も知らなかった。アクセントはアイルランド人のものだったが、どの地方とも、どの州とも特定することはできなかった。彼は、ホラティウスの頌歌を暗唱することができ、私にも暗唱できるよう、後に続いて繰り返し練習させた。しかし、私が学校でカトゥルスを読んでいることを知ると、若い娘が読むものではないと呆れ顔を見せ、それはアイルランドの娘を堕落させるためのイギリス教育省の陰謀だと思っていたようだった。また、私が二匹の犬と一緒に近隣を歩き回り、地元の人々を訪ねているらしいという噂を聞きつけると、そんな生活はすぐにやめるようにと大真面目に警告した。そして、一度放浪の生活に慣れてしまうと、普通の家庭生活に興味を持てなくなると言った。彼は、私が放浪の民となってしまうかもしれないと心配したのだろうと思うが、一年のうち九カ月は寄宿学校の中に閉じ込められていることを知り、安心したようだった。彼自身の生活様式は別として、その保守的な価値観は揺るぎないものだった。自分がやりたいことを自由にさせてもらっている私は、〈良家の令嬢〉としては躾が充分ではないと思っているようだった。彼のフランス語はとても流暢で、ベランジェ[003]の詩はトマス・ムアの詩に似ているなどと言いながら、その詩を朗唱してくれた。ナポレオン軍の兵士で、ウォータールーの戦いの後、物乞いしながら放浪するようになった男の話をしてくれたこともあった。そしてこの盲目の男は、「私のようにね」とつけ加えた。彼が語った詩で覚えているのは、「忘れるな《スヴイヤン・トワ》、忘れるな《スヴイヤン・トワ》」というフランス語のリフレインのみである。フランス語がとても流暢だったという事実は、彼について多くを物語っていると思う。アイルランド出身の多くの学生が学んだ、フランスかベルギーの神学校の学生だったのかもしれない。そして、視力を失ったため、そこで学ぶことを諦めたのかもしれない。とはいえ、これは憶測にすぎない。誰も彼については何も、名前すら知らなかったからである。この男は、まるで本当の神父であるかのように、「神父様」と呼ばれていた。誰もが彼に敬意をもって接していたが、他の放浪の音楽家たち、フィドル奏者、フルート奏者、バラッド歌手のように心待ちにされているわけではなかった。彼はラテン語の朗唱をするだけで、それを望む者は少数だった。特に酒を飲むと傲慢で気性が荒くなり、彼が持っていると考えられていた呪いの力は、迷信深い人々を震え上がらせていた。実際、その地方に住む者は、ほとんど皆、迷信深かったのである。

しかし、この風変わりな家を持たない男《ホームレス》は、私のことを気に入っていたと思う。実際、この男に限らず、孤独な放浪の男たちと私の間には、常に互いに感じあう何かがあった。あるフランス人の知り合いが、フランスを放浪する男たちを称して「炉端も家もなく、妻も子もなく、そうしたものを望みもしない男たち」と言ったことがあったが、彼らは、まさにそういう男たちだった。子どもの私に対し、放浪の男たちは、父親の眼差しを投げかけていたのだと思う。確かに、バートリーやこの盲目の男はそうだった。私が成長するにつれ、私が彼らに対して感傷的な想いを抱いていることに、彼らは気づくようになった。私がさらに歳を重ねると、今度は、彼らは、私よりはるかに歳を取っているにもかかわらず、まるで子どものような眼差しで私を見つめ、私から母親のような愛情を求めるようになった。私は、当時も今も、彼らに対して強い感情を持ち続けている。どうも私には、〈変わり者〉に心惹かれる傾向があるようだ。そして、扶養家族も責任もない孤独な男として放浪の暮らしを続けることは、間違いなく、個性を引き出し〈変わり者〉となる絶好のチャンスなのだった。

盲目の神父と最後に二度会った時のことをよく覚えている。その直前に、おじの新しい花嫁が私に警告してくれた。この盲目の神父が、私に本を手渡す用があり、重要な話をしたいので、私が休暇でいつ戻ってくるのか、確認した上で訪問しようとしているというのである。彼女は、放浪する男たちを全く信用しない女性だった。このおばによると、彼は私に会えるようになるまで、近所の家に滞在して待っているというのだ。その前年、彼は、私の新しいおばの従妹に呪いの言葉の秘密を伝えようとしたが、その従妹は恐ろしがって断ったそうである。おばは、彼が次に私に目をつけていると推測していた。「それが癒しの言葉なら問題ないと思うの。でも、呪いは、呪う方にも呪われる方にも、不幸をもたらすでしょう?」

しばらくして、盲目の男が、近所の裕福な農家から、二輪馬車に乗せられてやって来た。この家の主人はラテン文学に造詣が深く、盲目の男がホラティウスやウェルギリウスを朗唱するのを楽しみにする人物だったのである。男は、御者に助けられながら、めったに手から離すことのないカーペット製の鞄を手に、気取ったそぶりで馬車から降りてきた。そして、年長者が若い親戚に挨拶するように、親しみを込めて私に挨拶した。それから、座り込んで噂話をひとしきりした後、食事をし、ビールを飲んだ。その後、私は彼の腕を取り、彼が行きたいと思う次の目的地に向かって歩き始めた。彼が私の将来の計画について詳しく知っていることに、私はすぐに気づいた。「あなたは、大学に進学し、ヨーロッパ大陸に行く予定だと聞きました」と彼は言った。

「そうです」

「その後は」と彼は続けた。「あなたの能力と教育を活用できる、教育に熱心な修道会が運営する修道院に入るのが最上だと思いますよ」

「そうしたいとは思いません。私は世界とそこに生きている人々を見たいんです」

「世界は邪悪なものです。人生は問題だらけです。修道院はあなたにとって、最も安全な場所ですよ。あなたは、世間の荒波に立ち向かうようには育てられてはいません」

修道院が、人生の諸問題から自分を守ってくれる安全な場所であると考えたことはそれまでになかったが、それ以降、多くの国を訪れ、作家として生きることの悩みや心配を経験した後では、時折、そのような考えに納得することもあった。しかし、人生には無限の可能性があると考えていた十八歳の私は、盲目の男の言葉を聞き入れることはなかった。

「あなたのような娘は、幸福になることはないでしょう。神経質すぎるし、感受性が強すぎます。」しかし、私は自分を神経質だとは思っていなかったし、感受性が強いことはいいことだと思っていた。私は、この年配の紳士が私の未来について指図しようとすることを少し煩わしく思った。「家の中によそ者が入って来たので、おそらくすぐに子どもも生まれ、この場所も今までとは同じわけにはいかなくなるでしょう」

「ここ以外の場所も、世界中にあるはずだし、私のことを気にかけてくれる人たちもいると思います」

「子ども時代というのは一番幸せな時代なのです。あなたは、ここでの暮らし以上に幸せになることはないでしょう」

彼が言ったことは真実ではなかった。ただ、年寄りが若者に向かって言う常套句ではある。私は自分の子ども時代を興味深いものとして、細部にわたって覚えてはいるが、それは決して幸福なものではなかったのである。彼は、神秘的な雰囲気を漂わせながら人生の邪悪さについてひとしきり講釈を述べた後、カーペット製の鞄を開けた。それから、おばに私のためのものだと伝えてあった一冊の本を取り出した。フランシスコ・サレジオ[004]の『信仰生活の入門』だった。私たちが腕を組んで道を歩き進むにつれ、彼はとうとう、自分には呪いの言葉が伝えられていることを切り出してきた。彼の祖母や彼自身の財産を侵害しようとした者に対して使ったとき、実効力があったもので、それを私に教えたいと言った。彼は自分が死ぬ前に誰かにそれを伝えたいと思っていたのである。私は、彼が知っている人間の中で、そのような贈り物を受け取るにふさわしい、生まれながらの資質を持った唯一の人間だと言うのである。彼が、私の新しいおばの従妹にも、同じような申し出をした事実を知っていることを、なんとか我慢して言わないでおいた。ちなみにおばの従妹は、考えうる限り私とは全く異なったタイプの女性なのである。私は呪いについて興味津々だった。『マクベス』に登場する魔女の大鍋の中身のように、何かまとまったものとして呪いを想像していた。そして、彼がいつも持ち歩いているカーペットの鞄から、蛇の皮に包んだ何かを取り出し、厳かに手渡されることを期待していた。恐れと期待が交じった中で、私はそれを伝授されることに同意した。

まもなく、それは何かを包んだようなものではなくて、単に暗記すべき一連の言葉であることがわかった。それはアイルランド語によるもので、詩のようにスタンザに分かれていて、スタンザの最後は必ず、「かくあれかし」という意味のラテン語が繰り返されていた。それを弄ぶことはとても危険であるという理由で、彼が全部を一度に口にすることは決してなかったし、書き留めようともしなかった。呪いの言葉は、私が思ったほど長いものではなく、正直に言うと、アイルランド語の意味のほんの一部しか理解できなかった。しかし、何度も何度も繰り返したおかげで、どうやら暗記することができた。私が新しい生活を始めるためにダブリンに向けて出発する前に、呪いが正確に記憶されているか確認するために、彼はもう一度やって来た。その呪いは、人生で三度までしか使ってはならず、それも、私や私の家族に、本当の悪意を向ける者に対してのみ使ってよいのだそうだ。その呪いを誰かに対して実行するときは、水をいれた容器を左に、土をいれた容器を右に置き、火のついた石炭をトングかスコップで持たなければならない。呪いの対象となる者の悪意が私の感情を本当に高ぶらせたときにのみ、この呪いを使うことができ、そのような時にのみ、手にした石炭は私自身の感情に応え、その結果として、呪いの言葉は効き目があるという。人生で一度だけ、私はこの呪いを口にしたことがあり、それは効果があったと思う。しかし、今となっては言葉の大部分を忘れてしまい、一行か、二行、曖昧に覚えているだけである。

かつて名声がおまえのものだったとしても、おまえの肉体は動かず、おまえの妻も子孫も嘆くこともない。かくあれかし！
おまえの脳に、聴力に、視力に、声に災いを。欠乏と涙をおまえに。かくあれかし！

第六章　人々と土地

1

私が生まれ育ったアイルランドは、同世代のアイルランド作家たちに言わせると、封建時代のままの国ということになっているが、私自身は、十八世紀的要素と中世的要素が入り交じった国であるというのが本当のところではないかと思っている。東部、特にダブリン周辺のペイル[001]と呼ばれる地域では、十八世紀的要素がすっかり浸透しているが、私がよく知っている北西部においては、近代と呼べる要素はほんの一部にすぎず、ほとんど、何百年もの間、変化なく同じようなやり方で人々は生活し続けているのだった。私の祖母は、アイルランド土着の名家の長《チーフトン》たちが、人々の間で〈殿様《プリンス》〉と呼ばれていた頃のことを覚えていた。マクダーモット家はクーラヴィンの殿、マクスウィーニー家はドニゴールの殿、オハラ家はアナモアの殿といった具合である。〈谷間のオドノヒュー家〉、〈ケリーのオマホニー家〉、〈リークスのマクギリカディ家〉というような、首領の称号を示す〈The〉[002]を維持するために、多くの名家が、あらゆる努力を惜しまなかった。祖母は、音楽家でもあったマクスウィーニー家の殿をよく知っていた。彼は徒歩で祖母の家をよく訪れたそうだが、彼の三メートルほど後ろには、緑色のフェルトの袋に入れたヴァイオリンをうやうやしく抱えた召使いの少年が常に付き従っていたそうだ。アイルランドは貧しい国だったが、それはイギリスがアイルランドを貧困に陥《おとし》れたからだとよく聞かされたものだった。しかし後になって、新しい自由国に派遣されてきた各国の外交官たちから、アイルランドは中央ヨーロッパや東ヨーロッパの諸国に比べ、貧しくも遅れてもいないことを知らされた。また、ダブリン駐在のフランス公使だったムッシュー・アルパン[003]から、アイルランドはアングロ・サクソン的要素のあるケルトの国で、フランスはラテン的要素のあるケルトの国だと聞かされたことがある。実際、ロンドンは常に外国の首都だと感じてしまうのに対し、パリは自分が心からくつろげる国の首都だと感じることができるのだ。フランス人の友人で、ジャーナリストのシモーヌ・テリー[004]はいつも、アイルランドはフランスの一地方のように感じられると言っていた。フランスでうまく機能しないあらゆる事柄は、アイルランドではさらにひどい状態に陥るのであるが、両国の本質は全く同じであるらしい。そして彼女は、ダブリンでは本当に心からくつろぐことができるそうである。

　私が生まれ育った地域には、征服された国特有の痕跡が多く残り、隷属を強いられた国の習慣や風習を見ることができた。しかし、過去にそうであったほどには抑圧されていなかったし、人々は貧しかったが、苛酷な経済的状況の中で、可能な限り自由であった。田舎に住む人々は――田舎に住んでいた子ども時代に、私は〈小作人《ペザント》〉という表現を耳にしたことがなかった――なけなしの現金をかき集め、貯め込む習慣があったが、そもそも現金が潤沢にあったわけではないので、主に一種の物々交換を中心に生活を営んでいた。卵、バター、その他農場の生産物は、他の食料雑貨や日用品と交換され、農場の家畜を売って得た現金や、アメリカの親戚からの送金は、小作料の支払いに充てられた。風変わりな土地制度の下、彼らは自分たちが耕作する土地を購入し、その対価を支払った上に、小作料を地主に支払い続けなければならなかった。地主は、例外もないわけではなかったが、多くの場合、イギリスからの植民者の子孫かその縁者で、イギリスとアイルランドが戦った数々の戦争の報償として土地を与えられた者たちだった。自分が所有する地所にほとんど滞在しない地主も多くいたと記憶している。人望のある地主は、表面的にではあっても敬意を払われたが、多くの場合彼らは、侮蔑を込めて「クロムウェル[005]の下級兵士《トルーパー》」とか、「ウィリアム[006]の下級兵士《トルーパー》」などと陰口を叩かれることが多かった。というのも、地主たちの多くは、地元のアイルランド人を見下していたため、それに対抗する意味で、アイルランド人の方も、彼らに対し侮蔑的な言葉を用いたのだった。イギリスの支配は、もちろん歓迎されていたわけではなかったが、大きな混乱なく運営されていたと記憶している。私の子ども時代、それは抑圧的であるというよりは、無責任だったと言えると思う。不案内なイギリス人たちが、要職に就くために送り込まれてくると、彼らは、アイルランド人の下役の補助を受け、一種、無計画な統治を行うことになった。私が知っていた役人や、成長してから交流を持つようになったイギリスの役人たちは、少々頭は悪いが、気のいい人々で、アイルランド人に当惑しながらも、結果的に魅了されてしまうのだった。我々のことを、偶像崇拝的なラテンの宗教(つまり、カトリック)に帰依した、魅力的で機知に富んだ民族ではあるが、自分自身を管理できない者たちだと考えるのが彼らの慣例《しきたり》だった。とはいえ、彼らは、自分たちが統治する側に属していることについては、揺るぎない確信を持っていたようであるが、自分たちが優秀な人種に属しているかどうかは、まったく確信が持てないようだった。これはイギリス人特有の精神状態として、イギリス人の行く所、世界中のどこででもよく見かけることができる。実際は、自分自身の固有の文明や習慣、風習とは異なった場所に送り込まれた人々によく起こることが、イギリス人にも起こっていたと言うべきかもしれない。イギリス人は、しばしば特定の事柄に対し、劣等感を抱き不安になる。沿岸警備隊や、海軍や陸軍に関わるような下級の役人や軍人たちは、あまり賢いとは言えず、がさつでぎこちない振る舞いしかできない者も多かった。一方、イギリス女性たちはアイルランド女性よりも主婦としての能力は長けていた。総じて、イギリス人は皆、いわゆる中産階級と呼ばれる階級に属していて、アイルランド人とはほとんど交流がなく、同胞の者以外とはほとんど付きあうことがなかった。ずっと後になって、私が出会うことになる本当に魅力的なイギリス人たちは、上流階級に属する人々か、もしくは下層階級の人々、つまり有閑階級と、労働者階級に属する人々で、その両極を合わせたものがアイルランド人の血に色濃く混じっているように思う。

アイルランドの田舎では、国として独立するまで、世代毎にイギリス支配に対する反乱を起こすのが伝統となっていた。しかし、私が子ども時代に始終聞かされた〈戦い〉とは、いわゆる蜂起ではなく、私が生まれる直前に起こった「土地戦争」[007]のことだった。一八八〇年代から一九一六年の蜂起までに、イギリスに対して行ったアイルランドの抵抗は土地戦争という形をとった。その痕跡は未だに様々な風景の中に残っている。例えば、屋根がなく、黒く焼け焦げた家の残骸などがその一例で、地主の下で働く土地管理人が農民の小屋を打ち倒し、火を点けたのである。老人や虚弱な者、病人や幼児などは雨の多い気候の中、野外に放り出されて命を落とすことが多かった。隣人たちは、自分たちの家に余裕がある限り、彼らの面倒を見たが、死んだ者や救貧院に入った者、または放浪の生活を選んだ者も多かった。

土地戦争の名残として、あちこちに〈土地同盟の小屋〉と呼ばれる急ごしらえの建物が見られた。それは、追い出された人々のために、善意の人々が建てたものだった。追い立ては、言うまでもなく残酷な行為で、人々が最低の動物扱いしかされていなかったことを表している。一八四八年と一八六七年の蜂起[008]は失敗に終わった。飢饉[009]と追い立てにより、農村部は壊滅状態になった。若く元気のある者は移民した。残った者たちの生活はひどいもので、二十世紀の初めになってようやく人々は精気と活力を取り戻したと言える。以後、彼らは文化的、芸術的な事柄に初めて関心を向けるようになった。そして、一九一六年にもう一度蜂起が起こった。そして、今回は成功した。しかし私の時代には、あからさまな抑圧はなく、もしも国が無責任に統治されていたというなら、それはイギリスでも同じだった。イギリスは、アイルランド同様小さな国で、大多数は貧しい人々によって構成されていた。彼らはアイルランド人よりもある意味で幸福ではなかったかもしれない。なぜなら、アイルランド人は貧しい農民、もしくは農業経営者であったため、彼らには少なくとも何か食べる物があったし、追い立てられない限り屋根のある家で生活できたのに対し、貧しいイギリス人は雇用が安定しないことの多い工場労働者だったからである。スチュアート王朝に敗北以来、イギリスの統治は貴族による貴族のための統治であり、言い換えれば、地主による地主のための統治だったのである。

私は、他の多くのアイルランドの子ども同様、イギリスの支配に対するアイルランドの抵抗を称賛する伝統と伝説のなかで育てられた。例えば、クロムウェルとその下級兵士《トルーパー》、もしくはウィリアムとその下級兵士たちが、どのように大混乱をもたらしたかといった物語、フランスがアイルランドに差し伸べてくれた援助について、ことに一七九八年[010]の援軍にまつわる物語などを聞かされて育った。一七九八年の出来事は、まるで昨日起こったことのように語られ、老人たちは、忘れがたい物語として、「わしのじいさんは、フランス軍がキララに上陸するのを見たんだ」と繰り返し語ってくれた。しかし、飢饉や失敗に終わった蜂起といった歴史の悲劇はあったが、人々はごく当たり前に幸福だったし、陽気だった。ケルト的なメランコリーという表現を耳にしたことはあるが、そんなものはほとんど目にしたことがないと言える。誰もが日曜日には教会に行き、現世で何かが欠けているとしても、不幸なことがあるとしても、あの世ですべて埋め合わせされると信じていた。私は、田舎の隣人たちの間に、ひどい不幸や不運を見たことがないと思う。しかし、死は大きな悲劇だった。次に、子どもたちのアメリカへの移民。そして、最後に、牛や羊の口蹄疫《こうていえき》が続いた。

2

アメリカに移民する近隣の若者たちを見送った時の感情を、私は今でも思い出す。当時、農民の子どもたちは、輸出するために育てられているようなものだった。春か秋に、年に数回、一種の集団移民が実行される時期があった。週に一度か二度、数週間にわたって、クィーンズタウンやデリーから船に乗るため、十人あまりの若者たちが、ひとまとまりになって汽車で旅立って行くのだった。多くの場合、グループ毎に、渡航費や乗船券を送ってくれた友人や親戚が住んでいる、アメリカの一つの町を目指した。彼らが旅立つ前の夜は、移民する青年や娘のうちの一軒の家で〈アメリカの通夜《アメリカン・ウエイク》〉と呼ばれる送別会を開くのが習慣だった。そこでは、涙と嘆きが交じる中、明け方になるまで、皆が歌い踊り、若者たちは一睡もしないで汽車に乗るために出発した。時折、母親たちは、死者のための通夜や葬式で唱えるような嘆きの言葉を口にした。というのは、この別れは永遠の別れとなることも多く、親たちは、大西洋を渡る息子や娘にもう二度と会うことができないかもしれないからである。私たちの家の近くに、険しい坂道があって、移民する一行がその坂道にさしかかると、彼らは馬に負担をかけないために馬車から降り、坂道を徒歩で登るのを常としていた。辺り一面を見渡すことのできる坂の上に着くと、彼らは振り返り、涙ながらに自分たちが慣れ親しんだ緑の畑、小さな家々、海、そして曲がりくねった道に別れを告げるのだった。その丘はアイルランド語で〈嘆きの丘〉と呼ばれていた。誰もがその頂上で泣きながら別れを告げたからである。

旅立つ男女の大半は、何の技術も持たず、教育も受けていなかったため、新しい国で、下働きのような仕事に就くしか選択肢はなかった。しかし、教育があったり、幾ばくかの現金を持っていたりした者は、実業家として、また弁護士として成功することもあった。中には、弁護士として非常に有名になった者もいた。とはいえ、教育のあるアイルランドの男性や女性が、あらゆる種類の仕事に就いている例を実際に私たちは知っている。上院議員の従弟がドアマンをしていたり、准男爵の息子がバーテンダーをしていたり、また別の場合にはエレベーターボーイやウェイターなどをしている者もいた。実際、教育のあるアイルランド人の中には、アメリカでの生活には全く馴染むことができない者も少なくなかった。移民していった若者たちの中で、新天地で給料を蓄え、一時帰国する者もいた。娘たちが多かったようだ。中には、アメリカの都市で七年か八年を過ごした後、持参金をしっかり貯め、農家の妻として落ち着くことに満足する者さえいた。彼女たちは、金歯と鼻にかかったようなアメリカ風の発音を意図的に保つ以外は、都会の文化をまるで古い外套を脱ぐように捨て去ったのである。時折、移民二世の息子や娘たちが、自分たちの両親が生まれ育った家やその家族を訪問するためにやって来ることがあった。中には、大学生だと言う者もいて、確かに利口で才気はあったかもしれないが、決してきちんとした教育を受けているようには思えなかった。「アメリカには大学は二つしかない」と、私の物書きのおじは言ったものだった。「ハーバード大学とイェール大学だ。他の大学は、草原の野外学校みたいなもんだ。何かを学ぼうと思ったら、アイルランドのほうがいい」と、彼はアメリカからの訪問者たちに言ったものである。若者の中には、そのまま留まり、ダブリンで、特に医学生として勉強を続けた者もいた。

アメリカ移民は、一種の社会的恥辱と考えられることも多く、老人や老婆が訪問中の移民二世に目を留めながら、傲慢な調子で、「ありがたいことに、うちの家族は、誰もアメリカに行く必要がなかったんだ。皆、アイルランドにいたよ」と言って、現金や財産の保有をほのめかすのをよく耳にしたものだった。私のおじの一人はアメリカにかなり長い間住んでいたが、なぜだかよくわからない理由で自分を移民者とは認めず、歌手として芸術的なキャリアを求めるという名目で、アメリカに渡っていた。実際は、一文無しになった彼を帰国させるために、アイルランドから送金しなくてはならなかったのである。アイルランドへ送金するのでなく、アイルランドから送金してもらったという、非常に稀なケースの一つだった。このおじは、アメリカにいる卓越したアイルランド人の弁護士について、長々と話を聞かせてくれた。そうした弁護士の一人か二人は私たちの地方の出身者で、さらにもう一人は親戚筋に当たる人物だった。

私が実際に会った、アメリカ生まれの移民二世たちについての記憶が蘇ってくる。私は言葉をはっきりと記憶するたちなので、それぞれの人物を覚えているというよりは、彼らと交わした会話を覚えていると言ったほうが正しい。夏になると、両親や祖先が住んでいた家や縁者の家を自転車に乗って探索している若い男たちが、私の家にお茶にやって来た。彼らは、おじたちが子どもだった頃、この地方から移民していった若い男女の息子たちだった。皆、人なつっこく、おしゃべりな若者たちで、「僕が思うに(I guess)」とか、「いいとも(sure thing)」を多用し、「got」の代わりに「gotten」を使い、鼻にかかった声で、「トゥーズデイ」とか「ノオオ」と発音したり、大声で「ハロー」と挨拶したりすることから、一マイル先でも、彼らをアメリカ人だと認識することができた。さらに、いかにもアメリカ風の奇妙な肩パッドの入った服を着ていた。とはいえ、黒い睫毛に、灰色がかった青い目をしたその顔つきには気取った様子がなく、アメリカに住むアイルランド人そのものだった。彼らは、アイルランドを旅行する若いイギリス人たちとは全く違っていた。島国で生まれ育った私たちと比べると、島国根性とは無縁で、予想外の行動をとり、世界市民といった雰囲気、また、何か新しい文明の息吹を醸し出していた。彼らは、まるで自分たちがアメリカを作ったかのように、アメリカを誇りに思っていて、私たちのイギリス嫌いとは少し異なる形で、反イギリスだった。私たちはイギリス政府を嫌ってはいたが、イギリス人嫌いではなかったと思う。年寄りの中には、移民二世を、あまり教育がなく不作法だと言う者もいた。移民の不作法にアメリカの不作法が加わっているとジョンおじは言ったものだった。何をもって不作法と言うのか不明ではあるが、私は彼らの振る舞い方が気に入っていたし、おじがイギリスに数年住んでいた時に身につけたと思われる、他人に対する病的なまでの優越感を理解できなかった。もう一人のおじに、かすかにアメリカ・アクセントが残っていたのと同様、ジョンおじにはかすかなイギリス・アクセントがあった。私たちは、皆、それぞれ異なったアクセントで話し、発音すら異なることがあった。私がアルスターのアクセントで話をすると、アメリカからの訪問者たちはそれに気がついた。「おやおや、でも、君の話し方、好きだな」とある若い男が言って、「このご家族の皆さんには教育がおありですね……」と続けた。ジョンおじは、不機嫌になって、「なんで、アメリカ人のやつらは、教育のことばかり話題にするのかね」と後で私に言った。このようにして、私たちは、アメリカ人の会話の中に現れる特有の言い回しを目ざとく拾い上げるのだった。

私たちの地方では、アイルランドからの移民二世の他には、アメリカ人を見ることはなかった。戻ってきた移民たちは、いつも、〈出戻りヤンキー〉と呼ばれていた。ほとんどすべての移民が、アメリカに着いたばかりの頃は、あまりきつくないが単純な肉体労働をしたのだと思う。しかし、その中で、弁護士になった人もいるのだ。遠縁のピーターは、ボストンか、その近郊で弁護士をしていた。アイルランドで既に教育を受けていたので、法律の学位を簡単に取ることができた。彼は四十代になって、ニュー・イングランド生まれの花嫁を連れてハネムーンにやって来た。ピーターは、手綱に銀色の飾りをつけた馬車を御しながら、自分の花嫁の家族は、革命以前にアメリカに渡った人々であると私たちに語ってくれた。自分の母親のためにその馬車を買ったばかりだとも言った。「革命以前」というフレーズを聞いて、私たちは、ピーターが帰った後で、それがいつのことか論争になったが、バークの演説集の序文に独立戦争の年〔一七七五〜八三〕を見つけることができた。それは、あまり昔のことのようには思わなかった。一七九八年の反乱の少し前のこと、つまり、フランス軍がキララに上陸する少し前のことだった。また、ピーターの母親の実家が建てられる前年のことで、その日付は、台所の炉端の炉石に刻まれていた。「ということは」とおじが言った。「アメリカ生まれの婆さんを持つアメリカ人は、あっちでは貴族ってことなんだな。ピーターは、わしらに、自分がアメリカの貴族と結婚したと言いたかったんだ。」彼の母親は、彼らの結婚式の様子が写真入りで掲載されたボストンの新聞を私たちに送ってよこした。ボストンの新聞は今でもそうであるが、おもしろいほど下品で、奇妙な書き方をしていた。「モーニングコートを身につけ、シルクハットを手にしたピーターと長い白いドレスと祖母の代から伝わったヴェールを着た花嫁」と新聞には書いてあった。ジョンおじは、皮のケースに入ったシルクハットを持っていたが、彼がそれを被っているのを見たことがない。たぶん、イギリス、特にロンドンでは被っていたのだろうと思う。

ピーターは、アメリカ人の妻を連れてお茶にやって来た。彼女が身にまとっていたツイード製のコートやスカートは、アイルランド製のツイードのコートやスカートとは違っていた。コートの肩のラインは変だったし、スカートにはどうやら固いシルクの裏がつけられているのだろう、ペチコートがスカートに当たってかさこそと音を立てていた。彼女はまた、くるぶしまでボタンのついた靴を履き、大きなヴェール付きの帽子を被っていた。彼女からは、生気のない印象を受けたが、おそらく中年のピーターと同じくらいの年齢だったのだろう。二人のために最上の銀のスプーンと小さなおしゃれなティーカップが用意された。「僕たちは、アメリカでは、このような小さなカップでお茶は飲まないんだよ」とピーターが言った――「いずれにしても、紅茶はほとんど飲まないんだけどね。」それで、おじはウイスキーと甘めのワインを取りだした。新婚のカップルの健康を祝うに際し、私もほんの少しお相伴にあずかった。その後すぐに台所で、ブリッジーと私は、グラスに残ったウイスキーを流しに捨てた。ピーターは、アイルランド娘がアメリカでは名前を変えることを面白がって話してくれた。ブリジッドはデラスに、アニーはアナスに、ノラはホノーラに、マリアはマリー――彼はムリーと発音した

——といった具合だそうである。

彼の妻は、私が最初に出会った〈会話を仕切る〉人物として記憶に留められている。彼女は、会話の中に一瞬たりとも沈黙を作らないことが自分の義務であり、他の者たちの居心地がいいように仕切らなければならないと強く思い込んでいるようだった。彼女は部屋に入るなり、帽子のヴェールを後ろにはらい、親愛の念を表すために両手を広げ、途切れることなくヤンキー訛りで話し続けた。「みなさんは、私がヨーロッパで一番お会いしたかった方々なのです。」アイルランドがヨーロッパの一部だなどと、それまで誰も思ったことはなかったと思う。というのは、私たちにとって、ヨーロッパとは、「大陸」とか、フランスとかドイツを指すものだったからである。「私はピーターに言ったのよ」と彼女はしゃべり続けた。「いつ、みなさんにお目にかかれるのって。ピーターがいつもみなさんのことばかり話題にするので、私もみなさんのことを本当によく存じ上げているような気持ちなんです。」そうは言っても、ピーターは、一人のおじを除いて、私たちのことはほとんど知らないのだった。だから、彼女が私たちについて何かを知っているとしたら、それはこの土地にやって来て以来、地元の人たちの噂話によるもので、夫からのものではないだろうと思うと、何となく私は落ち着かない気持ちになった。彼女は、私のおじたちに、まるで彼らが小さな子どもであるかのように話しかけ、少々わざとらしい熱心さで、彼らを見つめたものだった。「そうね、どなたがどなたなのか、わかると思うわ。あなたが人気者で音楽好きの方ね」と一人のおじに向かって言った。そして、別のおじに向かって、「あなたはジョンね。本を一冊お書きになって、ツイードの洋服がお好きなんでしょう」と言った。確かに、彼はいつもツイードの服を着ていて、何冊か本を書いていた。多くが自伝的なもので、私はそれを誰かが読むなどとは考えたこともなかった。彼はふさぎ込みがちで、怒りっぽく、アンとの会話の中で、ほとんど癇癪を起こしそうになった。「旅行もたくさんなさっているのでしょう?」「いいや」と彼は、強い口調で言った。彼女は、アメリカに声楽の勉強に行ったことのある別のおじに、媚びた様子で言った。「またアメリカにいらして。そして、私たちの家にいらしてくださいな。私たちも古い家を持っているんです。アイルランドにある家ほど古くはありませんけれど」と謙遜するように言った。「もちろん、何事も古さにかけては、アメリカはみなさんにかなうわけはありませんわ。」私たちは皆、沈黙したままだった。というのは、私たちは古いものなどちっともいいとは思っていなかったからである。廃墟となった修道院とか、彫刻のほどこされた十字架とか、歴史の教科書でよいものとされたものとか、ムアの楽曲集[011]のなかで歌われる「古《いにしえ》の日々のラウンド・タワー」などは例外だったが。もしも、私たちに充分な現金があったなら、家中の古いがらくたを全部捨ててしまいたいくらいだった。特に、ぜいぜい音をたてるだけのスピネット〔チェンバロの一種〕のことをあまりに夢中になって褒めるので、もしも気に入ったのなら、アメリカに持って帰っていいと彼女に言ったほどだった。一つ二つしか音の出ない、演奏できない楽器など、我々にとってはありがたくもなんともなかったのである。しかし、それには、本や額に入った写真を置く台としての役割があった。写真には、市長か村長を務めていた親戚が、役職のローブと鎖を身につけて写っていた。私は楽器の蓋を開けて、アンに演奏できないことを教えたのだが、彼女の情熱が冷めることはなかった。「これは、壊れたがらくたですよ」と私は言った。「まあ、あなたは可愛い人ね。私たちの所で一年か二年か過ごせたらいいのに」と彼女はおじに向かって言い、「そうでしょ、ピーター」と夫に同意を求めた。「いい学校がたくさんあるからね。この娘は頭がよさそうだし」とピーターは頷いた。

「この娘は頭はいいかもしれないけれど、可愛げはない」とジョンおじは、だんだん機嫌が悪くなってきた。私は、おじに「可愛げがない」と言われたことを悔しく思ったが、それを言うならアンだって同じじゃないかと思った。でも、彼女のことが本当に好きになったので、後で家族の中で彼女に批判めいたことが言われても、その思いが変わることはなかった。

「彼女は、可愛いし頭もいいと思いますよ」と彼女は言った。「よい教育を受けたことはわかりますし、ボストンにはすばらしい学校がいくつもありますの」

「この娘は、すでに必要以上に教育を受けているんだ」とおじは言った。「この国では、中産階級において過剰に教育をし過ぎるきらいがある。専門職の者が多すぎる。医者が多すぎるし、依頼人のいない法廷弁護士も多すぎる。それなのに、だれも時計の修理ができないし、まともな洋服を作ることもできない」

私は既に、おじが様々な訪問客に対して、折々、この国が苦しんでいるありとあらゆる災い――イギリス政府、アイルランド国民党、恩給のつく公務員の数の多さ、パブのオーナー、まるでデア姉妹[012]（ゼナとフィリスは、当時の舞台でのスターだった）のように写真を新聞に掲載させる神父たち――などについての愚痴を言い続けるのをよく聞いたものだった。

「もっとひどいことがいくらでもありますわ」とアンはなだめるような口調で言った。

「ああ、競馬もハンティングもありすぎる。四本足の獣を飼っている奴は、誰もが狐を追いかけたがる」デカンタをひと揺らしして、おじはアンにウイスキーを勧めた。アンは、わずかに嫌悪感を示しながら、横を向いて優雅にワインを少しずつ飲み続けた。

「ウイスキーを飲むことについてはいかが?」その声には皮肉が込められていたが、同時に、口元を大きく四角に開けて微笑んでいたため、きれいに並んだ大きなアメリカの歯が見えていた。

アルコールを飲むと、ジョンおじはいつも怒りっぽくなった。というのは、他のおじのように日常的に飲むのでなく、社交的な場でつきあい上、必要な場合に限って飲むか、もしくは、自分の鬱屈した感情を解放させるために長い時間をかけて飲む人だったからである。私はこのおじの幸せそうな様子を見たことがない。ずっと後になって結婚し、可愛らしい子どもたちが生まれたときですら幸せそうではなかった。いわゆるケルト的なメランコリーか何かを抱えていたのかもしれない。彼は、何かを書いているときだけは機嫌がよかった。

アンとピーターの滞在は長くなく、おそらく二週間程だったと思う。しかし、その間に二人が行ったことを、私はすべて覚えている。当時、記憶に残るような出来事はほとんど起こらなかったからである。土地の名士夫人が、二人をランチに招待した。夫のサーMは、土地の男たちの何人かを招待し、家で一緒にウイスキーを飲むこともあったようだったが、夫人の方は、時折、お茶とイチゴが供されるガーデン・パーティーを開く以外には、土地の人々をもてなすことはなかったので、この招待は名誉なことと捉えられた。この夫人が若い頃、馬に乗っていない状態で、人前に現れることは稀だったという。しかし、ある時落馬し、腕を骨折し、歯を何本か折り、脳震盪《のうしんとう》を起こして以来、その乗馬姿を見ることはほとんどなくなった。それでも、時々馬車を御することは続けていたらしく、ダブリン・ホース・ショー[013]で、二頭立て馬車の競技で優勝したこともあったようだ。気のいい、愉快な人物であるピーターは、夫妻とのランチを大いに楽しみ、その模様を詳しく話してくれた。アンは、シルクのドレスを身にまとい、一番豪華な帽子を被って登場したのであるが、かのレディCがシルクのドレスを着るのは、夜の社交の場面だけのようだった。その代わり、胸の開いた波紋のある絹地でできた夜会用の胴着《ボディス》を、昼間穿いていたスカートが何であれ、その上にまとうのが彼女の習慣だった。そうすると、ディナー・テーブルの上から見えるその頭と胸部は、夜会用のドレスをまとった淑女そのものなのであるが、見えない部分は、犬を連れ、ステッキを手に、長い間戸外を散歩する淑女の出立《いでた》ちなのである。ランチの席に、彼女はツイードのスカートとカーディガンで、また夫のサーMは、乗馬用のズボンで現れた。アンのような都会の人間にとって、これは、全く礼儀にかなった振る舞いとは言えなかった。後に彼女は夫妻のことを、「この上ない田舎者」と語った。とはいえ、夫妻にとって、それは痛くもかゆくもない批判だったと言えるだろう。なぜなら、サーMにとって最大の侮辱は、誰かに「町の洒落者」と言われることだったからである。彼は、妻に比べると、気質と血統において、より貴族的な人物だったと言える。実際、彼は封建時代から続く土地の名士であり、極端に限られた範囲で人生を送っていた。無学な人生と言うことも可能だと思うが、それでも彼がラテン語の詩を読む努力をしているということは知られていた。彼が読む本はそれだけだったようだ。時折会話の中に紛れ込むのは「ああ、逃げ去る年は急ぎ行く《エイヘウ・フガーケス》」とか、「ああ、時間よ、習慣よ！《オウ・テンポラ・オウ・モウレイス》」とか、「ものの涙よ《ラクリマイ・レールム》」とか、「アルゴスの民を侮るなかれ《テイメレ・アルギヴオス》」といった表現で、彼はそれを英語だと思っていたきらいがある。ピーターによると、アンは、落ち着いて会話を続けていたそうで、サーMにもどんどん喋らせていた。彼女は、私のおじの持論であるこの国の災いについて彼に話した上で、ウイスキーの問題の方が、さらに深刻ではないかと質問したそうである。

嫌悪感を示しながら質問したアンに対し、「そんなことはない」とサーMは言った。「ウイスキーは、蒸留酒ビジネスの中でも重大な産業の一つだから。」実は、レディCの実家は、ウイスキー・ビジネスに関わる一家だったのである。「いや、ウイスキーは立派な産業で、申し分ないビジネスだ。ただ、スコットランド人たちが、ピートで色をつけた代物で、私たちを出し抜こうとしてはいるがね。一杯どうだね」と彼はアンに言った。「ポチーン[014]より、いいとは言えないがね。最良の代物は、山間《やまあい》の醸造所で作られているよ」と言う夫に対し、「いいかげんになさったら」とレディCは言った。おそらく、実家の事業について考えていたのかもしれない。その後、ランチの間中、夫妻はポチーンの密造を今以上に厳しく取り締まるべきかどうかについて論争を続けた。サーMは、ポチーンを支持する立場を取っていた。「最良のポチーンは、喉をクリームのように通り過ぎる。美しい飲み物だよ！」と彼は告白した。

食後、客間に移動すると、レディCに、彼女の実家で百年ほど前に造られたという飲み物を勧められ、アンはとても困ったと語った。レディC自身、かなりの分量を飲みつつ、刺繍をしながら、アンを質問攻めにしたそうである。レッド・インディアン[015]について、また、近隣からアメリカに移民した少年少女たちと個人的な面識があるかといった問いに加え、移民の娘たちの何人かは、売春をしているらしいという由々しい話は本当か、といった質問だったそうである。それから、彼女はあることを切り出すのだが、おじは、その話題こそが、自分たちを彼女がランチに招待した本当の理由だと確信することになる。彼女の歯の多くは、落馬が原因で折れていたが、さらに何本かが虫歯や歯痛を理由に抜歯されていた。ダブリンの歯医者で作らせたというその入れ歯は、あまり具合がいいとは言えず、口の中で収《おさ》まりが悪く、不愉快にも、ぐらぐらするという。カイザーとイタリアの国王はアメリカの歯医者を使っているらしく、アメリカの歯科技術は奇跡だということを話題にした後、彼女は、自分の歯型を取らせるので、それをアメリカに持ち帰り、アメリカで入れ歯を作って郵便で送ってもらえないかとアンに尋ねたのだった。アンは、レディCにアメリカに直接来ることを勧めたが、彼女は首を振った。そして、アイルランドを二度と離れる気がないこと、旅行が好きでないことを伝えた。それ以降、入れ歯の話を彼女がどのように収めたのかは、私にはわからない。そこで起こった出来事について語り続けるピーターを補いながら、アンは興味津々の聴き手に向かって「あの方をレディとは呼べないわね」と考え深げに言った。

「いやいや、立派なレディだよ。紳士《ジェントルマン》と言ってもいいかもしれない」

「あら、私たちがレディと呼ぶような方ではないわ。〈世知に長けて〉らっしゃるわけではないし、〈雅び《アーベイン》〉でもない。」私のおじは、アメリカ人がよく使う言葉の数々を、皮肉を込めて小さなノートブックに書き記していたが、〈世知に長けて〉と〈雅び〉という表現は、直ちにこのノートに書き込まれることになった。

C夫妻は、アンが最初にランチを共にした、爵位を持った人たちだったが、彼女は少し失望したようだった。それは、ハリウッド映画が全盛期を迎える前の話で、アンは貴族階級の人々の生活は、一種ロマンティックで、おとぎ話のようなものだと考えていたのだろう。とはいえ、彼女はC家をとりまく一種の状況にいたく感心してもいた。例えば、上品な男性の召使いたちがランチを取り仕切り、フランス語で書かれたメニューがサーMの前に置かれているといった点である。サーMは、アンがフランス語を理解しないという前提で、「ジゴー・ロティ」は子羊肉のローストであるとか、「ポム・ボヌ・ファム」は焼きリンゴだという風に、親切に説明してくれたそうである。アンは、如才なくそのような説明に耳を傾ける一方で、彼の屋敷について、肖像画の数々について、また十八世紀の家具などについて、彼に質問し続ける間ずっと、ダイニング・ルームの寒さを我慢していなければならなかった。客間に移ってからは、その寒さはもっとひどくなった。というのは、すべての窓を開けっ放しにした部屋に対し、あまり効率のよくない暖炉が一つあるだけだったからである。その寒さは、女性たちが、イブニング・ドレスの上にはショールかスカーフを、昼間にはカーディガンを羽織らなければならないほどだった。おそらく、セーターやスカートは、元々は、このような田舎の屋敷に住む人々のために考案された装いなのだろう。

第七章　田舎の暮らし

1

　私の先祖の生活は、父方も母方も皆、極端に単調なものだったに違いない。例外は、傭兵として大陸の軍隊に入隊した人々で、特に、ナポレオン軍の傭兵としてフランスへと赴いた人物の冒険については、まるで、昨日のことのように、そして、この人物がナポレオンの軍服を着て今にも現れるのではないかと思うほど、繰り返し聞かされたものだった。また、英国海軍に入隊し、元帥にまでなったという人物にまつわるロマンティックな話も聞かされた。彼は、その全財産を非嫡出の息子に残したと言われているが、その息子は結局、その恩恵を受けることはなかったようだ。なぜなら、私たちが覚えている限り、彼の遺産は大法官庁預かりのままになっていたからである。私の代に至るまで、だらだらと訴訟が続けられていたが、私たちは、大法官庁の何か不思議な裁可により、その遺産がいつか戻ってくるものと長い間信じていた。また、コンラッド[001]の小説に出てきそうな一人の船長の話も聞かされた。英国領西インド諸島の小さな島で総督になった人物のことである。この手の人物にはよくあることだが、爵位を授けられた。そして、大袈裟にも「ガバメント・ハウス」と呼ばれる長く白い、低層の建築物の前に座っている自分自身の写真を何枚も故郷に送って来たという。彼は、現地の女性との間に、小さな色黒の子どもたちをもうけたそうである。彼の混血の孫、曾孫たちはボストンに住んでいて、そのうちの一人は、私自身、知己を得たことを誇りに思うような著名な人物となっている。しかし全体的に、私の家族の冒険の物語は、さして特筆すべきものではなかった。

　私の家の周りには、自分たちが古くから続く高貴な家系の出であるということを主張する者たちも住んでいた。しかし彼らの土地は、イギリスからの植民者に報酬として与えるために没収されて久しかった。彼らが高貴な家系の末裔であることの真偽については、アイルランドの歴史上、数限りない〈殿様《プリンス》〉が存在したことは事実だとしても、皆が皆、アイルランド土着の長《チーフトン》や統治者だったということはありそうもないように思う。それにもかかわらず、アイルランドの田舎に住む人々の多くは、古い伝統を誇る高貴な家系に特有の性質――豪胆さ、礼節、ユーモアのセンス、落ち着いた態度、自尊心と他人を惹きつける魅力、繊細で美しい身体、細い絹のような髪、そして、細く長い指を備えていた。彼らは、よく歩き、よく馬に乗ったため、脚やくるぶしはいかにも逞しく発達しており、何世代にもわたって馬に乗り続けた家系の子孫であることがすぐにわかった。

他の者たちは、明らかに、いわゆる〈百姓〉の出であることがわかる体つきで、背は低く、筋肉質でがっしりしていた。とはいえ、家系や階級の違いが、外見に表れるかどうかについては、私は確信を持てない。しかし、内面の精神性についてなら、そういうことは言えるかもしれない。イギリス系の名前と血筋をもつ農民たちは少数派で、プロテスタントの彼らは、金髪で土気色《つちけいろ》をしているという風に、外見は何となく異なっていた。また、アイルランドの名前と血筋を持つ者たちは、白い肌と黒い髪、青い目、もしくは赤毛で灰色がかった緑の目をしていた。もちろん、この国が、長年にわたって、異なった血を受け入れてきたことは確かである。そして、デーン人、スカンジナビア人、ノルマン人、イギリス人といった様々な過去の侵略者の来島を示す名前が残っている。ブリテン島に見られたようなローマ人の侵攻を経験しなかったアイルランドには、ローマ風の道路や遺跡はないのである。そして、イギリス人の血にアイルランドの血が混じっているのと同様に、アイルランド人の血にもイギリスの血が混じっている。大西洋沿岸のアイルランド西部では、いわゆる純粋なゲール人が存在していたと言えるだろうが、それ以外の多くの場所において、自分たちが純粋なアイルランド人であると主張する人々について少なくとも言えることは、アイルランドの血が圧倒的に濃いか、もしくはアイルランド的伝統の中に生きているということである。父親か母親がイギリス人というような両親の元でアイルランドに生まれてきた子どもたちは、同様の両親の元でイギリスに生まれた子どもたちとは大いに異なっており、これは、人格や気質を形成する大きな要素となるのは、人種的なものではなく、国の伝統であることを物語っている。冷酷無比で帝国主義的な英国将校たちの中で、アイルランド系の姓を名乗っている者は少なくない。例えば、アイルランド系の名を持つダイヤー将軍[002]は、多くのインド人を大砲で虐殺したことで知られている。一方、国のために命をなげうったアイルランドの愛国者の中には、父親がイギリス人でイギリス系の姓を名乗っている者も多い。一九一六年に処刑されたピアス[003]がその例である。

2

アイルランド人の中には、イギリスを自分の国と思っている者も多くいて、国外に出ると、イギリス人と名乗ることがよくあった。彼らは、植民地で官吏になったり、陸軍や海軍に職を求めたり、また、アイルランド国内で公務員になっていたりする。アイルランドのような小さな国では、才能があり、進取の気質に富んだ野心家たちが活躍する場は実に限られていたのである。その結果、誰もが望む雇用をめぐって、大変な競争が起こり、互いに嫉妬し合ったものだった。恩給が約束されるような政府の仕事は、宝くじのようなもので、それを手に入れるためなら、人々は英国政府に対する不満ですら封じ込めてしまうか、何らかの合理的理由を考え出したものだった。「そもそも、わしらの金なんだ。何百年にもわたって、イギリスの奴らはわしらに重税を課してきたんだ。」その結果、ロジャー・ケイスメント[004]のようなイギリス領事館員でありながら、反逆者でもあるアイルランド人が存在しうるのだ。アイルランドの自由と独立を熱心に推し進めようとした者の多くは下級官吏だったが、アイルランド自由国の総督の地位に就いた人物[005]のように、植民地インドにおいて高級官吏だったという例もある。たとえ、国王陛下に仕える公務員だったとしても、彼らは全く歯に衣着せずにものを言い、誰もが自分の感情に正直だったことを、私自身記憶している。このような状況に対し、おじはかなり批判的だった。中産階級に対する過剰な教育、少なくとも古典的で文学的な教育はこの国の災いであり、アイルランドという国は、最高の教育を受けた頭脳を活用できていないというのがおじの主張だった。そして、資源が限られている上に、何世紀にも及ぶ悪政ゆえ、ほとんど規律らしきものがないと言うのである。様々な仕事に就くために、非常に多くの者たちが英国の植民地に赴いた。知り合いの若者たちの中にも、エンジニアとして、または官吏として働くために、ひどい気候のアフリカへと旅立って行く者が数多いた。国に留まった者たちは、なんとか最善を尽くそうとしていたが、経済的には恵まれず、苦々しい気持ちを抱え、悶々としていた。

おじたちの全員ではないにしても、少なくとも一人は優秀な頭脳を持っていたと思うが、このおじは、自分の国に対する愛憎相半ばする気持ちを抱え、欲求不満と恨みのために、その頭脳を無駄にしたと言えると思う。それは、スウィフト[006]が英国の支配を蔑《さげす》みながらも受け入れていたのと似ているような気がする。おじとその友人たちは、自分たちの人生に対する失望を紛らわせるために、浴びるように酒を飲んでいた。彼の才能の中で特筆すべきは、ジャーナリストとしての才と編集者としての能力だったと思う。おそらくアメリカでなら、簡単にジャーナリズムの世界でキャリアを確立させることができただろうが、彼はアメリカへの移民を心底軽蔑していた。個人的に親しくしているイギリス人の友人もいるにはいたが、基本的に彼とその友人たちは、イギリスの官僚主義が世界中で反アイルランドの宣伝を行っていると信じ込んでいた。おじは、アイルランドの歴史や国が搾取された詳細について、深い知識を持っていた。イギリスとの競争において、アイルランドが不利になるように、羊毛産業や醸造産業などがいかに課税されたか、具体的な数字を空で言うことができた。しかし、アイルランドのビールだけが課税され、アイルランド人はイギリスのビールを飲むように仕向けられたにもかかわらず、結果的に人々はギネスを飲み続けたことから、自分たちのビールの質がよいから競争に勝ち得たのだとギネス・ファミリーは主張し続けているのだと。おじの前で、アングロ・アイリッシュ[007]の地主の名前を挙げようものなら、彼は「そいつは、マッカーシー家の土地、もしくはオサリヴァン家の土地を奪った奴だ」と言い、中でも、オニール家の土地を奪ったばかりでなく、彼らの名前と歴史まで盗み、「赤い手」[008]を家紋として世界に向けて主張しているペテン師に対しては、強い敵意を抱いていた。しかし、私は成長するにつれ、おじを古いタイプの愛国者だと見なすようになった。その理由は、彼が文学運動や、アイルランド語の復興運動といった新しい運動に対して強い偏見を持っていることに気づいたからである。負け犬根性や地方主義に陥ることから、結果的にアイルランドを救ったのは、まさにこうした新しい文化運動だったのだ。若い世代は、イギリス贔屓のアイルランド人を指して「西のブリトン人《ウエスト・ブリトン》」と名づけ、彼らのイギリス的地方主義をあざ笑ったものだった。新しい作家たちは、おじを苛立たせ、ある時、イェイツの詩を音読した後で、威嚇するように「この詩が何を言わんとしているか説明できたら新しい帽子を買ってやろう」と私に言った。最後に会ったときも、彼はまだその詩の意味を私に尋ねていた。私がまだ子どもの頃、おじは英国政府に対して偏屈な態度を取っていたが、新しいアイルランドに対しても、おじは同様に偏屈だったのである。

このおじの存在は、アイルランドという国の一つの心理状態を示すよい例だったと思う。他国に抑圧あるいは半ば抑圧され情けない思いをしつつも、他国の規律を受け入れるわけでもなく、それに抵抗するわけでもなく、同時に、自分たちを政治的に、もしくは文化的に表現しようとする若い世代のあらゆる試みに対しては懐疑的であり続けるという心理状態である。彼はまた、その知性を何物に対しても有効に活用できない挫折したインテリのよい例でもあった。彼は、伝記、論説、断片的な韻文など、ダブリンの週刊誌に投稿するために、絶え間なく何かを書いていた。文学的な知識は豊富に持っていたが、傑出したものを書くだけの訓練は受けておらず、自分が本当に望んでいた名声を得ることは決してなかったし、また、田舎暮らしがもたらす面白さや娯楽ともかけ離れたところで生きていたのである。

野外活動や馬に興味さえあれば、アイルランドの田舎でも、実にわくわくするような娯楽を体験することは可能である。田舎での生活は単調なものではあったが、時折、この上なく刺激的で楽しいひと時を過ごすことができた。純粋に知的な喜びと同時に、あれほど愉快な体験ができるのは、アイルランドをおいて他にはないと思う。霜の降りた十月のある朝のこと、「トラップ」と呼ばれる一頭立ての軽二輪馬車に乗った人々が、大急ぎで狩りに向かう情景が目に浮かぶ。彼らは馬車で行けるところまで行き、馬に乗らない者は徒歩で、馬に乗った者は溝を跳び越えたり、狭い山道を上っていく。徒歩の者、自転車に乗った者、トラップに乗った者、ロバが引く車に乗った者、歩きながら時折鞭打って馬を急かす若者たちなど、誰もが皆、大騒ぎしていたが、これこそが、最高の高揚感を与えてくれる、活力に満ちた生活の一幕だった。狩りの日は、まだ霜が残る朝、大きなカントリー・ハウスの芝生横にある砂利敷きの空間か村の広場に人々は集合した。馬たちは待ちきれない様子で跳ね回り、神経質なフォックス・ハウンド犬は、猟犬係たちが苦労して鎮めていた。女性たちは、片鞍に横座りになっていた。私が記憶する限り、彼女たちは日焼けし、厳しい顔つきをしていて、ぼろぼろになった狩猟用の洋服をまとっていた。男たちも、日焼けしていて、様々な色の乗馬用の洋服を身にまとっていた――ズボンの上にゲートルを巻いた農夫たちや乗馬用のズボンを穿いた者たちは皆一様にみすぼらしかった。裕福な地主たちとその客人は例外で、洒落たロンドン仕立ての狩猟用の洋服と赤いジャケットを身にまとっていた。

狩猟用の馬がサラブレッドであることは稀だったが、アイルランドの馬は常に毛並みを整えられ、エレガントだった。私は、馬のことが好きで好きでたまらない、あらゆる階級のアイルランドの男たちを知っている。彼らは、食べ物がなくても、家がなくても、愛がなくてもなんとかやっていけるが、世の中に馬がいなければ、そして、馬と相性がいいとされるアルコールなしでは生きていけないような男たちだった。常識的な生活には責任が伴うという観点からすると、馬に対する過剰な愛は、人々をあらゆる労働から遠ざけ、役立たずに変えてしまう悪徳と見なされていた。狩りにサラブレッドを使うというのは、アイルランドの習慣にはなかった。私が知っている馬の多くは、サラブレッドの血が半分、農耕馬の血が半分というものだったが、彼らは美しい動物だった。この馬たちは、人を乗せることや運ぶことに加え、農作業などのあらゆる仕事に向いていた。時折、若い時期を狩りの馬として過ごした馬が、歳を取ってから馬具をつけられ労働させられることがあった。一人の男が、そうした馬に荷台を引かせ働かせていたのを覚えている。男と馬とそして荷台が一体となって田舎道を進んでいく姿は、風景の一部となっていた。馬は、荷台に繋がれたかじ棒を振り払おうとする瞬間もあったが、すぐに落ち着き、溝を飛び越えたことも狐や犬を追いかけたこともなく、道路や畑で荷台を引くことしか知らない動物がするような早足で駆けていった。この馬にとって、門のあるゲートはあらがいがたい誘惑を喚起するようで、そうした門を見ると、後ろ立ちになっていななき、荷車を振り払おうとするのだが、馬の持ち主でもある度胸のあるベテランの馬の使い手は、馬を落ち着かせ、荷物を引いたまま早足で歩かせた。世間では、アイルランドという国を代表する動物は豚だというふうに考えられているようだが、おじは、これはイギリスのプロパガンダによるものだと主張していた。ともかくも、アイルランドという国をよく知る人々にとっては、国を代表する動物は馬である。馬に対する関心がないアイルランド人は男女ともにいるが、そうした人々は、ほとんど例外なく退屈でつまらない人々だった。

3

少なからぬ財産を持っている人々ですら、現金を持ち合わせていることはあまりなかった。小売商店の店主は、おそらく例外だったと思う。しかし、田舎の人々は、既に説明したように、実際に現金を持つことはほとんどなかった。そして、物々交換によって生活するのが一般的な習慣だった。あるとき、寄宿学校から帰省していた私は半ポンド金貨を隣町へ向かう小道で落としたことがあった。それを拾った女性は、金貨をそのように不注意に落とすような人物は誰かと、順々に可能性を消していき、最後に私たちの家に金貨を届けてくれた。そして、優しいが厳しい調子で私に言った。「ねえ、お嬢ちゃん、お金の価値を知る必要があるよ。このような金貨を手にしたら、布袋に入れて首に結びつけるか、靴下の中に入れるかしないといけないんだよ。アメリカでだって、道に金貨は落ちていないって言われたよ」

当時、街道には「放浪する人々」がたくさんいた。その中には、住んでいた土地や家から追い立てられた避難民もいれば、食べるものがなくて放浪を余儀なくされた者もいれば、多くのヨーロッパの国々でそうだったように、場所から場所へとさすらう商人や職人組合やギルドの生き残りもいただろうと思う。同じようなタイプの「放浪する人々」をフランスで見かけたが、皆、旅回りの商人の遺物のような人々だった。また、アイルランドでも見かけられるように、中には根っからの放浪者がいて、彼らは定住したり労働したりすることには決して向かないようだった。

田舎で〈鋳掛け屋《ティンカー》〉[009]と呼ばれていた旅回りのブリキ職人たちは、ジプシー[010]のように集団を形成し、ある時は荷馬車に乗り、またある時は徒歩で旅したりしながら、新しい調理道具を売ると同時に、古い鍋釜を修理して回っていた。あらゆる旅回りの生業のなかで、それらは非常に特徴的で、絵になるもので、その習慣や物腰は、どこかジプシーを髣髴《ほうふつ》とさせた。実際、彼らにはジプシーの血が流れていたのかもしれない。彼らが移動する時は、馬やロバ、ラバなどに引かせた荷車を連ね、女や子どもたちは荷台に乗せ、男たちは荷車を引く動物の頭の傍を歩くのが常だった。彼らは物を売ったり修理したりした代金として、空き瓶、農作物、古着、もちろんある時には現金を受け取った。彼らは、鶏やアヒルを物々交換で手に入れることができない時は、盗みを働くことも珍しくはなかった。そして、鶏やアヒルがいなくなったとき、人々は、狐を責めるべきなのか、ティンカーたちを責めるべきなのか、判断できないのだった。ティンカーたちは、道ばたで火をおこし、食事の用意をしたものだったが、田舎の人々はそこに出かけていき、彼らが何を食べているかを見て、見事にまるまるとした鶏が鍋から取り出されると、見物人は「あれは、シャンリーの春子《はるご》の一羽だよ」とか、「あれは、ジョン・ダーキンの闘鶏だ」などと言い合った。ちゃんと見張っていないとシャツや靴下が盗まれることもあったので、彼らが近づくと、洗濯物を外に干していた主婦は、大急ぎで洗濯物を家の中に取り込むのだった。連なって進むティンカーの荷馬車には、若い女たちや多くの元気そうな子どもたちが乗っていた。ティンカー同士の結婚の儀式を彼らは「袋《バジェット》を飛び越える」と呼んだが、「バジェット」とは、ブリキ缶や鍋を修繕するための道具一式を入れておく袋のことである。ティンカーの習慣では、結婚するカップルは、手に手を取って、その袋の上を飛び越えることによって、夫と妻になるのだった。彼らにはジプシーの血が混ざっているかもしれないが、まぎれもなくアイルランド人で、皆、アイルランドの名前を持っていた。マクドナーと呼ばれるある一族は、その略奪行為、言葉を操る能力、また伝統的呪いの言葉を知っていることなどから、「道行く恐怖」と考えられていた。ある金持ちの娘が、彼らの一人と駆け落ちし、放浪を続けていた。やがて娘は臨月を迎え、溝の側に作られた藁のベッドの上で、生まれたばかりの赤ん坊を傍において死にかけていた。女たちが彼女を取り囲んでいるのを見つけたある親切な隣人が、大急ぎで神父を呼びに行った。神父は、娘の死の間際にやって来て、自分のストラ[011]を女の首に巻いて跪き、最期の言葉を聞いたと言う。彼女は、涙にくれるハンサムな若い恋人のティンカーに向かって、一緒に過ごせて本当に幸せだったこと、そして、幸せすぎたので早く逝くのだ、などと語ったそうだ。

放浪する人々の生業として、他にはロープ作り、鞍作り、馬具作り、靴屋、大工、仕立屋などがあった。おじたちがまだ子どもだった頃、旅回りの仕立屋が、数週間ほど家に滞在し、台所のテーブルの上にあぐらをかいて座り、布を裁ち、洋服を仕立てていたそうである。その当時、ミシンはまだなかったので、もちろん手縫いだった。旅回りの職人の中に、かつては毛織物や麻布の織り手やガラス細工職人などがいたが、今ではほとんど見かけなくなった。手織りの麻布は、一般的に家の中で使われ、手織りのツイードは、今日と同様、オーバーやスーツに仕立てられた。とはいえ、かつてあった毛織物の技術は、この十年か二十年くらいのうちに廃れてしまったため、今日のコッテージ・ツイードは、昔ほどしっかりと織られていないように思う。実際、布を一ヤード分長く見せるためのトリックについて聞いたことがある。二頭のロバを連れてきて、布の端を一頭のロバに、もう一つの端をもう一頭のロバにしっかりと結びつけ、元々の長さよりも長くなるように、それぞれ反対方向に引っ張らせるというのだ。アイリッシュ・クローシェ編みのレースを中国人が作る際にも、同じようなトリックが使われたと言われている。

旅回りの男たちの中で一番の人気者が楽士だとしたら、最も偉いと思われていたのは、ガラス細工職人だったと思う。彼らは、ほとんど芸術家と言ってもよいほどの腕を持ち、すばらしい作品を作り上げた。今日の労働組合によく似ているギルドとか組合といった組織に属していて、「歩きやすい道と心からの歓迎を旅回りの者たちに！」というモットーというか標語を掲げていた。ガラス職人や銀細工職人、その他の職人たちが制作した美しい品々は、今ではほとんど人々の家に残されてはいない。もしも残っているとしたら、大地主の家だと思うが、彼らも現金が必要になったときに、しばしばそうした美しい品々を売り払ったと思う。中産階級の家に、先祖伝来の骨董などはほとんどなかったが、それには様々な理由があった。生活は不確かで不安定だった。何世紀にもわたって戦争や反乱があり、その代償として家は焼かれ、所有物も奪われた。反乱に加わった者たちに、価値ある物が残されるわけはなかったが、それは、中央ヨーロッパにおけるユダヤ人やポーランド人が、代々伝えられたものなど所有していないのと同じことである。アイルランドの人々が受け継いだのは、何か彼ら自身の内にあるもので、しばしば自分たちに対する傲慢なまでの自尊心であり、古い歴史的な出来事や、伝説の出来事に対する記憶であり、過去に対する奇妙な感覚だった。

過去の出来事は、それが大昔に起こったことであっても、ほんの少し前の出来事のように感じられ、現在とともに歩んでいるように思われていた。私の子ども時代、人々が数世代にわたって所有していたもの——銀器や、ガラス製品、マホガニー家具などを、買い付けるために、行商人がしばしばやって来た。彼らは、貧困に陥り現金が必要な人々のところに馬車で乗りつけては、数シリング、場合によっては数ポンド支払うことで、所有者があまり大事だと思っていない、アイルランド製の銀器やガラス製品、重いマホガニー家具などを手に入れた。そうした所有物を手放すことを残念に思う人々もいたが、そうでない場合の方が多かった。私はある女性が、「十八世紀の椅子なんか必要なもんですか。現金は、息子の教育費に使えるわ」と言ったのを聞いたことがある。ひとりのユダヤ人ディーラーが、ある老婦人が屋根裏に所蔵していた品々を見定め、そこで見つけた何脚かの古い椅子に、それぞれ十シリングずつ支払ったことがあった。最初はもっと安い値がつけられたのであるが、老婦人が断固、一脚につき十シリングを要求したのである。後に、それらの椅子はロンドンでオークションにかけられることになるが、マリー・アントワネットが所有していたものの一部であることが判明し、その結果、莫大な金額で落札された。ディーラーは、元の所有者にもう少し多く支払う義務があると考え、そのためにわざわざダブリンからやって来た。しかし、老婦人は頑なだった――「私がお願いした金額をあなたは支払ってくれました。取引は取引です。私は正直な人間ですよ。私の家では、決して約束を破らないのが信条なのです。一銭もいただきませんよ。」

　大陸で戦ったことのある先祖を持つ家では、しばしば、絵画やその他の価値ある品々が見つかることがあった。それらは、略奪物の場合もあったし、ちゃんと購入した上で持ち帰られたものもあった。私たちの家には、煤けて黒い絵画が何枚かあって、子どもの私はそれらを見て、憂鬱な気分になったものだった。あるとき、それらの絵画について、W・BとジャックB兄弟の父であるジョン・B・イェイツ[012]に話したところ、彼は興奮してこう言った。「黒い絵画はいつも興味深いものだよ。もしかしたら、とても価値のあるものかもしれないね。」しかし、家族の中で、誰もそれらの絵画に関心を持つものはなく、一人のおじの妻が、やって来た旅回りのディーラーに、「晩鐘」の複製と竹製のティーテーブルといったがらくたと引き替えに、手渡してしまったのであるが、いい取引をしたと彼女は考えていた。国中のあらゆる階級で、同じようなことが行われていた。レンスター公爵であるアイルランドの名家フィッツジェラルド家のほとんどうち捨てられた屋敷から、古い銀器がアメリカに売られたとき、その大きな屋敷の最後の住人だったレディ・ネスタ・フィッツジェラルド[013]が私の夫にこう言った。「幌付きの馬車が三十六台、荷物を満載してこの家から出て行ったのですよ。我が家の猿の紋章のついた食器で食事をいただくなんて、変な気持ちがしないのかって思いませんか？　私たちの猿なのですよ。奇妙なことじゃありませんか？」その奇妙な紋章の起源は、メイヌースにあったフィッツジェラルド家の城が火事に遭ったとき、跡継ぎの息子を一匹の猿が救ったという古い伝説によるものだということを付け加えておくべきだろう。アイルランドという国の不幸な歴史のせいで、人々は階級の如何にかかわらず、所有物には無頓着だったが、過去に対しては強い執着があった。彼らがなぜ、有形のものに対して、それほどまでに無頓着になったのか、説明するのは難しい。私たちの家には、古い本がたくさんあり、台所の上にあった屋根裏部屋には梯子を使って登らなければならなかったが、そこには、次の「蜂起」のために用意してあるらっぱ銃と槍の他に、壊れた家具——座面のない細い脚の椅子や金色に塗られた上面に複数の人物像が描かれている壊れたテーブルが数台——などが置いてあった。今になって振り返ると、フランス製のものだったに違いないと思う。アイルランド語の手書きの文書すらあったが、もちろん、そうした品々は、あれやこれやで処分されたに違いない。古い版の、ポープ[014]訳によるホメロスは、ウィルキー・コリンズ[015]やアンソニー・トロロープ[016]の黄表紙の小説と交換された。私自身、そうした交換をこっそりと行ったものだ。しかし私は、家具や家に伝わる品々に対しても、またいかなる種類の所有物に対しても、ほとんど関心がなかったということを告白しなければならない。

第八章　大学に進学する

1

十八歳の夏、寄宿学校を卒業した私は、学士号を取るためにダブリンの大学に進学する用意をしていた。私の人生にとって、学士号は一種の保険であり、「学士号があれば、いつでも生計を立てることができる」と考えられていた。古き良き時代には、生活に困ったときのために、娘たちはピアノや絵画、刺繍に、少しばかりのフランス語を保険として習ったものだったが、二十世紀初頭、当時流行の女性のための高等教育は私に相応しいと考えられた。親類の女性たちはその案に大反対で、私の将来を思うと、適切な相手と見合い結婚する方がよほど安全だと考えていたが、男たちは、私の祖父ですらダブリンでの四年間の教育の方がはるかに望ましいと考えていた。私の物書きのおじは、その頃は結婚し、アイルランドの別の場所に住んでおり、私に対して少しばかり持ってくれていた関心もほとんど薄れていたようだったが、それでも大学進学を断固支持するという意見を手紙で書き送ってきた。その後、実際にやって来て、数日間滞在することで、彼の意見にはさらに重みが加わった。というわけで、私は進学の準備を進めることになった。暗い色の修道院寄宿学校の制服は、寄宿学校用の大きなトランクとともに廃棄され、新しい洋服が用意された。背中に垂らしていた長く重い三つ編は、頭の上に結い上げられた。出発前の最後の日曜日、私はくるぶし丈のスカートを身にまとい、頭の上にまとめられたシニヨンに、長いハットピン二本を使って帽子をなんとか固定し、教会まで行った。私が男の子のようなお転婆娘だったことを昔から知っている年寄りたちは、慎重な足取りで教会の通路を進む私の姿をまじまじと見上げていた。

教会は、刑罰法時代に建てられた小さなチャペルで、人々が人目を忍んでカトリックの信仰を保たなければならなかった時代の遺物だった。鐘も鐘楼も聖物保管室も告解室も、祭服を着る小部屋もなかったので、神父は、教会に集まった人々の目の前で、祭服を着なければならなかった。ハンサムで若い補助司祭と目が合い、私は当惑し恥ずかしい気持ちになった。さらに、バートリーやブライアン、ジョンやメアリーの視線を感じ、自意識の塊と化してしまった。長いスカートは、どうしたことか脚にからみつき、私は無様にも膝をついてしまい、その結果、せっかく留めてあった帽子も少しずれてしまった。こんな風に、ぎこちなく恥ずかしい思いを重ねながら、私は若い大人の女性になっていった。

　修道院の寄宿学校では、生まれながらに少女たちが持っている外見に対する無邪気な自惚れを徹底的に絶つという方針で教育がなされたが、その結果、私は自分の見かけにほとんどかまわなくなり、洋服にもあまり関心を持たなくなっていた。修道女たちもまた、私たちが毎日、少しでも自らの罪を悔い、欠点を直すために強い決意を持ち、美徳に向かって進むことができるように教え込んだ。私の大きな欠点として指摘されたのは、自尊心の高さと癇癪持ちであるということ、そして、宗教的慣習に対して批判的な態度を取る傾向があるということだった。そうした批判的態度は、「七つの大罪」の最初に位置づけられる高慢《プライド》の罪に関係があると言われていて、ルシファーはそれが理由で、天国から堕落してしまったのである。教理問答《カテキズム》における七つの大罪の順番は、高慢、貪欲、肉欲、貪食、嫉妬、憤怒、怠惰となっているが、私は、そのうち四つ、もしかしたら五つの罪に関しては心配しなくてよいと言われたものだった。ただ、私の空想癖は、「怠惰」という罪の一部だと考えられていた。しかし、修道女たちがその罪をよく理解していたとは思わない。理解していたならば、彼女たちは、もっと不安を感じたに違いないからである。物書きのおじは、数日間滞在した後、帰っていく時、駅まで見送った私に、いつもにない心遣いを見せ、これから私が我が身を捧げようとしている学問について、あれこれと話をしてくれた。それで私は、修道女たちに指摘された欠点――つまり、七つの大罪のうち、高慢、憤怒、怠惰という三つの罪に陥りやすい傾向があると言われたことについて相談した。「おやおや」と彼は言った。「文学というものは、すべからく七つの大罪について書かれたものだよ。七つの大罪について、ある程度わかっていなければ、決して作家になることはできないんだ」

その後、長い間、私は本を読む度に、この本は七つの大罪のどの罪について書かれたものだろうかと考えないではいられなかった。とはいえ、おじのそのような意見は、何か道徳的に間違っていると、当時の私は考えていたようである。

出発前夜のことである。かつてアメリカに住んでいたおじは――その時点で、おじたちは皆結婚していた――自分の妻と私に、かの国での生活について語るにふさわしい時が訪れたと思ったようだった。具体的に説明するため、彼は『忍耐、もしくはバンソーンの花嫁』[001]という題のオペレッタの小さな台本を持ち出してきた。おじはそのオペレッタで、小さな役を与えられて歌ったか、コーラスに加わった経験があったようだった。台本を手に、伴奏なしで多くの唄を歌ってくれた。最初の唄は「彼女の漆黒の髪に白髪が混じり」で、その歌声は完璧なものとは言えなかったものの、私たちは大いに楽しんだ。最初は、彼が公演で訪れた各地の魅力があれこれと語られていたが、ウイスキーのデカンタの水位がだんだん下がって行くにつれ、憂鬱さの度合いが増し、帰国前の頃には、自分の芸術的パフォーマンスは、採鉱キャンプや鮭の荷詰めを行うような場所でも行われるようになったと、涙ながらに話してくれた。この演目で、「我が母の墓の一握の土」という題の唄を歌う役がおじに与えられたという。舞台上に作られた墓の上には十字架が立てられ、舞台衣装に身を包んだおじは、墓の土を握りしめた拳を高く掲げ、スポットライトを浴びたそうだ。おじによると、観客はその唄を聴いてむせび泣いたという。アメリカでは母親への献身はとても人気のあるテーマで、あまり洗練されていない地方では、ことさら人気があったようである。それからおじは、アメリカ西部に関する詩をいくつか読んでくれた。その一つは、「ラスカ」という題で、テキサスとリオ・グランデについての詩だった。おじの朗読は、アメリカを大層ロマンティックな場所に感じさせ、自分が大学教育を受けるために平凡なダブリンに行くのでなく、移民する少年少女たちとともに「嘆きの丘」を越え、アメリカに行くのだったらいいのにと思ったものだった。いずれにしても、本当に楽しい宵を過ごすことができた。就寝前には、砂糖とスパイスで味付けしたフランス産の赤ワインを与えられ、皆が私の未来のために乾杯してくれた。

　翌朝早くおじは、いつもの朝食がわりのウイスキーを飲んだ後、紅茶を一杯飲んで、駅まで私を見送ってくれた。物書きのおじに比べると、このおじは、一族の家柄や一族の才能を高く評価しているとは思えなかったが、その前夜、自ら歌ったことで活力を得たのか、もしくは、件《くだん》の朝食によって奮起したのか(これは間違いないと思う)、年長者として、新世界へと旅立つ若者に向けての訓示を述べた。これは、アイルランドではよくあることである。彼は、私たちが立派な家系の出であることから始め、続けて我が一族は知性と容貌にも恵まれていると言った。「我々は皆、すばらしい知力を備えている。そして、非常に洗練されている」と、何度も繰り返した。私自身、彼の言っていることには一理あるように思われた。私のおじたちは皆、私が知っているどの男性よりもハンサムだったし、身なりもよかった。さらに、彼らには芸術的なところがあり、何か心に鬱屈を抱えているように見えたため、ロマンティックに感じられたのである。とはいえ、私が世間を知るようになればなるほど、この世のほとんどすべての事柄について、私はおじたちとは異なった考えを持つようになっていった。しかし、今日に至るまで、私の精神にしっかりと刻みつけられているのは、芸術は知的に理解すべきだという考えで、それは物書きのおじから教わったものである。おかげで、芸術としての文学に対する感受性と、様々な種類の文学の違いを見分ける眼力を、若い時に身につけることができたのである。それらは、同世代の多くの友人にはないものだった。ただ、友人の一人に、確かに、私よりもはるかに多くのことを知っていて、私よりももっと熱心な読書家で、あらゆる種類の芸術に対して、鋭い感受性を備えていた人物がいた。彼女に比べると、自分の限界と愚かさを身にしみて感じたものだったが、私たちはとても親しい友人となった。しかし、彼女は課程を修了する前に大学をやめてしまった。文学に対するロマンティックな想いが、彼女をロンドンに向かわせたのだ。そこで彼女は、フリート街[002]のジャーナリストたちと知り合いになっていくのだが、私はダブリンに留まり、アイルランドの文芸復興を世界に知らしめる男性たち、女性たちと知り合うことになる。

2

私は新調した、くるぶし丈のブルーのドレスを着、死んだ母の形見の時計を鎖でベルトにつなげて、ダブリン行きの汽車に乗り込んだ。鎖には、マリアの子どものメダイと小さな銀の十字架もつけられていた。誰が見ても、たとえ、中央アフリカ生まれの人ですら、私が典型的な修道院の学校の卒業生であることは一目瞭然だった。というのも、「七つの大罪」のうちの三つに関わる私の性癖は、外見からだけではわからず、特に、教会批判という一面は隠されていたからだ。あの秋の日、多くの若者たちが、四年間の学生生活を送るために、ダブリンまで汽車でやって来たに違いない。おそらくその一人だと思われる、私と同じくらいの年格好の青年が同じ車両に乗っていて、十八世紀の広場やジョージアン・ハウス[003]、ダブリン城、聖パトリック大聖堂などの挿絵の入った大きな本で武装していた。彼は、当時の私にとっては未知で神秘的な領域に属していた建築学を学ぶ予定で、デーン人のシトリック[004]がダブリンの王だった頃に建てられたクライスト・チャーチの一部分や聖パトリック大聖堂の挿絵を示し、どこが興味深い点か、博識の中にも優越感をにじませながらあれこれ教えてくれた。私の聖パトリック大聖堂への関心は、それがスウィフトの教会だったという点に限られていた。スウィフトは、「激しい憤怒」とラテン語で刻まれた墓碑のもとに埋葬されているが、激しい憤怒がスウィフトの心をこれ以上切り裂くことはもはやないだろう。汽車の青年は彼自身の夢を持っていた。同様に私も自身の夢を持っていた。列車を降りた数分後、彼が見たいと渇望してやまなかったジョージアン・ハウスの家並みは、まさに彼の眼を釘づけにしたが、私自身にとっても、夢の一部は現実のものとなっていた。屋根なしの馬車に乗って、私はこれから住む予定の大学寮まで、ダブリンの北から南へと、有名な通りを次々に進んでいった。しかし、私の興味を惹いたのは、威風堂々とした十八世紀の建物でも、彫像でも、パーネル[005]の記念碑でもなかった。もちろん、通りすがりに、それらに目を留めたことは事実である。しかし、本当に興奮したのは、みすぼらしい放浪者のような人物が、身体の前と後ろに広告板をぶら下げて、オコンネル橋をゆっくりと歩いている姿だった。サンドウィッチマンだ。

広告板には、オレンジ色の下地に大きな文字で、広告が書かれていたが、それに心を奪われた私は、思わず馬車から落ちそうになったほどだった。アイルランド演劇——一週間限り。[006] J・M・シング[007]『海へ駆りゆく者たち』、W・B・イェイツ『キャスリーン・ニ・フーリハン』、レディ・グレゴリー『噂の広まり』とあった。列車で私の道連れになった青年が、彼が愛してやまない広場や通りに一歩踏み出していたのだとしたら、私はまさに、アイルランドの文芸復興運動に巡り合ったのである。私は、サンドウィッチマンの背中に書かれた魔法の名前をもう一度確認したくて、もう少し馬をゆっくり走らせてもらえないかと御者に頼んでみた。イェイツ、シング……彼らが、まさにこの時間、同じ通りを歩いているかもしれないのだ。それまで私は、本物の劇場には行った経験がなく、素人による古典劇の上演を見た事があるだけだった。また大都市には、一晩か二晩滞在した経験があるだけだった。私が教育を受けた学校は、いずれも田舎にあったか、小さな町のはずれにあるかで、そのような素人演劇に接する機会すらほとんどなかったのだ。生きているアイルランド作家たちの本物の演劇を見ることができるという期待で私は有頂天になり、人生における奇跡がまさに私の眼の前で展開しようとしているのだと感じた。

ことに、そのうちの一人は、私のおじたちが「イェイツ牧師の孫」と呼んでいた詩人で、彼の詩は地方のガイドブックや絵はがきでおなじみだった。彼の詩には、故郷の土地の名前が読み込まれていたのである。

いざ立って行こう、
イニスフリーに。[008]

あるいは、

私の弟はキルヴァーネットで
従兄はモハラブイーで神父をしていた。[009]

あるいは、

　私はドロマヘアの群衆の間に立ち……[010]

といった詩行は、至高の喜びを予感させるものだった。私の目の前で、わくわくするような人生が今にも始まろうとしていたのである。それまで、アングロ・サクソンの文法や、中世高地ドイツ語、オック語[011]、オイル語[012]などについて、自分は関心があると思い、それらの教科書をトランクに詰め込み、馬車の収納部に縛りつけていたのであるが、突然、それらはすっかり色褪せてしまった。私はイェイツの韻文詩が舞台で語られるのを聴きたいと思ったし、シング特有の散文、レディ・グレゴリーのキルタータン英語[013]を聴きたいと思った。『アングロ・サクソン年代記』[014]、『薔薇物語』[015]、『ニーベルンゲンの歌』[016]などは、遙か昔の、しかも外国の物語だったが、イェイツやシング、レディ・グレゴリーの劇はすべて新しく、しかも自分の国で生み出されたものだった。それは、まさに私たち、いや、私に向かって発せられた生の声だった。特に、イェイツは私に向かって語りかけているように感じられた。それらはすべてアイルランドについての物語で、アイルランドの人々に向かって語りかけていた。一方、私よりも上の世代の人々に向かって語りかけた声は、イギリスの声だった。テニソン[017]、スウィンバーン[018]、メレディスなどに代表されるイギリスの声しかなかったのである。そうした声は、私のおじがダブリンの街角を歩いている時に、おじの若い心に向かって語りかけてきたのだろう。その当時、アイルランドの声は一つとして存在していなかった。新しい作家たちは、とりわけ私たちのものだった。彼らは、私たちの生について、私たちの歴史について、私たちの伝説について書いたのである。同時に私は、自国のナショナリズムについて強い誇りを感じる国が、なぜ知的にも、社会的にも英国化されているのだろうかと、また、アイルランド作家によって書かれた劇をアイルランドの首都で上演するとき、なぜ「アイルランド劇」と表記しなければならないのか、さらに、作家たちが地元の新聞で「アイルランド詩人」と説明されなければならないのか、という点について想いを馳せた。それ以来、この問題について考え続けることになる。この国が、自分たちの政府を持つようになって十六年が過ぎた一九三八年になっても、『アイリッシュ・インデペンデント』紙は、一人の詩人によるスピーチを以下のように述べていたものである。「次にアイルランド詩人〈某〉氏は、聴衆に向かって語りかけた。」それは、ダブリンでアイルランドの作家であるということは、まるで特筆すべき事であると言っているのに等しい。実のところ、この国の作家たちは、経済的にイギリスから独立しておらず、その結果、知的にも独立できていなかったということではないかと思う。

3

大学寮に着くと、寄宿学校時代の友人数人と再会することができた。十七歳から二十代前半の寮生たちは、アイルランドの様々な有名校の出身者たちだった。年長者は、修士号を取るために学んでいた。寮は、修道女によって運営されていたが、修道女がそこに住んでいるわけではなかった。町中には、他にもカトリックの寮やプロテスタントの寮があり、私が選んだ寮より、もっと豪華で、もっと費用のかかるものなどがあったが、ダブリン到着前に、私の寮は、他の寮に比べ、自由でリベラルな雰囲気があると教えられていた。同時に、女子の大学教育は今ほど当たり前のものではなく、アメリカの女子大生に比べると、その行動に関して、束縛がないとは決して言えなかった。寮に到着したとき、住み込みのお目付役の女性に、寮の規則について様々な説明を受けた。夕食《サパー》後(夕食とは、紅茶とバタつきパンのことを指した)は、複数の修道女の許可を得ないで外出することは禁止、また一年生は外出許可を受けずに、街中《まちなか》に外出することは一切禁止といった類いのものである。しかし、私にとって最大のショックは、一年生は大学の授業で扱われる英語の劇のみ観劇が許され、外国語で演じられる劇は、言語習得の授業の助けになるときのみ観劇が認められているということだった。すぐに、規則を曲げる要領がわかるようになったが、これらの規則は、とりもなおさず、現実に観劇を許されているのは、シェイクスピア劇専門の劇団の上演か、シェリダン[019]やゴールドスミス[020]の喜劇だけであることを意味していた。また、外国語で演じられる劇について言えば、それは間違いなくフランス語によるもので、その当時、コメディ・フランセーズ[021]の海外ツアーの公演地にダブリンは組み込まれていたのである。私も、同級生の女子学生たちもほとんどすべて、現代語[022]と文学の学位を取るためのコースで学ぶことになっていた。その当時、女子学生が古典や数学を学ぶことは稀だった。とはいえ、私たちは、最終学年を除いて、試験のためにラテン語を勉強しなければならなかった。高校での手強い中級コースと、同様に手強い大学でのコースを合わせると、私たちは本当に大量のラテン作家の文章を読んだことになると思う。また、自然哲学とされている科目も学んだが、傾斜面、アンペア、毛管引力などの語は、未だにかすかに記憶として残っている。また、三角法やさらに高度な数学へ至る基礎的な事柄も試験のために勉強したが、今ではほとんど記憶には残っていない。高等学校間で、学業成績に関する、ある種の競争があったのだが、実際にはどこでも同じような教育が行われており、誰もが人生に対して、多かれ少なかれ同じような態度を持ち、同じような習慣を持つように育てられていた。精神的に、道徳的に、また知的に、私たちは皆よく訓練されていた。寄宿学校を卒業したばかりでも、大抵のアメリカの大学の卒業試験に合格できるほどの知識は実質的に持っていたように思われるが、人生に対してはまったく無知で、頭でっかちの世間知らずだった。

私たちが受けた教育は、実に理想主義的なものだった。その結果、現実性に欠け、貨幣価値に関しては無知で、人間が大切にしなければならない価値とは精神的なものだという信念を持ち、人生においてどのように身を処したらいいかということについては、愚直なまでに無頓着な娘たちを生み出した。私たちを訓練し教育した大人たちは、知的にも政治的にも、そして原則的に何事においても心の広い人たちだったが、彼らには揺るぎない行動規範があった。それは、決して狭量なものではなかったが、限られた世界を基準にしており、その規範に精神的に、道徳的に、かつ社会的に従わない者は軽蔑された。そこには、上流気取りとでも呼ぶことのできる堅苦しい傾向があり、芸術や文学において、実験的なものや、新しいものに対してはあまり寛容とは言えなかった。アイルランド人は、生来、民主的な国民であり、民主的な国民は本質的に、おそらく、生来、貴族的な性質を持つ国民であるはずである。しかし、学生たちの多くは中産階級の出身で、中産階級に属する者たちは、英国文明の最良の部分と最悪の部分を同時に吸収してしまっていた。最悪の部分の一つに、アイルランド各地に広まっていた英国風の馬鹿げた階級意識があった。男たちは、仕事に行くのにシルクハットを被り、フロックコートを着る一方で、女中には糊のきいたフリルつきの帽子と制服を着せるという類いのことである。しかし、それ以外の側面では、私たちは英国の少女たちよりヨーロッパ大陸の少女たちに近かったと思う。私たちは、英国の若者たちの多くが物心つく前から共有しているような気取った態度にはほとんど関心がなかった。時折、私たちと一緒に勉強するためにやって来た留学生の方が私たちに似ていたのに対し、同世代の英国の若者たちは私たちとは似ていなかった。修道院での教育は、私たちを無意識のうちに女らしくしたのか、優雅に知識を隠そうとしたし、学問をしているという意識すらなかった。私たちの中で、最も博識な若い女性ですら、時折ダブリンを訪れるオックスフォードやケンブリッジで学ぶ女性たちに比べると、自分の知識をひけらかすということはなかったように思う。特に、数学や古典の学位取得課程に学ぶ女性たちは、知的な怪物《ドラゴン》のように思われた。彼女たちは、生物学や近代科学に関するあらゆる知識を持っていた。文学に偏ったアイルランドの教育システムがあまり高く評価しなかった知識である。我々の知識は、中世からの遺物にすぎず、一世代か二世代前のフランスの大学が提供していた知識となんら変わることがなかった。そのためか、フランス人のディムネ神父は、少々おどけて自分が英語の影響を受けるようになるまでは、彼と私は似たような背景をもち、似たような教育を受けたに違いないという手紙を送ってくれたことがある。[023]しかし、ケンブリッジのガートン・カレッジやニューナム・カレッジ[024]の女学生たちが受けた教育がモダンなものであったとしても、彼女たちがダブリンにやって来た滑稽な背景には、中世の遺物とも呼べる習慣があった。オックスフォードとケンブリッジという偉大な英国の大学は、寛大にも彼女たちが試験に合格することは認めたが、彼女たちがいかに優秀な成績で試験に合格したとしても、その名前の後ろに学士号（ＢＡ）や修士号（ＭＡ）を取得したと書き記すことを認めなかったのである。抜け目のないトリニティ・カレッジ、つまりダブリン大学の学長は、オックスフォードとケンブリッジの試験を合格した女子学生に学位を授与することによって、収入を増やすことができると考えた。その結果、数学や古典の学位取得課程に学んだ女子学生たちが大量にダブリンを訪れるようになった。既にオックスフォードやケンブリッジの試験を優等で合格していた彼女たちは、数ギニー支払うことと交換に、その名前の後ろに、学士(ダブリン)とか修士(ダブリン)と書くことができるようになったのである。

大学で学んだことは、結局のところ、私たちが修道院の高校で学んだこととの延長でしかなかったが、高校では、年代を追って過去から現代へ向かうのではなく、現代から過去へ遡るという方法を取っていた。高校での勉強は、私たちが学んでいた言語について十九世紀まで遡ることができたが、大学では、言語と文学の始まりから始め、徐々にその発展に沿って世紀を下ってくるのだった。私たちは、言語学と古い文献を与えられた。それは、興味深いとは言いがたい代物だった。私は、試験に合格するための最低限の事柄のみに集中した。しかし、私が全く魅力を感じなかった勉強も、おもしろいと感じた人々もいたようである。例えば、ジェイムズ・ジョイスなどがその例で、私が最初にダブリンに着いた頃は、まだ彼もダブリンに住んでいたが、彼は、私と全く同じ課程で学び、私と全く同じ現代語と文学で学位を取得している。言語がいかに発展したかというテーマは、彼の知性の深く重要な部分を刺激したに違いない。なぜなら、彼の作品はすべて、大学での生活と大学で学んだことにその起源を見出すことができるからである。彼は、そのような教育システムの、文学というジャンルにおける最も傑出した広告塔であると言えるかもしれない。それから、私たちは、古代から現代に至るまでの文学史について多くを学んだ。現代文学は、それぞれの国語で書かれた原書で学んだ。教師の中には、文学そのものより、文学史のほうがより重要だと本気で考えている人もいた。しかし、その当時のダブリンにおいて、これはほとんど意味のないことだった。なぜなら、生きた人間が推進する活発な文芸運動が私たちの周りで進行しており、詩や演劇について、クラブや社交の場といった町の至る所での活発な議論が展開されていたからだ。おまけに、運動の推進者の中には、世界的名声を得ていた者も複数いたのだった。

　ダブリンの活発な知的生活は、それを望む者には、学生であっても参加することが可能で、たとえそれを望まなかったとしても、その影響を全く受けないことは不可能だった。過去の文学については教室の中で、現在の文学について、また文学とは何かについては教室の外で、実際に文学に携わっている人々から学んでいたのだった。郊外は遠くまで及んでいるとはいえ、ダブリンは小さな町である。町の中心部である旧市街はそれほど広くはなく、演劇、芸術、教育に関するあらゆる運動が、その限られた地域で盛んに進められていた。アイルランド語を復興させようというもの、土着の芸術や工芸を復活させようというもの、古代の遺跡を保存しようというもの、土着の衣装を再興させようというもの、そして一連の政治運動があった。そこには、大陸のカフェに相当する劇場、ティールーム、パブがあった。町の中心には、様々なクラブや団体の本部があり、中には対立関係にあるものもあったが、すべてが刺激的で、多かれ少なかれ一つの目標、つまり「復興《ルネサンス》」という目標に向かっていた。ある一日の午後に、徒歩で五分ほどの距離にすぎないアビー・ストリートからカレッジ・グリーン[025]の間で、町の重要な人々すべてに出会うことが可能だったのである。

　当時のダブリンは、演劇熱が盛んで、野心のある俳優たちは皆、ここで、古代から現代に至るまでのあらゆる演劇を演じようとしていた。もしも、ダブリンの観客の眼鏡にかなったら、その演技はどこででも通用する、というようなことがまことしやかに囁かれ、ダブリンの人々はその言葉を信じていた。確かに、私たちは実に多様な演劇を目の当たりにすることができた。マーティン＝ハーヴェイ[026]が演じ、ラインハルト[027]が演出した『オイディプス王』[028]、パトリック・キャンベル夫人[029]が演じた『ヘッダ・ガブラー』、サラ・ベルナール[030]とキャンベル夫人が共演したメーテルリンクの『ペレアスとメリザンド』などである。様々な俳優が演じるハムレットも見ることができた。中でも傑出していたのは、サー・ヘンリー・アーヴィング[031]、マーティン＝ハーヴェイ、フォーブズ＝ロバートソン[032]、ベンソン[033]らが演じたハムレットだった。今でも、マーティン＝ハーヴェイのハムレットは、私が見たすべてのハムレットの中で最もすばらしいものだと思っている。そして、アーヴィングのシャイロックは、最も興味深く、最も印象的であるという点で最高だった。エレン・テリー[034]のポーシャは、疑いもなく最上級の演技だったが、安い席に陣取っている私たち若い観客にフットライト越しに伝わってきた〈人格〉は、すっかり若さを失ってしまった中年女性のもので、イギリスの中年女性に特有の、あの不思議な低音の声が響いていた。その他の、あまり知られていないシェイクスピア劇は、巡回のレパートリー劇団によって演じられたが、その中でもベン・グレート劇団とベンソン劇団のことはよく覚えている。

ベンソン劇団は、文芸運動の初期の劇作品の一つ、W・B・イェイツとジョージ・ムア[035]の共作『ダーモットとグローニャ』の上演に関わったことがある。この作品の製作に関して、ムアは『いざ、別れのとき』で、抱腹絶倒のエピソードを残している。この劇をアイルランドらしくするために、より正確に言うと英国風でなくすために、まずムアがフランス語で書き、それから英語に訳し、さらにハイド博士[036]がアイルランド語に翻訳し、それからイェイツとムアによってもう一度英語に翻訳されたのだという。これは、私がダブリンに来る前、アビー・シアター設立以前の話である。コメディ・フランセーズは、地方公演を行うときの慣習として、学生の要求に応えるために、フランスの十七世紀古典演劇、特に授業で扱われている作品を上演した。コメディ・フランセーズの演技は、英国の劇団の演技とは驚くほど異なっていて、アイルランドの俳優たちがモデルにすることができる演技だった。フランスの名優コクラン[037]は、名前を〈Coquelin〉と綴るのであるが、本名はアイルランドの姓である〈Coghlan〉で、彼の先祖はリムリック出身だということが、アイルランドではまことしやかに伝えられていた。しかし、当時のアイルランドでは、有名人を見れば、誰彼なく――アイルランド人とは言わないまでも――ケルト人かゲール人だと主張していた。コクランは、確かにケルト人に見えたかもしれないが、多くのフランス人がそうであるとも言えるのである。コクランの演技には、圧倒的な活力と力強さが溢れていた。彼が舞台に登場すると、観客だけでなく、舞台上の他の俳優たち、女優たちが蘇ったように生き生きしてきた。コクランの口から発せられる一言一言、その瞬き一つ、その一挙手一投足によって、彼ら彼女らに生気が吹き込まれるかのようだった。観客や俳優たち、そして作品の中に感動が行き渡り、誰もが皆、一体感を覚えることができた。イギリスの役者の演技で記憶に残っているものは何ひとつないのに、コクランの『町人貴族』や『守銭奴』での演技は今でも覚えている。それは、完璧で、活力に溢れ、個性的で刺激に満ちた芸術で、人生の本質を示していた。ただし、舞台という枠の中で、凝縮された人生ではあった。コクランは、私が目にした俳優の中で、唯一無二の偉大な俳優だった。

イギリスの俳優、女優たちは、舞台上においても常に紳士淑女であろうと願っているようだった。俳優の出自は、舞台に登場した瞬間に自ずと露わになると言われていたのである。しかし、フランスの俳優たちはそのような考えとは無縁だった。彼らにとって、舞台上で芸術家たること、与えられた役に心血を注ぐことが、何よりも大事なことだったのである。更に、モリエール[038]劇団の伝統や巡回劇団の伝統に対し、フランスの俳優たちは、自分たちのルーツがそこにあると考え、そうした伝統を非常に大切にしていた。フランスの女優たちは、実に情熱的に演じたが、それはイギリスの舞台では、淑女らしくないと見なされていた。彼女たちは、罵るときは口汚く罵ったし、泣き叫ぶときは思い切り泣き叫んだ。コクランが笑うときは、頭をのけぞらせ、笑いのさざめきと共感で劇場全体が揺れるような音を出して笑ったものだった。彼の変幻自在な個性と、そのおおらかな人間性は、彼が言うこと為すことすべてを活気づけた。コクランは、新しい役を演じるたびに全く異なった人物になったのみならず、たとえ同じ役であっても、毎夜、舞台が異なるたびに全く別人となった。そのコクランの演技の次にすばらしい演技として記憶しているのは、何年か後に見たモスクワ芸術座の俳優の何人かの演技だったと思う。

当代の世相を描いた『フラウ・フラウ』[039]とか『工場の技師』[040]なども、当時のフランス人の人気女優ジェイン・ヘイディング[041]によってダブリンで上演されたが、そうした現代劇においてすら、俳優や女優たちは、アングロ・サクソンの世界ではよい育ちだと見なされないようなことも、ほとんど気にすることなく演じたものである。彼らは異なった文明からやって来た者たちであり、そのことは作品や演技が物語っていた。彼らの演技は、粗野ではあったが同時に訓練されていて、劇作品にぴったり合っていた。一方で、シェイクスピア劇に見られる人生と情熱の十全さは、イギリスの俳優たちが大切に思う、よい育ちとかよい振る舞いなどとはほとんど関係ないところで成立している。ダブリンの文化人たちは、シェイクスピアはミュンヘンやベルリンでビールを飲んだくれている輩に演じさせるといいと、よく言っていたものである。

第九章　初期のアビー・シアター

1

アビー・シアターの劇を見るようになるまでは、私の観劇経験は、シーズン毎に時折劇場に足を運ぶ程度のものだった。この劇団は当初、様々なホールや裏通りの会場を借りて上演を行っていたのだが、アビー・ストリートにあったメカニックス・インスティテュート[001]を購入し、改装する資金をミス・ホーニマン[002]が提供したおかげで誕生したのが、アビー・シアターである。ミス・ホーニマンは、演劇に対して強い関心を持っていたと同時に、詩人としての、また男性としてのイェイツを敬愛していた。アイルランドで芸術的信念のために懸命に闘わなければならなかったイェイツは、あるとき、劇の上演のために借りたホールのステージから挑戦的な演説を行ったことがあった。それに感動したミス・ホーニマンは、イェイツのもとへとやって来て、「あなたに劇場を差し上げましょう」と言ったのだった。アビー・シアターはこの約束が結実したものである。人々は、アイルランドの歴史について何も知らない愛国的な英国女性ミス・ホーニマンが、この思いつきのような気前良さを後悔しないことを切に願った。というのは、後に、彼女は俳優たちや劇作家たちと頻繁に対立するようになったからである。

アメリカでなら学寮《ドーミトリー》と呼ばれるであろう寄宿舎に私は住んでいたが、そこの学生の何人かは、多くの教師たちと同様、様々に絡み合った複雑な理由のせいで、この新しい文芸運動に対してあまり好意的ではなかった。まず、アカデミックな世界と文壇の間には常に対立関係があった。文学を学問の一つの枝と見なし、自分たちが管理し、相続財産でもあるかのように考えている人々と、文学は一つの芸術であり、それぞれの世代が新たな貢献をしていかなければならないと考えている人々は、相容れなかったのである。また、どこの国でも同様だと思われるが、文学を芸術とも学問とも見なさず、大義を唱道し、道徳を向上させ、宗教を守る道具であると考える人々もいた。要するに、文学は何かのプロパガンダであるべきだと考えている人々がいたということである。『キャスリーン伯爵夫人』[003]を書いたイェイツは、救済に関する教会の教義を充分に理解していないと見なされた。私たちが大学生になる少し前にこの劇が初演されたとき、ヒロインが悪魔に魂を売ったにもかかわらず救済されることに対して、聖職者やユニヴァーシティ・カレッジに学ぶ何人かの若い男子学生が抗議したことがあった(ただし、ジェイムズ・ジョイスは、この抗議文に署名することを拒否した)。プロテスタントからもカトリックからも、アビーとそれに関連する文学活動全体が、不信心なものだと見なされていた。「ダブリン城[004]の連中」や、反ナショナリスト・グループと呼ばれ、ダブリンでは「西のブリトン人」として知られる人々にとって、この文学運動は、明らかにフィニアン運動[005]と共通する傾向があり、イェイツがモード・ゴン[006]とともに行った反逆的な演劇は、彼をやり玉に挙げる材料とされた。その対極として、急進派のナショナリストたちやゲーリック・リーグ[007]のメンバーたちはこの演劇活動が充分に愛国的ではないと考えていて、アビーの舞台でゲール語の劇がまだ演じられていないことに不満を感じていた。というわけで、A・E[008]は異教の神々を信じているとか、ジョージ・ムアは不道徳な背徳者であるといったことが囁かれていた。ムアを追いかけてイングランドからやって来た愛人がいることを彼は隠そうとしなかったのである。学者たちのグループにとって、イェイツが大学教育を受けていないということは、常に憂慮すべき問題だった。彼はシェイクスピアのフォリオ版について、確たる知識を持っていなかったし、フランス語の単語を曖昧にしか発音できなかった。また、地方出身者の劇団員のアクセントは、田舎臭いと非難され、彼らの劇が農民の生活を扱ったものだったため、低級なものだと考えられた。「なぜ、教育を受けた中産階級を舞台上で描かないのだろう」と言われたのだ。「中産階級の人々こそ、この国で最も関心をもつべき対象ではないか。なぜ、彼らについて書かない？」

一人の若い劇作家の道徳観も問題にされた。劇中、登場人物の一人が出産の床につくという場面があったのだが、劇が始まる前に登場人物は出産させておくべきだというもっともらしい忠告をこの劇作家は受けたのだった。演劇運動の関係者で、このように批判されることがなかった唯一の人物がエドワード・マーティン[009]だったが、誰ひとり運動の関係者と面識がない時に、私は、彼らに関する批判的な話をそれこそ山ほど聞かされたものだった。

ある日、ジョイスの『若き日の芸術家の肖像』や『ユリシーズ』のおかげで世に知られることになった、あの国立図書館《ナショナル・ライブラリー》の階段を私が上っていると、黒い服に身を包んだ、背の高い人物が私の前にいることに気がついた。友人が私の肘をつついて、「イェイツ」と言った。自分の名前が呼ばれたことで、彼は突然振り返ったため、一瞬ではあったが、夢見がちな漆黒の瞳と目が合った。ほとんど、周りには意識が向けられていない様子だった。私たちが建物の中の階段を上っていると、もう一度、彼はゆっくり振り返り、しっかりと私たちを見つめた。彼が、私に気づいているかどうかははっきりしなかったが、「イェイツさんだ」と私は息を切らしながら言った。ずっと後になって、イェイツはその時、実際、私に気づいていたと教えてくれた。その時ばかりでなく、私が彼の活動範囲に入ってくる度に、気づいていたそうである。というのも、常に周りの敵意に直面しなければならなかったため、彼は自分の生き方や才能を支持してくれる運動の推進者を常に探していたのだそうだ。私は広い階段を、彼の後をついて上り、図書館のカウンターで彼のそばに立った。若い男子学生と話をしていた私の友人は後ろにいた。イェイツは「マギー氏にお目にかかれるだろうか」と職員に言った。私がいっそう興奮したのは、マギーというのは、ジョン・エグリントン[010]の筆名で評論活動をしている人物の本名だったからだ。私はカウンターの周りをうろうろしながら、詩人を観察していた。私が知る若者たちは、私を含め皆、彼の作品に夢中になっていたのである。当時イェイツは、四十歳前後だったはずであるが、二十代後半にしか見えなかった。その黒髪、小麦色に日焼けした顔色、一風変わった瞳、背の高さなどから、彼が普通の世界に属しているとは思えなかった。彼の偉大な知性、想像力、情緒的な力は、その顔に表れているだけでなく、その歩きぶり、その声、そして、黒の鉛筆をもてあそんでいる美しい手に表れていた。そう、その存在そのものに。人間の行動というものをあまりよくわかっていなかったその当時ですら、私は、彼が職員に話しかけるときの、その夢見るような、幾分高慢に聞こえる声のトーンは、彼の内気さが複雑に絡まった結果であるということに気がついた。彼は心安らかに、人と接したり、現実の世界に存在することができないのだ――後には、もう少しうまく対応できるようになっていった。

マギー氏は図書館内にいなかったため、イェイツは少しその頭を職員の方に傾けてから振り返り、図書館の回転木戸を通って出て行った。私は本をカウンターの上に置いたまま、大急ぎで彼を追いかけた。キルデア・ストリート、ナッソー・ストリートを経て、文学運動の本拠地とも言えるナッソー・ホテルに至るまで、何ヤードか離れて、彼の後をつけていった。ナッソー・ホテルは古い小さな、フランスの田舎でよく見かけるような目立たないホテルで、フランスの例と同様、十八世紀のものだった。彼の後ろを歩いていると、詩を朗唱したり、詩作をしたりしているかのように、イェイツが独り言をつぶやいていることに気づいた。これは、後に何度も目にすることになるのだが、彼の癖だった。彼は声に出しながら詩作し、通りを歩いていても、通行人のことなど気に留めなかった。ホテルの扉――それは、通りに向かって開くのでなく、内側のロビーに向かって開くものだったが――を開けて中に入りながら、イェイツは煙草の吸い殻を投げ捨てた。私はそれを拾い上げ、何年もの間、古いかぎ煙草入れにしまっておいた。若い私の英雄崇拝は、それほど強いものだったのである。しかし私の友人の学生はもっと上手くやった。彼女はイェイツが捨てたネクタイを首尾よく手に入れ、それをブラウスの上に結んでいた。この文章を書いている現在に至るまでの長い年月の間に、様々な領域で世界に影響力を与えた多くの人物に出会ってきたが、私は、今なお、自分が知っている人物の中でイェイツが最も偉大な人物だと思っている。その偉大さは、本当に傑出していたのだ。

寮の学生たちは、アビー・シアターの常連になった。年長者や教授たちが何と言おうと、私たちの気持ちを変えることはできなかった。劇場や、そこで活躍する劇作家たち、文芸運動などによってもたらされた知的な刺激は、授業で学ぶものすべてを合わせたものよりも、遥かに強烈な影響力を持っていたのである。しかし、公正を期すために言っておくと、私たちの寮の寮長たちは、自分たちの文学観の方が優れていると言ってそれを私たちに押しつけるようなことはなく、私たちがすべての上演に足を運ぶことを認めてくれた。私たちは、イェイツの『ケルトの黎明《トワイライト》』にちなんで、「文学の黎明協会」という名の文学クラブを発足させ、私が会長となった。それは、会員十二名の熱心な文学少女たちで構成された小さなクラブだった。小さいとはいえ、自分たちの首都の文学的芸術的動向に対し、それは何らかの影響を与えられる存在だったと思う。ダブリンの街は大きすぎるわけでなく、街で進められているありとあらゆる知的活動に参加することは、それほど難しいことではなかった。私たちは、芸術的で知的なあらゆる催しの場で目立つ存在となった。絵画展、内覧会、国民文学協会の会合、古物研究協会、かつてA・Eが会長をしていた神智学会、ゲーリック・リーグ、フェシュ・キョール（音楽フェスティバル）などである。若く情熱的な私たちは、このようにして、すばらしい時間を過ごしていった。私たちは一つの劇作品につき、公演を一度見るだけでは満足せず、劇の台詞を暗記するまで、すべての公演を見に行った。初日を見た後の興奮はたとえようもなく、私たちは新しい劇についてほとんど徹夜で話し合った。おそらく、新しい文学や新しい概念は、それらを躊躇することなく熱烈に受け止めることができる若者のために存在するのである。

2

初期のアビー・シアターは、一月《ひとつき》のうち一週間しか開いてなくて、その一週間はダブリンにおける非常に刺激的な一週間だったにもかかわらず、観客席はいつもがらがらだった。海外での評判が少し落ちてきた頃に、やっと国内で劇場としての人気が定着し、私がこの本を書いている現在は、偉大な作品が次々に書かれた時代に比べると、三倍から四倍の観客が確実に訪れるようになっている。安い席に陣取っていた私たち学生は、劇の出来具合にかかわらず、すべての劇を、すべての俳優、女優を、また観客さえも楽しんでいた。この時期の俳優たちは、日中は別の仕事を生業《なりわい》にしているという点において、アマチュア俳優だったが、特に初期の段階では、皆、無給で参加していた。やがて、彼らはわずかばかりの俸給を支払われるようになった。アビー・カンパニーのメンバーのうち、演技の経験のある者は二人だけだったと思う。それはフェイ兄弟[011]のことで、彼らは寄席《よせ》のようなところで演じられる軽喜歌劇《ヴォードヴィル》の経験があった。ウィリーは喜劇が得意で、フランクは主に詩的な劇に登場した。すべての俳優、女優がすばらしい声をしていたが、特に、フランク・フェイとサラ・オールグッド[012]の声はすばらしかった。彼らがイェイツの詩劇に登場したとき、彼らは観客を夢中にさせ、劇が終わると、観客は立ち上がって拍手喝采を送ったものだった。私は、ダブリンの工員たちが詩劇に夢中になっているのを目撃したことがある。彼らには観劇の経験があまりなく、素朴で素直な観客だった。まだ映画という娯楽がなかった時代のことである。その上、彼らは、自分たちの国の伝説や自分たちの同胞が、演劇として描かれるのを見るのが好きだった。イェイツの『キャスリーン・ニ・フーリハン』[013]が上演されたとき、彼らは自分たちの感動を表すために立ち上がった。喝采に応えるために舞台に登場したイェイツが、おそらく一番感動していたに違いない。このように、たとえ少数であっても観客には、作家たちの最上の能力を引き出す力があるのだ。私はこのように感応しやすい観客を他で見たことがない。それは、安い席に座る学生であれ、労働者であれ、また一等席に座るブルジョワであれ貴族であれ、皆、文学を理解する心を持っていたのである。

芸術的、政治的、宗教的刺激のほかに、さしたる刺激は存在しなかった。そして、芸術的刺激とは、文学と絵画を指し、音楽と彫刻はあまり盛んでなかった。文学と絵画を推進する運動があれほど盛んだった理由は、おそらくそれらの運動が国を体現していたからではないかと思う。それらはアイルランド固有のものだった。英語を話す国ではどこもそうだったように、芸術的に意味のあるコンサートは皆、当然外国のもので、長い間、世界から隔絶していた国民としては、外国の音楽にそれほど興味を持てなくなっていた。しかし、アイルランド語でフェシュ・キョールと呼ばれる国民音楽フェスティバルでは、自国の演奏家、作曲家、歌手を見出そうとして、国中の関心を集めていた。実のところ、すべての運動がナショナリズムと愛国心に結びつけられていた。フェシュ・キョールで見出された歌手の中に、ジョン・マッコーマック[014]がいた。ジェイムズ・ジョイスも歌手として同じフェスティバルに参加していた。具体的なことは忘れてしまったが、おそらく、彼が近視だったため、初見で歌うというテストがうまくできなかったのではないかと思うが、その不運がなければ、ジョイスはもしかしたら、まず歌手として世界に認められていたかもしれない。

　数人の歌手を除き、フェシュ・キョールが音楽性に優れた人材を発掘したかどうか、私は覚えていない。作曲家を求めようとする努力は、フランス語で言うところの「ヴリュ」、つまり「希求」のようなもので、かつてアイルランドが優れていたもの、もしくは優れていたと考えたいものすべてを、取り戻したいという断固とした欲求に支えられていたのである。あらゆる作曲活動を推進する中で、オペラを書こうという試みもあった。人々は、アイルランド人の作曲による作品の演奏会には、たとえ心底退屈したとしても、愛国心から参加した。そのような作品は、アイルランドの神話や伝説によって喚起された、アイルランド語による詩的な名前がつけられていた。例をあげると、その当時、かなり有名だった作曲家であるオブライエン・バトラー[015]——彼は後に、ルシタニア号[016]で死亡することになる——によるオペラには、「海の白鳥」という意味の『ムアガス』というタイトルがつけられていた。他にも、ペリジアー[017]が作曲した作品には、アイルランド語の題名はつけられなかったかわりに、ロマンティックな『たなびく金髪のコンラ』という題がつけられていた。作曲家自身は、だらりとさがったセイウチ髭をたくわえていて、演奏の後に彼が微笑みながらお辞儀をすると、髭が大きく揺れるように見えた。このような音楽の演奏会の一つに、ジョージ・ムアと若き日のポーリック・コラム[018]が、私たち女学生の前の列に座っていたことがあった。幕間で、ジョージ・ムアは両腕を掲げて立ち上がり、「神かけて言うが、この演奏がひどいのか、すばらしいのかわからない。そのどちらかに違いない」と言った。その声の調子は、畏敬の念を抱かせると同時に、どこか唐突で私たちはびっくりしてしまった。この作品に演奏の機会が与えられたのは、作曲家が会場に現れるという条件を満たしたからに違いない。何者であれ、アイルランド人の作曲家たちが、会場に姿を見せないことに対する根強い批判があったのである。風刺的精神に長《た》けた地元の詩人たちは、そうした作曲家たちを題材に、詩の習作に励んだ。そして、ペリジアーの髭は、機知に富んだ詩句で表現されるのに最適だった。正確ではないかもしれないが、私はその詩を覚えている。

ささやかな冗談、それは昔々
長い口髭のペリジアー氏のお気に入り。

実は当時、ダブリンに一人のすばらしい作曲家がいた。アーノルド・バックス[019]である。しかし、彼は若かったし、イギリス人だったため、ロンドンの音楽界ではよく知られた存在だったにもかかわらず、ここでは誰も彼の作品のことを知らなかった。とはいえ、ダブリンに音楽を楽しむ習慣がなかったわけではない。優れたアマチュアのオーケストラがいくつかあったし、何人か優れた演奏家もいたし、外国の作曲家に加え、有名なアイルランド人の作曲家も一人、二人はいた。しかし、音楽というジャンルで本当に興味を持たれていたのは、ジョイスの本に書かれているようにオペラと歌唱だった。ロンドンや他の国の一座が上演するような大きな劇場で、天井桟敷の観客たち――彼らは六ペンスの席に座る「神々」であった――の中には、地元で評判の優れた歌い手が常に何人かいて、やや長い幕間に、観客のために歌って聴かせるのだった。一つの幕が終わり、カーテンが下り、やや退屈な商業楽団が演奏をやめると、誰かが「神々」に向かって、「さあ、歌ってくれ」と呼びかけたものだった。すると、唄が始まり、時には何人かの声が一緒になって、愛国的なバラッドや、よく知られた民謡が歌われたり、「さあ、さあ、次はフィガロから一曲」というかけ声に対し、時にはソロの歌声がオペラのアリアを歌い上げたりした。それは『道化師』[020]からのアリアのこともあったし、別の人気オペラからのこともあった。それに応えるように、若者が立ち上がり、イタリア語で『ドン・ジョヴァンニ』の「お手をどうぞ」を朗々と歌った。しかし、観客たちが最も喜んだのは、愛国的なバラッドの「西部は目覚める」や「クロッピー・ボーイ」、もしくはダブリンの人気曲である「モリー・マローン」などのコーラスを一緒に合唱する瞬間だった。

魚売りのモリー・マローン。
不思議でも何でもない。
モリーの父さんも母さんも魚売り。
広い通り、狭い通りを、手押し車を押して行く
「トリ貝にムール貝、いらんかえ、いらんかえ！」と
　叫びながら。

唄は以下のように終わる。

彼女は熱病で死んだ。
何も彼女を救えなかった。
これが愛しのモリー・マローンの最期。
でも、モリーの幽霊が
広い通り、狭い通りを、手押し車を押して行く
「トリ貝にムール貝、いらんかえ、いらんかえ！」と
　叫びながら。

慎みという言葉にはあまり縁がなく、アングロ・サクソンの行儀作法はほとんど身についていない一部の観客は、リフレインの箇所が来る度に、大声で合唱した。「トリ貝にムール貝、いらんかえ、いらんかえ！」と。そして、「いらんかえ、いらんかえ」の部分は、何度も大声で繰り返され、哀れな調子もさらに強調された。観客の生気と活力をこよなく愛したマーティン＝ハーヴェイのようなロンドンの俳優は、このような歌声をたいそう面白がったが、他の役者たちは、観客の自己表現に込められたエネルギーにより、次の場面に対する関心が薄れることを懸念したものだった。

　いずれにしても、そのような行為はアビー・シアターでは許されなかった。幕間になると、客席に座ったまま、楽器のアンサンブルや、アーサー・ダーリー[021]のような有名な演奏家によるヴァイオリンのソロ演奏に耳を傾ける観客もいたが、ティールームに行って劇や演技に関する熱心な議論を交わす者もいた。

　しかし、幕間での最大のお楽しみは、観客たちを観察することだった。様々な国民運動や愛国的な運動――当

時、あらゆる運動が国民的で愛国的なものだったのであるが——に関わるリーダーたちを劇場で、特に初日の夜に見ることができた。アビーは小さな劇場だったため、劇場の常連たちは、実際のところ、皆顔見知りだった。彼らが集まる場所は、ティールームか劇場のロビーで、そこには文壇の有名人の肖像画がかけられていた。ダブリンの有名人に加え、イギリス人や大陸から来た名の知れた人々もいた。眼鏡をかけ、髭をたくわえた外国人が、辞書を片手に持ってそれを何度も引きながら、A・Eやレディ・グレゴリーに話しかけようと懸命に試みている姿を見かけるのは、珍しいことではなかった。人口が五十万に満たず、あらゆる運動の本部が街の中心に集中しているダブリンのように比較的小さな街だからこそ、そのような作家たちと観客との間の気軽な親交が可能だったと言えるのかもしれない。もっとも、そのような親交はパリでも可能ではあると思う。

アビー・シアターの芸術監督であるイェイツ、シング、レディ・グレゴリーの三人は、すべての公演を客席から見ていた。また、アビーで劇が上演される週とそれに続く週は、あらゆる知的な刺激を経験することができた。例えば、「国民文芸協会」の会合ではイェイツはよく講演を行ったし、学生が企画する会合には、若い作家たちに加え、イェイツやレディ・グレゴリー、ダンセイニ卿[022]なども時々顔を出したものだった。また、月に一度だけ女性の参加を認める男性会員のみの「コンテンポラリー・クラブ」のような討論を行うグループもあった。他にも「アーツ・クラブ」の集会があり、「神智学協会」や「考古学協会」といった雑多な協会の会合があった。また、「ゲーリック・リーグ」は実に頻繁に集まりを繰り返していた。ダンセイニ卿の叔父であるホレス・プランケット[023]が創設し、A・Eが指導的影響力を持っていた「農業組織協会」のことも忘れてはならない。

イェイツとレディ・グレゴリーは、劇場には連れだってやって来た。この時期は、二人が数々の実りある共作を行った時期であったことに加え、劇場が小さかったため、誰もが二人に目を留めずにはいられなかった。有名人たちの装いに、観客は興味津々だった。イェイツは、黒のベルベットのジャケットにネクタイをたなびかせていることが多かったが、特別な時には正装して登場した。彼は常に洋服や身の回りのものに気を遣っていたと思う。ともかく、彼の姿は実に一幅の絵のようだった。アビー・シアターに登場する唯一絵になる男性だったと言うわけではないのだが。

当時、ダブリンには、ゲール風のキルトに回帰した男たちがたくさんいた。それは、サフラン色や緑などの単色であるという点で、よく知られたスコットランドのキルトとは異なっており、銀製もしくは銅製のタラ・ブローチがジャケットの肩の部分につけられていた。背の高い、がっしりした身体の男性にとって、キルトはあらゆる男性用の衣類の中で最も似つかわしいものだった。着る者をロマンティックで力強く見せたのである。作家たちの中にもキルト愛好者たちがいた。詩人で小説家でもあり、後に新しい自由国で政治家となったダレル・フィギス[024]、やはり詩人で後に国立大学で教鞭を執り、一九一六年にアイルランド共和国宣言に署名したトマス・マクドナー[025]などもその例である。ピアス兄弟もキルトの愛好者だった。アイルランド語と英語によるバイリンガル教育を推進する学校を設立したパトリックと彫刻家だったウィリー[026]の兄弟である。マクドナーとピアス兄弟は、蜂起を企て、またアイルランド共和国宣言に署名したという理由で一九一六年に処刑された。フィギスも壮烈な死を迎えた。彼は悲劇的な恋愛の末、自殺したのである。しかし、キルトを身にまとった男たちの中で、最も見栄えがしたのは、アッシュボーン卿の息子で、後に、自分自身もアッシュボーン卿となるウィリアム・ギブソン[027]だった。彼が爵位を継承したとき、ロンドンの上院議会においてアイルランド語で演説すると言い張った。彼は、いわゆるケルト・マニアの一人で、英語を話すことを拒否し、フランス語かアイルランド語で会話した。キルトを着て、アビー・シアターのロビーやオコンネル通りを大股で歩く彼に出会い、アイルランド語で「こんにちは」を意味する「神と聖母があなたとともに」とか、フランス語で「ボンジュール、可愛いお嬢さんたち」などと声をかけられると、その日はとても嬉しい気分になった。外見はともかく、出自に関しても爵位に関しても最もロマンティックだったのは、アッパー・オソリーのキャスルタウン卿[028]だった。アイルランド語で、マギーラ・ポーリックの一族[029]と名のり、ゲーリック・リーグのメンバーで、最も隆盛を極めていた時代には、タラの丘[030]に集った諸王すら格下だと見なしていたオソリー家の末裔だった。キャスルタウン卿は、イェイツ同様どこにでも姿を現した。ある意味で、非常に奇妙なことであったが、彼はすべてを体現していたと同時に、あらゆる規格からはずれた存在だった。彼は国を救うための様々な運動のリーダーであり設立者だった。その名前は、ほとんどすべての組織の便箋に印刷されていたし、彼はほとんどすべての会合で議長を務めていた。
キャスルタウン卿のように、歴史的なアイルランドの名家の末裔を名乗る者が他にもいた。中には、一族の長《おさ》であることを表す〈The〉という定冠詞をこれ見よがしに示す者もいた。だが、こうしたアイルランドの名家の出身者たちは、予想に反してあまり愛国的でも民主的でもないことが多かったため、必ずしも様々な運動の中枢に迎えられたわけではなかった。時折、スコットランドから、絵に描いたような同胞のケルト人がやって来ることがあった。彼らは、一族の印であるタータン・チェックのキルトを身にまとい、アイルランド語と同じ語族に属する言語を話したが、イントネーションは異なっていた。また、彼らは情熱的な唄を歌った。すべてのケルト系の民族同様、彼らは歌うことが何より好きだった。ヘブリディーズ諸島[031]で歌われる舟唄は、アイルランドの土着の唄よりもずっと生き生きしているように感じられた。というのは、アイルランドの唄の多くは恋か信仰をテーマにしていて、少しばかりもの哀しい調子のものが多かったからである。

3

伝統的アイルランドの衣装で着飾ることにかけて、女性たち、特に若い女性たちも決して遅れをとっていたわけではなかった。しかし、絵画などをもとに作り上げられた女性の装束が本当にアイルランド特有のものかどうかは疑わしい限りだった。おそらく、いわゆる中世ヨーロッパの貴婦人風の衣装に、少しばかりケルト的要素をつけ加えただけのものだったように思われる。私の友人で、詩人だったモリーン・フォックス[032]は、アイルランド風の衣装以外のものを身につけることは決してなかった。彼女は、豪華な紫と金の衣装を身にまとい、額にはトークと呼ばれる輪飾りをつけ、脇をタラ・ブローチで留め、古代アイルランド風の様々なアクセサリーを身につけて、アビー・シアターに登場したものだった。特に彼女の琥珀のアクセサリーはすばらしかった。他の女性たちも、時折、ケルト風の衣装を身につけることはあった。もちろん、それはメイド・イン・アイルランドの素材でできたものでなければならなかった。私はパーティー用に、青と緑の刺繍がほどこされた白地の衣装を持っていた。それは、青い幅広のストールと銅製のブローチ、考古学的考証がなされた装飾品のレプリカなどで飾り立てられていた。もう少し日常的なものでは、『ケルズの書』[033]に見られる文様の刺繍を施した青緑の洋服も持っていた。それは、蛇が別の蛇のしっぽを銜《くわ》えている文様だったことを覚えている。これに合わせて、ブルーの石のネックレス、小さなハープの留め金、銀製のクラダー・リング[034]、また、初期ケルトのものというよりは初期ヴィクトリア時代[035]のものだと思われる蛇のブレスレットを身につけていた。こうした身なりは、アビー・シアターやゲーリック・リーグのダンス・パーティーでは受け入れられたが、私と友人のサイアヴ・トレンチが同じような装いではあるが、もう少し派手な色合いの格好をして、魚売りの女性たちが魚を売っている通りを歩いた時、私たちは、あからさまに嘲笑の対象となった。魚売りの女性たちはこう叫んだ――「ほら、あそこのアイルランドの娘っこを見てごらん？　ステンド・グラスみたいじゃないか。この国はいったいどうなっちまうんだろうね。いったいねぇ？　頭がおかしくなっちまったのかね。」私たちはそうした嘲りにそれほど傷ついたわけではなかったが、それ以降、町のある特定の地域にはそのような格好では出かけないようにした。そこでは、普通でないものはあからさまに嘲られるからだった。

　私たちは、自分たちをこのように飾り立てることを大いに楽しんだものだったが、本当のことを言うと、あらゆる愛国的な会合において、外見のインパクトという点では、男性のほうが勝っていたと言わざるを得ない。ダグラス・ハイドが、彼特有の奇妙で陰気な顔つきをした長い口髭から次々と早口でアイルランド語をまくし立てる姿は、有史以前のケルト人のように見えたし、また、歴史書に登場するフィルボルグ[036]のようにも見えた。茶色の顎鬚《あごひげ》をたくわえたA・Eは、ケルトの海の王であるマナナーン・マクリール[037]のように見えた。彼は実際に、その役を自分の作品で演じたことがある。シングは作家たちの間でも、特に神経質そうな顔つきをしていた。彼は、ジョージ・ムアによる描写とは、まったく異なっているように私には思われた。ムアは、彼を「無骨で教養のかけらもみられない男で、デリンラッシュ島[038]出の田舎者のようだ」と言っているが、シングの神経質そうな青白い顔と高い額、そして遠慮がちな態度から判断して、私はムアに同意できなかった。むしろ、彼は三十年ほど前のフリッツ・クライスラー[039]に似ているように思われる。その頃クライスラーは、私たちが知っているシングと似たような洋服を着ていたのだった。シングは、アビー・シアターで、誰にも話しかけないという点で、他の人々とは異なっていた。

若い作家たちは——このように才能あふれる多くの若者を他所では目にすることがなかった——あらゆるレベルでみすぼらしい身なりをしていたが、公の場でも私的な場でも、ともかくよく語った。ダンセイニ卿は、イェイツにもレディ・グレゴリーにもあまり関心がないようだったが、学生たちには愛想がよかった。彼は、例の有名なノルマンの侵略が始まるきっかけを作ったプランケット家というアイルランドの名家の出身だった。『四人の領主たちの年代記』[040]は、その一族と居城について、読者に警告を与えるような調子で、以下のように述べている。「ケルズとドロヘダの間に、二つの有名な泥棒の家系がある。フィンガルのプランケット家とダンセイニのプランケット家である。もしも旅行者がフィンガルの手に落ちないで済んだとしても、彼は間違いなくダンセイニの手に落ちることになるだろう。」しかしながら、我らのダンセイニ卿は、ここに書かれているような、大胆な大盗人の行状とは無縁だった。彼はロマンティックで詩人然とした風貌をしていて、クラブや文学的会合での話には非常に説得力があり、イェイツに匹敵するくらい美しく詩を朗唱した。また、彼自身の劇作品を、とても刺激的で情熱を込めて朗読するので、観客は大喜びだった。ダンセイニ城の一部は、アメリカ大陸発見以前の建築であったが、後のイギリス人の侵略者によって破壊された。そのため、城のある部分は、かなり最近になって建設されたものである。実際、歴史や建造物に詳しい、教養あるアメリカ人の一人が、後代に建築された部分を指して、「シアーズのカタログ[041]みたいに安っぽい」と言うのを聞いたことがある。クロムウェル時代のダンセイニ一族は、その当時のアイルランド人、有力な一族の長《おさ》がそうであったように、「地獄に行くか、それともコノハトに行くか」[042]という選択を迫られた。その時代のレディ・ダンセイニは、その他大勢の人々同様、西へ向かう厳しい旅の途中で死に、クロムウェルはダンセイニ城に大砲を撃ち込み、城の大部分を破壊したと言われている。私たちの時代のレディ・ダンセイニは、聡明で魅力的なイギリス人女性で、ユーモアのセンスにあふれた、気取らない人物だった。彼女はフランスのサロンを主宰する貴婦人のように読書家で、多くの知識人を知り合いに持ち、様々な場所を訪れていた。彼女は、夫の文芸運動の友人たちに対して申し分のないホステス役を務めたが、反英的なアイルランド人をもてなさなければならなかったときには、その忍耐は極限に達したに違いない。多くの人々は、ダンセイニ卿は、新しい運動の中で、彼の業績に相応しい評価を受けていないと感じていた。彼の劇は常にある一定の観客を引き寄せていたし、彼自身、非常に影響力のある人物だったからである。

第十章　国の目覚め

1

この頃になると、文芸運動、演劇運動、ゲーリック・リーグの活動などに加え、政治的、経済的、産業的運動、またシン・フェイン[001]関連の運動といったような広範囲にわたる国民運動が、若く熱心な者たちをさらに強く鼓舞し続けるようになった。変化することをあまり好まない年配の人々は、イギリスから自由になるための闘いがまた一つ始まっても、すぐに廃《すた》れてしまうだろうと考え、首を横に振ったものだった。というのは、そのような過去の闘いはすべて失敗に終わっていて、国に対して害こそあれ、益はないと考えられていたのである。何世紀にもわたって、ほとんどすべての世代が蜂起を経験した。国中に戦争や反乱の跡を物語る廃墟が点在していた。時折、大陸から、フランス人やスペイン人の軍隊や指導者たちが応援に派遣されることもあったが、いずれにしても結果は常に失敗に終わった。「彼らは戦いに赴いては、常に倒れた」と古い詩がケルト人について述べている。あまりにも繰り返し同じことが言われ続けたので、アイルランド人自身も、自分たちはロマンティックで、詩的で、魅力的であると同時に、実行力に欠け、失敗するように運命づけられており、自分たち自身を統治することができないのだと思い込むようになった。実際、国中のあらゆる運動が失敗に終わるように思われた。国を挙げての取り組みを支援する資金はなかったし、欲求不満と抑圧による澱んだ空気が国中に蔓延していた。ただし、それは先に言及したような運動が十九世紀の終わりから二十世紀の初めにかけて起こり、この国をもう一度活力あるものに変化させるための、大きな流れとして収斂する以前の話である。

私たちの前の世代にとって、アイルランドのために死んだ人々の名は最大級の賛辞とともに記憶された。サースフィールド[002]、ウルフ・トーン[003]、エドワード・フィッツジェラルド卿[004]、ロバート・エメット[005]などである。多くの少年少女たちが、国のために命を捧げ、国の記憶として不滅の名前を刻むことを夢見ながら育った。自由のために死ぬこと、自由のために苦しむことは、名声と名誉を得るための道だと考えられていた。それは、自分の名前が永遠に記憶にとどめられる確実な手段だった。しかし、私たちの世代の若者たちは、新たな指導者のもと、国のために生きること、国のために何か貢献することは、国のために死ぬことと同じくらい意味があることだと考えるようになった。「エリン[006]の人々の間で、私の功績が永久に語り継がれるなら、一昼夜の長さの命しかなかったとしても、そんなことはどうでもよい」と、古の伝説に登場する英雄、クフーリンは語ったものだった。私と同年代の学生たちは、青年たちばかりでなく若い娘たちも、この一文をノートに書き写したり、アイルランド語の教科書の自分の名前の下、つまり誰もが最初に目にする箇所に書き込んだり、また多くの者は、レディ・グレゴリーやスタンディッシュ・オグレイディ[007]の英訳版の本に書き込んだりした。同級生の中でアイルランド語に長《た》けた者たちは、これらの物語をアイルランド語の原文、もしくは現代アイルランド語の翻訳で読むことができた。

ダグラス・ハイド博士が、アイルランドの脱英国化を進める目的で、アイルランド語を復興し、アイルランド古来の文化に立ち戻るために「ゲーリック・リーグ」〔一八九三年〜〕を設立してから、二十年が経過しようとしていた。国の広い範囲でアイルランド語はまだ日常的に使われていたし、特に国の西部、また西海岸に浮かぶ島々では、当然のことながら、アイルランド語が唯一の言語だった。ダブリンでは、皆英語を話していたが、アイルランド語を学ぼうという情熱は、年代を問わず、階級を問わず、職業を問わず、すべての人々に見ることができた。小売商店主、職人、家庭の主婦、学生など、あらゆる者たちが、夕方、仕事を終えた後、ゲーリック・リーグの支部に出向いていって、アイルランド語を読んだり話したりできるよう学び、その独特の字体で書くことを教わった。新しい文言を習うたびに、なにか不思議な喜びが蓄積されていった。仕事が休みのときや、大学の休暇になると、若い男女はアイルランド語を話す地域へ巡礼の旅を行い、そこで、祖先から伝わる言語にこだわり、それを保ち続けている人々を相手に、自分たちが教わった言語を話す練習をした。一流の学者たちが運営する大人のためのサマースクールも随所で開校された。そこでは、アイルランド語だけでなく、アイルランドのスポーツやダンスなども習うことができた。そうしたダンスには、「トーリーの荒波」、「アスローンの橋」、「リムリックの城壁」といったロマンティックな名前がつけられていて、古い調べに合わせて、皆、ジグやリールを踊ったが、それ自体がかなり激しい運動だった。十代の私たちのような元気いっぱいの者でさえ、激しいジグやリールを飛び跳ねたあとでは、息が切れてしまうほどだった。

　人生において首尾よく事が進む時はいつもそうであるが、文化活動も遊びのようなもので、誰もが楽しい時間を過ごしていた。政治的運動や反乱には神経をとがらせていた英国政府も、文化運動には全く関心を示さなかった。土着の言語を壊滅させ、そのかわりに英語を使わせようという試みはかなりうまくいっており、アイルランド語の使用を禁じる「刑罰法」の名残が未だに行き渡っていたのである。自分の名前をアイルランド語で車に書いた者は、法廷に召喚され、罰金を課せられた。例えば、アイルランド語話者であるニュータウンに住むジェイムズ・マッカーヴィルという人物が、当然の権利としてバリャ・ヌア〔アイルランド語で新しい町（ニュー・タウン）の意〕のシェイマス・マッキアベイルと自称した場合、彼は法廷に呼ばれ、罰金を払わなければならないのだった。しかし、ゲーリック・リーグ、文芸運動、演劇運動には適用される法律はなかったので、結果的にそれらは大いに盛り上がることとなった。実際のところ、英国はそうした活動を推奨しようとしたきらいすらある。おそらく、そうすることで、自由のための闘争から人々の心を遠ざけておくことができると考えたのかもしれない。

　新しいアイルランドの文学に英国のインテリ層は熱狂的に反応した。『ネイション』[008]誌の優れた編集者であるマッシンガムは、アイルランド作家の作品を歓迎したし、『マンチェスター・ガーディアン』も同様だった。俳優たちや劇作家たちは、オックスフォードやロンドンでもてはやされた。ジョン・ブルのもう一つの島[009]の住人が、ロンドンで急増したという現象は、コロンブスが、自身が発見した新天地の原住民を〈標本〉として持ち帰ったり、日本人が最初に公式にアメリカを訪問した際〔一八六〇年に派遣された遣米使節団のこと〕、人々の注目を浴びたといった現象と共通点があった。つまり、奇妙で、見慣れない存在の外見、肌の色、珍しい名前は詳細に記述されたのである。ダブリンで熱心に読まれていたアーサー・シモンズ[010]の『文学における象徴主義の運動』の中で、シモンズはアイルランドの演劇作品や俳優たちについて、好意的に言及している。彼は女優のモーラ・ニ・ヒューブリ[011]について――その名前は、サクソン人にとっては、舌がもつれるような発音だったと思われるが――「女優の一人は、格別に美しい。不思議なまでに青白く、思わず心配してしまうような美しさを備えていた」と述べている。彼女は私の友人で、私と同様に貧血症だったため青白く見えたのだろうし、その結果、見る者は、心穏やかではいられなかったのだろう。とはいえ、彼女の美しさについては異論をはさむ余地はなかったし、その声も、サラ・オールグッドほど豊かではなかったが、顔の美しさ同様、すばらしいものだった。オールグッドの声については、パトリック・キャンベル夫人が「英語で演じられる舞台上で、最も美しい声だ」と述べたほどである。サラのすばらしい声と、その豊かな人間性、妹のマリー[012]の美しさと不思議な金色の瞳は、彼女たちがアビー・シアターで朗読したり演じたりした、イェイツの詩や劇とともに、その時代のダブリンの思い出として私の記憶に残っている。

私たちの世代で、アイルランド演劇に限らず英国の演劇に興味を持っていた者は、皆、サラが演じたキャスリーン・ニ・フーリハン[013]のことを忘れることはないだろう。しかし、ダブリンの我々より少し上の世代にとっては、キャスリーン・ニ・フーリハンはモード・ゴンが創り上げた役で、非常に重要な意味があった。初演の夜、息を呑むように美しい長身の彼女が、その戦闘的で愛国的武勇伝の記憶を携え舞台に登場したとき、人々の心は鷲づかみにされ、イェイツ自身を含め、多くの人々が泣いたのだった。イェイツは、小さなホールの舞台に彼女が登場したのを見たときの興奮を「このように美しい女性が、私の貧しい老婆キャスリーンを演じてくれている」と書き留めている。そしてもちろん、イェイツがモード・ゴンに対し、美しい愛の詩を何篇も書いていることを忘れることはできない。

ホメロスが歌った女性
人生も文学も
英雄の夢にすぎないのか

しかし、モード・ゴンの演技を見たことのない若い私たちにとって、その豊かで魅力的な声とともに、サラ・オールグッドの演技は特別なものだった。同じ時期に耳にした、フランスの名女優サラ・ベルナールの声よりも、黄金の響きを備えていたように思う。サラがレディ・グレゴリーの『キンコーラ』でバンシーの妖精女王エーベルを演じ、イェイツの『デアドラ』で「なぜゆえか？　后エダンの問いしこと」と歌いかけ、また、シングの『海へ駆りゆく者たち』で嘆き悲しみ、『西の国のプレイボーイ』では後家のクインのような役で豊かで喜劇的な声を響かせるのを聞いてから、既に三十年以上が過ぎているのだが、いまでもその声は私の耳で鳴り響いている。

ヒュー・レーン[014]・ギャラリーは、絵の展覧会を常に開催していた。それは、ジョージ・フレデリック・ワッツ[015]のものから、フランスのポスト印象主義の作品に至るまで、多岐にわたっていた。芸術に造詣の深いインテリ層は、コロー[016]やモネ[017]やマネ[018]の絵画を好んだようであるが、ダブリンの多くの人々はワッツの絵のほうが好きだった。なぜなら、大衆は、少しばかり教訓的な芸術を好み、人生を乗り越えていく一助となるようなものを求めていたからである。ダブリンは、ワッツに触れたことによって一種、神秘的な深みを持った街へと変貌した。彼の絵の中に「私が捨てた物は私の手の中にあり、私が手の中に残した物を私は見失った」と書き込んだ一枚[019]があったが、その複製は、目隠しされた女性が地球の上に座る『希望』の複製同様、あらゆる家庭に飾られていた。

2

人々が最も注目したのは、もちろん文学で、特に詩だった。英語で詩が書かれることのなかった時代に、心躍らせるような詩や抒情詩は、アイルランド語で書き継がれてきたが、アイルランド人が本気で英語で詩を書こうとする習慣はあまりなかった。もちろん、「刑罰法」が実施されていたことがその理由の一つである。秘かに個人教育を行うか、大陸の学校や大学で教育を受ける以外は、アイルランド人に対するあらゆる教育が禁じられていたのである。従って、教育を受けた者の多くはフランス語には堪能であったかもしれないが、英語はあまり得意ではなかった。もちろん、私たちの上の世代には、当時の人々にこよなく愛されたトマス・ムアがいたが、私たちは彼にほとんど魅力を感じなかった。私たちが関心を持っていたのは、ケルト的なインスピレーションから生まれた、例えば、マンガン[020]やファーガソン[021]、カラナン[022]の詩だった。また、「ラリーがしばり首になる前夜」や「ジョニー、あなただとわからなかった」[023]のような作者不詳のバラッドに見られる、アイルランド特有の風刺的な特質にも心惹かれた。それは、スウィフトの散文や韻文に見られる特質と似ている。スウィフトは本物のダブリンの詩人だった。街は彼に取り憑かれていると、私はよく思ったものだ。スウィフトが書いた唄は歌い継がれていた。シン・フェインの運動は、彼の政治信条を支持していたし、我々学生たちは皆、彼の韻文や散文を読んだ。それから、ダグラス・ハイド博士が翻訳した「コノハト地方の愛の唄」は、ヘルダー[024]の民衆詩の翻訳がまきおこした興奮や、パーシー[025]の『古代英国詩拾遺』が十八世紀の読者に与えたに違いない興奮に匹敵するものを私たちにもたらした。アイルランド西部に伝わる作者不詳の唄の数々は、そのほとんどが女性が歌う愛の唄で、他の言語で読む愛の詩とは全く異なっていた。それらは、直接心に訴えかけ、感情を強く表現するという特色があったが、それこそがケルト文学の資質なのだと思う。結婚は二つの家族を意図的に結びつけるために計画的に行われるべきものと見なされ、ロマンティックな愛は社会の一部として機能しないばかりか嘲笑されるような国で、このようなレベルの高い愛の詩が書かれていたというのは、大層不思議なことである。私たちはそれらの唄をアイルランド語の原文でも、また、すばらしい翻訳でも繰り返し読んだので、すっかり諳《そら》んじることができた。ダグラス・ハイドの翻訳の言葉の選択には、ときおり無頓着な面も見られるが、このような民衆詩の翻訳としては問題ないと思われる。しかし、文体にこだわる読者なら、以下のような訳語の中に、欠点を見出すこともあるだろう。

巻き毛の若きあなた、
後ろに髪をたなびかせ
愛しいあなたは通り過ぎていった
けれど、あなたは私を探しには来なかった
何で来てくれなかったのだろう
もしもあなたががほんのわずかの間でも来てくれたなら
あなたの口づけは目覚めのしずく
私はそんなに病んでいたのか　それとも夢見ていたのか

私は思った　愛しいあなた、あなたはまるで
泉の上の太陽かしら、それとも月かしら
いや違う、あなたは雪
山の頂に積もる冷たい雪

いや、やっぱり違う、あなたは
私を探すために輝く神の灯
それとも、私の前で輝く明るい知の星かしら
それとも、私の背後にある知の星かしら

私たちはこれがすばらしい愛の唄だとわかっていた。これは、切ない想いを抱いた、素朴な乙女の唄なのである。この唄に限らず、私たちが属する民族の女性たち特有の想いを表現した唄もあった。女たちは、ほとんど会ったこともない男性との結婚を余儀なくされ、そうした結婚を受け入れることは運命なのだと思い込まされていた。とはいえ、祈祷書以外の本は手にしたことがないような人々でも、美しい言葉で愛を語ってほしいと、心と魂が切望するのだった。

「コノハト地方の愛の唄」や、古いアイルランドの伝説の新しい翻訳のおかげで、私たちは自分たちの国民文学を持ちたいと願い、国民生活を再生したいという欲求を強く持つようになった。長い間眠っていた精神が目覚めたのである。土地同盟の会合を問題視したり、些細な政治的犯罪を理由にアイルランドの国会議員を投獄したり

していた英国政府が、このような土地に根付いた文化を求めて起こった新しい熱狂を気にかけないばかりか、むしろ好意的に見ていた事実には驚かされる。こうした運動こそが、英国のくびきを断ち切るための断固とした闘いへとやがて発展して行くであろうことは、十歳の子どもにでもわかることだと思うかもしれない。しかし実際は、英国の役人たちは、アイルランドのことをあまり理解していなかったのである。何百年にもわたって、結婚という形で血が混じり合ってきたにもかかわらず、つまり、イギリス人には、驚くほどの量のアイルランドの血が流れているにもかかわらず、イギリスという国は、アイルランドという国を決して理解していなかった。もちろん、宗教の違いはその理由としてあげられるだろう。これに加え、教育面での違いもあげられる。アイルランドの教育システムは、実に驚くほどヨーロッパ大陸の教育モデルに則っていたばかりでなく、教育を受けたアイルランド人の多くが、大陸のどこかで教育を受けていたのである。それに比べると、イギリスで教育を受ける人々の数ははるかに少なかった。もちろん、イギリスで教育を受けた少数の人々もいたが、特に新しい思想の流れという点で、この国の中で一定の影響力を持つほどには至らなかったのである。

国中が、アイルランド語や英語で書かれた文芸運動の最良の作品を読んでいたと言うと語弊を招くかもしれない。アイルランド語を日常的に話す地域では、伝統的な詩が、音楽の伴奏もなく歌われたり朗唱されたり、また、時には朗読されたりしていた。英語を日常的に話すその他の地方では、人々の生活と直接関係があるような大衆向きの詩が流通していた。また、韻律的才能のある人々の手による文学的韻文も数多くあった。ウィリアム・ルーニー[026]は、政治的組織に所属する人々が集会で朗読したいと思うような詩を書いた。また、ウィリアム・ダラ[027]は学生たちが好んで読む詩を書いた。学生以外にも読者はいたかもしれないが、そういう人に出会ったことはない。ずっと後の一九三〇年代に、大学で私より数学年先輩だったジェイムズ・ジョイスと私は、パリのカフェに座って、一緒にウィリアム・ダラに想いを馳せ、彼の詩を一行毎に、交互に朗唱しあったことがあった。キャスリーン・ニ・フーリハンやダーク・ロザリーン[028]をテーマにした多くの詩歌が書かれた。名の知れた女性詩人も少なからずいて、一定の影響力を持つ者もいた。エスナ・カーベリー[029]は人々の気持ちに深く寄り添った詩を書いた。多くの母親たちが、アメリカに息子や娘を送り出していて、彼女たちはエスナが書いた詩によって、心がかき乱されるような思いをしたのだった。

ああ、パシュティーン・フィン、心が痛む
あの日、おまえは母親の家の扉を閉めた
広い灰色の海に向かって、そして苦労を求めて
船が進む彼方には、都会の喧噪がある
……
世間はおまえに親切にしてくれるかい、パシュ
　ティーン・フィン？
おまえが追い求めた黄金色のものは
おまえの苦労や危険に値したかい？
みんなおまえを祝福してくれるかい？　哀しみとは
　無縁かい？

ロマンティックな愛に恋い焦がれる若い娘たちは、エスナの「ブリジディーンの冷たい眠り」に熱狂した。

私の心が求める愛しの人よ、私たちの愛の季節は短
　かった
霧につつまれた四月の夜明けから、枯れ葉が舞い落
　ちる時までだった
　郭公が初めて鳴いたときから
　黄金色の穀物が刈り取られるまで
私の喜びは、穀物の束とともに大切にしまわれてい
る。

これらの詩の作者は、ロマンティックなことにシェイマス・マクマナス[030]の花嫁になってから一年もたたないうちに若くして死んでしまった。当時、彼女はアイルランドでおそらく最もよく読まれた詩人で、国中が、彼女の死を嘆き悲しんだ。もしイェイツが死んだとしても、人々はそれほどは、その死を悼まなかったのではないだろうか。イェイツの詩を理解するためには、経験と文学的な素養が必要とされたからである。

　アイルランドの知性のありようは、私が知る限り、どの国よりも多岐にわたっている。国民のトップ一〇パー

セントに位置づけられる人々は、知性の面でも情緒の面でも傑出しているため、どの国の人々と比べても見劣りすることはなく、充分に渡り合っていけると思う。その対極にいる人々の愚かさ、愚鈍さについていえば、やはり、どこと比べても見劣りすることはなく、充分に渡り合っていけると思う。こうした下のレベルについて酷評するのは、誰よりもアイルランド人自身だった。それは間違いなく、何世紀にもおよぶ圧政の結果であり、人々を経済的に苦しめたのみならず、学校教育やカトリック教会を違法と位置づけた刑罰法の産物である。同時にまた、人々を限りなく貧困に陥れたばかりでなく、もしも、地代をかき集められなければ、また、アメリカに渡った子どもたちが必要な金額を送金してくれなければ、いつでも追い立てられるという不安を感じ続けざるを得なかった厳しい土地保有システムの結果でもある。小作人は、土地に対して購入代価を支払わねばならなかったばかりでなく、その土地を耕作する権利のために地主に対して地代を払わなければならなかった。その地主は、多くの場合不在地主で、彼を経済的に支えている農民に会うこともなく、地代を生み出す土地を見ることもない場合が多かった。いわゆるアイルランドの文芸復興に対し、地方に住む人々の一部があまり興味を示さなかったのも、もっともだと言える。そこでは貧困、無知、恨み、欲求不満などが背後にあって、知性は錆びつき、時には精神が少々錯乱状態に陥っていたと言うこともできるだろう。彼らは生活を維持するのがやっとで、芸術的な興味を持ち続けるようなエネルギーの余裕はなかったし、首都ダブリンで盛んに進められている、詩を書いたり、芝居を書いたり、絵を描いたりする文化運動に、わざわざ関心を向けることはなかったのである。文化運動を推進していた人々の本当の情熱は自由を目指すこと、つまり、自分の土地、自分の国を我が物にすることにあり、この情熱はあらゆる新しい運動が鼓舞し続けたものである。産み出されたエネルギーは国中に広まり、そうしたエネルギーを生み出した運動には無関心で無知だった人々の間ですら受け入れられた。こうした運動の背後には、偉大な人物、真の指導者がいた。彼らは、才能に恵まれ、愛国心に燃えていたばかりでなく、強い心の持ち主で、私心のない、揺るぎない勇気の持ち主だった。

第十一章　アビー・シアターのレディ・グレゴリー

1

優れた指導力を発揮した人々の中には、女性も数多くいたことを述べておかなければならない。政治面では、モード・ゴンやマルキェヴィッチ伯爵夫人[001]（イェイツの故郷スライゴーで隣人だったヘンリー・ゴア＝ブース卿の令嬢コンスタンス・ゴア＝ブースのことである）がいた。しかし、歴史という審判者に判断を委ねるとしたら、最もめざましい働きをしたのは、レディ・グレゴリーということになるのではないだろうか。実際、彼女が生きていた時代においても、非凡な女性の一人として一目置かれていたことは間違いない。ダブリンで心から彼女のことを敬愛していた人々もたくさんいたには違いないが、少なくとも私はそういう人物に実際にお目にかかったことがない。もちろん、アビー・シアターの関係者とイェイツは、彼女が息を引き取ったその日まで、変わらぬ献身的な関係を保ち続けたことだろう。実際、イェイツとグレゴリーの友情は、文学的な友情として、また、お互いの仕事と人格を尊敬し合った、一人の男性と一人の女性の間の友情として最良のものだった。芸術において、女性は常に男性の強力な支持者となる。天才イェイツには多くの女性の支持者たちがいたが、おそらく、それはイェイツに限ったことではなく、何事にも秀でた男性は、女性の支持者たちを集めるのだと思う。しかし、ダブリンのみならずアイルランド全域から、単純で善良なアイルランド人の支持を広く求めなければならなかった演劇運動において、指導者の一人であるレディ・グレゴリーが、気位が高く、人を見下すような態度をとる人物だったという事実は、非常に奇妙なことのように思われる。アイルランド人はイギリス人ほど階級に囚われないと思われているが、階級という基盤がないアイルランドで階級意識を目にする場合は、それは鼻持ちならず、途方もなく馬鹿馬鹿しいものとなってしまうのである。イギリスの階級意識は、支配する者が支配される者に対する態度に由来しているようだ。レディ・グレゴリーには、このお高くとまった階級意識が顕著に見られ、そのためか、ダブリンでの社交生活から距離を置いていた。ダブリンで開催される数々の文学的会合に出席することはなく、そうした集まりの中でも特に頻繁に催されていたA・Eが主宰する日曜の夕べの会にも、著名な外国人が互いに親交を深め、また、アイルランド人と出会うような場にも姿を現さなかった。アイルランド駐在のイギリスの官吏たちすら出席し、〈非文明的〉なアイルランド人たちと親しく交わる場でもあった、ベイリー弁務官[002]主宰のパーティーにすら顔を出さなかった。彼女の甥であるヒュー・レーンが企画したものには出席したようだが、全国レベルで開かれるフェスティバルや展覧会、絵画展などでも、彼女を見かけることはなかった。

レディ・グレゴリーの親戚の中には、田舎に住む人々をプロテスタントに改宗させようと、聖書や小冊子を配って歩くような者もいたらしいが、彼女自身は、少なくとも成人してからは、そのような信仰に関する事柄に関わった様子はないようである。彼女の親戚に当たる少女が私の同級生にいて、レディ・グレゴリーを「オーガスタおばさま」と呼んでいたため、私たちも蔭では彼女のことを、いつもオーガスタおばさまと呼ぶようになった。イェイツが講演する場合に限って、彼女も文学的な集まりに顔を出すことはあった。そうした数少ない場面のある時、司会者の学生が彼女に、議論に加わるように求めたことがあった。レディ・グレゴリーは、周囲を凍りつかせるような態度で立ち上がり、上品ではあるがたどたどしく、「私は、我々の小さな劇場で、俳優たちの美しい声を通してしか話をするつもりはありません」と述べたことを思い出す。

アビー一座の何度かの訪米は、アイルランドの知識人の生活にとって決定的な意味を持つことになったが、その訪米の後、レディ・グレゴリーは人前で立派に話ができるようになり、新しく身につけた技能を時折、実践するようになった。それは、アメリカからの帰国直後のことだったと思うが、アビー・シアターで観客が劇の始まりを待っているとき、幕がゆっくり上がり、止まった。そして、俳優たちが登場して劇が始まる代わりに、レディ・グレゴリーが、洗練された洋服を身にまとい、舞台中央に一人立っていた。スペイン風のレースの帽子を被っている彼女の姿は、かつてないほどヴィクトリア女王[003]に似ていた。アメリカのクラブや大学で講演をこなした結果、舞台上に立つ自信を持ったレディ・グレゴリーは、観客に向かってかなり長いスピーチを行った。アメリカで彼女は、特にアメリカの大学で女子大生に人気があったということだった。そして、彼女特有の如才なさで、孫娘たちが成長したら、スミス・カレッジかヴァッサー・カレッジ[004]のどちらに進学させたらいいか、迷わなければならないと言ったそうだ。もっとも本気でそんなことを思っていたわけではないだろう。もし孫娘たちが大学教育を望んだとしたら、アイルランドで教育を受けるのが最良であることを彼女は知っていたからである。

レディ・グレゴリーの爵位は、講演旅行の際、とても有効に働いたと思われる。当時はいかなる爵位でも魅力的に感じられたのである。彼女の夫だったサー・ウィリアムは、植民地での功績によってヴィクトリア女王から男爵位を授かったが、その爵位は大英帝国の爵位の中で最下位のものだということをジョージ・ムアは何度も繰り返し指摘していた。レディ・グレゴリー自身は、明らかにその爵位に満足していた様子で、歳を取れば取るほど、爵位によって自分は重要な人物であるという実感を強く抱いたようである。本人ばかりでなく、友人たち、特にイェイツも爵位に重きを置いていた。ダブリンの友人の家を訪れることもなく、文学的な会合にも顔を出すことはないと感じていたという点においては、シングもまったく似たようなものだったが、私たちは、シングが田舎の人々と一緒にいる方が気楽で、アラン島やウィックローのコッテージに住むことを好んでいることを知っていた。それに、内気ではあっても、彼はいつも愛すべき人物だったし、礼儀正しかったが、レディ・グレゴリーはまるで自分が大伯爵夫人であるかのように振る舞い、ダブリンの人々をまるで自分の臣下くらいにしか考えていないかのようだった。彼らと自然に親しく付きあうことなど思いもつかないようだったし、生まれつき機転のきかないたちだったのだろう。やがて訓練と教養によって、わざとらしいが完璧な如才なさを身につけることになるのだが、それは若い娘が花嫁学校に通っているうちにいつのまにか見せかけの魅力を身につけるのに似ていた。非常に知的な人物が、愚かであまり教養のない人々に対して、そうした如才なさを発揮した場合、それが作り物であることは見抜かれず、騙しおおせるかもしれないが、当時のダブリンには、あらゆる種類の知性と聡明な機知があふれており、レディ・グレゴリーの如才なさは、不快に思われ嘲笑された。とはいえ、彼女の如才なさは、意見を異にする人物と対峙したとき、しばしば彼女自身を優位な立場に置く武器となったのも事実である。あるとき、アビー・シアターで、アイルランドの国会議員の一人と彼女が議論しているのを耳にしたことがあった。おそらく、彼女が優位な立場で議論を終えたのだろう。議員が座っている椅子のそばから彼女が立ち去ったとき、彼は指で額を押さえながら、大層いらいらした大声で「やれやれ、これがプロテスタントのやり口だ。やりきれない」と言った。しかしながら、常に心のうちに不満を抱えている人々に対しても、彼女の物腰は表面上友好的であったため、その結果として、裕福なユニオニストたちから劇場に対する寄付を募ることができたと言われている。ここに、初期のアビー・シアターに関わった人物の意見を引用しておく――「彼女の駆け引きは見事だったが、目的を達しようという思いがあまりに強く、礼節を欠くほど直裁で、同時に媚びているようにも見えるため、非常に苛立たしい思いがした。彼女の眼差しは、親切で愛想のよいものだったが、その口元は硬直し、決して笑っていなかった。」

オーガスタ・グレゴリーは、ゴールウェイの名門パース家の出身である。もともと、外国の侵略者とともにアイルランドにやって来た一族で、シェイクスピアの作品中でも言及のあるノーサンバランドのパーシー家の遠縁に当たると自称していた。しかし、一族が長らくアイルランドに住み続けてきたのも事実で、彼女はこの地に暮らす誰と比べてもアイルランド人そのものだった。アイルランドでは、数々の戦争や侵略が繰り返され、あらゆる種類の亡命者たちも渡ってきたため、ほとんどすべての人間に外国の血がある程度は混じっていると思われる――もっとも、ヨーロッパのほとんどすべての国でも同じことが言えるのである。さらに、レディ・グレゴリーは、意図的に、また細心の注意を払って、アイルランド人らしさを身につけようとしていた。彼女は、アイルランド語、アイルランド史、アイルランド神話、アイルランドの民話伝説を学んでいた。意識的か無意識的か、彼女はアイルランド作家として、また文芸復興運動の指導者としてのキャリアを準備していたのである。彼女は著名人となったが、ある奇妙な運命の巡り合わせがなかったなら、ゴールウェイの小さな村で、アイルランドの伝統や古代の文学に興味を持つ読書好きのオールドミスとして一生を過ごしていたかもしれない。三十歳で、ほとんどそのような人生を送ることが決定づけられていたかに見えたその時に、彼女は、やはりゴールウェイの名家出身のウィリアム・グレゴリーと結婚した。英国のセイロン総督として勤め上げたグレゴリーは、引退しアイルランドに帰国したばかりだった。その結婚によって、彼女は爵位と歴史ある美しい邸宅の女主人としての地位を手に入れた。また、グレゴリー家には、インドを大英帝国の一部にする発端となった東インド会社で働いていた祖先の一人が蓄えた財産もあった。そのほとんどは、英国の富の大部分がそうであったように、アジアからもたらされたものであった。

オーガスタは多くの兄弟姉妹の中で育った。男兄弟の一人で、私がよく知っている人物は、彼女がサー・ウィリアムと結婚したことに心から驚嘆していたのを思い出す。パース家の知性は、どうやら女系に限って流れていたようだ。レディ・グレゴリーの姉妹は皆、優秀だったが、男性の方は、少なくとも私が知っている限りでは、あまり頭の切れる人たちとは言えなかった。私たちが結婚したばかりの頃、彼女の兄たちの中で一番親しくしていた人物がよくお茶に来ていたが、彼は、カトリックの女中――かつて、私たちの所で働いていた女中である――に向かって、長々と聖書を読んで聞かせたのである。彼女にとって、聖書の朗読に耳を傾けることは、告解の対象にもなる罪深いことだということに彼は気づいていないのだった[005]。

ウィリアム・グレゴリー卿は、新妻オーガスタをロンドンに連れて行った。ロンドンの名士として、彼は妻を社交界に誘《いざな》った。社交界での経歴はやがて彼女の文学的経歴にもつながっていった。この老紳士は、結婚後十数年ほどで亡くなり、彼女は一人息子とともに裕福な未亡人となった。彼女は短い結婚期間の中、かなりの時間をロンドンで過ごし、多くの著名人と出会いはしたが、彼女の振る舞いは相変わらずぎこちないもので、ジョージ・ムアは、彼女が結婚した直後にクール邸でランチに招かれたときのことを書き記している。彼女はどこか不安げでおどおどしていて、また、後に、多くの著名人が訪れるロンドンの彼女の家に呼ばれたときも同様だったという。彼女はあまり機転がきかず、サー・ウィリアムは困惑していたというのである。ムアによると、サー・ウィリアムは、ムア自身の父親であるジョージ・ヘンリー・ムア[006]がそうであったように、パーマストン卿[007]のような雰囲気を持った人物だったが、パーマストン卿ほどには興味深い人物ではなく、どちらかというと日和見主義者だったそうである。もっとも、一人のアイルランド人が、イギリスを儲けさせるような仕事をしてきた別のアイルランド人について述べる際、もしくは、手段は何であれ経済的に成功した人物について述べる際、日和見主義者という言葉を使う傾向があることは認めなければならない。

2

レディ・グレゴリーの人生において、最初の重要な出来事が年老いたサー・ウィリアムとの結婚だったとしたら、二番目の重要な出来事は、もちろんイェイツとの出会いだったと言えるだろう。歴史書や伝記的記述によると、一八九六年の夏、イェイツとアーサー・シモンズが滞在していたエドワード・マーティンのチュリラ城で二人は出会ったことになっている。それは、シモンズの最初のアイルランド訪問と言われているが、その当時、彼がアイルランドで有名だったとは到底言えないと思う。もっとも、後に彼は、若い大学生の間で、神のように崇められるようになった。彼の『文学における象徴的運動』を私たちは貪るように読んだものだった。彼自身の詩はイェイツの影響を非常に強く受けており、イェイツも、短い期間ではあったがシモンズのフランス語からの翻訳に大きな影響を受けていた。シモンズの来訪にあたって、イェイツは、コーンウォールのケルト[008]が、同胞のケルトを訪問したと述べている。ケルトに関わる事柄やケルト的神秘に対する熱狂がまさに始まろうとしたばかりの時期で、アメリカ、イングランド、ヨーロッパ大陸などからの、数々の訪問者が、ケルト的魔法とケルトの黎明を求めて次々に到来し始めた時期だった。この熱狂は、例の大戦、つまり一九一四年に始まった大戦の後、二十年ほど続いた。このケルト的魔法は当時間違いなく影響力を持っていたのだが、妖精の魅力やそれに対する関心は、一九四〇年代までにはすっかり消えてなくなっていた。ほんの短い期間に限って、神々や妖精たちは翼をたたみ、歴史的な丘や、魔法にかけられた塚や、古の遺跡に留まったのであるが、その後、彼らは翼を羽ばたかせ、飛び去っていったのである。

長い話を短くすると、非常に知的で、エネルギーと野望と愛国心に溢れ、ケルト的魅力の影響下にあった四十五歳の裕福な未亡人レディ・グレゴリーは、近隣のエドワード・マーティンの城まで馬車を駆り、彼の客人であるイェイツとシモンズを、自邸でのランチに招いたのだった。エドワード・マーティンはレディ・グレゴリーに対し批判的だった――少なくとも、この歴史的出会いから十年が経過し、私が学生だった頃はそうだった――と思う。とはいえ、グレゴリーに対し、意地悪な態度を取ることは決してなかった。彼は、地元の人だけがわかる皮肉な調子で、よく次のように述べたものだった。「パース家の人間は、何事にでも首を突っ込みたがる。自分たちを尊大に見せるためには何でもする。ゴールウェイの目立ちたがり屋だ。彼らが自分たちのことを話すのを聞いていると、自分たちはアイルランドの中で最上の家系だと思っているのかもしれない。けれど、あいつらは何者でもない。何者でもないんだ。」そして、彼はくすくす笑っていた。繰り返し述べる必要のないことではあるが、レディ・グレゴリーはパース家の一員で、自分自身や一族の人間が重要な人物であると見せる、パース家の才能を確かに持ち合わせてはいた。しかし、彼女自身が国のために、国の文学のために非常に重要な仕事を成し遂げたという事実は揺るがしがたいものである。

一方、シモンズは彼女が苦手だった。彼が怒りを込めて、グレゴリーのことをイタリア語で〈魔女〉と呼んでいたことが記録されている。シモンズがグレゴリーを毛嫌いしたのは、非常に知的な女性に対し、しばしば男性が感じる嫌悪感に由来するものではないと思う。当時、またその後しばらくの間、誰もレディ・グレゴリーの隠れた才能について知らなかったからである。彼女の文学的才能は、伝説を蒐集したり、夫の日記を編集したりすることにまだ限られていた。

イェイツとシモンズがクール邸の図書室に入るやいなや、レディ・グレゴリーは、アイルランド文芸運動に関して自分に何か手助けできることはないかとイェイツに尋ねたことが記録されている。他人の才能と可能性に対して、非常にオカルト的な見解を持っていたイェイツは、「私たちがやろうとしていることを見れば、あなたもやがて何をしたらいいかわかるでしょう」と答えた。二人は、アイルランドに劇場を作るというイェイツの計画についていろいろ話し合っており、レディ・グレゴリーは自分に何ができるか考えるようになったのである。彼女は劇場建設の計画に対し、まず自分自身が寄付を行い、次に人々から寄付を募ることから始めたが、まもなく彼女は精力的で人気のある劇作家になっていった。その当時、アイルランドの劇作家に「人気のある」という形容詞をつけることができればの話であるが。国民演劇の基礎を作るにあたって、彼女がどれほど偉大な貢献をしたか、評価することは難しい。ただはっきりしているのは、彼女がいなかったら、イェイツはそれを設立し、運営することはできなかったということである。

レディ・グレゴリーはイェイツに悪影響を与え、文芸運動にも悪影響を与え、ナショナリストの運動にも悪影響を与えたと噂するグループがいくつかあった。それぞれに批判する異なった理由があったようである。彼女はイェイツとその運動を利用して、有名になろうとしている野心的な女性だと言う者もいた。芸術的な運動よりも、愛国的政治的な運動に強い関心を持っていたモード・ゴンは、作家たちがクール邸での滞在からダブリンに戻ってくると、国のために何かを成し遂げようとする志は薄れ、自分たちが金銭的に困窮しているということばかり気にするようになると言ってこぼしていた。レディ・グレゴリーと親しくなった結果、貴族階級の尊大さや軽蔑すべきプロテスタント支配階級の気取りがイェイツにも乗り移り、彼を上流かぶれにしてしまったと考える者もイェイツの友人たちの中にはいた。それぞれの言い分に、わずかばかりの真実はあるとはいえ、私自身は、そのような見解は全く間違っていると思っている。真実を誇張して述べることは、巧妙な嘘をつくことにほとんど等しいのである。もちろん、レディ・グレゴリーはお高くとまった階級意識の持ち主ではあったが、そうした優越感が彼女の人生を常に支配していたわけではなかった。確かに、彼女は野心家だったかもしれないが、その野心だけで彼女の本質を語るのは間違っている。彼女の才能は彼女自身のもので、特筆すべきものであり、アイルランドとアイルランド文学にとって非常に大きな意味があった。彼女の才能が世間に知られることはとてもよいことだと思う。もしも野心がなかったら、彼女はあれほどの功績をあげることはなかっただろう。どの国にも、非常に才能ある女性たちはたくさんいるものだが、どういうわけか、そのような才能ある女性が野心を持っていることはあまりないことなのである。おそらく、偉大な才能には強い感情が伴っていて、この感情を満たすことが、才能ある女性たちの主な本能と言えるのかもしれない。多くの場合、野心は、二流とはいえエネルギーに溢れた才能と共存するものなのだろう。才能ある女性たちが、レディ・グレゴリーのように富と地位を同時に備えていることは稀である。富と地位を備えた女性の多くは、才能ある男性の周辺で一種のサロンを運営することで満足するのだろう。それは、富と地位のある女性たちに与えられた伝統的な役割だった。もしもレディ・グレゴリーが単にこのタイプの女性だったとしたら――もちろん、そういった側面もないわけではなかった――アイルランドとその文学は多くのものを欠くことになっていたはずである。

彼女が愛国的心情に悪い影響を及ぼしたという批判は、ほとんど当っていないと思う。その当時ダブリンで流行っていた愛国的心情をレディ・グレゴリーが持っていたとは考えられないが、彼女の劇作品に見られるナショナリズムについては誰も否定できないだろう。彼女が試みたのは、文学と民族の伝統の力によって、民族の精神を再生させること、意識的なレベルまで覚醒させることで、そのような民族の精神は、かつてヨーロッパ各地で見られたものであり、多くの熟練した学術的叡智を産み出すことになったものである。彼女は、自分が見つけた古いアイルランド文学の残滓を再生することに心を砕いた。その関心は、クフーリンや赤枝騎士団といった英雄の物語ばかりでなく、ゴールウェイ地方で見出すことができる民間伝承の断片にも及んでいた。彼女は、周囲の村々で使われている言葉を参考にして独自の英語表現を確立した[009]。それは、アイルランド語特有の表現を反映した非常に美しい英語だった。実際、アイルランドの英語から、アイルランド語の表現に影響を受けた用法が消えてしまったとしたら、個性あるアイルランド文学が誕生したかどうか疑わしい。レディ・グレゴリーは、このような英語を実に見事に書くことができた。彼女の劇作品はこうして書かれ、また、モリエール[010]やゴルドーニ[011]の劇作品も、古い英雄物語、例えば『マルヘブナのクフーリン』や『神々と戦士たち』なども、同じような英語を使って翻訳された。一般的に、スタンディッシュ・オグレイディの翻訳のほうがすばらしく、より英雄的であると称賛する文学研究者の見解が主流かもしれないが、私たち若者は、レディ・グレゴリーの翻訳に熱狂し、それらを何度も何度も繰り返し読んだものだった。彼女の劇作品についても同様である。それらの作品は、私たちには実に魅力的だと感じられた。アイルランド人特有の生活が見事に描かれていることに加え、実際にグレゴリーが人付き合いをするときには決して見えてこない、彼女の豊かな情感が作品の中では感じることができたのである。『貧窮院』、『月の出』、『噂の広まり』などの作品は、小品ながら皆傑作で、アイルランド文明の過去と現在を記録する他の方法を失ったとしても、彼女の作品を使って、それらを再構築することができるのではないかと思わせるほどだ。『キンコーラ』のような、歴史劇としてあまりよい作品とは思えないものにも、劇場の観客の心に直接訴えかける何かがあった。この舞台を見てから長い年月を経た今でも、私は劇の長い台詞を諳《そら》んじることができる。例えば、美しいモーラ・ウォーカー[012]が演じた女王ゴームレーが、オークリー伯爵とともにブライアン・ボルー[013]の元を去るときの、「勝利者ブライアンよ、わたくしの別れの言葉を千度、あなたに捧げましょう」といった台詞や、サラ・オールグッドが美しい声で語った、王ブライアンを守った妖精アーヴィルの台詞や、ブライアン王の台詞を今でも覚えている。多感な十代の頃の記憶とはいえ、何か特別に心を打つものでない限り、ある特定の劇の場面を、生涯にわたって覚えていたりはしないものである。彼女の作品は、あまりにも地方に深く根ざしたものなので、大都市の観客の共感は得られないかもしれないが、それでも私は、レディ・グレゴリーは実に優れた劇作家であり、優れた作家だと信じている。

　アビー・シアターの俳優たちや、上演作品の劇作家たちすべてがそうであったように、彼女はアイルランドの国民演劇そのものだった――もちろん、外国の劇作家たちや『馬盗坊《うまどろぼう》』[014]をアビーで初演したバーナード・ショー[015]は例外である。彼女の少々気取った、計算された立ち居振る舞いはさておき、アビー・シアターのために書かれた彼女の作品はすべて高貴なものだった。偉大な文学を生み出した作家たちが皆そうであったように、彼女は、気高い精神の持ち主で、繊細で高貴なものを好んだ。そのアイルランド文学に対する愛は、それが古いものであっても新しいものであっても、非常に強いものだった。土着のアイルランド語で書かれた作家たちを記憶にとどめるために、彼女はあらゆる努力を惜しまなかった。十八世紀のゲール語詩人、ラフタリ[016]の記念碑を打ち立てたのはグレゴリーである。彼女はラフタリの名声を広め、アイルランドで少なくとも読み書きができる者ならば誰でも、彼の詩のいくつかを原文のアイルランド語、もしくは英語の翻訳で読めるようにしたのである。ラフタリがメアリー・ハインズに捧げた愛の詩は翻訳されなかったが、少なくとも、詩人たる者がなし得る見事な自己表現の一例として、彼が自分自身について描いた詩を、誰でも読めるように広めたのはグレゴリーである。以下はダグラス・ハイドによる直訳である。

儂は詩人のラフタリ
希望と愛がいっぱいだ
目には光はないけれど
優しさがあれば、難儀じゃない。

巡礼の旅で西へと向かう
心の光にしたがって
弱り、疲れて
道の果てまで。

さあ儂を見てくれ
儂の顔を、城壁に向けてくれ
音楽を奏でるぞ
今は無一文だがな。

アイルランド語で書いた民衆詩人たちは、何らかの楽器を演奏できることが多く、通夜や結婚式などでよく弾いたものだったが、彼らはほとんど無一文で、街道を放浪する民の仲間だった。ラフタリは盲目で、手を引かれて家から家へと巡ったと言われている。かつて、祝福の言葉と共に「呪い」の呪文を授けてくれた盲目の「神父」を私が案内したように、訪れた家の誰かがラフタリを案内したのである。ラフタリの生涯とその作品は、イェイツやレディ・グレゴリー、ダグラス・ハイドらに多大な影響を及ぼしただけでなく、当時のほとんどすべての若いアイルランドの作家たちにも大きな影響を与えたのだった。

　レディ・グレゴリーについて人々が感じたり口にしたりした批判はいろいろあったかもしれないが、アイルランドでは批判を受けないことはまずないのである。彼女は愛国的であっただけではなく、戦うアイルランドの女性だった。彼女は、アイルランドの伝統を否定しようとする人々、ゲール文化の遺産を嘲笑する人々に闘いを挑み続けた。トリニティ・カレッジのマハフィー教授[017]のように、典型的なアイルランド人の顔つきをし、アイルランド特有の機知を持った地元の人物ですら、アイルランド文学について何も知らないにもかかわらず、古いアイルランド文学には何の価値もないと言い放っていた。アイルライド人特有の敵愾心に凝り固まっていたアトキンソン教授[018]は、アイルランド文芸復興に対抗するプロパガンダとして、古いアイルランド文学には何の価値もないばかりか、愚かで猥褻であると、イェイツが言うところの「アイルランドに対する伝統的な誹謗中傷」を繰り返した。レディ・グレゴリーはこのようにありとあらゆる誹謗中傷を行う者たちに対抗し、敢然と立ち向かい、彼らをやり込めた。熱烈な愛国心と学識をもって、闘ったのである。ダグラス・ハイドやクノ・マイアー[019]のような、偉大なケルト学の研究者であり芸術家でもあった人たちは彼女に味方した。レディ・グレゴリーは、威信を持って、古いアイルランド文学だけではなく、新しいアイルランド文学のためにも闘い、また、アイルランドの国民演劇のため、アイルランド文化のためにも闘ったが、彼女が富裕で、伝統ある館の女主人だったことにより、その説得力はいや増したのだと思う。ユニオニストの体制支持者や、アイルランドに来てからあまり年月が経っていないイギリス人などに対しては、彼女の有名な如才なさは有効に働いたのかもしれない。しかし、アイルランドのナショナリズムに敵意をもつ多くのイギリス人やアイルランド人との友情さえも築くことができたのは、グレゴリーの如才なさによるものではなく、その目的に向かう正直さ、ひたむきさ、自分が信じるものに対する私心のない献身によるものであったと私は思う。なぜなら、誰かがある大義に向かって献身する姿を目にすると、その大義自体をよしと思わない人々ですら尊敬の念を感じずにはいられないということに加え、ユニオニストの体制派すべての人々が、アイルランドが単にイギリスの西部にある一地方であることを望んでいたわけではなかったからである。彼らは、政治的な側面は別として、文化的独立を望んでいたし、特に矛盾を感じることなく、アイルランド文芸復興のためにできることは喜んで協力した。また、レディ・グレゴリーに対する敵意には、経済的に恵まれていない人々が富や地位のある人々に向ける一種の嫉妬という側面があったことも述べておくべきだろう。彼女には階級意識が根強くあったし、欠点もあったが、間違いなく偉大な女性であり、真の指導者であり、国が陥りがちであった倦怠と眠りの状態からアイルランドを目覚めさせた貢献者の一人だった。彼女の助けがなかったら、イェイツがあれほどの量の仕事をなし得たかどうか疑わしい。そして、レディ・グレゴリーがいなければ、アイルランド国民演劇はいつまでたっても夢のままで、アイルランドで試みられた多くの希望に満ちた企てのように失敗に終わったに違いない、と断言することができるだろう。

第十二章　私の知っているイェイツ

1

もしも誰かがイェイツに向かって、幽霊を見たことがあるとか、奇妙な夢を見たとか、ウィリアム・ジェイムズ[001]の弟子だったとか、ダヌンツィオ[002]がソネットを繰り返し朗唱するのを聞いたことがあるとか、女優のドゥーゼ[003]が一通の手紙を受け取った直後に取り乱し、舞台に上がることができなくなったのを見たことがある、などという話をしたならば、彼は非常に興奮し、もっと知りたいと我を忘れてしまうに違いない。ここにあげた具体例はすべて、私が実際に目撃したことばかりである。何ごとであれ、霊魂にまつわる話、情感の話、また、人間の信仰にまつわる話は、それがいかにこじつけに見えようとも、それが人間の叡智に関わっている限り、たとえ迷信の類いであったとしても、イェイツの好奇心を掻き立てないではいられなかった。「私は人間である。人間的でないものには、どんなものにも関心を持てない」[004]と言った古《いにしえ》の作家がいたが、イェイツなら、「私は詩人である。想像力《イマジネーション》を大切にする存在である。人間の想像力に関係のないものには、どんなものにも関心を持てない」と述べるのではないかと思う。能力に限りのある我々凡人は、このようなイェイツの態度から、彼が現実的な生活や実際的な事柄には対応できないのではないかと判断しがちだった。しかし、イェイツにできないことはほとんどないと言うべきだという気がする。彼が継続的に興味を持ち続け、心から望む事柄であれば、イェイツは自分の持てる能力のすべてをかけて、それを成し遂げることができたに違いない。生まれながらに、彼は物質的利害には無縁な芸術的な精神の持ち主だったため、所有目的のために何かを追求するというようなことは決してなかった。例えば、国民演劇を打ち立てるといった芸術的な目的のためならともかく、それ以外に金儲けをしようというような関心は全くなかったのである。彼は豊富な知識を持っていたが、それは、芸術的創造のためのインスピレーションを得ることができるような知識に限られていた。大学の研究者にありがちな、死んだ知識を抱え込むようなことは意味のないことだとイェイツは考えていたのだろう。イェイツにとって知識とは、それがどのような種類のものであれ、煉瓦のように、それを土台にして何かを築きあげることができるようなものでなければならなかったのだと思う。

　彼には現実的な事柄に対処する能力があったと述べたが、それは、人間の生と力を捧げるに足る現実であり、知的でかつ精神的に意味のある事柄を、人類のために貯蔵池のように蓄えることが可能な現実のことを指している。イェイツは、しばしば風刺の対象となったが、よく言われるようなステレオタイプ的な人間では決してなかった。つまり、自分以外のことにはほとんど興味がない芸術家によく見られるような、審美主義的で自惚れの強い無能な人間では全くなかった。風刺画家のマックス・ビアボーム[005]が、魚のような口をした、痩せて長身で生気のない青二才としてイェイツを描いたことがあった。その絵の中のイェイツは、気取ったポーズを取り、クリスマスカードでよく描かれるような頭に冠を被った〈小さな存在〉――おそらく、アイルランドの妖精女王のつもりだったのだろう――に対して、ジョージ・ムアを紹介していた。この風刺画は、それ以降、イギリスにおけるイェイツのイメージを決定づけたようだ。イェイツの熱心なファンはイギリスにも多数いたが、そこでは彼は十全に理解されることは決してなかったと思う。確かに、アングロ・サクソン的精神を持つ者にとっては、たとえどのような形態を取ろうとも、人間の想像力が創り出すすべてのものが、ある種の信念、さらには忠誠心と等価であると考える男を理解することは難しいことだったはずである。イェイツは、人間こそがあらゆるものを生み出したと書いたのではなかっただろうか。「そう、月、星々などすべてが、人間の苦しむ魂から生み出された」[006]と。

　生気がないどころか、イェイツの個性からは精神的な活力が溢れだしていて、その外見は、マックス・ビアボームの風刺画のイェイツ像とは正反対の印象を与えた。イェイツの全存在は霊的エネルギーに充ちていたため、彼が通りにいても、ホールにいても、どこかの室内にいても、その姿を直接目で確認するより先に、誰もが彼がそこに居ることを感じとるのだった。ノルマン人、デーン人、イギリス人らの侵略による混血の結果が、赤毛や白い肌といった特徴として明瞭に表れているアイルランドという国において、イェイツは、実際、アイルランドに最も早く到来した人種と言われる、いわゆる黒いケルト人に属していると考えられていた。黒いケルト人は、フィルボルグやダーナ神族といった様々な名前で知られていたが、魔法の力を持っているとされた。そして、イェイツも魔法の力を持っていると、皆、当然の事のように信じていた。彼の風貌はとても変わっていて、魔術師のような黒い目、漆黒の髪、そして、知性と想像力が形作ったオリーヴの実のように艶々した顔は、奇妙な美しさ、時にはっとさせるほどの美しさをたたえていた。

　イェイツはいつも夢想にふけっていたので、彼が好んで話題にし、詩の中でも描いた十八世紀の薄暗い建物《ジョージアン・ハウス》が建ち並ぶ通りで出会ったとしても、私たちの目の前にいるのは彼の肉体だけで、他の部分は日常の人間世界を超越したどこか別世界に存在するのではないか、などと思ったものだ。繰り返しになるが、その外見のせいで、イェイツはなにがしかの魔力を持っていると人々は信じていた。彼は、「黄金の夜明け団《ゴールデン・ドーン》」[007]やその他、古の魔術師の技に専心する秘教的な組織に属していて、日常生活の圏外にある古代の叡智や信仰に傾倒していたのである。イェイツが魔術に造詣が深いということはよく知られていたが、通りを一人で歩いている時、彼はよく独り言を言っていた。多くの詩人同様、イェイツには声に出しながら詩作する習慣があり、歩きながら、彼の唇は詩作の最中だと思わせるようにリズミカルに動いていた。しかし、私たち学生は、イェイツが魔術の呪文を考えているのかもしれないと想像し、面白がったものだった。どこか恍惚状態で歩いているように見えたのである。知り合いと出会ったときも、彼は心ここにあらずといった調子で右手を高く上げて挨拶した。それは、馬上の人間が挨拶するときの古い大陸風の習慣で、近代のファシストを髣髴とさせ、アイルランドでは男性が女性に対する挨拶として行われることも珍しくなかった。イェイツは上の空で、腕を重々しく上げ、聖職者のように敬礼した。まるで、彼が知っている誰か、もしくは何かが通り過ぎていくのを、ぼんやりと眺めているかのようだった。

文学を何か教育学の教材としてしか扱わないような二流の教授による講義を大学で聞いた後、イェイツが頻繁に主宰する文芸クラブに出かけていくのは実にすばらしいことだった。劇場での長い仕事の後——彼自身、詩の中で書いているように、「あらゆるならず者や愚か者との闘いの後、また劇場の運営や人々の管理業務の後」[008]で——彼は学生団体の会合にしばしば顔を出し、私たちに向かって詩や文芸批評について、また、ダウソン[009]やオスカー・ワイルド[010]、ライオネル・ジョンソン[011]、W・E・ヘンリー[012]、ビアズリー[013]、ジョン・デイヴィッドソン[014]など、彼が個人的に交友のある詩人たちについて語ってくれた。フランスの象徴派詩人とは、イェイツは誰とも面識がなかった。この点はアメリカではよく誤解されていて、そのような誤解がまことしやかに書かれている本を私も何度か目にしたことがある。彼はヴェルレーヌ[015]に一度会ったことがあるだけだったし、マラルメ[016]には会ったこともなく、ましてや、彼の「火曜会」に出たことはなかった。従って、イェイツの詩が、あの名高いマラルメ・グループの影響下で生まれたということを前提にした批評は、いずれも事実とは異なっている。イェイツのフランス語はあやしいもので、象徴主義であれ、他のジャンルであれ、フランス文学に原文で触れることはなかった。ただ、アーサー・シモンズから、フランスの象徴主義について、特にシモンズが初期の作品を翻訳したマラルメについて、ある程度の知識を得てはいた。シモンズの名高い翻訳、「詩とは一種の謎《ミステリー》で、読者はその謎を解く鍵を求めなければならない」というマラルメの言葉を、イェイツはよく引用したものである。

彼のフランス象徴主義に関する知識が限られていることを、知識が豊富で賢い若者、現代語や現代文学で学位を取ったり、大陸の学校や大学で学んだりした者たち、殊に男性たちは嘲笑した。しかし、イェイツは悲惨な生涯を終えた詩人たちと交友があり、「私は不運な世代の生き残りだ」とよく口にしていた。ライオネル・ジョンソンは、ロンドンのストランドにあるムーニーのパブで、高いスツールから落ちて頭を打ち、その結果死んだ。そして、検死官による検死の対象となった。「この男は、知的な面は別として、十五歳の時から成長することはなかった」とイェイツは教えてくれた。ダウソンは、放埒な生活と飲酒のせいで、三十歳になる前に死んだ。ジョン・デイヴィッドソンは自殺した。オスカー・ワイルドは性的倒錯[017]のため投獄された。

当時、オスカーの若い時代を覚えているダブリンの老淑女たちがまだ生きていて、その一人が「かわいそうな私のオスカー、イギリス人が彼を投獄したのよ。何が理由かは知らないのだけれど」と言っていたのを思い出す。この女性は、投獄の理由を愛国的活動に関連する何かと考えていたのではないかと思う。ワイルドの母親は、スペランザ[018]の名前で愛国的な詩を書いていたことで知られており、偉大なる反逆者と考えられていたからである。また、「オスカーの劇に比べ、ジョージー・ショーの劇はどうなの?」と尋ねる者もいた。ダブリンの社交界では、バーナード・ショーは、未だにジョージーと呼ばれていた。

本物の詩人は自分の詩を歌うように朗読すべきだという持論に基づき、イェイツは「不運な世代」に属する作家たちの詩を、歌うような声で朗読したものだった。そして、彼らの人生について語ってくれた。彼らの間では、不幸な恋愛をし、同時にボードレール[019]やヴェルレーヌ、ダウソンのように放蕩にふけることが流行っていたのである。さらにまた、彼らの間では、いかに肉体的に堕落しようとも、いかに肉体的快楽に溺れようとも、心と精神の純潔を保つことは可能だと信じることが流行っていたようだ。イェイツ自身、彼らと比べても遜色のない不幸な恋愛を経験した。彼が多くの恋愛詩を捧げた、あの美しいモード・ゴンとの恋愛である。しかし、イェイツには、他の詩人たちにはない特性があった。芸術の面でも実人生の面でも、彼には自制心があり、芸術的大義、友情、文学に忠誠を誓っていた。彼は大義のために努力した人物だった。そうでなければ、自己実現をなし遂げることはなかったかもしれない。

身なりに全く頓着しない男たちが多い中、イェイツは、通りを歩く時でも、また、アビー・シアターにやって来る時でも、数々の文学関係、演劇関係の会合に出席する時でも、細心の注意を払って身の回りを整えているという点で際立っていた。彼は計算されたボヘミアン風の優雅さをそなえていたが、それは、疑いもなく九十年代の審美主義者たちやオスカー・ワイルドから影響を受けたものだった。彼はネクタイをたなびかせ、ある時は真っ黒な洋服で、ある時は奇妙な色合いの茶色の洋服で登場した。夜の集まりには、黒か茶色のビロードのジャケットをはおっていた。こうした出立《いでた》ちは、その抑揚のある話し方や身振りと相まって、彼の個性を引き立たせていた。イェイツの佇《たたず》まいは、当時、人々の興味の対象となっていた。彼の自意識過剰なポーズはしばしば不当に非難されたが、人物判断は外見だけでなく、人格全体を考慮に入れなければならないという見識を持たない人々にとって、それなりの根拠はあったのである。イェイツが自意識過剰であるように見えたのは、彼は普通の人々と同席しても心を許さなかったことに加え、私たちのようなごく普通の人間がどのような生活をしているのか知らず、友人のタイプも限られていたからである。とはいえ、強固な人格を持った人々にとっても、エネルギーや関心には限界があり、何らかの仮面を被っていないと、たとえ傑出した人々でも、世間や人々の要請に圧倒され、エネルギーを奪い取られてしまうことになるのだろう。イェイツは、芸術家という役割を演じていて、その人生を芸術の実践とその発展に捧げていた。ダブリンでは、レディ・グレゴリーの影響で、彼は上流かぶれになったとよく囁かれていた。しかしながら、イェイツが誰かの影響を受けて、上流かぶれになったと説明することには意味がないと私は思う。この時期、彼は様々な種類の優越意識に悩まされていた。イェイツのそうした一面は誰の目にも留まるもので、多くの人が遭遇した経験を持っているのではないかと思う。そもそも、天才であったイェイツは、本質的に知的なことにしか関心がなく、常に一般大衆からある程度距離をおいて生きることを余儀なくされていた。それに加え、家柄を尊重するアイルランドのような環境において、ロマン主義的な詩人は、オーギュスト・ド・ヴィリエ・ド・リラダン[020]のように、高貴で騎士道の精神にのっとった祖先、志の高い祖先を持っているのが理想だとイェイツは考えていた。もしも、選ぶことが許されるなら、イェイツはルネッサンス時代の君主か伯爵の宮廷、もしくはゲーテが宰相として仕《つか》えたワイマール公国に生きたいと思ったことだろう。このようなロマン主義的な優越意識に加え、彼は、ジョージ・ムアが嘲笑する奇妙なブルジョワ的階級意識を持っていたが、これに関してはムアに分があり、イェイツに反論の余地はなかった。イェイツは、ルネッサンス期の君主の風格を身につけることはできたはずだし、時にはそのように振る舞いもしたが、いわゆる普通の意味でのよいマナーには無頓着で、この点において、大地主の家系に生まれたジョージ・ムアが自ずと身につけていたような礼儀作法や、ジェイムズ・ジョイスが身につけていたチェスターフィールド卿[021]風のマナーには適《かな》わないのだった。イェイツは、礼儀作法を知らないという印象を与えたばかりでなく、無神経だと思われることがよくあった。ジェイムズ・スティーヴンズ[022]が私に語ってくれたことによると、イェイツは、この無神経という仮面を意図的に被ろうとしたところがあって、それによって世界から自分を守り、しばしば彼に投げつけられる礫《つぶて》や槍から自分を守っていたということである。

2

イェイツには、他の優れた芸術家にはあまり見ることができない、説明不能な粗雑な一面が確かにあった。それでも、多くの作家にありがちな虚栄心はまったくなかった。そして、いつも上の空で、心ここにあらずといった風情だったためか、自己中心的であるという印象を与えることもなかった。彼の情熱は大義に向けられていた。それは、芸術に対する大義であり、アイルランドの国民運動に対する大義であり、愛と友情に関する大義だった。イェイツに優越意識が見られるとしたら、それはより高度な秩序《ディシプリン》と美に心血を注ぐ、優れた人間のみが持つ大義と結びついていた。彼は秩序を崇拝したが、その結果、後年、ヨーロッパにおけるファシスト運動をロマンティックなものだと見なすようになった。しかし、全く奇妙なことではあるが、彼は鍛錬《ディシプリン》と自己制御を同じものだとは見なしていなかった。「芸術は、自らを委ねるものにはすべてを与えるが、自己規制を行う者には何ものも与えない」とイェイツが言っているのを聞いたことがある。ダブリンで人々に詩や文学を理解させようと彼が懸命に努力したのは、芸術やアイルランドを大事に思っていたからに他《ほか》ならない。このように懸命に働いたイェイツは、後年、彼を診断した医者たちが奇妙な病名で呼んだ、神秘的な病に苦しむことになる。その原因は、若い時期に彼が働きすぎたことによって、エネルギーを使い果たしてしまったからではないかと思う。二十人か三十人そこそこの聴衆のために、彼が自分の詩劇のある主要な場面を朗読し、感情と知性の限りを尽くして語りかけているのを私は何度も目にしたことがある。聴衆の中には、敵意を持った者もいないわけではなかったし、このような講演も、劇場の仕事も、彼に経済的見返りをもたらすことはなかった。その当時は、どんな種類であれ、見返りを受けることはなかったとも言える。ほとんど感謝されることもなく、感謝されたとしてもごく僅かの人々に限られていた。イェイツの恋愛詩の多くを触発した美しく情熱的な女性に捧げられた詩の中で、詩人は以下のように書いている。

私の愛しい女性は理解できない
私がしてきたことを、しようとしていることを
この行き詰まった、苦い地で。[023]

とはいえ、知的で芸術的な改革者であったイェイツのような偉大な詩人が、仮に実際的な人間が支配する大国で活動していたとすれば、さらに強い対立に直面することになったことは疑いの余地がない。彼にとって、実業がすべてであるような国は「行き詰まった、苦い地」となったことだろう。しかし、彼は決して揺らぐことがなかった。どんなに強い抵抗に直面したとしても、自分が描いたゴール、つまり国民演劇と国民文学の創造に向かって、「たとえ犬が鳴きわめこうと、キャラバンは進む」と述べるアラブの諺のように、着実に進んでいった。ダブリンでは、犬の鳴き声、わめき声に近い誹謗中傷が後を絶たなかったが、日々、イェイツのキャラバンは進み続けた。

イェイツは、彼特有の、わかる者のみが理解できる方法で、私たち学生の経済状況にも気配りを見せてくれた。私は、大学の小さなクラブを任されていて、アビー・シアターのチケット売り場と交渉することになった。一番安いチケットでも一シリング[024]払わなければならないということは、学生の経済状況にとってかなり厳しかったのである。私たちは、アビーで上演されるすべての演目を見に行ったばかりでなく、一週間の上演期間

中、毎晩足を運んでいた。アビーがめざす大義に心血を注いだ事務長のフレッド・ライアン[025]がまず面会してくれたが、彼は戸惑いながら、「我々が受けている認可では、料金の特別変更は認められていないのです。最高責任者のイェイツさんに相談する必要があります。今、リハーサルに立ち会っていらっしゃるので、ご都合を聞いてきます」と言った。彼は一分ほどで戻ってきて、「十分ほどお時間を取ってくださるそうです」と伝えてくれた。どきどきするような緊張と喜びの交じった興奮を感じながら、私はアビー・シアターのロビーで待った。しばらくすると、疲れきったW・Bが、劇の台詞をつぶやきながら、浮き世離れした様子でリハーサルから出てきた。フレッド・ライアンは、低い声で何か彼と話をしていたが、すぐに私を紹介してくれた。「こちらが黎明文学協会の会長です。協会は入場料の割引を申請しています。」WBYの眼差しはぼんやりしていて、私の背後に向けられているようだった。「わかっています。チケット売り場に手紙を書いてこられましたね」と彼は言った。これには驚いた。イェイツ自身が私の手紙を読んでくれているなどとは思ってもいなかったからだ。「八ペンスにしていただけないでしょうか。」私は緊張しながら、不躾《ぶしつけ》にも言ってしまった。「八ペンス」と彼は夢見がちに言いながら、いつもの調子で腕を挙げた。そして、「八ペンス」ともう一度繰り返した。イェイツはフレッド・ライアンに目配せすると、扉の中へ立ち去っていった。ライアンと私は、結果に少々戸惑いながら立ちつくしていた。「これで大丈夫です」と、穏やかな声でライアンは言った。「イェイツさんは皆さんに観客として来てもらいたいのです。十二人分の切符を計八シリングでご用意します。」協会には十二人の会員がいたのだ。

それ以来、私たち協会のメンバーは、すべての公演で二等席の最前列、つまり一等席のすぐ後ろの席で観劇することができるようになった。一等席の最後列には劇場の理事であるイェイツ、レディ・グレゴリー、そしてシングの三人がよく姿を現した。当時、観客の数はあまり多いとは言えなかったので、私たち十二人は明らかに観客の数を増やすことになり、私たちがグループで入っていくと、イェイツは時折、嬉しそうな眼差しで私たちを見たものだった。私たちは、恍惚として詩劇に聞き入り、喜んで足を踏みならしては拍手喝采する、信頼するに足る観客だった。私たちほど若く、夢中になる観客は他にはいなかった。また、私たちは文学をしっかりと学んでいたので、本当の意味で詩の力を理解していた。イェイツがロンドンで行った講演で、「アビー・シアターの二等席の観客は、詩劇を理解する耳を持っています。私がある劇の台詞を書き換えたとしたら、直ちにその違いに気がつくのです」と述べたとダブリンに伝えられたことがある。「私たちのことよ」と黎明文学協会の面々は言った。さらにもう少し親しくなると、イェイツは、私を理想的な若いニヒリストと呼ぶようになった。初期のイェイツにとってニヒリズムとは、反逆のロマンティックな形態だった。また、彼の友人のオスカー・ワイルドは、ニヒリストの少女ヴェラを主人公にした劇[026]を書いている。私はその言葉が何を意味しようとも、イェイツの理想の何か、と言われ有頂天になった。彼の意識にとってニヒリズムは、ロシアの小説やフランスの象徴主義の詩、ニーチェを読むのに相当するような、闘う若者の精神を表しているように思われたのだろう。

　私たちが舞台で演じられる詩劇に耳を傾けた後の幕間に、イェイツは劇場のティールームなどにやって来て、一、二回上演した後に修正した詩行を朗唱した。そうした一例として、彼が『緑の兜』のすばらしい結句《エンディング》を繰り返し朗読したのを覚えている。

私は、笑いを絶やさない唇を選ぼう、
世の中がどのように変化しようとも、笑うことを止
　めぬ唇を、
皆に裏切られても、拗ねることのない心を選ぼう、
好んで賽《さい》を投げる手、そう、勝負師のような人生を
　選ぼう、
そして、それらを皆、栄えさせよう、
やがて、心と理性がともに曇り、弱い者が強い者を
　引きずり倒し、
長く記憶を保つ竪琴弾きたちが、歌の内容を見つけ
　る日が来るまでは。

彼は、なぜ書き換える必要があったのか説明しながら、これらの詩行を二度三度繰り返した。その時以来、これらの詩行を忘れたことはない。というのは、私は詩に対

する耳がとてもよかったことに加え、当時の若い私の頭脳にとって、記憶することも経験することも、それほど苦にはならなかったのである。

アビー・シアターの例に続き、レディ・グレゴリーの甥であるヒュー・レーン卿も、彼が主宰する展覧会や芸術に関するレクチャーの入場料を割り引いてくれた。彼は美術面での文化復興を推進してはいたが、彼の影響下にアイルランドの絵画が発展したとは思わない。最もアイルランド的な画家は、イェイツ家の父と息子、つまり、J・B・イェイツとジャック・B・イェイツ[027]だと思う。ロイヤル・ハイバーニアン・アカデミーでのレクチャーでは、肘掛けつきの椅子の最前列の席が私たちのために指定されていた。そして、上品な倦怠感を漂わせた、ハンサムで物憂げなヒュー・レーン自身が、古い血統を誇るフランス人のように、会場に入ってきた私たちをまるで本物の座席案内係のように誘導してくれた。彼は、「この座席は女子学生たちのものです」と言って、最前列にいたダブリンの金持ちの未亡人たちや、彼の芸術計画を支援するパトロンたちを追い払った。ある日、ヒュー・レーンの判断で、フランス印象派に関する有名な講演者、ジョージ・ムアと同じくらい重要な人物によるレクチャーの開始を遅らせたことがあった。というのは、私たちは別の授業を受ける必要があったため、学寮を出るのが数分遅くなったのである。観客の間に少々動揺が広がる中、到着の遅れた私たちがヒュー・レーンによって会場に招き入れられ、直ちに彼が司会者に講演を始めるようにと合図したとき、ある著名なダブリンの貴婦人がサー・ヒューに投げかけた、驚いたような怒りの眼差しを私は決して忘れることができない。「ヒュー」と彼女は、ホール全体に響き渡るような声で言った――「このお子ちゃまたちは、一体どなたなの?」既に述べたように、当時のダブリンで、若者たちは、様々なジャンルでめざましい活躍を見せていた。詩人たちや劇作家たちは、皆とても若かった。私たちにとっては、少々年寄りに見えたアーサー・グリフィス[028]が率いるシン・フェインも、そのメンバーの多くは皆二十代か三十代前半だった。イェイツ自身、四十代前半だった。とはいえ、彼は既に大家の風格と権威を身につけていた。彼が闘わざるを得なかった闘争は、夢見がちな若者だったイェイツの性格を変え、より強いものにしたと私は思う。二十代から彼と付き合いのある友人たちは、記憶の中にある、優しく愛情に溢れた純真な青年イェイツのことをよく語ったものだった。一方、私たちが知っているイェイツは、厳しく、強く、よそよそしく、意図的に仮面を被っている人物だった。その仮面とは、彼が私たちに説明してくれたように、すべての芸術家が自分のために身につけなければならないものだった。

彼は、古色蒼然とした愛国心や文学を、つまり、他国の支配を受けている国々や小国における伝統が死守しようとする概念を攻撃したので、当然のことながら、憤りや疑いを感じる人々も多かった。彼自身が一種の文学的独裁者となる以前、文学的会合における議論のテーマは、文学そのものでなく愛国的イデオロギーに関するもので、あらゆる会合で、年配の文学者の何人かが立ち上がってイェイツに反論し、自由を勝ち取ることができるまで国民的大望を推進することこそが文学の役割だと述べたものだった。イェイツが聴衆に向かって、人々が大好きな「愛しのアイルランドよ。そなたの不幸な運命と、私自身の悲しみのために」といった詩句は伝統的な感傷にすぎず、我々の心を真に深く揺さぶることはないと言うとき、また、「これらすべての可愛らしい若い魅力について、信じてほしい」というような詩句や、それによく似た国民的詩人トマス・ムアの感情の発露を嘲笑するとき、彼は大多数の聴衆の言葉にならない怒りを掻き立てた。冷静さを取り戻した者が、イェイツは象牙の塔に住んでいる、と反論することもあった。芸術に関する訓練や鍛錬《ディシプリン》について真剣に考えるイェイツのような人間に対して、人々はありとあらゆる事を口にした。アイルランドの聴衆が好んだのは、自分たちに向かって、流行の人道主義的で政治的な決まり文句で語りかける講演者だった。それは、頭を働かせないで、理解することができたという意味で、とりたてて珍しいことではなかった。

3

私自身が目撃した、イェイツが巻き込まれた最も大変な闘いは、いわゆる「プレイボーイ騒動」[029]として知られる事件である。この事件では、常日頃、彼を支持していた人々の多くが攻撃に回った。なぜなら、この事件によって、理由がわからないままに国民感情が傷つけられたからである。シングの劇は、観客がそれまで馴染んできたものとかなり異なっていたので、人気がなかった上に、作者自身に関する不可思議な噂までが喧伝されていた。彼の劇の主題や登場人物はアイルランドに根ざしたものであったものの、反アイルランド的プロパガンダを探そうと常に色眼鏡で見ている一部の観客にとって理解できないものだったのである。ダブリンの新聞も、彼を正当に評価することはほとんどなかった。もちろん、イギリスの新聞で時折スキャンダラスな扱いを受けることがあったイェイツも、正当に評価されていなかった。ある著名な作家が、イェイツの著書の書評を書いた際、挿絵について詳細に述べた後で、「本文はW・B・イェイツである」とだけ書いたことがある。明らかに、この評者はこれが気の利いたやり方だとでも思ったのだろうが、やがて〈時〉の復讐を受けることになる。今となっては、この評者が何を思ったか、誰が気に留めるだろう。ここでこうして書いている私以外、誰がその人物の名前を覚えているだろう。シングの『海へ駆りゆく者たち』で、海で溺れた男の遺体が舞台に運び込まれたとき、私たちの教授の一人が、これは芸術の法則、特にアリストテレスの悲劇の法則に反していると、私たちに教えようとした。レッシング[030]の時代から百五十年も経っているというのに、未だに三一致の法則[031]にこだわっているのである。最も見識があるとされていた全国的な週刊誌の一つは、この一幕劇の傑作に対して、「死体を使った前座劇」という評価を変えることはなかった。もしも、アビー・シアターの作家たちがこのような批評を受けて傷ついたとしても、彼らはそれを表にはあらわさなかった。「キャラバンは進んでいく」のである。イェイツは、ほとんど、いや、決して自分自身の劇作品のために闘おうとはしなかったが、友人のためには闘い続けた。彼はすばらしい闘士だった。皮肉な調子を交えながら激しく、また疲れを見せることなく闘った。疑いなく彼にはアイルランド人に特有の、好んで喧嘩を売るという性質が備わっていた。イェイツの伝記作家、ジョゼフ・ホーン[032]は、彼の好戦的な人相、特に拳闘家によく見られる顎を指摘している。

『西の国のプレイボーイ』のために、イェイツが仕掛けた闘いは、戦略的に闘う姿を示すこと、揺るがない勇気を示すこと、そして、それまでに誰もかつて見たことのない大衆の強い敵意に対し無関心を示すことだった。リハーサルが行われた一、二週間の間に、劇中にみだらな箇所があって、アイルランド女性が中傷されているという噂がダブリン中を駆けめぐった。そのような噂を半ばふざけて受け止めた者もいたし、大真面目にとらえた者もいた。初日の夜は、普段よりもはるかに多くの観客が詰めかけていた。実際のところ、アビーは私が見たことがないほどの大入りを記録した。緊張と期待が充満していた。第一幕はうまくいった。それは、すばらしい幕で、人々は笑いで沸き立った。しかし上演が続くにつれ、不穏な雰囲気が強くなっていった。舞台上で一人の若者が、暴君である父親を殺したという理由で、一種の英雄に祭り上げられるのである。もちろんその父親は、後に頭に包帯を巻いている以外は、まったく健康で、かくしゃくとした足取りで登場する。そして、主人公の若者が「もしも、俺の目の前に、シュミーズ姿の選りすぐりの女たちが並べられたとしても」という台詞を口にしたとたん、不穏な雰囲気は完全な騒動へと変化した。二等席の私の傍でやじり始めた男性は、フランシス・シーヒー・スケフィントン[033]だった。彼は、決して狭量な人物ではなかったし、アビー・シアターに反感を持っていたわけでもなかった。では、なぜ彼は野次ったのか。なぜ最終的に劇場は、怒りで震える人間で埋め尽くされたのだろうか。私にはわからない。

初演の夜、イェイツはスコットランドで講演していた。すぐに電報が打たれた。イェイツだけがこのような問題に対応することができ、劇の上演を中止しろという大衆の要求に対処できると考えられたからである。「カンキャクハ、しゅみーずトイウコトバニハンノウシ、サワギハジメタ」と電報は言っていたそうである。しかし、事件全体を振り返ってみて、私自身は以下のように結論づける。元々観客は、劇中で何か不道徳なことが起こるはずだとあらかじめ予測し待ち構えており、「シュミーズ」という言葉は最悪のタイミングで発せられたのである。

電報を受け取ったイェイツは、大義のための闘いを求めて沸くダブリンに大急ぎで戻ってきた。彼は、予定通りの数の公演を続けると宣言した。レディ・グレゴリーが呼んだ警官は、劇場内で警備を行ったが、彼らはしばしば、劇の台詞のおかしさに耐えられず、厳粛な表情を保とうと努力したが、「このあたりの警察のやつらは、水気のない〈からっからの〉役立たずだからなぁ」というような台詞には、全員が大笑いしていた。舞台の上ばかりでなく、舞台の外でも喜劇的な場面が展開していた。公演中止の要求は続いていた。イェイツは「私を育んだ家も国も、簡単に膝を折るなと教えてくれた。従って、私は公衆の面前で屈しはしない」と言った。これは、イェイツが述べた通りの言葉である。そして彼は、予定されていた劇の公演がすべて終わった後、劇場で公開討論会を開催すると約束した。

この討論会の当日、アビーに向かう通りには警官が配備され、まるで革命でも起こったかのような興奮に街は包まれた。劇場側が作品を守るために、さらに法――もちろん当時はイギリスの法律――に訴えたことが、すでに充分に興奮していた大衆の怒りに火を注いでしまった。大衆は、イギリスの法律によって、いかにひどい扱いを受けてきたか、また反乱を起こすたびに失敗せざるを得なかったかということを、何世代にもわたって記憶に留めていた。そして、土地や家から立ち退きを迫られたときの恐怖は、年配の男女の意識の中に生々しく息づいていたのである。

労働者、学生、夜会服に身を包んだブルジョワといった雑多な面々が劇場を一杯にしていて、そのほとんどが、非難の言葉を口にする用意があった。イェイツは正装して舞台に立ち、群衆に対峙した。イェイツは、彼自身の最も複雑な芸術論を挟みながら順々に劇を解釈していった。ある時は、観客を脅し、ある時は、観客からどなられることもあった。作者のシングは、この手の闘いに向いていないタイプだったので自宅で待機していた。自由、愛国心、反アイルランドのプロパガンダといったありきたりの発言が一等席からなされたとき、観客は拍手喝采した。しかし、愛国心の問題を持ち出されても、イェイツは動じなかった。「『キャスリーン・ニ・フーリハン』の作者が語っているのです」と彼は言った。観客は、情熱的なまでに愛国的だった劇を思い出し、しばし敵意を忘れた。そして、イェイツは喝采を浴びた。その後、イェイツを支持する一人の学生が舞台に上がり、イェイツの傍に立って、数少ない女性の観客は劇場を去るべきと言わんばかりの発言をした。目に入る限り、私ともう一人の女子学生だけが劇場に残った女性だった。

もしも貞淑な女性ならばすぐに劇から出て行けと指図する、怒りに満ちた男性のグループに私たちは取り囲まれた。私たちがその場に立ち上がると、視力がよくないと言われていたイェイツは、必要な場合にはちゃんと見ることができたようで、舞台の上から私たちの苦境に気づき、劇場の係員数名に、私たちを一等席までエスコートするように指示した。とはいえ、一等席で正装している男性客たちも、私たちに対し決して好意的な眼差しを向けていたわけではなかった。私は、イェイツがあの夜闘ったように闘う人間を見たことがないし、また、彼のようにあらゆる手を尽くして闘った人間を見たことがない。彼はその時四十代だったが、二十代にしか見えなかった。彼のすべての夢と幻想と秘教的哲学にもかかわらず、いや、それゆえにこそ、恐れを知らぬ威圧感を感じさせた。

最終的に、彼はジョン・シングのための闘いに勝利した。そして、『西の国のプレイボーイ』は、アビーのレパートリーの中で最も人気のあるものの一つとなった。後世の観客は、その騒動がどのようなものだったか、ほとんど理解することはできないだろう。しかし、この劇には道徳的な問題があるという噂がアメリカに伝わり、アビー・シアターがアメリカ・ツアーを行ったとき、アイルランド系の観客が、ダブリンで起こったような騒動を引き起こした。そして、フィラデルフィアでは、アイルランド系住民がアビー・カンパニーを逮捕させたのだった。何年も後に、私は劇に反対してアメリカでデモを行った人々に会ったことがあるが、自分がなぜ抗議したのか、はっきりと理解していた人は誰もいなかったように思われる。また、銘々《めいめい》が異なった理由を述べていた。ある知的な女性は、その劇には病的なところがあって、それゆえ嫌悪感を抱いたと言った。他にも、奇妙な考えに取り憑かれている人々がいた。例えば、劇中で酔っぱらいが登場するが、アメリカの劇では酔っ払いが登場することがないとか、劇の背景となっているアイルランドの田舎家は、アイルランドではあまり見られないような不潔な状態で描かれているとか、劇中、父親が娘を見知らぬ若い男と二人きりにして出かけるが、アイルランドの父親がそんなことをするわけがないとか――確かに、そのような不適切な判断をアイルランドの親がすることは、ほとんどないだろうということは言えそうである――様々な理由があげられた。さらに、アイルランド人を見下していたニュー・イングランドの人々の中には、アイルランド人を軽蔑する理由が、舞台上で描かれた登場人物によって、強められたような気がしたと説明する者もいた。『西の国のプレイボーイ』は、アイルランド人を貶《おとし》める作品だと考えられたのである。アイルランドからの移民は、他の国からの移民同様、しばしば劣等感を抱えていて、特にニュー・イングランド地方ではその傾向が強かった。後からやって来た入植者にはそのような差別意識は希薄だったが、初期の入植者で、血筋を誇る人々の中に根深い人種偏見を持つ者たちがいたのである。とはいえ、実際のところ、私が知っているニュー・イングランドに住む人々の多くは、アイルランド系、特に私と同じ、アルスター・アイリッシュと呼ばれる人々だった。

『西の国のプレイボーイ』に対する、自覚のない、しかも強い敵意の原因は、その新奇さ、奇妙さにあったのではないかと思う。それは新しい形態の演劇であり、エリザベス・バレット・ブラウニング[034]が「礼節はわきまえているが神経質な大衆に対し、だしぬけに泉の水をポンプでくみ出してかけてはならない」とかつて語ったように、新しいもので観客を喜ばせようとするなら、それは、正統派《オーソドックス》でなければならないのである。フローベールの『ボヴァリー夫人』や、ボードレールの『悪の華』に対する敵意は、おそらく同じ理由で起こったのだろう。大衆は突然のことに驚いたのである。

イェイツが闘ったのは、ジョン・シングのためだけではなかった。彼は、自分がその作品を尊敬する作家のためなら、それが文学であれ、ヒュー・レーンのような現代美術であれ、ともかく誰のためであれ闘いを挑み、作家を守るための宣伝を繰り返し行った。彼は文学における巧妙なエキスパートであるという意味で、卓越した批評家だった。偉大な詩人は、誰もが皆、溢れんばかりの知性と豊かな感性を備えているが故に、優れた批評家だと言えると思う。しかし、批評には判断が伴うとかつて論じたことがある立場から言わせてもらうと、イェイツですら、時に、冷徹な価値判断ではなく、別の感情、つまり友人のための仲間意識、感謝、彼自身の秘教的関心に訴えるものに影響されることもあった。

私は、ラビンドラナート・タゴール[035]の作品に対するイェイツの過剰なまでの熱狂を覚えている。画家のウィル・ローゼンスタイン[036]がインドを訪れた際、タゴールを発見し、タゴール自身が翻訳した英語版の翻訳詩を持ち帰ってきた。これを見せられたイェイツは、すぐに夢中になり、タゴールを宣伝するキャンペーンを始めたのである。このキャンペーンはアメリカ各地で、特にシカゴで功を奏し、しっかり根を下ろした。一九一二年の夏、私は、ロンドンのイェイツのアパート近くの通りを歩いていた。アイルランドに渡る連絡船の港ホリヘッド[037]に向かう列車が出るユーストン駅近くの、ロンドンで最も寂しい地域の一つだといつも思っていた地域でのことである。そこで、原稿だったかゲラ刷りだったか覚えていないのだが、一抱えの荷物を手にした詩人に偶然出会った。イェイツに会うのはいつでも嬉しいことだったが、その時は、誰かと約束があったため私は急いでいて、遅れたくはなかった。しかし彼は、コールリッジ[038]の老水夫のような目で私を見つめ、原稿かゲラ刷りを朗読し始めた。私たちが歩道の邪魔になっていた事に加え、朗読しているイェイツの身振りが注目され始めたので、私は近くにあったティールームに彼を連れて行った。そこは灯油による調理ストーブの臭いが充満する、驚くほど薄汚い場所だった。彼は紅茶を注文してから椅子に座り、また朗読を始めた。彼は非常に興奮していたので、トーストが灯油臭いことも、紅茶にも同じような臭いがついていることも気づかなかった。朗読を続ける一方で、ひどい代物としか言えない紅茶を時折飲みながら、彼はタゴールの詩の意味について、インドの哲学について、キリストの御姿に似ているタゴールが、新しい文明を始めるかもしれないという可能性について説明し始めた。古い文明が終わろうとしていることはイェイツが常に直感的に感じていたことだった。今思えば、私の反応には、熱意が欠けていたのかもしれない。頭がうまく働かなくなったような気になったが、私はそれを結婚したばかりだからと結論づけた。「現在、世界で最も偉大な詩人なのだよ」と彼は言った。A・Eと同様に、イェイツはインド的精神のある種の哲学に対し一種畏敬の念を抱いていたが、それは、女性的知性には、少々とりとめないと感じられるものだ。私は、タゴールのノーベル賞受賞にはイェイツが大いに貢献したと思っている。よいと思ったものを、知的に、惜しみなく称賛する彼の姿勢は忘れがたい。それは、理性と精神とに関わるすべてのものに対する彼の敬意の表明なのである。ダブリンの人々はよく言ったものだ。「もしもイェイツが友人だったら、自分自身で敵と闘う必要はない。イェイツが代わりに闘ってくれる」と。イェイツが、友人の親切な行為を忘れたとは思えないし、その一方で、敵の悪意ある行為を許したとも思えない。実際、イェイツは、自分や友人に一度向けられた不当な仕打ちを、アイルランド人らしく、しつこく記憶していた。「古代ギリシャ人は、友を愛するように敵を憎むことは、人間の偉大な徳であると考えた」とイェイツは私たちに語ったが、彼はよく愛し、よく憎んだ。

第十三章　「ホメロスが歌った女性」

　ダブリンで学生生活を送っていたある夜のこと、私は学生仲間と一緒にアビー・シアターに出かけた[001]。当時は、月替わりで一週間だけ芝居が上演されていて、その晩の演目は、イェイツ、レディ・グレゴリー、シングの作品だった。ひと月に一週間しか上演されず、劇場としての評価は非常に高かったにもかかわらず、客の入りはあまりよくなく、常連客がほとんどで、皆、お互いに顔見知りだった。観客は、社交目的で集っているようなものだった。幕間でお茶を飲む者もいたし、友人同士の会話を楽しむ者もいたし、観劇したばかりの劇についてその作者と議論する者もいた。いつものように、私たちはイェイツとレディ・グレゴリーが入ってくるのを待っていた。演目の一つは、『キャスリーン・ニ・フーリハン』で、二等席に陣取ったダブリンの熱狂的な愛国者たちは、少しいらいらしながら幕が上がるのを待っていた。

　しかし、十分経っても、十五分経っても幕は開かなかった。誰か、もしくは何かを待っているようだった。ようやくイェイツが大急ぎで入ってきたが、隣りにいたのは、背の低いヴィクトリア女王のような風貌のレディ・グレゴリーではなく、黒い服を着た長身の女性だった。このように背の高い女性はあまり見たことがなかった。直ちに、二等席にいたグループが大きな声で罵声を浴びせ始め、「ジョン・マクブライド[002]、万歳！」と叫んだ。

　その女性は立ち止まり、強い感情を全身で表しながら、罵声の主たちを見返した。そこに居たのは、それまでもそれ以後も目にしたことがない英雄のようなたたずまいをした、非常に美しい女性だった。彼女には一八〇センチほどの身長があり、ロマンティックであると同時に威圧的な存在感を放っていた。その身長のせいで、どこにいても注目の的となったが、圧倒的だったのは、その美しさだった。その偉大さにおいて、その気品において、また、その特異性において、それは、まさに驚くべき美しさだった。あまりにも稀有で究極の美に直面するとき、人々が最初に感じるのは衝撃である。彼女の傍らに立つイェイツは、罵声が続く間、当惑した面持ちを見せていた。憂鬱な表情をしつつも、彼女は微笑んでいて動揺してはいなかった。すぐに、最初の罵声に対抗する罵声が起こり、最初の罵声は聞こえなくなった。やっと私はこの女性が何者であるか気がついた。モード・ゴンだった。アイルランドの革命的運動のヒロインで、フランス人がアイルランドのジャンヌ・ダルク[003]と呼んだ人物である。彼女の美とその個性は、王侯から農民に至るまで、あらゆる階級の男たちに夢を与えたのだった。十代の若い私たちにとって、彼女は伝説だった。イェイツは彼女についてこう書いている。

ホメロスが歌った女性
人生も文学も
英雄の夢にすぎないのか

モード・ゴンは、『キャスリーン伯爵夫人』において、飢饉に苦しむ領民たちの命を救うために、自分の魂を悪魔に売り渡した主人公として具現化された女性であり、『陰なす水』のデクトラであり、『さまよえるアシーン』の妖精の女ニアヴであり、イーファであり、その他、イェイツが描いた個性的ですばらしい女性の総体であった。若い男たちが彼女を野次った理由は、ボーア戦争でイギリスと戦った英雄ジョン・マクブライドと最近彼女が離婚したためである。[004]アイルランドでは、離婚はスキャンダルだった――その後、マクブライドは、一九一六年の蜂起で指導者の一人として処刑されることになる。しばらくたつと劇場の騒ぎはおさまり、モード・ゴンが数年前の初演の際、主役を演じた『キャスリーン・ニ・フーリハン』を含む演目の上演が進んでいった。

その数日後、私は通りで彼女を見かけた。通りがかりの人々の注目を一身に浴びた彼女は、大柄ではあったが、アマゾネスのように大きすぎるという印象を与えることはなかった。確かに、長身であったには違いないが、パリ仕立ての洋服に身を包んだその姿はとても女らしく、イェイツが「繊細で気高い頭部」と述べたように、彼女を形作るすべての線には何とも言えない美しい繊細さがあり、完全に均整が取れていた。彼女の繊細さは、身体的に具現化されていた。決して頑強には見えなかったが、彼女には衝撃的と言っていいほどの、超能力的な生が満ちあふれていた。髪の毛一本一本にまでも生気がみなぎっていた。誰か知り合いと話をするために彼女が立ち止まると、小さなターバンのような帽子からこぼれ出たほつれ髪が見えた。それはイェイツが書いたように、明るいブロンズ色の髪だった。

君の髪を黄金の髪留めでまとめたまえ
そして、すべてのほつれ髪を束ねたまえ[005]

ブロンズ色がかった赤毛は、アイルランド人の間では珍しいものではなかったが、モード・ゴンの場合は、茶色がかったブロンズ色の瞳と対になっているのが非常に珍しく、彼女に流れるフランスの血を物語っていた。その時、少なくとも四十歳にはなっていたと思うが、彼女は時を超越した存在だった。彼女を見ていると、確かに城壁の上に立つトロイのヘレンを見ているような気持ちにさせられた。とはいえ、後に彼女について知るようになると、イェイツが彼女をヘレンに喩えたのはあまり正確ではないと思うようになった。共通していたのはその美しさだけで、ヘレンとは全く異なっていたのである。彼女はもっと厳格な人間で、パリスのような女たらしの腰抜けと駆け落ちするようなことは決してないだろう。イェイツの一節にあるように「気高く、孤独で、最も厳格な」[006]存在だった。彼女が好む、身体的にも精神的にも好戦的な闘う男たちは、女たちに簡単に誘惑されるようなことはなかったはずだ。その当時、モード・ゴンはアイルランドには住んでおらず、活動の中心はフランスにあり、ダブリンはたまに訪れるだけだったので、街中で彼女を見かけることはほとんどなかった。彼女は、出会った途端にその人となりを理解されるような人物ではなかったが、それは、彼女が複雑な人間だったからではなく、その奇妙なまでの単純さによるものだった。彼女ほど、一つの大義のためにすべてを捧げた人物に出会ったことはない。その一途さは、その美しさ同様、他に類を見ないものだった。人生を通して、彼女は一つの考え、一つの情熱に支配されていて、それが彼女を取り巻くその他の状況、つまり、愛、友情、そして憎悪などを決定づけていた。その情熱とは、アイルランドをイギリスの支配から解放するというものだった。その人生に起こった事柄はすべて、この情熱に強く結びつけられていた。美しさ、他人に対する影響力、財力、社会的地位など、彼女が持っているものすべてが、この情熱のために捧げられた。

モード・ゴンがたどった人生はとても興味深いものである。彼女の家は裕福で社会的地位も高かった。父親は英国陸軍のアイルランド人将校で、ある時期、ダブリン駐在部隊で共同指揮を執っていた。英国軍で軍務に就いているアイルランド人の中には、ナショナリストが少なからずいたのであるが、彼もその一人だった。しかし、家族の他の者たちは皆、ユニオニスト、つまりイギリスとアイルランドの連合《ユニオン》の継続を望んでいた。また、イギリスやフランスの血が彼女の家系に混じっていたということは、アイルランドでは特に珍しいことではなかった。ゴンという姓はフランスのものである。母親はモードが幼い頃に亡くなった。彼女は父親から、軍人らしい剛胆さ、危険を顧みない精神を叩き込まれた。十七歳になったとき、彼女はダブリン城で催された総督の舞踏会で社交界デビューを果たした。ドラマティックなことに、この舞踏会には、女性については目が肥えていることで知られる当時のイギリス皇太子アルバート・エドワード、後のエドワード七世[007]と、その后アレクサンドラ妃が臨席していた。この美しい少女は、美しい女性を見慣れていたはずの皇太子の目を惹いた。女性の美をことさら重要視する価値観を流行らせたのは彼で、その結果、美はあらゆる社交界へのパスポートとなったのである。この時代、美しい女性たちがホールやレセプション・ルームに入ってくるとき、人々は女性たちをよく見ようとして椅子の上にあがるのが習慣になっていた。モード・ゴンの社交界デビューは大成功だった。この舞踏会で皇太子は、彼女と踊っている息子に割り込み、自ら王室専用席へとエスコートした。その時彼女は「緑をまとう」[008]というアイルランドの反逆の歌を皇太子に向かって歌ったという伝説がある。

精力的かつ世俗的な彼女の年老いたおばは、姪の社交界デビューの大成功が、直ちに輝かしい未来に繋がると期待していたようである。フランスの高級洋服店《クチュリエ》と美の専門家たちが、彼女の美しさに一層の磨きをかけるために呼びよせられた。ウジェニー・ド・モンティジョ[009]の母親が、娘を連れてヨーロッパ中のリゾート地をめぐり、最後に皇帝ナポレオン三世との結婚を実現させたことが頭にあったのか、老婦人は光り輝く姪を人々に紹介しながら、そのまばゆいばかりの未来を予感していた。モード・ゴンが再び、ヴィクトリア女王の世継ぎの目に留まったときも、このおばが彼女に付き添っていた。しかし、父親のゴン大佐は、娘に対する王室の関心をそらすためなのか、娘を別の都市に連れ去った。以後、当時の著名な男たちが、彼女の崇拝者となっていく。しかし、彼女を何よりも有名にしたのは、いや、彼女を不滅の存在としたのは、アイルランドの肖像画家ジョン・B・イェイツの息子である。二人を引き合わせたのは、政治的亡命者のジョン・オリアリー[010]だった。

このおばの家で、モード・ゴンは運命の男、フランスの政治家ミルヴォワ[011]と出会っている。彼女の政治的才能、駆け引きの能力、各種の運動を組織し維持する臨機の才を見抜いたのはミルヴォワである。当時、ヨーロッパの政治家が、政治ゲームの駒として女性を使うことは、ある程度は当たり前のことだった。彼女たちは、自ら進んで利用されることを選んだが、ほんの短い間の栄光と彼女たちの美に対する称賛以外に、その見返りはほとんどないと言ってよかった。モード・ゴンは、そうした魅力的な女性たちとは一線を画していた。もちろん彼女は、自分の美の力を充分自覚していた。人々が、自分のことをヨーロッパで最も美しい女性の一人であると言ったり、書いたりしていることを知っていたからだ。ジャーナリストの老W・T・ステッド[012]は、世界中に彼女の美を喧伝した。しかし、モードは自分の美を他人が無節操に利用するような真似は断じてさせなかった。一八七〇年の普仏戦争の敗北からフランスの復活を企てた政治家のミルヴォワは、モード・ゴンとの共闘を提案する。彼はアイルランドの独立のための手助けをし、モードはフランスのためのプロジェクト、特に対英政策とアルザス・ロレーヌの奪還において、彼の手助けをするという提案である。彼女は最初、二の足を踏んだ。フランスの敵はドイツで、アイルランドの敵はイギリスだったからである。また彼女は、二つの前線で戦うことは現実的でないと考えた。ミルヴォワの政略は、もちろん、モードのそれより複雑で、より専門的なものであり、より大きな責任を伴っていた。フランスは大陸の主要国の一つであり、あらゆる政治家にとって策謀の対象となったが、アイルランドは、大西洋にある島国イギリスの、さらに彼方の西方に位置する小さな植民地にすぎなかった。政治家たちがアイルランドの行く末を問題にするとは考えられなかった。ミルヴォワは、クレマンソー[013]や親英グループと戦う、フランスにおける反英グループの指導的存在だった。彼は、影響力を持つ数々のグループや組織――ブーランジェ将軍[014]とその支持者たち、愛国者同盟やロシアとの同盟を望んでいるグループなど――と親交があった。

彼がモードに最初に任せた任務は、ロシアへ潜入し、ツァーの最高顧問にフランスとの同盟の概要を書いた文書を手渡すというものだった。ミルヴォワのグループは、同様の提案をドイツもロシアに提示しようとしていることを摑んでいて、ツァーの顧問にどちらが先に接触できるかというレースが展開されていた。モード・ゴンは、書類を自分の洋服に縫いこんだ。ロシアは当時、パスポートを要求している唯一の国だったが、彼女のパスポートに何か目を惹く点があったためか、彼女は国境で足止めをくらった。そこで彼女は、自分の魅力を最大限に利用した。ロシアの高級官吏の一人を誘惑し、ドイツ側に先んじて、サンクト・ペテルブルグ行きの列車になんとか乗り込んだのである。その列車に乗車しているのは誘惑した官吏と彼女の二人きりで、他の人間は誰も乗っていないことに気づいたときには、彼女も多少は慌てたに違いない。しかし、彼女は同様の際どい事態に陥ったことがあり、ミルヴォワもそのような危機が起こりうることを予見し、穏やかに言葉で説明しても男たちが納得しない場合に備え、彼女に常に小型拳銃を携帯させていた。この場合は、言葉による説得で事足りた。彼女は、官吏に自分はアイルランド娘であると告げ、アイルランドでは、男女の関係は、性的な情熱によるのでなく、端的に言うと古の騎士道にのっとったロマンティックなものなのだと説明した。

女性と黄金は何より大切、
あなたが騎士なら、名誉と徳はもっと大切[015]

彼は完全に打ち負かされた。残りの道中、彼はモードの話を黙って聞き続けた。彼女の話に聞き入っている時の男たちの至福の表情を、私は何度も目にしたことがあるが、彼も間違いなく同じ表情をしていたことだろう。彼女は、美しく劇的な声で、彼らが最も聞きたいと思うことを語りながら、その茶色がかったブロンズ色の瞳で、優しく男たちを見つめたものだった。彼女には知性と意志が備わっていたため、彼女が語る多くの事柄に光を当て、聞き手の心を躍らせることができた。

　モードがミルヴォワのグループに大きな貢献をしたのは事実であるが、彼女の大義に対し、彼らが行った貢献はさらに大きなものだった。大陸の国々は、アイルランドが何を要求しているのか、また、そこで何が起こっているのか、間接的な情報しか持ち合わせていなかった。非常に有能なイギリスの諜報機関が情報をコントロールしていたためである。これに対し、ミルヴォワのグループがモード・ゴンを手助けしたため、彼女は情熱的な演説を行い、効果的な記事を書くことができ、アイルランド問題について大規模な広報活動を行うことができるようになった。彼女のための演説会が、ベルギー、オランダ、フランス各地で実施され、学生たちが彼女の護衛を買って出た。ミルヴォワは有力紙をうまく使って、アイルランドの大義を世間に広めることに成功した。ヨーロッパのあらゆる首都で購読され、特に影響力があった『フィガロ』に、不当な差別的法律の数々、飢饉、追い立て、農民の家の焼きうち、ダートモア刑務所[016]における政治犯の待遇など、様々なテーマの記事を掲載させたのである。イギリス政府は、自分たちが対峙しているのは、水面下で活躍するスマートな美女たちではなく、闘う力を持った完璧な一人の女性、能力ある策士であり、熱烈な愛国者でもあり、恋の戯れのためにではなく、彼女の大義の実現に向けて手助けするために、男たちを振り返らせる女性モード・ゴンだということにすぐに気づいた。アイルランドの自由のために闘う彼女を援助するために、男たちは自分のキャリアを含め、ありとあらゆるものを惜しみなく差し出した。彼女自身、アイルランドの大義のために自分は大きな役割を演じているという自覚があり、それを可能な限りロマンティックなものにしようと心がけていた。今から二年ほど前のことであるが、フランスの教育省に勤務している老紳士が、フランス人特有の郷愁の念を込めて、ほとんど半世紀も前に起こった輝かしい思い出について語ってくれたことがあった。当時、この紳士はある大学で若くして教鞭を執っていたが、講演のために来校したモード・ゴンは、教師も学生も含めた若い男たちをすっかり魅了したということだった。

　彼女の取り巻きには、フランスを始めとしてあらゆる国の男たちがいたが、中にはイギリスの男たちもいた。アイルランドの大望を実現するために、多くのイギリス人支援者がいたことを忘れることはできない。命を捧げた者もいたし、ウィルフリッド・スコーウェン・ブラント[017]のように投獄された者もいた。モード・ゴンが強制追い立ての現場に向かったとき、また、政治的集会に参加したとき、多くの人々がその後を追った。友人や味方、大陸の新聞のジャーナリストのみならず、モードに恋し、彼女が直面しようとしている危険を懸念する男たちも続いた。彼女は、愛犬ダグダと小型拳銃に守られて、馬で各地を巡ったものだった。ある活動に従事している時、モードはドニゴールの荒野にある今にも倒れそうな宿屋で、ミルヴォワに出くわしたことがあった。彼は、モードに追いつこうとしていたが、その前に、ドニゴールの気候の厳しさに屈してしまったのである。その当時、イギリスの下院議員だった伊達男のジョン・X卿は、モードが危険な戦いの場から離れるよう説得しようとして、岩だらけの道を一頭立ての馬車に乗り、ダイヤモンドの首飾りをちらつかせながら追いかけまわしたものだった。諜報部員たちも彼女を追いかけまわした。植民地における革命的指導者たちを尾行するために政府に雇われた、いかにもいかがわしそうな輩《やから》たちに、モードは常に付きまとわれていた。とはいえ、噂をあれこればらまく以外、彼女に対し、なすすべはほとんどなかった。あるとき、政府が雇った人物たちが、モードはイギリス政府に雇われた工作員であるというデマを流したことがあった。スパイ行為が横行する国において、イギリスが資金を提供している週刊誌が掲載した、このような噂は真実だと見なされる可能性も少なくなかった。しかし、モードはためらうことなく闘いを挑み、その週刊誌の編集長を名誉毀損で訴えた。編集長には、イギリスの法務次官の後ろ盾があったが、それでも彼女は裁判に勝利した。最終的にアイルランドの独立を勝ち取ることとなる、シン・フェイン党の創設者であるアーサー・グリフィスは、誹謗中傷した人物を徹底的に攻撃し、完膚無きまでに叩きのめした。モード・ゴンに対して、何かネガティブなことを述べた人間が、彼女の崇拝者によって徹底的な攻撃を受けたのは、これが初めてのことではない。多くの場合、犠牲者は沈黙を守っていたが、この男はアーサー・グリフィスを訴え、その結果、グリフィスは投獄されることとなった。

まさにイェイツが「彼女は嵐と困難の中に生きていた」[018]と言ったとおりである。

気高さゆえに、炎のように純粋な心を持つ彼女を
どうしたら穏やかにすることができただろうか。

自分の国を独立へ導こうという情熱を持った人々に特有の心理がある。それ以外の情熱を、全く従属的なものにしてしまうような強い情熱である。とはいえ、このような情熱の持ち主で、本当に社会の改革に心血を注ぐような人間は稀だ。自分の国を独立へと導くという情熱を除くと、保守的な考え方を持っている者、また、反動的な考えを持っている者すら多かった。モード・ゴンは、アイルランドを独立させるという考えを持った人物だったが、社会的革命を起こさなければならないという情熱に加え、社会的革命を起こさなければならないという考えを持った人物だった。多くの革命家同様、彼女は自分が見据えているゴールに到達するために、しばしば無節操と言われる行動を取ることもあった。本当は別の手段を採ることを望んでいたのかもしれないが、目的は到達されなければならなかった。飢饉の最中に起こったことであるが、彼女は飢えた農民たちに、地主の羊やその他何でも食べられる物を勝手に食べるようにと指示したことがあった。宗教的な教えのために、農民たちがこのような行為を行うことをためらっているのに気づいたモードは、自分が指示したことを農民たちが迷いなく行えるよう勇気づけるために、教会の教義や教皇たちの回勅を徹底的に調べ上げ、正当な根拠を探し出した。そして、聖職者たちが恐れおののくような、聖トマス・アクィナス[019]の文章を抜粋したパンフレットを作成した。ダートモア刑務所に収監中のアイルランドの政治犯たちにインタビューできるようにと、彼女の有力な伯父の紋章入りで刻印のあるレターヘッドを勝手に使ったこともあった。

モードは政治的局面においてのみ闘ったのではなかった。彼女は、もっと地味な、ダブリンのスラムにおける貧困や疾病に対する闘いにも懸命に向かい合った。一九一四年に、アイルランドの革命家たちのための銃を満載したヨットが、一人の謎めいた女性によってホウスの港に導かれたとき、モードは学童たちに食事を供給する活動を行っていた。ヨットを操舵していた女性はモードではなく――モード自身、悔しかったのではないだろうか――メアリー・スプリング＝ライス[020]という寡黙な少女で、ワシントン駐在のイギリス大使の従妹だった。モード・ゴンはイースター蜂起の二年後の一九一八年にホロウェイ刑務所に収監されるまで、しばらく表舞台から姿を消していた。収監中、ミルヴォワが死亡したという知らせが彼女の元に届いた。二人が別々の道を歩むようになって久しく、関係は過去のものとなっていた。二人の政治活動は失敗に終わり、共通の敵であったクレマンソーが勝利したのだった。モードが社交界デビューした舞踏会で彼女に注目し、その美を惜しみなく称賛したエドワード七世は、フランスをすっかりイギリスの味方につけたのである。

出獄すると、彼女は再び闘いを開始した。第一次大戦後、イギリス植民地下のアイルランドで、初めて（だと私は思っているが）アイルランド出身のフレンチ卿[021]が総督となった。祖国への忠誠と国王への忠誠の間で引き裂かれ、当惑していたに違いないフレンチ卿が、国王の名代としてすばらしい馬飾りをつけてダブリンを馬車で移動しているとき、今にも暴動を起こしそうな大衆に向かって演説している二人の美しい中年女性に目がとまった。彼女たちの逮捕を命じることは不可能だった。それは、大きなスキャンダルを招くこととなっただろう。一人は自分自身の姉デスパード夫人[022]であり、もう一人は、かつて彼自身が敬愛したモード・ゴンだったのである。

モード・ゴンのような女性の魅力の本質は一体何なのか、説明することは難しい。伝統的な女性の魅力という意味では、最小限のものしか見出せなかった。彼女はシックな洋服を無頓着に着ていた。帽子についてあれこれ考えるのは面倒だったのか、ヴェールをターバンのように頭に巻いていた。また、誰もが気づくような化粧はしていなかった。男性も女性も、一度彼女に魅了されると、その想いは長く続くのが常だったが、彼女の美だけが、またはイェイツの詩によって不滅のものとなった称賛だけがその理由であったとは考えられない。彼女に恋した男たちは、彼女を愛し続けた。彼らはその後、別の女性と結婚したが、多くの場合、どちらかというと平凡であまり魅力的でない女性と結婚したということは興味深い。ひとたび、究極の美、究極の魅力を知ってしまうと、人間は美や魅力というものに対し、重きを置かなくなってしまうのかもしれない。モードには、私が出会った真に魅力的な人物が皆備えていた三つの特質があった。彼女はロマンティックな人物だった。また、彼女には豊かな感情と温かい心があり、実際、人々に対する温かい思いやりは彼女の強みの一つだった。さらに、彼女には注目すべき芸術的センスがあった。この芸術性は、もしも彼女があれほど美しくなかったとしても、それだけで人々を魅了するに足るものだっただろう。彼女には画才もあり、私の結婚祝いにいろいろな品物を贈ってくれたが、その中に彼女自身が描いた絵もあった。忘れがたいその絵は、これから戦いに向かおうとする赤毛の女性を描いたもので、盾を手にし、頭上には一群れの黒いカラスを従えているその人物は、古の戦いの女王、おそらくアイルランドの戦争の女神モリグ[023]のようだった。

またモードには、深く熟考することができる知性があり、そのため、彼女はいつも興味深い存在だった。とはいえ、その知性は二十世紀初頭のダブリンで培われたような文学的なものではなかった。それは、軍隊の参謀長にこそふさわしい知性で、同時に精神的で神秘的なものだった。イェイツと共に、彼女はオカルトに夢中になり、千里眼、テレパシー、妖精の物語などを信じていた。彼女には一種プロテウス[024]のような、あらゆる局面で輝く個性があったが、祖国に向けられた強い情熱によって、それらは皆一つに統合されていた。彼女は、獰猛な戦士だったかもしれないが、同時に穏やかで好感の持てる人物だった。彼女は恐れを知らぬ女性ではあったが、同時に哀愁に満ちていた。彼女は、冷徹なまでに現実的であったが、同時にロマンティックで性的な魅力に溢れていた。しかし、彼女のすべては、彼女のすべての魅力は、イェイツの詩と劇作品の中に書かれている。

「彼女のどの部分が、その本質を正しく表しているか、どうやったらわかることができるというのか」と、詩人イェイツは、死の床で書き、その詩は死後出版された。彼女は半世紀もの間、イェイツの心と想像力を摑んで離さなかった。私が最後にアイルランドに戻ったとき、アメリカ人の友人と、あるアイルランド人作家と一緒に列車に乗るため、大急ぎで車で駅に向かっていたとき、カレッジ・グリーンで足止めをくらったことがあった。イギリスからの完全な独立を求めた政治集会が行われていた。黒ずくめの洋服に身を包んだ長身の年老いた女性が、そこで演説していた。同行のアイルランド人作家は言った――「アイルランドには、ヨーロッパで最も美しい廃墟があると言ったことがあったでしょう？　ほら、中でも最も美しい廃墟が目の前に存在しています」と。

第十四章　パトリック・ピアスと共に働く

1

大学卒業後も、私はダブリンを離れたくはなかった。興味の対象はすべてそこにあったし、友人も皆、ダブリンに住んでいた。私にとってこの街は刺激に溢れていた。国を動かすあらゆる力が、この街に集中していた。金銭の事など気にかけなかったとはいえ、生活するために仕事は必要だった。というわけで教師の仕事に就いたのであるが、それは、私が受けた教育を活かすことができる数少ない可能性だった。最初、大学で大学生を対象に「英語」と呼ばれる科目を教えたが、それは文学に関係するすべてのものを扱う科目のように思われた。しかし、学生との関係は、教室の中に限定される表面的なものにすぎず、そうした表面的な関係に私は興味を感じることはできなかった。結局パトリック・ピアスが運営していた二つの学校の一つで教えることになった。そこに関わっているほとんどの人間とは既に知り合いで、教員たちは皆若く、同じ道を通って通勤していた。

パトリック・ピアスは、この時期にアイルランドが輩出した際立った人物の一人である。イギリス人の彫刻家だった父親は、ダブリンで鉄や大理石などの装飾品を製作する会社を興し、アイルランド人女性と結婚し、子どもたちをアイルランドで教育した。従って、人種という面ではパトリック・ピアスには半分しかアイルランドの血が流れていなかったが、心理的な面では、彼は私が知っている誰よりも完璧なアイルランド人だった。人種という点からは、一〇〇パーセントであれ部分的であれ、ある国に属していながら、心理的には別の国に属している人々の存在は、特に珍しい現象ではなかった。アイルランド人で、ほんの少ししかイギリスの血が入っていないにもかかわらず、心理的には完全に、また頑固なまでに自分はイギリス人だと思っている人々を私はたくさん知っている。しかし、パトリック・ピアスのような人物を私は他《ほか》には知らない。ピアスの強靭で神秘的な人格は、我々の領域を超えたところに根ざしていたため、時折、彼の心がここにあらずと感じられるのはそのせいだったと思う。心霊的な面から言うと、どこかイェイツと共通点があったが、ピアスの場合、それは滅多に顕わにされなかった。この二人は、それぞれがなすべき仕事に没頭していたため、格別親しい関係にあったわけではなかったが、二人が同席するとき、その内面にある共通点を強く感じないではいられなかった。二人の感情表現は、激しく強烈なものだった。その神秘的な瞳は、私たち常人が見ることのできない何かに集中し、魅了されているかのように見えた。ピアスの片目は少々斜視ぎみだったため、彼が何かを凝視すると、その不思議な印象がさらに強調された。ピアスの内的表現は、イェイツのそれよりも穏やかなものだった。もちろんピアスは、年齢的にイェイツよりはるかに若く、人類に失望するに足るほど長く生きていなかったと言うことはできる。

長身のピアスは、がっしりした体格で、預言者の風貌をそなえた若者だった。個人的に会話を交わすときは控え目な面もあったが、壇上で演説をする時は、非常に熱情的になり、時には剽軽《ひょうきん》ささえ感じさせるユーモアのセンスに富んでいた。ピアスもイェイツも、生まれながらの指導者で、二人とも多くの賛同者を集め、賛同者たちは無条件の忠誠を誓った。内的衝動に命じられるまま仕事に携わっているという印象を二人からは受けた。それを運命と呼ぶのは少し誇張し過ぎかもしれないが、彼らは、個人が選択する余地のない一種の天命に従っているようだった。イェイツには、特に文学や詩に関して、持ち前の尊大さがあった。イェイツは、自らそうしたいと思えば、ほれぼれするほど傲慢になり、圧倒的な闘士となったが、ピアスはそれとは違った種類の闘士だった。そして、決して傲慢になることはなかった。彼は、常に穏やかだったが、非常に強い意志の持ち主だった。実際、当時私が知っていたピアスに、弱さを見ることは全くなかった。ピアスの職業は法廷弁護士だったが、気質的には詩人で、自らの選択によって教育者となった。最初に教育に関わろうとしたとき、ピアスはまだ非常に若かった。彼は、アイルランドという国が若者たちに提供する新しい生活にうまく適合できるような、そして、若者たちを祖国に役立つ人物に育てあげることができるような教育を目指したのである。二つの学校の一つを設立した時、彼はまだ二十代だった。一九一六年の蜂起の後、キルメイナム刑務所[001]の中庭でイギリス軍の銃殺刑執行隊に処刑された時も、まだ若い青年だった。

パトリック・ピアスが設立した最初の学校、聖エンダは少年たちのための学校だった。二番目の学校は聖イタと呼ばれ、少女たちのための学校だった。どちらの名称も、修道院で教育をほどこした古《いにしえ》のアイルランドの聖人にちなんだものである。この二つの学校で、ピアスは非常に近代的な教育概念と、アイルランドの古い教育的伝統である里子制度とを結びつけようとしていた。里子制度とは、学識があり、その理想や信念ゆえに、養育を委ねるに値するとされる著名な家族や人物に、子どもたちを預ける制度のことである。ピアスは、人格形成において決定的な影響力を持つような教育を望んでいた。このため彼は、アイルランドという国を打ち立てることに共感する国中の著名人が、自分の学校に関わるよう努力したのである。また、教師や講師陣には、非常に興味深い一連の人々を集めていた。もちろん、私たちが皆、彼が望んでいた水準に達していたとは思わないが、少なくとも、私たちは彼の理念に応えようと努力した。彼自身は、私が知る限り、最も志の高い人物だった。彼が何か卑しいことを考えたり、卑しい行動を取ったりするということは考えられないことだった。他人が卑しい行動を取ることも、彼は想像すらしなかったのではないだろうか。

彼の元で働いていた教師の中で、最もすばらしい人物は、美術を担当していた弟のウィリーと、詩人で批評家のトマス・マクドナーだった。二人とも、一九一六年の蜂起の後、処刑された。優れた教師の一人だったルイーズ・ガヴァン・ダフィーは、サー・チャールズ・ガヴァン・ダフィー[002]の末娘だった。サー・チャールズは、過去の蜂起で処刑を逃れたが、その代わりにオーストラリアに流刑となり、かの地で著名な政治家となった人物である。この傑出した人物には三つの人生があった。彼は三度結婚し、三つの家庭を持っていた。北半球と南半球でそれぞれキャリアを持ち、三カ国で活躍し、当時の著名人との交流があった。ルイーズは彼の末娘で、フランスで育てられたが、他の兄弟たちと同様、新しく目覚め始めたアイルランドに戻ってきた。そして、私と同じように、国立大学で学士号を取得した。その当時、ダブリンで重要な出来事のほとんどが、若者たちによって推進されていた。誰もが皆、若い情熱、知性、想像力を備えていたことを覚えている。それに加えて誰もが持っていたのは、自己犠牲を厭わない情熱、大義への献身だった。誰もが皆、大義のために身を捧げようとしており、現実的にあらゆるものが大義に結びつけられていた。文芸運動は、今まで表現する機会を持つことがなかった人々に、何かアイルランドの伝統に沿って自分を表現すること、可能ならば、自国の言葉であるアイルランド語で表現することを促すものだったし、ゲーリック・リーグは、半ば失われかけた古い文化や古い言語を復興し、尊重することを目的としたものだった。シン・フェインの運動は、アイルランド政府をイギリスから、つまりウェストミンスター[003]から自立させ、アイルランドという国とその必要性を理解する人々の手に戻すための運動だった。また、産業振興の運動は、産業を興し、アイルランドで作られたものを買うよう人々に自覚させることによって、貧しく経済的に停滞している国を活性化させるための運動だった。後に、戦闘的で武器をもって戦う運動が加わった。イギリスは、アイルランドに自治政府を認めようとはしなかったため、それを勝ち取るために具体的な武力を組織することが必要だったのである。私が知っている誰もが何らかの運動に、場合によると複数の運動に関わっていた。すべての運動に携わっている者もいた。こうした組織が催す公開の集会では、主に別の組織で活躍する著名な人物が講演することも多かった。機知に富んだセアラ・パーサー[004]は、私がこの本を執筆している間に、九十六才で亡くなったが、セアラがよく使った喩えによると、彼らは舞台上の軍隊のようなもので、ぐるぐると回りながら行進し続けていたのである。ダブリンにおけるこのような多彩な活動からあらゆる成果が生み出されたが、実質を伴う成果だけはその中に含まれていなかった。

ピアスの二つの学校で働いていた者たちは、このようなあらゆる大義に何らかの形で関わっていた。二つ、三つの運動に参加していた者もいたし、さらに多くの運動に参加している者もいた。振り返ってみると、あれほどの数の若者たちが、青春時代に普通の生活を営む代わりに、自ら進んで、大義や理想のために人生を捧げたというのは、驚くべきことである。学校の運営、少年少女の教育や育成といった、単調で繰り返しを強いられるような、骨の折れる仕事を自ら引き受けることなど、信じられないような話である。しかし同時にまた、親たちがそのような若者たちに自分の子どもを委ねたという事実に驚く人々もいるだろう。彼らの強みは、その理想、学識、美的センスであり、経験の欠如でさえも意味があると考えられた。それでも、親たちは若い教師たちを信頼し、著名な人々の子弟やその親戚の子どもたちが聖エンダ校と聖イタ校で学んだのだった。文学的で芸術的気分が充満していた。当時のダブリンでは、ほとんどすべての活動に同じことが言えた。多くの生徒たちは、文学的な家庭、もしくは学者の家庭の子弟で、それ故、生徒の親戚の訪問は、学校にとって大きな出来事だった。特に、ジョージ・ムアの訪問には皆、興奮した。彼は、「本来、枢機卿になるべきだった私の弟である陸軍大佐」の息子、つまり、甥のユーリックに会いによく学校を訪れた。ジョージは、いつもわざとらしく滑稽な雰囲気を漂わせながらやって来た。彼は軽装二輪馬車から降りると、乗車賃をめぐって、彼を乗せてきた御者と口論するのが常だった。彼は厳かに一礼し、「もしも意見が一致しないとあれば、ここでお別れしよう」と言ったものだ。これは、ダブリンの二輪馬車の御者と、運賃を巡る議論の中で、彼が常に口にする台詞だった。軽装二輪馬車は〈馬車タクシー〉とも呼ばれていて、当時のダブリンでは、路面電車を除く唯一の移動手段であったが、その料金には明確な基準がなく、御者たちは、身なりのよい乗客からはできるだけ多くの料金を取ろうとしたのである。憎々しげな眼差しを投げかけ、「てめぇは紳士じゃねえな」と悪態をつく御者を尻目に、ジョージは堂々とした足取りで学校の階段を上ってきたものだった。彼が学校にやって来たある時、扉を開けた用務員が、甥のユーリックが麻疹《はしか》にかかったと告げたことがあった。ジョージは一言も発せず、大急ぎで階段をかけおり、まだ悪態をつき続けている御者の馬車に飛び乗って、立ち去っていった。自分自身が麻疹にかかるのを恐れたのだ。何日もの間、ジョージは、麻疹の初期症状について電話でピアスに質問し続けた。というのは、彼の顎に発疹のようなものが出始め、彼によると、体温も高くなっているため、自分も病気にかかったのではないかと心配でたまらなかったのである。この種の恐怖は、いや、いかなる種類の恐怖も、ピアスが自分の生徒たちに感じて欲しくないと考える最たるものだった。なぜなら、ピアスは、勇気を、あらゆる種類の勇気こそを、この学校で育《はぐく》もうとしていたからである。ジョージの名声は非常に高かったが、その訪問はあまり望まれてはいなかったと思う。当時、小説の改革者として、また、英語における写実的な方法を導入した作家としてジョージ・ムアは一目置かれていたが、今日では、どのような作家であれ、ジョージのように社会的に尊重されることはないように思われる。アーノルド・ベネット[005]は、「ジョージ・ムア氏は、今は亡き、我らがサッカレー[006]よりも偉大な小説家である」と書いたことがある。当時は、革新者に対し、実に過大な評価がなされたのである。ユーリックは、自分の伯父のジョージから小遣いをもらうのは喜んでいたが、その文学的名声を知っていたとは思われない。しかし、本当に印象に残っている訪問者は、大陸からやって来るケルト学者たちだった。彼らは、様々な国の首都からやって来たという点においてのみ、コスモポリタンと言うことができた。その他の点では、彼らは、常に上の空でいる、内気な学問の徒であり、文学者たちだった。

2

この時期、ケルト研究は大流行していた。「戦いに赴いては、常に倒れる」ケルト人の冒険物語は注目されていたし、ヨーロッパの諸民族の中でケルト人は、独自の神話体系を持ち、神々や英雄を有している数少ない民族として、各地で多くの関心を集めていた。また、ケルトという概念を広める戦闘的な旗手は、ヨーロッパの最西端にある島、ブリテン島のさらに西にある島の住民たち、つまりアイルランド人だと考えられていたようである。その結果、私がピアスの学校で教えていた時代にダブリンで起こったあらゆる出来事は、その本来の重要性以上に、過剰な関心を持たれることとなった。ピアスの二つの学校では、ケルト的理念に基づいた教育を実践していたが、そうした実践は、古代ケルト文化に傾倒する人々に希望を、つまり、ケルト文化が再び、西ヨーロッパにおいて重要な文化と見なされるようになるという希望を与えるようになった。その結果、ダブリンに巡礼の旅でやって来た多くの学者や研究者たちが、ピアスの学校を訪れたのである。このようなケルト文化の傾倒者たちの訪問は頻繁にあったが、中にはアイルランド語はできるのに、英語を話せない、変わり者の老研究者もいた。彼らの人生にまつわる物語は、大西洋の北に浮かぶ征服されたこの島の言語や歴史に、何らかの形で関係していた。その中で、ただ一人世界的な学者で、文献や伝統に耽溺する夢想家でなかったのは、有名なドイツ人のケルト学者、クノ・マイアーである。彼は、ダブリンの「スクール・オブ・アイリッシュ・ラーニング」で連続講義を行ったが、基本的にはイギリスのある大学に所属していた。彼はアイルランドを好んでいたのと同様に、イギリスのことも気に入っていたのである。そして、おそらく第一次世界大戦で戦死したと思う[007]。マイアーは学者であり詩人という芸術家気質の研究者で、ドイツの言語学者たちには通常見られないような優雅さで、その類い稀な学識を感じさせた。彼による古代アイルランド文学の翻訳は非常に美しく、この領域に最初に興味を示した学者の一人だった。マイアーは、古代ギリシャ文学を愛する人たちのように、古代アイルランド文学を大層情熱的に愛していた。そのため、彼はダブリンにおいて、一種の英雄的存在だった。マイアーの魅力、その知的非凡さについて、ジョージ・ムアは『いざ、別れのとき』の中で描いている。私も、彼が関節炎で曲がった肩をかがめ、本をのぞき込みながら美しい声で朗読する壇上の姿をよく覚えている。古《いにしえ》のアイルランドの詩歌は、彼によって完璧な英語に翻訳され、彼自身がその作者ではないかと思わせるほどだった。

また、ポコルニー[008]という名のロマンティックなウィーンの学者もよくやって来たものだった。彼は、後にヒトラーの逆鱗に触れ、失脚することになる。また、フランスからもケルトの傾倒者たちが多数やって来た。主にブルトン人で、彼らはフランスからのブルターニュの独立すら考えていたようだ。非常に背が高く、貴族的な雰囲気のスコットランド人もよくやって来たが、名前は覚えていない。彼らは、フィルベグズと呼ばれるキルトを身につけていた。また、牧歌的な印象を与えるウェールズ人のサー・ジョン・リース[009]もやって来た。彼は、ケルト学の長老で、ウェールズの農夫のような風貌をしていたが――おそらくそれは事実だったのではないかと思われる――アイルランドにやって来ると、アイルランド産の毛織物のコートを着て、黒いサンザシの杖をついていたため、まるでアイルランドの農夫のように見えた。彼は何ごとも、朗々とした大声で褒め称えた。彼と我らが老シガーソン博士――彼については次章で詳しく述べる――は、ピアスがアイルランド語で書いた劇にいたく感動した。その劇の一つは、二つの学校の生徒と教師によって、アビー・シアターで演じられたが、作品として一定の評価を得たため、ロンドンの新聞のみならず、大陸の新聞各紙で劇評が掲載された。聖母マリアを演じた美しい少女は、アイルランド系アルゼンチン人であるシニョール・バルフィン[010]の娘だった。彼女にはスペインの血は流れていなかったにもかかわらず、不思議なことにムリリョの聖母マリアそのものだった。私は端役のマグダラのマリアを演じた。その役が与えられた主な理由は、私の長い赤毛を、ブラウニング[011]のヒロインたちのように[012]、首の周りに三度巻き付けることができたからだった。しかし、リハーサルで、イエスの足を洗うシーンはカットされたので、私の赤毛は演出効果上あまり意味を持たなくなり、紫と金色の衣装の上に垂らされただけだった。十二使徒は、皆、学校の生徒たちが演じた。どの学校でも同じようなことが言えると思うのだが、両親たちが喜ぶように、できるだけ多くの生徒を舞台に上げる必要があったのである。そうした行事の後のディナーで、ピアスは、アイルランドが直ちに自治を得ることができないのなら、彼とその同世代の人々は、自由のために闘わなければならないと宣言し、聴衆の大喝采を浴びたものだった。観客の中にいた著名なジャーナリストで戦争特派員でもあったヘンリー・ネヴィンソン[013]や他のイギリス人たちも、ピアスの心情に共感し、熱狂的に拍手喝采した。

ピアスの学校の学外活動に、文学や演劇に関するものが多かったのは、時代の特色をよく表していると思う。『アイリッシュ・レビュー』という文芸月刊誌が、その当時としてはよくあることだったが、格別な準備期間もなく創刊されたとき、編集委員会も顧問委員会も、そのメンバーの多くはピアスの学校の教員たちで構成された。チーフ・エディターはロイヤル・カレッジ・オブ・サイエンスのヒューストン教授[014]で、彼のポケットマネーで創刊号の費用が賄われた。その他の作業は、投稿者も含め、みな無償で行われた。創刊時のみならず、その後もずっと、私はそのグループの中で唯一の女性であり、また男性たちよりも少し若かったため、常に皆からあれこれ偉そうに指図されていた。彼らは、詩、短篇小説、劇、論文、それに編集後記といった雑誌の主要部分を自分たちで書こうと心に決めていた。そして、雑誌の最後の数ページに、少し小さなフォントで書評を掲載することが決定され、私がそれを担当することになった。問題はすぐに発生した。文学的名声を確立している年長の作家たちは、新しく出版されるアイルランドの雑誌を、生意気な若者たちの思うままにさせるつもりはなかったのである。作家たちは、作品をどんどん寄稿してきた。ジョージ・ムアは、「洪水」という題の短篇を送りつけ、雑誌の創刊号の巻頭に掲載するよう要求してきた。しかし、編集に携わっていた利発な青年たちは、その短篇がゾラの模倣であると見なし、彼らが企画している最新の雑誌に掲載するのは間違いであると結論づけた。一方、編集委員会のメンバーだったポーリック・コラムは、自分が優れた政治的コメンテーターであると自負していたため、創刊号の巻頭を自分の政治的論文で飾りたいと考えていた。しかし、若い青年たちが、ジョージ・ムアに敵うわけがなかった。ムアは、編集グループの中で最も年長者のヒューストン教授に訴え、雑誌の出版計画に自分が関心を持っていることを示し、編集長の心をしっかりと捉えたのである。その結果、『アイリッシュ・レビュー』は、ムアの短篇を最も重要な作品として、雑誌の巻頭に掲載することになった。

ジョン・シングの作品集はダブリンで出版されたばかりだったが、私の批評家としての潜在能力をイェイツから聞いたヒューストン教授は、その作品集を私に手渡し、書評を書くようにと言った。自分の短篇に関するインタビューを受けた際、ムアはヒューストン教授にシングの作品の書評は誰が書くのかと尋ねた。編集長は、申し訳なさそうな調子で、「一人の若い女性が担当します」と言った。ジョージ・ムアは、両手を広げる彼特有の身振りをみせながら、「なんと、若い女性！　いったい誰だ、どこの娘だ？」と言った。批評の経験を積んだ今になってみれば、賛否両論を巻き起こしているある有名な作家について、男性であれ女性であれ一人の若者が書評を書こうとしていると聞いたなら、自分もムアと全く同じ反応をすると思う。なぜなら、批評というのは、非常に成熟を要する技術で、若い者は決してうまく行うことはできないものなのである。しかし、シングを熟読していた私は、最善を尽くし書評に取り組んだと思う。雑誌が刊行されたとき、その巻頭ページを大きなフォントで飾ったのはジョージ・ムアの作品だったが、最後のページには、小さなフォントで私の書評が掲載された。その他のページに全力を尽くした青年たちには気の毒なことであったが、数々のイギリスの雑誌が『アイリッシュ・レビュー』について取り上げたのは、巻頭と巻末の数ページ、つまり、ジョージ・ムアの作品と私の書評のみだった。この雑誌は、その後も刊行が続き、アイルランドのほとんどの作家の作品を掲載するようになった。ピアスは、アイルランド語の詩を翻訳したアンソロジーを提供し、ジェイムズ・スティーヴンズのすばらしい『掃除婦の娘』は、十一回にわたって連載された。それぞれの章は、出版される前に、ラスファーナムにあるヒューストン教授の自宅の居間の暖炉の前で、まず朗読された。

雑誌に対する関心の強さは、驚くべきものだった。アメリカの出版社からの契約申込みはひっきりなしで、故エドワード・オブライエン[015]を通して、ボストンのリトル・ブラウン社からジェイムズ・スティーヴンズへの出版企画が持ち込まれた。『掃除婦の娘』の前金として提示されたのは五百ドルで、その当時のダブリンでは、相当の金額だった。それは、法律事務所で事務員として働いていたスティーヴンズの年収の二倍の金額だったのである。彼は、ダブリンの文学サークルにおいて、羨望の対象となったが、文学青年たちは皆、スティーヴンズの人柄も、その独創性から生み出される魅力的なファンタジーも心からすばらしいと思っていたので、こうした嫉妬心は見事に克服されたのだった。スティーヴンズのこの作品は、リトル・ブラウン社によって、『空想家メアリー』という題で出版された。多くの若い作家たちの作品がアメリカの雑誌に掲載されていたが、アメリカで最初に本が出版されたのはスティーヴンズである。

『アイリッシュ・レビュー』を編集することは本当に楽

しいことだった。私たちは、交替で狭い編集用の机に座り、編集者同士で、また、寄稿者も交えて議論を楽しむことができた。

時が流れ、空間的にも距離をおいた今日の視点で振り返ると、すべてがロマンティックで胸躍る経験だったと錯覚しそうであるが、実際は、単調で大変な仕事の連続だった。ピアスの二つの学校で働き、様々な大義を実現させようとしていた私たちは、その数年の間、スタール夫人[016]がかつて言った「知性と想像力にまつわる喜び」以外に、若者としての喜びはほとんど経験することがなかった。ピアス自身にも、いわゆる普通の意味での青春はなかったように思う。祖国に対する責任を常に感じ、その将来についていつも考えていた。彼はアイルランドについて、隅から隅まで知っていた。その歴史や伝説、その苦悩、あらゆる生命と精神を破壊する不要な貧困などについて理解していた。『歌い手』という劇の中で、ピアスの人格や思考が反映されている主人公のマクダラは、「本当に哀しい出産、何もない結婚の宴、蝋燭すらない通夜を私は目にしてきた」と語り、「私は、教師であることをすばらしいことだと思い、誇りに思っている。……自分自身の生命の源である血肉と息を、小さな子どもに伝えるのだ」と続けている。これは、まさにピアスの考えそのものである。彼は、自分の生徒たちと二つの学校を愛していた。しかし、彼が別の大義の要請を受け、別の義務が彼を必要とするときがやって来た。アイルランドは、弱小の属国として帝国の支配下にあり、イギリスのウェストミンスターにある議会によって統治されていた。アイルランドにとって、正義であり必要であると考えられることは、支配者によって間違いであると見なされた。あらゆる意見が食い違った。一つの国に対する忠誠と愛国心は、もう一つの国に対する裏切り行為を意味した。私の友でもあった、誇り高く、志の高い、同胞に奉仕することを強く望んでいた青年たちの忍耐は限界に達していた。彼らは、アイルランドを、あらゆることが閉塞状況にあるヨーロッパの一国と見なしていた。

英国の高官たちは、良識的な人物である場合が多かったが、彼らが統治している国については、思わず笑いたくなるほど無知だった。そのお気楽なまでの恩着せがましさと気取った態度を称して、あるアメリカ人は、ほとんど〈本能的な気取り〉と呼んだが、第一次大戦前のイギリスの支配階級は、そのような態度を粋《シック》だと考えていたようだ。私は、ベイリー弁務官が催したホームパーティーに出席したことがある。彼は、政府の土地関係の監察官であったが、政府関係者としては珍しくアイルランド人だったため、ダブリン城の意向を極力無視して、自分の任務を遂行しようとした。彼のパーティーに居合わせたひとりのイギリス官吏は、そこで出会ったダブリンの様々な知識階級や上流階級の人々にできうる限り感じよく振る舞おうとしていた。

「さあ」と彼は愛想よく言った。「私たちが皆さんのために作った新しい大学をどのように運営されますか？　その他に、皆さんは、私たちに何をお望みですか？　お望みのものの実現をお約束しますよ。イギリスは何をして差し上げましょう？」人々が自分の発言を笑ったことに対し、彼はあまり当惑した様子を見せなかった。

「私たちは、イギリスに何かをしてもらおうと思っていないのです。私たちは、イギリスに出て行ってもらいたいのです」

「それならば、一体誰が統治するというのですか？」

「自分たちで行いたいのです」

「自分たちで行うですって！　でも、皆さんがアイルランドを統治することはできないでしょう。」そして、私は彼が声をひそめて言うのを聞いた。「このことは、ビレル氏[017]に報告しなければ」

ピアスと彼のグループは、アイルランド人自身がアイルランドの自治を行うという、アイルランドの要求に対する解決法として、それが道理に適ったものであれば何でも受け入れる用意があった。しかし、いかなる解決策も提示されないのを見て、彼らは、歴史上の革命運動が正しかったことを確信した。アイルランド人は、なんとしても、統治機関を持たねばならない、それが適わないなら、この国は、ますます希望のない状況に落ち込んでしまうと考えたのである。こうした思いは、アイルランドの若い男女にとって、神秘性を伴う情熱となり、さらに強い感情となって多くの人々に浸透していった。人間にとって基本的に必要なものは、食べ物と愛だということを何度も耳にしたことがある。文章で読んだことのほうが多いかもしれない。しかし、自分の国を自由にするという必要を強く感じると、食べ物も愛も、それに比べれば取るに足らないものに過ぎないと思う人間を大勢知っている。愛や空腹のために命を賭けることもあるかもしれないが、自由を求めて闘うために、若い盛りの命を捧げることを厭わなかった人々を私は実際に知っているのである。私が知っている多くの若者たちは、自分たちの命を犠牲にすることの意味を信じ、自分たちの血を流すことが、祖国の自由を勝ち取ることにつながると信じていた。自由を勝ち取った後に、どのような国の未来を彼らが期待していたのか私にはわからない。もしも、もう少し時間をかけて熟考することができたとしても、彼らに、理想的な未来の国のイメージを作り上げることはできなかったのではないかと思う。しかし、ともかくも、彼らは一致団結し、大英帝国から離脱する宣言書を書き上げ、パトリック・ピアスを新しいアイルランド共和国の暫定的な大統領に任命したのである。一九一六年の復活祭の日曜日[018]、彼らは集められる限りの戦闘員で蜂起を起こし、政府の重要拠点を可能な限り占拠した。しかし彼らは、帝国の力によってただちに鎮圧された。そして「共和国宣言」に署名した者すべてが処刑された。一九一六年五月に、キルメイナム刑務所の中庭で、銃殺執行隊の兵士たちが、パトリック・ピアスをイギリス政府に対する反乱のかどで処刑し、その死体を生石灰の中に埋めたことで、彼の勇気と夢は終わりを告げた。私は、ニューヨークのある日の午後、グランド・セントラル駅で列車を降りたとき、夕刊でそのニュースを知った。彼が立ち上がって闘ったものがすべて灰燼《かいじん》に帰したという衝撃は、今でも私の中に生き続けている。ピアスもまた、誰もが持つような人生に対する夢と愛を持っていた。そして、彼は、そうした夢や愛が、彼の義務や目標から自分を遠ざけるのではないかと、しばしば恐れてもいた。そうした感情を、彼は一篇の詩に書いている。もともとアイルランド語で書かれたこの詩は、彼の学校で教えていた同僚のトマス・マクドナーによって英語に翻訳された。マクドナー自身も、ピアスと同日に、同じ銃殺執行隊によって処刑された。

裸の君を見た
ああ、至高の美よ
たじろぐことのないように、
私は目を閉じた

君の音楽を聴いた
ああ、至高の調べよ
堕落することのないように
私は耳を塞いだ

君の唇に触れた
ああ、至高なる甘美さよ
自分が壊れてしまうのが怖くて、
心を鬼にした

私は目を閉じ
耳を覆い
心を鬼にした
そして、私の欲望を潰した

私は背を向けた
自分が形作ってきた夢から
そして、目の前に伸びる一本の道を
しっかりと見据えた

私はしっかりと見据えた
目の前に伸びる一本の道を
自分が行うことになる行為を
そして、私が迎えることになる死を

この詩の中で、自らが幻視した通りの死を、彼は現実に迎えることになった。

第十五章　A・E、シガーソン博士、セアラ・パーサー

1

当たり前のことであるが、ダブリンの住民が皆、若いというわけではなかったし、皆が皆、闘士だというわけでもなかった。長い間ダブリンに住み続けている一族で、穏健派で平和主義の人々もたくさんいた。デーン人のシトリックがダブリンの王であった頃まで家系をたどることができる家族もあった。というのも、ダブリンには、ヨーロッパの他の都市同様、様々な血統の混じった人々が住んでいたからである。彼らの多くは、古い家に住んでいた。そして、古い家とその住人の間には、互いに共通する特徴があった。それは、堅実さや受容力、旧弊な側面が、陽気さと分かちがたく混じったもので、伝統に裏打ちされた礼儀正しさは揺らぐことがなかった。歴史的過去とその輪郭を、人間と家の双方に見ることができたのである。それらは、歴史の産物であり、容易に変容するものではなかった。一族の若い世代の中には、年配者たちに電話や電気を導入することを勧めるものもいたが、そうした新しい機械はあまりうまく機能しなかった。時折、物の値打ちを解さない者がジョージアン・ハウスを購入し、三階や居間のある階に張り出し窓をつけてみることで、家をよりよいものにしようと試みることもあったが、古い家に窓を継ぎ足したりすると、窓の周りの煉瓦はぼろぼろと崩れ、煉瓦もモルタルも窓を支えることができなくなった。

自分より半世紀以上も年上だったにもかかわらず、非常に親しみを感じ、同志だと感じることができた、古き良きダブリンを絵に描いたような二人の人物がいる。セアラ・パーサーとジョージ・シガーソン[001]である。シガーソンという姓は「シガードの息子」[002]という意味で、

古代スカンジナビアからの侵略者の末裔として、一〇一四年のクロンターフの戦いで、ブライアン・ボルーに敗れた将軍の一人を祖先に持つと自身がよく語っていた。不思議なことに、彼はスカンジナビア人のような風貌で、イプセン[003]ほど当世風ではなかったものの、肖像画に描かれたイプセンに非常によく似ていた。神経科の専門医で、当時、人々があまり知識を持ち合わせていない神経病学の教授だったシガーソンは、ダブリンでは、単に「博士」として知られていた。彼はパリのサルペトリエール病院の偉大なシャルコー医師[004]の弟子であり友人でもあったが、その他の弟子にはジークムント・フロイトやピエール・ジャネ[005]がいた。博士は、神経学の権威であり、よく知られたケルト学者でもあった。当然のことながら、ケルト研究にのみ時間を費やすことはできなかったため、大陸の高名なケルト学者ほど専門的な学者ではなかったかもしれない。しかし、彼はアイルランド生まれだったため、私たちは同胞として彼に強い愛情を感じていた。私たちは皆、彼の翻訳による『ゲール人とゴール人の吟遊詩人たち』を愛読しており、その中の作品のいくつかを諳《そら》んじることができた。彼は、ジョージアン・ハウスの建ち並ぶメリオン・スクエアに続くクレア通りの古い家に住んでいた。その家は特別に大きかったわけでも豪華だったわけでもなかったが、博士が開く日曜の夜のディナー・パーティーは、ダブリンの街で選ばれた者のみが参加できるすばらしい社交の場だった。どこか、フランスのサロンのような雰囲気もあった。というのは、シガーソン博士には非常にフランス的なところがあって、彼の家にはフランスの家具や小さな骨董品がたくさん、文字通り至る所に置いてあったため、金色の小机や、花瓶、時計、小さな像などにぶつからないで、彼の居間にたどり着くのは、なかなかの技量が必要とされた。彼は、イギリスやアイルランドの医者の家には必ずある、ダイニング・ルームから少し離れた診察室でまず、客人をもてなしたものだった。シェリー酒を一杯飲んだ後、ダイニング・ルームに続く扉が開け放たれ、博士は、客人の中で最も若い女性——それは私であることが多かった——に、重々しく自分の腕を差し出し、その女性を右側に、客人の中で最も重要な女性を左にエスコートし、共にダイニング・ルームまで歩いて行った。彼自身が食卓での会話の中心になり、その話題に全員の客が加わるのが常だった。博士はまず、大きな音を立てて巨大なカーヴィング・ナイフを研いでから、ローストした肉を切り分けた。ほとんど常に、客の中には名の通った著名人が加わっていて、大陸やアメリカからの客が加わることも少なくなかった。娘婿のドン・ピアット[006]は駐在アイルランド・アメリカ領事で、ドン・ピアット自身の両親は共にアメリカの詩人だったため、彼には様々な人脈があったのである。その息子は、ピアスの学校に通っていた。博士のもう一人の娘ドラ・シガーソン[007]と結婚したのは、詩人で、オックスフォード・ブックスの代表でもあるクレメント・ショーター[008]で、『スフィアー』の名物編集者だった。ドラは当時、有名な女性詩人の一人で、写真も多く撮られ、その作品はあらゆる詩選集に掲載されていたが、今ではほとんど忘れ去られている。博士のディナー・パーティーで出される食べ物とワインは、ダブリンで提供される最高のものだった。常に、完璧な焼き具合にローストされた肉に極上の赤ワインか発泡ワインのヴーヴレが添えられ、その後、客人たちは、珍品でごったがえした居間に移動することになる。女性客は、男性客よりも十五分ばかり先に移動し、中国茶を飲むのが常だった。その後、パリで購入したばかりの骨董品が披露された。それは、小さな細密画だったり、ぞっとするような形をした時計だったり、表面に絵が描かれたテーブルだったりした。客に詩人がいた場合は、詩を一篇か二篇、朗読することが求められた。パトリック・ピアスが、博士自身の翻訳である「亡きファーディアッドを偲ぶクフーリンの嘆き」を朗読した時のことを覚えている。ピアスは、この詩以上に騎士道精神を表したものはないと考えていたため、よく学校の教師や生徒たちに向かって読み聞かせていたのである。ピアスは、強い感情を込め、その独特の瞳を輝かせながら、朗読したものだった。このようなとき、私たちのホストである博士は、左手に紅茶の茶碗を持ち、右手でリズムを取っていた。

今までの戦いはみんなお遊び、みんなお慰み
ファーディアッドが海辺に現れるまでは。
この男とともに学び
また、学舎で衝突もした
この男は、心穏やかな我らが師の喜びでもあった

誰にも愛された男だった。

今までの戦いはみんなお遊び、みんなお慰み
ファーディアッドが海辺に現れるまでは。
この男は伝統に従い戦い続けた
この男は戦場での偉業を賞賛され
師のスカーハは、勝者の盾を二つ与えた、
　同じ褒美を、男と私に一つずつ。

今までの戦いはみんなお遊び、みんなお慰み
ファーディアッドが海辺に現れるまでは。
ああ、純金の柱のようなその男は
浅瀬で冷たく横たわる
英雄の一軍が、男の剣に触れる
　戦いの最初の突破口。

今までの戦いはみんなお遊び、みんなお慰み
ファーディアッドが海辺に現れるまでは。
激しく、鋭く、燃え立つ獅子
何ものも抗うことのできない大波は
きしむ砂を運び去り
　浜辺に敬意を表す。

博士は人前に立つと、サミュエル・ジョンソン[009]風の話し方になり、ジョンソン風のユーモアのセンスで私たちを常に驚かせた。実に穏やかな調子で、常に意地悪な皮肉を言い放つのである。ある時、ディナーの席上で、一人の詩人[010]が、求められてもいないのに、最新の自作を朗唱しようとしたことがあった。そして、彼の詩行が朗々と響き渡った。

　黒いスモック・ウィードと、青い海の芥子《けし》が育つ

博士はカーヴィング・ナイフを掲げ、「ちょっと待った」と言った。「スモック・ウィードとは何だね？」混乱した詩人は、途方に暮れた様子だった。「でも先生、スモック・ウィードのことはご存知のはずでは？ スモック・ウィードとは……いや、みなさん、スモック・ウィードの意味はご存知でしょう？」
「スモック・ウィードなどというような物は存在しな

い」と博士は言った。「この国ではイェイツ君が詩を書くようになって以降、言葉の本当の意味が、誰にもわからなくなってしまったのだ」

イェイツとシガーソンの間には、根深い対立があって、それは、ダブリンの文学サークルにおける大いなる関心事の一つだった。それは、かなり昔に、イェイツが有名なディナー・パーティーの前か後に企画した、水晶を見ながら行う降霊会に端を発していると言われていた。イェイツはうっとりと水晶に見入りながら、「私には、威厳に満ちた輝かしい人物が、深淵から手を振っているのが見えます。イェイツはうっとりと水晶に見入りながら、紫の色がはためいています」と言った。

「イェイツ君」と博士は、例のジョンソン博士風の口調で言った。「そんなものが見えるわけがない。通りの向こうにある薬屋が水晶に映っているのが見えているだけだよ。窓からのぞいてみたら、瓶に入った色とりどりの液体が見えるだろう。深紅、緑、紫。また、輝く真鍮の備品が輝く人間に見えているんだよ」

博士は、イェイツがロンドンにアイルランド文芸協会を設立するのと時を同じくして設立した、ダブリンの国民文芸協会の終身会長の役割を担っていると考えられていた。そのため毎週月曜日になると、協会の会合にやって来て、講師の紹介を行った。イェイツがその場にいた場合は、そして、そういうことが多かったのであるが、イェイツは、博士が講師を紹介しているスピーチに割り込み、普通の司会者なら当惑してしまうようなことを言うのが常だった。博士の方は、見事にイェイツを無視し、レクチャーが終わってから、結果的に聴衆が、詩人を笑いものにしかねないような皮肉な発言をするのだった。例えば、「イェイツ君は、彼の劇『デアドラ』で女優が身につけている衣装が、デザインはエリザベス朝のものなのに、材質はヴィクトリア朝のものだということにお気づきでないようだ」といった調子である。これに対しイェイツは、穏やかに微笑んで「もちろん気づいていますよ。でも、女優が自分のスタイルに合った衣装を着たいと主張したら、それに対して何と言うことができますか?」と応えるのだった。

主宰するディナー・パーティーで、博士は、客をゲール・チームとゴール・チームに分けるのがお気に入りだった。つまり、ケルト系の姓を持つ者を一つのグループとし、サクソン系、もしくはヴァイキング系の名前を持つ者をもう一つのグループにするというアイディアである。そして「ヴァイキング系の人間は、アイルランドに対して、特にダブリンに対して、もっと権利の主張をしたらいいんだ。傲慢なケルト人が、みな自分のものだと言い張っているからな」と言うのだった。そして、十一世紀にヴァイキングを打ち破ったという理由で、アイルランドにおける偉大な英雄と見なされている大王ブライアン・ボルーを「あの簒奪者ブライアン」と呼んでいた。

　彼の本業である神経学に関して博士が話をすることは稀ではあったが、話題にする時には、大層、熱意を込めて話してくれた。そして、彼の友人であるサルペトリエール病院の偉大なるシャルコーが実際に行った、ヒステリーや精神疾患に関する実験について、また、彼が、潜在意識の近代的解釈においていかに先進的な考えを持っていたかについて語ってくれた。シガーソンは、アイルランドに講演に来たこともあるシャルコーから受け取った無数の書簡を当時所有していた。後年私は、コレージュ・ド・フランスでシャルコーの弟子であるピエール・ジャネの講義や、聖アンヌ精神病院でジョルジュ・デュマ[011]の講義を受講することになり、シガーソンが所有していたシャルコーの書簡にはどのようなことが書かれていたのか、強い興味を持つようになった。デュマ博士は、患者を舞台に上げるというシャルコーの手法を踏襲していた。患者をほとんど見世物にするという点で、シャルコーとデュマはしばしば批判を受けたが、それには正当性があると言わねばならないと思う。明らかに、舞台の上に立ち、観客に見られることを喜んでいる患者たちはいたのである。患者たちは、自分たちについて、自分たちが見る幻について積極的に語ったが、それは、人々が日常生活で自分たちについて語る様子と比べても、それほど異様な光景ではなかった。デュマ博士の質問に答えることによって、彼らが非常に興味深い人間の奇癖や感情を露わにするのを目の当たりにすると、かつて多くの作家たちが、人の性格を研究するにあたって、精神病院を訪ねたことの意味がわかるような気がした。それは、まるで望遠鏡を通して人間を観察するように、人間の本質を、個別に切り取り、拡大して見るに等しいことだったのである。

2

博士の家から半マイルも離れていない場所に建つ、ダブリンの建物の中でも非常に古く個性的な建物であるメスピル・ハウスにセアラ・パーサーは住んでいた。それは、ダブリンの中心部にあり、広い敷地の中に建つジョージアン・ハウスだった。大昔にこの家が建てられた頃は、その場所はダブリン市の境界の外側に位置しており、間違いなく誰かのカントリー・ハウスだったのだろう。その家は本当にすばらしく、実に個性豊かなものだった。そして、同時に、一つ一つの部屋に幽霊が住んでいたのではないかと思うほど、非常に気味が悪い家だったため、セアラのように、温かく快活な性格の人物が住むのでなければ、単に、寂しい奇妙なだけの家になってしまったと思う。この家に彼女は、召使いたちを除けば、たった一人で、驚くほど陽気に暮らしていた。敷地内には小さな池があり、鬱蒼とした木々に覆われたこの家は、まるでポー[012]の作品から抜け出してきたかのような風情を保っていた。家もセアラも、共に歴史の生き証人のように思われた。私が生まれるはるか前から、彼女は有名な肖像画家だった。イェイツが少年だった頃、イェイツは彼女を自分よりずっと年上だと思っていたようだ。しかし彼女は、イェイツが死んだ後も、さらに数年長生きした[013]。セアラは、マリー・バシュキルツェフ[014]の日記の中に、パリのアカデミー・ジュリアン[015]に学ぶアイルランド娘セアラとして登場している。彼女は、この国のほとんどすべての有名人を肖像画に描き、あらゆる文化運動に関わり、アビー・シアターとヒュー・レーンが企画した数々の展覧会を支援した。彼女は、画家を志す者のための奨学金を設立し、「ガラスの塔」という意味のアイルランド語「アン・タール・グイニェ」という名前のステンド・グラス製作のためのスタジオを設立し、世界に向けて美しいステンド・グラスを送り出した。彼女は、ダブリンの有名な学者一族の出身で、その家族の誰もが皆、ダブリン出身者に特有の性格を持っていたため、彼らが他の都市で生まれた可能性を考えることなど不可能だった。彼らのダブリン特有のアクセント、振る舞い、機知、率直さ、愛国心などは、まぎれもなく彼らがダブリン生まれ《ダブリナーズ》であることを表していた。アイルランドにやって来るアメリカ人の間で有名な存在だったセアラは、その奇妙な古い家で、アメリカ人たちをもてなすことを好んだ。月に一度、彼女は巨大で完璧な客間で、多くの友人を招いてパーティーを開いた。その部屋の壁という壁は絵画で覆い尽くされていて、そこに置かれた家具は美しく華やかなものだった。そのようなパーティーの日以外は、部屋は閉め切られていたため、部屋中に湿気が籠もっていたことは認めなければならない。メスピル・ハウスでは、召使いたちは住む場所と食事のみを与えられるという十八世紀のやり方が踏襲されており、セアラは自分が非常に経済的に屋敷を切り盛りしていることを誇りにしていた。「あなた、私はこの家を年間七百ポンドで維持しているのよ」と勝ち誇ったように宣言したものだった――「無駄は何一つないわ。」何代にもわたって金持ちであり続けた人々に見られる特徴であるが、彼女は何一つ贅沢をしなかった。

　私たちがパリに住んでいたときは、彼女は、私たちが住んでいたモンパルナスの小さなホテルに宿泊したものだった。その当時、彼女は八十歳を超えていたにもかかわらず――結局、彼女は九十七歳[016]まで生きた――五階まで階段を上がらなければならない、学生下宿のような部屋に平気で泊まり、夜は真夜中を過ぎるまでカフェをはしごし、自分の友人や、そのまた友人たちと会話を楽しみながら、あれこれ飲み明かすのだった。昼間は、ダブリンの美術館のために、掘り出し物の絵画や彫刻作品を求め、スタジオや画商の店を訪ね歩いた。生涯を通じて、彼女は生粋の芸術家であり続けた。芸術に関して、古いものも新しいものも、彼女が知らないものは何一つなかった。私のダブリンの知り合いは皆、金銭には無頓着だったので、セアラが本当は資産家であるということに気がつかなかったのだが、ある日、セアラが乗ったカレー行きの列車を見送った後、彼女から電報を受け取ったことがある。タクシーの中に宝石ケースを忘れてきたので、警察に行って受け取ってきてほしいということだった。パリでは、タクシーでの忘れ物は、原則として警察に届けられることになっていた。当然の結果、ホテルのオーナーは、タクシードライバーの訪問を受け、ドライバーが車の中に忘れられた宝石ケースを警察に届けたこと、またそれに対する報酬を期待していることを告げられたのだった。忘れ物を取り戻すためには、評価額の一〇パーセントを警察に支払うことが規則となっていて、その徴収金はパリの様々な病院に送られることになっていた。セアラの宝石ケースの中には、多くのアイルランドの家族に伝えられてきたような宝石の類い、例えば、金のネックレスとブレスレットが一つか二つ、トルコ石のブローチ、おそらくは真珠のイヤリングなどが入っているだろうと私は考えていた。おしゃべりなフランス警察官にいろいろ質問を受けた後で、自分の財布から二百フランほどを取り出そうとしたところ、彼に一枚の書類を手渡された。そこに書かれた金額を、私は最初、理解することができなかった。

彼は、正式な委任状と本人確認の上、忘れ物の一〇パーセントに相当する十万フランを支払えば、宝石は持ち主に返還することができると続けた。彼女の古ぼけた宝石ケースの中身が、百万フランの価値があると聞かされた私は、呆然となった。それを取り戻すための十万フランなど、私は持っていないのだった。さらに、十万フランの請求書をセアラに送りつけたりしたならば、どんな顔をされ、何を言われるか、容易に想像することができた。私は絶望的な気持ちになったが、そこへホテルのオーナーが私に助け船を出してくれた。彼は警察の扱い方を心得ていて、頭に思いついたことをなんでも喋りまくった。彼は、その宝石は、セアラが一生かけてためた老後の蓄えであるという涙ながらの作り話を披露し、すべて、彼女の子どもたちに分けなければならないこと、また、彼女はとても年寄りで耄碌《もうろく》しているため、自分が何をしているのか、どこに何を忘れたのか、わけがわからなくなっているとも言った。さらに、「彼女はアイルランドの名家の出身で、フランスの有力者たちと親しい」という魔法の言葉を付け加えた。結局、数百フランを支払うことで、セアラは宝石を取り戻すことができた。彼女が耄碌していると、ホテルのオーナーが雄弁にも語った作り話の詳細をセアラが聞こうものなら、何と言われるだろうと私は震え上がった。心身ともに活力に満ちあふれていたセアラは、自分の歳について、人々に自慢げに語ることに喜びを感じているようだった。「私は、今ゲーテが死んだ歳なのよ」と、八十代のときにはよく言っていた。しかし、歳を重ねるにつれ、彼女は著名な芸術家の誰よりも長生きしたため、比較できる人物がいなくなってきた。若かったときの私は、太陽や月のように、セアラは永遠に存在し続けると思っていた。実際、ダブリンの年配の友人たちについても、同じように感じていた。セアラやシガーソン博士のように、私が生まれるより前から有名人だった人々もいたし、私が子どもの頃、有名人だった人々もいた。彼らの名前を耳にしたり、印刷物で見たりすることが当たり前だったため、私は、彼らが記念碑のようにその場に存在し続けるものだと思い込んでしまったようである。

3

A・Eは、セアラやシガーソン博士より一世代若かったが、私の心の中では、二人と一緒に記憶されている。A・Eは博士の日曜日のディナー・パーティーに参加することはなかったが、それは、彼自身が日曜の夜、集まりを企画していたからである。それは、博士のようなディナー・パーティーではなく、フランス人がよく言う、〈親睦会〉のようなものだった。人々は語り合い、自分の作品の一部を朗読し、芸術や文学の技法に関する諸問題を取り上げ、哲学について議論するためにやって来た。A・Eの親睦会は、錬金術協会や神智学会に付属する会合として始まったのではないかと思う。A・Eもその妻も、神智学者だったからである。私が参加するようになった頃には、錬金術的要素は既になかったと思うが、もしあったとしても、私は気づかなかっただろう。しかし、そこで語られる芸術や文学に関する議論は、他では決して耳にすることができないようなすばらしいものだった。具体的に、詩がどのように書かれるのか、劇がどのように作られるのか、小説がどのように書かれるのかを学ぶことができた。実際に作家たちがそこにいて、進んで自分の体験を語ってくれたからだ。同じ部屋の別のグループの議論に耳を傾けると、国家の政治について学ぶことができた。また、バターと卵をどのように流通させたらよいかについても学ぶことが可能だった。というのは、A・Eは、ダンセイニ卿の叔父であるホレス・プランケット卿が設立したアイルランド農業組織協会の委員として報酬を得、生計を立てていたからである。時折、詩や絵画とはまったく無縁の世界に住む農夫たちが、A・Eに相談するためにやって来た。A・Eは農業推進委員として、自転車に乗ってアイルランド中をめぐり、各地のホールや学校で、農業や協同的社会に関するテーマで講演を行っていたと同時に、『アイリッシュ・ホームステッド』という農業新聞の編集者でもあったのである。絵画で散らかった部屋に通された農夫たちは、みな一様にツイードの洋服を着ていたが、彼らの外套には、燕尾服のようなしっぽがついていることが多く、そこにポケットがついていて、ハンカチが半分垂れ下がっていた。時折、壁に掛かっているA・Eが描いたキャンバス画を見た農夫が、そのうちの一つを購入し――A・Eは、数ポンド以上の値段をつけることは決してなかった――新聞紙にくるんで持ち帰ることもあった。

この時期イェイツは、まだダブリンに家を持っていなかったが、後に彼が結婚して落ち着き、住まいを構えたとき、A・Eの家とイェイツの家の違いに気づかないではいられなかった。A・Eは、あらゆる人々が訪問してくるのを歓迎し、階級の違いや、男と女の知性の違いなどに気を留めるようなことはなかった。それに対し、W・Bの客は選ばれた人々に限られていた。偶然行き合わせた知り合いをA・Eの家に連れて行くことはできたが、イェイツの家に連れて行くことはありえなかった。招待状のない者の訪問はかなわなかったのである。A・Eの家では紅茶やコーヒーを飲みながら議論がなされたが、W・Bの家ではシェリー酒のおかげで人々の舌は軽やかになった。A・Eと同様にイェイツも、女性が男性よりも劣っているなどと考えていたわけではなかったが、それでも時々、男性のみに限った集まりが開かれていた。なぜなら、ダブリンの作家たちはほとんどが男性だったからである。かつて、この二人は非常に親しく付きあっていた時期があり、その後も友好的な関係を保ってはいたが、それぞれの関心は、ある時点で大きく離れていった。二人の違いをうまく説明するのは難しいが、表面的には、A・Eのほうが、より実際的な生業についているように見えたかもしれない。しかし、イェイツにはもっとプロ意識があり、より実際的だった。ここで、「実際的《プラクティカル》」という言葉を、一般に使われる金儲けの能力という意味で使っているわけではない。イェイツは、本気で何かをやろうとすれば、いかなる反対に直面しようとも、いかなる障碍があろうとも、やり遂げるのだ。A・Eは、おそらく人間として親切すぎたため、他人の敵意に対して心の平静を保つことができなかったのではないかと思う。イェイツは、他人の敵意など全く気にかけなかった。それは逆に、彼がめざすゴールに向かって自分自身を駆り立てる要素となっていた。

実際A・Eは、その当時の語彙で、いわゆるプチブルと言われる階級に属していたのではあるが、ロシアの哲学者ベルジャーエフ[017]が上流階級の特徴として見事に要約したあらゆる属性を備えていたという点で、彼は実に貴族的であった。A・Eは度量の大きな人物で、他人を嫉むことがなく、勇敢で、偏見をもたず、全く自由な存在だった。彼が個人攻撃をしている場面を私は見たことがない。とはいえ、彼の国、彼の同胞に対して、悪口が言われた場合は、まるで神の怒りのような激情を見せることが時折あった。アイルランドのナショナリズムを誹謗中傷したラドヤード・キプリング[018]に向けて書かれた公開書簡において、A・Eは公平な立場からキプリングを厳しく非難したため、作家としてのキプリングの評判は大きく揺らぐ結果となった――もっとも少々厳しすぎたと言えるかもしれない。またある時、嘘の報告をアイルランドから海外電信で送信している保守党系『モーニング・ポスト』の特派員をどう扱えばいいか尋ねられた時、凍りつくような一瞥をくれた後で、A・Eがこう答えたのを実際に耳にしたことがある。「そいつを辺境に送り込み、放り投げてやれ。」「とはいっても、A・Eさん、私たちには辺境なんてないですよ。海だけです。」「なおいいじゃないか、海に放り込んでやれ。」A・Eは、非常に友情に厚い人物ではあったが、イェイツとは異なり、彼が個人的な熱情によって心が動かされることはないように思われた。様々な論点に立って、最後まで戦い抜く闘士ではあったが、A・Eは、イェイツなら一瞬一瞬を楽しんだに違いない闘いを、常に苦痛だと感じていた。

A・Eとイェイツは、ダブリンの美術学校で最初に出会った。イェイツが絵画の道を諦めたのに対し、A・Eは勤勉に描き続けた。彼の絵の多くは風景画で、妖精のような存在が描き込まれていたが、稀に、友人や彼が話をしたいと思っている人物の肖像画を描くことがあった。一度、私の肖像画を描いてくれたことがある。それは、私がアメリカに旅立ったはるか後のことで、短期間ダブリンに帰国していた時のことだった。おそらく、現代詩に関する情報を何か手に入れたかったのではないかと思う。当時、現代詩について書こうとしていた私に、モデルとして座ってほしいと頼んできた。彼は、そのテーマについて継続的に話し続けたので、私は適切な言葉を探すのに苦労したが、彼の話に割り込むには、少々耳慣れない詩の一部を話題にはさむのが一番だということに気がついた。彼は英語しかわからなかったので、私はフランス語やドイツ語の詩を大声で朗唱するのを楽しんだ。おそらく、このため、彼は私の肖像画に、乱れた赤毛に加え大きな口を描いたのだろうと思う。赤毛については仕方ないとしても、私は、そのまとまりにくい赤毛を少しでもまとめようと、指でカールさせるという努力をしていたのである。「A・Eさん、なぜ、そんなに大きな口に描いたのですか？」と私は尋ねた。「なぜって、肖像画で口はとても大事なんだよ。現実には、自然は君に口を与えなかったんだから、僕がそれを創り出すしかなかったのさ。」そして、彼はこう言った――「自然を無視できるとは、本当に気持ちいいことだね。」

　彼の機知は、いわゆる痛烈なダブリンの機知とは異なっていた。ダブリンの機知は、時折、悪意以外の何ものでもないと考えられることがあったが、A・Eの機知は、常にどこか愛情が込められていて、剽軽《ひょうきん》なところがあり、人々は一種の愛情表現として記憶していた。A・Eが、アイルランドの文芸復興を推進した人々の中で、ダグラス・ハイドに次いで人気があったのは、彼の度量の大きさとともに、その愛情深さにあったのだと思う。

彼の姿は、アメリカ人にも馴染み深いものだった。彼は、講演のために何度も渡米し、どこでも写真に撮られた。この長身で、肩幅の広い、髭をたくわえた男性が、人々が集まったところに突然登場したとしたら、見物人は大いに熱狂したことだろう。彼は未来を見通すことができる預言者のようで、神々しささえ備えた高位の神官のように見えた。A・Eは、どこにでも現れた。彼は、政治、芸術、文学、教育、演劇、労働運動といった、祖国が携わるあらゆる活動に参加していたからである。特に労働運動には情熱を傾けていた。一九一三年の、失敗に終わったが革命的な輸送労働者のストライキ[019]で、彼は壇上に立ち、労働者たちに向かってその美しい声で以下のように述べ、強い感動を呼んだ――「この町で本当に人間らしい人々は、週に一ポンドも稼ぐことができない人々の中にこそ見出すことができるのだ。」労働に対する彼の共感は、多くの文学者たちがよく行う文学的で感傷的なポーズなどではなく、労働者自身がA・Eを、自分たちのスポークスマンであり、助言者だと見なすことができる類いのものだった。

今振り返ってみると、A・E、シガーソン博士、セアラ・パーサーの三人は、それぞれ三人三様のやり方で、その当時のダブリンの生活を、特別で魅力的なものにするための努力を厭わなかったことが思い出される。彼らは、実に多芸多才で、精力的で、寛大で、親切で、偏見を持たない人々だった。また、彼らは英国政府に対する偏見も持ってはならないという態度を示した。彼らのような、強い意志を持った人生、そして、情熱的な知性は、この地上から永遠に消え去ってしまったと言わざるを得ないのだろうか。彼らは、この現代社会から既に消え去ってしまった何かを体現していたのかもしれない。彼らは、この島国にこそ生まれ得た典型《タイプ》で、広大な国土からは生み出されることはなかっただろう。三人はそれぞれのやり方で、熱烈であると同時に深く根をおろした地域主義《プロヴィンシャリズム》とでも呼ぶことができる一種の特性を、アイルランドの人々に与えたのだった。彼らがなし得たことは、もっと大きな国や大きな都市で実現することはなかっただろう。私が記憶しているのは、彼らが常に好奇心を持ち、知的で芸術的で、かつ洗練されていて、豊かな人間性を備えていたということである。アイルランドよりも大きな環境では、そのように洗練された人間性を発展させることは不可能だったに違いない。次の世代の者たちが、彼らのレベルに到達することはなかった。私が若かった頃、彼らと時間を共有することができたのは、自分自身の向こう見ずな気性と、人生における偶然の巡り合わせとが結びついたおかげだと思っているが、彼らとの友好を心から喜び、本当に満足しているかと問われると、そうではないと言わざるを得ない。彼らと深い親交を結んだことによって、その後、どんな人物と出会っても、私はいつも失望することになったからである。記憶と想像力が相まって、そんな風に思い込んでいるだけに過ぎないと言えるかもしれないが、ともかく、三人は私が知っている限り、本当にすばらしく、愛情深く、温かい心の持ち主だった。彼らはアイルランドという国の典型だった。しかし、そのような人々が多数派として存在していたなどという幻想を持っているわけではない。一つの国の典型は、ありふれた人々や多数派の中に見られるのではなく、最上の特性をあまた併せ持つ人々の中にこそ見られるのである。

第十六章　結婚、そしてサー・ロジャー・ケイスメントとW・S・ブラント

1

若い男性の友人たちや同僚たちが、一定の間隔をおいて次々と私に結婚を申し込んできたが、結局、私たちは皆、お互いにそれを冗談として片づけた。覚えている限り、彼らの誰に対しても、私は恋愛感情を持っていなかったし、私たちが共に目指していた、もっと大きな大義や、彼らが書く詩や劇に対してのみ、私は関心があったのだと思う。周りにいた若い男性たちは皆、詩を書いていたが、ほとんどの者が芝居も書いていた。それに対して辛辣な批評をすることも少なくなかったが、たとえ私がどんなにひどいことを言ったとしても、彼らが自作の詩を私に読んで聞かせるのを止めることはできなかった。若い娘たちは結婚するものだと思われていたが、他の国に比べ、そうしない選択肢もあった。とはいえ、私もいずれは誰かと結婚するだろうと考えていたが、結婚した若い友人が家庭の中で担っている役割を心から望んでいたわけでは決してなかった。それは、どう見ても単調な家事に縛られた、退屈で平凡で、しばしば孤独な生活に思われたからである。真剣に関わっていた大義の中に女性参政権運動もあり、私は女性の地位に関する本をたくさん読んでいた。また、女性の地位は、抑圧された民族の立場と一致するということも知っていた。私が知っていた女性たちは――イェイツや少数の優れた作家たちのような男性の天才は別にすべきかもしれないが――いかなる意味においても知的な面で男性に劣っているようなことはなかった。もちろん、身体的な持久力は、男性の方が優れているのだろうが、私自身、決して男性に劣っているわけではないと思っていた。とはいえ、この点は文明における女性の劣等性という概念の、

おそらく要となるもので、身体的能力は、かつて、そして現在も決定的な要素となっているのである。

　刺激的で自立した今の自分の生活を、あてもなく台所を動き回り、献立を考え、カーテンを吊るすといった家事に追われる生活と交換する気はさらさらなかった。私は男友だちに、このような自分の考えをはっきりと伝えていたと思う。しかし、そのうちの一人が、私の主張に耳を貸さず、自分は天が定めた私の結婚相手であり、私は運命から逃れることはできないと強く主張し続けた。彼は勇気ある非常に立派な人物だったので、私以外の女性にとってならば、よい結婚相手となる人だろうといつも考えていた。結局その通りになり、彼は私より早く結婚することになる。しかし、彼は私を諦める前に、最後の求婚を全力で試みたのだった。私の小さなアパートに婚約指輪を持って現れた彼は、強引な態度で、結婚式の日取り、式を挙げる教会などすべてが既に決められていて、私は自分の運命を受け入れさえすればいいのだと言った。その後、議論が続き、かつて経験したことのないようなパニックに陥った私は、彼の求婚を拒みきれないのではないかと思ったほどだった。彼をその気にさせたのは私なのだから、私にも責任の一端があると言われたときは、特にそう感じた。なんとか強い気持ちを保ち続けることができたのではあるが、この強烈な求婚は、二人ともが涙を流すこととなり、彼は指輪を暖炉に投げつけ、気持ちを高ぶらせたまま立ち去っていった[001]。床に倒れ、私がとめどなく涙を流していると、数分もたたないうちに、男友だちの一人であるポーリック・コラムがやって来た。彼はよく知られたアビーの劇作家だった。涙ながらに、私は自分に何が起こったかを伝えた。指輪はまだ火床のすみに残っているままだったが、ポーリックはそれを火ばし《トング》を使って取り出し、炉石の上に置き、それが冷めるのを待って、指輪を持って来た青年に郵便で送り返せばいいと言った。それから、彼は重々しく肘掛け椅子に座り、私に諭《さと》し始めた。「君の問題を解決するためには、僕と結婚すべきだよ。そうしたら、君の友人たちは、みんな君を放っておいてくれることになるから、このような大騒ぎをすることはなくなるんじゃないかな。」彼は、このように理路整然と話し続け、とうとう私は涙を拭いて、「そうね、コラム、たぶん、そうするのが一番いいことかもしれないわね」と答えた。

このような大騒ぎのあとで、結婚の申し出をしてきた彼のことを、とても真面目で思慮深い青年だと思った。おそらく結婚というものについて、彼も私同様、ほとんど考えたことはなかったはずなのだから。私たちにふりかかる多くの困難は充分予測できた。私たちほどに現実的でない若い二人の組み合わせは、まずいないだろうと思った。コラムの知り合いの、ある年配の女性は、A・Eの妻、ヴァイオレット・ラッセルを訪ね、残念そうに言ったそうである。「ニュースをお聞きになった？　コラムがお湯の沸かし方も、ハンカチの洗い方さえ知らないような大学出の娘と結婚するって。」これに対して、ヴァイオレットは落ち着いて答えたそうだ――「あら、私もそうだったけれど、彼女もできるようになるわよ。私だって、文無しの作家兼画家と結婚したのよ。」

私たちは夏の盛りに、「海の星」と呼ばれる教会[002]で、髭をたくわえた学者のような老神父の前で結婚を誓った。ウィルフリッド・メイネル[003]と妻のアリスがサセックスのプルバラにある彼らのコッテージでハネムーンを過ごすようにと言ってくれたので、式の翌日、私たちはホリヘッド行きの早朝の船に乗った。最初の数日はロンドンで過ごすことになっていた。アビー・シアターの俳優たちが、ポーリックの一幕劇をあるヴォードヴィル劇場で上演する手はずを整えてくれたからだ。上演期間はかなり長く、週毎に上演料を支払ってもらえる予定だった。ホリヘッドからロンドンまでの列車の食堂車で昼食を取りながら、私たちは二人の収入を合わせた経済状況を検討した。その金額があまりにも少なかったので、私は背筋に冷たいものが走るのを感じざるを得なかったが、結婚したばかりの私の夫は平然としていた。彼は、ロンドンの出版社から印税を受け取る予定であり、それに加えて、新しい劇が上演される予定だと言った。私は少し元気になったが、その後に起こることを予測することはできなかった。アビー・シアターのディレクターの一人であるレディ・グレゴリーは、俳優たちの婚約や結婚に対し一定の権限をもつということを契約に織り込むような人物だった。ポーリックの劇『裏切り』の上演はキャンセルされ、彼女自身の作品が代わりに上演されることになった。私たちは大層失望したが、メイネル夫妻の優しさと温かさで、少しは気持ちを和らげることができた。加えるに、彼らはレディ・グレゴリーの仕打ちに対して憤慨してくれたのである。

　私たちは大歓迎を受けた。ロンドンは親切な街で、ロンドンの人々は、ダブリンの人々よりも温かく私たちを迎えてくれたように感じられた。ウィルフリッド・メイネルがあるレストランで企画してくれたにぎやかな昼食会の際、私は隣のテーブルに座っているカスティリア人のような、色黒の鬚の男性のことが気になって仕方がなかった。食事を終えても、この男性は興味津々の様子で私たちを眺めていた。私たちのグループの中で、彼に気づいているのは私だけで、彼は微笑みながら、私を見つめ返してくれた。しばらくすると、ひとりの人物がレストランを退出する前に、彼に近づいてきた。髭をそりあげ、ブルーのスーツを身にまとい、片眼鏡をかけ、杖を持ち、グレーのスエードの手袋を持ったその人物は、まさに絵に描いたようなイギリスの上流階級の出身者だということがすぐにわかった。その姿は未だに記憶に残っている。この人物は、鬚のカスティリア人に手を差し伸べた。「イギリスに戻ってきたんだね。サー・ロジャー」と彼は大きなよく通る声で言った。「クラブで、一緒にコーヒーとリキュールでもどうかね。」「嬉しいね」とカスティリア人は言った。「だけど僕は、隣にいるポーリック・コラムとその奥さんと話をしたくて待っているんだよ。」この声を聞いて、ポーリックは飛び上がり、この人目を惹く男性を我々のテーブルに連れてきた。「サー・ロジャー・ケイスメントをご紹介します。」テーブルにいた全員の眼差しが彼に注がれた。

　ケイスメントは本当に華やかな風貌の男性だった。彼は南米やアフリカ各地におけるゴム農園でなされていた、現地人の労働者に対する非道な行為を明るみにした貢献者の一人として、その名声の絶頂期にあった。非常に強い心霊的な人生を送っている人間が醸し出す雰囲気が彼にはあったが、それは当時、私たちより上の世代のアイルランド人にはよく見られた特徴だった。労働者を食い物にし続けてきたゴム商人たちとやりあった後で、生きて戻って来られたというのは本当に驚くべきことである。アイルランド西部で、栄養失調のためチフスに苦しむ貧しい人々や、奴隷のような労働を強いられているアフリカの黒人、南米の熱帯雨林のインディアン[004]たちを救うために、自分の生命すら危険にさらすことを厭わなかったのは、彼の人類に対する深い愛によるものだった。サー・ロジャーは、人間の本性の醜い側面を目にしてきたにもかかわらず、その日焼けした姿は明らかに充ち足りていて、アフリカやコロンビアのプトゥマヨ川流域[005]で搾取された不幸な人々同様、彼を必要としている祖国の大義に貢献するため、まさにアイルランドに戻ろうとしているところだった。テーブルのそばに立つ彼の風貌は、非常に人目を惹くものだったので、パガーニ・レストランの客は皆、食べる手を止めて彼を見つめた。彼が常に周囲の人々に与える印象について、著名な作家でありイギリスの下院議員でもあったスティーヴン・グウィン[006]は「姿も顔も、私が目にした生き物の中で最も美しいものの一つであり、彼の表情は魅力的な卓越性と騎士道精神を備えていた」と述べている。まさにその通りの容貌であったことに加え、彼は稀に見る力強い声の持ち主で、その声によって、彼の存在は一層劇的なものとなるのだった。ゲーテのファウストのように、その胸の内で二つの魂が拮抗しているに違いなかった。彼は、イギリス領事館員であり、同時に、イギリス人の同僚からフィニアンと呼ばれているように、アイルランドの愛国者でもあったからだ。彼はアイルランドを解放したいという願いを隠すことはなかった。自身が述べているように、「アイルランドのために資金を集める」目的で、領事として南米の各地へ出向いた。それほど高給を取っていたはずはないが、彼は文字通り、あらゆるアイルランドの大義のために寄付し続け、アーサー・グリフィスと彼の新聞『シン・フェイン』の強力な支持者だった。私たちが彼に出会ったとき、サー・ロジャーは南米から戻ったばかりで、当時最も世間の注目を集めていた人物の一人だった。そして、彼はまさに、自分の人生をアイルランドの独立に捧げるために、イギリス領事館の仕事から身を引こうとしていたところだった。後に、新婚の私たちは、アメリカに出発するまでの間、彼と頻繁にダブリンで会うようになる。

2

その数日後、メイネル家のコッテージに滞在するため、私たちはサセックスのプルバラに向かった。メイネル家の一族がコッテージのまわりに何人か住んでいた。モニカ(セールビー夫人)とシルヴィア(ルーカス夫人)である。フランシス・トンプソン[007]はこの二人に美しい詩を捧げている。コッテージはウィルフリッド・スコーウェン・ブラントの屋敷、ニュー・ビルディングズからそう遠くないところにあったので、ブラントは、狭い田舎道を四頭立ての馬車を駆って、私たちに会いにやって来てくれた。その美しいアラブの馬たちの足取りは軽やかで、ほとんど地面に触れていないかのようだった。彼は、この時七十歳を越えていたが、なんと健康的な生活を送っていたことだろう。また、なんと情熱的でロマンティックな暮らし方をしていたことだろう。彼は多くの失敗に終わった大義に関わっていたし、どんな男性よりも多くの美しい女性たちを愛した。彼は、世界中の反逆者たちを、中でもアラブ人とアイルランド人を支援していた。私が生まれる以前のことであるが、彼はアイルランド問題に関与したという理由でイギリス政府によって投獄されたことがあった。私の世代は皆、彼の恋愛詩を読んでいた。プロテウスについての愛のソネットに加え、彼の詩の多くは、上流階級にも多くの愛人を持っていた一人の粋で美しい高級娼婦のために書かれたものだった。それは、すばらしい恋愛のように思われた。たとえ長続きしないものだったとしても、その恋愛が生み出した詩は永遠のものとなり、そのうちのいくつかはオックスフォード英詩文選に収録されている。

多くの若者たちを無駄に失った
不毛な戦争故に多くの町が打ちのめされているとき
……
かつて、自分も若かったことを思い出す
世界の神々にも匹敵するエスターと暮らしていた頃
　のことを

ブラントは、二十代後半、外交官として活躍した後、バイロン卿[008]の孫娘であるレディ・アン・ノエルと結婚した。バイロンが「私の魂のよりどころ、ただ一人の娘」と書いたあのエイダとロブレス伯爵の娘である。互いに強い情熱で結ばれていたブラントとレディ・アンは、アラブの競争馬を繁殖させるという共通の趣味をもち、アラブ世界を共に旅したこともあったが、今では別居していて、レディ・アンは、邸宅であるクラベット・パークに住み、競走馬の繁殖を行っているのに対し、ウィルフリッドはニュー・ビルディングズに住み、やはり競走馬の繁殖を行っていた。夫婦の別居については、二人の友人たちが、それぞれ異なった理由を語っている。ウィルフリッドの友人は、「彼女には、あの麗しのミルバンク家の血[009]が濃すぎたんだ」と言い、レディ・アンの友人は、「プロテウスのように変幻自在な、時には奇矯ですらある人物と一緒に暮らすのは難しい」ことだと言った。私たちがブラント邸のランチに招ばれたとき、屋敷に至るまでの並木道を、文字通りウサギにぶつかりながら進んでいかなければならなかった。というのは、彼は決して家の周りのウサギを殺させなかったからである。

外交官の職にあった若いブラントが、アラブの研究者で旅人でもあったサー・リチャード・バートン[010]に出会ったのは、南米に駐在しているときだった。バートンは、アラブの魅力を彼に吹き込み、アラブ世界への旅へと誘《いざな》った。そして、多くのイギリス人がそうであったように、その後、死ぬまでブラントはアラブ人に魅了され、アラブの土地をめぐって大英帝国主義との確執が生じたときも、常にアラブ側を支持した。彼は、イギリスの対エジプト、対スーダン政策を非難し、あの変人とも言われたアラビ・パシャ[011]を支援した。ブラントは、常にアイルランド人も支援した。実のところ、彼はアイルランド国民党の党員になりたがったほどである。しかし、当時党首だったパーネルは、アイルランド人議員によって構成されている下院の政党にイギリス人が混じることをよしとしなかった。度量の狭い男なら腹を立てただろうが、ブラントは気に留めず、パーネルとアイルランドの大義のため全力で支援し続けた。アイルランドでは〈土地戦争〉として知られる独立のための闘争において、当時禁止されていた小作人の集会で議長の役割を勤めたという理由で、ブラントは逮捕され投獄されたことがあった。その集会が槍玉《やりだま》に挙げようとしていた地主クランリカード卿[012]は、外交官としてかつてブラントの同僚だった人物である。

レディ・アン・ブラントは、アラブ各地への旅同様、こうした政治活動にも同行したという点で、いかにもバイロンの孫娘というにふさわしいと思われるが、熱烈な自由の信奉者でもあった。若いときのブラントは、彼自身が非常にバイロン的人物であったが、偶然かそれとも意図してか、旅人として、恋愛詩人として、そして大義を支持する孤独な闘士として、バイロンに倣《なら》ったのである。実際彼は、ロマンティックな貴族の典型だった。それを可能にするためには、富と高い地位はもちろん必要だったが、想像力と才能も不可欠だった。ウィルフリッド・スコーウェン・ブラントは、すべてを備えていた。ブラント、イェイツ、ケイスメントは、私が出会った最もハンサムでロマンティックな風貌の男性たちだったが、イェイツとケイスメントは貧しくて、常に勤勉に働き続けなければならず、実際、生活に窮したことも少なくなかったのに対し、ブラントは裕福で、地位のあるイギリスの貴族階級の一員で、いわゆる〈御前様《ミロード》〉なのだった。おそらくこの地上で、イギリスの上流階級の面々、特に男性たちほど自由で、あらゆる機会に恵まれた人々はいないのではないかと思う。彼らは、自国の頂点に位置し、ほとんど奴隷状態にあると言ってもいい召使いたちによって奉仕されていた。彼らは、いわゆる社会的地位と特権を持っていて、世界中の著名な場所に通じる門戸が開かれていた。また当時のヨーロッパ社会では、卑屈なまでに彼らに追従する者も多く、ヨーロッパの有名ホテルなどに、貴族の一人が予約なしで突然登場するようなことが起こると、ホテル側は、それこそ下にも置かぬ歓迎ぶりでおもねる一方で、従者が一人、二人と旦那様の荷物を運びながら右往左往する様子は、なかなか忘れることのできない光景だった。貴族たちの中には、きわめて保守的で反動主義者だった者も少なからずいたが、階級、人種、宗教、その他あらゆるものに対して一切の偏見を持たない者たちもかなり多くいたという事実こそが、こうしたタイプのイギリス人たちが、世界中のどこにおいても大いに信頼され、自由で、賢明で、騎士道精神にのっとり冒険心にあふれた人々であるという評判を得ることにつながっていったのである。「彼らは、世界中で最も魅力的な人々だ」と、ヨーロッパの貴族たちと長年交流があった富裕なドイツ系アメリカ人が情熱を込めて語っていたのを聞いたことがある。

皆が皆、ウィルフリッド・スコーウェン・ブラントのように、弾圧に対し勇敢に戦った闘士だったわけではないが、イギリスがそうした闘士を輩出している国だと思わせるに足るほどの数は、常にいたように思う。この意味において、ブラントは多数派ではなかったが、一つの典型たり得たのである。彼は、誰もが理解できるような意味で紳士《ジェントルマン》だった。というのは、イギリス人たちが、紳士という言葉で何を意味しようとしているのか、よくわからないことも多かったからだ。しかし、紳士であり続けるということは、時には耐えがたいような礼儀正しさを求められるものであるが、ブラントはある意味で紳士であることを超えた存在だった。彼は生まれながらのヨーロッパ貴族の一人で、野営地であれ王宮であれ、また、テントの中であれ大邸宅であれ、どこにいてもくつろぐことができた。砂漠では、アラブの首領の黒いテントで共に食事を楽しむことができたし、アイルランド西部の小地主の屋敷でのもてなしをも楽しむことができた。ウィルフリッドが語ったことによると、アイルランドの西部では、主人は客人に敬意を表し、黄色の長靴とゲートルを脱いで、黒のものに履き替えるのが常だったそうだ。そして、ツイードのスカートの上にきれいなブラウスを着た主人の妻が、テーブルの片端でハムを切り分けているとしたら、主人の方は、もう一方の端で鵞鳥を切り分けているのだそうである。そして、すべての食べ物が、ウイスキーやポチーン、もしくは密輸されたクラレットなどで流し込むように食されるのだった。ウィルフリッドは、古代ギリシャ、古代ローマ、キリスト教、イスラム教、ヘブライ文化といった、あらゆる文化や思想が経てきた、身体的、精神的、道徳的な長い進化の末に生まれた存在だった。同時にまた、イギリス人の自由への愛の結果として生まれた存在だった。さらに、カトリック教徒として育てられたブラントは、シャトーブリアン[013]のような、ラテン型のロマンティックな貴族という印象を強く与えることになった。ラテン型の貴族というのは、セシル家、チャーチル家、ローズベリーズ家[014]といったイギリス型の貴族とは異なっていた。危機に瀕すると勇敢に戦うとはいえ、報奨の場には抜け目なく居座るのがイギリスの貴族なのである。

このようにウィルフリッド・ブラントは紳士そのものだったとはいえ、彼の会話はほとんどがゴシップだった。そして、ゴシップというのはもちろん、雲の上の有名人たちにまつわるものだった。大使館や外務省や内閣などで起こっていることだったり、政治家たちや、ヨーロッパのあらゆる首都における社交界についてのものだったり、英仏協商の推進に寄与したエドワード七世のために設けられたフランスのサロンに対する嫌悪だったりした——こうしたサロンのせいで、ドイツと戦争することになったと考えた人々はたくさんいた。またブラントは、無節操な帝国主義に対する憎しみ、ある民族の意志に反して、他の民族が彼らを支配することに対する憎しみを口にした。彼は、イギリスは大英帝国と呼ばれるようになる以前の方が、はるかにすばらしい国だったと考えていた。かつてイギリスは小さな国で、偉大な文学作品や立派な国民を産み出すことのみに専心していたというのである。ディズレイリ[015]がこの国を土地の強奪者に変えてしまったのだと。とはいえ、ウィルフリッドは、東インド会社やロバート・クライヴ[016]、ウォーレン・ヘースティングズ[017]のことを忘れてしまったのかしらと思わないでもなかった。また、こうした帝国主義の歴史の他に、人妻たちが夫ではなく、愛人同伴で招待される、あるカントリー・ハウスについても話してくれた。夜、人妻たちは愛人に、寝室の扉に鍵をかけないようにと告げるのだそうである。また、イギリスと手を組んでいるインドの某プリンスがいる一方で、東洋的な狡猾さでイギリス政府を相手取って、手玉に取ろうとしている某マハラジャも存在するという話もあった。また、ある首都に派遣された大使が、別の大使の妻を愛人にしていたとか、別の大使が、愛人に産ませた娘にパーティーの女主人役《ホステス》をさせたといったような話は尽きることがなかった。

アイルランドの自治問題に関して、ジョージ・ウィンダム[018]の政策についても語られた。ブラントはウィンダムをアイルランドの従弟と呼んでいた。実のところ、ウィンダムはアイルランドの独立運動の志士、エドワード・フィッツジェラルドの孫だったのである。アイルランドのユニオニストたちが、いかに節操がなかったかについても彼は語った。何年も何年も昔のこと、彼はどこかで若き日のカーソン[019]に会ったそうだ。アイルランド問題に対しどのような対応を考えているかという質問に対し、カーソンは、自由党やアイルランドの国民党とではなく、アルスターのユニオニストたちや英国の保守党と一緒になって、自分のキャリアを積んでいくことをほのめかしたと、ブラントは語った。そういうわけで、このコーク生まれの弁護士は、アルスターの指導者、おそらくは、ヨーロッパにおける最初のファシストとしての指導者になったと言うのだ。このように、政界の著名人たちについてあからさまに表現されたゴシップが物語っていたのは、彼らがいかにしてキャリアを築いたか、どのようにして社会的に成功しひとかどの人物になったか、また、政治的に影響力のある奥方《ポリティカル・ホステス》たちのパーティーにどのようにして招かれるようになったか、といったことに終始しているように思われた。なぜなら、政界の著名人たちは、ポリティカル・ホステスたちが開くパーティーで、常にひっぱりだこだったからだ。パーネルは、ミセス・オシェイ[020]が英国下院を訪れたときに偶然出会い、彼女の方からディナーに誘ったということだった。こうした社交的な要素は非常に重要な意味を持っていた。国会議員や外務省の女性職員、大臣秘書などがパーティーの招待客の中にいるということは、すなわち、英国の支配階級、ナチス風に言うと、自分たちが先天的に他より優れていると考える集団、つまり〈ヘレンフォルク[021]〉へと、まっすぐに続く道につながることなのだった。アメリカ人にとって、いや、今日では誰にとっても、それは、理解しがたいことである。だが、ウィルフリッド・ブラントは、そうした社交のありようを、自分自身がそうであるように、自由で革新的なことだと考えていた。イギリス人が、社会や社交に対し、また美しい様式に対し付与する重要性は、彼の血肉でもあったのである。もしも、誰かを意地悪く、誹謗中傷したいと思うなら、その人物の社会的な振る舞いにおける些細な過失に触れるだけでよかった。首相を務めたこともあるアスキス[022]は、マーゴ・テナントと結婚する前の最初の結婚の際、社交のしきたりにあまり慣れていなかったため、あるディナー・パーティーで、自分の妻をエスコートしようとしたという話をウィルフリッドも誰かに聞いたそうである。もちろん、そのようなことが実際に起こったはずはないと思う――ほどほどの教育を受けたイギリス人男性が、それほど無知だとは考えられない。またウィルフリッドは、作曲家と演奏家の区別もつかないほど無知な、王室のある女性メンバーが、著名な作曲家に、パーティーでピアノを演奏してほしいと依頼し、「妃殿下、私はピアノが下手なのです」という答えが返ってきたとき、とても困惑した様子を見せたという話もしてくれた。貴族階級の人々は、互いに互いをもてなすことに時間を費やしていたため、彼らはゴシップを語り合うという特別な才能を自然に開花させたようである。また、宮廷における廷臣たち、お付きの女官たち、貴婦人のメイドたち、従者たちにとっても、ゴシップは一種の伝統的な習慣だった。ヨーロッパ大陸では上流社会《オー・モンド》と呼ばれる社会は、半ば閉ざされてはいるが、芸術家や科学者、そして、知識人たちをもてなすことに非常に長けている場所で、ゴシップはそうした社会生活の基盤を形成しているように思われた。しかし、ロンドンにいると、大英帝国全体が、外務省が、各国の大使館が、そして下院議会が、ゴシップや雑談によって動かされているかのような錯覚に簡単に陥るのだった。そして、その背後にいるのは、ポリティカル・ホステスたちなのである。ウィルフリッド・ブラントの日記は、サン＝シモン[023]の回想録のように、もしくはタキトゥス[024]の年代記のように、壮大なレベルでのゴシップ、つまり支配階級の間に流れるゴシップから成っていた。

　私が面識のある英国の貴族もそうだろうと推測するが、ブラントは他人の外見や服装に非常に敏感だった。英国の上流階級の人々は、外見の美しさに対し、一種病的なまでの執着心を持っていたように思われる。ヨーロッパの他の国の上流階級の男性が、女性の階級や職業を考慮に入れず、ただ、その美しさだけで結婚相手を選ぶようなことは決してないと思う。ウィルフリッドが誰か特定の人について語るとき、その容姿について、褒める場合もあったし、嫌悪感を示す場合もあったが、いつも必ずそれに言及した。リチャード・バートンは、ブラントをアラブ地域への放浪の旅へと誘ったという意味で、非常に大きな影響を与えた人物であるが、ブラントは彼の外見を不快に思っていた。バートンは醜く、ひどい洋服を着ていると言うのである。そして、フランシス・トンプソンは、「やせっぽちでちびのロンドンの下町生まれ《コックニー》」と言われ、「身体が歪んでいる」W・E・ヘンリーには、「背中が曲がった人間特有の悪意があり、脚が細すぎる」[025]と言うのだった。バーナード・ショーは、「ぎとぎとした顔をした、ぼさぼさ赤ヒゲの醜い男」と形容された。ブラントは、外見の醜さに関して、女性に対してよりも、男性に対してより辛辣だったと思う。しかし、ブラントがサン＝シモンやタキトゥスのようにゴシップを好んだゆえに、ブラントの日記は、彼らの作品同様、大きな歴史に連なる付属物なのである。彼は、自分の時代の歴史を作ったあらゆる人物と知り合いだったと同時に、同時代の多くの詩人たちとも知り合いだった。彼自身、政治の世界と詩の世界の両方で、自分が担っていた役割をとても楽しんでいたと思う。ブラントはイギリス社会における一種の〈恐るべき子ども《アンファン・テリブル》〉だったのだ。彼には怖いものなどはなく、自分がよいと思ったあらゆる大義を支持し、軍事的には反帝国主義を標榜し、他国の権利を侵害する政府の軍事政策や攻撃を批判していた。彼が所持していた自分の写真は、それまでの人生で彼が担ってきたあらゆる役割を物語っているという点で、とても大切なもので、それを飾ることは彼の喜びだった。写真の中には、ロマンティックな外套を身にまとい、目を惹くほど美しい若い男性が写っていた。バイロンのような面立ちで、闘牛を含め、若い男ならやりたいと思うようなことをためらうことなく、すべてやりつくした男の顔をしていた。そして、ゴールウェイ牢獄の囚人服を着た成人した彼の写真もあったし、アラブの首領の、金の縁取りのある黒い礼服を身にまとっているすばらしい写真もあった。確かに、彼は、興味深い人生を十全に生きてきた人物であり、自らそうした生き方を男として正しい生き方だと考えていた。「若い時には感じ、成人したら闘い、歳を取ったら瞑想するということを実践しない人生など、人生として全く意味がない」と彼はよく語っていた。

私が出会った時、彼はその人生において瞑想に専念するべきだと考えている時期にいた。しかし、今はもう手元にないのであるが、長い間私が所持していたブラントのスナップ写真は、彼が瞑想の時代になど生きていないことを表していた。彼は行動の人で、扱いにくいアラブ産の馬をつないだ軽い馬車に私を乗せ、走り回るのだった。森の中で私たちを乗せている間、その馬は四つ足の動物が出来うる限りのありとあらゆることをやってのけた。途中、後ろ脚で立ち上がってみたり、三本の脚で木に登ろうとしたり、中に乗っている人間たちをも含めて、馬車をひっくり返そうとしたりしたのである。こうしたこの上なく陽気な遠乗りを、私たちは二人とも楽しんだ。特に、私が詩を朗唱したので、遠乗りがバイロン的なものになったと、彼は大いに喜んだ。

馬を進めよ。馬を引き寄せよ。
まことに気高い駿馬だ。
ウクライナ産の手強い奴だ

聡明さが
その四肢に表れている
前へ前へ前へと我らは進む
少しゆっくり、少し落ち着いて流していこう

私は、もう一度繰り返して、詩を朗唱しようと試みたが、空中に投げ出されないように、自分でしっかりと摑まっていなければならなかった。ウィルフリッドは、当時七十二歳か七十三歳だったが、その馬の扱いは実に手慣れていたので、あらゆる予測に反し、怪我をすることもなくニュー・ビルディングズに無事に帰還することができた。馬は四本の脚で穏やかに歩いていた。彼は、大自慢で私たちの遠乗りの詳細を人々に語り、私が微塵も動じなかったと言った。彼によると、アラブ人とアイルランド人は、馬に対し恐れを感じないように生まれついているのだそうだ。

第十七章　出発

1

　ダブリンに戻ると、ピッツバーグに住むポーリックのおばから、アメリカに新婚旅行で来るようにと、招待の手紙が届いており、渡航のための切符も同封してあった。このおばは、私たちが結婚することを、式の前日に聞いたようだった。アメリカに行けるなんて夢のように感じられたが、ドニブルックの家を契約した後だった。私たちは、事情を説明する返事を書き、切符を返送した。すぐに彼女から返信があり、有無を言わさぬ口調で、家の賃貸契約が終わる時期に、もう一度招待し直し、切符を改めて送ると言ってくれた。

　私たちは、じめじめとしたあまり居心地のよくない、ドニブルックの大きめの煉瓦造りの家に落ち着いた。ポーリックはフリーランスで執筆活動を行うことで生計を立てようと試みた。結婚の際、生活を支えるために予定していた収入は、私の教師の仕事も含めすべてなくなっていた。ピアスの女子校は、経営難のため閉鎖されたのだった。もしも他の国なら、いや、自分自身の政府を持っている国なら、ピアスの教育理念は財政的支援を得ることができたに違いない。その当時のアイルランドでは、あまりにも多くの運動が資金不足のため消えていった。アビー・シアターが生き残ったのは一種の奇跡である。

　若いカップルに、私たちが経験したような危険を冒すことを勧めようとは思わないが、芸術家というものは、疑いなく、そうした危険を冒すものではある。私の夫は、現実的な対応力を全く持ち合わせていなかったし、私は現実的な問題に対し無知だった。それでも私は、彼に比べると、現実問題の対処の仕方を少しずつ学習する能力があった。知り合いの中に、金銭に興味を持っている者はいなかったし、金儲けのために人生の貴重な時間を費やそうなどと考える者は一人もいなかった。事実、私たちには友人がたくさんいて、ほとんど毎日のように会っていた。夜になると人々が集い、共に時間を過ごすというのは、パリと同様にダブリンの習慣だったのである。A・Eとシガーソン博士は、日曜日になると自宅に人々を招いたが、私たちの招待日は火曜日だった。ジェイムズ・スティーヴンズ夫妻、アーノルド・バックス夫妻、エラ・ヤング[001]、モード・ゴンらも、特別な夕べを企画することがあった。というわけで、誰かがダブリンにやって来た場合、彼らは、様々な家で開かれる集まりに次から次へと招待され、順番に訪ねて回った。私たちの最初の外国からの客人は、ハーバード大学で演劇コースを創設したジョージ・ピアス・ベイカー博士[002]だったことを覚えている。奇妙なことにダブリンでは、文学的グループとアカデミックなグループが対立していた。文学畑の私たちは、大学教授に、文学的作品を書くコツなど教えられるわけがないと思っていたため、ベイカー教授は冷ややかな批評の対象となった。確かに彼は、自分を立派に見せようとする尊大な人間だった。実際に活動しているアビー・シアターを見る目的でやって来た教授は、傍若無人に見て回り、言いたい放題だった。聡明な我々の若い仲間たちは、彼に理解できるのは、機械が作った劇ばかりで、自分たちが関わっているすばらしい芸術作品のよさはわからないのだと言った。今では誰でも知っていることであるが、アビー・シアターが上演する一連の演劇は独自のもので、その最も特徴的な作品は、大都市の大きな劇場での上演には不向きだったのである。ロンドン劇壇の批評家たちを含むほとんどあらゆる人間が、ベイカー教授に対し優越感を抱き、横柄な態度を取った。しかし、結婚したばかりの私の夫は、ベイカー教授に、自分の劇を読んでもらった。その時の教授の批評に説得力があったので、ベイカー教授の創作教室〈ワークショップ四十七〉[003]を、ダブリンの演劇シーズンのために開くことができたら、おもしろい結果を生み出すのではないかと、夫は結論づけた。

2

当時のダブリンは、ケルト研究に携わる学者たちだけでなく、あらゆる分野の教授たちにとって、一種のメッカと見なされていた。多くの学者たちが、アイルランドを題材にした本を書こうとしてやって来たことを、私は覚えている。彼らのテーマは、イェイツとアイルランドの文芸復興、ホレス・プランケットと協同組合運動、J・M・シングと民衆劇、さらには、古《いにしえ》のケルト十字架など多岐にわたっていた。その中に、〈妖精《よき人々》〉について調べるためにやって来た愉快で夢見がちなアメリカ人[004]がいて、彼は『ケルト諸国における妖精信仰』という本を書いた。私たちを情報提供者としてふさわしいと思ったのか、彼は十一月のサウィンのお祭りの日[005]に、我が家にやって来たので、私たちのグループは、ケルト的信仰についてかなりの情報を提供した。彼は、今後訪問する予定になっている世界中の「聖なる場所」のリストを持っていて、次の目的地はチベットだと言っていた。このような訪問者たちは、クール・パークへの巡礼を行うのが常で、レディ・グレゴリーと彼女の芸術家の息子、後に第一次世界大戦で命を落とすことになるロバートと数日を共に過ごすのだった。また、アメリカの女性ジャーナリストたちも大勢やって来た。皆、おしゃれで知的な人々だったが、著名人たちにインタビューするのが訪問の目的だった。彼女たちが皆、アイルランドに対して持っていた先入観は、類型的なアイルランド系移民との交流や、流行遅れのアイルランドの物語や演劇が基になって作られたのだろう。彼女たちが、年配の女性研究者たちに向かって、アイルランドの社会学的、宗教的、政治的問題について物知り顔で講義するのを聞いているのは、あまり心地よいことではなかった。しかし、レディ・グレゴリーは女性にはあまり関心がなかったので、彼女たちがクール・パークへの巡礼を行うことはなかった。

　この頃までには、芸術や文学に対する関心よりも、国をあげての民族自決への欲求が高まっていることが、ダブリンにおける様々な集会の様子からも見て取れた。実際、A・Eが主宰する集りでも、文学は第一の関心事ではなくなりつつあった。何世代にもわたって、英国下院に提出され続けてきた自治法案が、また新たに提出されようとしていた。過去の二つの自治法案は、英国における保守党の力によって常に潰されてきた。この頑迷な集団に対抗するかのように、〈ロマンティックなイギリス〉とでも呼ぶべき動きがあった。それは、アイルランドにおける数々の新しい運動や、詩や演劇によって刺激され、生まれたものだった。そうした詩や演劇は、自国のアイルランド人に与えた影響よりも、ある特定のイギリス人に与えた影響の方が大きかったという例を、私はいくつかあげることができる。アイルランドに対して、人々が新たに関心を持つようになった結果、今度こそ、ハーバート・アスキス首相率いる自由党政権によって、アイルランドに自治を与えるという法案が、ついに実現しそうなところまで来ているのだった。そして、誰もが望んだ通り、第三次自治法案は三度にわたる下院での審議《リーディング》を通過したのである。当時、家の中でも外でもこの自治法のことでもちきりだった。あらゆる新しい趣向を実行し、国を経済的に発展させるための様々な計画が盛んに立てられた。いつものことながら、アメリカはこうした一連の動きに対し、大いに興味を示しているようだった。新しい希望が現れつつあった。

　しかし、あっという間にその希望は潰《つい》えてしまった。自治法は、アイルランドに対していかなる譲歩も行わないという信念を持つ上院で承認されなかったのである。とはいえ、上院の牙は、アスキス政権の下、偶然のことではあったが、その権限を制限されていた[006]。かつて上院は、法案に対する拒否権を有していたが、今では、法案を二年間停止する権限しか認められないことになった。緊張状態の中、それでも保守党は、二年のうちにこの自治法案を何らかの形で廃案にできると信じていた。長い間、抑圧され続けてきた民族には一様に見られることであるが、アイルランド人は興奮しやすく、衝動的で、神経過敏になる傾向がある。数百年におよぶ戦いが続けられたアイルランドにおいて、アイルランド人による統治がなんとか可能になるよう、様々な指導者——その中には、アイルランド人だけでなくイギリス人もいた——による、実ることのない努力が重ねられてきたが、それは人々を疲弊させてもいた。武力をもってアイルランドの独立を目指している政治的グループは、常に、イギリスを信頼しないことをその信条としていたが、緊張が高まるにつれ、その影響力はますます強くなっていった。冷静な人々は、平静を保つことを強く助言した。国の歴史という流れを考えると、いや、一つの世代を考えたとしても、二年待つことなど何でもなかった。既に上院の拒否権は消滅していたし、この法案が約束する権限は実に貧弱なものではあったとはいえ、それが民族自決のための最初の一歩だったのである。

ロンドンで暗躍する保守党系の奥方たち《トーリー・ホステス》は、自治法案が実施されるのを防ぐため、彼女たちの客間で、様々な策略を講じ始めていた。エドワード・カーソンは、アルスター・ユニオニストのリーダーで、奥方たちの英雄だった。彼女たちは、アルスターの北東部における、自治法に反対するカーソンの組織を支援するために立ち上がった。なかなかのプレイボーイだったカーソンは、自分に備わっている演劇的なカリスマ性を存分に活かして、自治法反対運動を組織していった。アルスター地方は、歴史的に最もナショナリストの多い地域で、自治法に反対する人々と同数程度の人々が自治法を支持していたという事実を彼は無視し、過去の反自治法運動を支援するためにランドルフ・チャーチル卿[007]がかかげた「アルスターは戦い、アルスターは正当だ」という保守党の集会のためのスローガンを再び持ち出してきた。カーソンは、アルスター北東部の富裕な地主階級や商人階級の支持を得て、アルスター義勇軍[008]と呼ばれる軍隊を組織するに至った。アルスター北東部は、主にスコットランドの長老派《プレスビテリアン》によって、植民地化が進められた地域である。キルデアのカラーに駐屯していた英国軍は、カーソンの義勇軍を支援したし、義勇軍の指揮を執っていたのは英国軍を退役した将校たちだった。大量の武器と弾丸がドイツから密輸された。保守党系の奥方たちは、救急車を購入し包帯やパジャマを提供した一方で、ジョージ王に、自治法に署名するようなことのないよう圧力をかけた。指導者の中には、アルスター北東部を支配するよう、退位したカイザーを招聘する意図を表明した者もいた。アイルランドのナショナリストたちは、誰もこうした動きを真剣には捉えていなかった。ユニオニストたちが、政府を脅かすために一芝居打っているだけだと考えていたのである。一方、ロンドンの各紙は政府に対し、プロテスタントのオレンジ・アルスターは内戦を始めることはなさそうであるが、ナショナリスト・アイルランドがある方向に向かって進み続けるなら、絶対ないとは言い切れないと警告していた。過去の歴史と現状から考えると、ナショナリストたちは戦いをも辞さないことは明らかだった。実際に、ナショナリストの義勇軍[009]がすぐに結成された。私個人の経験から言うと、アイルランドで、自分を半分イギリス人だと思っている人々は、土着のアイルランド人たちよりも、現状を受け入れがたいと考えていたように思う。イギリスの血が半分流れていた人々は、イギリス史において、時折、現れては過度に評価され、かつ過度に喧伝されてきた、数々の自由憲章に署名し、賛同してきた自由市民の子孫だったのである。

　反自治法を掲げたカーソンの義勇軍が銃や弾丸を密輸したのを見て、アイルランド義勇軍も大陸から武器を買う準備を始めた。英国政府が静観する姿勢を崩し始めたことはすぐに明らかになった。英国下院において、合法的にアイルランドの自治を推進しようとするアイルランド側の指導者ジョン・レドモンド[010]は、アイルランド問題に関して言えばナショナリストであったが、英国政府には忠実だった。少なくとも、非合法的な運動を推進する意思はなかった。アスキス政府は、この新しい戦闘的運動を、何らかの手段で制御するように、レドモンドに依頼したというような話がまことしやかに囁かれた。しかし、ジョン・レドモンドはこうした新しいアイルランドの動きとは接点がなかったので、何ら有効な影響力を及ぼすことはできなかった。とはいえ彼は、あらゆる国家に存在する、あの破壊的政治的創造物である政党という機構の党首であったため、アイルランド義勇軍を二つのグループに分断することに成功した。彼に従い、ある程度合法的な活動をしようとしているグループと、自国の独立のために戦うことを準備している、シン・フェインのリーダーたちに従おうとしているグループである。国全体が興奮状態にあった。

　その頃、ドニブルックにある私たちの借家の期限が切れることとなった。私たちは、数々の楽しい集まりをそこで催したが、最後の集まりは、一九一三年の大晦日に行われたものである。私たちは、満月が輝く真夜中に、庭に出て歌いながら新年を迎えた。アーノルド・バックスやA・E、そしてウィルフリッド・ブラントが発行している新聞『エジプト』の当時の編集者だったフレッド・ライアンたちと、濃い紅茶を飲みながら新年を迎えたのだった。ピッツバーグにいるおばが、春になるともう一度、渡航のための切符を送ってくれるという手紙を書いてきたので、私たちは、皆にアメリカに数カ月出かける予定だということを伝えた。しかし、アメリカの夏の暑さに私たちは耐えられないだろうと皆が言うので、夫が講義をするように依頼されていることもあり、アメリカを訪れるのは夏でなく秋の方がいいだろうということになった。一九一四年の新年を私たちがドニブルックで濃いお茶を飲んで祝って以来、既に三十年が過ぎてしまった。私たちの人生の半分以上である。それ以来、私たちはアイルランドで大晦日も新年も迎えていない。しかし、あの大晦日の当日、どのような未来が私たちを待ち受けているのか、想像だにしなかったのである。

　私たちは、八月をアメリカへ旅立つ月と決め、ドニブルックの家を諦めてからは、ホウスの丘の上に立つ小さなコッテージを借りた。ホウスで夏のひと時を過ごすというのは、当時のダブリンの習慣だったのである。財政的にはあまり安定していなかったが、なんとかやりくりして過ごすことができた。私は、一週間に三度、セールスマンのように書類かばんを持って、アイルランド義勇軍運動の女性部門、アイルランド女性評議会《クマン・ナ・マン》[011]の事務局へと出かけて行った。もちろん、無給である。そこに、身なりには無頓着ではあるが、とても感じのよい若い女性が時々やって来て、仕事をしていた。彼女は、少々、オールドミス風の学校の先生のようで、かかとの低い茶色の靴を履いていたが、茶色のストッキングのかかとの部分を見事に繕っているのが見えた。この女性が、メアリー・スプリング＝ライスで、モンティーグル卿を父に持ち、ワシントン駐在のイギリス大使セシル・スプリング＝ライス[012]の従妹だった。彼女について特にここで書き記すのは、この女性がヨットの技術に長けていたため、後にアイルランド義勇軍のために武器を密輸することになった際、そのヨットを彼女が操舵することになるからである。

　彼女は、ウサギのように恥ずかしがり屋であったが、ベンガル虎のような勇気と、戦う精神を持ち、優れた陸軍元帥たちにのみ備わる判断力を持ち合わせていた。政治的環境はますます熱を帯びていったが、私の本当の関心は政治ではなく文学だったので、実のところ、誰が誰と戦おうとしているのか、アイルランド義勇軍とアルスター義勇軍が戦おうとしているのか、もしくは、二つの義勇軍がイギリスと戦おうとしているのか、わけがわからない状態だった。人々は、論理的な判断に従うのではなく、本能的な衝動に従って行動しているようだった。アイルランド義勇軍所属の退役英国軍人たちは、自治法実現のために、進んでカーソンと戦う心の準備はできていたが、それでは、彼らがイギリスと戦う用意があったかというと、それが保守党のイギリスであったとしても、そんなことはなかったのではないかと思う。実際、後に、義勇軍を離脱する者も現れた。ダブリンの街はヨーロッパの首都の中でも特に関心の的となっていたため、当時のダブリンには、ヨーロッパ各地から通信員が多数派遣されていた。最初は、世に知られた文芸運動を取材するという理由だったが、今度は政治的革命が今にも起こりそうだという理由で、彼らはやって来た。

　そして、ある劇的な出来事が、突然、すべての事柄から平衡を奪ったのだった。ある日曜の午後、私たちが借りていたコッテージの庭に座り、友人たちとお茶を飲みながら、だんだんと近づいてくる渡米について語り合っていたとき、新聞売りの少年が田舎道を「号外、号外」と叫びながら登ってきた。私たちは新聞を買い、オーストリアの皇太子が、聞いたこともないサラエボという場所で暗殺されたということを知った。私たちの誰も、この出来事が何を予兆しているのかよくわかっていなかったが、客の一人で、作家でもあり教育者でもあった——いまでも両方の仕事を続けている——ジョゼフ・オニール[013]が、「これは、とうとうヨーロッパ全体が戦争に突入するということかもしれない」と言ったことを覚えている。私は彼の言葉に驚いた。その当時、多くの人々同様、戦争とは何か、ほとんどわかっていなかったので、彼が意味のあることを話しているとは考えられなかったのである。私たちは、アメリカへの旅行について、また、私たちの誰もが、間近に迫ったと考えている武器の密輸について話し続けた。とはいえ、それがいつなのか、また、武器を上陸させるのはダブリン湾なのか、それともマンスター地方の港湾なのか、そうした行為は一度きりなのか、繰り返されるのか、誰も知らなかった。それは、そのコッテージで過ごした最後の日曜日のことだったと思う。というのは、私たちはアメリカ行きの最終的な準備に取りかかるために、その後、村のホテルに移ったからである。

　義勇軍の補助機関であるアイルランド女性評議会《クマン・ナ・マン》の事務局を私が二度目に訪れると、婦人部が集めた募金の全額を本部へ送るようにという指示がちょうど届いたところだった。その少し後、アイルランド義勇軍が毎週発行していた機関誌で、在ダブリンの部隊はダブリンからホウスまで、ある日曜日に行進を行う計画が発表された。密輸武器の上陸地としてホウス港が予定されているのではないかと想像する者もいた。そして、運命の日がとうとうやって来るという密《ひそ》かな噂が、少数の人々の間に広まっていった。行進する男たちの歩く音が小さな漁港に響き渡ってきたので、私たちはホテルの外に立ち、彼らの到着を待った。やがて、指揮官たちが大声で、「前進、駆け足！」と命令するのが聞こえると、義勇兵たちは、港に向かって駆け足で降りてきた。兵卒の「こっちだ」という声が聞こえ、義勇軍のメンバーだった私の夫と、見物人の一人、二人が行進に加わった。港では、一艘の船が桟橋に向かって進んでいた。後でわかることになるが、それはメアリー・スプリング＝ライスが、アースキン・チルダース夫人[014]の補助を得ながら舵を取っていた、チルダース所有のヨットだった。チルダース夫人はボストン生まれの女性で、結婚前はモリー・アルディア・オスグッドという名前だった。ヨットは実に速《すみ》やかに桟橋に接岸した。武器は、熱心で労を厭わない人々によって荷揚げされた。そして、このために演習で訓練を受けた義勇兵たちは、それぞれ自分の銃を肩にかつぎ、隊列を組み、町に向かって戻っていった。

夫は、義勇軍の司令官であったマクニール教授[015]と、大陸で武器の調達にあたったダレル・フィギスとホテルでランチを共にするために戻ってきた。テーブルに着いた際、夫が自分のライフルを床の上に置いたので、ウェイトレスをびっくりさせてしまった。他の義勇兵と同様、夫にも自分用のライフルが与えられていたのである。午前中の早いうちに電話線は切断されていたが、マクニール教授はライフルを担いでダブリンに向かった義勇兵たちのその後について知らせる伝令を待っていた。真面目な歴史学者が、自分は正しい努力をしているという確固とした信念を持って、武器の密輸に関与するなど、アイルランド以外の国では考えられないことだろう。彼は歴史学者だったので、トマス・ジェファーソン[016]の「専制君主への抵抗は、神への従順である」という一文を知っていた。一方、学者であり有名な作家だったダレル・フィギスは、愉快な冒険家で、詩を書きつつ戦闘に加わり、国の法律をつくるといった風に、エリザベス朝の文人によくあった一つの類型と言えそうだった。

彼は魅力的で、教養があり、自尊心が強く、その放縦な情熱がよく抑えられていることを容易に想像することができた。大陸で――ベルギーと言われていた――実際に武器を購入するということをやってのけ、それらを小さな船に乗せ、その後、北海でアースキン・チルダース[017]のヨットに積み込むという手はずを整えたのはフィギスだった。ヨットは、北海における英国海軍の巡視の目をかいくぐりながら進み、一、二度は停止しなければならなかったが、英国海軍は、尊重すべき上流階級の出である二人の女性――しかも、一人は貴族の令嬢だった――しか乗船していないヨットをほとんど警戒することがなかった。

　しかし、義勇兵の行進のその後に関する知らせは、ホテルで待つマクニール教授のもとには届かなかった。カーソンが行った武器の密輸には目をつぶった政府が、スコットランドの部隊を送って義勇兵を待ち伏せし、ライフルを没収したと、その日の遅い時間に私たちは知らされた。義勇兵たちは武器を渡すまいとして戦い、成功した者もいたが、それでも血が流され、命を落とした者もいた。その日は、悲劇的であると同時に、刺激的であるとも言える結末を迎えることとなったが、私の経験から言えることは、多くの人間は、それがいかに悲劇的であろうとも、安全よりは刺激を求めるものらしく、私が知っている誰一人として、意気消沈した者はいなかった。確かに、ヨーロッパの戦争は、今にも起こりそうな状態だった。もしかしたら、実際には既に起こっていたのかもしれなかったが、私自身は確信を持てなかった。アイルランドは、古くからの固有の伝統を有する、奇妙で小さな島国で、他のヨーロッパとは一線を画していた。そして、世界で起こっている事柄に意識を向けるためには、時々外科的な手術を必要とするのだった。

　アイルランドの反乱についての話題が、大陸の各国の首都で発行される新聞の見出しを再び飾るようになっていたため、英国政府は幾分、神経過敏になっていた。今にも戦争が起こりそうな状況の中で、英国軍が英国諸島にある首都ダブリンの通りで、人々に発砲したというようなニュースは好ましいものではなかった。しかもその理由は、一部保守党の議員が反対票を投じはしたが、英国下院で可決した自治法案の実施を確実にするための準備を進めているというものだった。英国政府の高官が何人かアイルランドに調査にやって来て、武器の密輸に関与した責任者の名前を調べようとしたことを、私はぼんやりと覚えている。何年も後になって、アメリカで一人の女性から聞いたことであるが、当時、駐米英国大使だったセシル・スプリング＝ライスは、アイルランドにいる自分の身内が取った行動にまつわるニュースに、全く困り切った様子で、額の汗をふきつつ、彼女の客間によろめきながら入ってきたそうである。

　武器の密輸に関わったすべての人々を思い起こすと、彼らは皆、気概があり、向こう見ずで、中には、陽気で大胆不敵な若者も含まれていた。その多くがたどった運命を思うと心が痛む。ダレル・フィギスは悲劇的な恋愛がもとで自殺することになる。恋人は中絶に失敗して死に、その後、彼は世間の批判を受けたのだった。フィギスの妻は、それより先に自殺していたが、その理由は、夫とその女性との恋愛を苦にしたためだと言われている。英国陸軍の将校だったアースキン・チルダースは、英愛条約に反対する立場をとり、新しく誕生したアイルランド自由国の軍隊に対し、デ・ヴァレラ[018]たちと共に戦ったが、捕らえられ、合法的に成立したアイルランド政府に対する反逆罪で銃殺刑に処せられた。このことは、有能で優れていたコスグレイヴ政権[019]の一つの汚点として、将来にわたって記憶されることになると私は思う。何年か後になって、アイルランド自由国軍の将軍だった人物が、非常に冷静な調子で、もしも当時、彼らがデ・ヴァレラを捕らえていたならば、彼を処刑していただろうと語ったことがあった。アースキン・チルダースは、そして、おそらくダレル・フィギスは、アイルランド人というよりも、イギリス人の要素の方が強かったのではないかと思う。メアリー・スプリング＝ライスもずいぶん前に亡くなっている。あの大胆な武器の密輸という経験は、彼女の人生にとって、唯一ロマンティックなエピソードではなかったかと思う。

　興奮状態が続く最中、夫と私は、ノース・ウォール桟橋から蒸気船でリヴァプールに向い、そこで、大西洋を渡るアメリカ行きの定期船に乗り換えた。数日前に、私たちは旅行会社のトマス・クック[020]から、戦況の影響により、多くのアメリカ人がヨーロッパから帰国しようとしているため、おばが予約してくれた船室の確保が難しくなっているという知らせを受け取っていた。旅行会社は、ダブリンのクィーンズタウンからでなく、リヴァプールから定期船に乗った方がいいと教えてくれた。リヴァプールから乗客を乗せた後には、ほとんど空室がなくなるだろうというのである。『アイリッシュ・レビュー』を創刊したヒューストン教授が、私たちのために送別会を開いてくれたが、私たちは長い別れになろうとは思ってもいなかった。私たちは、衣類や家具を倉庫に預け、一九一三年の大晦日と同様に、一九一四年にも大晦日のパーティーを開けるだろうと、全く気楽に考えていた。クリスマスにはアイルランドに戻ってくると思っていた私たちに、パーティーに参加していたトマス・マクドナーは、「君たちは帰ってこないよ。そんな風に考えてないとは思うけれど、君たちはアメリカで暮らすことになると思うよ」と、まるで予言でもするように言った。後に彼は、パトリック・ピアスとともに、イギリス政府に対する反逆罪で処刑されることとなる。今では、ハリウッドの女優になっている、ウナ・オコナー[021]は「金歯を入れて、ぴかぴかの靴を履いて帰ってきたりしないでね」と言った。誰かが、あまり真面目ではない調子で、「僕たち二人（その人物とトマス・マクドナー）から、永遠のお別れを。僕たちはアイルランドの自由のために戦い、そのために殺されるんだから」と言った。このように謎めいた彼らの声音が私たちの意気をくじくことはなく、またアメリカ行きの計画を変えることもなかった。イェイツが数カ月の滞在で戻ってきたように、私たちも数カ月したらダブリンに戻ってくると思っていたのである。

第十八章　アメリカでの最初の数週間

1

　船の中で、いつものようにベーコンと卵、紅茶という朝食を取った後、朝早く、私たちは陰鬱な町リヴァプールに到着した。制服を着た係員らしい人物が、「アメリカ行きの乗客はこちらへ」と叫んだとき、私は本当に興奮した。そして、ニューヨーク行きの乗客、少なくとも既に乗船券を持っている乗客の手続きを行う事務所に連れて行かれた。照りつける太陽の下、立ちっ放しで何時間も待たされたように感じた。そこには長蛇の列ができていて、私が聞いたことのある、ほとんどすべての人種が並んでいたと思う。何らかの形で戦争が始まったことはもはや明らかで、そこにいる人々は、皆、戦争から逃れようとしているのだった。大急ぎで帰国しようとしている、ヨーロッパに休暇で来たアメリカ人もいた。単に、ヨーロッパから逃げ出そうとしている人々もいた。今から考えると信じられないことであるが、その当時、アメリカ入国の際、ロシア人を除いてパスポートは不要だということが知れ渡っていた。アメリカに行くためには、乗船券を買い、定期船に乗り込みさえすればいいのだった。パスポートという概念は、最初のヨーロッパの戦争と共にもたらされた、多くの自由を制限する事柄の一つである。

　私たちの順番が来て、係員に乗船券を見せた時には、私は長く立ち続けたせいで疲れきっていた。係員はとても無愛想だった……いや、数カ月有効の往復乗船券を持っていようがいまいが、それは関係ないことだったのだ。このタイミングでアメリカに行きたいと望むなら、与えられるものを受け入れるしかなかった。とはいえ、乗船券を持っている者は、持っていない者よりも、選択肢はやや多かった。三等船室を取るか取らないか？　彼の時間を無駄にすることは許されなかった。まだまだ多くの人々に対応する必要があったからである。私は、ホウスの丘でシャクナゲに囲まれ、ダブリン湾を眺めている自分に戻りたいと切に願った。しかし、私たちは係員が与えてくれるものを大急ぎで受け取ることにし、長い時間待たされた後――少なくともそう感じないではいられなかった――やっと乗船することが許され、他の三等船室を与えられた疲れきった人々や泣き叫ぶ子どもたちと合流した。人間が個人として扱われるのではなく、集団として扱われる様子を見るのは、これが生まれて初めてのことで、私はそのやり方にうんざりさせられた。そして、人間が対応できる範囲を超えて世界の人口が増えすぎていると強く感じ、今にも何か大災害が起こるのではないかと思ったことを覚えている。こんな風に感じたのは、私の人生で二度目のことだった。最初の経験は、学生の時、ドイツの都市アーヘンの駅で、ある人物を待っていたときのことである。そこでは、時間の無駄としか思えない、神経をいらいらさせるような、お役所仕事特有の形式主義的な手続きを我慢しなければならなかった。

三等の船客が乗船すると、どんな質問に対しても、「戦争というものの運命《さだめ》なのです」という台詞を繰り返している、お高くとまったイギリス人主席客室乗務員《パーサー》に迎えられた。私は彼に、もともと予約していたはずの船室はどうなったのかと尋ねた。彼は機嫌が悪かった。何が何でもアメリカに戻りたいと望んでいる人物に、明らかに法外な値段で売られたということらしい。これは、私が思う理想の民主主義からはほど遠いものだった。それは、理念的かつ理想的原理によって形成されなければならないはずである。彼の答えには呆然とさせられた。「これはイギリスの客船です。お客様。どうかお進みください。」一人の客室乗務員が、三等船客の私たちをまとめて、船の奥深い階に連れて行き、狭い二段ベッドが置いてある、とても小さな、風通しの悪い船室に案内した。それでも、私たちは全く疲れきっていたので、ベッドに身を投げ出し、息詰まるような空気の中で朝が来るまで眠り続けた。翌朝、デッキに出てみると、私たちはまだ運がいい方なのだということに気づかされた。無数の三等船客が、さらに船の奥底に連れて行かれ、ハンモックやその他、何でも利用できるものをベッド代わりに使って眠らなければならなかったのである。とにかく、この船は人間を詰め込みすぎていた。戦争中には、多くの船に人間を詰め込んで輸送するということはよくあることだと思うが、これよりひどい状況を想像することはできなかった。けれども、私たちよりも、さらにひどい環境がこの船にはあった。それは、三等のさらに下で、「マケドニア人の船倉」と呼ばれていて、山の民のような風貌の男たちが、もの悲しそうな顔つきで歩き回っていた。その中には奇妙な民族衣装を着た者たちもいた。この船倉は、マケドニアからアメリカへ難民を送り出すきっかけとなったもう一つの戦争、つまり第一次バルカン戦争〔一九一二〜一三〕の名残で、かつての移民船のように、船倉部分にぎっしりと人間を詰め込んでいた。彼らは、他の乗客に比べると、明らかに異なる扱いを受けていた。

　天気がいい日は、私たちは三等船客専用の狭い甲板を少々歩きまわり、アメリカに帰郷するドイツ系アメリカ人の家族や、メロデオンを演奏したり、歌ったり、人がいないときには甲板の一隅で踊ったりすることで、自分たちを楽しませているアイルランドの少年少女たちと知り合いになった。中でも最も教養があり、話がはずんだのは三人の黒人だった。フィラデルフィアで教師をしているロック夫人とその優秀な息子アラン・リロイ・ロック[001]、そして女性ピアニストの三人である。アラン・ロックはローズ奨学生[002]として学んだオックスフォード大学から帰国するところだった。オックスフォードではとても充実した時間を過ごしたそうである。アイルランドの文芸復興運動についてよく聞かされていたアランは、私の夫とアビー・シアターについて話ができることをとても喜んでいた。その当時、三人がなぜ食堂に現れず、客室乗務員に自分たちの船室まで何か食べ物を運んでもらっているのか、不思議に思っていた。アメリカにおける人種差別の根深さについて理解するようになったのは、ずっと後のことである。この三人は、私が知己を得た最初の黒人だった。黒人という人種がアメリカに長く住み続けたことによって、新たな芸術性を獲得したことを理解できたのは彼らのおかげである。そして、アメリカでは、黒人と出会う機会はあまりないということに、やがて気づかされることになる。ニューヨークでは、黒人は皆ハーレムに隔離されていて、詩人のカンティー・カレン[003]や、彫刻家のオーガスタ・サヴェージ[004]のような黒人芸術家に気軽に会うことができるのはパリだけだったのである。

船旅はもちろん非常に不快なものだった。雨が降る日々、そう、雨が降る時間には、甲板に雨をよける場所はなく、天幕さえなかったので、船底に近い、息が詰まるような船室に避難しなければならなかった。社交の場になるようなホールはなかった。兵舎のような食堂で食事を取らなければならなかったが、朝食が片付けられたと思うと、昼食が始まるという調子で、乗客がそこでくつろいだり、自由に過ごしたりすることはできなかった。また私たちのまわりでは、英語を母語として話す人々の数は限られていた。ドイツ語とイディッシュ語[005]を最もよく耳にしたが、ほかにも私の知らない言語、おそらくセルビア語かポーランド語も話されていた。十種類以上の言語を話すことができるにちがいない通訳が一人いた。彼は心の優しい親切な人だったが、多くの時間を、少年と少女を隔離することに費やしていた。一組の若いアイルランド人の男女が、互いに腕を組みながら、英語がわからないふりをしながら彼にアイルランド語で話しかけてきたときは、本当に困り切っていた。日が暮れた甲板で、男性と女性を別々の空間に押し込もうと躍起になって、「さて、可愛いお嬢さんたち、寝台に行く時間ですよ」と彼が言っていたのを今でも覚えている。

誰かに、どこの国の方ですかと尋ねると、「アメリカ市民です」という誇り高い返事が返ってきたものだった。このやりとりを通して、ローマ帝国の時代、「我はローマ市民なり《キーヴィス・ローマヌス・スム》」という言葉が異邦人《バーバリアン》の耳にどのように響いたか、少しわかったような気がした。ほんの数年しかアメリカに住んでいないのに、ヨーロッパでの過去を消し去り、自らを誇らしげにアメリカ人だと自称する人々のことはとても印象に残った。特に私のように、英国に何百年にもわたって支配されているにもかかわらず、自分たちを英国国民と呼ぶことには非常に抵抗を感じるような島からやって来た人間にとって、それは驚きだった。こうしたアメリカ化したヨーロッパ人との出会いを通して、私は合衆国の民主主義の概念に初めて直接触れたような気がした。彼らは、三等船客に対する待遇がよくないということに対し、デッキで抗議集会を開いていた。食事の問題、座席の不足、雨を避けられる場所の不足などについてである。彼らは、パーサーに宛てて文書を作成した。その書き出しは、「以下に署名した我々アメリカ市民は……」となっていたが、私たちのような、決してアメリカ市民と呼べない者たちを除外する結果となっていたことを指摘しておかねばならない。しかし、お高くとまったパーサーは全く動じなかった。その文書は、ロシア語かイディッシュ語を母語とする人物によって書かれていたため、あまり立派な英語とはいえなかった。「これはイギリスの客船です。戦争というものの運命《さだめ》に身を任せねばなりません。私たちは、皆様が向かうべき場所へお連れすることに、最善の努力をしております」

2

アメリカ沿岸に近づくと、私たちは船の事務長から長々と説明を受けることになり、その説明は通訳によって、様々な言語に翻訳された。アメリカ市民でない乗客は皆、エリス島[006]に行き、検査を受けなければならないということだった。一体どんな検査を受けろというのだろう。身体検査、読み書きの能力検査、その他、投獄された経歴の有無、反逆罪に問われた経歴の有無などが検査されるらしかった。エリス島に送られるということは、私の心に、ある気まぐれなイメージを呼び起こした。そのイメージとは、移民たちが起こした訴訟についての物語、オーストラリアに流刑となった政治犯の物語、シベリアに送られたドストエフスキーの物語など、私が耳にしたことのある物語を合わせて作り上げられたものだった。そして、ドストエフスキーの死刑判決が特赦によって減刑されたように、エリス島に行けという恐ろしい命令も、最後の瞬間に変更になるのではないかと、ぼんやりと夢見たものだった。元々一等船室や二等船室の乗船券を持っていたのに三等船室に押し込まれた者たちは、強く抗議した。中には、憤りを隠せない者、ふさぎ込んだ様子の者もいた。パーサーの言葉を借りれば「戦争というものの運命《さだめ》」によって三等船客として扱われなければならなかった私たちが、なぜ、入国に必要とされる特質に欠けていると見なされなければならないのか、そして、その一方で、本来私たちに与えられるべきだった客室を奪った者たちが、高潔で、教養があり、法を遵守し、健康にも恵まれていると見なされ、何の制限もなく、何の障碍もなくアメリカの大地を踏むことを許されるのか、という抗議だった。ある日の早朝、遠くにニューヨークを望むことができた。その当時は、今日に比べると、高層ビルはまだほとんどないと言ってよく、あのトマス・ハーディが死ぬまでに一度は見てみたいと願った、今日の高層ビル群が描くあの目もくらむばかりの風景とは全く異なっていた。自由の女神は、よく聞かされていたとおり、どっしりした存在感と共に現れた。私は女神像をその象徴的な意味からではなく、芸術的に欠点があるかどうかという視点から吟味した。ただ、デッキにいた多くの人々は、明らかに感動したようだった。自由の女神は陳腐な魅力に満ちていた。それは、国歌や賛美歌やブラスバンドの演奏を聞いて人々が感動する時の陳腐さに似ていた。

アメリカ市民でない私たちは、フェリーボートに乗せられ、しばらくしてエリス島に上陸した。私たちより先に到着した船——複数だったかもしれない——の乗客たちが、既に長い列を作っていた。彼らは、私が今まで見たことのないような目立った集団で、古い東半球、つまりヨーロッパのおそらくすべての国からやって来た人々だった。その日は焼けつくように暑く、中にはきれいな洋服を着ていた人もいたが、移民たちの服装は、強い日差しの中で彼らを惨めに見せるのに一役買っていたに違いない。ブラウスを着て、毛皮の着いた帽子をかぶったロシア人がいた。縦ひだのある山岳民の服を着たギリシャ人とアルバニア人がいた。帽子の代わりにハンカチを頭にかぶっている女性たちもいた。短い皮のズボンを穿き、毛糸の靴下を履いたババリア人もいた。明るい色の服を着たジプシー風の男女がいた。彼らは重そうなイヤリングを身につけていた。雑多な群衆の間を様々な言語が飛び交っている上に、厳しい日差しにもかかわらずアイルランド製のウールの洋服を着ていたため、私は頭が痛くなり、めまいを覚えた。行列は、カタツムリのようなゆっくりとした歩みで進み、ある建物の中に入っていったが、そこでは英語が一言も話されていないようだった。ある時点で、私と夫は別々にされ、気がつくと、奇妙なほど上等な身なりをした女性と並んで、何人かの通訳が並ぶ方向に歩いていた。この女性は私にフランス語で話しかけてきた。彼女はルーマニア人だった。その当時、パスポートは必要とされなかったので、私たちを担当した通訳は自分が話しかけている人物の国籍を知る方法はなかったのだろうと思う。通訳が私とこのルーマニアの女性に何語で話しかけてきたのか、何カ国語を試したのか、今となっては忘れてしまったが、彼の質問の目的は、私たちが何語を話すか、また何語を理解するかという点にあった。私とルーマニア女性は、順番に、フランセ(フランス語)、アルマン(ドイツ語)、イタリアン(イタリア語)と、フランス語で答えた。突然彼は怒り出し、「お嬢さん方、私はあなたたちの特技のリストを知りたいわけではないのです。英語が話せるか、アメリカの言葉を話せるかどうか知りたいのです」と言った。ルーマニア女性は興奮し、最初にフランス語で、それから英語で、自分は「教育を受けた女性」であることを告げた。それは、当時のジャーナリズムでよく使われた表現で、「レディ」であることを意味していた。彼女は、一等船室の乗船券を購入していたこと、また、このような屈辱的な検査の数々を受けなければならない理由がわからないことを伝えた。私も彼女を支持する発言をした。私の瞼はつままれ、上下にひっぱられ、目の病気がないか調べられた。一人の医者が、おそらく精神科医だと思われるが、私に狂気、精神病の兆候がないか調べた。私は彼の質問をばかばかしいと思い、そのように伝えた。すると、別の医者がやって来て——皆同じ制服を着ていたため、当時、彼らが何者か私には見当がつかなかったのだが——私に結核の病歴があるかどうか調べた。さらに、もう一人、おそらく違う種類の精神科医にさらなる検査を受けた。今、振り返って考えると、彼は驚くほど穏やかな人物であり、おそらく夜を徹して働き続けていたのだろう。しかし、その時、彼の前にいるのは、私たち二人だけだった。明らかに彼は教養ある人物であり、男性の扱い方を心得ていたその美しいルーマニア女性は、あっという間に自分を取り戻し、彼と一緒になって笑い合ったりしていた。私はと言うと、彼の検査を受ける間、黙って椅子に座り、半泣きの状態だった。

「船で何か怖いことをされましたか?」

「いいえ、でもこのような状況が怖いのです」

「肺に問題があったことがありますか?」

「いいえ、でも貧血です」

「いつも、このように神経過敏なのですか?」

この時、私は本当に怖がっていたと思う。というのは、神経過敏な人物はしばしば島に留め置かれ、病弱な人間は自分の国に送り返されることがあると聞かされていたからである。

「あなたは芸術家ですか?」と、彼は続けて言った。おそらく、私が神経過敏になっている理由を探ろうとしたのだろう。「あなたは、教育を受けた女性のように見受けられます。どのような教育を受けましたか?」

「大学を卒業しました」

「ならば、読み書きができますか、などという質問にプライドが傷つけられたことでしょうね」と彼は、愛想よく微笑んで言った。

大学教育に対するダブリン風の傲慢な見解が頭をもたげてきて、思わずダブリン風の軽口で答えてしまった。「大学出の学士でも、まともに読み書きができない者もいます。」これに対し、彼はあまり面白がってはくれなかった。

しかし、比較的短い時間で私は解放された。そして彼は微笑みながら、私が納税者たちの負担にはならないだろうと思うと言った。何人かの女性たちと一緒に、私は待合室に追いやられ、自分の名前が呼ばれるまで待つようにと言われた。それはつまり、別の場所にいる夫を待てということだった。当時、私は疲れきっていて、考えが及ばなかったのであるが、今思うと、すべてがよく考慮され、驚くべき効率で進められていたと思う。

過去にアメリカに滞在した経験のある、一人の中年のアイルランド女性がベンチに座っていた。彼女は、どうやって職を探したらいいかという話を、来たばかりの移民たちに聞かせていた。うさんくさい外見の男が一人やって来て、私たちの国籍を尋ね、私たちが働くことができる可能性のある仕事を列挙し始めた。彼は、そのアイルランド女性に対し、ホテルの客室係の可能性を示してから、私にホテルで働きたくないかと尋ねた。その仕事は、ホコリをはらい、掃除をし、ベッド・メイキングをするという種類のものだということだった。そして、「あんたは、なかなか賢そうな別嬪《べっぴん》さんだからな、この国でうまくやっていけると思うよ」と言った。その中年のアイルランド女性は、この男が私ばかりに話しかけることに腹を立て、会話に割り込んできて、「そんな女に話しても無駄だよ、だんな、この手の女にはうまくやられちまうよ。よくわかってるんだ。部屋の掃除なんてできやしないさ。あたしらに相談しておくれ」と言った。私の隣にいた女性は、ドイツ語訛りで親切にもマニキュアの仕事を提案してくれた。「チップをたくさんもらえるよ。特にホテルで働いたらね」ということだった。これ以上、いろいろな指示を受けることを避けるため、自分は親類を訪ねて、ほんの短い期間だけやって来たと説明した。とうとう、私の名前が呼ばれ、夫がやって来るのが目に留まった。彼のスーツには象形文字のようなものがチョークで描かれていた。同じマークが私の洋服の上に描かれていた。さらに、彼のジャケットのボタンホールには紙片が差し込んであって、それは私たち皆にもつけられていた。制服姿の男性が、最初に英語で、次に様々な言語で叫んだ。「ペン駅に向かう皆さんはこちらへ」と言って、役人たちは、人々を一緒にまとめて移動させようとした。私は、夫と自分に与えられた紙片に「ペン」と書かれていることに気づいた。役人たちは、私たちをペン駅行きの一行と同行させようとしていたのである。

しかし、この時までに、私は心の平静と勇気を取り戻していたので、これ以上、行列に並ぶのはこりごりだと思い、どこに行くにしても、もう命令は受けないと決心していた。私は、目的地に直行するのではなく、数日間をニューヨークで過ごすつもりだと告げた。これが、またちょっとした問題を引き起こした。「あなたたちのためを思って言っているのですよ。無計画にニューヨークで過ごすつもりはないでしょうね」と警告を受けた。この言葉に屈しそうになったのだが、あの愛想のいい医者が、私たちを救いに来てくれた。そして、彼は、私たちを解放する権限を持っている人物のところまで連れて行ってくれた。

夫は、著名人に宛てた、驚くべき数の紹介状を持っていた。とはいえ、よく考えると、それらの手紙は、コロンブスに宛てた手紙に意味がないのと同じように、私たちの役に立つとは思われなかったが、少なくとも、私たちの目の前に立つ役人を感心させることはできたようだった。紹介状の宛先として、セオドア・ルーズベルト[007]、ウィリアム・ランドルフ・ハースト[008]、デイヴィッド・ベラスコ[009]、ニコラ・テスラ[010]、かの有名なフィニアンのジョン・デヴォイ[011]、さらには何人かのアイルランド系の裁判官や弁護士たち、数々の大学の学部長や総長などが含まれていた。それでも、この役人は、私たちが数日間二人だけでニューヨークで何とか過ごすだけの能力があるかどうか疑問に思っていたようで、ピッツバーグにいるおばに電報を打つようにとアドバイスしてくれた。彼は、毎日あらゆる国からやって来た移民たちに接していたので、私たちが英語をちゃんと使いこなせるということを信じられないでいるようだった。特に、あの颯爽としたルーマニア女性が、銀細工がはめ込まれたスーツケースを手に、フェリーに向かって進んで行きながら、私たちに向かってフランス語で長々と話しかけていったのを目撃した後ではなおさらである。しかし、形式上の手続きが済むと、エリス島の役人たちは本当に親切だった。人間というものがいかに互いに助け合うことのできる存在か、普通に生きる市井の人々が、自分自身の運命を切り開かねばならないとき、いかに互いに協力し合おうと望んでいるか、目の当たりにすることができたと思う。とはいえ、ある特定の事柄に関しては、ヨーロッパの国々の方が、アメリカよりも自由である、もしくは、自由だったと思う。特に、自分の意見を自由に発言できるという点では、旧世界の方が自由だった。旧世界には、長い時代をかけて継承されてきた知性に裏打ちされた自由が存在していたが、そうした自由は、様々な人種が混じり、様々な階級が混在するアメリカの民主社会においては通用しにくいのである。しかし、それ以外の事柄に関しては、世界中のどこと比較しても、アメリカ以上に自由な国はないと思う。

バッテリー公園駅でフェリーを降り、ブロードウェイ通りがとても長い通りであることを知らないまま、私たちはトラムに乗り、ブロードウェイと四十三丁目が交わる地点にあるウッドストック・ホテルに向かった。心地よいベッドに潜り込むまで何時間もかかったように思われたが、私はシーツにくるまれ、水っぽい液体に濃いクリームを混ぜた飲み物を飲んだ。今まで見たこともない代物だったが、ホテルによると、それは紅茶ということだった。しかし、部屋に置かれた電話、機械で作られた滑らかで実用的な家具など、あらゆるものに備わっている近代性のおかげで、私の気持ちは高揚し、自分が生まれ変わったような気分になった。アイルランドで使い慣れていた家具は、長く使い継がれてきたものばかりだった。家にあった家具の中には、十八世紀に作られた古いマホガニー製のもの、古い樫材で作られたものもあり、私たちが新しいと思っていた家具は、目の前にあるアメリカの家具に備わっているびっくりするような新しさとは無縁だった。ホテルから外に出た私たちに強い印象を与えたのは、目もくらむような日の光と、アメリカの新聞だった。世界中のニュースを広く深く取りあげるのがアメリカの新聞の特徴で、私たちはヨーロッパで本当に戦争が起こり、多くの国々が戦っていることを知った。見出しはどれも恐ろしいものだった。意図的に人々が殺し合おうとしているというのである。見事な腕を持ったドイツの木彫り職人たち、偉大な文明を築いたフランス人たち、ロンドンのソーホーやピムリコで下宿屋を営む女主人の息子たち、戦争が起こる度に戦場に送り込まれてきたという歴史をもつアイルランド部隊の兵士たちなどが、皆、互いに殺し合っているという。また、雑誌に掲載されたもっと真面目な記事の数々は、文明を救う戦いにアメリカも参戦すべきであると、人々に広めようとしているようだった。すべて当惑させるようなものばかりだった。

しかしながら、ピッツバーグに着いてみると、その段階で、誰も戦争に興味を持っていないことがわかった。彼らにとって直近の戦争は、アメリカの南北戦争で、ヨーロッパで起こっていることなどには関心がないようだった。夫の親戚たちが私たち夫婦に好感を持っているという印象は受けなかった。特に、自分たちの甥が結婚した若い女性、つまり私に好感を持たなかったようだ。彼らは、ピッツバーグの多くの人々同様、家事全般すべてを自分たちでこなしていた。階段を磨き上げ、ドアノブを光らせ、靴を磨き、床にワックスがけをし、窓を拭き、食事の給仕をしてくれる上に、非常に安い賃金で雇うことができる、あの、ダブリンでは当たり前に存在するメイドはいなかったし、その存在すら知られていなかった。しかし、そこにはあらゆる種類の贅沢があった。メイドを雇っていない人々も、自家用車、毛皮のコート、冷蔵庫などを所有しており、蛇口をひねるといつでもお湯が出てきた。家はそれほど大きくなかったが、浴室はすばらしかった。不思議な掃除用の道具を使っていた。皆、とても身なりがよかった。おそらく、豊かだったのだろう。そして、家の仕事はなんでも有能にこなした。彼らが口にしたいと思う肉は、ステーキやローストビーフ、ローストチキンだけだということは明らかだった。ダブリンのステーキは固く、ローストビーフやローストチキンはたまにしか食べなかったことを思い出した。召使いや女中を複数雇っている豊かな人々も、ピッツバーグにはいて、彼らの家の中は、おばの家よりも、さらにすばらしいものだった。しかし、本当に驚いたのは、人々がものを捨ててしまうことである。ものを修繕するということは、とても複雑な事だと思われているようで、古い椅子や古いマットレスを捨て、新しいものを買うことが最も理にかなっていると、皆考えているようだった。

本当に骨董的価値があると見なされない限り、誰も古いものを手元に置いておくことに関心はないようだった。骨董を持っている人々は、代々伝わってきたものを継承しているのではなかった。皆、骨董を骨董屋で買うのである。現代のアメリカ家具はとてもすばらしいものばかりだったので、私は、なぜアメリカの人々が、フランスやイタリア、イギリスなどで作られた古い家具に夢中になって欲しがるのか理解できなかった。

アイルランド文芸復興運動の作家たちの名前は、結構知られており、まもなく私たちは、美しく着飾った女性たちから、様々なパーティーに招待されるようになった。夫は、招待先の居間で講演を行い、詩の朗読をしたが、彼はそれまで個人の家の居間での講演で謝礼を受け取ったりしたことがなかったので、最初に小切手が差し出されたとき、それを丁重にお断りすると、逆に女主人を困惑させることとなった。私たちは、その程度のことで謝礼が支払われるなどとは考えもしなかったのであるが、トマス・ウッド・スティーヴンズ[012]から受け取るように説得された。彼は、カーネギー芸術カレッジ[013]の演劇科が誇るすばらしい教師だった。彼は芝居について、また作劇術について造詣が深かったので、もしもアメリカが小さな国だったら、その実験的な演劇の現場で非常に影響力を持つことになったことだろう。しかし、アメリカには文化の中心が複数あり、しかも場所が離れていたので、彼のような人物が有名になることはあまりなかった。私たちがピッツバーグに滞在したとき、カーネギーの演劇科の学生がいくつかのアイルランド劇を上演した。イェイツの『王の階』、シングの『谷の蔭』、夫の『裏切り』が演目だったが、いずれも、アビー・シアターでの上演と比べても遜色なかったと思う。ただ、強調する場所が少し異なっていた。その時の俳優、女優の何人かは、後にブロードウェイで活躍した。『王の階』でフィーレムを演じたメアリー・ブレア[014]は、後に数々のユージン・オニール[015]の作品に登場することになるが、彼女は、私の友人で批評家のエドマンド・ウィルソン[016]の最初の妻となった。カーネギーの英文学科のゲイガン教授[017]は、ダブリンの旧友、あのセアラ・パーサーの甥で、私たちに多くの興味深い人々を紹介してくれた。彼が連れて行ってくれたあるパーティーで、私はウィラ・キャザー[018]に初めて出会った。彼女のたたずまいと会話がとても印象的だったので、私は、パーティーの女主人に、「キャザーさんは作家ではないでしょうか」と尋ねてみた。文学のことにあまり関心がなさそうな女主人は、「何か本を書いているようですが、教師がご本業だと思いますよ」と答えた。キャザーは、ニュー・メキシコの煉瓦造りの集合住宅《プエブロ》について、先住民の芸術や叡智について、とても魅力的な語り口で話してくれた。彼女は私がアメリカで出会った人々の中で最も興味深い人物の一人であり、その印象が変わることはなかった。後に、私は彼女が書いたすべての本を読んだ。ニューヨークやその他いろいろな場所で、折に触れて彼女と会うことになるのだが、キャザーに対する賞賛と尊敬の念は変わることがなかった。奇妙なことであるが、当時のアメリカ人は、ヨーロッパの作家に対するほどは、自国の作家に対しては関心がないようだった。

　ピッツバーグは私たちが最初に滞在したアメリカの都市だったので、おそらく、私の記憶は少しロマンティックで曖昧なものになっていると思う。あらゆることが非常に速い速度で進行すること、ダブリンで慣れていたゆったりした生活とは異なることに、私は驚かされた。時間がたっぷりあるダブリンでは、何事もゆっくり進み、人々は何時間もおしゃべりに興じることができたのだった。私はまた、アメリカに来て初めて、大きなビジネスに携わっている人々と知り合いになった。アイルランドではほとんど耳にしたこともないような、鉄鋼、板ガラス、電気製品などの製造業に従事する人々である。アイルランド系の人々もたくさんいた。実際、私の夫の親族は、一世代前にアメリカに移民した人々で、父親がたまたまアイルランドに帰国するということがなかったなら、夫自身もピッツバーグで生まれていたかもしれないのだった。アルスター出身の人々が〈スコッチ＝アイリッシュ〉[019]という奇妙な名称で呼ばれているのも、アメリカで初めて知った。〈スコッチ＝アイリッシュ〉という呼称は、ナショナリストのアイルランド人と区別するために使われているわけではなかった。アルスターの長老派《プレスビテリアン》の人々は、強硬なナショナリスト[020]として知られていたのである。むしろ、アイルランドのカトリック教徒と区別するために使われているもので、カトリックに対する根深い偏見は時折、私を驚かせた。アメリカは階級にも宗教にも偏見のない国だと信じるように育てられてきたからである。ピッツバーグに住むアイルランド系の富裕な人々は、純粋にゲール系の姓を持っていた場合でも、あえて〈スコッチ系〉とか、〈スコッチ＝アイリッシュ系〉と自ら名乗る傾向があった。事実、〈スコッチ〉という接頭辞は、特別に傑出したものと関連づけられていたのである。例えば、スコッチ・ウイスキー、スコッチ・ツイード、スコティッシュ・フリーメイソンの儀式、また、スコットランドから来た牧師などは、皆、最上ランクに位置づけられていた。

その当時ピッツバーグでは、私たちの他にも、様々な種類のアイルランドの文化運動に関係ある人々が見受けられた。例えば、ネリー・オブライエン[021]とフィノン・マッカラム[022]率いるゲーリック・リーグの使節団がやって来て、ピッツバーグで数日間を過ごしていった。ゲーリック・リーグのメンバーの半分は文芸復興運動の賛同者で、半分はそうでなかった。シン・フェインでも同じ事が言えた。ゲーリック・リーグとシン・フェインは互いに認め合っていなかったのだが、アメリカでは二者は特に区別されていなかった。このような新しい運動に携わった推進者の多くが、アメリカに講演にやって来ていた。ゲーリック・リーグからはダグラス・ハイドとシェーン・レズリー[023]が、アイルランド文芸運動からはW・B・イェイツとレディ・グレゴリーが渡米していた。特にレディ・グレゴリーは、セオドア・ルーズベルトに評価されるという栄誉に浴した。彼は、グレゴリーが翻訳したアイルランドの古い神話物語を公の場で褒め称えたのである。モード・ゴンは政治運動に関する講演を行った。一方、新聞に掲載されたインタビュー記事は、上流階級の社交や、その家族関係にまつわる、あまり妥当とは言えない興味ばかり示しているように私には感じられた。レディ・グレゴリーの称号は付加価値をさらに増し、ネリー・オブライエンは、事実であることには相違ないが、インチキン卿の孫娘であるということが強調された。また、リムリック地方の名門、ソモンド一族のオブライエン家の直系であることも、これもまた事実には違いないが、強調された。彼女の家系はもちろん、ヨーロッパで最も古い家柄の一つと言うことができるが、こうした事実が、本人が知的に傑出しており、強い愛国心を持った女性であるということよりも、民主主義の国でより強調されるというのは奇妙な気がした。しかし、一人のアイルランド系の記者が、とてもおもしろい説明をしてくれた。「アイルランド人というと、アイルランドからやって来た女中しか知らない人々に対して、本国には女中以外の人間もいるのだということを知らせるような記事はニュースになるのですよ」と彼は言うのだった。私が笑い飛ばしたので、彼は機嫌を損ねたようだった。また、アメリカ人は称号や古い家系に夢中になるのと同様に、古代の廃墟や中世の古城、伝説の主人公たちに夢中になることに気がついた。いずれにしても、それは、後にアメリカ人が流行歌手、バンドのリーダー、映画スターなどに夢中になっていくことに比べたら、より想像力があり、より人間的だったと言えると思う。ネリー・オブライエンは、背が低く太ってはいたが王侯貴族の気品をそなえていた。そして、彼女とレディ・グレゴリーは、ともにヴィクトリア女王に非常に似ていた。ネリー・オブライエンがいつも身につけていたやや流行遅れではあるが絵のように美しい洋服――刺繍がほどこしてあり、黄銅や銀、銅でできた飾りが縫い付けてあった――も、その魅力をいや増した。それは、ゲーリック・リーグにおいて、女性の正装と見なされていたもので、ダブリンでの夜の集まりには頻繁に着用された種類のものである。

しかし、ゲーリック・リーグが、アメリカの聴衆に聞かせるにはこの程度のもので充分だろうと考えた内容に、私はあまり感心しなかったと言わざるを得ない。ネリー・オブライエンと共に渡米したリーグのメンバーの一人は、辛抱強く、熱心に働く人物で、あらゆる時代のアイルランドの土着の文化について精通している学者肌の人物だった。しかし、種々雑多な人々で構成されたアメリカの観客に情報を与え、楽しませるために彼がしたことは、唄、踊り、ストーリーテリングと歴史を合計三十分のエンターテインメントに仕立て上げることだった。簡単な説明をした後で、彼は、「それでは、アイルランド語の唄をお聞かせしましょう」と言って、きちんと訓練を受けていないことがすぐにわかるひどい歌声で、一節か二節歌ってみせた。また続いて簡単な説明を終えると、今度は、「それでは、物語をお聞かせしましょう」と言って、ちょっとした小話を語って聞かせた。さらに彼は、観客を夢中にさせる代わりに、自分自身が興奮して、踊ってみせ、ジグやリールのステップを披露した後、気取って、民謡の一節か二節を口笛で吹いた。一部の観客が我慢しきれなくなって吹き出したことに、私は驚かなかった。アイルランド語を一言も理解できない観客に、民族音楽を本当に理解してもらうためには、民謡の一節を口笛で吹く以上の努力が必要だったのである。アメリカ人の多くは、民衆芸術《フォーク・アート》には興味を示さなかった。彼らが興味を持つのは、洗練された芸術だった。本当は、シレジアやボヘミア、オランダなどから伝えられた民話を、もともとアメリカ土着のものだったと果敢に主張したアメリカ人作家たちがいたが、それに興味を示したのは知識階級の人々だけだった。

ダブリンに戻る日が近づいてきたが、いくつかの予定がスケジュールに入ってきた。複数の講演依頼もその中にあったが、いずれもクリスマスの後だった。ピッツバーグで新しくできた友人たちに、ニューヨークでしばらく時間を過ごしてから帰国すべきだと何度も言われ、A・Eやローリー・イェイツ[024]、セアラ・パーサーなどのアイルランドの友人たちからも、いずれにしても戦争はすぐに終わるだろうから、それまではアメリカに残った方がいいという手紙が送られてきた。英国下院議員である若いアイルランド人は、一九一五年の春までには、英国とフランスの軍隊はベルリンに到達し、そこで平和が宣言されるはずだと述べた。彼が軍人だったら、そのような判断をしたかどうか疑わしいが、大英帝国の力に対する信頼はそれほど強いものだったのである。それに加え、誰も戦争のことについてよくわかっていなかった。私たちが実際に知っている戦争とは、南アフリカでのボーア戦争で、それは、私たちの活動範囲からかけ離れた場所で起こったものだった。友人たちからの忠告に加え、大西洋の向こう側にある夫の収入源はほとんど枯渇していたという事実も、私たちの判断に影響を与えた。アイルランドの作家の多くは、英国の雑誌に寄稿することが主要な収入源となっていたが、そうした雑誌の多くが休刊状態にあり、編集者たちの多くは従軍していて、戦争が終結した段階で出版を再開しようと考えているようだった。というわけで、友人の忠告と状況に鑑み、私たちは、一九一四年の新年のパーティーに招待していたすべての友人に対し、春までは帰国しないので、計画していた新年のパーティーの代わりにイースター・パーティーを開くつもりだと書き送った。実際には、私たちが新年もイースターもアイルランドで迎えることは二度となかったのである。

第十九章　みすぼらしいビークマン・プレイスのアパート

カーネギー芸術カレッジの人たちが、私たちのためにパーティーを開いてくれた。ピッツバーグを発つ数日前のことだったので、結果的に一種の送別会となった。この研究所は、実に知的なセンターで、街の芸術的な生活の活動拠点となっていた。それは、この街の活発で大きな経済活動を考えると、特筆すべきことだった。そこで出会った友人たちは、私たちがニューヨークで味気ない思いをすることがないように、いろいろ気を配ってくれ、私たちと気が合うと思われる友人たちに手紙を書いてくれた。そのおかげでジェイムズ・シェリー・ハミルトン[001]とウィルトン・バレット[002]という若い作家たちが駅まで出迎えてくれ、三人目のウォルター・ストーレイ[003]は、私たちが仮住まいの場所を探している時に、自分のアパートを提供してくれた。私たちのような若い二人に対し、これだけ親切な手を差し伸べ、さらに敬意まで示してくれるような国は他にはないと思う。私の夫は、アビー・シアターで何本か芝居が上演され、散文の本が数冊、さらに非常に薄い詩集が出版されただけのまだ駆け出しの作家だったというのに。

アイルランドの文芸復興運動が実質的な影響を呼び起こしたとは言えないかもしれないが、その当時、アメリカでも文学的で芸術的な覚醒が起こっていた。しかしながら、第一次世界大戦によってその芽は摘み取られてしまった。大戦により、若者たちが殺されたり傷ついたりしたばかりでなく、人々は心理的にも大きな傷を負ったため、急速に発展しようとしていた表現活動は萎えてしまったのである。アメリカは忘れるのが速い。今日、ドナルド・エヴァンズ[004]の詩集『パタゴニアのソネット』や、ジョージ・スターリング[005]の詩を覚えている者がいるだろうか（この二人は、後に自ら命を絶つことになる)。また、シェイマス・オシール[006]による「夢が取り憑いた男」や、ジョージ・シルヴェスター・ヴィレック[007]の「私はトロイのヘレンとブロンドのマーガリートを愛した」といったすばらしい詩、さらに、ボルティモアの女性教師だったリゼット・ウッドワース・リース[008]のあのすばらしいソネット「涙」を覚えている者がいるだろうか。

一九一四年のニューヨークは、今日の華やかなニューヨークとは異なっていた。もちろん活動的な街であることには変わりはなかったが、昨今の卓越した特徴をまだ認めることはできなかった。それは、ニューヨークという街の美しさや特徴を表す塔や高層ビルの先端が天に向かって伸び始めた時期だった。当時のニューヨークは、まとまりがなく、まるで造り物のような印象を与えていた。フラットアイアン・ビル[009]、シンガー・ビル[010]、ウールワース・ビル[011]といった名物的な高層ビルは既にあった。当時、アメリカを訪れたヨーロッパの人々が、名所の一つとして、フラットアイアン・ビルに連れて行かれたということは、今では信じがたいことである。

しかし、当時のニューヨークについて最も奇妙だったことは、近代性が欠如していることだった。一般のアパートは、電気に切り替えられていなかったため、私たちが住んだすべてのアパートの灯《あか》りはガスによるものだった。消防署でも自動車が配置されているのはごく一部で、通りを早足で走る馬が、消防装置を牽引していた。走る馬たちの姿は実に見事で、ヴェイチェル・リンゼイ[012]の「消防士の勇気」と題された詩のインスピレーションとなった。

消防馬車《エンジン》のお通りだ
消防馬車のお通りだ
道を空けろ、
急がなくては
人間たちが墓場に送られる、
白い駿馬が
黒い駿馬に向かって言った。
……
手綱は引かれ、また緩められ
馬たちは閃光のように走り去る、
御者の鉄腕を引っ張りながら。

スチーム暖房はあまり普及していなかった。我々のアパートを含め、友人たちの多くが住んでいた家は、石炭による熱くて埃だらけの空気によって暖められていた。いわゆる無煙炭のストーブには小窓がついていて、そこから石炭が燃えるのを覗くことができた。五階建ての茶色の建物は、誰かの私邸であれ、アパートのような集合住宅であれ、街の至る所で見受けられた。富裕な階級の人々は、茶色の一軒を丸々占有していた。こうした建物について、郷愁の念をもって描く人々もいないではないが、私は、これらの建物をロマンティックだとも興味深いとも思わなかった。間口が狭く、細長く、陰気な印象の部屋が多かった。当時私は、狭量なことこの上ないダブリン至上主義の田舎者だったと思う。人も物もすべてを、ダブリンで馴染んでいたものと比べてしまう癖があった。大きな広場にそびえ立つダブリンのジョージアン・ハウスの部屋は、大きく明るかった。それに比べると、ニューヨークの家はどれも、ワシントン・スクエアに建つ立派なお屋敷を除くと、何とも冴えないもののように思われたのである。ウェスト・サイドは街の流行の中心で、リヴァーサイド・ドライヴはとても垢抜けた地域だった。また、セントラル・パークを見下ろす百十丁目は、今は黒人の居住区となっているが、当時はとても人気のある地域だった。西五十丁目からセントラル・パークに至る一帯には、当時選りすぐりの建物が建ち並んでいた。とはいえ、次の十年のうちに、それらの持ち主や居住者は、皆、イースト・サイドに移ってしまうのではあるが。

ほんの数カ月滞在するだけだと考えていたので、私たちは大急ぎで貪るように、自分たちの目の前にあるものは何でも楽しもうとした。春を待つ冬の間、私たちはビークマン・プレイスにある家具付きのアパートを借りて住んだ。驚くほど個性的な地域だったが、当時、人々はあまり住みたがらなかったようだ。しかし、そこに美しさを添えていたのは、地域を流れるイースト・リバーで、よく文学作品に登場するハドソン川よりもはるかに魅力的だった。ハドソン川は、オランダの伝説やドイツ系シレジア人の伝説を添えることで興味深いものにする努力がなされていたにもかかわらず、川としては実に面白味に欠けていた。このビークマン・プレイスのアパートは、かつては一人のイギリス人女性が所有していたものので、備え付けの樫やマホガニー製の家具はイギリスから運ばれたものだった。そのため、旧世界風のたたずまいがして、非常に居心地がよかった。エレベーターのない茶色の建物にある家具付きの五部屋のアパートは、塗り立てのペンキのせいで輝いていたが、家賃は月額三十五ドルだった。三番街の東部、東五十丁目から南にかけての地域は、非常に異国情緒にあふれ、ヨーロッパの荒廃した地域のように黴臭い――パリのバスティーユ地域のような雰囲気だった――場所だったが、そこに、ヨーロッパのあらゆる国から男や女たちが吹き寄せられているのだった。東五十丁目周辺では、ポーランド系、ロシア系ユダヤ人が住民の多数派を占めていた。当時のビークマン・プレイスは、確かにみすぼらしい地域だったが、アパートの窓から、明るいニューヨークの太陽が川面《かわも》を照らし、ボートや艀《はしけ》が行き交う様子を見ていると、自分たちは、ニューヨークの最も心地よい地域に行き当たったのだと感じることができた。建物の当時の所有者はポーランド人で、妻と成人した子どもたちと一階で暮らしていた。彼は、小さな洋服屋を営み、同時に洗濯物にアイロンをかけることで生計を立てていたと記憶しているが、こつこつと蓄えた貯金でこの家を買ったのである。後に、近隣の住民が名士録に名を連ねるような成功を収めるようになるにつれ、この家は、彼に相当の財産をもたらすことになったに違いない。地域の建物はあまり管理がよいとはいえず、掃除などもほとんどされることはなかった。それればかりでなく、ガス会社の担当者が言うには、私たちのアパートのガス栓から、建物内の他のアパートへもガスが供給されるようになっているとのことだった。さらに、誰かが私たちの部屋の鍵を持っていて、留守中に電話が使われるようなこともあった。また、引き出しの一番上に入れておいた、私たちの出費の中で一番大切な家賃の三十五ドルがなくなっていることもあった。これは、私たちにとっては大事件で、深夜の二時か三時まで、通りを行ったり来たりしながら、どうしたらいいのか思案に暮れたものだった。

友人たちと、親切な劇場のマネージャーたちが、私たちに劇場の招待券が送られるよう気を配ってくれたため、週に数回は観劇を楽しむことができたが、何を観たか、ほとんど覚えていない。一つだけ覚えているのは、オーウェン・ジョンソン[013]の小説を舞台化したもので、コーラス・ガールや売れない女優たちの人生を描いた作品だった。ジョンソンは、当時売り出し中の作家だったが、今、彼のことを覚えている者がいるだろうか？　劇中では、少女たちは、様々な紳士たちからシルクの下着や花束を、四六時中受け取っているようだったが、それらの贈り物は、家賃を払い、食べ物を買うために、直ちに行商人に売り払われるのだった。これは、それまで馴染んでいた演劇とは全く異なるタイプの出し物だったが、私は充分楽しむことができた。しかし、そうした劇中で着用される衣装は、けばけばしい派手なもので、私のような田舎者には少しやり過ぎのように思われた。舞台の衣装係は、女優の衣装のために、最善を尽くしていた様子で、特に、見事な毛皮の縁取りは目もくらむほどだった。街の通りや一般の家などの舞台の外で出会う女性たちも皆、この上なく洗練された洋服を身にまとい、髪にはパーマがあてられ、爪にはマニキュアがほどこされていた。男性も女性も、身なりには心を砕いていた。よい外見を保つことを、あらゆる人々が目指しているようだった。大通りでは、世界のどの都市に比べても、きれいに着飾った人々に出会うことができた。最初、私があまり感心しなかったのは、女性たちが皆、化粧をしていることだった。多くの場合は控えめな化粧だったが、そうでないこともよくあった。ほお紅、口紅、そして白粉をつけた女性をどこででも見かけた。当時、英国諸島と呼ばれていた地域では、時折、白粉を薄くつける以外は、いわゆる「ある特定の階級」と訳ありげに呼ばれる女性たちを除いて、誰も化粧などしていなかった。ダブリンでは、化粧することは不道徳の象徴として繰り返し言及されていた。そのため、ボードレールが詩の中で、素顔の女性よりも化粧した女性の方が好ましいと書いたとき、彼の詩は不道徳だと見なされたのである。

ニューヨークでは、口紅を塗り厚化粧をすることをよしとする一方で、取り澄ました淑女ぶりと時代遅れの価値観も残っていた。セアラ・パーサーの甥が、あるパーティーで私に煙草を勧めたとき、私を招いてくれた女主人があまりにもすさまじい形相をしたので、煙草を吸うのを諦めたことがあった。当時、アメリカで煙草を吸う女性はほとんどいなかったのだ。あるレストランで、慇懃無礼に近づいてきたウェイターに、煙草を消すようにと言われたこともある。夏の海水浴場では、水着を着た女性たちは、ストッキングを穿いて、脚を覆わなければならないということに、やがて私は気づくことになる。明らかに女性の脚には、聖パウロが女性の毛髪に見た〈不都合さ〉[014]と同質のものが付属しているようだった。

　私たちは、ビークマン・プレイスの一種の先駆者《パイオニア》のようなものだったに違いない。というのは、私たちを訪ねてやって来る多くの友人たちは、ニューヨークに長年住んでいる人たちでも、この地域には初めて足を踏み入れることが多かったのである。彼らは、この地域をスラム街と考えていた。ダブリンでの習慣に倣って、私たちは、暖炉の前に、紅茶とケーキを用意して、日曜日毎にホームパーティーを開いた。一九一四年に人々をもてなすのは簡単だった。飲酒の習慣は、禁酒法時代〔一九二〇〜三三〕に、酒を禁じられて初めて定着したと言えるのかもしれない。私たちの客人たちは、紅茶とおしゃべりだけで充分満足してくれた。アメリカに無数の紹介状を持って到着したおかげで、私たちはありとあらゆる種類の人々、あらゆる境遇の人々と出会うことができた。アイルランドの文芸復興は、その当時とても人気があって、もちろん、最も有名なスターといえばイェイツとジョージ・ムアだったが、私の夫はその運動の若い推進者としてよく知られていた。ランチやディナーに私たちはよく招かれたが、時には朝食に招かれることもあった。日曜日や祝日には、昼間と夕方、一日に二度にわたって正式な食事に招かれることもあったほどだ。例えば、昼間はレストランのウェイターと一緒にディナーをとり、夕方には元アメリカ合衆国大統領とディナーを取るといった日もあったが、ウェイターとのディナーのほうがはるかに豪勢で、ワインも数段上等だったりした。

　私たちは少々変わり者で外国風の魅力を持っていると思われていたせいか、あらゆる人々にもてなしてもらった。今、こうして書きながら、その当時、あらゆる場所に出かけていき、あらゆる事柄を楽しむ時間とエネルギーを、どうやって捻出していたのか見当もつかない。週末には、ロング・アイランドの屋敷に招待されることも時折あった。私たちに多種多様の友人がいたように、ロング・アイランドに建つ家も一様ではなかった。使用人などいない小ぶりの家もあったし、ノルマン時代の古城やチューダー時代の貴族の屋敷のように大きい家もあった。もちろん、それらのすべてが十九世紀の終わりから二十世紀初頭に建てられたものだった。グレン・コーヴにあるジョージ・プラット[015]の家がそうだったように、ロング・アイランドの家の多くは、現在の当主の父親か祖父によって建てられたものだったが、何世紀にもわたってそこに立ち続ける建造物に備わる外観と雰囲気を持ち合わせていた。マンハセットにあるニコラス・ブレイディ[016]の家は、現在の当主によって建てられたものだったが、庭の木々も含め、あらゆるものがそこに何世代にもわたって根ざしているかのような印象を与えていた。そこに植えられたアイルランド・イチイは、充分に育った木々を掘り起こし、移植したものだった。少なくとも、とても古い木々だったのである。

　しかし、数日間滞在しているうちに、年代を重ねたヨーロッパの古い家に匹敵すると感じた印象は薄れていった。どの壁にも、どの部屋にも、既に死者となった男たち女たちが、何世代にもわたって積み重ねてきた個性のようなものが染《し》みついてはいなかったからである。こうしたものを人工的に作るのは不可能なことで、たとえ古いタペストリーをかけ、古い肖像画を並べ、古い家具を置いたとしても、それはかなわなかった。その当時ですら、その当主たちに、自宅の建物に対する強い思い入れがあるようには思われなかった。それらは、ヨーロッパの模倣にすぎなかったのである。実際のところ、当主自身もしくはその子どもたちが、あまり時をおかないうちに、何らかの理由でそれらの家を手放すことになった。しかし、その当時の主人たち、特に女性たちは、世界中でもっとも客を温かく迎えてくれる人たちで、私が見る限り、優越意識とは無縁の人々だった。それらの家には、ヨーロッパの屋敷や、中には大聖堂から〈奪い取って〉きた品々が飾られ、数え切れないほどの浴室とクローゼットがあった。ヨーロッパの家でよく見かける洋服ダンスと呼ばれる、かさばった家具は置かれていなかった――十八世紀に建てられたダブリンのジョージアン・ハウスは例外として、私の知っているあらゆるヨーロッパの家には、そうした洋服ダンスが置かれていた。実際、これらの大邸宅にはあらゆる快適さが用意されていたが、朝に、紅茶を持ってきてもらおうと、ベル、もしくはベルに繋がった紐を探しても見つからなかったことを思い出す。アイルランドやイギリスでは、雑用係のメイドや台所の下働きがいる小さな屋敷の女主人は皆、まるでその領地で一番重要な人物であるかのように、ベッドの中で紅茶を飲むのが常だった。しかし、ロング・アイランドの寝室にはベルがなかった。そのかわり、電話が置いてあり、その下には番号のリストが書かれていた。〈女中頭〉〈執事〉〈車係〉といった具合である。絶望的な気持ちになって、私は〈執事〉と書いてあるボタンを試しに押してみた。すると、直ちに丁寧なイギリス人の声が聞こえてきて、「今朝はウイスキーになさいますか、ブランデーになさいますか」と、愛想よく尋ねてきた。彼がもう一人の別の客人からの電話だと勘違いしていることにすぐに気づいたので、お茶をお願いするにはどのボタンを押したらいいのか、おずおずと尋ねると、「〈お世話係の女中〉のボタンをお押しください、奥様」というのが答えだった。お茶の代わりに、朝食一式が運ばれた。アメリカでは朝食をベッドで取ることができるのである。富裕で教養ある人々の間では、英国風の習慣を真似ることが多かったのであるが、アイルランドやイギリスでよくするように、目覚めのお茶はベッドで飲むが、朝食は起きて食べるという習慣は真似られてはいないようだった。こうした歓待に対し、返礼として私が行ったことは、とても大胆なことだと言っていいかもしれない。私たちを歓待してくれた人々を、私はアイリッシュ・ソーダブレッドが主なお茶会や、茹でたチキンとハム、もしくはポークチョップなどに焼いたトマトを添えたようなディナーに招いたのだった。そして、デザートは近所の菓子屋でできあいのものを用意した。しかし、人々はビークマン・プレイスのアパートを喜んで訪ねてくれ、椅子が足りない場合は、床の上にクッションを置いて座ることも厭わなかった。

ビークマン・プレイスには私たち以外にも、フランス人の画家のグループも住んでいた。彼らは、おそらく皆一緒に、私たちのアパート近くにある一軒家に住んでいたのだと思う。一九一三年にニューヨークで開催された、あの有名なアーモリー美術展[017]がヨーロッパの主要都市に大きな反響を呼んだ結果、彼らはアメリカにやって来たのだった。画家たちは、ニューヨークで自分たちが評価され、その作品を売ることができると考えたのである。センセーショナルな『階段を降りる裸体』を描いたデュシャン[018]を始め、グレーズ[019]、ピカビア[020]他、名前も覚えていない多くの画家たちが、私たちのアパートを訪れたものだった。フランス人たちは、ビークマン・プレイスはパリのようだと言い、私たちはダブリンのようだと言った。もっとも今日では、どちらにも似ているとは言いがたくなってしまった。若く、貧しかった私たちは皆、多くの友人がいたにもかかわらず孤独だった。旧世界の根っこ《ルーツ》、旧世界の文化は私たちの骨身に染みついていたのである。私たちが馴染んでいたのは、何世紀にもわたって人々が生き、そして死に、埋められた場所、人間と大地の交流が長い間続いてきた場所だった。古く朽ち果てた廃墟は特に珍しいものではなかった。私たちアイルランド人にとって、そうした廃墟が馴染み深かった理由は、この戦争が始まるずっと前から、相次ぐ戦争や侵略により、大修道院や教会や古城などが廃墟となった姿を、私たちはヨーロッパのどの国よりも多く目にし続けてきたからである。比較の問題ではあるが、ニューヨークでは何もかもが新しく、荒廃して古く見える建物ですら、実は新しいものだった。ヨーロッパでは互いに違う国の住民だった私たちは、ここに来ると同胞と言えるのだった。放浪《エグザイル》の世紀における放浪者たちとして、私たちは共に寄り添っているような感じがした。私たちの友人の多くは、ヨーロッパで生まれた人々で、私たちは皆、定期的に会っていた。土曜日には、ウィリー・ポガニー[021]のスタジオで開かれるパーティーに出かけていき、そこでまた別の放浪者のグループと出会った。皆、ほんの限られた期間のみアメリカに滞在しているのだと考えていた。ウィリーの隣に住んでいたトニー・サーグ[022]は、半分はイギリス人の血が流れていて、ロンドン市長の甥でもあったのだが、法律上はポガニーがそうだったように、中央ヨーロッパの国籍を有していた。二人とも妻はイギリス人であったにもかかわらず、戦争が始まった時点で、ロンドンを去らなければならなかったのである。ポガニーのスタジオには、ありとあらゆるヨーロッパの国々からやって来た者たちが集っていて、それぞれの政治的見解や戦争に対する考えも千差万別だった。時折、赤いシルクのハイネックのブラウスを着て、風変わりな帽子を被った個性的な女性を見かけることがあった。フォード社の創始者ヘンリー・フォード[023]に対し、「クリスマスまでに、青年たちを塹壕から救い出すために」ヨーロッパに向けて〈平和の船〉を出すべきだと説いた平和主義者ロジカ・シュウィマー[024]である。このような単純さは、当時の戦争に対する態度として特徴的なものだった。私たちの誰も、戦争とは何か本当には知らなかったのだ。戦争が行われていることにさえ気づいていない者もいた。

ポガニーの土曜日の会合では、様々な言語を話す人々が集っていた。これに対し、私たちが主宰するはずなのに、日曜日の集まりでは、皆、同じ言語で話しているはずなのに、その客人同士を友好的な関係に保つのに、私はかなり苦労させられた。W・Bの父親であるJ・B・イェイツは、週に何日もやって来ては、暖炉の傍のアームチェアに座ってお茶を飲み、日曜日の集まりにやって来る客人たちについて、あれこれとよく文句を言ったものだった。彼は、お喋りな女性や外国人には我慢できず、帰宅後、なぜあのような輩を招くのか、抗議の手紙を長々と書いてよこした。彼は、フランス人が経営する二十四丁目にある下宿屋から、いつも歩いてやって来た。彼の陰気な部屋には、安っぽくすり切れたぼろ布が掛けられた鉄製のベッドが置いてあり、イーゼルには彼が毎日毎日、手を入れ続けている誰かの肖像画が置いてあった。私の客人の中で、J・Bから特に猛烈な抗議を受けた人物は、若いオーストリア人ジャーナリストのルドルフ・コマー[025]だった。痩せたその身から発せられる、何かに幻滅したウィーン人に特有の皮肉な口調は、彼がジョージ・ムアと親しかったこともあって、J・Bをことさら苛立たせたようだ。

私たちはコマーを、シュニッツラー[026]の登場人物になぞらえて「アナトール」と呼んでいた。ユダヤ系だったコマーは、私たちのアパートの近く、東五十丁目のドイツ系ユダヤ人の下宿屋に住んでいた。ビークマン・プレイスのアパートでの集まりの後、私たちは時折、彼の家に行って、いろいろな種類のソーセージ、カッテージ・チーズ、サワークリーム、アップル・シュトゥルーデル、それにビールを添えた夕食をごちそうになった。私たちには好青年と思われていたアナトールは、後に世界的に有名になり、全く別人になってしまったように感じられた。マックス・ラインハルトの、いわば中心的スタッフとして、彼はザルツブルグにある有名な古城にラインハルトとともに居住を共にすることになる。そこで、彼らは世間をあっと言わせるような派手な趣向、つまり『奇跡』のニューヨーク公演において、社交界の女性たちを女優として起用することを思いついたのだった。コマーが皮肉にも言ったことであるが、『奇跡』において、本当の演技は不要だというのである。こうして彼らは、公爵の令嬢、イタリアの姫君、ニューヨークの社交界のスターたちを舞台に上げ、聖母マリアと修道女の役を演じさせることで、ハドソン川に激震をもたらした。これによって、コマーはますます金銭的に豊かになっていった。彼は住んでいた下宿屋からアンバサダー・ホテルに引っ越し、有名なコロニー・レストランで食事をし、社交界において不可欠の存在となっていった。実際、上流階級の社交界で、一種の結婚の仲介もしていたようである。上流社会でひとかどの人物と見なされるようになった後は、ルドルフに会うことはほとんどなくなった。一度だけ、エリノア・ワイリー[027]やその他の作家たちを紹介しようと、我が家のディナーに呼んだことがある。彼は途中で帰ってしまったが、玄関先で、「食事は不味いし、あんなぞっとするような女たちは勘弁してほしいね」と、うんざりした調子で言った。クリスマスが近い時期だったので、私はロースト・ターキーを用意していた。若い時期の、彼のあの得体の知れないソーセージからなるディナーを覚えていたので、ルドルフはターキーを喜んでくれると思っていたのだ。エリノア・ワイリーを呼んだパーティー以降、私は彼に会うことはなかったが、新聞の社交欄で、恰幅のいい博士殿として時折言及されているのを目にすることがあった。

J・B・イェイツがコマーを嫌ったように、コマーは私たちの日曜日の客人の一人、ニューヨークの弁護士であるジョン・クイン[028]のことを極端に嫌っていた。クインは当時、スタンダード・オイル社の法律顧問として、また、ベインブリッジ・コルビー[029]の仕事上のパートナーとして、また、芸術に非常に造詣の深い、重要人物と見なされていた。彼は、何人かの画家に制作を委嘱したという形で、あの有名なアーモリー現代美術展覧会の開催にも関与していたし、アイルランド文芸復興の作家たちと親交があり、ダグラス・ハイドやW・B・イェイツのアメリカにおける講演旅行を手配していた。彼は、文芸復興運動の主要人物たちに関する記事をいくつか書いており、ニューヨークのアイルランド文芸協会を経済的に支援していた。同時に彼は、現代美術、主にフランス絵画を熱心に支援していた。ずっと後になって、私はパリの画商が、彼のことを偉大なムッシュー・カンとフランス語風に呼んでいたのを聞いたことがある。セントラル・パーク・ウェストにある彼のアパートには、壁に絵画のコレクションが並べてあって、ディナーの後で、彼は何枚かのキャンバスを取り出しては、ゲストに見せるのが常だった。また時折彼は、オハイオ生まれの声で詩の朗読を行った。そして、イェイツの最も秘儀的な詩集である『蘆間の風』を全く台無しにしてしまうのだった（イェイツも他のアイルランド人たちも、アメリカを訪れた際には、クインの家に滞在していた）。クインの友人のなかで、画家たちの多くは、おそらくクインが理解しているのは文学なのだと主張し、気取った作家たちの多くは、彼が理解しているのは絵画や彫刻なのだろうと考えていた。彼の部屋にあった彫刻作品で、唯一私の記憶に残っているのは、『ポガニー嬢の肖像』[030]と題された卵形の作品である。彼の家で催されるディナー・パーティーは、典型的なアメリカ中西部のもので、ステーキとアップルパイか焼きリンゴが供され、ワインが出ることはなかった。カクテルは出たかもしれないが覚えていない。というのは、当時、私はカクテルを飲まなかったからである。彼はよくパーティーの席上で、「それでは、少しくつろいで、ディナーといっしょにコーヒーでも飲みましょうか」と、客に向かって言ったものだった。後に、フランス人夫婦が彼の家を取り仕切るようになると、クインは、スフレやクレープシュゼット、バーバオーロムといった洗練されたデザートを好むようになった。彼は非常に独裁的な人物で、後に本の中でナチスのようだったと書かれることになる。とはいえ、彼は激しくドイツ人を嫌っていて、第一次世界大戦の最中には、もしも電気スイッチを押すことでドイツの赤ん坊を皆殺しにできるなら、迷わず行うと言ったものだった。「ドイツ人の絵の描き方が嫌いだ。ドイツ人のオレンジの食べ方が嫌いだ」と彼は宣言していた。

　クインのパーティーに招かれるということは、一種、王様のお召しのようなものだった。もしも、招待に対して、すぐに返事を送らない者がいたら――私も一度、すぐに返事しなかったことがあるのだが――パーティーに来ていただけるものとして準備しているので、返事をするには及ばないと、秘書に電話をさせるのが常だった。

あるとき、アイルランドからやって来たある有名人のため、時間の遅いパーティーをクインが計画したことがあった。夫は講演旅行に出かけて留守だったため、私は夕食を一緒に取ることになっている青年を連れて伺うと電話したら、私を招いてくれたはずのクインは、なぜ若い既婚女性が夫の留守中に別の男性と夕食を共にするのか理解できないと説教したうえに、その日、集まるのは非常に知的な人々なので、来てもらいたかったのは私の夫であり、私ではないと付け加えた。私に対する評価は実に簡単明瞭であった。「絵になりそうに思える娘ではあるが、実際絵にしてみるとつまらない」というものである。このように、非常に横柄な人物ではあったが、誰かが彼の態度について率直な意見を述べると――私の夫も何回かそうしたことがあるが――クインはしゅんとなってしまうのだった。

　不朽の名声への希求は、時に奇妙な形をとって現れるものであるが、ジョン・クインの場合、それはほとんど喜劇に近いものだった。絵画の購入に加え、時折、彼は誰かに言われるがままに、作家の手書き原稿にも手を出すようになった。そして、自分が原稿を購入した作家を訪ね、一緒に写真を撮ってもらうのを習慣にするようになった。彼のアパートに並べられた多くの写真、クインとコンラッド、クインとイェイツ、クインと他の作家との写真の数々は、実に奇妙なものだった。まるで新婚夫婦の写真のように、一人が座り、一人が立っていたのである。個性的で憂鬱そうな表情をしたコンラッドや、神秘的で預言者のようなイェイツの傍で、クインは唇を強くかみしめ、その気質を微塵も見せぬまま、修道士のような顔つきで写っていた。ジョン・クインの顔つきは、神秘的でも個性的でもなかったが、高位の聖職者のような外見をしていたので、神父や司教と言っても通用するに違いなかった。私は、クインがコンラッドやイェイツと一緒に写真を撮ったのと同じような構図で、エイミー・ローウェル[031]とクインに一緒に写真を撮ってもらいたいと強く願っていた。この二人の組み合わせは、際立って印象に残るものとなり、後世の人々を面白がらせるに違いなかったからである。エイミーは、自分の詩か誰か友人の詩を売る目的か、書評で取り上げてもらう目的でニューヨークに定期的にやって来ていたが、その折に、二人が偶然鉢合わせてしまったため、エイミーとクインが並んだ写真を撮ってもらいたいという私の野望は頓挫せざるを得ないこととなった。クインは、何かジェイムズ・ジョイスに関連することで私の夫を訪ねてきていた。ジョン・クインおきまりの訓示を、まさに彼が垂れようとし始めたそのタイミングで、玄関のベルが数回、けたたましく鳴り渡った。そして、誰か椅子を持ってくるようにと金切り声で叫んでいるエイミーの声が聞こえてきた。彼女は、次の階段を上る前に、踊り場で一休みしようとしていたのである。クインは階段に飛び出していったので、私は大急ぎでその後を追い、二人を紹介した。彼は、大柄なエイミーの姿を見て、その驚きを隠そうとはしなかった。エイミーは臨機応変の態度を取り、「では、あなたが、かの有名なジョン・クインさんなんですね？」と言った。これに対し、彼は「では、あなたが、かの有名なエイミー・ローウェルさんなのですね？」と言うべきだったのに、そうは言わなかった。クインとエイミーは、性格的にも、態度が横柄であるという点でも、かなり似ている部分があった。芝居の仲介業を手がけ、政治にも関わっていたエリザベス・マーベリー[032]に二人とも似ていた。マーベリーは、エイミーのように大柄だった。この三人は、地上で最も無礼な三人だと言えると思うが、同時に、クインとエイミーはとても親切な心を持っていて、他人のために多くのことを尽くしたのだが、マーベリーの心については、私は知らないので何とも言えない。

ジョン・クインは、私たちが思っていたほど修行僧のようでも、苦行者のようでもなかったようだ。彼が死んだとき、彼のパーティーで時折会ったことのある一人の女性が、自分は彼が若い頃から付きあっている内縁の妻だと主張し、クインが彼女に残した以上の遺産を要求したのだった。その後私は、彼の男性の友人たちから、付きあっていたのは彼女だけではなかったという話を聞いた。

彼は、アイルランドからやって来た有名人をもてなすのが好きだった。イェイツは常に彼の家に滞在した。一九一四年の夏には、短い期間だったが、サー・ロジャー・ケイスメントも客人として彼の家に滞在した。しかし、両者の政治的見解が合致しなかったので、ケイスメントはすぐに別の場所へと移っていった。ある日、夫と私は、『ゲーリック・アメリカン』の編集者である、老フィニアンのジョン・デヴォイを、ウィリアム・ストリートに訪ねたことがあった。デヴォイは一八六七年の不成功に終わった蜂起の首謀者の一人で、政治犯として長い間投獄されていた人物である。私たちは、受付で待たなければならなかったが、長身のケイスメントと編集者の一人でフリーマン班長[033]と呼ばれていた人物が熱心に話している様子が見えた。デヴォイは、彼なりに強い印象を残す風貌の持ち主で、そのふさふさした灰色の髪は、ジークムント・フロイトを髣髴《ほうふつ》とさせた。しかし、貴族的な姿と顔つきをしたロジャー・ケイスメントと並ぶと、非常に目立つ風貌の持ち主のフリーマンを除いて、オフィスにいた誰もがただの平民に見えてしまうのだった。実際のところ、ケイスメントは精神においても肉体においても、また、その人生経験の豊かさにおいても傑出していた。彼の行動に対し疑念を抱いたあるアイルランドの機関は、探偵を雇って彼を監視したが、探偵は、ケイスメントが行うことはすべて公明正大だったと報告したという。この話は、別のアイルランド系の新聞『アイリッシュ・ワールド』の編集長が教えてくれたことである。実際、ケイスメントはどこに行っても、あらゆる筋から監視されていた。

『ゲーリック・アメリカン』の編集室に居合わせたケイスメントと他の人々が唯一共有していたのは、アイルランドの自由を求めようとする情熱だったと言えるだろう。彼らは皆、革命家として孤独な人生を送っていた。デヴォイは、妻も子も家もなく、家具付きの部屋を借りて住んでいた。フリーマンも同様の状況だったが、彼はペティパの家[034]でJ・B・イェイツと楽しく夕食を共にし、その場に居合わせた人々を楽しませる才覚はあった。フリーマンは世界のほとんどの国々を渡り歩き、特に一種の革命が起ころうとしているような場所で、一定期間、暮らしたことがあるように見受けられた。この一見風変わりな男が、あまり世間には知られていないアイルランド系の新聞に寄稿した社説の数々は、その当時のニューヨークで最も正確な情報を伝えていた。デヴォイはフランスの外国人部隊に志願し、アイルランドで起こす次の戦いに備えるため自ら戦闘技術を学んでいたが、フリーマンも同じ目的で、英国陸軍の将校を務めた経験がある。その的確な話しぶり、仕立てのいい洋服、その立ち居振る舞いから、フリーマンはまさに将校であり紳士だった。とはいえ、策謀、対抗策、陰謀や反乱の計画といった事柄に、長い間関わり続けていた結果、彼は常にスパイのような雰囲気を漂わせていた。それでもなおフリーマンは、クラン・ナ・ゲール[035]という誓約によって結ばれた組織の、非常に慎重な同輩たちから厚い信頼を寄せられていた。ジョン・デヴォイは、個人的には嫌いだと感じるイギリス人には会ったことがないと常に言っていたが、それでも、イギリス人全員にアイルランドから出て行ってもらいたいと考えていて、日夜、彼の革新的な小さな新聞の発行にあたり、アイルランドの自由を達成するための「一撃」を計画立案していた。それを陰謀と呼ぶことはできない。彼は公平無私そのものだったからである。英国が、デヴォイや彼の仲間たちにつきまとうことをやめてから久しく、アイルランドにおける武力闘争についても無関心になっており、反逆者を投獄することもしなくなった頃、デヴォイがその青春と壮年期のすべてをかけて計画してきたことを実行に移すときが、突然到来したのである。何年か後に、私は彼が、アイルランドの国会議事堂であるレンスター・ハウスの傍に立つ姿を見かけたことがある。彼の手は、鉄柵を強く握りしめていたが、まるで、彼自身がその場に立っている自分を信じられないと思っているかのようだった。緑色の軍服に身を包んだ新しいアイルランド軍の特派部隊が、バグパイプを吹き鳴らし、国旗をたなびかせ、軍馬に乗って堂々と行進しながら、自分に敬礼していく様を、彼は興奮し、涙を浮かべて見つめていた。デヴォイの時代がやって来たのだ。しかし、この時、彼は八十歳を超えていたはずだ。そして彼はこの数年後に亡くなった。

私たちがケイスメントをデヴォイのオフィスで見かけたとき、彼はブルックリンのホテルに滞在しており、その翌日、私たち二人をお茶に招待してくれた。私たちは彼の部屋に呼ばれた。私がお茶を注ぎ、皆で話をし、バタつきパンをほおばっていた。突然ケイスメントが、もの言いたげな眼差しで私を見つめ、初歩的なアイルランド語で「フォスカル・アン・ドラス」と言った。これは「扉を開けろ」という意味で、私とケイスメントが共に理解できるアイルランド語だった。私は立ち上がり、扉を大きく開けた。そこには、ウェイターが静かに立っていた。「何か用かね？」とケイスメントは尋ねた。「熱いお湯がお要りかどうか、伺うために来ました」といって、男は少々狼狽して、廊下を立ち去っていった。「ほらね？ 監視されているんだよ」とケイスメントは言った。私は、スパイ行為などを容易に信じないアイルランドの新しい世代に属しており、ウェイターが本当のことを言っていた可能性もあると考えていた。しかし、その数日後、ドラッグストアに座ってアイスクリームを食べながら——それは私たちにとって、ちょっとした贅沢だった——ケイスメントがアメリカの食べ物や習慣について話しているときのことだった。ケイスメントが少しばかり緊張したことに気づいたので、彼の視線を追っていくと、そこには普通の格好をした、先日のウェイターが私たちの近くのカウンターに立っていた。「ああ、ジョージ、切手を買いに来たのかね。ニューヨークでは、皆、ドラッグストアで切手を買うからね」とケイスメントは言った。「シガー・スタンドでも買えるんだよ。何しろ、街全体に郵便局が三つしかないからね」と、彼が大声で愛想よく続けると、男はすぐに立ち去った。それでもまだ、男がスパイ行為をしていることが信じられない私は、「一体誰が、あなたを監視しているというのでしょう？」とケイスメントに尋ねた。「英国大使館だよ」と彼は言った。彼の声の底には、抑圧された強い感情が潜んでいるように思われた。その答えに驚かざるを得なかった。当時の駐米英国大使セシル・スプリング＝ライス卿はアイルランド人で、彼には反逆者と呼ぶことも可能な親戚がかなりの人数いたからである。「彼らは、アメリカにいるあらゆるアイルランドの愛国者を監視しているんだよ。戦争だからね。」そして、大真面目に続けた——「君たちも気をつけたほうがいい。君たちはとても魅力的な若い夫婦だ。だから、皆に好かれる。でも、君たちはアイルランドの愛国者でもある。だから用心するんだよ。用心するんだよ。」

別れ際に、ケイスメントはコンラッドについてリチャード・カーリー[036]という人物が書いた本を贈ってくれた。かつてコンラッドは、ケイスメントを崇拝していた。[037]アフリカでの苦しい時代、彼にとってケイスメントは信頼できる友人だったのである。しかし、極端なまでにイギリス風の流儀を受け入れた、この祖国を遠く離れたポーランド人コンラッドにとって、アイルランドのナショナリストは、重荷に感じられるようになってしまったのだろう。その結果、コンラッドはケイスメントに対し、友好的な態度から一変し、敵対するようになった。それでも、アフリカで交流があったとき、ケイスメントが虐げられた人々をいかに擁護したか、ゴムのプランテーションにおいて、黒人たちを拷問から、さらには大量殺戮から救うために、機知に富んだケイスメントがたった一人で勇敢にいかに闘ったかについて、コンラッドは非常にすばらしい文章を残している。ケイスメントが調査を進めるために、「言葉にすることができないほどの不毛の地に向かって、あらゆる武器に対抗するために、一本の柄の曲がった杖のみを振り回しながら、足下に二頭のブルドッグを引き連れ、一行のためのすべての荷物を運ぶルアンダ人の少年を供に」立ち去っていったと、コンラッドは描写している。このルアンダ人の少年は、ケイスメントが食べる食事を作り、道すがらの流れる川で、衣類を洗濯するのだった。数カ月後コンラッドは、不毛の地から、「少しばかり痩せ、少しばかり日焼けしたケイスメントが杖を手に、犬とルアンダの少年を連れ、どこか公園をしばらく散歩したに過ぎないような様子で、全く穏やかに」生還したと述べている。人々は、ケイスメントがなしてきた努力に対し、一定の敬意を払ってきたと思う。しかし、彼が本当に評価され、理解されたことは、ほとんどなかったのではないかと思う。彼は大いなる敵に立ち向かい続けたのである。

　あのダウンタウンにあるドラッグストアで、ケイスメントは私にライラックの香りのする香水を買ってくれた。そこでアイスクリームを一緒に食べた後、私たちがケイスメントに会うことは二度となかった。その後、彼の人生に何が起こったかは、誰もが知っていることで、歴史の一部ですらある。彼は大英帝国に対する反逆罪に問われ、一九一六年の夏、ロンドンで絞首刑に処された。[038] 彼の祖国の男たちも女たちも、また多くのイギリス人の友人たちも、最後の瞬間まで彼を支援し続けた。そして彼らは刑務所の外で跪き、ケイスメントが処刑された時間に追悼の祈りを捧げた。

第二十章　シカゴ　一九一五年

1

ニューヨークのアパートは、一九一五年の三月までの数カ月の契約だった。契約が切れると同時に、運良くシカゴと中西部で講演をしないかと夫に声がかかった。それでもう一度、私は身の回りの品を取りまとめ、二つのスーツケースに入らない衣類は預けることにした。スーツケースの一つは、シカゴに向かうポーリックの荷物、もう一つはダブリンからの旧友であるアーネスト・ボイド[001]とその妻マデラインを訪ねるためボルティモアに向かう私の荷物だった。ポーリックには、二週間にわたる講演旅行が予定されていた。彼がニューヨークに戻ってきたら、私たちは今度こそアメリカに別れを告げ、アイルランドに戻る心づもりだった。アメリカでできた新しい友人たちに対する想いはあったものの、ダブリンへのホームシックにかかっていたのだ。そして、ホウスの丘、ダブリン湾とそこを照らす長く伸びた街灯の光、朝の空気、アビー・シアターで見るイェイツの劇、また、私たちのお喋りにうんざりした太陽が空の彼方に沈んだ後に続く、暖炉を囲んでの楽しい夕べなどを懐かしく思い出すようになっていた。

アーネスト・ボイドは、当時、ボルティモアの英国副領事だった。私が二週間程、彼の家ですっかり落ち着いて過ごしていると、ポーリックから手紙が届き、講演の依頼が相次いだため、さらに四週間か五週間かかりそうなので、私もシカゴに来て、夫が世話になっているヴォーン・ムーディ夫人[002]の家に一緒に滞在すればよいと書いてあった。そして、夫人からの招待状も同封してあった。私は預けてある洋服を取りにニューヨークに戻りたかったのであるが、ポーリックは、ムーディ夫人の家は形式張らない家で、誰も洋服のことなど気にかけないから、そのまま来るようにと電報を送ってよこした。というわけで、人生で最も長い汽車の旅の後、早朝に列車を降りると、大層大きなオープンカーで乗りつけたムーディ夫人自身が待っていてくれた。

　ハリエット・ムーディは非凡な風貌の女性で、その顔を見ていると、あの予言者ブラヴァツキー夫人[003]の肖像画を思い出した。ムーディ夫人の方が少しばかり整った顔立ちをしていたと思うが、二人が似ていると感じたのは、精神性を高め、高邁な思想を持ち続けようとする姿勢が共通していたからだと思う。最初私は、夫人に対しても、その家に対してもどう振る舞ったらいいのかわからず、少しばかり戸惑っていた。私はムーディ夫人を詩人のウィリアム・ヴォーン・ムーディ[004]の未亡人としてしか認識していなかったのであるが、実は彼女は、食品工場やケータリング・ビジネス、後にはレストランを相当な規模で経営するビジネス・ウーマンだった。彼女が住んでいた大きな家は、シカゴのサウスサイドにあり、夫人のビジネスに関係する様々な人々が一つの家族を構成していた。西部出身の秘書エディス、家事全般を取り仕切っているアイルランド人のベッシー、一種の奨学生で、副業としてアイリッシュ・セッター犬の繁殖を行っているニュー・イングランド出身のキャサリン、その他、細々とした家事を担っていて、常に赤いセッターを従えているムーディ夫人の義理の妹シャーロットである。この犬は私にとてもなついていた。私にとってセッターという犬種は、子ども時代から馴染みのあるものだったのである。さらに、様々な仕事を受け持つ人々がいた。毎朝、私たちの朝食を運んでくれる神秘的なヒンドゥー教徒のインド人、シカゴ大で学業に励みながら働いている数人の学生たちなどである。学生たちは、他の寝室から離れた最上階の三階で寝泊まりしていた。すばらしく調理された夕食は、ムーディ夫人のケータリング・サービスから届けられていたが、客一人一人のために小さな個別のテーブルに載せられ、ハンサムなブルガリア人の学生が給仕してくれた。彼は、雇い主たる者が常にそばに置きたいと願うような、寡黙でかつ熟練した執事の役割を見事に果たしていた。あるとき、中央ヨーロッパについての議論がなされ、イギリスからの客人がブルガリア情勢について持論を述べ始めた。その際、この青年は、それまで慎重に保ち続けた沈黙を破り、彼の父は、客人が今まさに話題にしているブルガリア首相その人なのだと言った。その場に居合わせたヨーロッパの人々は少々驚いたようだったが、ムーディ夫人は当たり前のこととして受け止め、その青年に家族の写真を持っているかどうか尋ねた。次にコーヒーを運んできた時に、彼は両親の写真を持ってきた。そこに映っていた母親は、見事な宝石をつけ、イブニング・ドレスに身を包んだ実に美しい女性だった。総じてムーディ夫人の家の雰囲気は非常に自由なもので、それは、伝統でがんじがらめになったヨーロッパにおいて、伝統にとらわれず自由を謳歌《ボヘミアン》する家庭ですら想像もつかない自由さだった。彼女の家で、ヨーロッパの古い伝統的こだわりが無視される様子は、実に見事だった。雇い主も雇われている者も、どちらも同じように古い習慣にはおかまいなしだった。ムーディ夫人は原則として、誰であれ作家をもてなすことを楽しみにしていたので、後年、私はイギリス人の作家を何人か、彼女の家に滞在するように紹介したことがあった。作家たちは、社会的階級意識が皆無の彼女の家で一体何が起こっているのか見当もつかず、すっかり面食らったようである。

ムーディ夫人は、詩に対して強い情熱を持っていて、私の滞在中に、何回かディナーに招かれたハリエット・モンロー[005]などよりも、はるかに深い知識を持ち合わせていた。ムーディ夫人の芸術に対する感受性を、その造詣の深さ同様、私は尊敬していた。ディナーの後、当時新しく登場した、例えばH・D[006]のような実験的な詩人の作品が一つか二つ朗読されることがあったが、彼女は直ちにその本質を摑み取るのだった。私はというと、本当に詩を理解するまで、最低二回は読んだり聞いたりしなければならなかった。彼女は男性に対し、好奇心でいっぱいだった。それは、性的な対象としての興味ではなく、非常にプラトニックなもので、関心の対象は次々に変わっていった。特に若い詩人に対する想いは強く、彼女が誰かに夢中になっている間は、他の友人たちの存在は全くかき消されてしまうのだった。私がアメリカで出会った多くの知的な女性の例に漏れず、ムーディ夫人は女性たちを値踏みしようとすることはなかったが、知的な気取りを見せない女性を好んでいたように思う。彼女自身には、古典的な教育による知性が備わっていて、女性があまり大学教育を受けることのなかった時代にコーネル大学を卒業していた。また、私が出会った当時、コーネル大学の理事の一人だった。しばらくの間、シカゴの高校で教えてもいたが、それは教育を受けた女性に与えられる限られた場だったのである。そこでの教え子の多くは、後に様々な場で活躍するようになった。ムーディ夫人は毎晩、数人の客をディナーに招待するのが常だったが、彼女の客人たちは皆、インテリか芸術家か、またはそれに類する人々だった。その当時、シカゴは中西部の文学運動の先頭に立っていたからである。私たちは、彼女の家で出会ったエドガー・リー・マスターズ[007]と直ちに打ち解けて、友人になったが、彼は出版前の『スプーン・リヴァー詞花集』を朗読してくれた。カール・サンドバーグ[008]が朗読した自由律の韻文については、当時は少し奇妙だと感じたものだった。シャーウッド・アンダーソン[009]は、彼の奇妙に内向的な散文を読んでくれた。また、ニューヨーク時代からの知り合いだったヴェイチェル・リンゼイが、スプリングフィールド[010]からひょっこり顔を出すことがあった。彼は聴衆がいる限り、暖炉の前に立ち、飽きることなく自作の詩を朗唱し続けた。彼の詩には、サーカスやスポーツの試合で感じられるような新しい躍動感があったが、自意識過剰という欠点は全くなかった。吟遊詩人だった彼はごく自然に放浪の旅を続けたいと願い、自分の詩は耳を傾けてくれる人々のものだといつも言っていた。アイルランドのバラッド・シンガーは、朗唱した詩が印刷された一枚の紙を、食糧と引き替えに配って歩いたものだったが、それと同じような人生を、まさに彼は送っていたのである。リンゼイは、自分の詩が印刷された刷り紙を、「パンと引き替えに手渡される詩」と呼んでいた。ネイビーブルーのジョーゼット製のドレスを身にまとい、細長いブローチをつけたハリエット・モンローは、淑女らしく振る舞ってはいるものの、同時に自己主張のしっかりある、小柄な女性だった。彼女は、いくつか、几帳面《オールドメイド風の》で潔癖な詩を朗読し、私たちは皆、好感を持った。しかし、その場に居るが、ものは言わないという役割を求められていた私は、ほとんど喋らなかった。唯一の例外はリンゼイで、彼は小さなフレンチやイタリアンのレストランのランチに私を連れて行ってくれ、湖畔の通りを一緒に散歩しながら、大きな声で自分の詩を朗唱してくれた。一度、あまりに大声だったため、警官に呼び止められたことがあったほどだ。その当時、私はハリエット・モンローに好感を持たれていたと思うのだが、後に、私が文芸批評の仕事をするようになり、ある程度評価されるようになると、私は彼女の中の一種の毒気を呼び起こしたようだ。しかし、最初にシカゴで出会った当初は、少なくともハリエットは私を認めてくれていた。もしも、ハリエットが私を誤解していたのだとすると、私も彼女を誤解していたということなのだろう。というのも、私は、誰かの人柄をとっさに判断することができず、簡単に騙されてしまうのである。彼女は、自分の出自を誇りに思っていて、そのことを憚らず公言していた。あるとき、エイミー・ローウェルが詩に興味を持っていることが話題になったとき、モンローは、ローウェルが書くようなものに関心を持つ人間は、中西部には誰もいないと、吐き捨てるような調子で言い、彼女はニュー・イングランドのとるに足らない家の出身だと続けたことがあった。あるインタビューでモンローは、自分の妹が、中国の皇太后と親しいと大真面目に語ったことがあった。「モンロー一族《ハウス》の皆様は、清王朝《ハウス》と常に親しい間柄です」と皇太后が言ったそうである。私は、中国の名前を正確に判別できないので、ミン王朝か、チャン王朝だったかもしれない。とにかく、中国の王家の名前だった。

ハリエット・モンローは、その当時、五十歳そこそこだったに違いないが、若い私の目には、老女と映っていた。当時、三十歳にもなっていなかった私は、五十歳を超えた人間は、いや、自分たちと同じ世代でない者は皆、年寄りだと思っていたのである。一方、自分たちが歳を重ねていっても、同世代の人間は、相変わらず若いままだった。ずっと後になって私は気づくことになるが、ハリエット・モンローはその時代、詩の復興運動に関して、実にすばらしい仕事を成し遂げた人物である。彼女はシカゴの実業家たちから募金を集め、詩に特化した雑誌の創刊に成功した。その雑誌は、真の詩人であるアリス・コービン・ヘンダーソン[011]の手助けを得ながら、モンロー自身が編集を手がけたのである。しかし、すべてを一つにまとめた実行力あるエネルギーは、ハリエットのものである。この二人は、英語圏のみならず世界中の重要な詩人たちとコンタクトを取るようになった。エズラ・パウンド[012]は、ヨーロッパ版の出版を提案し、自らその編集者となったが、彼女たちに適切なアドバイスを送り、寄稿者も紹介し続けた。この小さなシカゴの雑誌は、すぐに世界中から注目を浴びるようになり、詩に関心を持つ人間は誰もが読みたいと思うものとなった。

疲れを知ることのないエズラが力を貸した雑誌が、当時、もう一つシカゴにはあった。マーガレット・アンダーソンとジェイン・ヒープという二人の若い女性が創刊した『リトル・レビュー』[013]である。たとえ、それが法律に抵触するものであっても、猥褻文書追放キャンペーンを推進したコムストック[014]的価値基準に合わないものであったとしても、この二人の編集者たちは、自分たちがよいと思うものは何でも躊躇なく出版した。その結果、アメリカの最も前衛的な散文を書く作家たちの多くは、彼女たちの雑誌でデビューすることになったのである。私が最初にシャーウッド・アンダーソンを読んだのも、『リトル・レビュー』誌上である。後に、この二人の若い女性は雑誌の本拠地をニューヨークに移し、ジェイムズ・ジョイスの『ユリシーズ』の一部を出版することになる。これは、多額の金銭的援助を行ったジョン・クインが仲介の労をとった結果である。ジョイスの作品は、猥褻であると考えられ、マーガレット・アンダーソンとジェイン・ヒープは法廷から呼び出しを受けた。しかし、彼女たちには強力な支援者たちがいた。もしも有力な支援者がいれば、法律すらも簡単に出し抜くことが可能だということを、私は経験から知っている。一冊の本として、アメリカで『ユリシーズ』の出版許可が正式に下りるのはずっと後のことであるが[015]、それでも、『リトル・レビュー』は、ロンドンやダブリンよりも早く『ユリシーズ』を世に送り出したのである。たとえ出版が禁止されたとしても、『ユリシーズ』という作品が広まり、世界各地で多くの読者を獲得することを押し止めることは不可能なことだった。この二人の若く勇敢な編集者たちは、『リトル・レビュー』をうまく運営していた。ムーディ夫人の家で二人に会い、彼女たちの情熱に触れたとき、アイルランドで文芸運動を興そうと努力していた若い人々のことを思い出した。ジェインとマーガレットは、文学的経験をそれほど持ち合わせていなかったにもかかわらず、新しいものや個性的なものに対する鋭い感覚を持っていた。のちに二人がニューヨークで雑誌を出版するようになると、シカゴにいたときほど傑出した活動を行っているようには見えなくなった。コスモポリタン的要素が比較的少ない街でなら、健全に輝き、その街を活気づけることができる人々を、ニューヨークはいとも簡単に呑み込んでしまうのである。数々の芸術的運動が、ニューヨークではいつまでたっても素人の手すさびと見なされてしまう理由は、その支持者たちがばらばらで、ひとまとまりになっていないためで、競争で押しつぶされることのない、より小さな場所でなら、そのような運動もプロの活動として充分認められる可能性はあるのである。

ともかく、一九一五年の春において、シカゴは知的にはニューヨークほど洗練されてはいなかったが、精神的なレベルではニューヨークよりも刺激的な街のように感じられた。とはいえ、シカゴもニューヨークも、ヨーロッパの古い都市と比べると、その反応は単純で、深く文学を理解しているとは思われなかった。私はいつも、シカゴの知識人の多くがニューヨークに移ってしまったのは残念なことだと感じていた。なぜなら、当時のシカゴは、唯一無二の個性を持った街としての地位を確立しつつあり、中西部特有の文化を発展させようとしていた矢先だったからである。そこには際立って興味深い文化的基盤、例えば、オペラのカンパニー、小さな劇場、すばらしい博物館と美術館などがあったが、残念なことに、一流の出版社がなかった。ある街を知的な中心地にするためには、複数の出版社が存在することによって生み出される魔法の推進力が必要なのである。出版業はますますニューヨークに一極集中するようになっていた。カナダ各地には支社があるようなニューヨークの出版社も、シカゴやその他の都市に出版部を持つことはなく、あるのは販売部のみだったというのは残念なことである。他の産業都市同様、シカゴには音楽のパトロンは数多くいて、コンサートは頻繁に行われていた。一度など、溢れんばかりの聴衆が、クライスラーのリサイタルで舞台上にぎっしり座っていたことを見たことがある。この巨匠が思うようにヴァイオリンの弓を操るだけの余裕がないほど、その周りを観客が文字通り取り囲んでいたのであるが、クライスラーは本当に当惑したに違いない。音楽は、疲れたビジネスマンにとって、文学よりもはるかに大きな魅力があるように私には思われた。

ハリエット・ムーディの音楽室には、才能あるピアニストたちが頻繁にやって来て、夕べの音楽会が開かれたものだった。ピアノから流れてくる音の調べに耳を傾けていると、寄宿学校に到着した初日、すばらしい音楽を初めて聴いたあの日のことが、懐かしさと共に蘇ってきた。実際、ディナーの後で、私たちのために演奏してくれた演奏家たちは皆プロとして活動している人たちで、コンサート・ツアーを行うような有名なヨーロッパの演奏家と比べても、その技巧は遥かに勝っているように思われた。とはいえ、ヨーロッパの演奏家たちは感情や想像力を様々なニュアンスを込めて、その指で表現することができた。この点を除くと、ヴァイオラ・コール[016]やベアトリーチェ・ファッジ[017](彫刻家アルフェオ・ファッジの妻)といったシカゴのピアニストたちは、ムーディ夫人の家にも時折招かれていたエリー・ナイ[018]のような、ヨーロッパ出身の名演奏家と言われる人々よりも優れた演奏家だったと思う。

この時期のシカゴは、私が訪れた街の中で、最も知的で芸術的な街の一つとして記憶に残っている。しかし、シカゴの人々、特に自分たちを上流階級だと考えている人々には、根強い偏見があり、ニューヨークの同じ階級の人々と比べると、思いやりがあるとは言いがたかったし、自分たちに対する自信も欠けていたように思う。彼らは、礼儀作法のルールブック通りに振る舞おうと心を砕いていた。アイルランドの哲学者バークリー[019]は、「帝国は西に向かってその歩みを進める」と言ったが、人間が持つ偏見についても、ある程度同様のことが言えるのではないかと思う。私が出会った人々の中で、最も冷静で偏見を持たず、私心のない人々といえば、東洋のいずれかの国の人だった。そして、最も偏見に凝り固まっていたのは、アーリア人かアングロ・サクソン人たちだった。私たちの前に、ムーディ夫人の家に滞在していた客人はラビンドラナート・タゴールで、ヨーロッパでの成功の直後のことだったが、彼は色黒の東洋人だったため、シカゴでもてなしを受けるのは簡単なことではなかった。それで、アリス・ヘンダーソンがムーディ夫人に彼を招待するよう依頼したのである。西海岸にある大学に通っていた彼の息子は、その肌の色ゆえに、周囲から見下されていた。これは、肌の色に対する偏見であると同時に、イギリス人や清教徒の子孫たちに見られる、イギリスの植民地下にある国々の出身者たちが劣等であると信じる傾向を表していた。征服された民族は軽蔑されていたのだ。自分はアメリカ人ではなく、イギリス人だと感じているアメリカ人が少なからずいて、彼らはアメリカ人に対する批判を気に留めることはないが、英国や英国政府に対する批判には、それがイギリス人自身によってなされたものであれ、イギリス人以外の人々によってなされたものであれ、同様に気分を害するのである。そして同じくらい奇妙なことに、一種不合理な反英的偏見も存在している。アメリカが英国の支配から独立してから、既に長い年月が流れていることを考えると、一層不可解な感情である。おそらくこれは、互いに相容れない生活様式によるものなのだろう。ある気取った人物のことを、「紅茶を飲んでいるイギリス人のようにお高くとまっている」と誰かが言っていたことを覚えている。

2

ハリエット・モンローは、彼女の妹[020]の家で開かれるパーティーに私たちを招待し、「私の妹夫婦は中国大使だったの」と言った。この頃までには、私はムーディ夫人の家で彼女に何度も会っていたので、ハリエット・モンローにとって、執筆するという行為は、特に詩を書く行為は、気まぐれの一つのあらわれなのではないかという、少々、突拍子もない思いに囚われていた。しかし、ハリエット自身は詩作と詩の出版を自分の人生を充実させる手段と見なしており、その結果彼女は、アメリカを訪れる詩人たちを、ごく当たり前のように歓待し、イェイツが講演のために渡米した時も、彼はモンローの家に滞在した。その折り、細かく仕切られた新型の引き出し式トランクがいかに便利か、彼に教えたのはハリエットだった。イェイツは勧められるままに、それを喜んで購入し、シャツを一つの引き出しに、書類を別の引き出しに収納していた。イェイツがダブリンに持ち帰るまでアイルランドでは知られていなかったこの容れ物、つまり引き出し式トランクについて、ジョージ・ムアが嘲る調子で語っていたことを覚えている。パーティーの当日、私が髪の毛をピンでまとめようとしていると、ムーディ夫人が仕事から帰宅し、「あなたはこのパーティーが気に入らないかもしれないわね」と言った。家事を取り仕切っているベッシーも「湖畔にお住みの俗物たちが総出でやって来るわよ」と警告してくれた。しかし、その頃までには、私はあらゆるパーティーを好きになっていて、知らない人々と話をすることが楽しいと感じるようになっていた。とはいえ、シカゴでは人々はなぜ、誰かを傷つけまいとするあまり、細心の注意を払って陳腐なことしか話題にせず、会話の流れを止めてしまうのか不思議に思っていた。シカゴの人々は、どうもすぐに腹を立てるようである。そのため、ダブリンやパリでは、会話を活き活きさせるために当たり前と考えられていた激しい議論の交換や意見の表明は不可能だった。例えば、シガーソン博士の家では、ケルト人の髪の毛は赤かったのか、黒かったのかといったことで大議論となった。ベイリー弁務官の家では、フローベールの『感情教育』の結末について、皆大いに興奮して語り合った。また、A・Eの家では、「Concobar」という人名は、英詩の中で「コナー」と発音するのが正しいのか、または「コホー」と発音するのが正しいのか議論したものだった。しかし、礼儀正しいシカゴの社交界では、皆、誰かと対立することを好まなかった。

その日私は、二番目に上等なイブニング・ドレスを着ていた――一番上等なドレスはニューヨークの倉庫にあった。シンプルなモーブ色のリバティ社のサテン生地に、やはりリバティ社の花柄のシフォン地を重ねたドレスは、ラスマインズ[021]の芸術的な女性の仕立屋が作ってくれたもので、それを着ると私はステンド・グラスに描かれた女性か、ロセッティ[022]が描く『祝福されし乙女』のような気分になった。私はムーディ夫人の車に向かって歩き始めた。「モンロー様の妹御の御主人様が中国大使だったことを覚えておいてくださいね」と、秘書のエディスは、階段を下りる私たちに向かって叫んだ。オープンカーだったので、運転手のアントンは、私たちを膝掛けで覆ってくれた。そして、「モンロー様の義理の御令弟は中国大使でいらっしゃいました」と言った。

私たちは到着した。十八世紀ダブリンの建造物の特徴でもある大きな部屋に比べると、その部屋は小さく感じられたが、ダブリンの殺風景な部屋とは異なり、それぞれの部屋は注意深く、見事にしつらえられていた。しかも、ニューヨークでよく見られるような、プロの手による室内装飾がなされている様子はなかった。そういう部屋では、意匠を損なってはいけないと、客は椅子を少し動かすことさえ躊躇させられるのである。ハリエット・モンローの妹は非常に感じのいい人物で、長く東洋で生活していたためか、中西部の上流階級の人間によく見られる、外国人を圧倒するような威圧的態度は影を潜めていた――もともと、そのような傾向はなかったのかもしれない。私は立ったまま、壁に掛けられた中国刺繍に目を留めた。しかし、リリー・イェイツ[023]が私の芸術的なドレスにほどこしたウィリアム・モリス風の刺繍の方がはるかに華麗だと思った。それでもハリエットは、その刺繍のすばらしさを説明し続けた。そこには、「永遠の波」といったロマンティックなモチーフが一針一針のうちに表現されているということらしい。「妹が、中国の皇太后から戴いたの」と彼女が言うと、パーティーの間中、私の側から離れず、しつこくつきまとうことになる男が、割り込んできて「モンローさんの義理の弟君は中国大使だったんですよ」と言った。

　誰もが、小さなグラスから度の強いリキュールのカクテル、つまりパンチを飲んでいた。その当時、私は少しワインをたしなむ程度だったので、度の強いアルコールには興味がなかった。それで夫と私は紅茶を頼んだ。ティー・トレイが運ばれてきたとき、一人の女性ゲストが、水っぽい茶色の液体を注ぎ始めたので、「もう少し濃い方が好みなんです。もう一、二分待てば、ちょうどいい濃さになりますので」と、ティー・トレイの側に当惑しつつ座っている女性に説明した。それから、私はあたりを見回し、アイルランドやイギリスではお茶の席で必ず見られるあるものを探していた。濃い紅茶を注ぐために、薄い第一煎の紅茶を捨てるための〈茶こぼし〉である。

「何をお探しですか？」と、私から離れず、しつこくつきまとっている男が尋ねた。

「〈茶こぼし〉を探しているんです」と私は機嫌よく答えた。

「何ですって？」と彼。

「〈茶こぼし〉です」と私。

「この方に、なにかお茶を捨てるものをお持ちするように」と、彼はメイドに指示した。すると、穏やかで神秘的なアイルランドの声が部屋に響きわたり、耳に届いた。

「奥様、ティーカップをお置きください。キッチンから紅茶をお持ちしましょう」

しばらくすると、無表情のメイドが充分に濃い紅茶を手渡してくれた。紅茶を味わっていると、ハリエットが数人の女性ゲストたちを連れてやって来た。

「私、アイルランド人が大好きですの」と鼻にかかった女性の声が言った。「子どもの頃、実家にいた女中は皆、アイルランド人でした」

「そうですか?」と私。

「私の大切な乳母はアイルランド人でした」と別の声が言った。「彼女は私たち皆の面倒を見てくれたんです。今も、私たちと一緒に住んでいます。彼女に、ご主人の詩を渡しましょう」

「ミセス・コラム、ずっとアメリカに住むおつもりなのですか?」きびきびした男性の声が尋ねた。

「いいえ、夫があといくつか講演を終えたら、国に帰ります」

骨太で角張った顔をした不器量な女性が私に目を留めた。彼女は見事なほど贅をこらしたドレスを身にまとい、ウェーブのかかった髪をしっかり固めていた。

「お二人は、一稼ぎするためにいらしたのですよね。どれくらいの額を期待していらしたのかしら?」

「二百ポンドくらいです」と私は言った。

「いつも思うのですが」と彼女はゆっくりと、慎重に言葉を選びながら言った。「ヨーロッパの国々のみなさんが、自国でちゃんとした才能のはけ口を見つけることができず、大西洋を渡らなければならないというのは残念なことですわ。ミセス・コラムはどうお考えになる?」

私は濃い味の紅茶を一口飲み、一瞬考えてから「それは、レッド・インディアン[024]ばかりがこの国に住むようになればいいという意味でおっしゃっているのでしょうか。それは、とても興味深いことですわ」と言った。

彼女が立ち去ると、「何のことだか、理解できなかったんでしょうね」と、私のそばの男が言った。「少し鈍いんです」

ハリエット・モンローの妹は、親切そうな大柄の男性を私に紹介した。彼は、今立ち去ったばかりの女性の夫だということがわかった。

「あなたは今日の主賓でいらっしゃいますか?」と彼は尋ねた。

「あら、そうじゃないと思いますけど」と私は言った。

「ミセス・コラム、あなたはアイルランド生まれですか?」と彼は尋ねた。

「ええ」

それからしばらくの間、私たちは楽しく会話を続けた。「皆、あなたがアメリカの女性と同じように教育を受けていると、思ってしまうでしょうね。シカゴは旅行中でいらっしゃいますか?」と彼は、感心したように言った。

「夫がアイルランドの文芸復興について講演をしています」

「ああ、シンジ[025]に関する講演ですね」

「シングです」と私はきっぱりと訂正した。「〈歌う〉という意味の動詞〈シング〉と同じ発音です。いいえ、夫は主にアイルランドの詩について講演しています」

「おやおや、きっと頭のいいご主人に違いない。詩はハリエットの得意分野です。ハリエットはとても頭のいい女性です。かつて、詩で賞を取ったことがあります。とても若かったので、大草原のお下げ髪の詩人と呼ばれたものです。それで、ご主人はここで講演をなさっているんですね。イギリス人はアイルランド人が教育を受けられないようにしているんでしょう? 何とも残念だ。本当に聡明な人々なのに」

「教育を受けることを禁じられたりはしていません。それに、アイルランド人の多くは、思っておられるほど聡明ではありません」

その間、ハリエットは人々を紹介しようと、気配りしながら部屋の中を動き回っていた。

「興味深い方々が大勢いらっしゃるわよ」とハリエットは言った。「妹は本当に魅力的な人物よ。義弟は中国大使だったの。それに、大学を卒業した女性が何人かいらっしゃるわ」

こう言って、彼女は私を黒いドレスを身にまとった背の高い女性の元に連れて行った。実は、私以外は皆、黒いドレスを着ていた。

「こちらの方は、〈ヴァレディクトリアン〉だったのよ」とハリエットは言った。明らかに、私はその言葉の意味がわからないという顔つきをしていたのだろう。

「大学を主席で卒業なさったという意味なの」とハリエットは強調した。「こちらは、コーネル大学を卒業なさったのよ。」このコーネルの卒業生は、全く身なりにかまわず、その場にいた多くの女性とは異なり、化粧も濃くなかった。

「この国で、多くの女性がカレッジを卒業していることに驚かれたでしょう？」

「大学《ユニヴァーシティ》ということですか」と私は尋ねた。というのは、アイルランドでは〈カレッジ〉は高校の意味で使うからである。

「ええ、その通りです。大学で教育を受けた、という意味です。アメリカには大学で学ぶ女性が大勢いるのです」

角ばった顔をした女性の親切な夫は、この会話を聞いていた。

「やがてアイルランドでもそうなるでしょう」と彼は、何かを約束するかのように頷きながら言った。「イギリス人は、聡明な人々を永遠に抑えつけることなどできませんよ、ねえ」

「識字率も、昔に比べれば高くなってきました」とハリエットは言った。

「ほらね」と男は言った。「少し前に私が言ったように、ミセス・コラムはアメリカの女性同様、高い教育を受けておられるのです」

「コラムさん、あなたは、本当にアイルランド人ですか？」と誰かが尋ねた。

「ええ、正真正銘の」と私は答えた。「どなたかアイルランドの方はいらっしゃいますか？」

「私は、両方の家系とも、イギリス人ですわ。メイフラワー号に乗って、私の家族は最初にこの国にやって来たのです」

「私の先祖の一人も、メイフラワー号に乗ってやって来たんですよ」とハリエットが言った。

「メイフラワー号について、聞いたことがおありかな？」とパーティーの間中、私につきまとっている男が尋ねてきた。

「ええ、聞いたことがあります。でも、その船がアメリカに来たのは、かなり前のことですよね？　私はそれを記憶にとどめておくには若すぎるようです」と私は言った。

「私にはスコットランド人の血が濃いようよ」とハリエットが言った。

「では、あなたはケルト人ですね」と私は言った。

「おやまあ、それは違うわ、違うわ」

マシュー・アーノルド[026]のケルトに関する言説以来、誰もが皆、ケルトと関係づけられることを嬉しがると私は思い込んでいた。少なくとも、ロンドンで私が知っている人々は、皆そうだったと思う。

そこに一人の男性が登場したが、彼はその場の注目を一身に浴びていた。とても重要な人物のように見えたので、私は彼が中国大使その人だと考えた。私は彼の方に向かって進んだが、例の私につきまとって離れない男もついてきた。この新たに登場した人物は、ホウバートと呼ばれていた。ホウバート・チャットフィールド・テイラー[027]である。皆が、彼のことをホウバートと呼んでいたので、そのホウバートという名前はしっかりと印象づけられた。ヒューバートという名前は知っていたが、ホウバートという名前は初めて聞いたのである。

「失礼ですが、中国大使をお勧めになった方でいらっしゃいますか?」と私は尋ねた。

「中国大使にお会いになりたいのですか?」

「ええ、そうです。大使にお目にかかるために参りました」

「ああ、大使にお会いになりたいのですね。ワシントンに行けば、荷車にいっぱいの大使がいるでしょうよ。大使というものにお会いになったことはないのですか?」彼は微笑みながら親切に言った。

「いいえ、ありますよ」と私は言った。「みなさん、胸元に星をつけていらっしゃいますね」

「星ですか?」彼は驚いて言った。

「ええ、星やガーター勲章やリボンや記章などのことです」

「おやおや、お嬢さん、僕をからかっているのですね?」

「そうかもしれません。彼女はとても賢いんです」と私のそばの男が言った。

「数分前、彼女はX夫人に噛みつかれたんですよ。でも、上手に切り返しました」

「X夫人は猫のようですからね」とホウバートと呼ばれた男は言った。「永遠の猫ですよ」

永遠の猫という表現を、私は「ダス・イーヴィゲ・カッツリッヒェ」とドイツ語で言い換えた。

「どこで習ったのですか？」

「ゲーテですよね。ゲーテを英語で引用なさったのでしょう？」

「どこでゲーテを学んだのですか？」

「ダブリンです」と私は言った。

「ダブリンではドイツ語を話すのですか？」と彼は疑い深く尋ねた。

「ダブリンでは何語でも話しますよ」

私につきまとっていた男は、次第に敵愾心をむき出しにしてきた。その少し後で、彼がハリエットに、少し苛立った様子でこう言っているのが聞こえてきた――「僕はあの若いダブリンの女性《ダブリナー》が苦手だな。あのご婦人は、教養がありすぎる。」

第二十一章　フランス人が営む下宿屋――アイルランドの反乱

1

アメリカに来てからほぼ一年が経とうとしていた一九一五年の秋、私たちは再びニューヨークに戻っていた。そして、ダブリンはますます遠くなっていた。私たちには問題が山積みだったが、一番大きな問題は、どうやって生計を立てていくか、つまり、文筆によって生計を立てるにはどうすればいいかということだった。その次の問題は住居の問題である。そして、何人かの友人に倣って下宿屋に住むことで、生活をより質素なものにしようということになった。その当時、下宿屋に住むという選択肢は、ニューヨークではよく見られるものだった。独創的な才能を持った小説家たちが、こうした下宿屋について ほとんど記述していないのは、不思議なことだと思う。例外はあるが下宿屋の多くは外国人によって運営されていて、彼らは家賃を確実に回収する才もあり、そのための訓練も受けているようだった。私たちの友人、ルドルフ・コマーは、ユダヤ系ドイツ人が営む下宿屋に住んでいたし、J・B・イェイツはフランス人が営む下宿屋に住んでいた。私たちは、イタリア人、もしくはシシリア人によって営まれている場所を試してみたことがあったが、最初の数日を過ごしただけで、そこは私たちには合わないことがわかり、滞在した数日分を支払って出て行くことにした。そこは、殺人ミステリーの舞台になってもおかしくないような、とても奇妙な場所で、どの部屋も意図的なのか、暗く陰鬱にしつらえられていた。窓という窓には重く埃にまみれたカーテンがかけられていて、他の下宿人を食堂で一度以上見かけることはなかった。私たちの部屋は地下にあって、様々な形状をした多様なサイズの短剣が壁一杯に飾ってあった。先の細くとがった小剣がいくつか壁に掛かり、サイドボードには短剣がきちんと並べられていた。キッチンに目を移すと、さらに珍しい形状の短剣が並べられていた。夫が、数日後に出て行きたいので、前払いした家賃を返してほしいと家主に告げたところ、彼はすぐには何も答えなかったが、数分後、私たちの部屋まで長い剣を片手にやって来た。そして、契約は月極めなので勝手に出て行くことはならぬと言うのだった。警官を呼ぶことで、騒ぎはなんとかおさまった。やって来た警官は、私たちに家から出るように指示し、一週間分の家賃を余分に払うことで話をつけてくれた。それから、私たちに忠告するのが義務と感じたのか、セントラル・パークから離れた住宅地にある下宿屋をあたってみること、そして、ダウンタウンにある下宿屋は、もっと経験豊かな人々のものだから、避けたほうがいいことを教えてくれた。ある新聞で、私たちは西八十丁目にあるムッシュー・フロワサールの下宿屋の広告を見つけた。その住所を訪ねてみると、現れた家主は年老いた保守的なフランス人で、彼にとっては、ドイツもイギリス、つまり不実なアルビオン[001]もどちらも望ましくない国だった。そのため、私たちは入居を受け入れてもらうために、自分たちがドイツ人でもイギリス人でもないと彼を説得しなければならなかった。一人当たり一週間に七ドルで、最上階の四階の大きな一部屋を使うことができ、一日に二食がついていた。最上階には当時、私たちの他に住人はいなかったので、私たちは大きなバスルームを専有することができた。バスルームは二つの部屋の間にあって、本来なら隣人と共有しなければならなかったのである。非常に大きな部屋だったので、夫は机を運び込み、タイプライターを置いて、静寂の中で書き物をすることができた。

朝食はたっぷりのフランス式のもので、ディナーも非常に美味しいものが提供された。余裕があるときには、十五セント余分に支払い、カリフォルニア・ワインのハーフ・ボトルを追加することができた。私たちはフランス人の考え方をよく理解し、うまくやっていくことができたので、経済的には不安定な状態ではあったが、ムッシュー・フロワサールの下宿屋でとても居心地よく過ごすことができた。期日通りに十四ドルを支払えないことも時々はあったが、基本的にきちんと支払っていたので、家主の方も特に不満はなかったはずだ。昼食を含めようとすると、一人あたり一週間で三ドル余分に支払わなければならなかったので、それは諦めた。その結果、夫はますます痩せていき、私の貧血もますます悪くなっていった。私もいろいろ執筆を試み、いくつか短篇小説を売ることができたが、まだアメリカの背景《バックグラウンド》や事情がよくわかっておらず、文芸雑誌は外国を題材にした作品にはあまり興味を示さなかった。夫には、子どものための物語という非常に限られた分野での需要があり、彼の作品はメトロポリタン・ライフ・インシュアランス・カンパニー・マガジンによる書籍シリーズとして直ちに出版された。その当時、編集者から直接、書評を依頼されることはなかったが、何らかの理由で私の方がうまく対応できそうな場合に、私は友人のゴーストライターとして、時々本の書評を書いていた。

　下宿人の中には、ヨーロッパの戦争に特別な関わりを持っている者たちがいた。フランスの軍需品を買い付けに来ている男とその妻がいたが、気の毒なことに、彼らの生まれ故郷リルはドイツ軍によって陥落していた。ロシアのインテリ革命家とその妻もいて、二人とも一九〇五年の反乱〔ロシア第一次革命〕の際、帝政ロシア政府によって投獄されたそうだ。二人は内緒だと言って、このことを私たちだけに話してくれた。高邁な政治的理念を持っていたために過去に投獄された経歴があるということが知られると、アメリカでは差別されるか、国外追放になるかもしれないのだそうだ。他の多くのロシアの革命家同様、彼らはかつてロンドンに住んでいた。息子はそこで生まれたそうである。ジャーナリストだったレベデフ氏[002]は、私たちの友人であるイギリス人ジャーナリストの知り合いでもあった。レベデフ夫人は、非常に知的で魅力的な女性で、あらゆる面において親切な人物だった。ただ、猫が怖いらしく、猫を見るとすぐに追い払うのを常としていた。あるとき、レベデフ夫人が朝食を終え、自室に戻ってみると、ムッシュー・フロワサールとその妻がかわいがっている飼い猫が、部屋の中を歩き回っていた。恐怖に駆られ、彼女が開け放った窓から猫を追い払った結果、猫は四階から地下まで落下し、死んでしまったのである。怒りに震えるムッシュー・フロワサールは、誰が自分の猫を殺したのか、一部屋一部屋、尋問してまわった。レベデフ夫人が犯人だとわかったとき、彼は涙ながらに訴えた。「もしも、かわいいプラトン（彼女の息子）を私が窓から投げ飛ばしたとしたら、あなたは何と言うでしょう?」そう言われ、夫人は、恐ろしそうに、そして不安そうに肩をすくめただけだった。とはいえ、ムッシュー・フロワサールは理性的だった。「もちろん、喩えとして言っているのです。私は、子どもも動物も窓から投げ捨てたりはしません。私は文明人ですから。でも、あなたたちロシア人は違うのですね。」そう言って、彼は小声で不平をつぶやきながら、腹立たしそうに階段を降りていった。

その下宿屋には、ほとんど喋らないフランス人のジャーナリストがいた。ある日、通りにドイツの音楽隊が現れたことがあった。それは、当時、よく見かけたドイツの音楽隊で、揃いの服を着た四人の中年男たちが、気持ちのよいドイツの曲を様々な楽器で演奏していた。この音楽が、フランス人ジャーナリストを激怒させた。彼は、食堂でコーヒーを飲んでいたが急に立ち上がり、彼らに向かって握り拳を突きつけながら地下の扉を押し開け、激しい口調で彼らに立ち去るように命じた。彼らは黙って楽器をまとめ、去って行った。ムッシュー・フロワサールは、誰であれ自分の家で命令を下すことを快く思わなかった。そして、彼らはドイツ人ではなくアルザス人だと説明した。しかし、腹を立てたジャーナリストは、今度はアルザス人に対する持論を展開し、これといった特徴のないアルザス人たちは、アイルランド人同様、純血ではなく雑種だと言うのだった。

南米の出身者も何人かいた。一フロアを専有する夫婦者がいたが、彼らは食事を自室で取るのが常だった。夫は、自分の若く美しい妻を、食堂で他の男たちの視線に晒したくなかったのである。彼女を見かけることはほとんどなかったが、階段で男性の下宿人と出会うと、何時であろうと、「おはようございます」と輝くように微笑みかけながら挨拶した。また、下宿人たちに加え、毎日食事だけを食べに来るという契約をしている者たちもいた。あまり特徴のない人が多かったが、一人だけ印象に残った人物がいる。長身でハンサムなこの人物は、どう見てもアングロ・サクソン的な特徴を備えていたため、最初はイギリス人だと思っていたが、後にフランク・ムア・コルビー[003]というアメリカ人であることが判明した。彼は、ほとんどフランス語の知識がなかったにもかかわらず、とにかくフランス語を話すことに情熱を傾けていて、家主と会話する機会を得るために、いつも遅い時間に朝食を取りに現れた。なぜなら、家主自身が朝食の給仕をしていたからである。私も遅めの朝食を取るのが常だったので、ムッシュー・フロワサールに対し、自分について語るコルビー氏の説明が自然と耳に入ってきた。ムッシュー・フロワサールは、最初こそ興味を持って、彼の話を聞いていたが、やがてすぐに飽きてしまったようだ。職業は何か、仕事は何をしているのかと問われ、コルビー氏はためらいながら、哲学者であると答え、今、ある重要な事柄の執筆に携わっているので、ワシントン・ハイツにある自宅を一時的に出て、部屋を借りているのだと説明した。子どもが三人もいる家で執筆するのは、不可能なのだそうである。

格別望んだわけでも、詮索しようとしたわけでもないのに、私は彼について多くのことを知るようになった。英語で話すときには全く寡黙なコルビー氏が、ブロークンなフランス語になると、非常に雄弁になるのである。大人になってから苦労してフランス語を修得したコルビー氏は、英語を母語とする他の人間が、多少なりともフランス語の知識を持ち合わせている可能性があるなどとは思いもよらないようだった。このような思い込みは、言語に限らず、成人してから何かを学んだ人々に、時折見られる傾向であると私は思う。コルビー氏は、まとまった額の蓄えなり、収入なりがあるため、残りの人生を執筆に専念して過ごしたいと思っていると説明した。ムッシュー・フロワサールは、彼が言うことをいつも理解していたわけではなかった。そして、彼が立ち去ってから頭を横にふりながら、フランス語で「彼は、家庭を捨てた。ひどい事だ」と言った。フランス人にとって「家庭を捨てる」ということがどのような意味を持つのか、その当時、私はよく理解できていなかったと思う。フランス人が結婚をそれほどまでに真面目に考えているとは思われなかったからだ。私はコルビー氏に興味を持つようになった。彼は、ヨーロッパの男性があまり見せないような挫折感を抱え、当惑していた。彼が意識の高み、もしくは深みに到達しているとは思えなかったが、奇妙な才気とでも呼べるものに発展しそうな、思索する精神を持っているように感じたのである。後に、その名前を時折耳にすることがあり、彼が書く評論を支持する読者が、数こそ多くないが、一定数いることを知ったときも、あまり驚きはしなかった。ある日、『ニュー・リパブリック』誌の編集に携わっていたフランシス・ハケット[004]とその妻に招待され、チューダー・ヴィレッジにある彼らのアパートを訪れたことがあった。帰宅しようと階段まで見送ってもらったところ、隣のアパートの扉が開き、そこに現れた男性に、フランシスは何やらしばらく話しかけていた。すぐに、その人物があの哲学者だということに気がついた。静かな充足感のようなものが、当惑しつつも、感情のない表情に浮かんでいた。フランシスは、私たちに彼を紹介してくれたが、哲学者は私に見覚えがないようだった。実際、彼はその人生において、私に目を留めたことがあったとは思えない。それに対し、私の方は、この再会に本当に心を奪われたので、後に私が書いた小説の登場人物のモデルの一人にしたほどである。「ある哲学者の肖像」という題で『ニュー・リパブリック』誌に掲載されたこの短篇小説は、スチュアート・シャーマン[005]やその他、私の知っている複数の実在の人物を合わせて、一人の人物を創り上げた作品である。私は、アメリカに特有の知識人について書いたつもりだったが、後に、あるイギリス人が、コルビー氏をモデルにしたことがすぐにわかったと伝えてきた。

数日前にあらかじめ伝えておけば、ムッシュー・フロワサールの家の住人たちは、折にふれて客人を一人、夕食に連れてくることが認められていた。私たちの隣のテーブルに座っていたレベデフ夫妻は、何か決意を秘めた、小柄で賢明そうな痩せた男を時々招くことがあった。山羊鬚をはやしたこの男は、レオン・ブロンスタイン、もしくはブロンスタインという名前で、イースト・サイドにあるユダヤ新聞で働いていた。この人物についてよく覚えているのは、彼がロンドンで出版された新聞『ネイション』をレベデフ氏によく持ってきていたからである。そして、レベデフ氏は、その新聞を私たちに回してくれた。また、ブロンスタイン氏は、一つの言語から別の言語に、楽々と切り替えて話すことができた。レベデフ夫妻は、彼は自分たちと同じく、ロシアの革命家なのだと小声で教えてくれた。後に彼らは皆、ロシアに戻っていったが、私がその後の消息を歴史的な文脈で知っているのは、ただ一人ブロンスタイン氏だけである。彼は、レオン・トロツキー[006]となり、なんと、軍隊を率いるようになったのである。何年も後のこと、私は彼をパシー[007]でもう一度見かけたように思う。私たちが滞在していたアパートで、受付のコンシエルジュと三人の男たちが話している場面に出くわしたことがあった。その中の、質問をしている男は、歳を取り、髪の毛に白いものが混じり、風貌が少し変化していたとはいえ、ムッシュー・フロワサールの家で出会ったムッシュー・ブロンスタインに驚くほど似ていたのである。彼だったと私は確信している。この人物は、アパートに住んでいる誰かを訪ねてきたようだった。「あの方のお名前をご存知ですか?」と私はコンシエルジュに尋ねた。彼は、いらいらした様子で「いいえ、知りません。おそらくロシア人かユダヤ人でしょう。どこに行ってもロシア人かユダヤ人ばかりです。フランスはロシア人だらけですよ」と答えた。ロシア革命からずいぶん時間が経っていたが、それでも革命の後遺症のようなものがパリで頻発していた。帝政ロシア時代の将軍が誘拐され、行方不明のまま見つからなかった、などという事件もその一例である。

2

ムッシュー・フロワサールの下宿屋に話を戻すと、それはアメリカに住む奇妙な外国人の集団だった。誰も皆、忘れがたい人々であり、痛ましい経験をしたであろうと思われる人々も何人かいた。私たちは、一九一五年の冬から一九一六年春のある時点まで、そこで平穏に過ごしていた。ある朝のこと、朝食に降りていくと、私たちのテーブルの上に新聞が広げてあった。そして、いつかは起こるであろうと予測していたことが現実になったことがわかった。アイルランド人は、独立を求めて戦うために武器を取ったのである。首謀者たちは、政府の建物のいくつかと鉄道の駅を手中に収めていた。そして蜂起は続いた。それは、ピアスとその同胞たちが何度も何度も話題にしていたもので、先人たちが立ち上がっては虚しい結末を迎えた過去の蜂起と同様のものだった。新聞に掲載された首謀者たちの名前が私たちの目に飛び込んできた。共に働き、共に踊り、共に詩を読んだ若い人々——パトリック・ピアス、トマス・マクドナー、ウィリー・ピアス、ジョゼフ・プランケット[008]——、そして私たちがよく知る一世代上の人々——マルキェヴィッチ伯爵夫人、ロジャー・ケイスメント、マイケル・ジョゼフ・オラハリー[009]、エイモン・デ・ヴァレラ――である。食堂中の人々が私たちを見ているのを感じた。震えながら私は目を上げた。誰もが皆、この出来事を話題にしているようだった。レベデフ夫妻だけが私たちに同情的だった。フランス人たちは、敵意こそなかったが、賛同してはいなかった。革命が日常的に起こる南米の国々からやって来た人々は怒り、敵意を露わにした。そして、セニョール・サヴァドラと呼ばれていたスペイン人は、非常に激しい言葉で自分の意見を述べた。ムッシュー・フロワサール自身は演説を行った。長らくフランスは、国の存続のために戦ってきた。フランスのためにフォントノワ[010]で共に戦ったアイルランドが反乱を企て、なぜ敵国ドイツの思う壺となるような行動を取るのか、というのがその主旨である。そして彼を本当に驚かせたのは、蜂起した者たちの中に、貴族の称号を持った者たちがいたということだった。彼の常識によると、大衆は反乱を起こすかもしれないが、爵位を持った貴族たちは反乱を起こしたりはしない。批判的な声が私たちを取り巻くのを耳にしながら、私は涙をこらえることができなかった。「この人たちを知っているのですか？」と誰かが尋ねた。「皆、友人ばかりです」と答えた。「でも、なんて分別のない人たちでしょう！」と軍需品を買い付けに来ているフランス人が言った。「本当に無分別だ！　イギリスは奴らを処刑するか終身刑に処するだろう。」私は、ピアスがいつも笑いながら、「分別は唯一無二の悪徳だ」と言っていたことを思い出した。慎重さ、自衛本能、臆病さ、恐怖――これらすべては悪徳なのだ。ムッシュー・フロワサールの電話が鳴り始めた。新聞各社が反乱軍の指導者たちについて夫に質問しようと電話してきたのだった。私たちは外に出て、通りで他の新聞を買った。その当時のニューヨークでは、今より多くの新聞が発行されていた。指導者たちが持ちこたえていた一週間に書かれた社説の多くは敵意に満ちたもので、中には侮蔑的なものもあった。通信員の中には、この反乱を茶番劇と称した者もいた。彼は蜂起を、飾り立てた長靴を履き、意匠を凝らした軍服を身にまとった学校の教員たちが立ち上がったものに過ぎないと見なしていたのである。蜂起に共感することのない通信員たちが、蜂起に関心を持たなかったとしても、仕方がないことだと思われた。事実を知ろうとせず、情報を集めることもしていないように思われる者たちもいた。しかし、多くの記事が強い懸念を示していた。アメリカはまだ参戦していなかったにせよ、[011] 第一次世界大戦は小さな国々の自由のための戦闘であると理解されていたのである。[012] とはいえ、人々は自由のために戦うという原則を信じていたにもかかわらず、実際の戦闘となると、アメリカ以外の国々が自由を求めて戦うことは許さない様々な理由を考え出そうとしていた。

「勝ち目のない、あまりにも無謀で愚かな行為だ」と私たちに向かって言う友人たちのことは、ほとんど気に留めなかった。蜂起の指導者たちが、イギリスの力に立ち向かって、勝ち目があるなどとは思っていないことをよく知っていたからだ。しかし、彼らは同時に、自分たちの行為は象徴的なもので、それは最終的に精神的な勝利をもたらすことを信じていることもよくわかっていた。「もしも自分たちが行動を起こさなければ、この国は一つのスラムになってしまう」とマクドナーは言い、「文学運動を興しても、ゲーリック・リーグを発展させても、この国はどんどん悪くなる一方だ。この国には活気も心もない」と続けた。蜂起の結果はすぐに明らかになった。英国の戦艦はダブリンを砲撃し、軍隊は実力行使に出た。そして、指導者たちは無条件降伏した。蜂起に加わった者たちを満載した船が何隻もイギリスの牢獄へと向かった。ある五月の晴れた朝、ニューヨークを訪れていたムーディ夫人に会うために地下鉄のグランド・セントラル駅で降りたとき、早版の夕刊の見出しを私は見てしまった。ピアス、マクドナー、クラーク[013]が処刑されたのだ。私は長い間、待合室で夢を見たかのように、または半ば昏睡状態で座り続けていたに違いない。駅の時計を見ると、既に夕方になっていた。夫が目の前に立っていた。それから毎日、毎日、処刑者のリストは続いた。一日に数名が処刑された。繊細で理想主義的な青年詩人、プランケット伯爵の息子のジョゼフ・プランケットがいた。モード・ゴンの夫で百戦錬磨の闘士、ジョン・マクブライドがいた。彼は銃殺執行隊を目の前に、目隠しは必要ないと言い放った――「多くの銃口に身をさらしてきた私が、今さら、たった一つの銃など恐れはしない」と。強力な労働運動の指導者でオーガナイザーでもあったジェイムズ・コノリー[014]がいた。彼は、戦闘で受けた傷のために立つことができず、座ったまま処刑された。他にも多くの人々が処刑された。皆、共和国宣言[015]に署名した者たちか、部隊を指揮した者たちだった。

処刑者の中で一人だけ、ロジャー・ケイスメントは、武器を持って戦ったわけではなく、ドイツの潜水艦から出てきたところを逮捕された。彼は、過去の数々の反乱において、アイルランドの指導者たちが様々な国へ支援を求めて出向いていったように、反乱への支援を求めてドイツに向かったのだった。彼はロンドンの牢獄に収監され、その裁判の模様は、戦争のニュースなどが後回しになるほど、劇的なものだった。ケイスメントを弁護したのは、まさに適任者と言えるジョージ・ガヴァン・ダフィー[016]だった。彼はピアスの学校で私と一緒に教鞭を執ったルイーズの兄であり、かの有名な政治家チャールズ・ガヴァン・ダフィー卿の息子である。反逆罪に問われ被告人席に立ち、雄弁に語ったケイスメントの演説は非常に劇的なものだった――「一人の人間が、自分が属していない国に対する反逆罪に問われることはありえないことです。私はアイルランド人です。イギリス人ではありません。もしも、私が反逆罪に問われるのだとしたら、私を裁くことができるのは同胞のみです。」『ニューヨーク・イヴニングポスト』は、彼の言葉のもつ悲劇的尊厳について触れ、その言葉自体も裁判そのものもシェイクスピア的だと述べた。同紙は、ケイスメントが自分と一緒に逮捕された人物を弁護し、エリザベス朝の芝居の登場人物さながらに、「告発は間違って記述されています、判事閣下《ミロード》。この人物は無実です」と語った言葉を引用した。裁判は延々と続いた。そして、ある八月の早朝、新聞社が私たちに電話をかけてきて、「ケイスメントが今朝、絞首刑に処されました」と言った。これが最後の処刑となった。そして、彼の処刑と共に私たちの青春は終わりを告げた。これ以降、アイルランドにおける私たちの世代、もしくは残された者たちは、〈ある時代の生き残り〉にすぎないように思われた。彼らが着手した大義は、完結することはなかったが、その遺志は脈々と引き継がれ、後戻りすることはもはやありえないことだった。

蜂起とそれに続く処刑がアイルランド系アメリカ人に対し、いや、アメリカ人一般に対して及ぼした影響は、だんだん大きくなっていった。彼らは組織的に団結し始めた。多数の影響力のある団体や同盟が立ち上げられた。今日に比べ、その当時は傑出したアイルランド系アメリカ人が多く活躍していた。エメット博士[017]、ゴフ判事[018]、コハラン判事[019]、フランク・P・ウォルッシュ[020]、ジョン・D・ライアン[021]、ニコラス・ブレイディらに加え、アメリカの大きな都市には、多くのアイルランド系のジャーナリストたちがいた。「アイルランドの自由を支援する友人たち」と呼ばれる全米組織があった。それを主宰していたのはヴィクター・ハーバート[022]で、彼は小説家サミュエル・ラヴァー[023]の孫息子だった。また、「アイルランド進歩同盟」と呼ばれる、若者たちが組織する団体もあった。少々奇妙な名前の団体もあった。「アイルランドの自由を支援するプロテスタントの友人たち」などがその例で、そこには後に、ロシア正教会の管長となる聖職者も参加した。当時イラン研究所の所長だったアップハム・ポープ[024]博士も、「プロテスタントの友人たち」のメンバーだった。他にも、役に立つというより、喜劇的で、いわゆる「ステージ・アイリッシュマン」や「ステージ・アイリッシュウーマン」と呼んでいいような人々が構成している組織も数々存在していた。また、純粋な意味での理想を掲げ、自由を求めて命をかけて戦った人々もいた。選挙戦で票を集めることにしか興味のない政治家たちもいた。高邁で理想主義的な活動を続ける人々の中には、オズワルド・ギャリソン・ヴィラード[025]、ウィリアム・アレン・ホワイト[026]、ノーマン・トマス[027]らがいた。第一次世界大戦が終結し、和平会議に出席する代表団が組織されたとき、彼らはウィルソン大統領[028]にインタビューを行い、議会で援助に関する議案を通過させるように説得した。そして、アメリカ国内に限定することなく、世界レベルで人々は支援を続けた。一つの帝国の方針を覆すには時間がかかるのが常であるが、若者たちが反乱を起こした一九一六年からわずか五年ほどで、オコンネル橋の通りに並ぶ、古い世代の人々は、占領軍である英国軍が、キングズタウンに停泊する軍艦に向けて行進し、アイルランドから撤退していくのを目撃することになった。その時点で、キングズタウンはダンレアリー[029]と改称されていた。政府のあらゆる建造物からユニオン・ジャックは下ろされ、アイルランドにおけるイギリスの牙城とも言えるダブリン城、多くのアイルランド人が捕らえられ、命を落としていったダブリン城に、アイルランドの革命の旗印が高く掲げられたのは、奇跡中の奇跡だと言える。長い戦いは、ほとんど終わったのである。内戦の間、多少のつまずきが見られた。そして、イギリスは、未だにアルスター六州をその領地として保有している。しかし、古い憎しみは消えつつあった。アイルランド人は、自分たちの国を統治し始め、多少の逆行はあったとはいえ、アイルランド史における新しい時代が始まったのである。彼らが、自分自身の問題を解決することに専心し、世界との関わりを断《た》ったことは正しかったと私は信じている。イェイツは、迫り来る困難の中で、アイルランドが救済されることを予言した。しかし彼は、アイルランドの詩人たちに向かって、自分たちの伝統を意識し、自分たちの国について書かねばならないと述べたのである。

過ぎ去りし日々に想いを馳せろ
来るべき日々にわれらが尚、
不屈のアイルランド人でありうるために[030]

第二十二章　生活費を稼ぐ

1

アメリカに来てから二年が経過した一九一六年の秋、私たちは再びニューヨークに戻ることになったが、今回借りたアパートは家具付きではなかったので、必要なものをあれこれ用意しなければならなかった。買い揃えたものもあったが、友人のルイ・ルドゥー[001]夫妻や年の離れた友人であるトマス・ヒューズ・ケリー氏[002]から不要なものを譲ってもらうことができた。ケリー氏は以前、文芸復興運動に関わったことがあり、一時期、アイルランドのキルデアにある大きな家に住んでいたこともあった。それは、アイルランドで最も大きな屋敷だと言われていた。また、彼はダブリンで複数の奨学金を提供していたことがあり、私の夫も最初の劇を執筆した後、その恩恵を受けていた。しかしながらアメリカで再会した時にはこの友人は財産の多くを失い、ニューヨーク市内ではなく郊外の小さな町に住んでいた。ただ、社交界ではまだ名の知れた人物だったので、時々都会に顔を見せることがあった。彼の妻の両親はフランス系だったので、その後彼はフランスに移り住むことになる。多くのアメリカ人と同様、ニューヨークでは思うような生活ができない収入であっても、フランスでは健康で快適な暮らしができたのである。フランスで暮らすアメリカ人には、奇妙な傾向があったと思う。フランス文明には実に見事に適応することができるのに、フランス人と親しく交わることはほとんどないのだ。彼らが友人としてよく付き合っていたのは、南米から来た人々を含む英語を話す人々が構成する国際色豊かな集団で、そこにフランス人の姿を見かけることはあまりなかった。

この年に私はある仕事を始めることになるが、それは、友人のクラレンス・デイ[003]を大いに愉快がらせるような類いの仕事だった。よそ行きのドレスから普段着までありとあらゆる洋服を扱い、かなりの発行部数を誇っていた『ウイメンズ・ウェア』という日刊紙のオフィスに立ち寄り、編集者とほんの二、三分話しただけで採用が決まったのである。私の仕事は、社が雇っていたパリの通信員が書いた記事を英訳し、種々雑多な記事を編集し、さらに洋服の製造業者、販売業者、デザイナーなどにインタビューすることだった。また、流行の先端を行くホテルやレストランでお茶を飲みながら、あらゆる年齢層の女性たちが身にまとっている洋服についてメモを取るという仕事も含まれていたが、実際これらは嫌いな仕事ではなかった。当時ニューヨークで上演していたフランスの演劇を見ては、報告を書くという仕事も私には与えられた。

フランス人の婦人服デザイナーの中で特に記憶に残っているのは、ポール・ポワレ[004]である。彼と会って話すのは楽しく、面白かった。いかにも見下《みくだ》すような態度で私を頭のてっぺんからつま先までジロジロ見た後で、プリーツが付いたグレーのシルクのドレスと翡翠《ひすい》色のネックレスは、私の髪と実によく合っていると褒めてくれた。クラレンス・デイは同意してくれないかもしれないが、当時この仕事をしていたときのように、その後も毎日きちんと身なりに気を配っていれば、今頃はもう少しお洒落な女性になれていたと思う。それに、ポワレは私のプロポーションも褒めてくれた。彼が言うには、私はきれいな体つき《ジョリ・コール》をしたスタイルのよい女性だそうだ。ポワレが女性の体型を軽んじていたというのは有名な話で、女性は人工的な装具、コルセットやパッド、ガーターベルトなどを付けてでも体型を改善するべきだと主張していた。そして、「女性のスタイルというのは、作られねばならぬものなのです」というのが口癖だった。彼は女性に洋服のアドバイスをすることが日常になっていたので、どんな女性でも彼の目の前に現れると、何か彼女のためになることを言ってやらねばという本能が掻き立てられてしまうようだった。

さらに、帰りがけに彼が私に言ったのは、私の着ていたドレスはディナーの食前酒を飲むような時間であれば魅力的な服装だけれども、白い襟がついた黒いドレスの方が、雑誌の編集者としてはもっと相応しい仕事着なのではないか、ということだった。また、別のとき、ファッション部のある女性がポワレに取材し、働く若い女性のための服のデザインをあるメーカーが彼に依頼したいという意向を伝えたことがあった。すると彼は、取材に来たその女性を横柄な態度で吟味し、彼女に対し、家に帰って顔を洗い、ルージュをすべて落としてきたほうがいい、と忠告した。シックな女性は昼間からルージュなんて絶対塗らないし、フェイス・パウダー以外の化粧なんて絶対しないというのである。彼女は目に涙を浮かべてオフィスに戻ってきた。おそらくポワレは全米中を回って、働く若い女性向けのデザインをしたはずであるが、それらのデザインばかりでなく他の提案の一つも、結局は採用されなかったのではないかと思う。アメリカの若いビジネス・ウーマンは自分が着たい服を着るだろうし、実際その方が遥かにずっと素敵に見えるのである。

もう一人別のフランス人のデザイナーとも、同様に楽しくおもしろいインタビュー取材をしたのだが、その名前は忘れてしまった。ただ、ぼんやり覚えているのは、彼が先の大戦〔第一次世界大戦〕が終わる直前に戦死してしまったということである。この洗練された青年は、爵位を持っていた——確か、子爵だったような気がする。彼がファッションや婦人服の縫製について話すときに使う用語は、文学について語られるときに私がよく耳にする用語とほとんど同じだった。男女を問わず、存命中はその名を知られるデザイナーであっても、ワース[005]やレッドファーン[006]のような強烈な個性や想像力は備えていないため、彼らのように文学作品の中で言及されることはない、つまり〈文学者〉に訴えかけるものは何一つ持っていないということらしい。また、そのフランス人デザイナーは、女性のデザイナーがゆくゆくは男たちに取って代わると信じていた。私は、その子爵が書いた記事を、彼が書いたまま手を入れない状態で掲載するように、なんとか同僚を説得しようと努めた。その普通でない英語は、逆に想像力を掻き立てると思ったのだ。編集者の一人は「あのロシア系ユダヤ人が経営するメーカーの人たちは、こんな英語をどう思うだろう?」と半信半疑だった。というのも、日刊紙『ウイメンズ・ウェア』の読者は、主に英語を母語としない服飾メーカーの人々だったからである。予想に違わず、記事が出た後、彼の独特な言葉遣いに対して問い合わせの電話が何本もかかってきた。「マダムの足元のための洋服」とか、「マダムの戯れのための洋服」とか、「マダムのランデヴーのための洋服」というのは、一体全体どういう意味なのか、と彼らはうるさく電話で質問してきた。というのも、子爵が書いた内容は、洋服と娯楽と恋愛を生き甲斐にしているような社交界の淑女や高級娼婦――そう、プルースト[007]の小説に出てくるような女たち！――が日々身にまとう洋服に関するものだったのである。その記事は生真面目な流通関係者のための刊行物よりは、今日の『ニューヨーカー』のような雑誌のほうがはるかに適していたと思う。

私の仕事の一部に、フランス演劇がかかっている劇場に時々足を運んで、その記事を書くというものがあったが、たいていの場合、演劇批評家のケルシー・アレン[008]の記事が採用されるのが常だった。彼は未だに第一線で活躍しており、今では「英国批評家サークル」の一員でもあるのだが、フランス演劇はあまり好みではなかったようだ。当時、ニューヨークで有名だったフランスの演劇集団は、パリからやって来たヴィユ・コロンビエ劇場の一座だった。支配人のジャック・コポー[009]はオットー・カーン[010]に招聘されてアメリカにやって来たのだが、彼の劇場は第一次大戦後には「シアター・ギルド」の最初の本拠地となった。芝居とその主演女優はニューヨーク社交界で大人気を博し、コポー自身は知識人の間で、特に雑誌『セヴン・アーツ』の出版に携わっていた若い男性編集者たちの間でかなり注目されていた。私自身は彼らの演技が特に好みというわけではなかった。細部へのこだわりが強すぎて、計算しつくされたわざとらしさが印象に残り、彼らがフランスの古典劇を演じると、いかにも形式を偏重したような雰囲気が伝わってくるのである。そこには、学生時代によく見ていた「コメディ・フランセーズ」のパフォーマンスのような力強さもなければ気楽さもなかった。思い起こせば、活力に満ちたコクランの演技は実に自然で、観客は彼が劇中の人物であることを忘れ、まるで人生そのものを見ているような気持ちにさせられたのだった。

毎週日曜日は通常の演目の上演はなく、他の劇団の役者が出演することもあり、その中の一人にイヴェット・ギルベール[011]がいた。彼女について私が書いた記事は署名入りではなかったが、イヴェットを知る私の友人が、彼女に記事を送ってくれたために、面会がかなった。また別の機会に、私は彼女に洋服のことで取材をした。ニューヨークに来ているフランス人女性であれば誰でも、服装については一家言あるものだと思われていたのである。イヴェットはアメリカ人の浪費と贅沢について苦言を呈した。なぜそのような話題になったかと言うと、その前の日に、彼女はある光景を目撃したからである。イヴェットが三十四丁目を歩いていると、若い事務員らしき女性がレストランからおそらく上司のものと思われる食事を、トレイに載せて運んでいた。途中、彼女は歩道で滑って転倒してしまい、風の強い日だったので、スカートがめくれ上がってしまったのだという。「それでね」と憤慨した様子でマダム・ギルベールは言った。「何が見えたとお思いになります？　シルクのペチコート、シルクの短いズボン風の下着に、シルクのストッキング、シルクのガーターですよ。これって、生活費を稼ぐために働いている女の子がしていいような贅沢かしら！　それに、まあ食べ物を無駄にすることったらないでしょう？　贅沢すぎるわ。あんなに贅沢なものばっかり食べて体に悪いとか思わないのかしら？　今飲んでいるオニオンスープの方が、美味しくて、どれほど健康的か！　そのくせ誰もタマネギやチーズの使い方を知らないんだから！」

イヴェット自身は普通の家庭の出身で、いつも溌剌としている女性だった。噂によれば、下積み時代は安カフェで働いていたこともあったというから、辛く危険な日々を過ごしていたときもあったに違いない。しかし彼女は決して良識というものを失わなかった。普通の家庭出身の堅実さを備えた女性であると同時に、偉大なアーティストでもあったのである。

「洋服というものを、私がどう考えているかって？　私にとって洋服とは、あくまでも自分の芸術のためのものなの。だから普段は実用的なものばかり着ているわ。」そして、私が着ていたプリーツのついたグレーのシルクのドレスと翡翠色のネックレスに、すばやく目をやった。かつてポール・ポワレが褒めてくれた服を、私は重要な人と会うときにはいつも着ていたのだ。

とはいえ、私が書いた劇評を彼女はとても喜んでくれたし、特に、中世を題材にした作品の一つで、教会でよく見られる色——数種類の紫、黒、聖母のシンボルカラーであるブルー——を彼女が巧みに使っていたことを指摘した箇所を気に入ってくれた。

「それにしても、私たち、どうして洋服の話ばかりしているの？」と彼女は言った。

「お言葉ですが、マダム、私は洋服についてものを書いて生活費を稼いでいるのです」

「私は洋服じゃなくて、芸術で生活費を稼いでいるのよ」と彼女は言った。「ねえ、私は自分の芸術論について語りたいの」そう言って、彼女は実際に話し始めた。

その芸術論はいかにもフランス的な、あるいはパリ特有のものだった。この大戦が始まるまでは、エトワール広場から枝分かれした小径にある小さなカフェに行けば、二流の芸術論やそのまがいものをしばしば耳にした。

この仕事でおもしろいと感じたのは、このような数々の取材経験のみである。残りの仕事は退屈でただ疲れるだけの、大して頭も使わないものばかりだった。私が翻訳していたフランス特派員の記事は、まとまりもなくひどいものだった。また、合衆国の様々なリゾート地から届くファッション記事、例えば、冬のフロリダやカリフォルニアで有閑階級の人たちが着る服についての記事は、たいていの場合、読み書き能力に乏しい女性によって書かれていることが多く、私が原稿の冗長な部分を大幅にカットすると、単語数によって給料が支払われていた彼女たちは、抗議の手紙を雑誌の経営者でもあった編集長に送りつけてくるのだった。

その他の仕事として、新聞に掲載されていた広告を、簡潔な告知として書き直すというものがあった。「サックスは今日から五日間女性服のセールを行います。これこれの割引です」といった具合である。この退屈な仕事のせいで、非常に憂鬱な気持ちにさせられ、実際、一時的にではあれ、自分の知力が低下したのではないかと思うこともあった。同僚の中に教育や教養のある者はほとんどいなかったが、彼らの心の優しさや思いやりには始終驚かされるばかりだった。その多くは移民の二世だったが、彼らにとっては私こそが〈外国人〉だった。もう一人いた外国人は、オーストリア人の男性で、彼は主にレースについて、時には女性の下着について記事を書いていた。アメリカでは洋服だけでなく下着も重大な関心事だったのである。

社員たちには、私には全く欠如している問題解決の能力や独創性があった。自分が何か成果を上げたと思えば、彼らは賃上げを要求したし、何かアイディアが思い浮かぶと、上司の前に歩み出た。その結果、職場には実に多くの競争があり、軋轢が生じることもあった。これまで受けてきた教育のせいもあって、私は出しゃばったり、他人を出し抜こうとしたりするのはよくないことだと信じてきたのだが、オフィスの一部の人たちはそのような自制心に拘束されるようなことは全くなかったし、実際、他人を蹴落として優位に立つだけの才覚が自分にあることを彼らは誇りにしていた。おそらく、このようなことは、世界中の営利企業にとっては当たり前のことなのだろうが、そのような場所で働いたことがなかった私にとっては全く真新しい経験だった。退屈なことばかりの仕事だったとはいえ、それでも私はその会社が好きだったし、同僚たちのことも好きだった。特に、編集主幹であり経営者でもあった男性ほど優しく親切な人はいなかったと思う。また、いつも私に〈助言〉をくれる同僚が一人いた――「君はこんな仕事をやる人間じゃない、賢いんだからいずれは百貨店の仕入担当《バイヤー》になれるよ」と、言われたものである。バイヤー！　仕入れ係になることはこの職場で働く大多数の者にとっての野望であり、真の成功の証であると考えられていた。ちょうど編集長から、戦争が終わったらパリで特派員をやらないかという提案を受けていたので、その後、しばらく、私はバイヤーになる可能性と、特派員になる可能性を両天秤にかけて楽しんだものだった。もしこのようなことが実際に起こっていたら、私の人生ははるかに愉快なものになっていただろうし、たっぷりと自分の自由な時間を持つこともできたのだろう。しかし日々の暮らしのための仕事は、当時の病弱だった私の健康を蝕《むしば》み始めていた。ある寒い雪の降る日のこと、私は靴の流行について取材をするために訪れたとある不作法な靴メーカーのオフィスで倒れてしまい、聖ヴィンセント病院に担ぎ込まれたのだった。親切な編集長は、私のために席を残しておいてくれたが、病気から回復しても私は『ウイメンズ・ウェア』に戻ることはなかった。

2

次に就いた仕事は、パイン家の兄弟、ヒューとピーターという名の二人の少年の家庭教師だった。一日に三時間で済む上に、オフィスで八時間働くのと同じくらい――それ以上ではなかったが――の給料がもらえた。勝手もよくわかっていたので、教える仕事の方がずっと好きだったのだが、疲労が蓄積していたのか、時には朝起きてから家を出るまで、ポートワインを一杯飲まないことにはどうにもならない、ということもあった。

私たち夫婦は、少なからざるパーティーの招待を受けた。若かった私は、夜にドレスアップをして外出するのは大好きだった。ニューヨークにはもっと洗練されたパーティーもあったに違いないが、私が最も楽しいと思ったのはサミュエル・アンターマイアー[012]夫妻のもので、彼らは五番街から一筋入ったところに大きな家と、さらに大きくて素敵な庭付きの別荘を、ニューヨーク近郊にあるグレイストーンに持っていた。アンターマイアー夫妻は魅力的なパーティーの主催者たるに必要な資質をすべて兼ね備えていた。多くの人間が抱きがちな偏見は一切持ち合わせておらず、それでいてどんな類いのことでもきちんと見分ける能力があった。アンターマイアー夫人は南ドイツの出身で、ヒトラーが想定した真のアーリア人の好例で、いかなる芸術にも、いかなるジャンルの才能にも共感する力を持っていた。長年生きていると、最も愉快で分別のあるパーティーの主催者というのは、片方がユダヤ人で、もう片方がユダヤ人でない夫婦ではないかと思うようになった。この組み合わせは互いの魅力を引き出し合うことができるように見受けられたのである。アンターマイアー夫人は、自身の周りに集う人々を常に称賛していたので、彼女の友人でもあったJ・B・イェイツは「あの人は私たち皆のことが大好きなんだ。だから、身贔屓のせいで私たちのことが実際よりもよく見えてしまうんだろうね」と言ったものだ。アンターマイアー夫妻のもてなしの心と芸術を解する精神は、当時のニューヨークの傑出した魅力の一部であり、彼らの家に入るとどんなことでもすべてが自然で幸福なことのように思われた。評価に値しないものが不当に名声を博している場合、特にそれが知的な分野で過大に評価される場合、私はいつも不快になるのだが、サミュエル・アンターマイアーの場合は、彼が本当に自らの力で自身に相応しい富と名声を得たと感じることができた。彼は驚くべき容貌の持ち主だった。その端整な顔立ちには知性が宿り、誇らしげで謎めいており、他人への責任感に満ちた、古《いにしえ》の人種に特有の顔をしていた。他の者に対する責任感を持つということは貴族の証と言えるだろうが、今日ではそのような責任感を貴族に見ることはほとんどない。彼の娘のアイリーンがかつて私に言ったことを思い出す――「父から譲り受けたもので、一つ私が感謝しているものがあるの。お金じゃなくて、きちんと思考できる知性よ」と。しかし、知性というものが人々を幸福にすることはあまりない。ただ少しばかり人類を前進させるだけである。

　アンターマイアー邸に来ていた世界的な著名人の多くのことを、当時のことばかりでなく、その後の出来事も含めて私は未だによく覚えている。リヒャルト・シュトラウス[013]は、いかにもつまらなそうな素振りで歌のピアノ伴奏をしていた。当時既に伝説的人物であったアインシュタインは、グレイストーンの別荘のテラスで空っぽのパイプを吹かしていた。というのも大戦中は、煙草が手に入らなかったので、ぼんやり空のパイプを持つことがすっかり習慣になってしまったそうだ。他にも覚えているのは、ヨーロッパから来た政治家や弁護士、作家や作曲家、そして時には数人のイギリス人貴族が来ていたことであるが、不思議なことに、私は画家を一人も覚えていない。ただ、アンターマイアー夫人は結婚したばかりのまだ若い頃に、ホイッスラーの夜景画《ノクターン》を購入しており、後にこの絵を巡って、ホイッスラーとラスキンとの間で有名な訴訟が起こってしまったことは覚えている[014]。私は大学を出てからそれほど時間も経っていなかったので、片言のドイツ語であればある程度は話すことができた。ドイツ語は、先の大戦で戦死したに近い言語である。ドイツに生まれた者ですらドイツ語がわかると自信を持って明言する者はほとんどいなかったという事情もあり、ドイツ語ができると思われた私は、ディナー・パーティーでアインシュタインの隣に一度、リヒャルト・シュトラウスの隣に数回座ることになった。私は、アンターマイアー夫人の招待状でアインシュタインの名前を見るまで、彼のことを耳にしたことはなかったので、一体何を話したらいいものか困ってしまい、彼の発見について愛想よく聞いてみることにした。彼の返事は「私がお話したとして、理解できるだけの数学の知識をお持ちでしょうか?」というものだった。物理学の生半可な知識と共に、ある程度の二項定理と少しばかりの三角法ならば私の記憶の中には残っており、あらかじめ夫人にそのような話をしたこともあったため、彼女はアインシュタインに向かって私なら大丈夫だと熱烈に保証したのだった。それで、私たち二人は強引にも彼にその創造的発見、もしくは理論と呼ぶべきものについて説明するように迫ったのである。彼は実際にその説明をしてくれたのだが、私たちに分かるのはせいぜい彼がドイツ語で何度か「それで」と「なのです」と「ということで」と言ったことと、それといくつかの名詞が出てきたことだけだった。アインシュタインの会話には形容詞はそれほど出てこず、会話が続くにつれて、頭をのけぞらせ笑っては、「よろしいか、お美しいご婦人方……ああ、お美しいご婦人方！」と言うのだった。ちなみに、この出来事のあとで私がダブリンを訪ねた際に、イェイツが相対性理論について話し始めたことがあった。それは彼の哲学書『ヴィジョン』と関連するらしい。そこで、実はあるディナー・パーティーでアインシュタインから直接その理論を説明してもらったことがあると言って、私は雄弁に語り始めたイェイツに水を差してしまった。

3

リヒャルト・シュトラウスは、いかにもドイツ人という顔立ちをしていたが、意外にも彼のオペラ[015]に登場する伝説のいたずら者、ティル・オイレンシュピーゲルのように、実にウィットに富んだ人物だった。彼の背中《バック》の表情はとても印象的で、それに比べると正面からの表情はつまらないとすら感じられた。コンサートの聴衆は、常に指揮者の背中を目にしているものであるが、高価で優雅な服をまとった彼の背中は、実に表情豊かなものだった。ディナーで、彼はよく自分の座席に置かれたサービスプレートをひっくり返して、その裏《バック》に書かれた窯元のマークを見ていた。あとで判明したのだが、彼は陶磁器のコレクターだったのである。あるとき、アメリカ人がよく食べるレタスとフルーツのサラダが彼のところに運ばれてくると、彼は大きな声で「一体誰がこんなものを食べるのかねえ？」とドイツ語で言ったことがある。またあるとき、向かいのテーブルに座っている客が私に出身地を尋ねると、彼が代わりに「イゾルデ[016]の国からですよ」と言ってくれた。

当時、ニューヨークは知的な活力に溢れた都市だった。例えば、文学者たちがよく集まっていた「全米詩協会」は、新しい文芸運動の結果として創設されたばかりの比較的若い団体で、その会合は詩的な意味だけでなく、あらゆる意味で興味深いものだった。会員資格は詩人に限定されていたわけでなく、詩を愛好する人々なら誰にでも与えられた。つまり、その協会は詩と読者のために創設されたのである。そこでの集まりには、必ずしも文学とは関係のない議論や口論などによる活気が常にあった。私たち夫婦は、最初に参加したその会合で、当時の会長だったエドワード・ウィーラー[017]による、ロバート・フロスト[018]の詩の朗読を聞いた。のちに私たちの親しい友人になるロバートは、このときの会には出席しておらず、まだイングランドに住んでいた。そこで過ごした数年間に、彼は二冊の詩集、『少年の心』と『ボストンの北』を出版していたが、一九一四から一五年当時、彼はアメリカではまだほとんど無名だった。ただ、ダブリンでは、エドワード・トマス[019]の評論のおかげで、その詩の評判は私たちの耳にも届いていた。トマスは当時イングランドでおそらく最も著名な詩の批評家だったのである。エドワード・ウィーラーも、『ボストンの北』に収録されたいくつかの詩を朗読する前に、トマスの評論を抜粋して紹介したほどだった。朗読自体はお世辞にも上手とはいえなかったが、そのとき印象的だったのは、フロストがいかに英国での評価が高いかをウィーラーが強調したことである。アメリカの批評家の名前は誰も言及されず、アメリカでの評価に意味があるとは考えていないようだった。一九世紀末から二十世紀初頭にかけて、知性という点においてはアメリカが最も植民地的だった時期だと思われる。ヨーロッパへ帰る船の中で、アメリカ人が書いた本を読んだことのあるアメリカ人にはほとんど会わなかったし、実際、多くのアメリカ人の友人たちよりも私の方がアメリカ文学に詳しかった。確かに当時は、ロンドンからの賛辞こそがアメリカの作家たちが求めていた勲章だった。金銭的な余裕さえあれば、彼らは船に乗ってロンドンの編集者や出版者、批評家や作家たちを訪ねたものである。エマソン[020]、ポー、ホイットマン[021]の時代が終わって一九一〇年代に入るまで、英国の高名な詩人たちの模倣でないような詩はほとんどなかった。実際、ヨーロッパに紹介されたアメリカ詩で、特筆すべき性格を持つものは皆無であるという時代が長く続いた。それはアイルランドでも、イェイツが登場するまでは同じ状況だった。一九世紀末において、アメリカでもアイルランドでも、文学者のほとんどは充分に意識的でも批判的でもなかったために、自分たちが英国の物真似をしているに過ぎないことに気づいていないかのようだった。今でも記憶にあるのは、ロンドンの新聞から書評用に届けられた何冊かのアメリカ詩集の中に、ヘンリー・ヴァン・ダイク[022]の分厚い一冊が入っていたときのことである。彼の詩はとにかく長く、意識を集中させておくのが困難で、一体これをどう評したらよいものか私は途方に暮れてしまった。ある友人の詩人にその苦労を相談したところ、彼は非常に大胆な行動を提案してきた。近所の雑貨屋に行って本の重さを量ってもらい、その重量を書いた上で、いかにこの本が感情や想像力、芸術性の面で重みがなく、しかも内容がないかということを徹底的に書き尽くせばいいというのである。しかし、アメリカの出版界においては、書評は好意的であるだけでは事足りず、過剰なまでに褒めちぎるぐらいの方が適切であると考えられていた上に、アメリカ人というのはどんな批判的な意見にもすぐに気分を害すると思われていたこともあって、若さ故の、優越感を剝き出しにした私の書評は、当然のことながら編集者によって却下された。ただ、ヘンリー・ヴァン・ダイクの詩は、私の青春時代に大西洋の向こうから届くアメリカ詩のまさに典型だったと言える。ダウデン教授[023]やジョン・バトラー・イェイツたちはホイットマンを読み、彼を熱烈に支持した世代である。一方、私が子どもだった頃は、カリフォルニアで出版された、いくつかのすばらしい文芸誌が手元にあり、それらの詩句は未だに記憶に残っている。それなのに今、『カリフォルニアン』や『コスモポリタン』を覚えている者が、果たしているだろうか？　もっとも後者は、今日の『コスモポリタン』とは全くの別物である。当時、私の家にはそのような雑誌のバックナンバーが何十冊も積み上げられていた。サンフランシスコ在住の親戚が、出版社の一つと付き合いがあり、送ってきたらしい。だが、このとき「全米詩協会」で耳にした詩は、非常にアメリカ的なものばかりだった。まさにアメリカ精神を体現しているような詩が熱狂的に受容されている中、フロストを紹介するにあたり、英国での評価がお墨付きとして必要とされるのにはいささか驚いた。というのも、フロストの詩にはワーズワース[024]を思わせるところがないではないが、詩の内容とリズムはイギリス的でもヨーロッパ的でも全くなかったからで、どの行にもヨーロッパとは全く違う生活形態への深い洞察が見られたからだ。例えば「そこには壁を好まない何かがある」[025]という一行がある。ここでフロストは、実にアメリカ的な状況を明らかにしているのである。ヨーロッパの旧世界において、壁というのはある意味では共同で維持され、持続しているものであり、あらゆる種類の壁は、旧世界の国々の中心にある、動かしがたい事実の一つなのだった。一方アメリカにおける壁は、それが物理的な壁、精神的な壁、あるいは社会的な壁であったとしても、一時的な事象にすぎず、時間が経てば崩れ去ってしまうと考えられていた。私たちが会に参加した最初の夜、フロストの詩は聴衆全員を感銘させるものにはなり得なかった。フロストの純粋な口語詩の韻律《リズム》に慣れていない者もいたし、あれを詩と呼んでいいのかと顔を見合わせる者もいた。彼らが詩だと思っていたのは、ロングフェローやテニソンの韻律、またどんな駄作であってもワーズワースの様式、あるいはエマソンのドイツ的韻律だったのである。

当時合衆国で最も人気があって、最も広く知られていたのはヴェイチェル・リンゼイだった――当時は、本人自身がニコラス・ヴェイチェル・リンゼイと名乗っていた。彼は大変印象的な手法、非常に個性的な朗読スタイルを確立していたので、彼が「チャイニーズ・ナイチンゲール」や「サンタフェ通り」を初めて朗読したときのことを私は生涯忘れないだろう。私たちの誰もがその魔術的な技巧に魅了された。その後私は、中国人の経営するクリーニング屋を見る度に、外からちらりと見ただけで、リンゼイのナイチンゲールを思い出した。また、機関車や乗用車を見ると、サンタフェ通りのことを思い出した。詩を書き始めたばかりの頃から一貫して、リンゼイは世界中の、過去の詩人たちが成し遂げたことは何でもやってのけた。つまり、詩によって歌い上げることによって、その土地を輝かしい場所に変えてしまうということだ。このようなことを可能にする芸術や文学があるからこそ、私たちの住むこの世界は興味が尽きることはないのだと思う。E・A・ロビンソン[026]やロバート・フロストといった詩人たちは、ニュー・イングランドを魅力的な土地に変貌させた。フロストのいくつかの詩、例えば「埋葬」や「作男の死」などは韻文で書かれた短篇小説といった趣で、ロビンソンの多くの詩も同様に短篇のようであり、また「フラモンド」や「ミニヴァー・チーヴィー」に見られるように、性格分析のようでもあった。実際マスターズの『スプーン・リヴァー詞花集』は性格分析そのもので、アメリカの詩において人間の行動を解釈することの重要性をよく表している。その一方で、この国では純粋な叙事詩というのはあまり評価されないようである。

「アメリカ詩協会」の夜の会合には、エイミー・ローウェルが出席することもあった。彼女はまさしくつむじ風のような存在で、あるときは怒りを露わにしながら、またあるときは何か思わせぶりな愛想の良さをふりまきながら、聴衆に向かって長々と熱弁をふるった。彼女は貴族と販売員《セールスマン》の両面を持ち合わせたような人物で、言いたいことは何でも言い、怖いもの知らずで、騒がしく押しが強くて、私生活では自信満々だった。一方、彼女が書いた何篇かの優れた詩ゆえに、将来アメリカ文学史に名を残すことは確実だったにもかかわらず、自分の知性や文学性にはあまり自信がないようだった。彼女は美人ではあったが、体の形はかなり歪んでいた。それはおそらく甲状腺の異常が原因であったと思われるが、病や度重なる手術のために体力面で幾分元気を失ってもなお、その怒りのエネルギーが失われることはなかった。エイミーは怒りを武器に詩のために闘っていたのだ。それは彼女自身の詩のためであり、他の詩人たちのためでもあった。パーシー・マッケイ[027]や多くの人々が口にするのは、この国でエイミーが詩を広めるための運動を推進するまで、詩とは何なのか、そして詩が国家にもたらす価値がいかほどのものであるかを理解しているアメリカ人はほとんどいなかったということである。エイミー・ローウェルはイマジズムと呼ばれる文学運動に関わっていたが、おそらくその運動を起こしたグループの一員だったと思われる。とはいえ、イマジズムは実際にはアメリカの運動というよりは英国の文芸運動で、英国のイマジストにはD・H・ロレンス[028]、リチャード・オールディントン[029]、H・D、そしてエズラ・パウンドらが綺羅《きら》星の如く並んでいた。もっとも最後の二人はアメリカ人ではあったが、既にアメリカとは決然と手を切っていた。さらに、このような文学運動の多くがそうであるように、イマジズムはフランスの運動が英国に輸入されたものに過ぎなかった。テオフィル・ゴーチエ[030]やフランス高踏派が半世紀以上前に提唱した考えの多くを継承していたからである。

イマジストたちがしばしば大袈裟な序文をつけて出版した選集は、出版後一、二年の間はニューヨークやロンドンの文芸界の熱狂の中心となった。グループの中で最も優れた詩人はH・Dだったと思う。私たち夫婦がアメリカにやって来るほんの少し前から、エイミーはロンドンに住むようになっていて、ロンドンの友人の数人から彼女についての驚くべき内容の手紙を受け取るようになった。彼女が開くパーティー、彼女の有無を言わせぬ尊大な態度、奇抜な恰好、葉巻を吸うこと、それから家系と知性についてはイングランドにいる誰にも見劣りしないという彼女の確信などがその内容であった。イギリス人の中にはアメリカ人を見下したような態度を取る者がいるが、かつてローウェル家のある人物がそのような扱いを受けたことに対し、彼女は激しい怒りを覚えていたのである。私たちがよく彼女に会っていた頃は、エイミーはしばしば英国人のインテリ気取りについて語り、憂さ晴らしをすることがあった。彼女はオックスフォード大学でキーツ[031]について講じ、学生たちにアメリカ人だってキーツの何たるかはわかっていると教えることが何よりの楽しみだったと言った。しかし、のちに彼女のキーツ論が出版されたとき、イングランドでは酷評された。例えば、キーツについての本を既に出版していたミドルトン・マリー[032]は、彼女を憤慨させるほどの批判的な書評を書き、彼女をますます英国人嫌いにしてしまった。女性が偉大な詩人についての本を書くと、同じような本を書いている男性がつぶしにかかってくるのは常のことではあるが、エイミーの本には、随所にきらめくような作品理解が見られたとはいえ、歳を取ってから研究と思索の道に入った人物が書いたという素人臭さはどうしても拭えなかった。文学と思索を我がものとするためには、長い時間をかけて、それらに親しむ以外にないのであるが、それは彼女のやり方ではなかったのである。彼女のキーツ論はもちろん、『七人のフランス詩人』やアメリカ詩人の研究に見られる文章は長々と退屈なもので、それは書き手が自分のものにしていない物事を語るときに陥りがちな冗長さだった。ローウェル家の男性たちは皆、大学教育を受けたのに対し、自分は上流階級の女性のための教育しか受けられなかったことを彼女はひどく悔《くや》しがっていた。大学で教育を受けることができたなら、文学に関連する事柄に慣れ親しむことは容易にできたかもしれないが、それでも、自分の考えを分析的に述べるような本を書けるようになるまでには至らなかったのではないだろうか。本質的な部分で彼女には批判的な思考をする能力がなかったし、エリノア・ワイリーにあったような生来の学者気質は備わっていなかった。学術書を書いたことで彼女は寿命を縮めてしまったのではないかと思う。というのも、相当の努力をしなければ理解できない作品と平穏な心で向き合う時間を作るために、一晩中机の前で書き物をし、寝るのは朝になってからで、夕食時にようやく起きてきては、食事をしながら友人と会うという生活をエイミーは続けていたのだ。

　エイミー・ローウェル以上に広く知られていた女性作家が当時の詩協会によく出席していた。エラ・ウィーラー・ウィルコックス[033]である。彼女の『情熱の詩』はあらゆる英語圏の国々で読まれており、『アンクル・トムの小屋』[034]や『イースト・リン』の作者たちが小説の世界で成し遂げたように、彼女は韻文の世界で人々の感情に訴えかける力を持っていた。その詩は人々を励まし、慰めるために書かれたもので、私はそれを〈実利主義的韻文〉と呼んだことがある。時に知性的に読むことを求められることがあったとはいえ、基本的には単純でありながら、感情と道徳に強く訴えかける力を持った作品だった。彼女を冷やかしたりあざ笑ったりといった風潮はあったけれども、彼女は決して軽んじていいような書き手ではなかった。詩人としての資質があるとは思えなかったが、ごく稀にすばらしい詩を書くこともあった。当時の、そして今日の多くの女性たちよりもはるかに優れた作品を残しているにもかかわらず、現在ではエラの作品はほとんど読まれなくなっている。彼女を宮殿に招いたこともあるヴィクトリア女王は、彼女の詩の偉大なる賛美者だと言われていた。当時よく掲載されていた写真で、エラは宮殿用のドレスを身にまとい、三本も羽根飾りを髪に付けていた。しかし、学識ある詩の評論家たちは、彼女の作品を悪い冗談だと見なした。大衆性も兼ね備えていたロバート・フロストの作品を、あれほど熱狂的に受け入れたエドワード・トマスでさえ、エラに対しては驚くほど意地の悪い皮肉に満ちた評論を書いた。つまり、今日、彼女はキーツやシェリーのように広く読者を獲得しているわけだから、女流詩人という肩書を外して、単にその姓のウィルコックスによって知られるべきだし、彼女の本もウィルコックス詩集と呼ばれるべきだと言うのである。エラが詩集『情熱の詩』を書くにあたって、インスピレーションを与えたとされる彼女の夫は、トマスの発言に激怒し、彼に決闘を申し込んだらしい。私は常々、彼女に対する非難は強すぎるのではないかと思っていた。なぜなら、彼女は多くの流行作家たちがそうであるように、実際に面白く実に親切な女性で、大知的に洗練されていたとは言わないまでも大変賢く、大学で教育を受けた男女と比べても、遜色ない知性を備えていたのである。私自身は、広く大衆に訴える芸術を無意味であると考える態度の方こそ、理解できない。なぜなら一般の人たちには芸術について多くを学ぶだけの暇な時間は全くないのである。人々は芸術や科学が実利的であることを望むこともあるだろうし、科学においては、相対性理論よりトースターや洗濯機のような機械を好むこともあるだろうし、詩の分野では「クーブラ・カーン」[035]より「私は大理石のホールに住むことを夢見た」[036]を好むこともあるだろう。それはつまり、これまでの文明では提供されなかったものを人々が必要とし、求めているからなのだ。人々に支持されている実利主義的韻文を、高度な理解力を要する批評文で攻撃したところで何の意味もないだろう。そのような批評を超越した詩人たち——例えば「人生賛歌」のロングフェローや、「もしも」のキプリング、「何と言っても人は人」のバーンズ[037]など——が実利主義的な韻文に対して解説をするというなら、まだ話はわかるのであるが。

韻が踏まれた詩を読むと、私たちは常に心地よく感じるものだということは確認しておく必要があるだろう。特に、人生で起こる平凡な事柄にまつわる想いと韻律が結びつくとき、深い思考とは無縁のところで自分の想いと韻律が結びつくとき、人は癒されるということである。これがまさにエラの韻文が持つ魅力で、他人に対する嘘偽りのない気持ちが彼女の詩の一行一行に染み渡っていた。彼女は特別豊かな感性を持っていたわけではないが、少なくとも温かい思いやりの気持ちを持っていた。彼女は子どもが大好きで、その様子は実に微笑ましいものだった。かつてクラレンス・デイが私に指をさして教えてくれたように、ニューヨークのセントラル・パークでエラと子どもたちの姿を目にした人も多いことだろう。エラは、ノートにせわしなく走り書きをする合間に、まだ髪もそんなに生えていない丸くて小さな頭をした赤ん坊を実に嬉しそうにじっと眺めたり、食卓で使うスプーンで公園の砂遊びに夢中になっているよちよち歩きの子どもと握手をしたりしていた。最後に彼女に会ったとき、彼女はまるで快活な校長先生のように見えた。しかし、エラ自身は自分を偉大な詩人であると思っていたに違いない。当時の女性詩人も皆、そうだった。少なくとも自分は当時の偉大なアメリカ詩人の中で、上位六名には入っていると思っていたハリエット・モンローもその一人である。エラは、自分が偉大な詩人でないならば、ヴィクトリア女王が自分を聖ジェイムズ宮殿に招待するはずがないではないかと考えたに違いない。そのように考えてみれば、多少の批判など関係ないと思うことができたはずだ。というのも、女王や国王、あるいは専制君主や皇帝の意見というのは、多くの人々にとって、ある意味では神からの支持を得たのも同然だったからである。

第二十三章　詩人たち、そして彼らの葛藤

　私たちのアメリカ滞在が単なるハネムーンではなく、相当長い期間に及びそうだということが明らかになってきたため、私は少しじっくりと、自分たちの周りの環境と人々について考えてみようと思った。当たり前のことではあるが、この国に対して最初に抱いた印象の多くは変わっていたものの、変わることがないものもいくつかあった。特に変わることがなかったのは、アメリカ人が驚くほど親切だということで、当時私たちが付き合っていた人々は、本当に親切だった。他民族に対する態度を大局的に考察した場合、アメリカ人のこの親切さは常に抜け目なく利用され、その博愛精神は風刺の対象にもなったが、それでもやはり評価すべきことなのである。つまり、人類を集団として信頼するという態度は、旧世界の国々では理解され得ないことだし、今後も恐らく理解されることはないだろう。アメリカと比較して、旧世界の様々な文明に属する人々は、個人として持つ感情が遥かに強いと私は思う。そのような感情が個々人に向けられるとき、それはアメリカで見られるよりも、さらに強く、長く続く絆となるようだ。感情の持ち方自体が異なっているのである。これは、私自身が十年アメリカで暮らすうちに、少しずつ実感できたことだった。

　アメリカでの新しい生活環境を見直すとともに、私はこれまでの人生について、また知り合った人々について振り返って考えるようになった。それは古く狭いものではあるが、長い時間をかけて人々が造り上げてきた世界に対する回顧、情熱的なナショナリズムと、燃えたぎる知性、そして個々人の強烈な感情が息づく世界に対する追想だった。言うまでもなく、後者の二つ、知性と感情は、多くの場合共存しうる。アメリカに来るまで、どんな種類であれ大規模なビジネスに携わっている人々を私

は知らなかった。覚えている限り、銀行員や、株主や工場主にも知り合いはいなかったと思う。私が付き合っていた人たちの大多数は、いわゆる専門的な仕事をする人たちで、旧世界では知的職業と言われる仕事をしている人たちだったのだ。また、小売店の経営者、農業を営む人、馬の飼育業者、あらゆる種類の家畜を飼育する者との付き合いもあった。知り合いの中には金持ちもいたが、彼らは自分たちで財を成したわけではなく、先祖代々引き継いできた富の持ち主だった。一方、アメリカで出会ったのは、一世代で莫大な財を築いた人たち、また、貧しい出自にもかかわらず、金山の採掘や、油田の掘削、鉄道の敷設といったロマンに溢れた新規開発事業で億万長者になった父親を持つような人々だった。

　アメリカで会話をしていても、社会階級の違いというのはほとんど気にならなかったが、教育を受けた人と受けていない人の間にははっきりとした区別があった。そのような区別がなされるとき、階層化された社会においてよく使われる「育ちのよい」、「生まれのよい」「淑女」「紳士」といった言葉が使われ、「貴族の血を引く《ブルー・ブラッディッド》」といった表現を耳にすることも珍しいことではなかった。しかし、この手の言葉は、初期の開拓者たちの末裔を指すときに限って使われるようである。その結果、なぜメイフラワー号のことが頻繁に話題になるのか、理解できたように思う。他の者よりも早くアメリカにやって来たということと、裕福で教育を受けたことを結びつける例も少なくないが、何よりも、早く来たということ自体が一種の〈貴族〉の証であるとも考えられていた。英国やアイルランドでは意味が通じなくなったり、やや古臭く感じられるようになった、「淑やか《ジェンティール》」、「優美な《リファインド》」、「雅びな《アーベイン》」、「鄭重な《グレイシャス》」などといった言葉をよく耳にしたし、『ウイメンズ・ウェア』誌では若い記者が書く文章にも、このような言葉を見かけることがあった。ある帽子は「優美な」、ある女性の見た目は「淑やか」、あるフランスのドレスメイカーは「雅びでない」と表現されるといった具合である。

　教育についての考え方全般が、ヨーロッパとこの国では違う次元にあるということを私は理解し始めていた。アメリカの教育は実用的なものであり、積極的な人生を送るための準備として見なされているのに対し、私が唯々諾々と受けてきた教育は実用性にはほど遠いものだった。私の先生たちにとって教育とは「知ること」であり、アメリカ人にとっては「何かをすること」だった。私の受けた教育はヨーロッパ流の人文学の訓練であり、知性と想像力、そして喜怒哀楽の感情を鍛える教育だったが、この新しい国アメリカでは、教育とは大まかに言えば、実用性のある知能と、物事を成し遂げるための意志を鍛えるためのものであるようだった。私が大いに感銘を受けたのは、身の回りにいた若い人たちの創意に富んだ構成力、そして彼らが実際に成し遂げた多くの事柄である。ほとんどのアメリカ女性は多くの事柄を私よりも上手にこなすことができたと思う。しかしいくつかの点に限定すると、私の方が上手くやりおおせるという自負があった。そして、ヨーロッパから来た移民たちの中で、最も容易にアメリカのやり方に順応し、物質的に豊かになることができたのは、芸術や文学、伝統を重んじる古典的かつ人文学的教育からきっぱり手を切ることができた人たちだったということに私は気がついた。また、アメリカでは、大学を出た者でさえ外国語の知識がまるでないことにしばしば驚かされた。英語以外の外国語に精通しているのは、最近アメリカに来たばかりの移民、すなわち新来の移民であることを意味していた。一般的には、移民二世は先祖の言語を知らないことを誇りにすら思っていたのである。

金銭感覚についても、私が慣れ親しんでいたものとはまるで違っていた。アメリカでは、知り合った友人のすべてとは言わないまでも、ほとんどすべての者が、財を成したいと願い、それもできるだけ効率よくと考えていた。私がダブリンで付き合っていた友人の中には、金持ちになろうと躍起になっている者は一人もいなかったが、その理由の一つに、ダブリンでは願っても叶わないということがあったと思う。しかしアメリカでは、しっかり準備し、ビジネスに専念しさえすれば、事実上、誰でも金持ちになれる可能性があったのである。旧世界では、金儲けに無関心なことが当たり前だとされる芸術家や作家といった集団ですら、ほとんど皆、アメリカで金を稼ぐことを願っていた。彼らは財を成したい、しかも莫大な富をもたらす鉱脈を当てたいと望んでいて、例外があるとすれば、詩人のロビンソン、トーレンス、そしてリンゼイくらいのものだった。作家稼業は、コートやスーツ、ドレスなどを大量生産する仕事と同様に、市場主義に則って広く実践されていたのである。私の故郷ではものを書くことは未だに芸術活動と見なされており、金になるかどうかという判断をされることはほとんどなかった。いずれにしても、アイルランドで、物を書いて収入を得るなどということは、ほとんど考えられなかったのである。

私たち夫婦が魅力的だと感じた作家たち、また私たちに魅力を感じてくれた作家たちは皆、書くことは芸術の一環であると見なしており、雑誌から法外な原稿料をもらっていた流行作家には目もくれなかった。ずいぶん若く、経験も少ないが、芸術としての文学と作家稼業の違いをよく承知していた作家も何人かいた。一体どうやってその違いを知ることができたのかは、神のみぞ知る、と言えよう。ハリエット・ムーディが私たちに紹介してくれた西部出身の純朴な少年は、そのような作家の一人だった。十七歳くらいのひょろひょろした、かろうじて読み書きができるようにしか見えない男だった。私たちのアパートに入ってくるなり、彼はポケットから自作の詩をいくつか取り出し、ぼそぼそした声で気恥ずかしそうに、数分かけて朗読した。当時はハロルド・クレインと名乗っていたが、のちにインテリたちが彼の詩に熱狂するようになると、ハート・クレイン[001]と改名した。文学とは縁もゆかりもない環境で育った少年が、真の芸術的才能を持っていること自体、それほど稀なことではない。しかし、そのような少年が、詩という芸術の機微をよく理解し、多くを犠牲にすることを厭わず、誰からも詩を書くことを奨励されないような状況でも、強い決意で詩人になりたいと願ったというのは、本当に驚くべきことである。

もちろん、のちに彼は多くの人々から評価されることになるが、私たちが出会った頃の彼の人生には、つらく直面しがたい困難がたくさんあった。彼の父はクレインズ・チョコレートという名の高級菓子を作る工場を経営していた。そして、父親の仕事上の関係で、彼は実業家としてのミセス・ムーディと知り合ったのだった。クレイン少年は、高名な詩人の未亡人が父親と親交があるとわかり、さらには実際に会うことができて、本当に感動したそうであるが、彼女の方も、詩を書きたいという少年の固い決心に大いに好奇心をそそられたという。しかし、工場主の父親にとって、息子が詩人になりたいから実業界に入る気など全くないと宣言されること以上の驚きはなかっただろう。その上彼は、執筆活動に専念できるように、どうやら父親に金銭的な援助を求めたようだ。この時の父親とのやりとりについて語るとき、ハロルドは非常に困惑した表情を私たちに見せた。文学を糧に生きようとしていた彼にとって、詩人になることは家族にも名声をもたらすことを意味していた。しかし、父親にしてみれば、詩を書くなどということは女々しいお遊びに他ならず、軽蔑しきった調子で息子を諭したという。「あそこにいる秘書が見えるかい?」と、ガラスの仕切り越しに外のオフィスで働く女性を指さし、「彼女の方がお前よりよっぽど男らしさと独立心を持っている」と言ったそうだ。今でも覚えているのは、ハロルドの西部特有の発音のせいで、「男らしさ」が「おとーこらしさ」と聞こえてしまい[002]、理解できるまで私は彼に何度も繰り返し言ってもらわなくてはならなかった。

やがて彼は、週に二回くらいの頻度で私たちに会いに来ては、詩について語るようになったが、私たちが詩についてよく知っていることがわかると、興奮を隠すことができなかった。細々《こまごま》した家事だけでなく、紅茶を入れたり、スコーンを焼いたりといった手伝いをしながら、「どうしてそんなことまで知っているんですか?」と彼は大真面目に尋ねた。彼は父親を嫌悪しているようだったが、それは、彼が精神的に——おそらく感情的というわけではなく——母親と深くつながっており、母親離れできると思っていなかったからだろう。あるとき、彼はイェイツの友人であるアーサー・シモンズについてどうしても知りたくなったらしく、夜の遅い時間にわざわざやって来て、私たちの思い出話に耳を傾けた。象徴主義《サンボリズム》について書かれたシモンズの本に対して、ダブリンの若者たちが抱いた強い関心は、ユニヴァーシティ・カレッジでの公開討論で頂点に達したというエピソードである。数名の学生は、この機に乗じて、ステファン・マラルメやオーギュスト・ヴィリエ・ド・リラダンなどのサンボリストたちを愚弄しようとした。イェイツをはじめとする多くの作家たちが討論会に出席していたが、彼らはそのようなくだらない意見にも我慢強く耳を傾けていた。万年学生になる途上にあった元気一杯の若者たちというのは、ヨーロッパの学生街ではおなじみの存在であるが、その一人がイェイツに挑戦しようと、「ローマでロブスターに紐を付けて散歩していたジェラール・ド・

ネルヴァル[003]が死んだとき、彼のポケットから無原罪懐胎を幾何学的に証明した紙が見つかったことを知っていますか?」と質問した。このエピソードはハロルドに強い印象を残したのだが、それはこの挿話の馬鹿馬鹿しさではなく、そのような出来事が町中の関心を集めて議論されることの方だったようだ。私たちにとって重要だったこのエピソードの喜劇性は、彼には全く通じなかった。どうやら彼にはユーモアのセンスがなかったようである。この話を聞いた影響で彼は四十二丁目の図書館[004]に行き、シモンズの本に没頭することになった。これ以後、ハロルドは自分が学んだばかりのフランス詩人について私を試すようになった。例えば、「ボッドレールやリンボッドをお読みになったことは?[005]」と彼は奇怪な発音で尋ねたり、「ヴェルレーヌはどうです?」といった具合である。また、誰かがフランス語の詩を暗唱しようものなら彼は激しく動揺した。当時彼は、何語で書かれた詩であっても、誰かがそれを暗唱することができるということに同じくらい驚いていた。どうやら、詩を暗記するというのは、アメリカの教育には全くなかったようだ。

現在では、ハロルド(ハート)・クレインがいくつかの文芸集団から偉大なるアメリカ詩人の一人と見なされていることはもちろん承知している。しかし、彼の豊かな語彙、興味深い技法、奇妙でありながら知性的な抒情性にもかかわらず、私はどうしても彼の詩に熱狂することはできなかった。おそらく、彼には言葉に感情的な重みを付加する能力、あるいは彼の精神や人生に感情的な重みを付加する力が欠けていたからかもしれない。当時、彼の詩は徐々にではあるが小さな雑誌に掲載されるようになり、その後スコフィールド・セイヤー[006]が編集を務めた有名な月刊誌『ダイアル』に発表された――この雑誌は、のちにシカゴで刊行される詩の専門誌『リトル・マガジン』の前身に当たる。セイヤーはモダニズム芸術と文学に強い関心があり、『ダイアル』には英語圏の至る所に選りすぐりの読者がついていた。セイヤーがこの雑誌に積極的に関わっている間は、その知的な卓越性と進取の気性、そして様々な書き手を受け入れる度量の大きさによって、アメリカの文芸誌として確固とした地位を築いていた。しかしそんな中、クレインは、実に多くの感受性の強いアメリカ人が苦しむことになる苦難、つまり、一種の精神病あるいは神経病を発症し、それまでの生活を捨て、サナトリウムに入ることになった。クレインは実に優秀な若者で、夫も私も深い愛情を感じていた。最後に彼と会ったとき、しばらくウィーンに行ってくるつもりだと告げられたが、それはフロイトの精神分析を受けるためであったことがのちに判明した。自制心を保とうとする努力の陰で、彼は思い悩み、孤独であったのだと思う。孤独は突如としてアメリカ人に襲いかかったが、そのような有様を、旧世界の国々で私は一度も目にすることはなかった。今も昔もヨーロッパでは、どんなに経済的に貧しい境遇にあろうとも、人々は人生におけるささやかな喜びをある程度享受できるのに対し、アメリカではそれはなかなか難しいことなのである。

　二十代になるとハート・クレインは新しい文学仲間を増やしていき、私たちが彼に会うのはいつも久しぶりだと感じるだけの長い期間をおくか、偶然の場合に限られていた。グッゲンハイム奨学金[007]を得てメキシコに行く少し前のクレインに、ブレヴォート・ホテルで遭遇したときも、話しかけられるまで私は本人だと気づかなかった。西部の純朴な少年は、知識人らしい知性と表情をそなえた、魅力的な容姿の男性になっていた。しかし、彼には内なる感情の炎のようなものは一切見られなかった。そのような秘めた激情は一流の芸術家には必ず見られるものである。そして、文芸批評家の一部からどれほど称賛されようとも、クレインは自分自身に対してだけでなく、作品に対しても全く自信を持つことができず、「僕は後世に名を残すことになるのだろうか？」と、時折友人たちに問いかけたものだった。私は偉大な作家もそうでない作家も数多く知っているが、理由が何であれ、そのような問いを発する物書きは彼以外に会ったことがない。詩作をしている間、彼は蓄音機《グラモフォン》をかけたままにしておく習慣があった。そしてある日のこと、メキシコから戻る船の上で、彼は蓄音機の電源を入れ、パジャマの上にコートを羽織ったまま、海に飛び込んだのである。それは彼が幾度となく詩に描いたカリブ海だった。困惑するばかりだった人生で、彼は少しでも満ち足りていたことはあったのだろうかと、私は今でも考え込んでしまう。

　アメリカにやって来る前に、私の知人で自殺をした人間はただひとりだったが、今ではその数はもっと増えてしまった。ほとんどの場合、自殺を選んだ者たちは何らかの形で芸術に関わっており、生前大変有名だったジョージ・スターリングやドナルド・エヴァンズ、ヴェイチェル・リンゼイやサラ・ティーズデール[008]のような人もいれば、あまり世間では知られていなかった者もいた。女性も多かった。先に述べたような奇妙な孤独が、彼女たちを押し潰してしまったのだ。中でも私に最も大きな悲しみを与えたのは、大変美しく魅力的な個性の持ち主でもあったグラディスとドロシア・クロムウェル[009]の双子の姉妹の死である。グラディスは詩を書いたが、そのうちのいくつかの作品は、アメリカ女性詩人の誰の作品と比べても見劣りしないすばらしいものだったと私は確信している。「詩人」の前に「女性」と言わねばならないのは嫌なものだ。文学や芸術の才というものは性別で分けられるようなものでは決してないからである。しかし、私がここでわざわざ「女性詩人」という言葉を使ったのは、アメリカの女性詩人たちの間には、男性詩人に見られる以上に、共通する点が多くあるためだ。宝石がきらきら光るような、身を切るような想いが綴られた抒情詩は、女性詩人の作品の多くに共通して見られる特徴である。その結果、時にはある詩を書いたのが誰なのか推測することすら困難になる。高い知性、注意深く選ばれた言葉、体の奥底に流れる苦しみや充たされぬ想い、時にはノイローゼとも呼びうるような不安や不満は、彼女たちの多くに見ることができる。エリノア・ワイリーの詩作品はグラディス・クロムウェルの作品の数年後に書かれたが、そこにも多くの共通する特徴がある。また、グラディス・クロムウェルの詩は、エミリー・ディキンソン[010]の詩とも似ており、さらに今日の女性詩人の作品の多くは、これら三人の女性詩人のものとも非常によく似ている。次のグラディスの詩は、私が言いたいことを、明確に示してくれるだろう。

「葛藤」

暗闇に引き裂かれていた、
私たちの剣先が交わり合う。私の敵よ、
お前が燃やすことのなかった火花
私の体を焼き尽くす業火から
一度として私が取り出すことのなかった火花が
発作のようにちかちかと光る。

あの火花、あの小さな明かりは
剣先がひとつになる場所で灯る。
憎き私の敵よ、私たちの対立にも拘わらず
火花は私たちの間に住まうのだ
あちこちに飛び回るその小さな目が
私にはわかる、はっきりと。

人の考えはひとつではない
そして、男の規範は私たちの中にはない。
その二本の剣が交差する十字の
真ん中、あるいは上に
悪魔の如き私の敵よ、真理の灯火が光る
その名はまだ愛であろうか。

双子のクロムウェル姉妹は裕福な家庭で育ち、お姫様のように守られていた。世間のことはほとんど知らず、幾分世の中を恐れているといったところもあった。ふたりが生まれたとき、両親は既に中年になっており、すぐ上の兄が生まれてからだいぶ時間が経っていた。[011]グラディスは何かにつけてはっきりとものを言う女性で、あるとき陰鬱な様子で私たちに、「わたしたちは予定外で生まれた子なのよ」と言ったことがある。この当時の裕福な家庭に生まれたアメリカ人の子どもの多くがそうだったように、ふたりは各国を飛び回る両親に連れられ、ヨーロッパ中を連れ回されたのだという。コンスタンティノープル、ウィーン、ヴェニスなどで過ごす、孤独な日々と泣きながら眠った幾多の夜について、彼女たちはよく私たちに語ってくれたものだった。ふたりがニューヨークの社交界にデビューすると、その異国情緒溢れる美貌はセンセーションを巻き起こした。ふたりの兄から聞いた話では、彼女たちには旧家の貴族の娘たちには備わっているのが当たり前だと考えられてはいるが、実は稀にしか備わっていない、際立った気品があったそうだ。しかし、姉妹は社交を好きになることも楽しむこともできず、あるとき家族に、本当に知り合いたいのは作家や芸術家なのだと告げた。おかしくてたまらないといった様子でグラディスが伝えてくれたところによれば、作家と聞いて家族が思いついたのは、ロバート・チェンバース[012]だったようで、彼とその妻は一家の昼食会に呼ばれ、姉妹と会うことになった。昼食会のあとで、グラディスが家族に向かって、ロバート・チェンバースが書いているものは到底文学とは呼び得ないし、彼女と妹のどちらも、彼個人に対しても作品に対しても全く関心が持てないと言い放ったとき、それを聞いた家族の者たちは、怒ると同時に当惑してしまったという。ロバート・チェンバースが作家でないというなら、一体彼は何者なのか、というわけである。音楽や絵画について詳しい教養あるアメリカ人の家族でも、文学についてはほとんど何も知らないということはよくあることだった。大人になってグラディスが最初の詩集を出版し、彼女の名が雑誌に載るようになると、家族の者たちは注目されることを警戒した。詩選集に彼女の詩のいくつかが掲載されたとき、彼女の写真が一緒に載っていたことに家族の一人は心底驚いたそうだ。駆け出しの詩人として有名になることと、何かスキャンダルを起こしてタブロイド紙に名前が載ることとの違いすら、彼女の家族に説明するのは至難の業だった。

　アメリカが第一次世界大戦に参戦した直後、私たち夫妻はホワイト・マウンテンズにあるクロムウェル姉妹の家でしばらく時間を過ごした。姉妹たちは、家族の男たちが皆、徴兵を逃れたのだから、せめて自分たちはヨーロッパの戦場に奉仕するのが責務であろうと信じている様子だった。当初から私は彼女たちが戦地に行くことには反対で、なんとかやめさせようと試みた。看護師や軍隊向けの飲食施設の職員として働くとしても、ふたりが経験しなければならないであろう過酷な現実に、彼女たちが順応できるとは到底思えなかったからである。そもそもふたりは、男性を目の前にすると緊張してしまうたちだったし、戦闘や兵士がいかなるものかについても全くわかっていなかった。あまりに過保護に育てられてきたために、ふたりはフランスへと旅立つ直前まで、地下鉄はおろかいかなる公共交通機関にも乗ったことがなかった。彼女たちが別れを言いに私たちのもとを訪ねてきてくれたとき、ふたりは興奮と好奇心の入り交じった様子で、地下鉄に乗って来たことを話していた。自家用車は既に処分してしまったのだそうだ。グラディスは、タイプライターと数冊のフランス語の本を私に預け、帰ってくるまで持っていて欲しいと言った。しかし、私たちがその後クロムウェル姉妹に会うことは二度となかった。戦地から帰国するために乗った満員の船から、彼女たちは海に身を投げたのである。当時ふたりは三十歳前後で、美しく、才能に満ち、そして裕福だった。自分たちの眼前にはもはや人生はないと思ったのだろうか。あるいは、戦地で見たものがあまりにも辛く、苦しかったのだろうか。

第二十四章　アメリカで暮らす一人のフランス人作家

当時、私たちのように、ヨーロッパから新たにやってきた人々の中に、一人のフランス人作家がいた。非常に豊かで多彩な経歴を持ち、複雑な性格をしてはいたが、極めて情の深かったジュール＝ボア[001]である。一八九〇年代から二十世紀初頭にかけて、彼はよく名の知られた劇作家であり、小説家でもあったことに加え、フランスの政財界では、彼自身の言葉を借りると「名士《ペルソナージュ》」として、半ば公人の立場にあったそうである。政府から任務を与えられて諸外国に派遣されたり、使節として国家の祭典に出席したこともあり、ほとんど閣僚並みの扱いを受けていた、と自ら語っていた。フランス領のアフリカ、シリア、インド、ギリシャ、トルコ、そしてエジプトに赴いた経験があったらしいが、ジュール＝ボアをよく知る者は皆、半信半疑だったに違いない。というのも、彼はフランス以外の国について、何かを学ぶことなどできないように見えたからである。ジョージ・カーゾン[002]が総督であった頃のインドで、おそらくはマハラジャの公式接見に参加したときのことを言っているのだろうが、彼が最もよく覚えていることは、飾りをつけた象に乗って、国家祭典としての行進に参加したことだったという。象の背中から家々をのぞき込み、大家族がひしめく部屋の中で、女たちが子守りをしたり、食事の用意をしたり、子どもに服を着せてやるといった、インドの庶民たちの家庭生活を目の当たりにできたことは忘れられないそうだ。マハラジャの賓客として遇され、ヒンドゥー教の修道院を訪れたことも、インドの宗教や慣習について学んだ経験もあるというが、その理解は驚くほど表層的なものだったと思う。ヒマラヤ山脈を眺望したこともあり、その光景は自分に大きな影響を与えたと彼は考えていた。

第一次世界大戦時には、彼は最初スペインに、次にアメリカに派遣され、ある種の宣伝工作《プロパガンダ》の任務に携わった。フランス人は今でもプロパガンダの戦略に長けているとは思えないが、ジュール＝ボアも例外ではなかった。アメリカが参戦する前に、彼はドイツと早期の和平を結ぶために暗躍していた同胞のフランス人たちと交際していたが、それが原因でのちに苦しい立場に追い込まれることになった。その中の一人に、実に個性的な紳士、ボロ・パシャ[003]という人物がいた――のちに彼はこのようなスパイ活動に従事したことが理由で、フランスで処刑されることになる。パシャだけでなく、その手の裏工作に関わっているフランス人は他にもいたのだが、彼らはうまく処刑を逃れ、その後も同様の活動を続けているようだった。ジュール＝ボア本人が、このような話を私たちにしたわけではなく、フランスでの宣伝工作促進のために、彼がボロから現金を受け取っていたことは新聞記事を通して知った。その金額は大した額ではなかったはずだ。集会所や講堂の使用料という名目だったらしいが、ジュール＝ボアが金銭を受け取ったこと自体がフランスでは問題になったのである。もっとも、そのようなことを気にかけないフランス人もいて、ポール・クローデル[004]はその一人だった。クローデルは特命全権大使としてワシントンに在任中、祖国への軍事的貢献を称える勲章をジュール＝ボアに与えた。言うまでもなくジュール＝ボアは熱烈な愛国者であったからである。しかしジュール＝ボアは、戦時下においてフランス人は同盟国の同志《パルティザン》であることも同時に求められていることを全く理解していなかった。彼は同盟国についてはほとんど何も知らなかったし、アングロ・サクロン的民主主義や諸制度には全く興味を示さなかった。フランス革命の「自由《リベルテ》、平等、博愛」の精神は、イングランドで発展した自由《フリーダム》、あるいはアメリカで発明された自由《フリーダム》といった無邪気で素朴な概念とは異なり、はるかに崇高なものなのである。彼にとって真に重要だったのは、フランスとフランス文学、そしてカトリックの伝統だけだった。もちろん、祖国フランスが常に一番に位置づけられ、あとの二つはそれに次ぐものとされた。またジュール＝ボアは、フランス文学やフランス史に登場するあらゆる人物を体現していた。彼はプヴァールとペキュシェ[005]であり、『町人貴族』のジュルダン氏[006]であった。『守銭奴』のアルパゴン[007]であり、いささかタルチュフ[008]のようなところもあった。バルザック[009]の小説に出てくる主任司祭のようなところもあり、「恐れを知らぬ騎士」と称されたバヤール[010]や、「聖王ルイ」と称されたルイ九世[011]を連想させる、歴史的に有名なフランス人枢機卿のひとりのようでもあった。

講演で配る印刷物では、彼は「異国に派遣されたフランス思想の伝道者」と自称していた。何とモリエール的な肩書きだろうか！　定期的なものではなかったようだが、時にはフランスの大使館から幾許かの給与を受け取っていた。彼はフランスとフランス思想のために懸命に働き、どこにでも講演に行き、その結果、アメリカで発行されていた限られた読者しかいないような、無名のフランス語新聞のインタビューを受けたり、記事を書いたりするようになった。しかし、フランス的な価値観以外のものが世界には存在しうるということを彼は無視していた。もしかしたら、全く気づいていなかったのかもしれない。今となっては、どんなふうに人々が彼の講演を聴き、理解していたのか知ることは難しい。なぜなら、彼の英語は風変わりと言っていいほど個性的で、それはずっと変わることがなかったからだ。ジュール＝ボアは、チョーサー[012]、スペンサー[013]、シェイクスピアといった英文学の古典を通して英語を習得していた。彼の語彙は実に豊かである一方、その英語の構文同様、実に奇妙だった。名詞や物の名前を思い出せないことはよくあったが、彼は長々と説明することで、しばしば忘れた言葉を代用しようとした。例えば、パスカル[014]について語っているとき、「手押し車」という語を忘れてしまったジュール＝ボアは、パスカルは「人間の両手で押すことによって進む小さな二輪車を発明した」と聴衆に説明したのである。林檎は「イヴを地獄に突き落としたもの」と言い換えられた。彼は「軽侮する《ペジョラティヴ》」とか「必証的《アポディクティック》」という難解な言葉をよく使ったが、あまりにも頻繁に彼が使うので、これらの単語が古い時代においては日常語であったのだと思われたほどだった。

しかし、その実に奇妙な語彙を使って、彼はヴォルテール[015]風のウィットを遺憾なく発揮したのである。ローマ教皇レオ十三世[016]に個人的に謁見を許されたこともあり、教皇を大変尊敬してもいた。「レオ十三世は偉大な貴族であり、偉大な外交官であり、偉大な学者であり、偉大な詩人であった。……死の床で改宗したなんて冗談を言う奴らもいるがね」と、彼は教皇について語った。ジュール＝ボアはいわゆる〈名士〉でもあったため、それに相応しい風格をそなえてもいた。サラ・ベルナールの主演でフランスの国立劇場で上演されるような芝居の作者であり、様々な国の君主から勲章を授かり、公爵夫人たちのサロンに招かれるような人物であり、その著作はカトリック教会の禁書目録に名を連ね、有名な決闘事件も引き起こした。また、エレオノーラ・ドゥーゼを敬愛し、彼女の親友でもあった。しかし彼が終生愛し続けた女性は、歌手のエマ・カルヴェ[017]である。彼は死ぬまで、どこに出かけるときでも彼女の写真と自身の父親の写真を、トマス・ア・ケンピスの『キリストに倣いて』[018]のページの間に挟んで常に持ち歩いていた。この他にも、彼は己の心や感覚を震わせた幾多の恋愛関係について語ったが、私の子ども時代の友人のバートリー[019]の言葉を借りれば、頭の中だけで起こった出来事も多少は含まれていたのだろう。ただ、フランス人男性のみに起こりうるような、輝くばかりに美しく、魔法のような恋の経験がジュール＝ボアにもあったということは本当だと思う。人柄から滲み出る温かみや、女性に対して、とりわけ非凡な才能を持った女性に対し、彼が強い信頼を持ち愛着を感じていることからも、それは明らかである。ドゥーゼやベルナール、カルヴェについて彼が話すのを聞いていると、彼女たちがいかに才能に恵まれ、感受性が強く、深いレベルで人生を送っていたかがよくわかった。例えば、恋人と喧嘩したことで気持ちが動転すると、彼女たちの心は麻痺し、仕事も手に着かなくなり、数日間、病気になってしまうのである。事実ドゥーゼの場合は数年間も続いた。「女性の天才の方が、男性に比べて、人生ははるかに困難なのです。親愛なる、すばらしい私の友人たち！　私は彼女たちをどんなに愛していたか！」と彼はよく言っていた。また、彼は飽くことなくパリについて、彼の友人たちや過去について語り続けた。それほどまでに華々しい過去を持つ彼が、ニューヨークのウェスト・サイドで過ごした晩年について知るならば、大いに驚く人も多いのではないだろうか。何しろ彼は生活必需品にすら事欠く、極貧の生活を送っていたのである。彼がこのニューヨークで転々と変えた住居は、大抵は四階以上の屋根裏のような所だった。部屋の中は紙くずや洋服や靴が散らかり、絵画は裏返しにしたまま壁に立て掛けられ、四方八方に大量の本が散乱していた。物入れの中にはガスバーナーやひびの入った食器、古びた鍋が一つか二つ入っていたが、時々、彼はこれで何かしら料理をしていたようだ。しかしそんな中でも、彼は大量のワインと、上質なコニャックを一瓶、常に手元に置いていた。

第一次世界大戦以降、一度フランスに帰郷したことを除けば、彼は残りの人生をアメリカで過ごした。まさに故郷での居場所を失った人物だった。最後にフランスに戻ったときも、彼が青年時代に知り合った旧知の友人達と再会することはなかったようだ。おそらく、知り合いの多くは既に亡くなっていたため、望んでも叶わなかったからなのだろう。彼はフランス政府の公務に就いているときに、アリスティード・ブリアン[020]やレイモン・ポアンカレ[021]、フィリップ・ペタン[022]やフェルディナン・フォッシュ[023]といった政治家や軍人の類いとは面識がなかったようだが、文学者たちとは親しく付き合っていた。偉大なプロヴァンス地方出身の詩人、フレデリック・ミストラル[024]と共に働いたこともあったし、若い頃にはカチュール・マンデス[025]の秘書をしていた。オーギュスト・ヴィリエ・ド・リラダンやヴェルレーヌとも親密な付き合いがあり、さらには、南米ウルグアイ出身のフランス詩人、ジュール・ラフォルグ[026]とも知り合いだった。フランス詩であれ英詩であれ、ラフォルグが近代詩に与えた影響は目覚しいもので、特にT・S・エリオットや、今日私たちが「モダン」と称する若い詩人たちの作品に、著しい影響を及ぼしている。どうやらジュール＝ボアは、ラフォルグがベルリンでドイツ皇后アウグスタ[027]に仕え、仏語文献の進講役を務めていた時に知り合ったようである――ちなみに、ラフォルグはこの地で結核にかかってしまう。ジュール＝ボアは笑いながら頭を後ろに反らせ、陽気にラフォルグの詩を詠唱したものだった。

おお、ピアノよ、裕福な街に響くピアノたちよ！

そして、急に気分が変わったかのように続ける。

角笛が、角笛が――悲しい……

角笛が悲しい……
消えて行く音色の変化、
調と音色の変化、
トントン、トンテン、トントン……
角笛が、角笛が
北風に消えてゆく。[028]

ラフォルグの詩は常にジュール＝ボアの心に、陽気さと憂鬱と記憶が混ざり合った感情を喚起するようだった。「結局、友人のジュール・ラフォルグはパリで死ぬことができた。パリで死ぬことができないというのはなんと悲しいことだろう！　この地で死に、ブルックリンに埋葬されることを考えてみたまえ！」ここで私は、やはり故郷をなくしたある人物がヘンリー・ジェイムズ[029]に「ロンドンで死ぬ。それはなんとひどい死だろうか！」と言ったことを思い出す。ジュール＝ボアにとって、ニューヨークで死ぬことは、「ひどい死に方」に他ならなかった。「ウッドローン墓地[030]に埋葬されるというのはいかがです？」と私は冗談半分で聞いてみた。「ペール・ラシェーズ墓地[031]に埋めてもらいたいもんだね」と彼は言った。それに対し私は、死者に対するフランス人の強い思い入れ、死者に捧げられた小さな祠、万霊祭で格子に飾られるリボンや花束のことを考えながら、「私なら、モンパルナスがいいですね。ボードレールやサント＝ブーヴ[032]も一緒にいますし。あそこはお気に入りの墓地なんです」と言った。彼はラフォルグに対する称賛を惜しまなかったが、他のフランスのモダニストたちには対してはほとんど興味を持っていないようだった。彼が自慢気によく口にしていたのは、審査員の一人として、プルーストの『失われた時を求めて』の第一巻を候補から外して、マルセル・シュウォッブ[033]に賞を与えたことである。小説家の中では、シュウォッブはポール・ブールジェ[034]と共にジュール＝ボアが生涯称賛し続けた作家だった。とはいえ、ジュール＝ボアが文学賞の審査員を務めるようになったいきさつは不明である。彼が知的に誠実であったかと言えば、そのような面は彼の性格にはほとんど見られなかったからである。

彼はあのフランドル出身のフランス人作家、ユイスマンス[035]や、多くの象徴主義者《サンボリスト》のことはよく知っていた。マラルメとも知り合いだったが、マラルメに対する低い評価は一貫して変わることがなかった。マラルメの詩語法は、転倒して頭を怪我したことが原因でフランス語のリズムを忘れてしまい、英語のリズムを採用するようになったために、評価できないのだという。パリでジョージ・ムアを知っていたかと尋ねると、「ああ、彼の愛人を通じて知り合ったよ。私たち二人とも同じ女と付き合っていたんだ」と事も無げに言った。九〇年代の一時期、彼は魔術やオカルト全般に関する研究に打ち込んでおり、その関心は広く深いものだった。彼はあるグループで、あの不思議なフランス人、エリファス・レヴィ[036]という名で異例とも言える名声を博し、「高等魔術」について何冊も本を書いていた人物について研究していた。これがきっかけになりジュール＝ボアはマグレガー・メイザース[037]の「黄金の夜明け団」の会員たちと交流を持つようになり、イェイツとモード・ゴンに出会ったのである。その後ジュール＝ボアは心霊研究にのめり込み、パリの心霊研究学会の会長に就任した。彼が研究した、このような秘教的宗教はパリで流行しており、その熱烈な信奉者たちは奇妙な宗教結社の会員にもどこか似ていた。ジュール＝ボアは、時には、不道徳な行為や黒ミサのような反宗教的儀式をもとに、荘厳な祭儀を作り上げることもしたようである。彼の著書『パリの小宗教』[038]が出版されると、ジュール＝ボアはキリスト教会から激しく非難されることになった。

モード・ゴンやイェイツと知り合ったことがきっかけとなり、ジュール＝ボアはアイルランドに興味を持つようになったようだ。彼がこの国に対して抱いていた考えやイメージは、他のフランス人がアイルランドに対して抱くものとあまり変わりがなかった。アイルランドは神秘的なケルト人たちの島で、古《いにしえ》のケルト人は皆、魔術師であり、今日でも一部の者は魔力を使うことができるといったものである。モード・ゴンとイェイツはそのようなアイルランドの側面をジュール＝ボアの心に強く印象づけることに一役買った。しかしイェイツ同様、ジュール＝ボアもまた、モード・ゴンの美と名声、彼女のフランス政治との謎めいた関わりに魅了されていたのではないかと思う。彼女はフランスに聖パトリック協会を創設し、アイルランド人を祖先に持つフランス人や「ワイルド・ギース」[039]、すなわちナポレオン軍兵士の末裔たちを会員としたネットワークを構築した。このようなアイルランドの人脈があったため、私たち夫婦はアメリカで彼と知り合うようになった。初めて彼を紹介されたのは、ジョン・クインの家である。

第一次世界大戦当時、ジュール＝ボアは既に著作活動をやめていた。あるいは、私が知る限り、彼が執筆していたのは、フランスや聖人たちについて、さらにラマルティーヌの伝統に起源を持つ詩人たちについての短い文章に限られていた。彼に何かしらの才能があったことは明らかであったが、彼が知的に卓越した人物であるという印象を受けることは一度もなかった。確かに彼には文才があったし、正統なフランス文学の教養もあった。しかし、彼を特徴づけていたのは知性ではなく、「心の智慧」とでも呼ばれるべきものや、深遠なる内的生活といったもので、それ故、彼には独特のオーラがあったのだろう。ジュール＝ボアは他人と何かを分かち合うことができるようなタイプではなかったかもしれないが、例外的に、彼の本質とも言える豊かな個性、精神的かつ心霊的な豊かさを、無意識のうちに、他人と共有することはできたのである。

フランス人に特有の傾向であるが、彼は深く宗教的であった。しかし、彼にとっては宗教的経験と倫理観は全く別個のものであり、性的な事柄全般については、個人の問題だと考えていたようだ。毎週日曜日には敬虔な態度でミサに参加し、流暢な文体で聖人や神秘論者たちについて論じ、カトリック教会の中の指導的学識者のみが知りうるような、神とその永遠性に関する声明を発表するような人物が、その舌の根も乾かぬうちに、既婚女性との情事について語り始め、「それは別に、姦淫ではないのです。彼女の夫も承知していることですからね」と述べるのである。ジュール＝ボアの言ったことをすべて信じるならば、彼の人生にはこのような情事が、句読点を打つように度々起こったようである。性に関わる諸々の事柄が、彼に罪悪感を抱かせるようなことはなかったと断言してもよい。それは常に、愛《アムール》にのみ関わる問題で、神との神秘的な交感が失われることも、毎夜敬虔に唱えるロザリオの祈りの邪魔になることもなかった。彼にとって宗教と性の問題は、どちらも重要な経験と見なされていて、両者は互いに干渉することもなければ、彼の意識下において、倫理観と関係づけられることもなかったようである。彼の倫理は自らが属する文明から派生するものであり、宗教的事柄ではなかったのだ。

ジュール＝ボアは、難解で深遠な知的労働に数時間を費やす毎日を長い間続けていたが、ほとんど結果を残すことはなかった。「今年は実り多い一年になりそうだ」と年始めに彼が述べるのを一度ならず私は耳にした。しかし、実を言うと、かつて非常に頑健だった彼の身体は、不摂生を正す人がいなかったため、アメリカでのおざなりの食生活によって損なわれており、自分の仕事に費やすエネルギーはほとんど残っていなかった。それでも彼は一つか二つ野心溢れる作品を完成させようとしていて、常にあれこれ考えを巡らせていた。さらに、彼が何としてでも英語で書くのだと言ってきかなかったことが、その作品の完成を難しくしていた。最晩年の数年間、彼が暮らしたのはウェスト・サイド北部にある侘びしいアパートで、友人たちから貰ってきた数々のがらくたで部屋はいっぱいだった。ジュール＝ボアの周りには男女を問わず、およそあらゆる職業や階層に属する親友たちが常にいた。彼には一種病的な傾向があって、自分の親しい友人たちをできるだけ引き離しておきたい、できることなら友人同士が知り合いにならないように、と望んでいたのである。同じような傾向を持つ知り合いは他にも何人かいて、特にエリノア・ワイリーがそうだった。ジュール＝ボアからは一度も名前を聞いたことがないのに、実は彼の親しい友人であったり、援助者であったり、彼と活動を共にした人々だったことがわかり驚いた、というようなことが至る所で、それも頻繁に起こったのである。ここで言う活動とは、秘教的カトリシズムに関するもの、あるいは彼が終生好奇心を抱き続けた結果、膨大な知識を得ることになった、あらゆる種類の心霊現象に関する活動を指している。彼は、人生も、愛情も、関心事も、それぞれ小さな小箱の中に、別々にしまっておきたいと望んでいるかのようだった。それは、間違いなく軽度の神経症によるものだと思われるが、彼の人生で起きた何かが、そのような神経症を引き起こしたのである。おそらくはボロとの関係や、数々の情事、もしくは魔術に傾倒していたことが影響しているのだろう。こうして、別々の場所で付き合っていた彼の親友たちは、ジュール＝ボアの臨終の床や葬儀で初めて顔を合わすこととなり、大層驚いて互いに見つめ合うことになった。彼らはそれぞれが、この世に無数に存在する、様々な活動を代表する者たちだった。ジュール＝ボアは交友関係に秘密主義を貫き、互いを隔離していたのである。

晩年の十年から十五年の間、彼は多くの奇行を見せるようになり、それがとりわけ目立つようになったのは、一九二〇年代にフランスを訪れた後のことだった。戻ってくると、彼は意気揚々とニューヨークの新聞各紙によるインタビューを受けたが、そこで、より広範に生とは何であるかを明らかにする「超意識《スーパーコンシャス》」の心理学を発見したと主張した。フロイトが既に「意識下」の問題に深く沈潜していたその一方で、ジュール＝ボアは上方へと舞い上がっていたのだ。彼はこのテーマについてパリのある学術団体で講演をしたそうであるが、彼によると、講演を聞いた聴衆は、直ちに彼を信じるようになったという。私はその意味をよく理解できなかったので、潜在意識とか、超意識とか、意識の外にあるものに名前をつけることがそれほど大事なことかと、不作法にも質問してみた。すると彼はひどく怒って、私は結局、物事の超自然的解釈を排して、唯物論的にフロイトを信奉していると責め立てた。だが実際のところ、私はジュール＝ボアの心理学上の発見を疑っていたわけではなかった。なによりも彼は、計り知れぬ直感力を持っていたし、広範囲にわたって物事を知覚し、認知する能力を持っていたからだ。彼は子どものような癇癪を勝手に起こし、全くいい加減な人物だと思わせることがあったかと思えば、次の瞬間には、実にさりげなく、非常に深遠な智慧や独創性に充ちた言葉を放つのである。そのような言葉は、平凡な考え方とは全く別の次元の、はるか遠くの場所からやって来たもののように感じられた。

人生最後のフランスでの滞在から戻って来ると、彼の性格は幾分変わっていた。それまで彼は、広く知られた自分の名前を誇りに思っていたはずなのに、改名する決心をしたのである。この時以来、彼は名刺に「H・A・ジュール＝ボア博士」と、二つ並べた姓をハイフンでつなげて書くようになった。「博士」という称号が何に由来するのか彼にはよくわかっていなかったようだが、言うまでもなくアメリカでは、学術的な肩書きへの尊敬の念が強いために、講演者や著名な作家を「博士」とか「教授」と呼ぶことが多いのである。例えば、モーリス・メーテルリンクはサンフランシスコの講演会の壇上で「メーテルリンク教授」と紹介されたそうだ。それならば『神曲』の著者も「ダンテ教授」と呼ばれたのではないかと思う。イギリス貴族の家に生まれた子どもは皆、正式の爵位を持たない場合でも儀礼的な称号が与えられるのと同様、ジュール＝ボアも、自然に与えられるべき称号を自ら使っていたのだろう。

この頃彼を虜《とりこ》にしていたのは――もしくは、常に彼の中にはあったのに私たちが気づかなかっただけなのかもしれないが――社会で高い地位を得ることだった。特に、薔薇飾り《ロゼット》のついたレジオン・ドヌール勲章を授与されてからは、彼はどのような晩餐会にも凛々しく正装し、光を放たんばかりの晴れやかな表情で、ボタンホールには勲章の赤い薔薇飾りを付けて出席した。あるとき、コーネリアス・ヴァンダービルト夫人[040]の主催するパーティーに招待されなかったときなどは、ジュール＝ボアはひどい興奮状態に陥り、一日中私たちの家の電話を鳴らし続けた。自分が招待されずに除け者になっているということは、フランスへの侮辱であり、自分こそが体現している「フランス的観念《イデー・フランセーズ》」に対する侮辱であるというのである。とうとうその日の午後には、私の夫はクレイトン・ウェッブ中佐[041]に電話をかけるよう約束させられた。ジュール＝ボア曰く、中佐はフランスという国の友人なのだから、この悲惨な出来事を回避できるよう取り計らってくれるはずだという。中佐は大笑いしながら、それでも厳粛にその頼みを引き受け、ジュール＝ボアを招待するよう夫人に掛け合ってくれた。しかし、次に迷惑を蒙ったのは私だった。パーティーの当日になって、おそらく電話の翌日のことだったと思うが、クリーニング屋に預けていた礼服が戻って来ず、会に相応しい上着がないので、直ちに一着手配し、何としてでも配送させて欲しいと電話をかけてきた。自分の服のサイズをあれこれ伝えてくるのであるが、この段階で彼の興奮は頂点に達していたので、夫は自分が直接礼服の上着を彼の所まで持って行って、着替え終わるまでジュール＝ボアと一緒にいた方が無難だろうと考えた。この騒ぎで午後は丸々潰れてしまった。続いて、もう一つ災難が巻き起こった。いざタクシーに乗り、しばらく走った時点で、ジュール＝ボアはボタンホールに例の薔薇飾りを付けるのを忘れたことに気づいたのだ。もう今回は勲章なしで、ヴァンダービルト夫人宅に行くように、夫は説得を試みたのであるが、彼は取り乱したまま、「勲章がなくては、参加者のみなさまは私が誰なのかわからんではないか」と、頑なに拒み続けた。結局、コートの折り襟に勲章を付けるために、タクシーを引き返させなければならなかった。このような悪戦苦闘ののち、夫はようやく彼を目的地まで送り届けることができたのである。

最晩年になると、彼は文筆や講演で収入を得ることはできなくなり、彼の親しい友人達は彼が一文無しだと考えていた。一方彼の方は、自分が必要だと感じたものを、誰彼となく私たちに対して要求するようになった。洋服、食料、金銭はもちろん、アパートの部屋の掃除、あるいは、全く非現実的な数々の手紙をタイプする手伝いに至るまで、ありとあらゆることが求められた。その中には、合衆国大統領やその他、影響力を持つ著名人たちに宛てられた、彼特有の策略を匂わせるものが含まれていて、「H・A・ジュール＝ボアはアメリカにおいて最もフランスを代表する人物であり、フランスは世界で最も重要な国である故、アメリカから高い評価を得て然るべきである」といった印象を与えようとしていた。また、ある友人のグループが彼のために少なからぬ額をかき集めてみると、同様のことを彼は秘密裏に、別のグループの友人たちに依頼していたことが判明するということもあった。しかし、彼には私たちの愛情をコントロールするという不思議な力があり、たとえ彼に騙されても、寛容に笑ってすませることができたのである。自称していたより彼は少しばかり歳を取っていたようで、とうとう様々な病気の合併症で体調を崩し、遂には助けを借りずに体を洗ったり、服を着たりすることができなくなってしまった。私の夫は、一週間のうち何度か食べるものを持って彼のもとを訪ね、トイレに連れて行ったり、手紙を書く手伝いをしたりした。そして、幾度となくきちんと面倒を見てもらえる病院に行くことを勧めたのだが、彼は受け入れなかった。ジュール＝ボアはたいそう憤慨して、「あんな所は墓場と一緒だ！」と叫ぶのだ。それから、あるときのこと、夫がいつもとは違う時間に彼のアパートを訪ねると、そこには見知らぬ若いギリシャ人男性が彼の介護を専門家顔負けの手際で行っていた。その若い男性が長年にわたってジュール＝ボアと付き合いのあった友人の一人であることは明らかだったが、ジュール＝ボアは彼の存在をずっと秘密にしていたのである。そのときわかったことだが、ジュール＝ボアが「執事」と呼んでいたこの若い男性は、ずいぶん長い間ジュール＝ボアに傾倒しており、多くの活動にも関わっていたのだという。夫は彼と、改めてアパートで会う約束をし、どうしても病院に行かないと言い張るジュール＝ボアの抵抗を何とか斥け、彼に服を着せ、タクシーに押し込むことができた。勲章の薔薇飾りは然るべき場所に置き、ページの間に彼の父とエマ・カルヴェの写真が挟まれた『キリストに倣いて』はアタッシュケースに入れ、彼のロザリオやタイプライターも忘れなかった。そして遂に、彼は薄暗い小さな病室のベッドに収まったのである。

この面倒な病人、ジュール＝ボアの世話をしたのは、残念ながら同情心を持ち合わせていない看護人ばかりだった。かつては偉大な権力者たちとも親密に付き合い、きらびやかな才能にも恵まれた人物、力と情熱に充ちたジュール＝ボアが、今まさに目の前で無残に死んでいこうとしていることについて、看護人の誰も、気にかけることはなかった。ジュール＝ボアは数週間のあいだ、この陰鬱な病室に寝たまま、見舞いに来た友人達と面会した。そして、彼自身が度々述べていた困窮が嘘だということが明らかになった。女友達のひとりが、彼には数千ドルの貯金があるということを教えてくれたとき、どうにも信じられなかったのだが、この親切な女友達は、まだ頭脳が働いているうちに遺言を書くべきであるとジュール＝ボアを何とか説得した。どのように財産を譲渡したいのかはっきりさせるか、もしくは、彼の意思を理解している何人かの友人に財産の管理を委託するべきだというのである。とうとう、例の若いギリシャ人が、遺言書を作成し、ジュール＝ボアはそれにサインをした。ただ私たちの誰も遺言のことは気にかけなかった。もし彼がそれなりに立派な葬式と墓石を用意するだけ充分な額を持っていたとしても、それでほとんどすべてを使い切ってしまうだろうと思ったからである。そして、彼の最後の願いを実行に移す任務は、このギリシャ人と私の夫に託された。数週間が経ったある早朝、彼は死んだ。誰一人として友人は看取ることができず、唯一付き添ったのは、彼が憎んでいた病院の看護人たちだけだった。そして、彼が遺言を残したときには、宣誓するだけの能力がなかったと見なされてしまった。そんなことはなかったはずだと私は今でも確信している。しかし、現在私がこの文章を書いている時点で、彼の貯金はニューヨーク州の管理下に置かれることになっているらしい。彼が葬式代のために取っておいた全財産は、一部は彼の遺稿の出版費用に、一部は彼の故郷マルセイユで、戦争が原因で食料に飢えている子どもたちのために使われるだろうと、彼の友人達は考えた。彼は貯金を複数の銀行に分けて預けていたため、彼が一体いくら貯金を残したか誰にもわからなかったのである。のちに彼の貯金の総額は九千ドルにも達することがわかり、彼の親友たちは仰天した。九千ドルという額は、大した金額ではないという人もいるかもしれないが、流行作家や人気劇作家でもない作家にとっては驚くべき額だったからである。ジュール＝ボアと同じ状況に置かれた人間を想定してみるならば、それは驚くほどの金額と言ってよい。彼が貯金を最期まで残しておいたのは、おそらくパリで余生を過ごすため、あるいは彼の友人であるユイスマンスのように、修練者として修道院で生を終えるためだったのだろう。しかし人間の夢は、なんと悲しいことか。彼はニューヨークで死に、ブルックリンに埋葬された。

第二十五章　アイルランドに帰る

1

私たちは約八年間アメリカで過ごし、遂にダブリンに帰るための資金をなんとかかき集めることができた。その間、夫は徐々にアメリカで活躍の場を広げていき、短篇小説や子ども向けの本の執筆、昔話の再話などによって着実に印税が入るようになった。また、小説『城の征服』では、充分な前払い金を受け取ることができた。たまたま運がよかったと言えるのではあるが、実際、夫はこのような分野でかなり高い評価を受けていたため、アイルランドへの乗船券を買う直前に、合衆国領ハワイの議会[001]から特命を受けることになった。ハワイ諸島に赴いて、伝承されている物語を調査し、子ども向けの本にして欲しいと依頼されたのである。その結果、アイルランドでの滞在は二カ月に限られてしまうことになった。

私たちは友人たちとの再会を心から望んでいたし、できたばかりのアイルランド新政府を自分の目で見たいと思っていた。何しろその樹立のために、仲間の多くが命を落としたのだ。今回私たちは、旅行用のパスポートを取得する必要があった。第一次世界大戦前にはあった移動の自由はもはやなく、各国政府は新しい方法を用いて、人々を土地に縛りつけ、つなぎ留めようとしていた。私たちはアパートを手放し、再び家具を倉庫に預け、乗船券を購入した。私たち夫婦は、いつも荷物を倉庫に預けてばかりいるようだ。親しい友人たちから贈られたたくさんの見送りの言葉と共に、私たちは旅立った。既にアメリカでも多くの友人を得ていたのである。もちろん敵対する者もいないではなかったが、彼らも個人的に悪気があるわけではなかった。それは、大都市でよく見られる文学者同士の嫉妬によるものか、あるいは私たちがアイルランドのナショナリストで、英国に反旗を翻したアイルランドの一派に属していたことによるものだった。アメリカのアイルランド人は全身全霊を傾けて、そしてまた可能な限りの影響力を駆使して、アイルランドに住むアイルランド人たちを援助し続けてきたが、祖国のアイルランド人たちは、これまでこの事実を、全くと言っていいほど理解していなかったし、また、充分に感謝してもいなかったと思う。

アメリカの世論は強硬な親英派が主流だったため、アメリカで暮らすアイルランド人たちは、私たちが認識している以上に、そこから生ずる偏見と常に闘わなければならなかった。アイルランドのナショナリズムを支持する者たちが、職を得る際に不利益を蒙ることはよくあったし、新聞で攻撃されたりすることもしばしば起こった。実際、このような親英感情は、ドイツ系を含むいわゆるアメリカの支配者階級、富裕層の間に、常に揺らぐことなく存在するものなのである。その結果、アメリカの外交政策には、和平時こそ例外はあっても、戦時においては必ず英国を支持するという原則があるようだ。もしヨーロッパ諸国がこの点を充分理解していたならば、二度の世界大戦に突入することは防げたのかもしれない。

今まさに帰って行こうとしているアイルランドは、私たちが旅立ったときのアイルランドとは全く異なる国であることは、充分承知していた。悪戦苦闘したあげく、アイルランド人は望んでいたものすべてを勝ち得たわけではなかったが、それでも〈アイルランド自由国〉が誕生し、[002]アイルランド人による政府がダブリンで機能しているのである。ニューヨークを発ったとき、太陽の明るい日差しの下、私たちは夏服を着ていた。しかし船上で晴れた数日間を過ごしたあと、私たちの船が向かったのは、薄暗く霧のかかった北の海であり、私たちが生まれ育った、あの冷たくじめじめした天候だった。定期船がアイルランドの沿岸に近づくと、それまで掲げられていた旗が下され、緑と白とオレンジの新しいアイルランドの三色旗が掲揚されたのを見て、私たち二人は感動して互いに向き合った。同時に、緑の地にハープが描かれた古《いにしえ》の旗でないことを残念だとも思った。ヨーロッパの国旗の中では唯一、ハープという文化的エンブレムが描かれたものだったからである。それでもやはり、新しい国旗が大変感動的であることには相違なかった。本船と岸壁の間を行き来する艀船《はしけぶね》が、同じ三色旗、つまり革命の旗をはためかせ、私たちの船に向かってくるのを眺めていた。その艀船を下りると、税関手続で荷物を調べる若者たちに迎えられた。彼らはアイルランドの制服を着ており、新たにアイルランド語で「ガーダ」と呼ばれるようになった警官の二、三名も同様にアイルランドの制服を着ていた。視界のどこにも、「ユニオン・ジャック」は見られなかった。この旗が長い間、アイルランドという国だけでなく、そこに住む人々の精神をも支配していたのである。アメリカで長い歳月を過ごした人たちが、艀船から下りながら、涙を流している光景を私たちは目にした。彼らはこの変化を目の当たりにし、泣いていた。もちろん嬉しさで胸が一杯になっていたのだろうが、同時に歴史の悲しい記憶も混じっていたと思われる。

私たちは、世界で一番優しい空気に満ち、世界で一番緑が映える場所に向かって歩んでいった。そこには、すらりと背が高く、髪には赤毛が混じる友人たちが、私たち夫妻を迎えるために待っていてくれた。ダブリンへ向かう列車の三等車の席に着くと、英国海軍の制服を着た水兵たちも乗ってきた。港の幾つかはまだ英国の支配下にあったのだ。[003] 他の乗客は、私の子ども時代によく見かけた、いかにも田舎の素朴で幸福そうなアイルランド人たちで、市場にでも行って来たのだろう、買い物かごを手にしていた。彼らは互いにはっきりとものを言い合う社交的な人たちで、楽しみのためか、暇つぶしのためか、唄を歌っていた。やがて、トネリコのステッキを持った老人が、アイルランド語で歌い始めた。それは一風変わった、伝統的な歌い方だった。この陽気な老人は、列車に乗ることが嬉しく、仲間と一緒にいることを喜んでいたようだ。誰もが互いに冗談を言い合い、上機嫌で笑い合っていた。老人の唄に応えるように、彼らは次々に、歌ったり、詩を朗唱したりした。朗唱するとは「歌の言葉を噛みしめる」ことだという表現があるように、詩とは唄に他ならないのである。このことを理解できれば、アイルランド流の詩の朗読が、限りなく唄に近い理由が理解できるはずである。艀船を降りて列車に乗り込んだときから、既に私たちはもう一つの文明世界、私の青春時代のあの古き良き文明のただ中にいたのだ。

英国の水兵たちも同じ車両に乗っていたが、彼らは長椅子席の後方にある、仕切られたコンパートメント席の中にいた。アメリカにいた頃私がよく言っていたのは、多くの英国人はアイルランド人と変わりがないということで、アメリカ在住の英国の友人たちもそれに同意してくれていた。しかし、このとき列車で見た英国兵は、全く異なる人種であるように思われた。彼らと、仕切りの反対側にいる人々、つまり私たちは、互いにわかり合えないのだ。私には英国の水兵にたくさんの知り合いがいたし、実際、義理の弟は英国海軍にいて、一度軍艦の上で開かれるお茶会に呼んでくれたことがあった。そこにいたのは、感じがよく、仲間意識の強い若者の一団だった。しかし、このとき乗り合わせた水兵たちは、私がこれまで出会ったことがないくらい不機嫌で気難しそうな英国人だった。無言のまま座り、敵意をむき出しにして、トランプをしていたのである。よそよそしさを打ち破ろうと、ひとりの愛想のいい田舎女が籠の中からポチーンを取り出し、座席に寄りかかったまま「一口いかがですか?」と水兵たちに誘いかけた。だが、彼らは一言も声を出さずに陰気に首を振っただけで、まるで上官から、アイルランド人と友好関係を結ぶことを禁じられているかのようだった。次に彼女は、ずっと歌い続けていた老人にポチーンを差し出すと、彼は待っていましたとばかりにぐいと飲み干した。彼は一曲歌い終えると、次に英語とアイルランド語の両方で歌い始めた。その歌詞は狐と男の会話から成るもので、男から鵞鳥をくすねた狐の話だった――「おはよう、きつねさん、おはよう、旦那さん、お願いです、教えてください、食べているのはなあに?」「まるまる太った美味しい鵞鳥、あんたのとこから頂いてきたよ。お味見、一緒にしませんか?」この唄への熱烈な拍手を受けたあと、老人は私の夫に向かって一曲歌うか、詩を朗読するか、お願いできないだろうかと頼んできた。そこで夫は詩を朗読し、賛嘆する聞き手に、これは自分で作った詩だと説明すると、皆大層喜んだ。それから、つぎはぎだらけの服を着た例の老人は、瓶のくびれた部分を持って、ぐいとポチーンをもう一口飲み、音頭を取って司会役でも務めなければならないと感じたらしい。彼は立ち上がると、最初は明らかに彼の母語であるアイルランド語で、次に英語に切り替えて言った。「あちらにおられる公務でお越しの紳士方にも是非、我々の宴に加わっていただきたいと思うわけです」と、彼はただの下級士官に過ぎないと思われる水兵たちに向かって言った。老人は、席から身を乗り出して、一人だけ彼を物珍しそうに見上げていた水兵に向かって、「ミスター」と呼びかけた。他の者たちは、カードから目を上げる素振りも見せなかったのである。「旦那は輪に加わってくれそうなお顔《ハーモニアス・フェイス》をしておられますな。ここは一つ、我々の間にもハーモニーを奏でてはくれませんか。」返事はなかった。そこで老人は恭《うやうや》しく他の水兵たちに向かって、「紳士のみなさん、恥ずかしがる必要はありませんて。我々だって素人に毛が生えたようなもんですから」と言った。返事なし。「歌が苦手と仰るなら、この若者が先ほどやったように朗読でも結構。」返事なし。それでも老人はめげなかった。「いやいや、一緒に楽しんでもらえませんと、わしらも困ってしまいましてな。」一言もなし。ここで彼もようやく諦め、自分の席にどさっと腰を下ろした。次の停車場で、彼と田舎から来た人たちは列車を降りていった。実に丁寧なお辞儀をして私たちにお別れを言ってくれた。彼らのような素朴で気取ることに無縁な人々というのは、〈戦うアイルランド人たち《ファイティング・アイリッシュ》〉ではなかった。戦いを生き抜いたという印象も全くなかったし、彼らは政府が変わったことすら知らなかったのではないかと思ってしまう。

　しかしダブリン市内に到着すると、私たちはまさに〈戦うアイルランド人たち〉の中にいた。街を車で横切ってゆくと、かつて大学に通うために西部からやって来たばかりの私を大いに興奮させたダブリンの歴史的建造物が破壊されていることがわかり、街のそこかしこに戦闘の爪痕が残っていた。中でも私にとって最も思い出深かった建物は、正面だけでなく側面も壊されており、屋根も吹き飛んでいた。ライフルを持った男たちが通りを警備しており、至る所に有刺鉄線が張られていた。武装した兵士の制服は新しいアイルランド政府のもので、建物にはためく旗は、革命を表す三色旗だったが、街は未だに交戦状態にあるかのように見えた。内戦はまだ続いているのだと私たちは確信した。

　反乱と暴動の年月を終わらせた条約は、国民議会で僅差で批准された[004]。そのため、半数に限りなく近い反対派は、自らが命を賭して戦った共和国が未だ誕生せず、しかもアルスターの六州が別の国の旗の下に分割されたまま残されているという事実に対し、憤りと失望の色を隠さなかった。デ・ヴァレラと彼が指揮するリパブリカンの一派は[005]、アイルランドの新政府とは袂を分かっていた。兄弟同士が戦い、父と息子が戦い、妻と夫は各々《おのおの》意見の異なる陣営に属していた。私たちが若かった頃は絶大な影響力を持ち、アイルランドの新国家体制を実際に作った人物であるアーサー・グリフィスは既に亡く、その死は、伝え聞くところによれば過労が原因だっただけでなく、かつての同志による対立と反目に心を痛めたからだったという。革命が生み出した軍事戦略の天才マイケル・コリンズ[006]は、自由国の新しい軍と非正規軍のあいだの抗争に巻き込まれ、命を落とした。新内閣は既に条約反対派の軍人を幾人も処刑していたが、処刑された者の大半は、かつてすべてをなげうって反英闘争に身を捧げた者たちだった。戦いの後、勝者が敗者を処刑することは、どのような場合においても愚かな過ちだと思う。敵対感情がますます激しさを増していることに私たちは気づいた。というのも、大半のアイルランド人は、妥協するという能力をほとんど持っていなかったし、妥協によって成立した英国との和平合意は、私が知る限りでは苛烈な敵意を人々のあいだに引き起こしていたのである。穏やかな心を持つ者でさえ、苦々しい想いを抱くようになっていた。例えば、ジャック・イェイツのような心根の優しい人物ですら、その合意には到底賛成できず、後に自由国の上院議員となる詩人の兄、W・B・イェイツと敵対するようになってしまった。

あまりに多くの友人たちの死を目の当たりにして、私たちは当然のことながら虚脱感に苛まれた。彼らは共に学び、共に踊り、新しい詩ができると読み聞かせてくれた若者たちだった。それのみならず、周囲で起きていた分裂と軋轢は、一層私たちを打ちのめすことになった。祖国の地に足を踏み入れ、自分たちの国旗がたなびき、公務員が自国の制服を着た様子を目にしたときの興奮と感動は、みるみるしぼんでいった。和平条約に対する憤りは広がっていたが、その理由は様々だった。ある者たちにとっては、条約には国家としての大志が欠けていると映ったが、それ以上に許しがたいことは、キャスリーン・ニ・フーリハンとの古き秘められたロマンスが終わってしまったことだった。つまり「愛しのダーク・ローズ」、「貧しい老婆」、「絹のような美しい雌牛」[007]といった象徴《シンボリズム》を通し、人々は国に対するロマンティックな情熱を何世代にもわたって育んできたのであるが、たとえ一部であれ、ロマンティックな象徴が取り上げられてしまったために、失恋したときに感じるような悲しみに満ちたやるせなさや苦い思いが残ってしまったのである。そして、ロマン主義とは無縁の、人々が意識することすらない心理的要因により、さらに苦々しい憎悪が生まれていた。つまり、長い間押し込められてきた内的葛藤や失望、そして嫉妬が、今や狂信的な愛国主義を装って一気に吹き出していたのである。独立戦争当時、ナショナリズムの運動に反対していた者たちですら、そのような感情に巻き込まれていた。あらゆる国において同じ事が言えると思うが、社会の下層からトップに上り詰め、今や支配者となった者たちに対して、人々は嫉妬を感じていた。かつては、英国の支配者たちを実際目にすることはなかったため、そのような嫉妬は存在しなかったのである。また、アイルランドの南北分裂をどうしても納得できないと本当に心を痛めている人々もいた。この分裂は、ゲール人が辿るべき道を求めて最後の戦いを行ったアルスター諸氏族[008]が所有していた土地《アルスター》、聖パトリックがその礎を築き[009]、この国の叙事詩の舞台[010]でもある土地《アルスター》を、別の国旗の下に切り離してしまったのである。一方で、このような憤りに与せぬ者たちもいた。彼らは並々ならぬ勇気と高潔さをそなえた優れた者たちで、条約を受け入れ、何とかしてそれをうまく機能させようと決意し、条約の制定によってアイルランドの自由は拡大し、今後も発展してゆくのだと信じて疑わなかった。

　もちろん、南北分離については意見の相違が見られたものの、ケルト人とヴァイキング、サクソン人とノルマン人の痕跡が特徴的に残る古都ダブリンの性格は変化していなかった。とはいえ、私の学生時代のダブリンとは雰囲気ががらりと変わっていた。当時は、皆が詩や神秘的ロマンスに夢中だった。けれども、A・Eとシガーソン博士のあの親睦会はほとんど昔のまま変わることはなく、A・Eの日曜の晩の会合は、年配の常連客だけでなく、若い男女でにぎわっており、古き時代とのつながりが保たれていた。人々は輪になって座り、紅茶やコーヒーを飲み、文学や、劇作や小説の解釈、詩の類韻について語り合うのだった。イェイツの創造的な時代は終わったと発言した人物もいたが、それは私の学生時代にも散々耳にしていたことだった。確信を持ってそのような意見を述べる若い作家を前に、私は笑いが込み上げてくるのを抑えることができなかった。トリニティ・カレッジのラドモウズ＝ブラウン教授[011]は、昔のように外国のジャーナリストに対してフランス語で話し、他の誰かは、ロシア語と思われる言葉で話していた。頻繁にアイルランドにやって来るある英国人は、かつてアイルランドに対して行われたような英国の帝国主義を非難していた。今ではロンドンでオービュッソン絨毯[012]の敷かれた家に暮らすジョージ・ムアについて語る者もいた。A・Eことジョージ・ラッセルがドニゴールで描いた自分の絵の話をする間、妻のラッセル夫人は紅茶やコーヒーを客に振る舞うのに忙しかった。

しかし、その晩目にしたものの中で、最も奇妙でありながら、同時に馴染み深いと感じられたのは、コンスタンス・マルキェヴィッチが部屋の隅のいつものソファーに座っていることだった。足下には茶色の犬が寝転んでおり、昔飼っていたのと同じ犬であるはずはないだろうが、全く同じ雄犬のように見えた。確かに彼女はそこに座っていた。一九一六年の蜂起では男たちと共闘し、その指導者たちと共に死刑判決を受けながら、恩赦で終身刑に減刑されたコンスタンス、先頃釈放されたばかりのあのコンスタンスが座っているのである[013]。イェイツはコンスタンスが地元スライゴーの大地主、ヘンリー・ゴア＝ブース準男爵の娘だったときから親交があり、かつて彼は詩の中で、猟犬を先に立てて狩りをする馬上の彼女を「田園地帯の美」[014]と描写した。しかし、モード・ゴンに次ぐ大変な美人として私の記憶にあったコンスタンスは、遥かに時代遅れとなってしまった古い服を身にまとい、年老いてやつれた女性になってしまっていた。顔の輪郭は同じであったが、その表情に昔の面影はなく、まばたきをしながら眼鏡越しに私を見つめる、懐かしい瞳からはかつての燃えるような情熱は失われていた。弱々しく私と握手をしたあと、ほとんど話しかけてくることはなかった。彼女に最後に会ったのは、ホウス港での弾薬密輸事件[015]の前のこと、つまり私たちがアメリカに発つ直前のことだった。その時、ロンドンのオスカー・ワイルドの自宅に泊まったときのとても興味深い話をしてくれたことを思い出す。あの一大スキャンダルが発覚する直前のエピソードである。彼女の友人だったワイルドの妻は、ワイルドとリリー・ラングトリー[016]との関係が終わったことに満足しており、夫と二人の子どもとの四人で静かな家庭生活が送れることを心待ちにしていたそうだ。

美しさと勇気が最高潮に達していた頃の、生気に満ちた円熟期のコンスタンス・マルキェヴィッチを私は知っていた。彼女は、自身が設立した国家的な青年運動で、少年たちの訓練と軍事練習を行うという男まさりの勇ましい活動に勤《いそ》しんでいた。とはいえ、当時の彼女は女性らしい魅力に欠けていたわけでも、外見に無頓着というわけでもなかった。通常身につけていたのは、ツイードのスーツと男物のフェルトの帽子だったが、時にはパリ仕立ての上等なドレスで着飾ることもあり、ダブリンでは化粧をする女性がほとんどいなかった当時、フェイス・パウダーとほお紅で濃厚に化粧をすることもあった。まだ私が若い娘だったときに彼女が私に言った言葉は、いつも私の頭の中にあった。それはまさに女性特有の虚栄心に溢れたものだったからである――「男には興味ない。今まで選り取り見取りだったんだから。」しかし、今の彼女には美の痕跡は全く認められなかった。彼女は死火山のようであり、かつての彼女の激烈な個性は燃えかすか何かのようになってしまっていた。彼女は力強く、そして情熱的に、全く異なる複数の人生を歩んできたと言うことができるだろう。ヘンリー卿の娘コンスタンス・ゴア＝ブースとして、馬術に長けた彼女はハウンド犬を指揮し狐狩りを楽しんだものだった。そして、上流階級の集まりや総督の舞踏会に足繁く参加する「社交界の華」でもあった。さらには、パリの有名な美術学校でアートを学び、そこでポーランド人の画家、カジミェシュ・マルキェヴィッチ伯と出会い、結婚した。アイルランドの文芸復興運動が起こると、彼女はスラヴ系の夫を伴ってダブリンに戻った。妹のエヴァ・ゴア＝ブース[017]はアイルランドの新進気鋭の作家のひとりで、学生時代、私たちは皆彼女の詩を読んでいた。中でもよく読まれたのは彼女の「ブレフニーのさざ波」だった。

ブレフニーのさざ波が、飛沫《しぶき》を上げ私の心を濡らし、
ブレフニーのさざ波が、揺らめきながら私の魂を通り過ぎる。

ダブリンでは、コンスタンスとその夫は多くの人の関心

を引く社交サークルを作り出し、劇場を運営した。それは当時、ダブリンに出現したアビー・シアターの無数のライバルの一つだった。しかし彼女は、アイルランド女性として、キャスリーン・ニ・フーリハンの求めに応じることが何よりも大切な自分の使命だと悟っていた。最初のうちは彼女の夫も妻のナショナリズム運動を手伝っていたが、コンスタンスがますます活動にのめり込むようになると、二人は別居し、結局、彼はポーランドに帰国してしまう。ポーランドのナショナリストとして、ダブリンでは親しみをもって迎えられ、「カシー」と呼ばれていたカジミェシュ・マルキェヴィッチは、当時のアイルランドの生活に驚くべき早さで順応し、ナショナリスト運動の意義も容易に理解した人物だった。彼がポーランド語訛りで歌った「緑をまとう」は、ダブリンの人々の記憶に長く留められたのである。

　コンスタンスが立ち上げた運動は、愛国心を高揚する《ナショナル・》国家規模の青年運動《ユース・ムーブメント》としては、世界初のものだったに違いない。既に、ベーデン＝パウエルはボーイ・スカウト[018]を立ち上げていたが、それは国際的な《インターナショナル》構想を持つものであった。他方、コンスタンスの運動は純粋にアイルランドのナショナリストのためのものであり、軍事的なものでもあった。少年たちは古代のアイルランド伝説の戦士に擬《なぞら》えられ、「フィアナ」と呼ばれた。そして、彼女の漲《みなぎ》るエネルギー、熱烈な愛国心、不正への怒りが、コンスタンスを労働運動へと向かわせた。一九一三年の有名なストライキの間、彼女は輸送業に携わる労働者たちのリーダー、ジム・ラーキン[019]やジェイムズ・コノリーと活動を共にした。現在では信じがたいことだが、当時このストライキは国際的なニュースになった。その後、彼女はシン・フェインの独立運動に参加し、一九一六年の蜂起では、指導者として、彼女の「フィアナ」の若者たちと共に戦った。

　古代ゲールの伝統において、女王たちが行ったように、彼女は少年たちに武器の使い方や戦の仕方を教えた。当時聖エンダ校と聖イタ校、両校の校長であったパトリック・ピアスに対して、「もしあなたが士官を育てるおつもりなら、私は兵士を育てます」と彼女が言ったことを覚えている。これに対するピアスの返答は「アイルランドが自由になるためには、私たちはみずからの破滅に身を捧げなければならないのかもしれません」というものだった。釈放後、彼女はまだ地下組織に過ぎなかった国民議会《ドイル・エーレン》議員に選出された。[020] イングランドとアイルランド両国における最初の女性議員の誕生であった。今私の目の前にいる彼女は、確実に死に向かいつつある、失意に沈んだ女性だった。それが、拘留生活のためなのか、いくつもの希望が潰えたがためであるかはわかりかねた。彼女が命を賭して戦ったものは結局何一つ実現しなかった。それらは極端なまでに理想主義的で、極端なまでに英雄的すぎたため、この地上では実現し得ないものだったのだろう。

彼女の人生の道のりを考えると、このとき彼女が話題にしたことは、私にとっては衝撃的で、いささか奇妙にも思われた。ちょうどある芝居の執筆中だったコンスタンスは、まるでそれが人生における唯一の興味であるかのように長々とその芝居について語り続けたのである。これまで歩んだ人生を経て、彼女は自分自身の熱情や苦難を少しでも劇化、あるいは象徴化する方法はないか模索していた。しかし、彼女にはもはやこれ以上何かを成し遂げるだけの体力は残されていなかった。その戦い、拘留生活、刑務所での食事は、彼女を消耗させ、個性を曇らせてしまっていた。かつて彼女は、戦うアイルランド女性、何ものも恐れない気高く勇敢な貴族的精神を持つ女性であった。その精神とは、貴族の子どもたちが理想通りに育った場合、手にすることができる道義的かつ肉体的な剛胆さだった。ただし、彼女はあくまで稀な例であって、そのような教育が上手くいくことは滅多にないのである。私が悲しく思ったのは、その場にいる人々がコンスタンス・ゴア＝ブースにほとんど注意を払っていないことだった。もしかしたら、A・Eの会合にいつも来ている人からすれば、抜け殻のように部屋の片隅で座っている彼女も、足下の茶色のプードルのどちらも、すっかり見慣れた光景だったのかもしれない。彼らの無関心など、彼女には何でもないことだった。他ならぬ彼女自身がよく知っているように、彼女が命を賭けて戦った国の歴史に、その名は語り継がれるのだから。

2

A・Eのサロンで、アメリカのことはもちろん話題に上った。ナショナリストたちは、アメリカはアイルランドの独立闘争に対して全く友好的ではなかったと言い、その場にいた一人のユニオニストは、なぜアメリカはドイツとの戦争にあれほど遅く参戦したのかと、厳しい口調で問いただした。アメリカにいるアイルランドの友人たちがどれほど熱心にアイルランドの大義のために働き、彼らがどのような個人攻撃に耐えなければならなかったのか、知っているものは誰もいなかったのである。トリニティ・カレッジ教授の若くて少々生意気な妻が、アメリカには教養のある人はいるのかと私に尋ねてきたので、私は「アイルランドについて同じような質問を何度アメリカでされたかわかりません」と答えた。私たち夫妻がアイルランドを去ってからこの会に出席するようになった何人かの若い作家たちは、私を本当に苛立たせた。アイルランドにはそもそも作家の数が少ないが、彼らは多少名が知れるようになると、自分の作品の価値にそぐわないような、過大な自己評価を下すようになる者が多い。その場にいた作家たちは、当然のことながら、アメリカで出版し、そこで読者を得ようと躍起になっていた。そのくせ、彼らがアメリカ文学やアメリカの読者について語るときの口調は、実に尊大だった。自分たちに何か奉仕するために、アメリカ並びにアメリカ人は存在しているのだというヨーロッパ人に特有の態度は、ダブリンでも全くないわけではなかったのである。アメリカ文学について充分に知識があり、実際に強い興味を持っていたのは、A・Eとジェイムズ・スティーヴンズだけで、この二人はアメリカを訪れ、作家たちに会いたいと心から願っていた。

　里帰りのあいだ、友人たちが貸してくれた家で、私たちは週に一度、友人たちが自由に来られるように、夕方からはずっと家にいるという、かつてのダブリンでの習慣を再開した。結婚当初、毎週火曜日の晩に、ドニブルックの我が家をよく訪ねてくれた人々は皆、来てくれた。とはいえ、同世代の誰もが生き残ったわけではなかった。復活祭蜂起の前後数年のあいだに殺された者だけでなく、第一次世界大戦で戦死した者たちもいた。しかし、私たちの世代や一つ上の世代の人々から見た年長者たち、つまりダブリンを支え続けてきた大黒柱のような人々は皆健在で、毎週顔を出してくれた。一番の長老は、セアラ・パーサーで、彼女の機知は未だに抜きん出て優れていた。新国家の新たな社会生活で「行政評議会議長《プレジデント》」[021]の右腕になろうとしていた二人の紳士[022]を、老僭王と若僭王[023]に擬えるあたりは、褒めているようにもけなしているようにも聞こえる見事なウィットであった。その二人の「僭王」が、ある公式行事を主催した際、当時ダブリンであまり評判がいいとは言えない女性が、偶然にもオーガスタス・ジョン[024]の隣の席に座ることとなった。その時、セアラはただ一人冷静であり続けることのできる人物だった。そして、少しも驚くことなく、事も無げに言ってみせたのだ――「そうね、あの人の両側に、ジプシー娘を一人ずつ座らせた訳じゃないんだから、まあ、主催の二人もうまくやったと褒めてもいいのかしら。」[025]

　アリス・ストップフォード・グリーン[026]が登場すると、セアラは少しばかり緊張するのが常だった。この二人の著名な女性は、互いに嫌い合っていた。二人とも聡明で学識の深い女性だったが、全く正反対のタイプだったのである。未亡人《ウィドウ》のグリーンという名で知られていたグリーン夫人は、『イギリス国民小史』を書いた歴史家のジョン・リチャード・グリーン[027]の妻で、彼女自身もまた歴史家だった。彼女は、私の夫が執筆活動を始めた当初からの友人であり、私のことは嫌いではなかったようだが、あまり関心はないように見えた。実際、彼女は女性との友情は全く求めていないようで、男性限定の晩餐会をしばしば開いていたほどである。結婚生活のすべてを過ごしたロンドンで、彼女は有名なサロンを主催する社交界の中心人物で、閣僚や編集者、詩人や貴族と親しく交際していた。アイルランド出身で、英国に反抗的なアイルランド人気質を備えていたにもかかわらず、ロンドンに長く住んでいたため、彼女は無意識のうちにイギリス的なものの考え方を身につけていた。それでも、英国政府が彼女に対し、ロンドンからの退去命令を出し、アイルランドに帰そうとしたとき、影響力のある政治家を含む、社会的に高い地位にあった彼女の友人の誰一人として、それを撤回させようとはしなかった。おそらく友人のロジャー・ケイスメントの絞首刑を阻止するために奔走したことが決定的な原因となり、彼女はロンドンから追放されることになってしまったのだろう。しかし、ウェストミンスターのすばらしい邸宅からも、弟子たちやヨーロッパ各国から訪れる高名な客人たちからも遠く離れてしまうことになったウィドウ・グリーンは、ダブリンにおいて、パリのバック通りから追放の身となったスタール夫人に自らを擬えていたのではないだろうか。

礼儀を保ちつつ、どこかよそよそしい感じで、彼女は会合に来ている女性たちに挨拶しながら、その意識は完全に男性だけに向けられていた。彼女は厳しい知的訓練を受けてきたという点で、実際、他の女性たちとは全く異なっていた。他の女性作家と比べても異なっていた。彼女の歴史書『アイルランドの国民性』と『アイルランドの形成とその零落』は、歴史という分野において重要かつ独創的な業績であり、アイルランドに対して変わりつつあった英国の態度に大きな影響を与えた。この当時、彼女は新しいアイルランド政府の上院議員となり、自分の責務について非常に真剣に考えていた。彼女は男性の政治家がそうであるのと全く同じように、公人であった。ロンドンで主宰していたサロンを、今度はアイルランドでも開こうと奮闘し、自由国の若い閣僚や各界の指導者を積極的にもてなそうとしたが、彼らの多くは知的サロンにはあまり縁のない生活を送ってきた者たちだった。彼らが諸事全般や人生一般について学んだのは、バリケードの背後だったり、警察から逃走する最中だったり、監獄の中だったのである。彼らはヨーロッパで台頭してきた新しいタイプの指導者であり、彼らとウィドウ・グリーンは根本的に理解し合うことができなかった。ロンドンの生活が長かったため、セアラ・パーサーに代表されるようなダブリンの知的女性たちがどのような存在か、理解できなかったのかもしれない。ダブリンの知的な女性たちは、学識ある女性が伝統的に見せてきた生真面目さの代わりに、フランス女性たちによく見られる、ウィットと陽気さを持ち合わせていたのである。ウィドウ・グリーンはセアラのことをほとんど理解できなかったようだが、陽気で快活なスーザン・ミッチェル[028]のことはもっと理解できなかった。才人としてセアラのライバルだったこの女性は、A・Eの週刊誌で働き、農業組織協会の手伝いをしていた。

部屋の中では、女性の知識人たちが輝いていた。しかし、私が出会った中では最も美しい女性であるモード・ゴンが、友人のシャーロット・デスパード夫人と共に登場すると、皆、息を飲み二人に圧倒された。それは時間が停止した瞬間、アメリカ人がよく言う「ショーが中断した瞬間」だった。年老いてなお美しいこの二人の女性が客間に入ってくると、私は胸の高まりを抑えられなかった。なんと言っても二人は私の少女時代の英雄《ヒロイン》だったし、二人に会うのは約十年ぶりのことだったからである。アイルランドでは個性ある魅力的な好人物に出会うことはあっても、美人にはなかなか出会えないものであるが、二人はとにかく美しかった。美しいだけでなく、信じがたいほど気品があり、人を鼓舞するような個性を作り上げるための要素をほとんど完璧に持ち合わせていた。両者とも指導者として多くの人々に影響を与え続けてきた。モード・ゴンの名を知らない者はヨーロッパにはいなかったし、アメリカにおいてですら「アイルランドのジャンヌ・ダルク」として知られていた。イェイツの詩に描かれることで、彼女は文学においても伝説的人物になった。デスパード夫人の方はといえば、女性参政権運動における傑出した人物のひとりであり、「女性解放連合」のリーダーであった。彼女のスピーチとパンクハースト家の女性たち[029]のスピーチの間にある決定的な違いを私はよく覚えている。パンクハースト家の女性たちは確かに気高く闘ったが、彼女たちは弁護士や政治家のようにしか話すことができなかったのに対し、デスパード夫人のスピーチには、温かさと詩情と、現実味を伴った知性が、感情的な強さと混じり合っていた。常々私はこれこそがケルト的な性質であると思っている。しかし、現実味を伴った知性と実用性とは全く別物である。パンクハースト家の女性たちの政策やスピーチは、広範囲にわたって、現実的な生活に役立つ事柄を考察したものだった。彼女たちは大英帝国という観点からものを考える、つまり、ジョゼフ・チェンバレン[030]が言っていたように、帝国的なものの考えをする女性たちだった。彼女たちから受ける印象は、野心を抱いている人たちに対して感じる印象と共通していた。野心家たちは、大義そのものに身を捧げるのと同様に、大義が導く結果にも身を捧げているのである。だがデスパード夫人にとっては、あくまでも大義こそが重要なものであり、進んで大義の僕《しもべ》となる用意があった。女性参政権を勝ち取ったのち、夫人は友人のモード・ゴンと共にナショナリズムの運動に参加したが、これによって、彼女はアイルランドの総督だった弟、ジョン・フレンチ卿――第一次世界大戦中、イープルの激戦地で英国の陸軍元帥を務めた――を大いに困らせたに違いない。英国の自由党政府は、アイルランド人であるフレンチ卿を総督にすることで、人心を懐柔しようと画策したのであるが、それは上手く機能しなかった。

レディ・グレゴリーと同様の野心家だったグリーン夫人は、我が家の客人としては例外的存在であり、他の女性たちの中に私的な野心を持つような人々はいなかった。イェイツの二人の妹、リリーとローリーは、魅力的で豊かな芸術性を備えた姉妹だった。この驚くべき一家の面々は、皆、例外なくそうであった。二人は「クアラ・インダストリー」と名付けた創作の場で、精力的に本を出版し、刺繍をし、絵を描いたのである。しかし、これは私的な目標のための手段ではなく、一種の愛国的努力だった。イヴリン・グリーソン[031]やセアラ・パーサーも、前者は織物、後者はステンド・グラスといった芸術産業を経営した芸術家であり、国のために、国の大義のために全身全霊で打ち込んでいるように見受けられた。彼女たち全員に当てはまる一つの資質を挙げるとすると、それは損失や犠牲は勘定に入れず、国のために働こうとする意志だと言えるだろう。

3

女性たちのように豊かな個性を持つ男性はあまりいなかった。もちろん、A・Eとジェイムズ・スティーヴンズは、人々が集まる場を取り仕切る重要な存在だったが、他の男性たちは二人の足下にも及ばなかった。私を文学の世界に最初に導いてくれた物書きのおじに対しては、子ども時代に私はあまりにも強く傾倒していたため、逆に、それが大きな失望に変わっていった。今では彼はダブリンで公務員として働いており、相変わらずハンサムで身なりのよく整った人物だった。しかし、世の中で最も聡明で、文学のことならば何でも知っているとかつて私が思っていたこのおじは、今では時代遅れで、古い因習や形式に縛られているようにしか見えなかった。彼には既に五、六冊の著書があったが、どれも最初の数ページを読んで私は投げ出してしまった。雑誌に詩を発表したこともあったが、彼の知る文学、とりわけアイルランド文学は、イェイツやアビー・シアターが登場する前のもので、イェイツとは同時代人であるにもかかわらず、彼はイェイツが書くものをよいと思わず、ジョイスの作品に至っては耐えがたく感じたようだった。もし私が具体的にイェイツの詩を取り上げ、その意味を説明する機会があったなら、昔のように六ペンスか新しい帽子を送ってくれたのかもしれない。近代のアイルランドには、彼がしがみついている古い世代の嗜好を満たす余地はほとんどなかったのであるが、彼は私や私の仲間たちの趣味を一切認めてくれなかった。怒りを覚えずに新しい世代の文学を語ることがおじにはできなかったのである。おじは自覚していなかったが、彼が認めていたアイルランド文学――ウィリアム・カールトン[032]、ジェラルド・グリフィン[033]、オーブリー・トマス・ド・ヴィア[034]、チャールズ・レヴァー[035]、サミュエル・ラヴァー、そして彼が愛して止まなかったトマス・ムア――は、英国人の好みに合わせた作家たちで、中でもムアの唄はロンドンの応接間に集まる人々のために書かれたものだった。「それこそが問題なのだ」と新しい世代の作家の一人であるアーサー・パワー[036]は書いている――「支配された国の文学は、周囲の力に抗いきれず、支配者の嗜好に迎合せずにはいられない。アイルランドは、英国人の嗜好から脱することで初めて、価値ある文学を創造することができたのだ」と。

毎週火曜日の晩に私たち夫婦に会いに来てくれた人々は、豊かな人生経験に育まれた、興味深く、活力に溢れた人たちだったが、それでもなお彼らの間に意見の相違という暗雲が立ちこめることがあった。一つの部屋の中に、ある人々に対し強い敵対心を抱く者たちもいたし、別の人々のことを国家の裏切り者だと言って憚《はばか》らない者もいた。誰もが皆、アメリカにいたときに私が会いたくてたまらなかった人々である。彼らの声を、彼らの会話をどれほど懐かしんでいたことだろう。それにもかかわらず毎週火曜の夜に自宅で友人たちと過ごすようになると、彼らの間で政治的立場の違いが声高に主張され、大議論に発展してしまうことに、憂鬱な気持ちを抱かずにはいられなくなった。私はこれほどまでに人々のあいだに悪意が広がっていることを、全く予想していなかったのである。私の憂鬱な気分を増長したのは、ニューヨークの明るい日差しのせいで忘れかけていたダブリンの雨だった。それは実によく降った。しかし、雨の降っていないときには、フランスの街のようでもある懐かしいダブリンの街中を歩き回ることができ、靄の立ちこめる埠頭を当てもなく散歩することができた。これもまた、古本の露店や古道具店、奇妙なホテルや家々が立ち並ぶパリの埠頭のようであった。グラフトン・ストリートには馴染みのティー・ルームがいくつもあり、そのうちの一つでは、昔と全く同じ小さな楽団が、悲哀に満ちたアイルランドの歌曲を変わることなく演奏しているように思われた。店内にいる常連客に知り合いは誰もいなかったが、若い学生たちは紅茶を飲み、ケーキを食べ、ブックバンドでまとめた本を小脇にかかえながら、テーブル越しに留学生とフランス語やドイツ語を練習しており、私たちの世代と全く変わらないようだった。しかしすぐに、彼らは私たちとは見かけもその関心も異なっていることに気がついた。かつては多くの知り合いたちに遭遇していたオコンネル橋も、今では一日に何度も行き来したとしても、誰ひとり知り合いに会うことはなかった。もっとも古代ローマの詩人ホラティウスがアッピア街道[037]で出会っていた人たちがそうだったように、群衆はいつも若い年齢層なのである。

　ダブリンの街の雰囲気はすっかり変わっていた。それはもうジョイスが『ユリシーズ』で言祝《ことほ》いだ街でも、アビー・シアターとゲーリック・リーグを生み出した街でも、ジョン・シングの演劇に怒り、暴動を起こした街でもなかった。ヴィクトリア朝時代を生き抜いた有名な人々、トリニティ・カレッジとオコンネル橋の間を、週に何度か行き来すれば会うことができた人々は一体どこへ行ったのだろう。かつてそこには、黒いゲートルを巻き、風刺画の中でしか見ないような奇妙な、いかにもアイルランドの庶民の顔立ちをしたマハフィー教授がいた。教授は、まるで前日の夜の食卓でソフォクレス[038]やソクラテスと同席したかのように、彼らについて語った。教授によると、古の賢人たちは、ダブリンの紳士と同様に、少々飲みすぎるのが常だったらしい。マハフィーは、韻律と歩格の整ったスウィンバーン風の英語に翻訳されたギリシャ詩を朗唱したが、そのようなとき、どのように体を動かしたらよいか、以前イェイツが私たちに教えてくれたことがあった。マハフィーは、まさにイェイツが言ったように、踊りのジグの曲に調子を合わせる時のように、リズムを取りながら、体を動かしていた。また、ゲーリック・リーグのメンバーは、マハフィーが正餐を共にしたという古《いにしえ》の王たちについて語るときは、にっこり微笑むようにと教えてくれた。かつて、とある貴族を訪ねてギリシャに行ったマハフィーが、奇妙な顔をした犬を贈り物にもらって帰ってきたとき、ダブリンの才人のひとりであるオリヴァー・ゴガティ[039]は、まさしく教授がギリシャ語の翻訳からよく引用していたような韻律と歩格を持つ詩を書いた。

猟犬を彼は授かった
とある王家の末裔から
さすらいの旅で培った
深き知恵の代わりに——
しかし、その紐に導かれし者は
飼い主か、寄贈者か、その犬の方だったか

さらに思い出すのは、威風堂々としたダウデン教授のことだ。実に優雅で、ニュー・イングランド人を髣髴とさせる教授は、若かりし日にシェリーとシェイクスピアについて書いた本の内容を、幾度となく繰り返し話した。ダウデンについて人々がよく噂していたのは、彼のシェリーの本に対して、マシュー・アーノルドがあの書評を書いてから、彼の中で何かが衰え、死んでしまったということだ。アーノルド流のあの慇懃さで、ダウデンは崇高さを備えた馬鹿者ではなく、ただの愚かな馬鹿者にすぎないと断罪されたのである。それから、片眼鏡と二本の剣を身につけ、午後になるとオコンネル・ストリートを、まるで何か特別な目的があるかのように歩いていた、ジョイスの『ユリシーズ』の中に登場するあの紳士[040]はどこに行ったのだろう。このような人たちがいなくなって、十八世紀の趣を残す通りはどれも活気を失っているように思われた。ジョージ・ムアがロンドンに移り、ダブリンから姿を消してから数年が経っていたし、かつてはスカートを泥で汚さないように花柄のペチコートが見えるほどたくし上げて街を歩いていたレディ・グレゴリーは今や歳を取り過ぎて、雨の中、歩き回ることはなくなっていた。私は若い青年詩人たちのことも懐かしく思い出した。彼らは街中で私を見かけると近づいてきて、書いたばかりの詩をポケットから取り出し、相応しい身振り手振りをつけて朗読してくれたものだった。日々の営みとして詩を書くことは、もはや人々が競って行うことではなくなっていた。ある有名人によれば、若い男たちは皆、憲法を書くのに忙しいのだそうだ。確かに、ソネットを書くよりは憲法を書く方が簡単なのである。

まさにオコンネル橋の上から、荒廃は始まっていた。イースター蜂起の最中、英国軍の大砲によって、あるいは内戦中の両陣営の対立によって、多くのものが破壊された。懐かしい顔ぶれが見られなくなったことだけでなく、歴史的建造物がなくなってしまったことに悲しみを覚えながら、私は川べりの道を通り抜けて、脇道へと進んだ。そこには古くからある教会――クライスト・チャーチに、スウィフトが首席司祭を務めていた聖パトリック大聖堂――が並んでいた。そこは、かつて多くの人々、それぞれの時代に文学や情熱的な考えが人生で最も名誉あるものだと思わせてくれた人々が歩いていた場所である。彼らの亡霊が周りの大気中を彷徨《さまよ》っていた。とりわけ人々に愛されたスウィフトは、ダブリンの古い伝説によれば、生前あまりに慕われていたために、悲嘆に暮れる人々の群れが、代々子孫に引き継ぐために彼の髪の毛が一本欲しいと、この主席司祭が横たえられている公邸を取り囲んだという。同じく人々に愛されたゴールドスミスは、自分が書いた曲をバラッド歌手が歌うのを聞くために、いつも人々の群れをかき分けて進まねばならなかったという。バークやシェリダンもそのような亡霊たちの一人だった。彼らもまた、スターン[041]やファーカー[042]に匹敵する優れた言葉の使い手であり、私の世代では軽んじられていたトマス・ムアもそうだった。それからイェイツが私たちに賛美するよう命じた詩人たちの亡霊、デイヴィス[043]、マンガンやファーガソンも忘れてはならない。しかし、これらの文人たちに想いを馳せながら、私が心に留めずにいられなかったのは、ダブリンの偉大なる文学者たちの中でも最も偉大なイェイツが、まだ現実にこの通りを歩いていたということである。青春時代に私が尊敬していた当時のイェイツに比べると、この頃の彼は遥かに偉大な詩人と見なされるようになっていた。しかし、彼もまた変わってしまった――ある意味では、誰よりも変わってしまった。生涯独身を貫くかのように思われたイェイツは、五十代に結婚し、今では家長となり、上院議員になり、ノーベル賞受賞者となり、世界的な名声と賛辞を手にしていた。彼はすっかり丸くなってしまった。数々の詩作を捧げる家庭、特に息子や娘がいたし、彼が好んで嗜《たしな》んだシェリー酒のデカンタやスリッパを運んでくれる妻もいた。実際、彼はより人間らしくなり、人間の通常あるべき姿により近くなったとも言える。その昔、若者たちを教え導き、街中で人々を相手に長々と熱弁をふるい、自らの知的運動のために苛烈に闘った彼はもういなかった。

4

数週間後、私たちは都会のダブリンを離れ、田園地方に向かった。郊外の至る所で、歴史的な邸宅の数々が、理由もなく焼き払われていたが、それは、のちにヨーロッパ全土を焼き尽くすことになる、財を持たざる者が持てる者に対して行う報復行為であったのかもしれない。報復行為は既にロシアでは始まっていた。ダンセイニ卿夫妻が数日間ミース州で一緒に滞在するよう誘ってくれたのだが、そこではほとんど何も変わっていないことがわかり、嬉しくなった。彼らの住む館《キャッスル》とその部屋はどれも昔のままだった。私は以前泊まった部屋で眠ったが、同じ肖像画が暖炉の上に掛かり、同じ十八世紀の水差しと盥がマホガニー材の古い台の上に置かれていた。とはいえ、それらはもう使われることはなかったのだが。朝ベッドまでお茶を運んで来たのは、少しばかり年齢を重ねはしたが、昔と同じメイドだった。そこには傲慢なアメリカ人の若者がひとり滞在していたが、彼は爵位を持つ人物がなぜ詩人などと付き合っているのか全くわからないという様子だった。他ならぬその貴族が詩人であることをこの若者は忘れていたのである。ダンセイニ夫妻はアイルランドの新しい秩序に心の底から賛同しているというわけでは決してなかった。それというのも、彼らが関心を持ち忠誠を誓うのは、昔と全く変わらず、精神に関わることだったのである。そもそも夫妻は、爵位が与えるいかなる栄誉にも全く気を留めなかったのではないかと思う。もっとも、彼らはノルマン系アイルランド人の祖先を持つことに、そしてあの偉大なるヒュー・オニール[044]——エリザベス女王との「九年戦争」で活躍した第二代ティローン伯——と血がつながっていることに誇りを思っており、フランスの象徴派詩人を髣髴とさせるオニールの肖像画はダイニング・ルームの壁に掛かっていた。

ダンセイニ卿は、ジョン王[045]のために建てられ、現在は彼が所有しているトリム城について語るときも、村で発見した詩人について語るときも、同じ情熱を込めて語った。私たちを馬車に乗せ、既に焼き払われてしまった荘厳な古い家の跡地をいくつか見せてくれたりもしたが、私はどうしてこんなことになってしまったのだろうと自問せずにはいられなかった。特に、ジョージ・ムアの弟のモーリス[046]や、ヘンリー・グラタン＝エスモンド卿[047]のような高名なアイルランド人たち、それも愛国主義と強固なナショナリズムで知られる人々の家が燃えて煙に包まれてしまったことは、どうしても理解できなかった。そのような邸宅と持ち主の家族は、アイルランドの歴史の中で、長い間、言わばランドマークのような重要な役割を果たしてきたというのに、彼らの家を破壊したアイルランド人は、彼らに対してどんな恨みを持っていたというのだろうか。だが、その一方で、ダンセイニ夫妻から、ケリーにあるランズダウン侯爵[048]の屋敷が焼き払われたと聞かされても、私の心がそれほど痛むことはなかった。侯爵は、有能ではあったかもしれないが、素性のあやしいペティという男の子孫だった。数百年前、没収した土地を測量する目的で、当時の統治者であるオリヴァー・クロムウェルによってアイルランドに派遣されたペティは、怪しげな手段を使ってケリーにある広大な土地を獲得し、それ以来、その一族は代々その土地を所有していたのだった。侯爵の孫の夫に当たるハロルド・マクミラン[049]は、ロンドンで出版社の経営に携わっていた。のちにロンドンでハロルドから聞いた話によると、彼の妻の祖父は家を焼かれてしまった後、犠牲者としてロンドンに移ったが、結局イングランドでの暮らしに耐えかねて、昔からよく知るケリーに戻り、村のパブの上の部屋に住んでいたこともあったと言う。

ダンセイニ卿の家の次に、小地主で、競走馬を飼育している、もうひとりの友人の家に私たちは宿泊した。九室から十室ある正方形の部屋に宿泊する客の誰もが大層楽しみにしていたのは、裏手にある一列に並んだ馬小屋まで行って、元気がよく立派な若い馬たちを眺めることだった。当主は、そのうちの何頭かはイングランドかアイルランド、あるいはフランスの大きなレースで勝つような名馬に育つことを期待していた。客が夜に到着した場合は、当主は手提げランプを手に、彼らを馬小屋に連れて行った。馬の目は薄暗がりでぎらりと光り、神経質そうに足を踏みならすので、馬小屋に馴染みのない者にとっては時には驚くべき経験となった。本来当主は、競走馬のサラブレッドよりも狩猟馬の育成を得意としていたが、アメリカから船一隻分のサラブレッドたちと共にやって来たアメリカ人のハリー・ウスター・スミス[050]に対しては、大いに敬意を払っていた。彼は、アイルランド人たちが愛してやまない中途半端な馬ではなく、自分が運んできた船一杯のアメリカの純血種の馬こそが、最も良い狩猟馬になっていくと、アイルランド人に向かって宣言したのである。

　革命や文学がこの屋敷で話題になることはなかった。馬こそがまさに実在のものであり、私たちがお世話になった当主にとって、馬は実際、生計を立てる手段だった。同様に彼の人生の楽しみ、スポーツ、そして娯楽をもたらしてくれるものでもあった。馬がいなければ、彼は生きていくことの意味を想像することすらできなかったと思う。私にはこれほど恵まれた人生というものを思い描くことができない。生計を立てる手段が、それ相応の収入だけでなく、生の沸き立つ喜びをもたらしてくれるのだ。「狩りというのはね」食卓の上座に陣取り、自分の裏庭で育てた鶏を切り分けながら、当主は言った――「世界で最高のスポーツなんです。いや、唯一のスポーツと言っていいかもしれませんね。」私は、狩りができない時に「退屈、退屈」と日記に書いていたフランス国王[051]のことを思い出した。人はそれぞれ一家言を持つとはいえ、彼に言わせると、世の中で不可解だと思う唯一のことは、馬と一緒に過ごすことの喜びが、この世界の住人には充分に理解されていないことだそうだ。ある程度はその喜びに共感することができた私自身にとって、国内はなお諍いが絶えない不安定な情勢にあるとはわかっていても、馬の育成に情熱を燃やす彼の屋敷で過ごす時間は楽しいものだった。

　彼の家で供された食事は、実にすばらしかった。朝にはベッドへ紅茶とクラッカーが運ばれ、階下におりてゆくと世界中を探しても他では食べられないような、極上のハムと卵料理、ソーセージとトーストが朝食として用意されていた。昼の一時頃に今度は二種類の焼いた肉《ロースト》――片方はいつもハムだった――が食卓に並んだかと思えば、食後にはデザートとチーズと共に、あらゆるウイスキーが飲み放題だった。午後遅くには、紅茶と焼きたてのスコーンを食べ、夜には、一日の最後に馬たちの様子を見に行った後に、冷肉とサラダを食べ、ギネスの黒ビールを飲むのである。

しかし、私たちをもてなしてくれた当主自身か、その弟、あるいは義理の弟であったか忘れてしまったが、たまたまアイルランドの新政府と関わりがあったか、あるいは下院議員であったか、何か要職に就いていた人物が知り合いにいたおかげで、私たちが到着して四日目の夜、当主は、反政府軍のリパブリカンたちが彼の家を焼き払おうとしているので、当主本人はもちろん家族や客、馬たちも逃げた方がいいという密書を受け取った。馬たちをどうしたらよいかが彼の最大の関心事となった。「でもお家の方は……?」と私は尋ねた。十八世紀に建てられた彼の小ぶりの家は、とても魅力的だったからである。しかし、彼は歴史には無関心だった——「奴らが家を焼いても、補償を受けて、最新のものを建てればいいんです」——実際にこの言葉通りになった。当主の判断に従い、私たちは皆逃げることにした。事前に警告があったおかげである。他の大きな屋敷の当主の多くは、何ら予告なく、家も家財も何もかもすべて一瞬のうちに火を付けられたのである。

慣れ親しんだ世界からアメリカに戻り、そして再びアメリカを出て、太平洋の島に向かう前に、私は少しばかり心を落ち着かせる時間、あるいは単に楽しめる時間が欲しいと思った。そこで、ロンドンで数日楽しく過ごしてはどうかという誘いを受けることにして、ついでにアメリカの新刊本について知りたがっていた出版者にも会って来ようと思った。夫は革命の渦中にあるアイルランドをもう少し見て回りたいと言ったため、私だけが、そのとき着ていた乗馬用の洋服のまま、その馬主兼生産者の元を離れることになった。鞄にわずかばかりの物を詰め、ダンレアリーから出る郵便船に乗り込んだのである。

第二十六章　ロンドンのボヘミアン社会

　ダブリンからロンドンへ向かう旅は、地球上で最も不快なものだと言えるだろう。ダンレアリーとホリヘッドの間の海は荒れることで悪名高く、船が沖に出て数分もすると誰もが皆船酔いに襲われ、それがおよそ三時間の航海のあいだずっと続くのである。

　船は、直前まで私が滞在していた屋敷の当主によく似た男たちで溢れていた。皆、がっしりした体つきに赤ら顔の馬面で、ツイードの服と細身のズボンを身につけた礼儀正しく親切な男たちだった。海は荒れ、早朝の八時だというのに、男たちは食堂に座り、ウイスキーや冷製のハムを注文していた。一方、女性たちは、中には男たちと同様に馬面の者も含まれていたが、客室で横になって、乗務員にあれこれ世話をしてもらい、船がホリヘッドに到着する直前になって、やっとデッキに出てきた。

ホリヘッドで税関検査があり、全員の手荷物が詳しく調べられるというのは初めての経験だった。アイルランドに独自の政府ができたことを、これ以上に実感できる経験はなかったと思う。同じ船に乗ってきた人々の中には、英語を全く話せないふりをして、上手い下手にかかわらずアイルランド語で船員や税関検査官にまくし立てる者もいた。おかしかったのは彼らに対して、ウェールズ語で返答がされていたことだった。というのも、ホリヘッド行きの船の乗組員はウェールズ人が多く、彼らはずっとウェールズ語を捨てることなく、使い続けていたからである。私に鞄を開けるように要求した若い役人は、中に銃やダイナマイト、その他爆発物が入っていないか尋ねてきた――「向こうでは今、爆発物は珍しくないはずですからね。」

　六時間後、ホリヘッドからの郵便列車《メイル・トレイン》を降りると、ロンドンのユーストン駅だった。出迎えてくれた出版社の男性は、その晩私に付き合ってくれるということで、彼の仕事仲間と一緒に夕食を取るか、劇場かクラブに行くか、あるいは誰か著名人に会いに行くといった選択肢を提案した後で、少々躊躇しながら、彼の本当の望みであることをほのめかすような声で、ある有名なパブに繰り出すというのはどうかと言ってきた。そこには芸術家や音楽家、知的職業人や三文文士などが山ほど集まってくるということだった。男たちは大概若く、女たちは大概美しく、品行方正な者も、そうでない者もいるらしかった。そこに集う作家たちのうち何人かは、そのうち有名になるだろうと彼は言った。それほど顔を見せない常連の中には、既に世界的に有名な作家たちもいるそうである。オーガスタス・ジョンも時々そのクラブに登場するらしいが、いつも美人のモデルを何人かひき連れてやって来るという。芸術家やその取り巻きが、このように一つの場所に集うといった傾向は、どこでも見受けられるものだと思われるかもしれないが、「ロンドンのボヘミアン社会」には長い歴史があり、「マーメイド・タヴァン」[001]の伝統を引き継ぐ酒場は今なお健在なのである。

編集者の男性がどうしてもそのパブに行きたいという様子を見せるので、私は大いに興味を持ったが、その一方で有名人云々という話にうんざりしている自分もいた。そもそも私にとって有名人というのは、男女を問わず、天才でない限りは全く好きになれない人々なのだ。彼らは名声を得る過程で、往々にして生気や情熱を失ってしまう。ただし、本物の天才の場合は事情が全く異なってくる。天才というものは、年齢を重ねるにつれて、その存在から生気と情熱がにじみ出してくるのである。私がそのパブに行くことに同意すると、彼はほっとしたようだった。夕食を取った後、彼に案内されるがまま、大英博物館に隣接する小道をいくつも通り抜け、パブの通用口から会員限定のバーに入った。イングランドのパブ、つまりあらゆる社会的身分の男女が集まる社交場《クラブ》を知らない者は、イングランドを知っているとは言えないらしい。私たちが入った部屋は広々としていて、最初の印象では、壁一面の鏡に囲まれた中、男も女も程度の差こそあれ皆、酔っ払っているように見えた。しかし、鏡やタバコの煙、そこにいる人々、また、様々な形状と大きさの、色とりどりの酒瓶がずらりと並んだバーの煌《きら》びやかな光景に目が慣れてしまうと――私が発ったときのアメリカはちょうど禁酒法の時代だった——男たちの中に酔っている者はほとんどいなかったし、女たちも酔っているのは、ほんの一人か二人だとわかった。そこにいる者のほとんどが全くの素面で、さして強くもなさそうな酒をゆっくりと飲んでいるだけだった。私たち二人はすぐに人々の視線を集めたが、私よりも連れの男性の方に注意が向けられた。というのも、そこにいた多くの作家の卵たちは、自分の作品を彼に売り込むことに必死であり、実際一人か二人はそれに成功していた。私たちが席に着くなり、部屋の中央の私たちのテーブルに向かって、数名の若者がやって来たことからも、出版社の人間の方が、入念に化粧をし、窓際の席に陣取っていた五、六人の女性よりも遥かに魅力的な存在であることを証明していた。私の周りに集まった紳士たちに目を向けようとして、あたりを見回したとき、店内に数え切れないほどある鏡に映った自分の姿が目に入った。明るい緑がかった店内の照明の下では、鏡の中の私はお世辞にも魅力的とは言えず、もし部屋の隅にいるような女性のように、入念にほお紅を差していたら、私だってもう少しましに見えたはずなのに、と思わずにはいられなかった。このような場所にいると、私はあの革命の余波が残るアイルランドから遠く隔たった場所にいるということを強く感じ、つい先日までの母国での経験の数々は意識から遠ざかっていた。鏡に映った自分を見るのは止め、私は再び周りにいる人々を観察した。大変奇妙なことに、男性の誰もが、見る者の興味を喚起させるような容貌をしていた。知性か想像力、あるいは単に苦労や苦悩が、彼らの姿に豊かな表情を与えていたのだろう。

私の隣に座っていた、少々酔っぱらった風情の金髪の男が、「ねえ、お嬢さん。何を飲みますか?」と言ってきた。

すると、私の庇護者である連れの男性は、「おい、トミー、やめろよ。ちょっと頭を冷やしてくるといい」と答えた。

一方、組みひも《ブレード》で飾られた、なかなか鮮やかなブルーのジャケットを羽織った若い紳士が私の対面に座っていた。オーブリー・ビアズリーに似ていなくもなかった、いや、より正確に言うとダウソンに似たその青年は、私をじっと見つめてから、「フランス産のリキュールか、あるいはブランデーのソーダ割りなどはいかがでしょう、マダム？」と言った。

彼は、実に印象的な顔つきをしていた。肌は浅黒く、真剣な眼差しからは、その創造性がうかがわれたが、同時に、微かではあるが挑戦的な態度が見られ、混乱した精神性の持ち主のように思われた。神に公然と反抗したルシファーの影響を受けた天使のようだった。英国の伝統的な芸術家にはよくいるタイプで、酔いどれの人生を送る中、後世に残るような優れた詩を一篇くらいは書くかもしれないし、あるいは、もしかすると「悠久の時の流れ、その半ばから存在した赤い薔薇色の都市」[002]といった一行を書いただけで、偉大な作家の一人として、英文学のアンソロジーの中に永久に名を連ねることになるのかもしれない。しかしこの男について言えば、疑いなく屋根裏部屋で生涯を過ごし、恐らくは結核で死ぬことになるだろう。

興味津々で、私は彼に「お仕事は何をされているんです？」と尋ねた。

一瞬の躊躇もなく、彼はポケットからくしゃくしゃになった一枚の小さな紙を取り出し、私に手渡した。それは雑誌『ユニオン・ジャック』[003]の表紙で、二ペンスと値段が書いてあった。

「これに物語を書いています」と彼は言った。「私は適切な言葉を、適切な場面で使う能力があるので、毎週私の作品が発表されるんです」

「適切な言葉を、適切な場面に、ですか？」

「そうです。おわかりになりませんか？　例えば、『彼女は奇妙にして切ない欲望を持っていた』とか、『その男は寸分の狂いもなく彼を殴り倒した』といった表現です。おわかりですね？　これが私です」そう言って、彼は表紙に印刷された名前を指さした。「もっとも本名ではありません。――と申します。詩を書いています。それも抜群にいい詩をね」

「詩の朗読でもやってもらおうじゃないか」とテーブルを囲む人々が促すと、彼は詩をいくつか朗読してみせた。確かに彼が自分の物語について語っていたように、適切な言葉が適切な場面に使われていたが、それはよく雑誌で見かけるような凡庸な詩に過ぎなかった。いかにもいい詩を書きそうな頭脳と顔立ちを持った人物が、これほどまでにありきたりで、つまらない詩を書いたことに私は驚かずにはいられなかった。詩について何もコメントせずに黙っていると、目の前にもう一杯飲み物が差し出されたため、私は我に返った。目の前には、ユーモアを解する心を持ち合わせていなさそうな、浅黒い顔の中年男が立っていた。とてもハンサムな人物だった。もっとも、そこにいた男性は皆ハンサムだったのであるが。

差し出されたグラスを受け取りながら、「お仕事は何をされているのですか？」と私は尋ねた。

「ちょっとした指南書《マニュアル》を書いておりますが、全く芸術とは言えないような代物ばかりですね。現在は『セックスと健全な生活』という連載を担当しています」

私は驚きのあまり、グラスの中身を少しこぼしてしまった。「あなたはまさか、変装したハヴロック・エリス[004]かマリー・ストープス[005]じゃないですよね？」

「まさか」と彼は真面目な顔をして言った。「私の名は――です。もちろん彼らの作品は参考にしておりますが」

「つまり」と、かの『ユニオン・ジャック』の詩人が割って入った。「この人はセックスの発明をしているわけじゃないってこと。セックスは、狂った神によって創造されたわけじゃないことを証明しようとしているわけです」

こんなやりとりをしていると、ウェイターが様々な種類のリキュールが並んだトレイを差し出してくれた。私はシャルトルーズと思われる緑色のリキュールを選ぶと、ブルーのジャケットを着た詩人がぺこりと礼をして言った――「私からです、マダム。」

そのリキュールに口をつけようとしていると、鏡越しに、美しい顔立ちをした一人の若い女性が怒りの眼差しを私に向けていることに気がついた。部屋の隅に座っていたこの女性は、立ち上がって私たちのいるテーブルの方へつかつかと歩いて来た。そして、詩人の椅子の後ろに立つと、彼の肩に手を置き、私を睨みつけながら「この方の飲み物は、彼女のステキなお友達におまかせすればいいじゃない。あなたにはそんな余裕はないんだから」と言った。そして、今度は私に向かって、詰問する調子で言うのだった――「ご自覚がおありかしら？　あなたは今、彼の朝食を飲み干してらっしゃるのよ。」

私は冷静さを保ったまま、リキュールを最後まで飲んだ。すると出版社の男性は、私が青年の朝食はもちろん、誰の朝食も飲み干してはいないことを請け合ってくれた。そして、誰かが奢ってくれているように見えたとしても、ここでの支払いはすべて自分が持つことになっていると続けた。

私はその若い女性を興味津々で眺めた。彼女は少しばかり酒に酔っていたが、あくまでほんの少し酩酊しているだけだった。その青ざめた顔、華奢な体つき、落ち着かなく震える長い指は、極端なほど神経質で強すぎる感受性を表しており、この女性が放つ雰囲気にぴんと張り詰めた緊張感を与えていた。怒りを率直に表している彼女の神経質な眼差しに対し、私は共感をこめた表情で応えようと試みたのだが、彼女の瞳には、ブルーのジャケットを着た青年への深い関心しかなかった。閃光のような直感で、私は彼女のことを一瞬のうちに理解した。この女性は、彼が先ほど朗読した詩を私が全く理解も評価もしていないと思っただけでなく、彼自身のことを私が正当に評価しようともしていないと考えたのである。そして、私が彼という人間と、その詩と、彼が差し出した酒をすべて一まとめに軽んじていると思ったのだろう。彼女は彼の才能に惚れ込んでいた。男の優れた才能を何よりも愛し、その才能を己のすべてを賭けて育て上げようとするようなタイプの女性だったのだ。

詩人は彼女を諌め、なんとか彼女を元の席に戻そうとした。女の目が懇願するように彼に向けられるのを見て、私は二人の行く末を考えずにはいられなかった。時が来ると、青年は彼女を捨て、その後、彼女の心も別の男性に移り、そこで一時《いっとき》の間は新しい恋人の情熱の火を消さないようにし、新たな愛や苦悩を共有するようなことがあるのかもしれない。そうだとしても、この女性の強い熱情は、このブルーのジャケットを着た青年のために既にすっかり燃え尽きてしまっており、永久にその火が再び蘇ることはないのではないか。そして彼自身も、まさにこの情熱故に、将来アンソロジーに収録されるような詩を書くようになるのかもしれない。彼女の座る場所を私が空けようとすると、その神経質そうな顔がほんの一瞬微笑み、わずかに震えるのがわかった。二人が口論している間に、一人の男性がどこからともなく現れ、彼女のそばに立った。そして彼が小声で彼女に話しかけると、彼女はその場から立ち去った。彼女のために用意された場所にその男は座り、ウェイターが大きなグラスに注いだウイスキーを一息に飲み干した。この男性は明らかに全くの素面で、いかなるものも彼を酔わすことはできない様子であった。人生も愛も、芸術も酒も。

「あなたは?」と私は彼に尋ねた。

「アイルランド人です。誇りに思っているわけではないですが」と言いながら彼は、ウェイターがもう一杯酒を注ぐのを見守っていた。

「いえ、そういう意味ではなくて、お仕事をお尋ねしたんです」

「彫刻家です」

「それもまあ、ひどい腕のね」と言ったのは、私の向かいの席で長い間、酔いの沈黙の中に沈んでいた金髪の男性だった。新しくやって来た彫刻家の男性は、値踏みでもするような、批判的な眼差しで私を眺めた。その眼差しにはどこか敵意すら感じられた。

「狩りでもなさるんですか?」と彼は尋ねた。

「狩りって、何をです?」苛立ちを隠せず私は聞き返した。

「狩りと言ったら、ほら、狐でも、かわうそでも、うさぎでも、何でも」

「もちろん」とブルーのジャケットの詩人は私に言った。「なさいますよね?」

その問いに、率直な好奇心以上の含みは感じられなかった。私は一瞬とまどい、気づくと出版社の男性の方に顔を向けていた。彼は私の袖の部分に触れ、「確かに、こういうツイードをお召しだと、鹿狩をなさるご婦人に見えなくもないですね」と言った。

私は改めて、バス社のエール・ビールを宣伝するパブ・ミラーに映る自分の姿を見つめた。その瞬間、私はすべてを理解した。このときまで私は、自分がこの場に集まっている人たちには、彼らと同じような人物、何らかの形で芸術に関わっている人、もしくは作家として受け止められていると勘違いしていたのだ。しかし鏡に映った私の姿は、どう見ても女性作家のそれではなかった。私は世界で最も馬を愛する国の中でも、最も馬を愛してやまない屋敷からロンドンにやって来たばかりで、狩猟が盛んなその国の田舎ではスマートな服装だと見なされる格好をしていたのである。私はエレガントな仕立ての手織りツイードの服を着て、羽根飾りの付いたすべすべした肌触りのフェルト帽をかぶり、革の手袋をはめ、そしてアイルランド特有のトネリコのステッキを手にしていた。その瞬間私は、私の耳が捉えていたひそひそ声によるあざけりの意味を理解した。それは、部屋の片隅にいた幾人かの女性たちが発したものだった。つまり、私は衝撃的なまでによそ者《アウトサイダー》だったのである。この時私が着ていたものに比べたら、スパンコールが付いたスカイブルーのタフタ織の上着や、バレエダンサーが着るチュチュの方が、遥かにましで、この場所に相応しい服装だと言えるだろう。私の気恥ずかしい思いは、開け放たれていたドアから聞こえるバグパイプの甲高い音のおかげで幾分和らいだ。開いたドアから何人かの姿が見えた。タータン・チェックのキルトを着たパイプ奏者が、スコットランドの舞踏曲《リール》を激しい動作で吹き鳴らすと、そのそばで二、三人の男性と一人の女性がしばらく踊った。やがて彼らは、演奏を続けるパイプ奏者を戸外に残したまま、パブの中に入ってきた。

パイプ奏者は自分用の酒を注文し、外まで運ばせた。明らかに彼は部屋に入ることを許されていなかったようだ。先ほどまで踊っていた男性の一人と女性が、私たちのテーブルのそばまでやってきた。出版社の男性が私にこの女性は有名なモデルであると教えてくれた。彼女の顔立ちとその体つきは、一種の抒情的な趣をその場の雰囲気に添えた。それは数分前までブルーのジャケットを着た詩人のそばに立っていたあの女性の感情の激しさが与えるものに似ていた。このモデルの女性は皆のことを知っているようで、直ぐさま彼女のために席が空けられた。恐らく三十代半ばで、とても若いとは言えなかったし、その瞳や表情には強さこそなかったが、予測できない変化を見せる驚くべき美しさがあった。「なんて美しい方なの！」と私は思わず呟いていた。

「まったくその通り！」と、一向に酔う気配のないアイルランド人の彫刻家が、突然大声で叫んだ。「でも、この女性《ひと》の十年前の姿をお見せしたかった。少しあごを上げてみてください！」

女性は小さなあごを、子どもっぽく上げて見せ、黙って座っていた。彼女の美しい首に触れないように彼は指を上から下に移動させ、その美点を指し示した。その場面すべてがいかにも英国的だった。彼らのように酒場で飲んでいる酔った作家たちというのは、キット・マーロウ[006]やベン・ジョンソン[007]の時代から常に見慣れた光景だったはずで、今も昔も彼らは芸術や人生や美について語り、それを言葉や粘土や色彩で表現するための最上の方法を議論し続けてきたのである。その美しいモデルもまた、いかにも英国的で、まさに画家たちが描き続けた英国の美そのものだった。パブの片隅に腰をおろし、笑いながら酒を飲む彼女を見ていると、その表情は、あの画家のロムニー[008]が生涯飽きることなく描き続けた、天真爛漫に微笑む女性たちの表情にとても似ていることに気づかされるのである。

　先ほど中に入ってきた男たちのうちの二人は、カウンターのところで立ち止まったままだったが、屈強で、情熱的な顔つきをした三人目の男性は、私たちに近づいてきて、テーブルにいる一人にウェールズ語で話しかけてきた。これに対し、アイルランドの彫刻家は「ケルトの同胞よ！」と応じ、「偉大なるウェールズの吟遊詩人、アイステッズヴォッド[009]の吟遊詩人」と呼びかけた。彼が本気で言っているのかどうか私にはわかりかねたが、そのウェールズ人の男性は私に握手を求めた。「ひどい音楽だと思いませんか」と彼は、再び演奏を始めていたハイランドのパイプ奏者に向かって、払うように手を振りながら、「あの手のゲール人は音楽のことなど何もわかっていない。これっぽっちもですよ！」と言った。そして、苦々しげに、額に手を当てた。「それでも、詩のことはよくわかっているかもしれません」と唐突に言った。「きっとあなたも詩のことはご存じでしょう。最近のアイルランド詩人が何を言わんとしているのか、ご教示願いたいものです。理解できる者が果たしているのか？　スコットランド人やその音楽のように、ひどいものばかりではないですか」

　ウェールズ人の詩人と一緒に、カウンターに立っていた体格の大きな男が、グラスを片手に、重々しい足取りで私たちの方へ歩み寄ってきて、「やめろよ」と彼はアメリカ西部の強いアクセントで言った。そして、「有史以来起きたことで最も偉大なのは、パリで開かれるアメリカ在郷軍人会[010]の大会になるでしょう」と続けた。私たちはぽかんとして彼の方を眺めた。「そう、有史以来の最も偉大な出来事なんです。彼らが凱旋門を行進するのがまもなく見られる。きっと見物《みもの》でしょうよ！」と言い放った。彼は覚束ない手つきで、グラスを持ち上げ、

「アメリカ在郷軍人会に乾杯！」と、険しく大きな声で言った。その中年男は、たるんだ丸顔に眼鏡を掛けており、背が高く恰幅がよかった。子どもっぽい表情のために、意志のない未熟さが露わになった人物で、魔法使いの杖の一振りによって、赤ん坊が大人になるまでの体験を全くしないまま突然成人になったかのようだった。私たちのテーブルに座っていた金髪の男性が「戦争に勝ったんですからね、アンクル・サム？[011]」と声をかけた。それに対し、アメリカ人は「あなたは戦時中何をされていたんですか」と尋ねた。金髪の男は、「我が身かわいさにね、アンクル・サム」と切り出し、「徴兵制が議会で通ってしまったんで、徴兵のないアイルランド[012]に命からがら逃れて行ったんですよ。あっちで教理問答を教えていました」と続けた。

「まあ、このくらいにしましょう、アンクル・サム」と、ウェールズ人の男性が上機嫌で「代わりに、私たちみんなに一杯ずつ奢ってくれませんかね」と言い、そして私の方を向いた。「私は最近のアイルランド人作家たちについて知りたいんです。あの作家連中が何を言わんとしているのかご存じですか？　イェイツが言う〈紅い薔薇にふちどられた縁〉っていうのはどういうことですか？[013]　あのジョイスって奴は何を言いたいんです？　あの手のものは読まれましたか？　ショーはメトセラ[014]なんて人物を持ち出して、何を言わんとしているんです？　どうして彼らはノーベル賞などもらえたんでしょう？　『君が眼にて我に酒を汲めよ』[015]――これこそが文学の言葉ですよ。ベン・ジョンソンに乾杯。」かのアメリカ人が彼にグラスを手渡し、そして二人は酒を飲んだ。

「詩のことならわかります」と私は真面目な口調で言った。「詩のことなら何でも。もしお望みなら、お教えいたしましょう」

「狐狩りの貴婦人殿！」とブルーのコートの詩人が言った。「僕たちは別にありとあらゆる詩のことを知りたいってわけじゃありません。だけれど、僕は少なくとも、アイルランド人が書くあの手の神秘主義的な詩が一体何を意味しているのか知りたいんです。どうか、愚かなサクソン人を哀れんでくださいな。ああいった作家連中は何を言わんとしているんでしょう？　A・Eの詩にこんな一行がありますね、「湿地帯を通る寂しい道がある」[016]――これならわかります。でも彼の詩の他の部分は、一行として理解できません」
「ああ、なるほど」と私は言った。「でも、A・Eは神秘主義者であることやめてから詩人になったのですよ」
「いいぞ、いいぞ、その調子！」と彫刻家が言った。
ウェールズ人の彼が、もう一杯を飲み干してから言った。「どんなアイルランドの詩人でもいいので、誰でもわかるものを一、二行聞かせてみてくださいな」
「わかりました」と私は言った。細心の注意を払い、一篇の詩を私は選んだと思う。「それでは」と私は言った――「これはA・Eの詩[017]です。」

暗澹たる気持ちになることなかれ
あなたの夢が飛び去ってしまったとしても、
心の広間《ホール》は空っぽで
石のように静まりかえっているとしても、
子どもたちが旅立ったあとの年月のように
寂しく孤独であるとしても。

優美で華奢な子どもたち、
あなたの夢はこれからも生き続ける。
純心で美しいものはすべて
純粋なるものへと向かう。
嘆息することなかれ
それらの道は必ずや信仰に導かれる。

心優しき可憐なあなたの夢の数々、
ほんの一瞬の間に
生まれて消えた夢にも
あなたはその場所で出逢うことだろう。
輝く大気の中で、
それらは永遠に死ぬことのない存在となったのだ。

ただ想うだけで心が痛む
獲得しえない美しさ、
目の中に、そして口元に、明滅しながら浮かんでは
再び消えてゆく光。
その儚い美しさを
あなたはきっと獲得するのだから。

失われてしまったあらゆる夢、叶わなかったあらゆる願

い、獲得しえなかったあらゆる美に対する嘆き。私の朗唱により、周りの人々の表情が変わったような気がした。酔っぱらって自己憐憫に浸る者、深刻で困ったような表情をする者、不滅という鋳型をはめることで、自分の夢が確かに永遠のものになるという考えに目を輝かせる者もいた。

　バーテンダーは気をつかって、私が詩を読み終えるまで待っていてくれた。「美しい」と彼は言った――「実に美しい。」蓄音機が『サムソンとデリラ』[018]からの一曲を奏で始めた。「ああ、運命の曲でございます」と彼は言った。「みなさま、十一時になりました。時間、時間です。」「もっと詩を！」とウェールズ人の男性が言った。「さあさあ、みなさん、閉店ですよ」とバーテンダーは大きな声で言い、店から出るよう促した。彼はベルを鳴らした。「十一時です。お家のある方はご帰宅ください！紳士淑女のみなさま、お願いですから、店の外に出てください。時間です、時間です！」

第二十七章　様変わりしたヨーロッパ

1

ロンドンで夫と合流した後、私たちは古くからの友人たちとの再会を果たした。最初に訪ねたのは、もちろん、私たちのハネムーンのために小さなコッテージを貸してくれたメイネル家である。彼らは文学に造詣の深い、とても親切で、おもしろい人たちだった。この一家はロンドンにおける歓待《ホスピタリテイ》の中核であり、詩を愛する多くのアメリカ人にもよく知られていた。この家の〈桂冠詩人〉とでも言うべきフランシス・トンプソンの詩のいくつかは、ウィルフリッドとアリスの夫妻ふたりに捧げられていた。ただ、何とも悲しいことにアリスは既に故人となっていた。夫妻の子どもたちのうち[001]、モニカには会うことができなかったが、トンプソンは彼女に次のような詩を贈っている。

愛しい君、僕は君の育ての恋人に過ぎない
僕にはよくわかっている
幾年かが過ぎてしまえば、君は僕のもとを去り、
他の誰かのところへ行ってしまうということが

トンプソンが代父《ゴッド・ファーザー》になった、メイネル家の末子、フランシスにも、モニカと同様、会うことはできなかった。彼は、ナンサッチ・プレス[002]という名の出版社を設立したばかりで、後にナイトに叙せられる[003]。しかし、美しいヴァイオラに会うことはできた。彼女についてトンプソンは次のように書いている。

旋回する天使たちは、過去の密偵、
ヴァイオルの音色で彼女を揺り動かした

旋回する天使たちは、過去の密偵、
美しい声で「ヴァイオラ」について高らかに歌う[004]

今では作家となったヴァイオラは、幾多の男たちを魅了したあとで、サセックス出身の木訥な農夫と結婚していた。また、メイネル夫妻の孫のシルヴィア・ルーカスと、彼女のかわいらしい娘たちにも会うことができた。シルヴィアについて、フランシス・トンプソンは次のように書いている。

ああ、春の小さな子どもたち、賛美歌よりも声高に
歌いあげよ
シルヴィアですら、甘く、見事な芸当でやってのけるのだから！

そして、一家の中心であるウィルフリッド・メイネルは、昔と変わらず親切で、陽気で、ユーモアがあり、どんな客人も歓迎してくれた。メイネル家の人々が一体どうやって来訪者や訪問客のためにあれほど多くの時間を割くことができたのか、私には見当も付かなかった。

それから私たちは、シガーソン博士の義理の息子で、東洋風の顔立ちをしたクレメント・ショーターに会いに行った。『ザ・スフィア』の編集者だったショーターは、ブロンテ家——彼自身はプランティ家と呼んでいた[005]——のことを根気よく調べ、伝記や評論を書いていた。次に会ったのは、ジョン・ドリンクウォーター[006]と、ヴァイオリニストの妻デイジー・ケネディ[007]で、彼らは作家が住む家としては私がこれまで見た中で最も風格のある屋敷を所有していた。そして、エミリー・グリグスビー[008]にも会った。彼女はロンドンから約一時間のところにある小さなとても古い家に暮らすアメリカ人で、ヘンリー・ジェイムズの後期の小説からそのまま飛び出してきたような女性だった。今世紀の最初の十年くらいの間、彼女はニューヨークでは有名人で、魅惑的な女性として知られていた。そのような女性たちの例に漏れず、彼女は親切でチャーミングな人で、恐らく昔はとても美しかったのだろう。彼女にはロンドンに多くの友人がおり、そのうちの多くは知識人で、彼女に対して献身的だった。彼女は言い間違い《マラプロピズム》[009]をすることが多かったが、それは聞く者を楽しい気分にさせ、美しい幻想を見せて

くれた。「母は私のことをエミリーと名付けると言って聞かなかったの。祖母がチョーサーと知り合いだったからかしら」と彼女は私たちに言った。どうやら彼女は、文学好きな友人たちがパラムンとアルシータとエメリー[010]について語り合っているのを耳にしたのだろう。「そうそう、オスカー・ワイルドが私に読み聞かせてくれたことがあったわ。『レディング・ゴールの唄』って詩なんだけれど」とも言った。「ジェイルね」と私は言った。[011]他人の間違いを訂正せずにはいられない性格なのだ。しかし、彼女は私の指摘など気にも留めず、ボランジェのシャンパンをもう一杯注いでくれた。そして、「ワイナリーから取り寄せたんだけど、わたしの名前にちなんでエミリーって呼んでくれてるみたいなの」[012]と言った。また、彼女のすばらしいネックレスについては、東インドのインディアンの酋長——実際に統治している本物の酋長——からもらった、と言っていた。[013]エミリー・グリグスビーは私がこれまで会った中で最も魅力的な女性の一人である。彼女を知っている者は皆、あの優しくて、飾り気がなくて、チャーミングな女性のことを決して忘れることはできないと思う。「知性に関すること」に対する彼女の錯綜した愛着や、知的にではないにせよ、それを直感的に理解する能力のことも忘れがたいはずだ。

次に私たちは、友人の音楽家たちと再会した。中でも印象的だったのは、古くから付き合いのある作曲家のアーノルド・バックスだった——これを書いている現在では、彼はアーノルド卿となった。私たち夫婦と同様に、彼も結婚したばかりの頃はダブリンに住んでいた。その後も、毎年数カ月間はアイルランドで過ごすのが習慣となっていたが、彼には二つの顔と、二つの名前があった。アーノルド・バックスの名では有名な音楽家であり、ダーモット・オバーンの名ではアイルランドにまつわる短篇小説や詩、劇を書いたのである。中には、傑作と呼んでいい作品もあった。彼の文体は、シングやレディ・グレゴリーが行ったことでよく知られる、アイルランド語からの一種の逐語訳的な英語表現でありながら、幾分大仰に誇張されたものであった。翻訳に正確さを求める者たちからすれば、その文体には賛成できず、もっと平板な英訳を好んだことだろう。しかし、実際にはそのような幾分大仰とも言える文体こそが、過剰なほど個性的なアイルランド人特有の性格を表現するための唯一の手段《メディアム》だったのである。アーノルドが好んだこの種のアイルランド人気質は、シングだけでなく、幾分程度は減ずるが、レディ・グレゴリーも好んでいたものだった。アイルランドにいる間、彼はアイルランド語が話される地域にしばらく滞在し、大量の語彙を持ち帰っては仲間たちに聞かせたり、短篇小説に活用したりした。彼にとってアイルランドとその国の人々は、決して魅力を失うことがなかったようだ。英国人の中にも、アイルランドという地では、終わることのない美しい夢がロマンティックにずっと続くのだと考える者はいるのである。それは「ソレントのおかげで、私は永遠に続く美しい夢を見続けることができる」と語ったサント＝ブーヴとソレントの関係に似ていた[014]。

私たちが初めてT・S・エリオットに会ったのは、この時だったか、もう少し後だったか、はっきり覚えていない。いずれにしても、彼の仕事場は、大英博物館の向かいにある私たちの定宿だったサッカレー・ホテルからそれほど遠くない場所にあったため、私たちは彼を訪ねることができたのである。彼はセント・ルイス出身の生粋のアメリカ人だったが、彼がアメリカで生まれ育ったとは未だに信じられない。彼はこれまでに知り合ったどんな英国人とも異なっていたが、彼が歴としたイギリス人の血統に連なることを単に認識できないだけなのだという気にさせられた。皆、英国こそが彼の祖国だと思ってしまうのである。彼は、英国を必要としていた。それは、自分の幸福のためでなく、彼の人生におけるあらゆる夢を実現するためだった。彼が英国に移住したのは二十五歳頃だったはずだが[015]、それは自分が教育を受けた文化圏とは異なる文化圏で腰を落ち着けるにはかなり遅い年齢だったと思う。二十五歳というのは、私自身がアメリカに行った歳で[016]、実際アメリカ風のやり方に適応するにはやや遅すぎたと思っている。しかし古い文化や、長い時間を掛けて発展してきた文明、さらには人々が培ってきた、大地に根付いた暖かい暮らしに憧れてヨーロッパにやって来たアメリカ人の国籍離脱者にしてみれば、事情は異なるのであろう。いずれにせよ、エリオットはロンドンでは少しばかり異質な存在だった。彼は服装にとても気を遣っていたが、それは超然とした英国風ではなく、落ち着いたアメリカ風の身なりの整え方だった。彼の端整な顔立ちと風貌は全く英国人のようには見えなかった。彼は自分が外国人であることを自覚していたのだろう。彼はあるとき私たちに、スペイン語を母語とする南アメリカの国に生まれ、フランスに移住した作家の言葉を語ってくれたことがある――「北であろうと南であろうと、アメリカ大陸に生まれた私たちは皆、ヨーロッパでは、お互いに一緒にいるときの方が、他の誰と一緒にいるときよりも、安心感を覚えるものです。」この言葉を引用するとき、エリオットは心から同意しているように見えた。

　私たちは彼と一緒に典型的な英国のレストランでディナーを取った。まさに英国風に、食前にはシェリー酒を、食後にはポートワインを飲んだ。エリノア・ワイリーがそうであったように、エリオットは英国文明のすべてと、それに付随するあらゆる慣習を愛していた。もちろん、彼の詩は難解であるが故に、彼が帰化した国の人々の中には、大いに戸惑いを覚える者もいたが、一方で熱烈な賛同者もいた。とりわけ詩人や作家の中でも最大の賛美者だったのは、レディ・オットリン・モレルだった。[017]私たち夫妻にとっても心温かい友人の一人であった彼女は、大英博物館のそばに家を持っていた。また彼女は、多くの作家にとって、とりわけD・H・ロレンスにとって、秘密を打ち明けることのできる親友だった。イングランドには階級意識がある、もしくはかつてあったと言われるが、芸術や芸術家が関わる場所においてスノビズムを感じたことは一度もない。一般的には、社交界での階級が上がれば上がる程、スノビズムは目立たなくなるのが常であるが、それでも時には家柄を誇る気持ちが、スノビズムと同じくらい人を不作法者にしてしまうこともある。レディ・オットリンは、キャヴェンディッシュ＝ベンティンク卿の娘で、侯爵の妹でもあったが、スノビズムとは無縁だった。しかし、あらゆるジャンルの芸術の実践者に会うと、彼女はそれまで誰にも見せたことのないようなへりくだった態度を取ってしまうせいで、数多くいた知り合いの小説家の中には、彼女のことを嘲りの対象として描いた不誠実な者もいたのである。「そういう連中は、公爵家の一員に対して尊大な態度を取ることのできる機会があまりないことをわかっているのです。一種の倒錯したスノビズムだと言えるでしょう」と述べたのは、彼女の友人であり賛美者の一人でもあったジェイムズ・スティーヴンズである。一度、ある人物の幸せのために私が力を尽くしてきた当の本人から、ひどい仕打ちを受けることがあり、幾分途方に暮れながら彼女に愚痴ったことがある。すると彼女から、「あら、私だけがそういう経験をしてきたとばかり思っていたわ」という返事がかえってきた。そこで、彼女の夫フィリップ・モレル[018]が会話に割って入り、「それでも、あなたがオットリンほどの悲惨な目に遭ったとは思えないですね。オットリンは、何とか遅れまいと馬車を追いかけて走った挙げ句、車輪に巻き込まれてしまう子犬のようなものですから」と、実に悲しげな様子で言った。というのも、彼は妻のあらゆる友人に対して良い感情を持っていなかったからである。中には、フィリップに対しても、たいそう高圧的な態度を取る者もいたようだ。そのような作家たちが作品の中で描いたあの美しいカントリー・ハウス[019]はあくまでも彼が所有する屋敷であって、オットリンの財産ではないということを知らなかったのである。

確かにフィリップは、魅力的で思いやりのある妻の影で目立たない存在ではあったが、彼自身、尊敬に値する人物だった。彼は著名な下院議員であり、その思考と行動が自由に深く結びつけられている英国人の一人であった。また、往年のロンドンの雑誌――マッシンガムが編集長を務め、その「右腕」にヘンリー・ネヴィンソンがいた――『ネイション』誌上で盛んに持論を展開していたグループの一員でもあった。私がこれを書いている今、彼らは皆故人となってしまった。『ネイション』の創設期を支えた人々もモレル夫妻も亡くなってしまい、彼らの仕事を引き継ぐものは誰もいないのだ。私にとっては彼らの存在は、ロンドンを訪れる喜びの一つだったというのに。フィリップは優れた政治史の研究家であったが、本来ならばもっと多くの著作を残すことができたはずだったのにと思わずにはいられない。もしかしたら、彼はあまりにも英国的な人物だったので、妻の実家であるオランダのキャヴェンディッシュ＝ベンティンク家との親族関係や、オットリンにとっての英雄だったオレンジ公ウィリアムとの関係を強調することをよしとしなかったのである。ベンティンク家は、オレンジ公と共にオランダからやって来た一族であるが、ウィリアム三世となったオレンジ公は、英国におけるベンティンク家の初代当主に莫大な領地を与えたことで知られている。そして、オランダと英国のベンティンク両家は、今日に至るまでずっと親しい付き合いを続けているのだ。

　モレル夫妻に最後に会ったのは、その数年後、私たちがパリに滞在していた時のことだった。オランダのベンティンク家の邸宅に滞在していたオットリンから、これからパリに行くので、私たちの住まいのすぐ近くのホテルに宿を取るという手紙が届いた。そして彼らは、実に陽気で、おもしろい土産話を手にやって来た。オランダのベンティンク家は第一次世界大戦のあと、ドイツ皇帝ヴィルヘルム二世[020]に住居を提供しており、この時、皇帝はドールン[021]にあるベンティンク家の邸宅の近くに住んでいたそうである。モレル夫妻が、スーツケースを手に簡素なホテルに滞在しながら、ヨーロッパ中を周遊する旅行の途中でベンティンク家に到着すると、廃位した皇帝がディナーに出席すると聞かされ、きちんとした正装の準備をしていないことに気がついたらしい。想像するに、誰かから正装を借りることで、なんとかその場をしのいだのだと思う。多くの侍従に加え、馬車の従者、さらには彼の到着を高々と告げるトランペット奏者まで引き連れ、君主の盛装でその老紳士が登場したときに、二人は圧倒されたそうだ。皇帝がどんなふうに挨拶してくれたかを説明する彼らの話を聞いていると、どうやら皇帝とモレル夫妻は元々面識があったようである。ディナーの席では、彼らは英国の政治について語り合った。ある事件について話題が及んだとき、皇帝は大きな声で「やれやれ！　おばあ様ならどう思われるだろう？」[022]と言ったそうだ。その口ぶりにはかすかに皮肉が込められていたが、おそらく、身内同士でのみ通じるジョークだったに違いない。フィリップは最初、皇帝が祖母であるヴィクトリア女王のことを言っているのだということがわからなかったそうだ。モレル夫妻によると、ヴィルヘルム二世はエドワード七世と同じくらい英国人然とした人物で、その英語にはほとんどドイツ語訛りはなかったという。皇帝の座を失っても、彼はあまり落胆しなかったのではないかと推測される。彼は、帝国や宮殿を持つことによって不可避的にまとわりついてくる諸々の付属物から解放され、実に幸福そうに、国王兼皇帝の務めをドールンでこなしていたそうだ。モレル夫妻の話は、本当に面白く、私がこれまでに聞いたり読んだりしたどんな話よりも、王や宮殿というのは具現化した幻想《ファンタジー》なのだということを実感させてくれた。皇帝は支配者であるが故の責任や重荷を持つことなく、その幻想の世界を生き続けることができるのである。今日唯一失われてしまったのは、そのようなファンタジーに対する人々の興味なのだろう。なぜなら私たちが生きている今、そのような大仕掛け《スペクタクル》のショーは映画がもっと魅力的に見せてくれるようになったからだ。王侯貴族について、また彼らの言動について知ることは、かつては大衆の喜びだったが、今では映画俳優や女優たちがその役割を担っているのである。オットリンとフィリップの二人に一緒に会うのは、この時が最後となった。数年後に私たちがアメリカからロンドンへと戻り、オットリンに会うのを楽しみにしていたまさにそのとき、彼女は亡くなってしまったのだ。彼女はこれからも人々の記憶の中で生き続けることだろう。彼女には魅力があり、美しく、人々の関心の的であり続けたから、回想録や伝記を書く作家たちはその個性を放っておかないはずだ。[023] 何より、彼女には作家を生業とする多くの知り合いがいたのだから。

2

初めてアメリカからヨーロッパに戻ったとき、夫のダブリン時代の旧友であるジェイムズ・ジョイスに会えたらという気持ちもあってパリを訪れてみたが、残念ながらそれは叶わなかった。彼のフランスの友人たちによると、ジョイスは〈旅行中〉とのことだった。彼の『ユリシーズ』は、広く流通している国もあれば、検閲によって発売できない国もあったが、当時、世界中で大評判となっていた。この作品は概念、手法、題材などすべてにおいて今までにない斬新なものだったため、理解できる読者は当時ほとんどいなかった。とりわけ斬新だったのは、潜在意識に関する新しいあらゆる観念を小説に取り込んだことだった。この作品の最後に見られるミセス・ブルームの独白は、実際の精神分析医の手法——患者はカウチに横になって、気持ちを抑制したり、論理的に思考したりせず、心に浮かんだことを思うままに言葉にしていくという自由連想法——に従っている。この独白については、精神分析医のC・G・ユングが、実にドイツ人らしい英語でジョイスに手紙を送っている——「あなたと同じくらい女性の心理に精通しているのは、悪魔の婆さまくらいのものでしょう。私は違います。……あの独白は、たわわに実った桃のごとき心理学的偉業です。」

『ユリシーズ』は読者に何の道標も示していないため、ダブリンの生活や地理に不案内な読者が本当にこの作品を理解できるのかどうか、今日に至るまで私には確信が持てない。ジョイス自身、そのような読者は作品から多くのことを得るだろうが、理解することはできないだろうと思っていた。『ユリシーズ』は世界で最も地方色《ローカル》の強い本の一つである。ジョイスと同時代を生きたダブリンの人々にとっては馴染み深い、特定の場所と時事的な出来事に対する言及で溢れ、現地の人でなければわからない、特定のジョークで『ユリシーズ』は埋め尽くされている。イギリスの批評家の多くは、また、アメリカの批評家の一部は、この作品が一体何について書かれた本なのか全く理解できなかった。ただアメリカでは、ジョイス自身が気に入るような若い批評家による書評が出されていた。ハーバート・クロリー[024]が編集長を務めていた『ニュー・リパブリック』のエドマンド・ウィルソンの書評、オズワルド・ギャリソン・ヴィラード編集による『ネイション』のギルバート・セルデス[025]の書評、そして、アルバート・ジェイ・ノック[026]が編集し、文芸部門をヴァン・ウィック・ブルックス[027]が担当していた『フリーマン』に私が書いた書評である。ブルックスがちょうど不在だったため、私の書評は直接ノック編集長のもとに送られたのだが、彼は私が書いた最初の数行を印刷することを躊躇《ためら》っていた。そのうちの一文は、『ユリシーズ』が出版された一九二二年からその後の二、三十年の間に、ジョイスと『ユリシーズ』に関する多くの本が出版されるだろうという趣旨の、さして害のないものであったはずだが、ノックはその数行を削除したという内容の、不快さを露わにした手紙を私に寄越した。削除された数行で、私が『ユリシーズ』の出版をセルバンテス[028]やトルストイの作品の出版に擬えているのだとしたら、それは少々誇大な言説であるというのである。ただし、後になって、彼は私の判断が全く正しかったことを認め、削除した私の最初の一文を何度も公の場で引用してくれた。

ダブリンにいた当時、ジョイスとの関係は顔だけは見知っているという程度のものだったが、私の書評が掲載されると彼はすぐに電報を送ってくれた。私たちがパリに到着したというミス・ビーチ[029]からの知らせを受け取ったジョイスは、イタリアからの電報を送ってきて、パリに帰るまで待っていて欲しいと言ってくれた。だが、私たちは数週間後にはハワイ諸島にいなくてはならなかったので、これ以上パリに留まることはできなかった。当時パリには、ジョイス作品だけでなく、あらゆる現代《モダン》芸術作品の偉大なるプロモーターと評することができる、あの途方もなく魅惑的な、エズラ・パウンドが滞在していた。誰よりも早く、それもジョイス自身が出版社を見つけるより先に、パウンドはジョイスの作品の価値とその独自性を正確に評価していた。彼はあらゆる手段を尽くして『若き日の芸術家の肖像』の出版のために東奔西走し、それと同じくらいの労力を使って――結局、それはうまくいかなかったが――『ユリシーズ』の出版社を探し回った。最終的に『ユリシーズ』は、パリ在住の二人の女性、シルヴィア・ビーチとアドリエンヌ・モニエ[030]によって日の目を見ることとなった。二人とも実に聡明で教養があり、フランス人であれ外国人であれ、パリ在住のあらゆる重要な作家たちの友人だった。彼女たちの書店はそれぞれオデオン通りの両側にあり、両書店を一週間のうちに二、三回行き来すれば、文学界で名の知られた人物に会えるという具合だった。ジョイスはもちろん、例えば、シルヴィア・ビーチと話し込んでいるポール・ヴァレリー[031]――アイルランド人よりもよほどお喋りなフランス人である――や、アドリエンヌ・モニエ書店でジョイスがいかに自分の影響下にあるかを大真面目に話すアンドレ・ジッド[032]がいた。長年にわたって、二人の女性は堅忍不抜の意志でジョイスと彼の名声のために働き、数名の協力者を得て『ユリシーズ』のフランス語訳を完成に導いた。一九三一年の春、アドリエンヌ書店で開かれた文学の集いに私も参加し、その仏語訳を聞いた。完成に向けて費やされた労力は相当なものだったのだろうが、その訳は私には到底満足のいくものではなかった。

エズラ・パウンドは、T・S・エリオットよりもずっと前に祖国アメリカを捨てていたが、エリオットよりも遥かに自覚的な国籍離脱者だった。エズラは、彼の人気にも翳《かげ》りが見えてきていたその当時、英国には既に見切りをつけてパリにいたのだが、今ではフランスからも去ろうとしていた。「東に移動し続けなければならないのです。精神を生かし続けるためにね」と、彼は私たちに言った。同時に彼が明言していたのは、テムズ川の両岸には何事であれ、その本質を真にわかっている人間はひとりもいないということだった。エリオットとは違い、彼はアメリカ中西部の訛りがいつまで経っても抜けず、ルネサンス期の公爵のような顎鬚を生やしていたにもかかわらず、どこにいっても風変わりなアメリカ中西部の大学教授のように見なされていたそうである。創作を始めたばかりの頃、エズラはロンドンで「アイルランド文芸協会」と深い関わりを持ち、その集まりにも出席していた。そして、イェイツの親しい友人となり支援者となった。イェイツの文書や事務作業の手伝いをしていたこともあった。ふたりの関係はなかなか理解しがたい部分もあったが、イェイツは『エズラ・パウンドのための小包』[033]と題した一冊の本を彼に捧げ、ジェラルド・ウェルズリー夫人(ドロシー・ウェルズリー[034])への手紙の中で、パウンドを「アメリカ人のプロフェッサー」と少々皮肉を込めて評してはいるものの、終生パウンドに対する友情に変わりはなかった。

この頃、パウンドとその若い英国人の妻——イェイツの親友であるオリヴィア・シェイクスピア[035]の娘——はセーヌ左岸に住んでおり、アメリカから来た作家やジャーナリストたちが集まる中心になっていたようだ。エズラは私たちを無理矢理、リンカーン・ステファンズ[036]による、ソヴィエト、すなわちレーニンのロシアについての講演に連れて行った。ステファンズの友人が住むアパートの一室で行われたその講演は、私にはひどく退屈なものに思われた。パリには行くべきおもしろい場所はいくらでもあったというのに、そのような講演に引っ張って行かれたことを恨みに思ったほどである。しかしエズラは、この話を夢中になって聞いており、その目は話者の顔に釘付けになっていた。私から見れば講演者の男性は、あるイデオロギーを追い求めている、よくあるタイプの若者にすぎなかった——とはいえ、実際彼はそれほど若くもなかった。エズラはこの新しい政治経済的思想に強い関心を抱いているようで、ステファンズが話し終えると、すっと立ち上がり、「ダグラス計画」[037]について話し始めた。かつてエズラは、この経済政策の利点をアーサー・グリフィスに対して熱心に説き、新しいアイルランド自由国で採用させることを試みたほどである。また、エズラはこの問題についてヨーロッパ各国の首相に手紙を書き送ってもいた。もし万が一首相たちが彼の主張を聞き入れていたとしたら、ヨーロッパに何らかの影響を及ぼしただろうし、少なくとも各国の首相自身が抱えていた考えによってもたらされた実害よりも、悪いことは起こらなかったはずである。のちに、知的領域に属するものはどんなものでも興味を示すイェイツは、エズラの影響でファシスト国家のいくつかの側面に興味を持つようになった。様々な問題はあったものの、ファシズムにロマンティックな魅力を感じる者は確かにいたのである。とりわけ、ある種の芸術家にとってはそうだった。その後、エズラがイタリアのファシズムに傾倒したと聞いたときも――もっとも彼は元来極度のドイツ嫌いであったわけだが――私は全く驚かなかった。彼は自身の身の回りで起こっているどんなことにも首を突っ込みたがったし、この少し前に、パリでアイルランドの民族性について議論する大会〔一九二二年一月〕が開催されたときにも、その会に夢中になっていた。

フランス人はこの大会を、真面目なものというよりは、どこか喜劇的なものとして受け止めたようである。つまり、革命がもたらした成果を活用するために、アイルランドにおける多種多様でばらばらな意見をまとめ上げようと躍起になっている様子は喜劇的だったのである。私の同胞であるアイルランド人たちは、ユーモアのセンスに長けているにもかかわらず、一堂に会すると、世界のどの民族よりも大真面目に馬鹿げた振る舞いをしてしまう傾向がある。大会主催者は、ヨーロッパ大陸に住むアイルランド系の有名人、すなわち国外追放された貴族階級の末裔、もしくは次から次へと起こる自由のための陰惨な戦いの後にアイルランドを去った者たちの子孫たちを表舞台に引き出そうとしていた。その結果、この大会の座長になったのはスペインの大公爵、ティルコネル伯オドンネル[038]の末裔であるテトゥアン公爵[039]だった。さすがは公爵と言うべきか、彼はこの催しに退屈し切っていることを一切隠そうともせず、時折耐えきれずに居眠りをしたかと思えば、可愛らしい女性が立ち上がって何かを言うと、目を覚ましたと言われている。もちろんエズラはその会に出席し、英語しかわからないイェイツをエスコートした。スピーチはイェイツにはお構いなしにフランス語で行われたが、ひとりの使節だけはエズラの差し金で、イェイツも理解できるようにと配慮した言語で演説を行ったところ、誰にも理解できないものになってしまったということだ。このエピソードは大分前のことであるにもかかわらず、パリの様々なグループの間では長い間語り草になっていた。聴衆、とりわけフランスの人々は、時々その使節が何語でスピーチをしているのかわからなくなり、結局、テトゥアンで話される最良のスペイン語がこれなのだろうと結論づけたようだ。

我々のために創られつつある新世界についてのステファンズの講義の後、「パリの古代遺跡の一つ」を見に行こうという、同席していた聴衆の一人からの誘いに私は直ちに乗ることにした。「古代遺跡」とは、新作舞台に出演するサラ・ベルナールのことを指していた。私が最後にサラを見たのは、ほんの十年前のダブリンの舞台、メーテルリンクの『ペレアスとメリザンド』でのことだった。その時彼女は、ミセス・パット・キャンベルが演じたヒロイン、メリザンドの恋人役、男性のペレアスを演じていた。しかし、この十年の間にいくつもの戦争があり、幾多の王権や帝国が打倒され、政治的革命が起こった一方で、プルーストやジョイスのような芸術革命もあったことを考えると、サラ・ベルナールは、まさに馬車が走り夜道にガス燈が点るあの時代、遥か遠い過去からやって来たように思われた。彼女が、今日とは全く異なった芸術的理想を掲げた別世界、つまり異質の文明世界からやって来た人物であるということに、深い感慨を覚えずにいられなかった。

また、この明らかに出来の悪い劇作品が、ほとんど印象に残らなかったことも、非常に興味深いと思った。学生時代、私は二、三度サラがハムレットを演じるのを見たことがあるが、その当時、彼女が男性役を演じていることを不自然だとは全く思わなかった。私が若かった頃、サラが舞台上で行うことはどんなことであれ心から信頼し、受け入れることができたのである。しかし今、義足を付けたこの老女優が若い男性の役になり切ろうとしているのを見て、私の心は揺さぶられた。今振り返ってみても、私は彼女の他の演者を誰一人覚えてもなければ、劇そのものについてもすっかり忘れてしまっているのである。その時の作品は、息子の方のロスタンによる『栄光』で、父の偉大さの影に隠れてしまう若者を描いたものだった。言うなれば、この作品は、父ロスタンの『鷲の子』の粗悪な模造品だったと思う[040]。

サラは足が不自由だったため当然といえば当然なのであるが、その動作はぎこちなく、機敏さもなかった。ほとんど彼女は座ったままだった。しかし、ある長い場面で、自分が演じる青年の父親の肖像画の前に立ったサラが、情熱を込めて長々と身振り手振りを付けて語り始め、遂には泣き出して地面に伏せたことを覚えている。今回のヨーロッパ滞在で感じていた他のありとあらゆる印象と合わせて、一つの想いが私を捉えた。このみすぼらしい小劇場や、因習的なフランス詩を朗読しながら肖像画を眺めるサラの頭部と横顔、これらと共に、私たちがかつて知っていた世界は消え去りつつあるのだ、という想いである。長い幕間のあいだ、私は観客たちの様子に目を凝らし、彼らの会話を聞きながら、そこにいるのは一世代、いや、二世代は上の人たちばかりだということに気づいた。皆が皆、サラの過去から現れ出たような人々だったのである。彼らは熱心に演技について議論し、その昔サラが出ていた他の作品での演技と比較したりしていた。昔からそうだったし、今も驚かされるのは、フランス人は「作りもの」、つまり舞台における非現実を求めているということで、それ故、ひとりの女性が男性の役を演じていること、しかも足の不自由なひとりの老女が若い男性の役を演じているということを彼らはすっかり忘れることができるのである。それは、数多くある役の一つであり、自分たちが見ているのは芸術であり、その中で役が演じられているにすぎないのだから、ということなのかもしれない。事実サラ・ベルナールは彼らの人生の一部であり、すばらしいフランスの思い出の一つであった。その記憶の中では今でもフランスの精神、つまり私たちの友人のジュール＝ボアが言うところの「フランス思想」の神髄を表現するすべての者たちのために、一つの場所が確保されているのだ。そして言うまでもなく、サラはこの精神を長い間ずっと表現し続けてきたというわけである。

戦前から知り合いだったフランスの友人たち――そのうちの数人は私がダブリンの学生だった頃からの知り合いだった――に会ってみると、私たちと同世代のフランス人は何かに幻滅し、取り乱しているという印象を受けた。彼らは戦争に幻滅し、自分たちの未来に多くの希望を抱けずにいたのだ。陸軍で重要な役職に就いていた著名な将校たちは市民生活に戻り、退屈で給料の低い仕事、例えば保険会社の事務員や小役人、会社員などをしていた。怪我を負い、生への情熱を失っている者もいた。街の通りではロンドン以上に、片足や片腕を亡くした男たち、すなわち〈傷痍軍人〉を見かけることが多かったが、中でも悲惨極まりなかったのは戦争で失明した男たちで、彼らは悲しそうな顔をして、大抵は付き添いの女性に手を引かれていた。様々な傷跡が、戦争の記憶を生々しく伝えていた。当時でさえ第三共和政[041]への反感は人々の間に根強くあった。共和制は国民を代表するものではなく、彼らがなんとか堪え忍ばなければならない、一種の重荷のように思われていたのだ。陽気だったパリは、パリ市民にとってそれほど陽気な場所ではなくなっていた。フランの価値は切り下げられ、預貯金もほとんど無価値になり、ロシアの国債に投資した資金は、帝政ロシアと共に消え去った。しかし外国から来た者たちは、陽気にモンマルトルやモンパルナスで豪遊三昧だった。ドルやポンドを持っていれば、天文学的な数字のフランに交換できたからである。ソルボンヌ大学の教授のアパルトマンで、私たちはふたりのドイツ人に会った。彼らが言うには、ベルリンにもまた狂騒的な歓喜の渦が押し寄せ、外国から来た者たちがひしめき、自国の通貨で天文学的数字のマルクを得ているそうだ。そのドイツ人のうちのひとりは、アメリカに行き、ある学校で教師をするつもりだと言う。私は彼に、エズラ・パウンドがかつて「東へと移動し続けなければならない」と言っていたことを伝えた。「いいえ、西に向かうべきなのです」とそのソルボンヌ大教授は言い、「手始めに私はアイルランドに行くつもりです。それから南アメリカへ」と続けた。〈出ヨーロッパ〉が始まりつつあった。涙を流すこともなく私はパリを去った。アメリカに戻り、アメリカの友人達に会えることが楽しみだったのである。しかし、長い旅が私たちを待ち受けていた。大西洋を渡り、慌ただしくニューヨークで友人の幾人かと面会したのちに、直ぐさまアメリカ大陸を横断し、太平洋を半分渡ってハワイに行かねばならなかったからである。西に向かっているのか、東に向かっているのか、私には皆目見当がつかなかった。

第二十八章　ハワイでの幕間

1

ニューヨークの港に下り立つのは、私たちの結婚生活で二度目のことだったが、今回は故郷に帰ってきたという気がしないでもなかった。船内では、私たち夫婦の共通の友人であるロイド・モリス[001]と、彼の愉快な母親と一緒だった。その後、このふたりはニューヨークで多くの友人――エリノア・ワイリー、ビル・ベネー[002]、エドウィン・アーリントン・ロビンソン、ジュール＝ボア、ハーバートとジーンのゴーマン夫妻[003]などの面々――を招集し、私たちのために「おかえりなさいの会」と称したパーティーを開いてくれた。そして息つく間もなく今度はエドガーとレオノーラのシュパイアー夫妻[004]が、ハワイへ向かう私たちのために、「いってらっしゃいの会」を開いてくれた。

再び私たちは友人たちに別れを告げ、ホノルル行きの船に乗るため、アメリカ大陸を横断しサンフランシスコに向かった。太平洋横断船に乗り込むと、すぐに〈東洋〉が私たちの前に立ち現れた。水夫や給仕係は皆中国人で、その数はあまりにも多く、乗客ひとりひとりに担当者が割り当てられているかのようだった。彼らは見るからに苦力《クーリー》階級出身で、いつも腹を空かせた様子でやせていた。ヨーロッパ行きの船と同様に、この船にも多くの商人が乗り込んでおり、東洋の商品や製品について絶え間なく話し続けていた。彼らの頭の中では、東京や北京は、大西洋を横断する人々にとってのパリやウィーンのような場所だったのだろう。女性の商人は華やかな翡翠のネックレスやブレスレットを身につけ、時には、船員が甲板で着用するライフ・ジャケットのような蜜柑色《マンダリン》の、見事に刺繍のほどこされたコートを着ていた。元旦には、私たちは太平洋のちょうど真ん中にいた。特別な正月ディナーの席で、同乗していたアメリカの上院議員がエイブラハム・リンカーンについてのスピーチをした。そこで私は、生まれて初めてアメリカ南部の人たちの北部人《ヤンキー》に対する頑迷な敵意に遭遇することになった。私たちと同じ席にいた南部出身の凜とした顔立ちの女性――船で世界一周をしている途中だった――は、ふんと鼻を鳴らし、突然苛烈な口調で、「エイブ・リンカーンのことなんてもううんざり。ジェファーソン・デイヴィス[005]についてもっと話してくれれば、少しはためになるのに。エイブ・リンカーンは最低最悪のアメリカ人よ」と怒りを露わにした。その厳しい意見に私は大変驚いたが、彼女は続けて息子の結婚について「もしエドが北部《ヤンキー》の女と結婚するようなことにでもなったら、死んだ方がましだわ」と語った。船上で起こったもう一つの出来事も私の記憶に今でも強く残っている。ロバート・ルイス・スティーヴンソン[006]の妻の親戚だと言う人物が、スティーヴンソン夫妻のハワイでの暮らしについて語ってくれたのだ。「彼女は最初の夫にはずいぶんひどいことをしたの」とその女性は言った。「彼は彼女のためにはどんなことでも厭わなかった。それで、芸術家になりたくて仕方がなかった彼女のために、彼は一生懸命働いて、その蓄えでパリに留学できるように計らったのね。でも結局、彼女はスティーヴンソンに出逢って、夫を捨てたわけでしょ。こんなにひどい話ってあるかしら。」そして、彼女は続けた――「だって、彼女とスティーヴンソンはとっても幸せになって、世界中から称賛されて、一人の哀れな男だけが、浮かばれないまま忘れ去られたのよ。」

　サンフランシスコからハワイへの航海にかかる時間は、ニューヨークからヨーロッパまでの航海にかかる時間とほとんど同じだった。しかし、太平洋の横揺れは、大西洋の荒波よりも遥かに私たちを船酔いで苦しめた。体のなんとなくもやもやした感じがいつまで経っても取れないのである。私たちの給仕をしてくれた東洋人の船員は、儀式張った態度に加え、無口でよそよそしく、大西洋の船で出逢ったおしゃべりな男たちとは似ても似つかなかった。そのせいもあって船旅の時間がさらに長く感じられたのかもしれない。ある晴れた朝、私たちが甲板に出ると、遂に島々が海上に現れた。美しい山並が太陽の光にきらめき、実に異国情緒漂うものだったが、長らく待ち望んでいたものに手が届くようになるとなぜかがっかりしてしまうように、少々期待外れの気持ちに襲われた。その後、私たちを出迎える代表が水先案内船に乗ってやって来て、食堂で朝食を取っている私たちに向かって、ハワイ語と英語の両方で挨拶した。彼は首にレイを掛けながら、真面目な声で「アロハ」と言った。後に私たちは知ることになるのだが、この言葉は「ようこそ」から「さようなら」に至るまで、実に多くの意味を持っているのだった。

　私たちは仮住まいの家に案内された。ホノルル郊外にある学校の敷地の中に建つ小さなコッテージだった。夫はそこからほど近いところにある有名な〈ビショップ・ミュージアム〉で、ハワイの伝説に関する仕事をする予定だった。コッテージには、もう一人の代表委員が待ち受けていて、彼女の車で辺《あた》り一帯を案内してもらった。数週間にわたる長旅と、持病でもあった貧血症のせいもあって、私は疲れきっておりほとんど倒れてしまいそうだった。親切に案内してくれた彼女から見れば、私は不機嫌で、陰気で、頭の悪い女に思われたに違いない。この場所に来てすぐに私を驚かせたのは、ハワイに住む人の愛郷の精神や出自に関する誇りが、先住民のポリネシア人たちに限ったことではなく、先祖代々この島々に住んでいるアメリカ人にもヨーロッパ人にも広く見られたことだった。その次に驚いたのは、一種の〈反米精神〉が見られることで、それはアイルランド人が英国に対して抱く強い敵意と似ていなくもなかった。もちろんそのような反米感情は、人によって様々で、軽い不満程度のものもあれば、徹底的な憎悪と言うべきものもあった。そしてアメリカ陸軍や海軍の存在は、そのような反米感情をいや増す結果となった。軍人たちの中には、特に土曜の夜になると、オコレハウ[007]をひとしきり飲んで、ひどく不愉快な行動を取る者もいたのである――もっとも、その手の軍人はどこでも見かけられるものではあるが。到着すると同時に私たちは、ポリネシアの人たちが抱える不平不満、非ポリネシア人の白人《ハウリ》の残虐さ、そして島々の富を強奪した宣教師たちの子孫に関する噂話など、覚えきれないほど多くの逸話を聞かされた。どうやら、私たちはふたりともイングランドの支配下にあったアイルランドの生まれなので、このような事柄に対して真に理解が得られると思われていたようだ。しかし、宣教師の子孫である白人たちの中には、ハワイ人であることにむしろ誇りを持ち、かつてはアメリカとの併合に頑なに反対したり、元来ハワイにあった王国の継続を支持し、王族の末裔に対しては誰であれ忠誠を誓ったりする者もいることに、私たちはすぐに気づいた。確かに宣教師の子孫たちの中には、労働者を搾取する強欲な資本家がいたことも事実であるが、初期の宣教師とその妻たちは、概して高潔な品性を持つ人々であった。彼らの末裔であるジャッド夫妻やエマソン夫妻と後に私たちは友人になるが、彼らは祖先と同様に気高い精神を持ち、自らの務めを怠るようなことは決してなかった。

先住民であるハワイの人々は浅黒い肌をしており、知人のインド人たちの肌の色に似ていると思った。彼らはたいていの場合、特に高い階級にある場合は男女共に、非常に背が高く、大柄で、私がこれまで出会った中でも一番と言っていいほど大きな体格を持つ人々だった。これまで多くの異人種間結婚が、白人、すなわち彼らが言うところのヨーロッパ系《コケィジャン》の白人との間になされたため、混血の家系の中にも著名な宣教師たちの姓を持つ者たちもいた。

私たちが到着してから数日後に、ハワイ準州のファリントン知事[008]が私たちのために公邸で歓迎会を開いてくれた。そこは元々、先住ハワイ人貴族の邸宅の一つだった。民主的な会合という点でこれを上回るものはないのではないかと思う。というのも、招待状などは一切なく、ハワイの伝説を編纂している詩人とその妻のための歓迎会を開きます、という旨の告知が知事から出されただけなのである。その結果、男女共に思い思いにめかし込んだ人たちが、私たちを一目見ようと屋敷にやって来た。私たちが知事とその妻と一緒に並んで立っていると、ヨーロッパからアジアに至る、様々な国々からやって来た祖先を持つ、実に印象的な一団が次々に到着した。最初にやって来たのは、背が高くハワイ生まれと思われる年老いた女性たちで、「ホロク」というナイトドレスのような丈の長い洋服を着ていた。それは初期の宣教師たちが、元来裸を隠す習慣のなかった土着の女性たちに着ることを強要した衣服だという。次にやって来た背の高い女性たちは、その昔カラカウア王の宮殿に仕えていた者、かつての族長の末裔、今なお女首長として知られている者たちで、「メレ」と呼ばれる先祖の名を歌い上げるハワイ固有の唄を、肖像画の王への挨拶だと言わんばかりに歌い出した。丈の長い直線的な服を着て、高貴な家柄であることを示す鯨の歯や鮫の歯でできたネックレスを身につけた、これらの女性たちと比べてしまうと、そこにいた白人の多くが、小柄で鮮やかさがなく、威厳に欠けているように見えた。彼女たちが歌い上げる祖先の名を讃える唄の、哀切で異国情緒溢れる調べは、私の中の民族的記憶とでも言うべきものを掻き立てた。アイルランドの族長たちもまた、かつては専属の吟遊詩人とハープ弾きを従え、私を圧倒したハワイ人たちと同じように、祖先の名を讃える唄を切々と歌っていたのだった。

2

最後のハワイ王はカラカウア[009]という名前だったが、それ以前の王たちは、最初のハワイの族長以降、全員がカメハメハと呼ばれていた。[010]戦士だった初代カメハメハは、自ら八つの島の王を名乗って統一し、法を整えた。彼は軍人として優れていたばかりでなく、何よりも人間として偉大だった。彼がいかに台頭し、島々を統一して王国を作り上げたかについての物語には、初期のヨーロッパ史に出てくる征服者や支配者の物語とほとんど同じパターンを見ることができる。カメハメハは、略奪者の白人たちの方が、ハワイ人たちよりも物質的側面において遥かに進んでいることをよく知っていたため、船の作り方から銃の使い方、道具の作り方に至るまで学べるものは何でも学ぼうと心に決めた。やがて機が熟したと判断した王は、探検船から数人の白人を選出し、自分の評議会《カウンシル》のメンバーにした。歴代のカメハメハ王は能力が高く、知的で、自由を尊び、自らの権力が基盤とする先祖の神々への信仰は強固である一方、他文化に対して寛容だったという点において、真の統治者だった。

　カメハメハ王朝が成立した頃に到着した宣教師たちは、様々な点で先住民たちに深い影響を与えた。しかし、キリスト教が伝播して百年が経ってなお、私が会った人々の多くは、火山の女神である「マダム・ペレ」に対して根強い信仰心を持ち続けており、女神を祀る伝統的な儀式には厳粛な気持ちで参加していた。また、私の目には、ハワイの人たちは同じ社会階層のヨーロッパ人と何ら変わるところはないように映った。裕福な者たちは裕福であり、貧しい者たちはヨーロッパと同じように貧しいのである。生活習慣において、幾分異なる点があっただけだ。干し草の家に住んでいた先住民たちに、宣教師たちはニュー・イングランド風の木造の家の建て方を教え、白人の水夫たちが持ち込んだ数々の病気によって害された先住民の健康を促進しようとした。ニュー・イングランドから来た宣教師たちの物語は、まさに自己犠牲と勤勉、開拓のための重労働と強い責任感についてのものだった。宣教師たちは、無文字言語だった現地の言葉にアルファベットを当てはめた表記体系を作り上げ、学校を開き、教会を建て、限られた資源で医療センターを作った。宣教師の子孫たちの中には、特権階級として君臨するに足る、高い能力を備えた者がいたこともあり、やがてハワイにおける一種の貴族階級となった。正直に言って、なぜこのような歴史があり得たのか、私には想像がつかない。おそらく宣教師たちはとにかく精力的に働くことに生き甲斐を感じる人たちだったに違いない。また、布教には従事しなかった子孫たちも、精力的に働き、もともと資源が豊かだったこの国で、富を蓄積していったのは当然のことだったのだろう。彼らはただ育ちつつあったハワイの産業を組織化しさえすればよく、元来進取の気性に富む人たちにとって、それは全く簡単なことだった、というのが彼らを擁護する者の弁である。ただ、私が生まれ育ったアイルランドの歴史を考えると、最も肥沃な土地を奪った侵略者や簒奪者にとって都合のいい説明が、このようになされうるのだと思わずにはいられなかった。

　私たちの家には本当に多くの訪問客がやって来た。生粋のハワイ人、ハワイ人を片親に持つ者、白人の非ポリネシア人《ハウリ》、そして中国人や日本人も含まれていた。あまりにも多く日本人がいたので、ハワイ諸島はやがては日本のものになると安易に考える者もいたことだろう。先住民のハワイ人は伝統的に小規模農家、あるいは漁師だったため、集団で働くことに不慣れだった。そのため、日系人の多くが、サトウキビやパイナップルのプランテーションに集団で雇用されたのである。中国人も多くいた。彼らは日本人に比べると自己主張が強くはなかったが、日本人も中国人も、貧しいヨーロッパ人が〈目上の者〉に対してしばしば見せる卑屈な態度を全く見せなかった。日本人が裕福な一家の家事手伝いとして雇われることもあったが、彼女たちは召使い特有のメンタリティをほとんど持ち合わせておらず、実際、彼女たちは女主人と気兼ねのない関係を築いていた。

　ハワイ諸島で支配的な地位にある白人たちの中には、男女を問わず、キプリングの詩に出てくる「モーセの十戒の存在しない場所」[011]にいたいと願ったあの兵士のような者たちがいた。目もくらむばかりのまぶしい太陽、熱帯特有の花々や果物や木々、バンジョーにウクレレにフラダンス、ヌウアヌパリの断崖にかかる月が彼らを魅了した。そして、「楽しい時間を過ごす」ことに夢中になった。熱帯の国々に住む白人にとって、それは放埒な時間を過ごすことを意味した。当時は禁酒法の時代ではあったが、米を蒸留して作る日本の酒や、ニオイシュロランを蒸留して作るオクレハオが大量にあった。当時私は全くアルコールを飲まなかったので、これらの酒の味を経験的に描写することはできないが、アメリカ兵たちが毎週土曜の夜に泥酔していたことから判断すると、たいそう強い酒だったのだと思う。私たち夫婦も、現地の民話を求めてハワイの人が住む家に行くと必ず一杯勧められたものだ。

　夫はビショップ・ミュージアムで仕事をした。そこでは、土着のハワイ文学の膨大なコレクションを利用することができたのである。それは、生粋のハワイ人と白人の両方の学者によって集められ、翻訳されたものだった。私たちは、午前中は一緒にハワイ語のレッスンを受けた。充分使いこなせるようになるほどの時間をハワイ諸島で過ごすことはできなかったが、ハワイ語で話しかけられてもなんとか理解できるようになったし、いくつかの詩を読むこともできるようになった。初級レベルではあったが、この能力のおかげで、この遠く離れた地に住む、見知らぬ人々の特性を理解することができた。それは言葉を媒介にしなければ不可能なことだったと思う。ハワイの学者と一緒に、土着の文学の調査を続けていた夫にとっては、私以上に重要なことだった。

　この気候温暖な島々において、多くの詩が雨や寒さについて書かれていたということ、さらにその多くはロマンティックなものであったことには驚かされた。ロマンティックな愛という概念は、比較的最近にヨーロッパ人が発展させてきたものだと私自身はこれまで何度も聞かされてきたが、胸を打つロマンティックな愛の詩が、ハワイ語で幾つも書かれていることに私たちは気づいた。最初にハワイ語で読むことができた詩は、魅惑的な愛の詩で、片想いに胸焦がすひとりの乙女によるものである。はにかみながらも男を誘う巧みさが実に短い言葉で紡がれていた。それぞれの連には、「寒いところから」という意味の、「イ　ク　アヌ　エ」というリフレインがある。

ああ愛しい人、あなたに伝えたい
胸はとてもとても冷たい。
ああ、夕暮れはなんて冷たいの！
イ　ク　アヌ　エ

風はひどく冷たく、
雨の雫も、露の雫も冷たく
体が震えてしまう
イ　ク　アヌ　エ！

そして、最終連では彼女の想いがほとばしる。

互いの体に腕を回し
抱き合うことができたら
そうすれば、風も雨も露も
感じなくてすむのかしら？

ここに私が英語で再現したものは、鳥のさえずりのような響きを持つハワイ語の原文と比べてみると、いささか生硬で冗長な感じがする。私たちが現地の言葉をある程度分かるようになり、人々に話しかけられたときの内容の一部が理解できるようになったことで、ハワイの人たちはより親しみを持って接してくれるようになった。とはいえ、現地の人たちの中には、現地語を解さない新参者や観光客に対し、心を開くのを既に止めてしまった人たちが多いのではないかという疑念が私の中で膨らんでいった。

私自身が訪れたのは、比較的大きな島であるオアフ島、ハワイ島、マウイ島、そしてカウアイ島のみだったが、夫はハンセン病患者の居住地があったモロカイ島を含む、ほとんどすべての島に足を運んでいた(もっとも、ハンセン病患者の居住区には行っていない)。夫は飽きることなく現地の伝承と生活を掘り下げ、調べていった。アイルランドでも若いときにはそのような研究に夢中になって従事していた夫は、ハワイの民衆とその歴史的人物たちに対し強い敬意を払うようになっていった。彼が他の島を訪れているときは、私はホノルルでミセス・ジュリー・ジャッド・スワンジー[012]の家に滞在した。彼女は宣教師を祖先に持ち、先住民の王の下で高い地位についていた一族の出身で、一族の中にはハワイの先住民と結婚をした者もいた。長年にわたる島に対する一族の貢献と、様々な人脈のおかげで、ハワイ社会の中で彼女には特権的な地位が与えられていた。彼女以上に、生まれつき知的な才能に恵まれ、自らが生まれ育った国――言うまでもなくこの場合はハワイを指す――に対して強い責任感を持っている人物に私はほとんど会ったことがない。ミセス・スワンジーはダブリン出身のアイルランド人と結婚しており、私たちもダブリンの彼の家族の何人かとは面識があった。彼女は、ヨーロッパ諸国における偉大な公爵夫人の典型的一例だと言うことができ、また、実際にそのような地位にあった。彼女の人生以上に愉快な生き方があるとは考えられない。もっとも、世界中探してもこのような社会的地位にある人物を見つけることは難しいと思う。

彼女が主に住んでいたのは、ホノルル市街にほど近い、坂を少し上った丘の上にある家で、ベランダが家の四方を取り囲んでいた。熱帯地方特有のすばらしい庭には、これまで見たこともないような鮮やかなブルーの色の水を張ったプールもついていた。家の中は、主にオリエンタルな家具――中国、日本、インド、さらにはフィリピンのものもあった――がしつらえてあり、快適で魅力に溢れているという点で、この家に勝るものは世界中を探してもなかなか見つけられないのではないかと思ったほどである。広いベッドルームの外には、家具を備えたテラス《ラナイ》が広がり、昼夜を問わず穏やかに吹く風に当たりながら散歩することができた。常に細心の注意を払いながら静かに歩く東洋人の召使いたちには、家の外の一角にそれぞれ暮らす場所が割り当てられていたが、彼らには全く卑屈な様子がなく、むしろとても親しげで、自分自身のことは何でも話したくて仕方がないといった調子であった(少なくとも女性の使用人は皆そうだった)。毎日朝食を持ってきてくれる日本人のメイドは、最近夫との間で起きたトラブルを私に話して聞かせてくれた。民法上の手続きを踏まなかったため、合衆国では内縁関係にあると見なされてしまう夫は、最近愛人に入れあげているそうだ。ただ、その浮気自体を問題にしているわけではなく、二人の共同財産であるべきものすべてが彼個人の財産になってしまうことが癪に障るようで、彼女は法に訴えて何とか半分の権利を主張しようとしていた。人種は異なっても、人というのはなんと変わらぬことだろう。というのも、実際私は全く同じ問題を訴える何人かの女性たちに、フランスで出会ったことがあったからである。フランスでは、労働者階級同士の夫婦の絆は総じて長く続くものの、しばしば法的にも宗教的にも承認されていない場合が多い。この日本人女性と夫の関係もそうであるが、それは全く個人の問題なのだ。彼女の結婚生活あるいは内縁関係、またその関係を何と呼ぼうとも、それが淡々とした友好的な関係だったことは確かであるが、今の彼女の最大の関心は、財産所有を巡って、どのように現実的に決着をつけたらよいかということだった。彼女は、自分の場所に納まろうとしている愛人に対して「淫乱」とか、それに相当する日本語で罵ることもないわけではなかったが、その女性に対して恨みがましい悪感情は持っておらず、ただ貯えを取り戻すために自分が何をすべきかについての助言をありとあらゆる人に求めていた。フランスでも全く同じ状況にある女性たちに対し、何度か助言を試みたこともあった。彼女たちは口を揃えて、「私の財産なんですよ、奥様。あの人は私の財産を取ったんです」と言うのだった。フランスでは先の大戦の前までは、正式に結婚した妻の場合でさえ、女性には自らの財産に対する権利は一切認められていなかったのである。

ミセス・スワンジーは、当地としては特に珍しいことではなかったが、ホノルルの大邸宅に加え、山と海辺の両方に家を持っていた。山の中腹までゆっくり車で上がったところに、狩猟小屋のような別荘があり、ホノルルが暑すぎる季節には、一家はそこで過ごすのだという。簡素で、それでいて絵画のように美しい家具がしつらえてあって、スイスの山小屋の風情を見せていたが、その家にはヨーロッパの家では決して見られない寂寥感があった。それは、人間が住み始めたばかりの、あるいはそのような歴史が比較的浅い国々に特有の寂寥感だった。同じことは太平洋の青い海に囲まれた彼女の美しいビーチハウスにも当てはまった。家を取り巻くすべてのものがのどかで、熱帯特有の色鮮やかさと陽気さに満ちていて、一目見たときには非常に魅力的に感じるのであるが、どこか一抹の寂しさをその家に感じてしまうのである。数千年という長い時間をかけて、死者の亡骸が埋められ、大地を肥沃にしてきたという歴史を持っているヨーロッパとは異なり、この大地を取り巻く人々の感情は、世代を超えて詩行や絵画のキャンバス、あるいは交響曲に変換されてきたという歴史がない。つまり、人々の感情や夢の年代記は未だ充分に記録されているとは言えないのである。

この奇妙とも言えるもの寂しさや空疎さは、ハワイ諸島最大の島、ハワイ島にある、ポリネシア的伝統を保っている村に泊まったとき、一層強く感じられた。この美しい島の郡庁が置かれていた町はヒロと呼ばれ、私が記憶する限り、滞在中は毎日雨が降った。その穏やかな雨は現地の詩では「ヒロの小雨」と呼ばれていた。そこでは、「雨がレフアの木々の間をそっと歩いて回る」そうである。ヒロのホテルに着いた直後、ハワイ人の高官の訪問を受けた。現地の人の中でも特に体が大きいその人物は、光沢のある紙の傘を手に持っていた。既に現地の言葉で「ハク・メレ・マイ・イレラニ」——アイルランドから来た詩人——として知られていた夫は、紹介された数人の語り部の自宅を訪ねるために外出していたので、その高官には会うことができなかったが、夫もその場に居合わせていたら、彼と私のやり取りを聞いて、面白がったに違いない。その高官は実に流暢な英語で、土着の伝説に関する深い知識を披露したが、他の国々の伝承についてはあまり詳しくなかった。ハワイの物語の英語翻訳者の候補として、詩人《ハク・メレ》の名前を聞き及ぶとすぐに、彼は図書館に行き、夫の本を何冊か借り出したそうである。特に彼が気に入ったのは、『オデュッセウスの冒険』と『トロイの物語』[013]で、そこに書かれた偉大なる首長や、戦士、航海者の物語がハワイの伝説と大変よく似ていたからだと言う。そこで彼は、この博識の詩人は、まさにハワイが自国の物語のために必要としている人物だということをあらゆる人に告げて回った結果、自らの助言が議会にも影響を及ぼしたと確信していた。おそらく余計なことであったかもしれないが、私は長々と説明を始めた――『オデュッセイア』という作品は、実際はホメロスという名のギリシャの詩人《ハク・メレ》によって書かれた物語であること、彼は遥か昔に生きていた詩人で、彼が住んでいたギリシャの島々は、ある意味で太平洋の島々と似ていなくもないということ、そして、今ここにいるハク・メレはホメロスの物語《モーレロ》を書き換えただけなのだと。すると彼は私にこんな質問をした――「そのハク・メレによって書かれるハワイの本は、ホメロスの物語と同じようにすばらしいものになるでしょうか?」私は言葉を濁してその質問には答えなかったが、それが将来カナカ人[014]のハク・メレに影響を与え、その昔ホメロスがしたようにその詩人が島から島を放浪し、一つの偉大なる詩《メレ》の中に、自らの民族の神々や偉大なる族長の気高い行為を書き残すかもしれないと述べた。彼は頷いた。彼は頭の回転が速く、芸術を解する心を持っていたのだ。

　訪問先のハワイの老人たちから詩を朗読してもらった興奮で顔を赤く染めた、我がハク・メレがようやく帰宅すると、客であるその高官は彼に挨拶はしたものの、幾分よそよそしい様子を見せた。夫が実際に『イリアス』や『オデュッセイア』を書いたわけではないとわかったために、興味が薄れてしまったということもあったのだろう。現地の村に住む上での助言を私たちが求めると、彼は遠く離れた場所にあるカラパナという村を選んだ私たちの選択は正しいと言ってくれた。そこには白人はいないし、彼が言うには、誰一人としてアメリカナイズされておらず、子どもを除いて、英語を全く知らないという。そのため、彼は通訳として英語とハワイ語の両方を知っている誰かを連れて行くべきだと言ってくれたのだが、私たちは既にその手はずを整えていた。ハワイ語ができて、現地の博学な学者とまでは言えないが、ハワイの伝承をよく知る、アメリカ系の男性に同行してもらうことが決まっていたのである。

3

　それから数日後の朝早く、ヒロのいつも通りの小糠雨の中、私たちはカラパナに向かって出発した。ヒロから出るや否や、サトウキビ畑が否応なく目に飛び込んできたが、かつて溶岩が流れ込んだせいで、その大地のかなりの部分は耕作不能だった。道中、私たち一行はハワイの人が住む何軒かの家に立ち寄った。人々はとても喜んで唄《メレ》を歌ったり、フラを踊ったりしてくれた。アメリカ本土の劇場で踊られる馴染みのフラとは似ても似つかないものだった。ヒロ近郊の小さな住宅は、住む人にかかわらず、ニュー・イングランド風のたたずまいを見せていたが、大きな邸宅となると英国的な雰囲気があった。おそらくその多くはプランテーションを経営するイギリス人が住んでいたのだろう。より規模の小さいプランテーションで働くのは大半が日本人であり、彼らは密集して建つ、見るからにみすぼらしい丸太小屋に暮らしていた。数時間後私たちが到着したのは、最終目的地ではなく、パホアと呼ばれる一種の野営キャンプがある村で、その宿営地だけでなく辺り一帯すべてに、プランテーションで働く東洋人の労働者が住んでいた。当座しのぎに建てた仮の建物の例に漏れず、非常に醜悪な代物だった。まるで一晩のうちに、サトウキビ畑の真ん中に出現した村のような印象を与えていたが、ウェールズやペンシルヴァニアの炭鉱町ほどはひどくはなかったのかもしれない。ただ、明るい太陽の日差しと島々のエキゾチックな美しさとの対比のせいで、単に醜悪に映っただけなのだろう。

　私たちは一切食料を用意していなかったのであるが、これが大失敗だった。コーヒーの入った魔法瓶が一本でもあれば、この後私たちが経験したことはそれほどつらくは感じられなかったのではないかと思う。私たちがこのプランテーションの村に到着したのは、ちょうどランチの時間だったので、薄汚れたオリエンタル・ストアの窓に英語で「レストラン」と書かれているのを見つけ、そこに入った。店内にはクロスが敷かれていない木のテーブルが雑然と置かれ、それぞれのテーブルの真ん中には、プランテーションで取れた茶色い砂糖のボウルと、ソース瓶と塩が置かれていた。今振り返ると、あのような奥地にも白人《ハウリ》文明が浸透していたということだったのだろう。食堂部分から離れた場所に、大きな調理用ストーブが見え、そこでひとりの中国人が分厚く切った牛肉を大量に炒めていた。カーキー色のヘルメットをかぶり、がっしりした靴を履き、脛当てを身につけた日本人がひとり、私たちの後に店内に入ってきて、英語でその中国人に向かって大声で「今日は何がある？」と尋ねた。すると、「ライスとステーキ、ハムと卵があるよ」との返答があった。その日本人はステーキとライスを注文したが、あの怪しげな牛肉の塊がステーキと呼ばれていることとは火を見るより明らかだった。私たちはその日本人の身なりから、彼が単なるプランテーションの労働者ではなく、ある種の監督員だろうと考えた。この村や周辺のことについて、彼にいろいろと尋ねてみた。彼は断定的な口調で、無愛想に質問に答えてくれた。私たちが尋ねたわけでもないのに、日本人がハワイの人口の半分を占めることも教えてくれた。日本人の押しの強さというのは、ある程度は嫌われても致し方のないことだったかもしれないが、私は不本意ながらも賛辞を送らないわけにはいかなかった。というのも日本人は選挙権を持っていなかったにもかかわらず、日系新聞紙上では、ハワイを統治するアメリカ政府に対するありとあらゆる意見が展開されていたからである。それは、読み手の立場によっては、不快感を与えかねない大胆な論調だった。その農場監督は、巨大な皿に盛られた牛肉炒めに、ソース瓶を空にするほどの勢いでびちゃびちゃにしたものを食べながら、時々私たちに向かって言葉を投げかけてきた。次いで、小さなパイをほとんど一口で食べてしまったかと思うと、チーズの塊を続けざまに口に入れた。私たちと同行した男性は、「実にアメリカナイズされていますね、本当に」という感想を漏らした。私たちは牛肉を避け、ハムと卵を注文した。男性陣は最後まで食べ切ったが、私は中国人シェフが料理したり、パンを切ったりする様を見てしまったので、全部は食べられず、オレンジでもないかと店の外に出ると、ある店でパイナップルを見つけた。代金を払う前に、もう手渡されているという案配だった。ハワイでパイナップルを食べるまでは、生のパイナップルについて語るな、と言えるほど、その味はすばらしいものだった。

村を出ると、車は非常に神秘的な地域へと入っていった。かつて、山々から海へと向かって流れた溶岩が冷えて固まった結果、道の両側には広大な溶岩石の海が広がっていた。私たちの手帳には、この荒野で訪れることになっている二つの裕福なハワイの家族の名前が書かれていた。どちらも宣教師たちの血を引く混血の家族である。最初に訪れた家族の応対は素っ気なかったが、二番目の家族からは手厚い歓迎を受け、とても美味しいお茶とサンドイッチでもてなされた。その家はアイルランドの小地主のものと似ていなくもなかった。同じような種類の家具があり、同じような種類の先祖伝来の家財があった。小さな竪型ピアノ《スピネット》が壁際に置かれている点もそっくりだった。家の主人は父方の一族にも母方の一族にも誇りを持ち、昔ながらのハワイの品々も、ニュー・イングランド風の家具も同じように大切にしていた。後者については、百年ほど前に、ホーン岬を経由して船に乗ってやって来た彼の先祖の宣教師たちが購入したものだったと言う。家の女主人は、英国系かアメリカ系かはっきりしなかったが、どうして私たちがカラパナで泊まろうと考えているのか不思議がった。車でそこまで行って、周りを見て回るのはいいとしても、泊まるとなると……という態度だった。そこではベッドやシーツを持っている人は誰もいないだろうと彼女は思い込んでいたし、彼女が知る限りカラパナで一夜を過ごした白人《ハウリ》の女性など、聞いたことがないと言う。彼女は教養のある知的な女性だった。一体、彼女がどうやってそのような孤立した状況で生活できるのか私にはわかりかねた。この家を発ってから、私たちが進む道も、周囲の様子も、これまでとは比べようがないほど、ますます不気味で陰鬱になっていった。真っ黒な地面からは、奇妙なほど目立つレフアの木が、溶岩石の間をぬって生えており、真っ赤な花を咲かせていた。一体、どれほどの規模の噴火が起こり、どれだけの量の溶岩流が火口から溢れ、途中で止まることなく海にまで到達したのだろう。大海の端には巨大な溶岩石の塊があり、いくつもの波が次々にぶつかって飛沫《しぶき》を上げていた。しかし、それは大西洋の波のように大きな音を出すこともなく、ある種抑制の利いたこだまとなって鳴り響いていた。私は古代のハワイ人たちが感じたに違いない恐怖を感じながら、想いを巡らせた。火山に住む女神ペレが怒りを覚えた時、山は噴火し、土地と人々を破壊してしまうと彼らが考えたのも無理はない。その昔、凄まじい勢いの溶岩流がこの島の片側のほとんどを覆いつくし、それがあまりにも長く続いたため、燃える液体は、海をも干上がらせてしまうのではないかと人々は考えたのだろう。女神に捧げられた豚の生け贄は、数を増やしても全く効果がなかったため、カメハメハ大王が自らの髪の一房を切り落として、溶岩流に投げ入れた。王のこの行為は功を奏し、女神の怒りを静めることができた。なぜなら、太平洋のあらゆる支配者同様、彼自身が神々の末裔であり、ペレと同族の関係にあったからである。この伝説を私たちは何度も繰り返し聞かされた。

私たちはまるで、この沈黙の溶岩の海に分け入った最初の人間であるかのような気持ちになった。一帯を覆う虚無感のせいで、不気味さはいや増していき、時折目に留まるのは通行を禁じる看板だけで、そこには一言、タブーを意味する「カプ」という言葉が書かれていた。私たちは太古の時代に引き戻されたかのようだった。ついに、夜の帳が下りかけた頃、私たちは道で幼い子を連れたひとりの男性に出会った。二メートルを超す身長で、実に立派な体格をしていたために、薄暗がりの中では異教の神のようにさえ見えた。同行した私たちの友人がハワイ語で彼に話しかけ、カラパナまであとどのくらいか質問した。まだ数マイル先だという。暗闇の中を進んでゆくと、私たちはニュー・イングランド風にペンキの塗られた小さな家に出くわし、やっと到着したのだと考え、車を降りた。開け放たれたドアの奥には、ハワイ人と東洋人の混血と思われる女性が立っており、ほとんど全裸の子どもたちが彼女の周りに数人いた。なかなか上手な英語で、かつて自分は教師であり、カラパナでも教えていたのだと言った。つまり、カラパナはまだもう少し先なのだった。私たちは再び出発した。まもなく、溶岩石が海の端まで届いた場所、木造の小さな家が一列に並んでいる場所にたどり着いた。それはハワイの暮らしをそのままの形で残しているカラパナ村としてガイドブックに掲載されていた光景であった。

私たちはヒロで出会った男性の母親の名前を教えられていたので、その名を言うと、一人の少年が村の外れにある家を指差して教えてくれた。実際そこには三軒の家が建っていた。大地に深く打ちこまれた何本もの丸太を土台として無造作に建てられた家だった。そのうちの二軒はベランダ、つまり家具を備えたテラス《ラナイ》を共有していた。大家族の間で長い議論がされた後、その家の主婦である女性は、大変遅い時間の訪問に驚きつつも、私たちを迎え入れてくれた。その女性は中年の美しい人で、若い頃にある程度英語を習っていたということだ。そのような白人《ハウリ》教育の影響からか、彼女は少々疑い深くなっており、ハワイ人特有の純真さを失っているように私には感じられた。というのも、彼女のおじやおばが、即座に私たちを自宅に受け入れようとしてくれたのに対し、彼女は少々疑う様子を見せたのである。ハワイに来てから、訪問する家庭内の関係性を読み切れないことがよくあったのだが、この時は、二人の年長者は夫婦で、最初に私たちが話しかけた女性――以後こちらの女性は〈若奥さん〉と呼ぶことにしよう――のおじとおばであると推測することができた。若奥さんの子どもたちもいた。背の高い十代の男の子と美しい女の子だ。他にも小さな子どもたちがいたが、どうやら〈大旦那〉と〈大奥さん〉の孫らしかった。彼らは学校で英語を習っていたので、ラナイに座って私たちにも気軽に話しかけてくれた。大奥さんと若奥さんの二人が、私たちの食事を用意するために、片方の家に引っ込むと、子どもたちもすぐについて行った。かなり長い間、年長者たちはなんとか英語を話そうとし、私たちはハワイ語を話そうと努力した。やがて、男の子がやって来て、皆さん、夕食の用意ができましたと、いかにもアメリカ風の素っ気ない口調で言った。まるで教科書に載っている英文を丸暗記したような物言いだった。

私たちは三軒の家のうちの真ん中に招き入れられた。家具はほとんどなく殺風景ではあったが、それなりに居心地のよい部屋だった。部屋の中央にテーブルと、数人で腰掛けられる長椅子のようなものが置かれ、床にはハワイ特有の敷物が敷かれていた。テーブルに置かれた食事は、米とタロイモの根をペースト状にしたポイだった。ポイについては、正直に言って、ビラ貼り用ののりのようにしか見えなかった[015]。さらに、缶詰のニシンがあった。ホスト・ファミリーはあらん限りのもてなしをしてくれようとしていることに気づいた。缶詰の食品は、彼らにとって大変なご馳走なのである。家族の人たちは私たちとは一緒に椅子に腰掛けず、直接床に座って、ポリネシア流に食べていた。ポイの大皿を囲んでニシンをほんの少しのせた取り皿にポイを取り分けていた。若奥さんは椅子に座り、とても礼儀正しく私たちと会話を交わしたが、彼女自身は食事には加わらなかった。彼女の説明によれば、おじとおばのような年長者は、テーブルに座るのがどうにも落ち着かないそうだが、彼女自身は普段いざというときに行儀よく振る舞えるように、子どもたちをテーブルでナイフとフォークで食事ができるように育てているのだという。

食事の後、私たちは皆、ラナイに座り、スチール・ギターとウクレレを伴奏にした唄や音楽の演奏を楽しんだ。アメリカ合衆国の劇場で歌われるハワイアン・ソングはかなりスピードが速く、ジャズの要素が強くなっているが、ここでは、唄は常にゆったりしたテンポで歌われ、もの哀しさに満ちていた。ハワイの人々がこれ以外の歌い方で歌うのを私は聞いたことがない。つまり、太古の記憶を持つ人々にとって、音楽や唄、あるいは踊りは、明るく愉快な気持ちを表現するものではなく、世界の不可解さや人間の運命の哀しみを表すものなのだ。LやMの音の多い、時には吠えるようなK音もあるその穏やかな言語は、実によくその音楽に合っていた。もっともその音楽の大半は全く土着のものではなく、最初の宣教師たちによって伝えられた賛美歌の調べに基づくのだそうだ。私たちがラナイでくつろいでいると、見事な月の光が、霧雨を切り裂くように地面を照らし、ココナッツの木々が斜めに傾いているのが見えた。その根は、嵐か打ち寄せる波による浸食によって半ば引き裂かれていた。遠くには、黒々とした砂浜に引き上げられた一艘のアウトリガー・カヌー[016]が見えた。降り注ぐ月光が照らし出していたのは、黒い地面と黒い山々、そして真っ暗《ダーク》な海と浅黒い《ダーク》肌のホスト・ファミリーたちの顔だった。世界で最もミステリアスな大地と最もミステリアスな人々を目にしているのだと、そのときの私には思われた。海のすぐそばにあるこの黒い土地、島の中でも最も外れにあるこの村で、この人々は太古の昔から今なお同じように暮らしている。白人の住まいを真似た住居だけは昔と異なっていて、既に干し草の家というのは滅多に見かけなくなっていた。その夜の間、何度か大旦那が言った――「私たちは滅び行く民族なんです。」しかし彼の言い方には、もの哀しさや苦々しい思いのようなものは一切なく、ただ事実を述べているという感じがした。彼らは自分たちのサトウキビ畑やパイナップル農場に、白人や東洋人たちが次々と入り込んで来ることに対し、ほとんど抵抗しなかった。抵抗すること自体、不向きだったのだ。彼らはあくせく働くことなく温暖な気候の島々で暮らすことを望んでいたからである。人々の気力を損なうような気候の中、特にハワイの島の中でもこちら側は、湿気が多くて暑かった。本当に魅力的な人々や民族は皆そうであるように、彼らは自衛本能への意識が強くはなかったのである。

　宴の後で、私たちは三軒の家の一つにある寝所に案内された。ハワイの人は広い家を一軒所有するより、いくつも別々の家を持つことを好むようだ。大奥さんはベッドを所有していることが誇らしそうだった。推測するところ、他の村人はほとんど持っていなかったようだ。私たち夫婦が案内された部屋だけでなく、通訳の男性に提供された部屋もまた、染み一つないきれいな部屋だった。シーツは優美ですらあり、枕カバーにはハワイの貴族のモットーが赤い糸で刺繍され、周りにはひだ飾りがついていた。しかし木製のその四柱式ベッドには、マットレスもスプリングもなければ、平らな板の上に、ただラウハラ・マット[017]一枚と、その上にシーツが一枚置かれ、掛け布団の代わりにパッチワーク・キルトが掛かっているだけだった。おそらく宣教師たちがかつて島民に作り方を教えたのだろう。現地の人たちは、固い板の上で当たり前のように眠ることができるようだが、マットレスと羽毛の枕に慣れきった白人《ハウリ》女性には難しかった。眠れることができぬまま、一晩中溶岩石に打ち付けるくぐもった波の音を聞いていた。明け方に私は起き上がり、着替えをしてから海、つまり太平洋まで歩いて行った。そこには大西洋に見られるような荒々しさや悲惨さは全くなかった。ポリネシアの人たちはこの海を全く恐れなかったという――彼らは生まれてすぐに、この海で洗われ、この海と共に生きてきたのだ。まだ体の重心が定まらず、一歩進むたびによろめいてしまうほど幼い子どもたちが、魚のように海で泳いでいるのを私は幾度となく見かけた。その昔、ハワイの人々はアウトリガー・カヌーを漕いで遠くまで旅していったのだ。カヌーに乗って、正に数千マイルも航海をしたに違いない。彼らはとてつもなく長い距離を泳いだとも言われている。人々にとって海は優しい存在であり続けたのだろう。そうでなければ、海への信頼は生まれなかったはずだ。溺れ死んだ者のことなど誰一人聞いたことがないのだった。

　早朝、私たちは皆、ラナイに再び座っていた。ただ、大奥さんだけは家事に忙しく私たちの輪に加わらなかった。近所の人たちの数人も集まってきた。一人のとてもふくよかな女性は、ホロクスと呼ばれる、ゆったりとしたナイトドレスのような服を着ていた。ニュー・イングランドからの宣教師たちが百年前にハワイの女性たちに着るように求めた服である。私がハワイ語を解さないと思ったのか、彼女たちは連れの通訳の男性に、まだ固い板の上で寝ている夫、詩人《ハク・メレ》について様々な質問をしていた。彼の宗教は？　人種は？　金持ちなの？　何で生計を立てているの？　このくらいならば私にも分かったが、私のハワイ語能力には当然限界があったので、会話の多くは聞き取れなかった。若奥さんは単語をたくさんつなげて長い質問をしたので、ハワイ語に堪能な通訳の男性ですら戸惑ってしまった。それで彼女は、質問の一部を英語で説明した。私たちは米国地質調査所の人間かというのである。調査団のメンバーというのが、彼女が知る、よそから来て、この村に滞在した唯一の白人だったようだ。通訳の男性は、このアイルランドのハク・メレはハワイ議会の依頼により、今英語で物語や伝説を書いており、それは英語しか話せないハワイの子どもたちがそれらの物語を知ることができるようにするためなのだと説明した。それに対し大旦那は、若い人たちは古い伝承を恥じており、誰一人古い唄《メレ・カヒコ》を知らないと熱っぽく語った。それに、偉大なる王カメハメハと共に戦った将軍の末裔たちは、自分の祖先の名前を讃える唄など知りたくもないはずだと言う。すると、ある若者がこの老人の言葉を遮って、「でも僕たちはアメリカ市民なんですから」と英語で言った。現地のハワイの人たちの中には、アメリカ人であることを誇りにしている者もいたが、他の多くの人たちは、ハワイの王政を打倒した白人社会全体、あるいはアメリカ人に対する苦々しい怒りを抱えていた。大旦那はハワイの土着の生活が朽ち果てていくことについて、先ほどと同じような情熱をもって語った。それはアイルランド西部の老人たちが同じような衰退について語るときの様子とよく似ていた。

　長い会話の後、私たちは朝食を取るため、前の晩夕食を食べた部屋に移動した。朝食は、前夜に出たものに、塩茹でした牛肉と白菜が追加されていた。この追加された料理は、大奥さんが旅行者のための特別なご馳走としてわざわざ作ってくれたのだが、私には、朝から塩味の牛肉を食べることはどうしてもできないと感じ、心が痛んだ。私の朝は、紅茶かコーヒーを飲み、トーストを食べないことには始まらなかったのだ。もちろんそのようなものをこの村で求めることは不可能だった。トーストはなくても何とかなりそうだったが、紅茶かコーヒーなしというのはどうにも耐えられなかった。しかし、大奥さんの顔つきが段々と曇ってゆき、苦労してたくさん作った食事が客人に喜んでもらえていないと彼女が気づき始めたことがわかり、私はいても立ってもいられず、男性のように豪快に、ニシンとポイ、そして冷めたご飯の朝食に取りかかった。常々私は、砂漠地帯であっても、飢饉の時でも、自分は最低限の食事で何とか生きてゆけると何の根拠もなく確信していた。アイルランド西部の辺境の村で、私はずっとバタつきパンとジャガイモ、牛乳と紅茶で暮らしてきたからである。しかしこれら最低限の四品は、私たちのホスト・ファミリーの献立には何一つとして載っていなかった。もっとも、多くの点で、彼らの暮らし向きはスコットランドやアイルランドの辺境の地に比べても、それほど原始的とは言えなかったと思う。

朝食のあと、低学年の子どもたちは学校に行き、年長者の二人——大旦那と大奥さん——は床に座って黙々とマットを織り続け、若奥さんはラナイの椅子に腰を下ろして、赤色の木綿の糸で刺繍を始めた。世界の至る所で女性たちは、針と糸で仕事をするのを実に楽しんでいるようだ。それは彼女たちに大いなる満足感を与えてくれるのだ。昨晩よりも、自由にホスト・ファミリーの面々を観察することができた。皆が皆、顔立ちが整っており、知的で、肌は浅黒かったにもかかわらず、私の目には彼らはいわゆるアーリア人種に属しているように見えた。彼らの方が同じ境遇にあるヨーロッパ人より、世知を別にすると、ありとあらゆる種類の知性において、優れているのではないかと思ったほどである。彼らの実用的な知恵のレベルは、私が知る多くの芸術家たち、あるいは彼らがもてなしている詩人《ハク・メレ》の実用的な知恵のレベルと恐らく似たような程度のものではなかっただろうか。ハワイの友人の中には、今日島の一等地を占有する白人たちを〈ヨーロッパ系の白人《コケイジャン》〉と呼ぶ者がいたが、そのような搾取をする白人に充分対抗できるような知恵を彼らは持っていなかったのである。ある意味で、島の進歩を求めたことが、彼ら自身の零落につながっていった。白人は宗教を、発明品を、そして新たな形の文明の利器を手に携えやって来る。それに対し、島の人たちは西欧文明から隔てられた場所にあったがために、長い間全く変化することがなかった。王や首長は白人を歓迎し、白人の新しいものの考え方や慣習を受け入れた。その当然の結果として、新たに島にやって来た者たちが、直ぐさま優位な地位を獲得することになったというわけである。

町に住むハワイ人同様、私のホスト・ファミリーはアメリカ風を模倣した家に住み、服もアメリカ風のものだった。しかし、白人が心地よいと思うもの、また食事に関しては、アメリカ風を受け入れることはなかった。家の外にはたいてい調理器具がいくつか並べられていたが、彼らは調理された食べ物を滅多に食べなかったため、家の中には炉辺も暖炉もなかったのである。その結果、人々は雨に濡れると、太陽が再び照るまで服を乾かす手段が全くなかったのだ。多くの人が風邪を引き、結核を患っていると聞いても私は驚かなかった。彼らが濡れた服を着たまま、身を震わせて歩き回っているのを私は何度も見かけた。多くの詩が寒さや雨について描いている理由がわかり始めた。病気の対処法にまつわる伝承された土着の知を彼らは忘れてしまったか、既に打ち棄ててしまったかのどちらかだった。「カフーナ」と呼ばれる現地の祈祷師は、既に受け入れられなくなって久しく、ハワイ人が生き残っていけるかどうかは、本当に難しいことになりつつあった。若奥さんは寂しそうに私に言った――このままでは純血のハワイ人はいなくなってしまうのではないかしら。若い女の子たちは自分たちの民族とは別の男性と結婚したがっており、人気の一位は白人で、次いで中国人だという。島に住む他の人種、例えば日本人、朝鮮人、マレー人などとの結婚もあった。

昼近くになると、私たちは車で外出し、家の近所や村の周辺を巡った。戦時には女性と子どもが避難するのに使っていた洞窟も見ることができた。かつてハワイ諸島では、偉大なるカメハメハ大王が最終的に勝利を収め、島々を統一し、自分の支配下に置くまで、多くの戦いが頻繁に繰り返されていたが、平和がもたらされると、王は平和時における規則の一環として、老人は路上で誰にも邪魔されずに寝転んでいいと宣言したそうである。私たちは様々な家で、代々受け継がれた品々を見せてもらった。貧しい暮らしの中で、彼らはそれほど多くのものを持っているわけではなかった。今から思えば、ヨーロッパ人と同様、代々伝わる家宝を骨董品の蒐集家に売るという誘惑には彼らも勝てなかったのだ。金と黒の羽で飾られたすばらしい貴族のマントは既に売り払われ、ヨーロッパの博物館が所蔵していた。しかし村人の中には、今でも堅い木でできた古《いにしえ》の槍や、瓢箪で作った装飾品、木製の大皿などを持っている者もいたし、貴族の末裔たちは鯨の歯でできたネックレスを持っていた。

私たちは歓待の証《あかし》にオコレハウを何度も進められたのだが、丁重に断った。私は一杯のコーヒーが飲めるなら、魂を売り渡してもよいとすら思った。というのも、幾晩も固い板の上で眠り、塩漬けの魚とキャベツとポイだけを食べる日が続いたため、ひどい頭痛に悩まされるようになってしまっていたからである。持ってきたアスピリンを飲んでもほとんど治まらず、加えて、寒気と耳鳴り、様々な胃腸の不調もあった。さらに、見渡す限り木の生えていない風景がもたらす寂寥感が私にのしかかり、絶えず気分が落ち込んでばかりいた。そのため遂に詩人《ハク・メレ》は、私の病気がもっとひどくならないうちに、私を街の文明に帰すことに決めた。夫の方はすべてに満足していた。固い板のベッドも、塩漬けのご馳走も、コーヒーのない朝食も全く平気だったのである。一日中外を歩き回って、物語や唄に聞き入り、フラダンスを見たあとで、彼は何でも食べることができたし、どこでも寝ることができた。車が私を乗せて村を出るとき、振り向くと、手を振って見送ってくれる一団の中に夫が立っているのが見えた。とても大柄で、とても背の高い、浅黒い肌をした男たちの間に、ひとり小柄な白人が立っていた。次にいつ夫から便りをもらえるだろうかと私は思った。というのも、この辺境の村には電報や電話はもちろん、外部と連絡を取る通信手段が一切なかったからである。果てしなく続くように思われた数時間を経て、私たち(つまり、運転手と私)は黒い島々を抜け出し、溶岩石の道を抜けて、灰色の道に再び降り立った。ついに私たちは、ホテルがあり、菩提樹と奇妙な果実をつけた木々の茂るヒロの街に戻ってきた。ホテルで私はベッドに潜り込み、数日間、横になっていた。その間、日本人の親切なメイドが私の面倒を見てくれたのであるが、彼女は折に触れて私に日本の酒を勧め続けた。

ようやく元気が戻ってきたと感じ、そろそろカラパナに戻り、詩人《ハク・メレ》を探しに行こうと思っていると、一台の車がホテルの前に泊まり、とても陽気で元気な様子の夫が降りてきた。様々なものに対し、二倍の値段を請求されることもあったため、持っていった現金を使い果たし、彼はようやく帰ってきたのだった。そんなことがなければ彼はまだカラパナにいたかもしれない。そして私の準備ができ次第、再び出発し、最初は火山に、次にハワイにある残りの島々に向かおうと彼は高らかに言った。

4

私たちは、キラウエア火山に向けて出発した。当時、噴火は続いていたが、溶岩が流出するほどではなかった。今回は魔法瓶にコーヒーを入れていき、板のベッドやポイとキャベツの食事も覚悟していたのだが、その必要は全くなかった。火山の近くには旅行者用のモダンなホテルがあったからである。夜の火山を見るために、私たちは昼間のうちに出発した。車で山を登っていると、遠くに赤い光が、火柱のように空からぶら下がっているのが見えた。上りの坂道の両側にある湿った森には、巨大なシダ植物が茂り、名前のわからない熱帯植物が密集した茂みを形成していた。その茂みは怪しくうごめいていた。濡れた藪の至る所にぬるぬるした生き物がいるように思われたが、それは、いつものように降り続く「ヒロの雨」だった。次に私たちは再び黒い溶岩石の道に出た。カラパナでおなじみの黒い大地である。一年中ここで暮らし、火山を観察している科学者たちによると、火口の溶岩レベルは通常より高い位置にあるようだが、溶岩が溢れ出す心配はないと思われるので、人も家も村もみんな無事だろうということだった。

突然視界が開け、私たちは目的地に到着した。古代ローマの円形競技場のような巨大なくぼみの周りに、立っている者もいれば座っている者もいた。キャンプ・スツールのようなものに座っている者もいたが、誰もが皆、熱心に下方を覗き込んでいた。私たちは車を降り、人々がいる方向に歩いて行き、燃えさかる巨大な火口を見下ろした。それはまるで聖テレジアが見た地獄[018]のヴィジョンとダンテの『地獄篇』を混ぜ合わせたような光景だった。揺れ動く火の波、火の川、火の泉、溶岩の波が互いにぶつかり合う音、そして溶岩の波の間を動く火の流れ——これらすべては、まるで修道院付属の学校で静修が開かれる度に聞かされた地獄が現実化したもののように思われた。私の目は無意識のうちに、流れる火の中に失われた魂を探していた。まるで熱でぎらぎらと輝く溶岩石を通って流れる火の川の中に、人の手や足がのたうち回るのを見るようだった。そして、火口から聞こえてくる轟音やうめき声、叫び声は、星のない大気を通してダンテが耳にした雷の低く響く轟きのような嘆きと叫び声と同じものだった。ここにあるのは、「終わりなき嘆きから雷を集めし地獄の陰鬱な谷」〔ダンテの『地獄篇』第四歌より〕であり、重い罪を犯した人間がその岸辺にたむろする大いなる川だった。彼らが犯した罪は、あらゆる罪の中で最も重いもので、修道院の学校で教育を受けたにもかかわらず、私は「七つの大罪」よりも遥かに重い罪を頭に思い浮かべた。この場所で私は神を拒絶した者たち、善人でも悪人でもない者たち、完全に死した者たち、反抗的でも忠実でもないが、自ら道を踏み外してしまった者たちを見たような気がした。揺れ動く溶岩の波は止むことはなかったが、時折ほんの一瞬、彼らのうめき声や嘆きの声が止んだかと思うと、火口から音と同時に、硫黄のような臭いが立ち上ってきた。しかし、それらすべてを含めて、これは一つの幻想《ヴィジョン》であるように私には感じられた。例えば、グランド・キャニオンは、実在する光景だと思うことができたのに、今、目の前にあるものを、現実の光景だと思うことはできなかった。グランド・キャニオンは、私の知る限り、どの文学作品にも描かれていないため、その峡谷を見たとき、私はそれを初めて見たと思ったし、他者のヴィジョンから全く自由でいることができた。それが描かれたものを一度も読んだことがなかったからである。しかし、キラウエア火山は大変馴染み深いもののように感じられた。ダンテはそれを実際に見たことがなかったとしても、その光景を正確に伝えられるほどには、火山の夢を確実に見たに違いないし、聖テレジアもこの山をヴィジョンの中で見たに違いない。ジョン・ミルトン[019]もまたこの光景を見たはずだ。ただ、この巨大な火を吹く火口は恐ろしいものではあったけれども、私の心は、あの山が今もそこに存在し、旅人がその目で見ることができるハワイの山であることが、未だに信じられないのである。私にとって、その火山は非現実的な一種の夢であり、地理的に存在するものではないように思えてしまうのだ。

　その夜私はひとりでホテルに泊まることになった。夫を含む残りの一行は、借りてあったロッジに向かったからである。翌朝、起こったある出来事のおかげで、それまで気づくことのなかった私自身のある一面に目を向けることになった。それは良く晴れた一日の始まりで、山の高みから谷や海洋を見下ろすことができた。海に陸地の一部が見え、それを島だと思った私は、日本人のウェイターにあれは何の島ですか、と尋ねたが、LとRが区別なく発音されたせいで彼の返答をよく理解することができなかった。私の他に唯一食堂にいたのは、隣の窓際の席に座っていた一組の男女で、おそらくドイツ人だと思われる男性は明らかに何かの教授で、彼は私の質問を耳にしたらしく、「あれは島ではありませんよ。ハルプインゼル、半分の島、つまり半島です」と言った。それから「あらゆる半島と島々の目、シルミオーよ！」[020]と、カトゥルスの詩を原語のラテン語で引用した。馴染みの詩行を耳にしたとたん、ぞくぞくするような感覚が私の体を貫いた。ある特定の場所を眺めるとき、それがどのような場所であれ、私は文学作品、とりわけ詩という霞を通して見ないではいられないのだということを悟った。私と同様、多くの人々が感じる土地にまつわる魅力の大半は、文学の中でそれらについて表現されたものから生まれてきたものに違いない。眼下に広がる太平洋に突き出たその半島は、それがいかに美しいとしても、「カトゥルスが島のように描いた、オリーヴの木に取り囲まれた甘美なるシルミオー」ほどの魅力は持ち得ないのである。詩に取り憑かれたことのない人は、初めて自分の目で何かを見、感じることができるという点において、文学中毒の人よりもおそらく優れていると言えると思う。一方私は、芸術や文学に記録されていない場所では本当に孤独に感じてしまうのである。

私たちは数日間、ハワイ島を車で回って過ごした。夜は町外れの家に滞在したり、時には小さなホテルに泊まったりした。ヒロの反対側は、コナという名の、美しく、晴れの日の多い地域だった。ヒロではずっと雨が降り続いているのに、なぜコナでは空気が澄み、晴天ばかり続くのかどうしても理解できなかった。海沿いのある場所で、私たちは打ち棄てられた城に突然出くわした。それはフランスの城《シャトー》の模造品のような城で、現地の貴族がかつて建てたものだった。愛らしく、寂しげで、荒れ果て、朽ちつつあるその城は、火山でできている島々の中では全くの場違いなもののようだったが、それ故に一層印象的だった。あまりにもヨーロッパ的なのだ。かつてハワイの王族はヨーロッパ貴族を何度も訪問しており、その城や宮廷のことも知っていた。私が目にした彼らの痕跡のすべて、耳にした物語のすべてが、ハワイの王室の人々を中世のロマンス文学から抜け出してきた人々のように思わせた。ロバート・ルイス・スティーヴンソンの妻の連れ子の息子、オースティン・ストロング[021]は、幼い子どもの頃、カラカウア王に会ったことがあると言う。王についてのストロングの物語を読むと、スティーヴンソンの詩と同様に、カラカウアが王制の時代における本物の王だったのだと私には感じられた。

　私たちはかつての王家の末裔のひとり、ジョナ・カラニアナオレ王子(クヒオ王子)[022]の未亡人であるカラニアナオレ王女と知り合いになることができた。クヒオ王子は、カラカウア王妃の甥であると同時に、ハワイ史における偉人の一人、カヴェロ[023]の末裔だった。ヨーロッパ史で言うならば、カヴェロはカール大帝に相当する人物である。島を発つ前に起こった最後の出来事の一つとして記憶しているのが、ホノルルで王女が私たちのために開いてくれたパーティーで、実際には送別会となった。彼女はとても背が高く体格もよく、本物の威厳を感じさせた。王族に生まれた人物のみに備わる表情や物腰の重厚さ、声の響きがそこにはあった。贅をこらしたフランス製のドレスをまとった彼女の横に主賓として立ち、他の客人たちを出迎えていると、王女は私がこれまで出会った人々の中で、一、二を争うほどの堂々とした容姿をした人物であるように思えた。そして、その胸元には、ヨーロッパの統治者から贈られた勲章がいくつも飾られていたが、統治者の多く、そしてその帝国そのものが、その時点で消え去っていた。しかし、彼女とどんな話をしたのか、残念ながら私は一言も覚えていない。客の中には彼女に対して〈ひざを曲げて身体を下げる敬礼《カーテシィ》〉する者もいれば、単に頭を下げるだけの者もいた。私は修道院付属の学校で膝を曲げてエレガントに礼をする方法を習っていたので、それを実践する千載一遇のチャンスだと思ったのではあるが、足首の骨折が治ったばかりでまだ包帯を巻いていたために、きちんとした形で行うことはできなかった。立ったまま握手を交わす時間が数時間は続いただろうか、その後で王女はソファーに移動し、身振りで私に隣に座るよう指示してくれたとき、私は安堵のあまり泣きそうになった。

　出発前夜に開催されたこの歓迎会の前に、私たちは最後にいくつかの島々を訪れた。夫は結局、最も小さなラナイ島以外のすべての島[024]に行くことができたのであるが、私が訪問できた島は、全部で二つか、三つに過ぎなかった。ハワイ諸島で二番目に大きいマウイ島で滞在したホテルは、物を売りながら島から島へと常に巡回するセールスマンの便宜のためだけに建てられたような代物だった。「ハワイ人には、何でも売れるんですよ」とホテルで出会った一人のセールスマンは私たちに言った。「上手に売り込みさえすれば、鉄道だって買ってもらえるんです。」この島にはアメリカ系の者も数多くいて、誰もがハワイに古くから伝わる知を学んでいた。そのうちの数人が私たちを、伝統的なフラダンスを踊る最後の名手の一人に会わせてくれた。彼は昔ながらの干し草の家に住んでいた。ハワイの人たちは大抵長生きなのだが、この男性はハワイ人の平均寿命から言ってもかなりの高齢だった。彼が語る思い出の多くはハワイの国王たちをめぐるものだった。というのも、フラの名手として知られたこの人物は、宮廷の栄光の証でもある大がかりな舞踊劇をかつて何度も演じたことがあったからだ。その彼が、今は私たちのために、若いふたりの踊り手を従え、これまで見たことのないフラの踊り方を見せてくれた。小石や果物の種が中に入った瓢箪を振って、ダンスのリズムを取るのである。その年老いたフラの名手は、かつて高貴な身分だったものの今は落ちぶれてしまった大芸術家のような印象を与えた。彼を取り巻く世界、彼の住む島々を席巻する白人《ハウリ》文明から彼は完全に切り離されているのだと私は感じた。彼は悲しそうで孤独に見えたが、同時に自らの思い出に対して誇りを抱いていた。なぜなら、ハワイの伝説に出てくる「天の人々」直系の子孫の宮廷に、彼は仕えていたのだ。舞踊劇の舞台に立つとき、ハワイの人々は最も気分が高揚したに違いない。長い時間を掛けて発展し、女神に捧げられていたという意味で宗教的でもあるその芸術が、偏見のためにすっかり廃れてしまい、腰蓑を着けて踊られるフラダンスの舞台だけでしか生き残っていないというのは、何という文化的損失だろうか。

　この体験の後、私たちがホノルルに戻る前に、おもしろい出来事が起きた。私たちが乗っていた小型蒸気船が、とある辺鄙な港で数時間動かなくなってしまった。そして、故国から遠く離れた場所でひっそりと暮らすアメリカ出身の島民たちによって、私たちは文字通り船から引き下ろされたのである。近年では私たちは外の世界からこの地に足を踏み入れた初めての白人だったそうだ。彼らは初めて見る顔や声に興味津々で、私たちについて特集した記事の数々がハワイ諸島の新聞に掲載されたこともあり、私たちは一種の神話的存在に見えたようである。

とうとう私たちのハワイ滞在は終わりを迎えた。到着したときと同じようにレイを首に掛けてもらい、「アロハ・オエ」の大合唱のなか、私たちは旅立った。一人の写真家が私たちにカメラを向けて撮影した。私たちは、一種、勝ち誇ったような気持ちで、この島を出ることになった。というのも、その前夜、夫はハワイの学者の面々を聴衆に迎え、これまで書きためたハワイの神話や伝説の翻訳から、いくつか選んで朗読したのであるが、その物語はいずれも聴衆に温かい歓声をもって迎えられたからである。

第二十九章　エリノア・ワイリー

1

私たちはあてもなく彷徨う放浪者だった。ハワイの後、私たちは再びアイルランドに戻り、その後フランスとイタリアに赴いた。当時その二国ではムッソリーニ政権が熱烈に支持されていたが、他の国々でもイタリアに倣った方がいいのではないかという流れが起こり始めていた頃だった。ムッソリーニに魅せられた外国人滞在者の中にはアメリカ人もいて、ひとりのアメリカ人画家が次のように言っていたのを思い出す――「もしこれが独裁だと言うなら、独裁で結構。」第二次世界大戦中でも、彼のムッソリーニ支持が揺らぐことはなく、それで投獄されるようなことにもならなかった。私自身、このような風潮に対し特別な感情は持たなかった。そもそも私は、「表面は変わっても、本質は何も変わらない」というフランス語の格言を信じているからである。私たちがニューヨークに戻ると、都心の家賃が高騰したために、友人たちの多くは田舎暮らしを始めていることがわかった。

エリノア・ワイリーは、彼女自身が静かに暮らしているニューヨーク近郊のコネティカット州で、私たちも家を探すように勧めてくれた。ヴァン・ウィック・ブルックス夫妻も同じ意見だった。そこでウエストチェスターに住む友人たちが、車を出してくれ、近所の一軒家やアパートを見て回るのに付き合ってくれた。最終的に、私たちに適した場所を見つけてきたのはエリノアで、その家は彼女が住む通りから少し離れたところにあった。私たちはすぐに引っ越しをして、新生活を始めた。一九二五年の初頭のことである。その家は広くて日当たりもよく、住み心地のいい素敵な家だった。ただ、あとになってわかったことであるが、前の住人が住んでいた時に、殺人事件が起きていたらしい。私たちは事件の全貌を記録した写真付きの新聞記事を読み、この家がかつてどれほど有名であったかを知ることになる。エリノア・ワイリーは、一、二年ほど前にウィリアム・ローズ・ベネーと再婚し、小説や詩を書きながら、夫の連れ子三人の面倒を見ていた。彼女は著作活動に専念するために、スイス人の有能な家政婦を雇って、家事の細々したことにできる限り煩わされないようにしていた。

　私の方はといえば、家事に追われる毎日だった。友人たちに比べると何とか上手にこなしていたと思うし、いろいろと手伝ってくれるメイドもいたのだが、私の頭は家事のことで一杯になってしまい、ほとんどすべてのエネルギーが家事に費やされた。腰を据えて本を書こうという思いで郊外にやって来たはずなのに、少しばかりメモを取ることを除いてはほとんど何もできなかった。家事を切り盛りするというのは、私が予想していた以上に大変な仕事だった。午後になって仕事を終えると、エリノアがお茶を飲みにやって来た。焼きたてのスコーンにジャムを付けて食べながら、おしゃべりに花を咲かせた。イングランドに住んでいた数年間に、彼女はスコーンが大好きになっていたのである。夕方になると、ルイーズとマクスウェルのパーキンス夫妻[001]——夫の方は当時スクリブナー社の編集者だった——や、すぐ近くに住んでいたマイケル・モナハン[002]やブリス・カーマン[003]、また数マイル離れた場所に住んでいたヴァン・ウィック・ブルックス夫妻がやって来た。こうして私たちは文学について語り合いながら、楽しい時間を過ごしたのである——もっとも、この地域に文学関係者が特別多く住んでいたわけではなかった。

　ユージン・オニールとその妻アグネスは、かつてリッジフィールドの近くに住んでいた。彼はアメリカで最も有名な劇作家だったというのに、その数年間、ただのひとりも隣人が彼らの家を訪れることはなかったという。一度、私たちがオニール夫妻と週末を過ごしたとき、ユージンと彼の愛犬——とても大きなアイリッシュ・ウルフハウンド——と一緒に散歩に出かけたことがあった。帰宅した時、彼の妻が興奮した様子で玄関に出てきて「うちに初めてのお客さまが来てくださいましたよ。監督派教会の牧師様です!」と言ったのである。作家というものは、ヨーロッパではとても人気があり大事にされるのが常であったが、アメリカの田舎では全く事情が異なっていた。アメリカで出会った人々が無意識のうちに見せる、作家に対する先入観に私は大変驚かされたのであるが、それは出版業に関わる人々も例外ではなかった。ピクニックを楽しんでいたある時、ひとりの友人の神経衰弱について話題が及ぶと、その場に居合わせた出版社勤務の男性は大真面目に「そうですね、あの人はいつも作家とばかり付き合っているでしょう、それで精神のバランスがおかしくなってしまったんですよ」と言った。私がこれまで知り合った作家や芸術家の多くが、誰よりも精神的に安定した人々だったので、彼のこの言葉の意味について、長い間私は想いをめぐらせずにはいられなかった。もちろん私の知人の中にも例外はあり、人生の様々な困難が原因で自ら命を絶つ者がいなかったわけではない。しかし、イェイツやロバート・フロスト、アリス・メイネルやA・E、そしてアーノルド・ベネットやウィラ・キャザー以上に、精神の調和が取れた人物を探し出すのは難しいのではないだろうか。

友人エリノア・ワイリーを、ここに挙げた作家たちと同列に論じることは決してできないと思う。その人生は苦難の連続であり、ある詩の中で書いているように、これまで彼女は「天地が逆転した空の下でも、不幸な星回りの下でも」なんとか生きてきたのだ。近所に住む誰もが彼女の歩んだ人生を知っていた。彼女は人々の注目を集める、一種の有名人であった。エリノアは最初の夫と幼い息子を捨て、ホラス・ワイリーと駆け落ちをし、その後、彼女は作家としてずっと彼の姓を使い続けることになる。二人は友人たちから遠く離れたイングランドで偽名を使って何年も暮らしていた。人々から話を聞いた限りでは、誰もがホラス・ワイリーのことを、面白くもなく、才気が溢れるわけでもなく、また、エリノアが思い込んでいたような上流階級の人間でもないと見なしていたようだ。ちなみに彼女は、「重要人物《パーソンズ・オヴ・クオリティ》」という表現を好んで使い、男であれ女であれ、「社交界」の人々が大好きだったのである。しかし噂とは異なり、ホラスには教養があり、文学的で哲学的な気質を持つ類い稀な人物であったに違いないと思う。彼女がよく言っていたように、実際、エリノアを詩や文学の世界に導いたのは彼だったのである。二人が暮らしていたニュー・フォレストの家で、ホラスは毎日一定の時間をエリノアへの個人教授の時間に充て、彼女を知的に高めることに喜びを感じていた。さらに、彼はロマンティックな気質も持ち合わせていたに違いない。故国を離れて《エグザイル》生活をする中で、ブラウニングの詩に倣って「ミスター・ウェアリング」「ミセス・ウェアリング」と名乗るように決めたのも彼だった。エリノアによるとホラスは、ワシントンの友人たちは自分のことを、ブラウニングがその詩で書いたように「私たちの前から急に姿を消したウェアリングは今頃どうしているだろう？」[004]などと言っているのではないかとよく想像していたそうだ。彼女はホラスをスウィフト的な存在として語ることがあったが、これもまた彼のアイディアだったという。ホラスがスウィフトで、エリノアはステラとヴァネッサの役を演じるということだったらしい。[005]彼女は夫よりかなり年下だったためである。

二人は居心地のよい家で、かなり贅沢な暮らしをしていたことが、彼女との会話から推測できた。ホラス・ワイリーも当時は裕福だったし、第一次大戦以前は年収が五千ドルか六千ドルあればヨーロッパではどこでも安楽な暮らしが保証されたのである。召使いを数人雇っていたことに加え、エリノア専属で身の回りの世話をするメイドがいたことも、彼女の自尊心をくすぐった。ホラスと知的な生活ができた上に、時々はヨーロッパ大陸に旅行し、パリではリッツ・ホテルに滞在するような当時の暮らしを、彼女は本当に気に入っていた。人との付き合いはあまりなかった。偶然、アメリカでの知人に会うようなことがあると、冷たい視線を投げかけられることもあったと言う。ヴィクトリア朝的道徳観に基づいた表現を使えば、彼らは結婚しないで同棲する罪深い男女[006]であり、本名はもちろん、世間に隠さなければならないことは沢山あったのだ。多くのアメリカ人と同様に、エリノアは英国の上流階級の生活を大変魅力的なものだと思っており、上流階級との交流はどんなものであれ夢中になった。二人はある貴族のカントリー・ハウスでのパーティーに招待されたことがあった。その訪問を心から待ち望んでいたエリノアは、細心の注意を払って、衣装を一式揃えたと言う。しかし彼女がそこで最初に出会った客は、ワシントンでホラス・ワイリーを知っていた女性だった。それまで彼らが古い知り合いに会わずにいられたのは、当時の通信手段が、後の時代に比べれば、それほど迅速でもなく、その量も限られていたからである。しかし、エリノアは、招待されたことが嬉しくて仕方なかったその場所で、まさに潜在的な敵に出会ってしまったのである。その女性は、女主人にエリノアの正体を明かし、偽名を使っていることや、一緒にいる男性は夫ではなく愛人であることを伝えるのが自分の義務であると考えた。ディナーの後しばらくして、女主人はエリノアの方にやって来て、自分の部屋で二人きりで話をしたいと言った。そのとき、エリノアは自分の体が震えるのを感じ、頭の中で何かがパチンと音を立てたという。もっとも、私はそんなことが同時に起こったとは今でも信じてはいない。このエピソードを語るとき、エリノアは着ていた服や、丁寧にアイロンを当ててカールした髪型、買ったばかりのドレッシング・ガウンについて事細かに描写した。エリノアはいつもこうだった。女主人は、アメリカ人の客から聞いたばかりの話を伝え、その真偽を尋ねた。エリノアはすべてを認め、翌朝にはホラスとすぐに立ち去ると答えたそうだ。彼らが実際にその通りにしたかどうか私は覚えていない。しかし、当時の英国人としては珍しいことではなかったが、その女主人は恋愛や恋人たちに対してロマンティックな考えを持っていたため、エリノアのよき理解者になってくれた。こうして、アメリカ人のエリノアは英国人や英国に対し、より一層親近感を抱くようになった。だがこの出来事は、後日エリノアたちが経験する、数々の同様の出来事の先駆けに過ぎなかった。このあと彼女たちは、もっと傷つくことになる。

彼女の夫であるフィリップ・ヒッチボーンが自殺をしたという知らせは、彼女の精神的苦痛を増すことになった。私が親しくしていた数年の間、幾度となくエリノアが、その自殺は自分が彼のもとを去ったこととは一切関係がないと自分に言い聞かせているのを目にしたことがある。駆け落ちがあってから数年を経て、その悲劇は起こったのだと彼女は常々言っていた。彼女が理解しなかった、あるいはどうしても認めたくなかったのは、一つの感情や苦悩というものは、それが耐えきれなくなるまで人の様々な心の働きの中で、膨らみ続けることがあるということだ。英国で過ごした数年間に、彼女は何人か子どもを産んだが、いずれも死産だったり、生まれてまもなく死んでしまった。このような悲劇が起こる度に、先に言及した英国の貴婦人が、友人として彼女を温かく励ましてくれたそうである。

「ウェアリング夫妻」に次に降りかかった重大な事件は、彼らの人生を一変させることになった。戦争が始まってまもなく英国政府が、偽名を使って英国に住んでいる者は皆警察に届け出なければならないと命じたのである。詳細は不明だが、このことは「ウェアリング夫妻」にとってはあまりにも負担が大きかったため、彼らはアメリカに戻ることにした。ホラスは離婚を成立させ、エリノアと再婚することを決意したのだ。一九二一年頃、私が初めてエリノアに会ったとき、彼女が法的にホラス・ワイリー夫人となって既に数年が経っていたが、彼女とホラスは別々に住んでいた。夫婦仲が悪くて別居していたのではなく、ホラスは仕事のためワシントンに住み、エリノアは彼女にとって好ましい環境であるニューヨークに住み、作家や芸術家と交流していたのである。彼女はエドマンド・ウィルソン編集長の下、コンデ・ナスト[007]の雑誌『ヴァニティ・フェアー』で働いていた。彼女の代表作である『風を捕える網』が出版される前だったため、この時期、彼女の詩はほんの一握りの人にしか知られていなかった。あるときウィリアム・ローズ・ベネーの提案で、彼女に朗読会で詩を読んでもらうよう依頼したことがある。その会は、私自身が企画したもので、マクダウェル・コロニー[008]という芸術協会の発展のために、マクダウェル・クラブで行われた。朗読の声は幾分かすれ、よく響いたわけではなかったが、彼女の詩とその美貌は聴衆に大変強い印象を残した。エイミー・ローウェルが、彼女が言うところの「名誉ある地位」、つまり会の最後を飾ると言って聞かなかったのはこの会でのことだ。しかしエイミーの出番が来たときには既に時間は遅く、聴衆の一部はホールを去り始めていた。これほどまで長時間の会を企画した私をエイミーは決して許してくれなかった。会が長引いた原因の一端は、私があるダンサーに様々な色のスポットライトをあて、詩の言葉に合わせて踊らせるという実験を行ったことにあった。詩の朗読は実際の作者であるジョン・ファァー[009]やジョン・ウィーヴァー[010]が行った。それ以来、エイミーは二度と私に手紙を書くことも、私たちに会いに来ることもしなくなった。またこの時は、画家のJ・B・イェイツ(W・Bの父)が詩人として壇上にあがった最初で最後の機会だった。それからほどなくして彼は亡くなったのである。エイミーとは疎遠になってしまったものの、この朗読会がきっかけで私のエリノアとの友情は深まっていった。

エリノアの友人たちの多くが、彼女の精神的または神経質な不安定さについて書き残している。確かに、彼女には不安定なところがあったが、彼女が堪え忍んできた悲劇的な出来事、人生から受けた困難を考えれば、大いなる勇気をもって自分を見失わずにい続けたことは見事だったと思う。苦しい思いをしてきた多くの女性と同様、彼女はひどく心のバランスを失ってしまうこともあった。しかし特筆すべきは、彼女の仕事に対する勤勉さであり、それに伴う克己心である。彼女は自らの力で芸術家になったと言えるが、ほとんどの女性は、芸術に関わる時間的な余裕もなく、努力もしないものだ。彼女は、私が実際に知り合った多くの作家たちと同様に、高い知性と教養を持った人物だった。しかしながら、彼女の神経症的傾向以上に遥かに私を悩ませたのは、その虚栄心である。彼女ほどではないが強い虚栄心を持った女性を私は何人か知っているが、多くの場合、そのような女性たちは虚栄心を隠すことができた。だがエリノアの場合、隠すことはおろか誤魔化すことすらできないのである。どんな集まりであっても自分が最も重要で、最も美しい人物であると、その場にいる全員から見なされない限り、彼女は不愉快に感じ、その不快感を露わにした。他の人が自分より注目を集めていると考え、彼女が怒って部屋から出てくるのを一度ならず私は見かけたことがある。そのような場面で、彼女は本当に腹を立てていた。

晩年を過ごしたロンドンで、彼女は有名人となり、多くの文学者と交友があったが、彼女の虚栄心は既に伝説化しており、その虚栄心にまつわる数々の噂話は、彼女が死んだ後も語り草になったほどである。最も広く知られたエピソードは、ある週末に、ロンドンの詩協会と関わりのあった貴族の女性からカントリー・ハウスに招かれたときのものだ。そのディナーで、エリノアは彼女の名前を全く聞いたこともない人の隣の席に案内され、英国の方式だったとはいえ、夕食前の応接間でも、客全員に彼女が紹介されることはなかったと言う。ディナーの途中で、彼女は女主人に残念ながら気分が優《すぐ》れないので、その夜のうちにロンドンに戻らなくてはいけないと伝えた。エリノアは直前にパリで仕立てた、彼女を知る人にとっては有名な、あのポール・ポワレによる銀色のドレスを身にまとっていたが、その場にいる誰一人として、ポワレの最高傑作とも言える芸術品に気がついていないことに苛立っていたのである――ちなみに、このドレスは後に彼女の死装束となった。しかし機知に富む女主人は、ディナーの後でエリノアが中座した隙を見て、化粧部屋に女性客の数人を呼び集めて状況を説明し、応接間で男性陣が輪に加わるまでは、エリノアをできる限り褒め称える時間に充てて欲しいと依頼した。彼女たちは、エリノアを一座の中心的存在に祭り上げ、次々と彼女の銀色のドレスや美貌、詩について褒めそやした。詩の朗読の後、エリノアは、気分の悪い感じは全くなくなったので、当初の予定通り今夜はここに滞在すると女主人に伝えたと言う。この手の虚栄心は、間違いなく病的なものであったが、それは子ども時代の経験によるのではないかと私は思う。エリノアは、母親がどのように彼女と妹を褒めて育てたか、しばしば私に語った。母親は、あなたたちはワシントンで一番美しい娘たちだと言い、エリノアを「獅子のように気高い私の娘」と呼んでいたそうである。アメリカの母親というのは、ヨーロッパの母親なら驚くほどあからさまに、自分の娘の美貌や才能を目の前で褒めちぎるのである。私は基本的に、アメリカ人が他の民族に比べて特別虚栄心が強いとは思わない。だが、アメリカ人の虚栄心はほとんど抑制されることがないため、ヨーロッパ人の場合よりも人々の目につきやすいのだろう。

確かに彼女はわがままで気まぐれだった。甘やかされて育った子ども特有の性格である。あるときには、奇跡的なほど深い洞察と公平な判断力が備わった優れた人物に見えたかと思えば、あるときには、どうにもならないつむじ曲がりの人物になってしまった。人物評価において、驚くほどの鋭さを見せることがあったが、その結果、他人には全く理解できない敵意を表すことも、理解できないほどの好意を表すこともあった。私の知り合いのある人物を評して、悪魔のような極悪非道な人物だと大真面目な顔で忠告したかと思えば、別のときには、何か書評や出版に関する実用的な理由があったのだろう、彼女自身がその人物と一緒に夕食を共にしたという話を聞くことになった。エリノアと親しくしていたとき、私は家事に追われて日常的にものを書くことができない状態にあったが、自分の状態を一度も彼女に語ったことはなかった。それなのに、彼女は私のことを文学のわかる人物だと人に話してくれていたようである。とはいえ、彼女がどれほど他人に興味を持っていたかは疑わしい。それにもかかわらず、彼女が利己的な人物であったという印象は残っていないし、自己憐憫を彼女の弱点に挙げることもできない。多くの女性作家とは異なり、彼女はその弱点を克服していたからである。幼稚なところや、移り気で強情なところもあったが、彼女は誇り高く勇敢だった。エリノアは三度結婚し、四番目の恋人について美しい愛の詩をいくつも書いているが、彼女は決して多情で色恋を好む女性だったわけではなかったし、男性に対して過度に情熱的な関心を持っていたとも思われない。自分の文才や美貌に対して賞賛を求めたときであっても、それは男女両方からのものでなければならなかった。最初の夫で、一人息子の父親でもある、フィリップ・ヒッチボーンに対しては彼女はほとんど関心がなかったようだが、ホラス・ワイリーにはすっかり夢中だった。彼の身なり、習慣や精神性、その「王子のようなたたずまい」など、彼女は実に多くのことを語った。小説『ジェニファー・ローン』では、ワイリーは十八世紀貴族のような上流社会の人物として描かれ、詩「流浪」では、挑戦的な無頼漢として描かれている。この無頼漢は、自分と彼の性格を混ぜ合わせたものだと語っていた。彼に当てはまる部分もあれば、彼女に当てはまる部分もあるのだそうだ。私家版として印刷された未完の韻文を集めた小冊子の中には、彼の影響を受けたと思われる本物の愛の詩がいくつか残っている。

ホラス・ワイリーと駆け落ちしたとき、世間知らずの、ほとんど子どもとも言えるような少女だったエリノアが、彼の影響によって知的な女性に変貌したことは間違いない。彼への信頼とその評価は、確かにロマンティック過ぎるきらいはあったものの、おそらく他の人による評価に比べれば、より真実に近いものであったのだろう。ワイリーの友人や知人が彼について、退屈で面白みのない人物であると評するのを私は幾度となく耳にしてきた。実際彼をよく知るある人物は、ワイリーは郊外の凡庸な不動産業者のような精神性の人物だと言ったことがある。しかし、思慮分別をかなぐり捨てて愛のために人生を捧げる男性は、世界中探しても滅多にいるものではないし、あの当時のアメリカではほとんどあり得ないことだったはずだ。私としては、やはりエリノアの目に映った彼の姿を信じたいと思う。その後、亡くなる二日前に、彼女が私に言った最後の言葉は、彼女がソネットを捧げた男性に関するものだった。その男性の写真を私に見せながら、彼女はこう語った――「この人、ホラス・ワイリーに似ていると思うの。会えばあなたもきっとホラスを好きになっていたはずよ。」

　私たち夫婦や友人たちが住んでいたコネティカットに彼女は退屈していた。彼女が愛していたのは、イングランドの田園地方であり、とりわけホラス・ワイリーと暮らしたニュー・フォレストの一角だった。コネティカットも田舎ではあったが、ヨーロッパ人や一部のアメリカ人が感じていたように、見るべきものは何もないと思っていたのだろう。彼女がそんな不平を言う度に私は、ヘンリー・ジェイムズがサマセット・モーム[011]に向かって言ったことを思い出した。ボストンの通りは広いだけで何もないと言うのである。自分が英国の田園を好きになったように、アメリカの田園もいつかは好きになれるだろうと彼女は期待していた。しかし一年ほどですっかり飽きてしまい、購入した家も売り払って、もっと面白く刺激的なニューヨークに戻ってしまった。もちろん、エリノアは一所《ひとところ》にじっとしていられない性格ではあったし、近所には特に魅力を感じる人物がいなかったのである。また、積極的に嫌っている人たちも少数ではあり、一時的なことだったかもしれないが、いないわけではなかった。もっとも、嫌われていた側にすれば、彼女の方が、神経症的な気質を持ち、時折何かに取り憑かれたように振る舞う幾分厄介な人物だということになるのだろう。

　私たちの近隣に住む作家たちの中には、成功を収めていた者も、そうでない者も混じっていた。いかにもカナダ人的な性格の持ち主の詩人、ブリス・カーマンがいたし、その昔、活気のあった幾つかの雑誌で編集者をした経験があり、既に数冊の本を書いていたマイケル・モナハンもいた。精力的で魅力的なモナハンの人柄を考えると、もっと出来の良い本が書けたのではないかと思うのだが、彼はドイツ語を全く学ばずにハイネについて本を書き、出版するような人物だった。私たちと同世代の隣人には、ヴァン・ウィック・ブルックスやヘンリー・ロンガン・スチュアート[012]、そして私たち夫婦や他の人よりもかなり年上に見えたヘンドリック・ヴァン・ルーン[013]がいた——実際にはほぼ同い年だった。ヴァン・ウィックとは、彼が『セヴン・アーツ』誌の編者の一人だったとき、夫は出会う機会があったので、昔から付き合いがあった。『セヴン・アーツ』のスタッフには、ランドルフ・ボーン[014]を含む多くの前途有望な若者たちがいて、ブルックスと同世代の若者にとって、その雑誌の理念は重要な意味を持っていた。ヘンドリック・ヴァン・ルーンもまた昔からの知人だった。アルバート・ジェイ・ノックがあのすばらしい文芸誌『フリーマン』の編集を務めていた頃、私たちはヴァン・ルーンに出会ったのである。

　ノックはアメリカが輩出した編集者の中でも最も眼力があり、最も成功したひとりであると言えるだろう。彼は、比較的最近英国からアメリカに移住してきた一族の出身であるが、ノックは典型的なニュー・イングランド《ヤンキー》出身者の気質を示し、その独立心については少しばかり風変わりなところもあった。彼は世間の流行には目を向けず、宣伝文句に惑わされることもなかった。彼と同世代の独立心の強い人たちと同様に、彼はヘンリー・ジョージ[015]の信奉者であり、雑誌『フリーマン』は土地単税論[016]を支持していた。彼はラブレー[017]を引用することを好み、「次回に、などと言っている暇はない。今すぐこれで行こう」[018]と言って、議論を終わらせるのが常だった。彼自身高い教養のある人物だったため、若い作家たちの知識のなさを憂い、そんな彼らを指導できるだけの良識と学識を兼ね備えた年長者がいないことに、常々心を痛めていた。私自身、『フリーマン』にかなり多くの記事を書いたが、それはコンスタンス・ローク[019]やルイス・マンフォード[020]、ルウェリン・ポーイス[021]、他にも後に著名となる多くの作家たちが、まだ駆け出しの作家として寄稿していた時代だった。『フリーマン』は、発行部数こそ少なかったかもしれないが、この国及び英国の知識人のほぼ全員が読んでいた。大きな影響力を持った雑誌ではあったものの、出版助成金が突如打ち切られたために、誰もがその輝かしい将来を予期していたまさにそのとき廃刊となってしまった。

『フリーマン』の廃刊によって、ヴァン・ウィック・ブルックスのジャーナリストとしての生活も終わりを告げた。のちに彼は数々の賞を受けるほど文人として大成功を収めることになるが、この当時はまだそれほど有名ではなかった。私たち皆がコネティカットに住んでいる頃はまだ、あまり多くの作品を出していなかったのだ。若い頃ブルックスは、ジョン・バトラー・イェイツに大いに心酔した結果、イェイツが住んでいたフランス人ペティパ氏の経営する下宿屋に引っ越して、夜毎この老人の話に耳を傾けたそうである。老人との会話は忘れられることなく、後に書かれた彼の作品の中にその名残を留めている。ブルックスはまだ若い時分から一部では高い評価を受け、少なくとも大変優れた一冊の本、『文学と指導力』を書いていた。また、マーク・トウェイン[022]とヘンリー・ジェイムズについて書いた二冊の本はそれぞれ大変啓蒙的だと私には思われた。彼の結論や解釈には偏りもあったが、どちらの本も、ある意味でアメリカの社会史として成立していたからだ。彼には奇妙ではあるが、とはいえそれほど珍しいこととも言えない、独特な本の読み方の癖があって、作品の主題に自分自身の性格や問題意識を読み込むのである。自分でもこの癖をある程度自覚していたようで、特にヘンリー・ジェイムズに対しては、その傾向が強かった。実際、ブルックスのヘンリー・ジェイムズ批判は、彼が本当に行いたかったことをジェイムズが実践していたが故だと、彼自身も自覚していた。ジェイムズのように経済的に自立し、海外で暮らしたかったのである。ブルックスは自分にこのような傾向があることを思い悩み、ある時点で出版原稿を取り下げてしまったらしい。とはいえ、原稿はその後、出版社に戻され、当初の形で出版された。ブルックスの文学への関心は、非常に強く、一貫していた。文学生活に身を捧げ、自分にとって書くこととは、食べたり寝たりするのと同じくらい自然なことなのだと、幾度となく文章の中で明言している。しかしこれらすべてを考慮しても、芸術的、あるいは美学的観点から、私は彼を文芸批評家だと見なすことは決してできない。のちに彼の成功作となったニュー・イングランドについての何冊かの本も、文学に基づいた社会史に過ぎないと思う。ただし純粋な文学史、あるいは文学批評ではないという理由で、これらの本を非難する批評家は間違っている。なぜなら彼の狙いはそこにはないからだ。彼の本は、歴史的かつ文学的両面における過去に対する意識――彼自身は「利用するに値する《ユーザブル》過去」と呼んでいた――をアメリカ人、とりわけニュー・イングランドのアメリカ人に手にしてもらうことを意図していたからだ。

コネティカットに住んでいたこの時期、ブルックスは自分に幻滅し、鬱に苦しみ、自らを敗残者だと考えてばかりいた。富や成功は、彼の会話の中ではよく採り上げられるテーマだった。頭ではそのような富や成功に対し、否定的な考えを持っていたに違いない。事実、「創造的生活」の対義語として、「物欲的生活」という言葉を作ったのも彼だったと思うが、この両方を獲得するまで、ブルックスは幸福だと感じられなかったのではないかと結論づけずにはいられない。どちらの生活も、彼が過去から継承するようにして理解してきた生活様式を表しており、この二つ以外の生活様式に彼が苦労なく適応できるとは思えないのだ。しばしば彼はヨーロッパについて、強い憧れの念をもって語っていた。彼がアメリカの過去にこだわり続けたのも、ある意味ではヨーロッパで暮らすことができなかったことを埋め合わせるためだった。この当時彼の親友は、アイルランド系のイギリス人である、ヘンリー・ロンガン・スチュアートだった。その人目を引く顔立ちと修道者のようなたたずまいは、エリノア・ワイリーをも魅了した。彼女は常に修道者に関心があり、もしカトリックの国に生まれていたら、おそらく修道院での生活を選択したのではないかと思われる。ヘンリー・スチュアートは、アメリカで気の向くままに文学作品を書いたり、翻訳をしたり、時には小規模な講義をしたりして生計を立てる、さまよえるヨーロッパ人のひとりだった。このような人物は、たいてい純粋なイギリス《イングリッシュ》人ではなく、アイルランド系やスコットランド系、あるいはウェールズ系の英国人が多かったが、彼らは家庭的な生活にはどうしても腰を落ち着けることができなかったようだ。ヘンリーは編集能力を買われ、カトリック系の週刊誌『コモンウィール』で働き、他誌に向けて平凡な批評を大量に書いていた。また、彼は『悔恨』という優れた小説を書き、その他にも、詩も少しばかり書いていたという。その小説に大いに感銘を受けた人物のひとりがエリノアだった。彼女は、当時私たちの目の前にいた友人の男性が、過去にそのような作品を書くことができたことを、どうしても理解できなかった。おそらくは戦争によって彼はすっかり変わってしまったのだろう。戦闘中に馬に踏まれて怪我を負ったと言われている。ブルックスが持っていたような周りの人間を刺激する卓越した精神性を、ヘンリーに見ることはできなかった。ただ、ある種の孤独な男性が皆そうであるように、彼は興味深く魅力的な人物だったし、文学について語らせると、深い見識やウィットこそ見られないが、聡明で聞いていて楽しかった。彼の精神性に何かこれという深いものはなかったとしても、違いのわかる人ではあったし、高い教育を受けた英国人がそうであるように、文学に造詣が深く、また数え切れないほど多くの詩を暗唱することができた。彼には物欲にまみれた中産階級的性質が一切なかった。従って、当時は多くの作家たちが講演し、壇上から自分の意見を述べることが盛んに行われるようになった時代だったが、ヘンリーは、自分が物質的成功しか頭にない俗物ではないと証明するために、声高に壇上から訴える必要はなかったのである。彼は英国的なカトリック教徒の一人で、アイルランドやフランスのカトリック、すなわち私がよく知っているカトリック信者とは異なっていた。つまりアイルランド人よりは物腰が柔らかで、フランス人よりは清教徒的な厳格さがあり、英国のあらゆるものがそうであるように、物事に対する柔軟性や、歩み寄る心の余裕があったのだ。コネティカットで私たちが出会ったどの作家よりも、彼がエリノアの目を引いたというのも当然だった。

2

ヘンリー・ロンガン・スチュワートとヘンドリック・ヴァン・ルーンは、性格、気質、外見といったあらゆる点で、他に類のないほど全く異なった二人だった。ヘンドリックは、背が高く、太っていて、禁欲的な様子は一切なかった。周りの者が戸惑ってしまうほど無遠慮なところもあったが、それが特定の友人の目には、むしろ「愛嬌《キュート》がある」と思われることを彼も自覚していたようだ。彼はゲルマン民族に特有の、他人を魅了する男子生徒のような表情をすることもあったが、時には、恐怖や畏怖の念に駆られて暴発してしまう神経構造、すなわち〈ヒステリーの発作〉、あるいはその手の疾患を持つ人物のように見えることもあった。彼は自らが賛同する種々の急進主義や自由思想を声高に主張していた。表現の自由、見解の自由、その他私たちが何を措いても当然持つべき権利の数々、さらには無産階級《プロレタリア》的考えや共産党の方針などを熱烈に支持していた。一般的に、その手の人々は自分と異なる意見には全く耳を貸さない傾向があり、彼もまた寛容とは言い難かったが、急進主義や保守主義を声高に訴える者たちに特有の、クー・クラックス・クランのような人種差別的気質を持っているわけではなかった。彼は自分に与えられている自由は、他人にもある程度までは与えられるべきだと、基本的には考えていた。彼が無礼でないときはほとんどなかったように思うが、無礼でないときのヘンドリックは愉快で愛嬌もあった。彼の無礼な態度はエリノア・ワイリーを当惑させたが、そのいたずらがあまり洗練されていなかったからである。その奇妙なゲルマン的ユーモアの副産物に対して、私の単純なケルト的ウィットは、しばしばついていくことができなかった。

　私たち夫婦が彼に会うのはたいてい、ブルックス夫妻の家でだった。彼はヴァン・ウィックの親友であり、ブルックス夫人も彼に対して母親のように接していた。

「ヘンドリックは体だけ大きくなった少年なんです。彼と仲良くするのはとっても簡単よ。ご飯を食べさせて、ちょっと褒めてあげれば、もうあなたの意のままですから」と夫人はよく言っていた。彼は突然、しかも芝居がかった感じで部屋に入ってきては、勢い込んで会話に割り込んできたものだった。あるとき、私たちがブルックス家の庭にある木の下でくつろいでいると、彼が「汚れている、汚れている」と叫びながら、まるで重い皮膚病[023]にでもかかったかのように両手を掲げてやってきたことを思い出す。

「アイルランド語、話しましょう」と彼はおどけて言った。「この四日間ばかりずっと聞いているのが、アイルランド語だったんです」

　彼はある政治集会か党大会に参加した後だったらしく、どうやらその経験がいかにも馬鹿げていて可笑しかったと皮肉を込めて説明しているようだった。そのために「汚れている」と言ったのだろう。これを聞いて、ヴァン・ウィックは心から笑っていたが、私は笑う気にはなれなかった。ヴァン・ウィックはヘンドリックに対し、心からの称賛の想いを持ち続けていた。そのような称賛の念は、急に冷めたり、再び湧き上がったりするものであるが、ヘンドリック・ヴァン・ルーンに対するヴァン・ウィックの想いはそれ以後も全く変わらなかったと思う。

「彼は現代のエラスムス[024]なんです」と彼はヴァン・ルーンを評した。私はこの比較に憤りを隠すことができなかった。

「何言っているのよ、ヴァン・ウィック。頭でもおかしくなった?」と私は言った。

ヴァン・ルーンが早口になると、彼の外国人訛りはますます強くなる傾向があった。

「ぼくたちがあのぜかいたいぜんにいっだどき、ぼくたちは思ったんだ——ぼくらが何のために戦っでいだかというと……」彼がどう続けたか、覚えていない。いずれにしても、私は未だかつて戦争が一体全体なんのためのものなのか、理解できた試しがないからである。ただ、ヴァン・ルーンがまるで自分が典型的なアメリカ人であるかのように、「僕たちが」とか「僕たちの」と言うのを聞いて、私は少々驚いた。私の目から見れば、アメリカにおける国家への帰属意識は、アメリカに生まれた者たち、ヴァン・ウィックの言う「先祖代々のアメリカ人」だけに許された特権だと思われたからである。私自身、外国で「私たちが」とか「私たちの」と言うときもあるし、実際私は人生の大半をアメリカで暮らしてきたわけだが、それでも特別な時を除けば、「私たちは」とか「私たちの」という表現は極力控えるよう努力している。それはたぶん、私自身、自分が生まれた国だけでなく、どこにいるときでも、常に自分が亡命者《エグザイル》であると感じているからなのだろう。

話をヘンドリック・ヴァン・ルーンに戻そう。ある日、私がブルックス家の居間に座っていると、彼が見るからに作家としか思えない一人の若者を連れてやって来た。ヴァン・ルーンは私にちらりと敵意の目を向けた。というのも、私は彼が何かについて述べようとしているとき、それを遮ったり、悪気のない素振りで不審そうに彼を見つめたりすることに喜びを感じるようになっていたからである。

「あなたは、メアリー・コラムさんですか?」とヘンドリックが連れてきたその若者は尋ね、「僕はあなたの考えがとても好きなんです。自由な精神で」と続けた。

「何が自由なものか」とヴァン・ルーンは割って入った。「この人はあの〈ちっぽけな〉教皇を恐れているし、何をするにも〈ちっぽけな〉ローマ教皇に聞かなきゃ気が済まないんだから」

「なるほどね」と私は言った。「あなたの歴史認識がどれほど出鱈目だかよくわかったわ。あなたはローマ史のことを全くご存じないのね？　ローマ史くらい知っていなきゃダメよ。とっても重要だから」

「君は彼女のことがよくわかってないんだよ」とヴァン・ウィックは落ち着かない様子で言った。この手の意見の不一致が起こると彼がいつも言う台詞だった。ヴァン・ルーンは人でも物でも、馬鹿にしたくなるときには、その言葉の前に「ちっぽけな」という枕詞《まくらことば》を付ける癖があった。

「作り笑いをして、一方的にしゃべり立てる秘書は好きじゃないわ」と、私がある出版社の女性社員たちについて言ったとき、ヴァン・ルーンは意地悪なまなざしを私に向けて「ああ」と言い、次のように続けた。

「あなたは〈ちっぽけな〉ご主人が秘書たちに奪われるんじゃないかって恐れてるんですね」

「〈恐れる〉って言葉もあなたの言葉にはよく登場するけれど、あいにく私の語彙にはないものだから」と私は言った。

大人げない振る舞いをしていることはよくわかっていたが、私はとても腹を立てていたのである。

「どうして彼はいつも、あんなに無礼なのかしら」と私はヴァン・ウィックに尋ねたことがある。

「うーん、君は彼のことがよくわかっていないんだよ」とヴァン・ウィックは真面目な顔で言った。ちょうど彼がウェストポートのバス停まで送ってくれているときだった。「ヘンドリックにはコンプレックスがあってね」と彼は続けた。「バウィッチと一緒に暮らしていたことが原因で、彼は劣等感を持つようになってしまったんだ」

この奇妙な物言いに対する説明を聞く前に、バスが来てしまった。しかし、それから数日間、私はこの「バウィッチ」が何であるか知りたくてたまらなくなった。英国人の友人グラディス[025]は、アメリカのことを何でもよく知っているのだが、それは彼女には、英国植民地だった十三州の一つで総督、あるいはそのような高い地位にある役人をやっていてアメリカの歴史に詳しい親戚がいたからである。私は電話でグラディスと話をした。

「ヴァン・ウィックが言っていたんだけれど、ヴァン・ルーンはバウィッチと暮らしていたから劣等感を持つようになってしまったらしいのね。あなた、バウィッチって何のことだか知ってる？」

グラディスはほんの少し考えて、もっともらしい口調で答えた。「ええ、それってニュー・イングランドの人が骨董品に付けた名前の一つだわ。〈靴職人の作業台《コブラーズ・ベンチ》〉をそう呼ぶのよ」

その時まで私は〈靴職人の作業台〉なんて見たことがなかった。しかし、ニュー・イングランドのものはある種の人々に劣等感を与えることがあるというのは知っていたので、私は〈靴職人の作業台〉がそのようなコンプレックスを引き起こすこともあるのかもしれないと思った。

「それってどんな形のものなの？　それで劣等感を抱く人なんているかしら？」

「まあそういう人なら、〈ケープ・コッド・コッテージで使われる火付け道具〉[026]にだって劣等感を抱くこともあるのかもね。〈靴職人の作業台〉に赤ちゃんを寝かせることもあるのよ」とグラディスは追加の情報を教えてくれた。「コーヒー・テーブル代わりに使う人もいるかな」

次にヴァン・ルーンが私の前に現れたのは、出版者のベンジャミン・ヒューブシュ[027]が、担当作家であるシャーウッド・アンダーソンのために催した昼食会でのことだった。私はシャーウッドの作品に対して好意的な書評をしたことがあり、彼の作品をよく理解していると見なされたようで、たまたま彼の隣に座ることになった。ブレヴォート・ホテルで行われたその昼食会で、一つか二つスピーチが終わり、私たち皆がいい気分になっているときのことだった。ヴァン・ルーンが重い体を起こして立ち上がった。彼の表情を見たとたん、何か滑稽なことを言おうとしていることがわかった。

「ちょっとひとこと申し上げだいんです」と彼は口を開いた。「どうしてベン・ヒューブシュなんかと組んで本を出しているのか、シャーウッド・アンダーソンさんに伺おうと思いまして」そう言ってから彼は椅子に座った。この台詞を聞いておもしろいと思った出席者は何人かいたようだ。彼の言葉に次いで、くすくすという笑い声が少しばかり起こったからである。しかしヒューブシュは真顔になり、片やアンダーソンは困った口調で「おそらくそれについては考える必要があるのかもしれませんね」と私に向かって言った。その後、ヴァン・ルーンの忠告に従ったわけではあるまいが、シャーウッドは無分別にもヒューブシュのもとを離れ、出版社を転々とすることになる。私はヴァン・ルーンを殴りつけてやりたいと思った。

それから数年間、私はヴァン・ウィックとの間で交わしたバウィッチについての会話のことをすっかり忘れていた。その後グッゲンハイム奨励金でパリに住んでいるときに、私はベルナール・ファイ[028]の家で、とあるドイツ人の大学教授に出会う機会があった。彼はハーバードで一年かそこら過ごしたあとで、ニュー・イングランドの骨董品にすっかり魅了され、いくつかをヨーロッパに持ち帰っていた。

「あなたのコレクションの中には、バウィッチはないんですか？」と私は尋ねた。

「いや、ありませんね」と彼は言った。「ところで、それは何です？」

私はそれが劣等感を与えるものだとは言いたくなかった。というのも、その教授自身も、劣等感がひどく変形したものによる影響を被っているように思われたからである。あるソルボンヌ大学の教員が、「ドイツ文化を愛好する私から見れば、一般に考えられているほどドイツは先の戦争に対して責任がないと結論づけたい」と述べたとき、この教授がどこか神経質そうに媚びへつらっているのを目撃したことがあった。

私たち夫婦の共通の友人である、ボストンのアーサー・ジョンソン[029]とパリで偶然再会した。その数カ月前には、彼は私たちと一緒にミース州のベクティヴ・ハウスに滞在していたのだった。フォワイヨ[030]でディナーを食べているときに、私はアーサーにそのドイツ人教授について話した。可笑しな話であるが、アーサーもまたハーバードにいたときにその教授と知り合いになり、ルイスバーグ・スクエアの自宅でのディナーに彼を招待したそうだ(もっともアーサーは誰でも夕飯に招待するのだ)。

「ねえ、アーサー」オレンジを添えた鴨肉を食べながら、私は尋ねた。「バウィッチって何なの？」

「バの後、なんて言った?」と彼は言った。

「B・O・W・I・T・C・H」と私はスペルを言った。「ニュー・イングランドの家具の一種みたいなんだけれど、何のことだか全然わからないの。ブルックスが言うにはね、ヴァン・ルーンはバウィッチと一緒に暮らすことで、劣等感を持つようになったらしいの」

「やれやれ!」とアーサーは低い声で鳴り響くように言った。「まるでクラフト=エビング[031]が言いそうなことだな」

私たちはヴーヴレを飲みながら食事を続けた。すると突然アーサーが叫んだ。「まったく、君はばかだねえ! Dが抜けてるじゃないか。それなら意味がわかるよ。ヴァン・ルーンの最初の奥さんの名前が、バウディッチなんだよ」

「えっ、どういうこと?」と力なく私は尋ねた。

「ニュー・イングランドの歴史を勉強しなかったのかい?」とアーサーは呆れたように言った。「〈カボット家の人々はローウェル家の人々に話しかけ〉ってやつは知っているよね?」

「ええ」と私は答え、「〈そして、ローウェル家の人々は神だけに話しかける〉」と続けた。

「そう」とアーサーは言った。「彼らは神に話しかけたあとで、バウディッチ家に話しかける。彼らは私たちの最初の家族。ほら、これでわかっただろう?」[032]

第三十章　コネティカットでの仮住まい

これまでの人生で、私が暮らしたのは田舎か都会のいずれかで、小さな町に住んだことは一度もなかった。とはいえ、コネティカットは典型的な小さな町というわけではなく、少し距離のあるニューヨークの郊外だと考えられていた。この町には、そこで生まれた人々や移民としてやって来た人々に加え、いわゆる裕福なアメリカ中産階級を代表する〈通勤族〉が多く住んでいた。男たちは毎朝通勤電車で都心に行き、夕方になるとディナーに間に合うように帰宅し、女たちは家にいて、家事をしたり、子どもの面倒を見たりしていた。私はこれまで、このような人々と付き合ったことがなかった。ここでは、家庭生活を送り家事を切り盛りすることの意味が、私が慣れ親しんでいたヨーロッパのものと、異なっていることとは大きな驚きだった。女性たちは驚くべき有能さで、他人から最小限の家事の手伝いを受けるだけで——時には全くないこともあった——家事をしっかりとこなし、子どもの面倒を見ていた。彼女たちは、同等のレベルの教育を受け、経済的背景も似ているヨーロッパの女性たちと比べると、はるかに家事に縛り付けられており、私の目から見ればかなり限られた世界の中で生きていたように思う。青春時代にアカデミックな訓練を受け、高校や大学で優秀な成績を収めていた女性たちですら、料理は上手で、家事もてきぱきこなし、冬には部屋を常に暖かく保ち、さらには子どもの服を洗濯し、アイロンをかけた。彼女たちは好むと好まざるにかかわらず、たいていの場合これらすべてを大変上手くやってのけた。「召使いのいないアメリカ」という見出しで、このような状況に関して警鐘を鳴らす記事を、イギリスの新聞で読んだことをよく覚えている。その記事は、とりわけ大学教授や教師、専門職にある英国の男性に対して、アメリカで職を得るべきではないと警告していた。アメリカでは彼らの妻が、炊事、洗濯、掃除といった本来は召使いがやるべき仕事に忙殺されて、若さをすり減らしてしまうというのである。英国人作家のヴェラ・ブリテン[001]は、夫が大学の教員だったため、一時期アメリカ中西部の学生街に住んでいたことがあった。彼女は自伝の中で、恐怖にも似た感情を込めて語っている。学園都市では大学教授の妻たちは、日常的な家事という雑用に追われて死ぬほど大変な思いをしていたというのである。ヴェラ自身も客が来るのを嫌うようになってしまった。召使いを雇っていなかったために、客に「軽食とお茶《ティー》」を出し、そのあとで皿洗いをしなければならなかったのだ。大学で教育を受けた女性や、専門的訓練を受けた音楽家や芸術家が、日々の大事な時間を家事に忙殺されてしまうということは、確かに人材の浪費のようにも思えた。しかし、アメリカにおける神の摂理《プロヴィデンス》、あるいは伝統によって、女性たちは、高い知性を持つ女性であっても、家事労働を好むように仕向けられてきたのである。また、ほとんどすべての女性が赤ん坊の世話を喜んでしているようだった。もっとも、新婚生活の輝きが失われてしまうと、私の知り合いの女性の中には、憤慨し不満を漏らす者もいた。

寄宿学校を卒業して以来初めて、私は多くの女性たちと親しく付き合う機会を持つようになった。振り返ってみると、この時までに私が親しくしてきた女性は皆、日常的な家事とは全く無縁で、特別な職に就いていた人々ばかりだった。一方、コネティカットで私が出会った女性たちは、若い専業主婦ばかりで、夫や子どもたちの世話をし、家事をこなしていた。彼女たちの多くは、間違いなく世界中のどの国でも大都市の郊外によくいるタイプで、ロンドン、パリ、あるいはベルリンに行けば似たような女性はたくさんいたはずだ。健康の面でも容姿の面でも、ヨーロッパの女性に比べて勝《まさ》っていたし、おそらく知力全般についてもそうだったと思う。人類がこれまで蓄積してきた知性や芸術、そして歴史については、ヨーロッパの女性の方が深い教養を持っていたと思うが、良くも悪くも古くからの伝統的な教育に影響を受けていないという点で、アメリカ女性が魅力的だと考えるヨーロッパ人もいたのは確かだ。同時に、どこか不自然で、常に無理をしているという印象を受けるアメリカの女性たちも存在した。マナー本に書かれた行動規範に忠実に従おうとするあまり、その立ち居振る舞いがいかにも勉強しました、という感じになってしまうのだ。その結果、彼女たちは何を考えているのかよくわからない存在になっていた。彼女たちの言葉が本気のものなのか、その行動が本心から自然と湧き上がって来たものなのか、全くわからないこともあった。つまり、彼女たちの言動は、行儀良く振る舞うこととはこういうものだという自身の解釈に過ぎなかったのである。私が知り合った女性の中でも最も多忙な女性、しかも山のような家事をしていた女性ですら、容姿にはいつも気を遣い、日常的に美容室に通っていた。不満を持つ女性たちに気づくこともあったが、多くの場合、一種の上昇志向が満たされないことに関係していたように思う。つまり、彼女たちは名声を求め、多くの崇拝者からの称賛を求め、昇給を望み、社会的地位の上昇を望んでいたのである。人類のほとんどがそうであるように、彼女たちはあらゆる種類の能力(才能や感情を含む)を生まれつき持っていたものの、日々の生活ではそれを充分に発揮することができないようだった。私はアメリカで、以前から薄々感じていたあることに改めて気づかされた。すなわち、大した才能のない人間ほど野心が強いということだ。何らかの芸術的才能が少しでもあると、それは大げさに誇張され、彼女たちは機会さえあればプロになれると信じる傾向があった。仮に才能があったとしても、どのようなジャンルであれ、芸術家として身を立てるために必要な訓練や苦労がどのようなものであるか、彼女たちには想像がつかなかっただろうし、またそれに耐えることもできなかったと思う。中には、あれほど入念に作り上げられたエリノア・ワイリーの詩を、朝食前に封筒の裏にさっと書かれただけのものに過ぎないと思っている者も少なからずいたのである。

私が知り合った女性の中には、これ見よがしに知性を誇示する者もいた。我慢できないほど才女を気取る女性に出くわすこともあった。男性の場合、自分の知力を超えて学ぼうとすると、面白みがなく、冴えない衒学者になることもあるが、女性の場合には、これまで多くの文学作品で風刺の対象になってきたことからもわかるように、実に滑稽な様相を呈することになる。私は耳にした言葉をそのまま記憶することに長けていたため、そのようなインテリぶった言葉の幾つかをはっきりと覚えている。モリエールやシェリダンですら、当時のパーティーで私が時折耳にした突拍子もない会話を思いつくことはできなかったのではないかと思う。ある女性が、自分の学んだことを滔々と語ったときのことだ。それはいかにも生半可な知識で、しかもその言い方がいかにも事前に練習を重ねて来たような口調だったため、エリノア・ワイリーは、きっと彼女は前日の夜に必死になって勉強したのだろうと、結論づけた。「昨日プラトンを読みましたの」と、彼女はエリノアと私に向かって言った。「そして、哲学で学び得る唯一のことは、表層的なことだけという結論に達しました」と続けた。この発言の意図を理解するために、私たちは眉をひそめて考え込んだ。その同じ女性は、あるときエリノアに、高い集中力を大学時代に獲得した経緯について語ったというが、今では、家庭生活に追われてすっかりなくしてしまったそうである。「それって何に対する集中力なのかしら?」とエリノアが冷ややかな口調で尋ねると、「精神に関する諸々のことですわ」と答えたそうである。そして、そのようなことはあなたたちには無縁でしょうけれど、と言わんばかりの一瞥を送ってきたという。しかし、大きな犠牲を払って高い集中力を獲得したエリノアにとって、彼女の主張は全く的外れだと思われたに違いない。

この女性については、別のエピソードもある。髪にブラシをかけながらウナムーノの『生の悲劇的感情』[002]を熟読していた彼女は——彼女によると、髪を梳かすときが唯一読書の時間なのだという——その後、その年が暮れるまで私たちに会う度に、生という悲劇においていかなる観念を持つべきであるかについて、自説を披露し続けたのである。また彼女には、英語やラテン語を間違って引用するという才能があった。その誤用は、実に滑稽だった。彼女は手紙中毒で、大量に書いた手紙の中には、ラテン語が飛び交っていたのであるが、自分の周囲にはラテン語に詳しい人物などいないと思い込んでいたようだ。自分の夫について彼女は、「夫の精神は、プラトンの美の哲学と天使の顕現という哲学に括り付けられ、完遂《かんつい》されているの」[003]と語ったものである。また、別のある女性は、ニューヨークに買い物に行くときは必ずブレイク[004]の一連の「預言書」を携え、電車の中で読むと言っていた。私が知る限りブレイクの書を深く読み込んでいた唯一の人物はイェイツであったが、彼はそれを読むために数カ月のあいだ修道者のように隠遁しなければならなかったし、完全に理解したなどと主張することもなかった。しかしこの女性は、ニューヨークのグランド・セントラル・ターミナルまでの地下鉄の中で、終始チョコレートをほおばりながら本のページを括ったのだと言う。才女を気取る態度というのは伝染性があるもので、私たち自身も同じような態度で対抗してしまったような気がするが、それは正しいやり方ではなかったと今では思う。結局、自分たち自身に、説得力がないという気持ちが残ったからだ。ある女性などは、毎日フランス語を読んでいると主張していたものの、実際には不規則動詞を全く理解していなかった。それでいて、私の本棚に並んでいたフランス語の本を読む能力が私にあるはずなどないとあからさまに疑っていた。

渡米以前、また以後も、アメリカ以外の国で、才女を気取った別の類型の女性を見かけることがあった。一見合理的な考えをするように見えるが、実際は平凡な精神の持ち主で、妙に色っぽく、霊性《スピリチュアリティ》のかけらもない女性たちのことである。彼女たちは、自分では霊魂《スピリット》と意思疎通ができ、ヴィジョンを見たり、未来を見通したり、自動筆記ができると思っていた。この手の女性は例外なく、己の力に対する畏敬の念を夫に抱かせることができた。私が知る限り、彼女たちの手口はどこでもいつも同じだった——夫の手紙を勝手に開けて、注意深く再び封をした後、手紙の内容を夫に告げるのだ。それは壁に書かれることもあれば、入神《トランス》状態での叫び声として発せられることもあった。また、彼女たちは他人の手相を見たり、占星術を用いたりした後で、その人物について禍々《まがまが》しいことがわかったと、本人の知らないところで周囲の人々に言いふらしたりするのである。このような態度が示しているのは、劣等感を埋め合わせたい、あるいは自身の陳腐な生活と精神性から逃避したいという想いなのだろうと私は思う。同様に、どの国にも共通する典型的女性が存在した。「魔性の女《ファム・ファタール》」である。彼女たちもまた、途方もなく馬鹿げた妄想に囚われていた。知的でロマンティックで、詩が大好きなこの種の女性たちは、かつて自分たちが読んだ詩の一節を、恋に悩む男たちが書き送ってくることを夢想するのだ。例えば、「美しく敏捷な、豹のような精《スピリット》」[005]とか、「善き星々の光の下に生を受けたあなたは、精気と炎と露から創られた」[006]といった詩行である。私は同じ日に二人の「魔性の女」から呼び出されたことがあった。彼女たちはそれぞれ私の知り合いだった二人の男性について話をしたがった。その女性たちは二人とも、相手の男性が自分に対してあまりにも激しい恋をしているので、不覚にも彼の人生を破滅させ、あらゆる感情の力を奪ってしまうのではないか、心配でたまらないというのである。最初の女性が話題にしたアイルランドの男性について、私はほとんど名前くらいしか知らなかった。彼女は数年の空白の後、その男性と再会したようだったが、彼と私の間にはプラトニックな関係がある――もしかしたら、男性自身がその女性に仄めかしたのかもしれない――と誤解しており、私との友情がどんな形であれ発展する可能性を潰しておきたいと望んでいたようである。彼女は、この男性がどのようにメレディスの「谷間の愛」から詩句を引用したかについて語った。

陽気に笑う鏡を前に、母は娘の世話をする
娘の髪を結って、リボンで束ねながら
いつも彼女は思う、このお転婆娘が結婚したら
気苦労が少なくなるぶん、この子をもっと愛おしく
　思うのかしら
部屋の灯りに照らされた鏡を前に、母は娘の世話を
　する
娘のリボンをほどいて、櫛で髪を梳かしながら
いつも彼女は思う、このお転婆娘が結婚したら
他の子どもたちの顔を見ながら、この子だけがいな
　いことを寂しく思うのかしら

これが作り話であることがわかったのは、同じ日の午後、二番目の「魔性の女」が私の家にやって来て、一方的に自分に想いを寄せる男性についてどう思っているか聞かされたときだった。その男性については、私はよく知っていたのであるが、驚いたことに、彼女が自らに割り当てた役は、最初の女性のものと全く同じだったのである。この男性はこんなふうに彼女に書き送っていたという。

陽気に笑う鏡を前に、母は娘の世話をする……

何か変だと思い始めた。というのも、一つだけ確実に言えることは、二番目の男性がメレディスの詩を読むなどということは絶対にありえないことで、彼が暗唱できる唯一の韻文は、『古代ローマ詩歌集』[007]からの数連のみのはずなのだ。この二人の「魔性の女」について、我が家に滞在中だったある芸術家に話をすると、彼はこの奇妙な出来事の謎を解いてくれた。「彼女たちはバリーの劇[008]を読んだんでしょう。それで、劇に出てくる妖艶な女を演じた女優に自分を重ねているんです。あのメレディスからの引用は、その女性に向けられたものですから」と彼は言った。男女を問わず、人々が自分について創り上げる幻想《ファンタジー》は、本の中で描かれる幻想をはるかに凌いでいるのは一体どうしてなのか、私はいつも不思議だった。幻想は、それを抱く人物の全人格とは言わないまでも、少なくとも彼らの重要な一側面を暴き出すからなのだろう。実に多くの人々が、人生すべてを幻想と重ね合わせることに躍起になっており、それは時に悲惨な結果を招くこともある——とはいえ、全く影響を与えないことも少なくないが。ジェイムズ・スティーヴンズは、女性特有の幻想の世界を描いた非常に魅力的な小説『空想家メアリー——掃除婦の娘』を書いた。しかし、全体的に見れば、文学はこのような事柄にほとんど関心を払ってこなかったと言える。文学について少しでも考えるなら、空想や幻想はある種の人々の生において大きな役割を担っていることは一目瞭然のはずなのに。

　このように、際立って滑稽で、人々の噂にのぼる女性たちもいないではなかったが、当時私たちが付き合っていた女性の多くは、魅力的で知的で、有能な人たちだった。大抵の場合、その夫たちに比べて女性たちの方が遙かに魅力的だった。男たちは、毎日都心まで通勤し、土曜の午後は草刈りをして、その晩はディナー・パーティーに出かけ、日曜はカントリー・クラブで過ごし、本の一冊も読むことは、まずなかったからである。そのような家庭生活における夫の立場は、大層興味を引くものだった。ヨーロッパでは、夫の方が大分年上であるということが珍しくなく、妻は夫に従うものだと思われているが、アメリカでは、ヨーロッパで妻が夫に従うように夫が妻に従うことが多かった。夫と妻の関係は、ある意味では息子と母親のようなもので、多くの場合、妻たちは子どもたちの母親であると同時に、夫の母親であるように見えた。シンクレア・ルイス[009]は、結婚について書いた小説『夫婦物語』[010]の中で、アメリカは、男たちが妻に対してずっとびくびくしながら暮らしていかねばならない唯一の国だと明言している。流石に私はそこまで言うつもりはないが、私の知り合いの男性たちは確かに恐妻家だった一方で、知り合いの女性たちの中で夫を恐れている者は一人もいなかった。おそらくそれは、いざ目的を定め本気になると、女性が男性を手玉に取る能力の方が、男性の能力よりも遥かに勝っているからなのだろう。妻の同意なしに意見を述べたり、行動に移したりすることは全くないという男性もいた。時折、パーティーでカクテルを飲んで少し気が大きくなると、彼らは自分の言いたいことをしゃべったり、他の女性に言い寄ったりするわけだが、妻は抜け目なくそんな夫の行動を監視しているのだ。その眼差しはまるで、いたずら好きの子どもに対して母親が無言の圧力をかけているかのようだった――「家に帰ったらおしおきよ！」

　このような問題は、多くの男たちの結婚時期が早すぎるために生じるのかもしれない。彼らは自分がなすことの意義がまだわからないままに、そして充分な人生経験や他人との付き合いもないままに、母親から妻へと手渡されてしまうため、人間関係が混乱してしまうのだ。人生を通して、他の男性や女性と知り合う機会があまりにもなさすぎるのである。子どもの時は母親にべったりで、母親の世話を享受する。一方、他国では、経済状況が許せば、そのような世話は使用人が担い、経済状況が悪ければ、全くかまわれないか、子ども同士で助け合っていくのが常なのである。ヘンリー・スチュアートがよく語っていたのは、アメリカの子どもたちは母親からたくさんの愛情を受けて育つため、ヨーロッパの子どもたちより健全でたくましく育つのだということだったが、私は、できるだけ早く無理にでも母親離れをした方が、多くの子どもたちは(少なくとも精神面では)優れた大人になるのではないかと思う。アメリカの友人から送られてきた手紙の一節を、英国の女性に読み聞かせたとき、彼女が心底驚いていた様子を、私は生涯忘れる事はないだろう。家庭内の問題が理由で、そのアメリカ人女性は末息子――がっしりした体格をした十一歳くらいの男の子――を寄宿学校に送らなければならなくなった。彼女の手紙には「あの子はまだとっても幼いんです。だから、行きたくないって、昨晩もずっと泣いていました」と書かれていた。その手紙を読んだ英国人の私の友人によると、彼女の息子たちは、行きたいかどうかなど一切訊かれることもなく、八歳で寄宿学校に送り込まれ、泣き言の一つも言わなかったそうだ。幼い頃から寄宿学校に入れるというのは、その英国の友人が属する階級では当たり前のことだったが、そのアメリカ人女性の家庭も経済的にはほとんど同じくらい裕福だった。どちらの慣習を是とするかは別として、子どもがあまりにも長い間母親と近すぎる関係にあるというアメリカ式のやり方にはどうにも同意できない。家の外で子どもをどのように育て、躾けるかということには多くの議論が必要であろうが、トム・ウルフ[011]はかつて、あまりに献身的に家族に尽くす女性は、その見返りとして、家族を奴隷のように従わせる傾向があると述べたものである。

以上のような考察が、アメリカの郊外での暮らしをどれほど正確に描写しているか、自信はない。当時、私は人生というもの、そして普通の人間関係がいかなるものなのか、理解し始めたばかりだったと思う。なぜなら、この時期まで、私は非常に特殊な人たちの中で生きてきたと言えるからである。ヨーロッパの国々では、宗教や伝統によって、人は己のなすべき義務を教えられていたのに対し、当時アメリカで私が共に過ごしたのは、宗教や伝統の助けを借りずに、家庭生活を何とか上手くやっていこうと奮闘する男女だった。ここコネティカットでは、人々は法律、家族の習慣や保護の責任、社会組織などの義務に支配されており、そのような義務は、結果として、人々に過剰なまでの忠誠心を求めるのである。遊び半分の不倫であっても、それは離婚に直結したし、男性が妻でない女性を昼食やお茶に誘うことは、ほとんど犯罪と見なされた。禁酒法時代のあるとき、私はニューヨークのもぐり酒場で友人の夫と夕飯を食べたことがあった。そのとき別のテーブルに偶然居合わせた彼の友人たちが、からかい半分にお祝い用のブルゴーニュ・ワインのボトルを、私たちのテーブルに差し入れてきた。連れの男性が、なぜあれほどまでに居心地悪そうにしていたのか、理解できなかった。私にとって、男性と一緒に昼食や夕食を取るのは、全く珍しいことでも、特別なことでもなかったからである。アメリカで離婚が多いのは、男女の友情というものがどんな種類であれ、ほとんど不可能であることに、理由の一端があるのではないだろうか。とはいえ、芸術家の間では例外的に男女の友情も認められているようだ。「この国の男を知りたかったらね」とコネティカットの私の友人は「結婚するしかないのよ」と今でも口癖のように言う。

最も自由で、最も自分の時間を楽しんでいるのは、私が見た限り、労働者階級の人たちだったように思う。他の階級に比べて、彼らには多くの喜びがあり、人生の楽しみがあった。この時はまだ恐慌のだいぶ前だったこともあって、誰もが給料の良い仕事に就いていた。コネティカットに住む人々の多くは、海外からの移民か、両親や祖父母がヨーロッパからやって来た人々だった。ヨーロッパからの移民は、親戚が既に住んでいる場所に住む傾向が強いため、近所に住む素朴な人々の多くは、二十人以上親戚が近くに住む中で、隣人とも緊密に連絡を取り合って暮らしていた。そして年輩の人たちの暮らしは、ある種の家父長制に基づいたものであった。

都心に通勤する階級の人たちは、そのようなルーツを持たず、互いに親密な関係を結ぶことがなかった。彼らにとって、友情や交友関係とは、多くの場合、近い場所に住んでいるとか、同じカントリー・クラブのメンバーであるとか、同じ電車に乗って通勤しているということだけだった。彼らにはルーツがないように見えるということこそが、人口が爆発的に増加している新興国家においては、必要条件だったのだろう。彼ら通勤族は近所の人ともほとんど付き合わなかったが、ヨーロッパでは近所付き合いがあるのは当たり前で、アメリカでも都会から遠く離れれば事情は同じだった。事実この場所では、古くからアメリカに住む祖先を持つような通勤族よりも、移民とその家族の方が、自分たちが選んだアメリカという国に、より馴染んでいるように見えた。移民たちはこの場所で自分たちが手にした財や地位に心底満足し、それ以上立身出世を望むという野心は持たなかった。彼らは変動のない現実を受け入れていた。かつて女中をしていた女性の娘はやはり女中になり、石工の息子はやはり石工になった。

イタリアからの移民は、自分たちの住処《すみか》をできる限りイタリア風にした。高台に家を建て、庭にたくさん花を咲かせ、葡萄を育ててワインを作った。禁酒法時代でも、イタリア系の家族は毎晩スパゲッティやマカロニを食べ、自家製のワインを飲んでいた。ハンガリー系移民は、赤ワインではなく、桃やタンポポから強い酒を造り、日曜になると陽気で楽しいパーティーを開き、娘たちのドレスの鮮やかな色が目を引いた。ハンガリー系やイタリア系の移民たちは、大抵の場合自分たちの力で何でもやってのけた。イタリア人の家族が、子どもから大人まで総動員で家を建てていたのは、忘れがたい光景である。家長による命令や叱責、ひっきりなしのおしゃべりが続く中、細心の注意を払って、建物の土台は造られていた。家が完成すると、石の塀が建てられたが、その独特な作りはさながら庭を守るための砦のようだった。近所のイタリア人は皆、いつも何かを建てていたように思う。ラテン語文法で単文の作り方を習うときによく用いられる例文、「バルブス[012]は壁を築く」とは、まさにこのような心性に基づいているのだと感じずにはいられなかった。ローマ人の末裔である彼らは、どのような仕事をしていようとも、建築者だった。後に株価が急落すると、昔からアメリカに住んでいた者たちの多くが時には悲嘆に暮れたというのに、イタリア人たちは、故郷の親戚に金銭的支援を求める者たちもいたとはいえ、貧しくなっても決して落胆することがなかった。イタリア系移民たちは皆互いに助け合い、自分たちの教会、自分たちの社会生活、そして自分たちの習慣やしきたりを持っていたために、自分たちが本当に破産したなどとは思わなかったのである。

第三十一章　エリノア・ワイリーの死

1

ヨーロッパに短期間滞在するという中断は何度かあったものの、コネティカットで数年暮らすうちに、私はまた都会の生活に戻りたいと思うようになった。友人たちがとても懐かしく思い出されたし、ここ数年のあいだは彼らのほとんどと会う機会がなかったのである。そのため、友人の何人かが冬の一時期をニューヨークで過ごさないかと言ってきたとき、それは名案だと思った。私たちは六番街の五十八丁目と五十九丁目の間にある、家具付きアパートの一室を借りることにした——現在、その場所はバルビゾン・プラザ・ホテル[001]になっている。私たちが引っ越したのは、十二月も半ばに差し掛かろうとしていたときだった。その一日後か、二日後に、早速エリノア・ワイリーから電話がかかってきたときは、本当に驚いた。彼女はイングランドで数カ月過ごし、戻ってきたばかりだった。コネティカットを去って以来、夏はイングランドで過ごすのが習慣になっていたのである。私が驚いたのは、その声がとても遠くから聞こえてきたように感じられたから、というばかりではない。彼女の声にはいつもと違った、それでいて一層独断的な響きがあった。彼女は、ニューヨークに長く滞在するつもりはないこと、イングランドでいくつか新しい詩を書いたので私たちに読み聞かせたいということ、住んでいた村の近くにあった小さな印刷所で私家版として印刷したソネットが数篇あること、ある長い列車の旅で窓際に座っていたため風邪を引いてしまい、顔の半分が一時的に麻痺してしまっていることなどを伝えてきた。英国人の医者によると、それはベル麻痺[002]によるもので、長く続くことはないだろうという見立てだったが、未だに顔の片側は自由に動かないままらしい。もっとも、笑おうとしなければ、ほとんど気づかれない程度の麻痺だということだ。そして、幾つかの用事を片付け、新しい詩集を出版したら、彼女はすぐにイングランドに戻る予定だと言った。

これを受けて私は早速、翌日か翌々日のディナーにエリノアを招待した。正確に言うと、一九二八年十二月十三日の木曜日に、彼女のソネットの朗読会を開くことになった。すると、いかにもエリノアらしいことだったが、その会の招待客について、いくつか条件を出してきた。大勢の人間と会うことは望まないが、私たち夫婦の友人で、まだ会ったことのない人々には、何人か会いたいと言ってきたのである。さらに、リッジリー・トーレンス[003]と妻のオリヴィアには是非とも会いたいとのことだった。リッジリーは、当時『ニュー・リパブリック』誌上の詩のコーナーを担当していた編集者で、エリノアの多くの作品もその雑誌に掲載されていた。他に招待したのは、ナタリー・セジウィック・コルビー[004]と、私たち夫婦の共通の友人であるトマス・ヒューズ・ケリーで、彼は当時、パリ在住だったが、数週間ニューヨークに来ていた。そして、アイルランド人俳優のジョー・ケリガン[005]も招待した。エリノアが夫のビルと共にやって来たとき、顔の麻痺にはほとんど気づかなかった。むしろ私が気になったのは、いつものように彼女は念入りに身支度をし、美しく着飾っていたものの、どこか生命力が感じられず、普段より華奢に見えたことだった。とはいえ彼女の狙い通り、私たち出席者は、新作の詩にはどこか特別なところがあると感じずにはいられなかった。彼女自身も、それらの詩は自分の最高傑作だと信じていた。また、集まった顔ぶれには大満足で、選りすぐりの人々が集められたと考えているようだった。アイルランドの民謡を歌ってくれたケリガンは、詩の朗読の前に帰らねばならなかったが、エリノアは彼との出会いを大層喜び、イングランドに戻る前に、もう一度会いに来て欲しいと、念を押していた。

家の近くにあるレストランでディナーを終えると、私たち聴衆の真ん中に大きなアームチェアが置かれ、そこにエリノアは腰を下ろした。こうして、彼女の朗読が始まった。より正確に言うと、彼女は十八篇の詩のすべてを暗記していた。時折、詩によっては、暗唱の前に「ビルはこの詩がお気に入りなの」などと説明が加えられることもあった。私は哲学的な詩が読まれるのではないかと予想していた。イングランドから届いた手紙には、最近哲学書をよく読んでいて、自ずとその影響を受けていると書いてあったからである。しかし、このとき私たちが聞いたのは、彼女のすべての作品がそうであるように、愛の詩、知的でかつ精神性の高い、熱烈に愛を謳うソネットだった。作品に込められていたのは私が知ることのなかった彼女の一側面であり、それはおそらく作品が生み出されるまで存在しなかったか、あるいは覚醒していなかった一面だったと思う。それでも、朗読を聞いていると、これは彼女の想像力が創り出した理想的な人格――イェイツであれば、「創造された存在」と呼んだであろう――についての、純粋に演劇的なソネットなのだ、と思わずにはいられなかった。これらのソネットに見られる熱烈な言葉の背後に、どのような仄暗い実体験が潜んでいるのかについて、私は詮索しようとは思わなかったが、ただ、そのソネットが彼女の精神の潜在性、つまり、これまで人生の中で一度も光が当てられなかったエリノアのある部分を表しているのだということは理解できた。それは私自身が常に考えていたことであり、時には彼女との会話でテーマにもなったことだった。私たち自身の内に潜む最も生き生きした部分は、たいていの場合、私たちの実生活において、あるいは現実の経験において、翻訳しえない何ものかなのである。リッジリー・トーレンスは、これらのソネットをまとめて『ニュー・リパブリック』に掲載したいと申し出て、彼女を喜ばせた。出席していた誰もが、これらの詩の朗読を決して忘れることはないと思う。その詩と彼女自身の中に仄かに感じられた悲劇は、目に見えぬまま私たちに迫っており、それはエリノア自身もまた気づくことのない悲劇だったのだ。

翌日、午前中のかなり早い時間に彼女はやって来て、ソファーに座って将来の計画について語った。彼女のソネットがその前夜に私たちに与えた感動は、新しく出版される詩集に対する幸運な予兆のように感じられた。原稿は既に出版社の手に渡っており、実際その当日、彼女は編集者と打ち合わせをすることになっていた。その詩集には、のちに『天使と地上の被造物』というタイトルが付けられたが、彼女は他にも様々なタイトルの可能性を考えていたと思う。詩集についての会話が終わると、彼女はショルダーバッグを開け、これまたいかにもエリノアらしく、頭痛用にいつも複数持ち歩いているブロモ・セルツァー[006]の小瓶を一つ取り出した。私が水の入ったグラスを差し出すと、彼女は小瓶の中身を飲みこんだ。私の夫が仕事のために自室に戻ると、彼女は手帳に挟んだ一枚のスナップ写真を出した。そこに写っていたのは、背が高そうで、一目見て中年とわかる男性だった。[007]「イングランドで、とても好きになった男性がいるの。ほら、この方。あのソネットは、彼について書いたのよ」とエリノアは言った。最初、私は少しばかり驚いたが、その男性について彼女が話し続けるのを聞いていると、彼女の人生は運命の糸のようにホラス・ワイリーに結びつけられているのではないかと考えるようになった。彼女自身も、スナップ写真の人物は本当にホラスによく似ていると言っていたことに加え、イングランドのニュー・フォレストの田園地帯で再び暮らし始めてからは、頻繁にロンドンへ出かけ、時には買い物のためパリを訪れていることなどを聞いているうちに、それは、かつて彼女が語ってくれたホラスと一緒に過ごした生活を、夢の中でもう一度、生き直しているように感じられたのである。ただ、ロマンティックな恋が現実である以上、彼女が心からこの男性に恋していることは疑いようもない事実だった。そのため、エリノアは彼の家の近くに住まなければならないと感じており、アメリカを去る決意をしたのも、この人物が原因なのである。彼女が、私に事のすべてを語ったとは思えない。しかし、その後エリノアとその男性の関係について他の人から聞かされた噂話は、どれも信じることができなかった。「今度ばかりは何かを奪う気はないのよ」と彼女は言った。そして、「一週間に一度彼は私に会いに来てくれて、それで一緒におしゃべりしたり、時には散歩に行ったりするの」と、彼女が語った言葉を私は正確に覚えている。二人の会話のほとんどは哲学に関わるものだったという。それから、彼はスコットランドのバラッドをその土地の方言を使って、彼女に何度も歌ってくれたそうだ。それらの唄は、彼女が小さい頃から好んでいたもので、その記憶は彼女の詩作の血肉となっていた。彼女の話を聞いているうちに、私には二人の関係が素朴で、どこか痛ましいものにさえ感じるようになった。それぞれ家庭という義務を担った二人が、ロマンティックであると同時に、知的に惹かれ合っているだけのことなのだ。エリノアは彼の家族のことも気に入っていたようで、親愛の情をもって彼らについて語っていた。彼女の話だけを聞いていると、どこか女学生が恋に恋しているときのような感じもあり、微笑ましい気持ちになった。あるとき、別の男友達が、イギリス女性たちのがっしりした脚とは対照的に、アメリカ女性の脚は「すらりと細長くて美しい」と評したそうだ。そう言ってからエリノアは自らの脚を私に見せ、「ほら、このがっしりした脚を御覧なさいよ！」と言った。「散歩のせいね。とにかくたくさん歩いているから。」私が笑うと、彼女も一緒になって笑った。彼女はかつて自分の細い脚や足首を大層誇りにしていたのだ。彼女の顔面麻痺が始まったのは、例の男性が週に一度やって来る日の一日か二日前のことだったという。彼女はまずメイドを階下に行かせて、自分の顔の表情が変わってしまったことの心構えをするよう、彼に警告したのだそうだ。

クリスマスが終わったら、エリノアはイングランドへ戻る心づもりでいたが、ニューヨークに滞在するあいだは、夫のビルにできるだけ頻繁に会う心づもりでいた。[008]さらに彼女は、かつて付き合っていた大勢の人たちとは縁を切る決心をしていると言った。この発言に私は驚いた。というのも、かつて彼女はニューヨークのありとあらゆるパーティーを楽しんでいるように見えたからだ。ある晩など、彼女は自分でパーティーを開いておきながら、突然近くの家で別のパーティーが開かれていることを思い出して、客を置いてそちらに行ってしまったこともあった。人が集まる場所に抗《あらが》いがたく引き寄せられるという一面が彼女にあったことは事実であるが、彼女の会話にかつて頻繁に登場していた友人の多くは、既に彼女の意識から消え去りつつあるようにも思われた。

私と夫が翌年の一九二九年の夏をアイルランドで過ごす予定だということを知ると、エリノアは、彼女の夫のビルがアメリカから自分に会いに来る際に、私たちとアイルランドで合流しようという計画を立てた。そのときには、義理の弟夫婦であるスティーヴン・ベネー[009]とその妻ローズマリーも誘おうということになった。別の計画を他にもいろいろ話し合ったあとで、彼女は立ち上がり、新作についての打ち合わせを兼ねた出版者とのランチに向かった。玄関で私が二日後の日曜の晩に会いに行けるかもしれない、と言ったところ、ちょうどその夜は、アパートには彼女と夫しかいないということだった。しかし、結局その日、彼女を訪ねることはかなわず、翌朝改めて次に会う約束を取り決めるために電話するつもりでいた。その早朝、私はしつこく鳴り続ける電話の音で目を覚ました。私と夫の共通の友人であるダグラス・ムア[010]からの電話で、エリノアが亡くなったと伝えられた。突然の発作に襲われ、前夜に死んでしまったのだという。夫のビルが、彼女のためにグラス一杯の水を取りに部屋を出た、ほんの少しのあいだに、「ああ！」と叫ぶ彼女の声が聞こえてきた。駆けつけたときには、エリノアは椅子から落ちて床に横たわっていた。二度と彼女が口を開くことはなかった。息絶えていたのだ。この最後の発作は三度目のもので、顔面麻痺が起こったときが二度目、それ以前に彼女が階段から落ちたときが最初の発作だったということを、そのとき初めて知らされた。発表直前だった詩集には、まるで自身の死を描いたのではないかと思わせるような一篇の詩が収録されている。

もし私の中の小さな血管が破裂したら、
その血があなたの枕を怖がらせることでしょう
でも、樫の木の下には勇敢なる赤い大地がある
柳の木の下には水がある

私たちの死が立てる微かな音を聞いても
赤鹿はただ静かに座っているだけ
さあ、どうかお願いだから、立ち上がって、
そして、丘の頂まで登って来て！

2

翌日、またはその後だったか、彼女のアパートで葬儀が営まれた。招かれたのは、本当に親しい友人数名のみだった。エリノアの遺体は、墓地に隣接する礼拝堂ではなく、アパートの寝室に安置されていた。夜の間は、私の夫が、エリノアの夫ウィリアム・ローズ・ベネーに付き添った。死者、それも愛する人の亡骸と、ふたりだけでアパートの一室にいるのは誰にとってもやりきれない

ことだと考えたからである。そこに横たわる姿は、まるで大理石でできた人形のように見えた。死装束には、彼女が大好きだった銀襴《ぎんらん》のドレスが選ばれていたが、エリノアは、銀製のものばかりでなく、銀色のものなら何でも好きだったのだ。銀《シルバー》という言葉にさえ彼女は常に特別な魅力を感じていたほどである。赤みがかった色に染められていた美しい髪は、もう動くことのないその顔の周りで輝いていた。彼女がよく見せた微かな苛立ちや小さな虚栄心、わずかな陰鬱さの痕跡はすべて完全に消え去っていた。永遠に彼女そのものだと思われるものだけが、そこにはあった。人間の内には、善良さや親切心を超越した気高さ、また、エリノアには縁がなかった寛大さや他者に対する献身的態度を超越した気高さというものが潜んでいるが、時に私たちはこうした気高さを、ある人々の死に顔に見出すことができるのである。

初めて、私は彼女の母親に会った。彼女は、家族に都合の悪い新たな出来事が起こったことを知らされると——もっともそのようなことは頻繁に起こったようだが——突然激しい口調で「私は、毒蛇のような子どもたちを産んでしまったのね！」と叫んだものだと、かつてエリノアが笑いながら話してくれたことがあった。エリノアが亡くなった今、母親は公の場で葬儀が行われることを望まなかった。これ以上目立つのは避けたいということだったのだろう。確かにエリノアの駆け落ちや数度の結婚と離婚は、しばしば新聞をにぎわせた。娘が詩人として、純粋に文学的な意味で注目されていたことさえも、彼女は望んでいなかったのではないかと思う。華々しい書評も、インタビューや名声も、全く望ましく思っていなかったようだ。

私は自制心を失わずに彼女の亡骸を見ることができなかった。その傍らで跪き、私は人目も憚らずに泣いた。この地上から大切なものが失われてしまったのだ。それは精神であり、炎であり、言葉にはできないある種の感情の力であった。私が何とか立ち上がろうとしたとき、手を差し出してくれた人がいた。スコットランドかアイルランドか、いずれにせよケルトの血が混じっていそうなその青年の顔を私はじっと見つめた。彼は名前を言ったが、私には名字の「ヒッチボーン」しか聞き取ることができなかった。不思議なことに、私はこのそばかすだらけの十九歳か二十歳ばかりの青年がエリノアの息子、最初の夫との間の息子であるとすぐにわかった。この子と夫を捨てて、彼女は他の男のもとへと走ったのだ。息子の立場で考えるといかにも薄情なことであるが、エリノアは家を出て以来一度しかこの息子に会わなかったと聞いている。エリノアの過去についてあれこれ考えていると、私の頭は混乱してしまい、この青年がホラス・ワイリーの息子であるかのように錯覚し、思わず彼に話しかけていた。エリノアによると、ホラスはアメリカで言う「スコッチ・アイリッシュ」だったという。それで私は無意識に、目の前にいる青年の容姿がアイルランド的であることに納得してしまったのだろう。一分だったか、二分の間だったか、私たちは隣り合って立ったまま、彼女の美しい死に顔を見下ろしていた。エリノアはかつて彼の母であったが、彼女の人生において、彼は本当に小さな存在でしかなかったのだ。今になって思うと、このとき私の頭は状況をすべて理解することができなかったようである。ただ考えていたのは、ホラス・ワイリーのことだけだった。彼は彼女のために惜しげもなく人生を差し出し、そして彼女に捨てられたのだった。噂によると、ホラスは一文無しになり、シカゴで社交界の女性たちにトランプのブリッジを教えて生計を立てているとのことだった。私は彼に会ったことは一度もなかったが、ホラスこそがエリノアに無分別と言えるほどの激しい恋をし、彼女に身も心もすべて捧げた人物なのだから、この場所に彼がいないのは不思議に思われた。「あなたのお父様はいらしてるの?」と、私は混乱した頭で隣の青年に尋ねた。彼女の死を聞いたらホラスはどう思うだろう、と私は思った。本当に多くのことを彼はエリノアに教え、彼女の望み通りに詩人になる手助けをしたのである。ふたりが共に経験したこと、共に堪え忍んだことを思うと、彼は本当に彼女から離れて存在していると感じることができるのだろうか。この部屋に彼がいないことは最も奇妙な欠落だと思われたのだった。

葬儀には僅かな人々しか参列していなかった。エリノアとビルの家族もいたが、彼女と親しかった義理の妹ローズマリー・ベネーは、夫のスティーヴン・ヴィンセント・ベネーと共にフランスにいたので来られなかった。家族の他に出席していたのは、エリノアの本を出版していたブランチ・クノップフ[011]、詩人のエドナ・ミレイ[012]——私にとっては、この時が初対面だった——、そしてダグラスとエミリのムア夫妻だった。葬儀のあと、私たち全員は別室に集まったのであるが、私は個人宅で開かれる葬儀でいつも感じてしまう印象をこのときも持った。それは、儀礼通りのおしゃべりと、挨拶と、お別れの言葉に満ちた一種のパーティーと全く変わらなかったのである。エドナ・ミレイは郊外にある自宅にどのような木を植えるかについて話していたが、「最初の一本は彼女に捧げるわ。エリノアの木って呼ぼうと思うの」と言った。このとき多くの的外れな言葉が語られたが、これほど的外れな言葉はなかったように思う。もっともそれは、エリノアが木になど全く興味なかったことを私が知っていたためであろう。

私たちの誰も、彼女の埋葬に立ち会うことはなかった。それは彼女の父方の祖先の故郷、ペンシルヴァニアで行われたのだった。

3

その死から数カ月後、生前彼女が準備していた詩集が出版された。正確には、一九二九年五月のことで、彼女の四冊目の詩集となった。エリノア・ワイリーは、死が忍び寄っていることも、それがすぐに彼女に襲いかかることも知っていたに違いない。その認識がほとんどすべての詩に彩りを与えていて、耐えがたいほどに悲劇的な生《せい》のヴィジョンを、より一層悲劇的なものにしていた。

詩人の最後の作品がその人の最高傑作であることはそれほど多くはない。限られた一握りの書き手を除けば、成長する力というのはそれほど強くないからである。より老練なテクニックを身につけることは可能かもしれないが、思想の深遠さや感情の深さという両面において、かつての自分を超えることはほとんどないものだ。しかし、まさしくこの二つの点で、エリノア・ワイリーの最後の詩集は他の彼女の作品を凌駕していた。知的な表現にもかかわらず熱烈な感情のために、読者はひとりの人間がなぜこれほどまで深く感じ、苦悩しなくてはならなかったのか考えるために、立ち止まらずにはいられないのだ。エリノアには他人に対する深い思いやりが欠けているというのが、彼女を知るほとんどの者の意見だったかもしれない。ある意味で、そして何度も考え直し、熟考した後で、やはり私もその評価に同意せざるを得ない。彼女にも思いやりの気持ちは確かにあったに違いないが、それを掻き立ててくれるような人が周りにいなかったのである。そして、自分自身にしか興味を持てないような、あの神経症的傾向が常にあった。彼女はP・B・シェリーに対して強い情熱を持っていて、それは生身の人間同士の間に起こる多くの情熱より遥かに確かなものだったようだ。思考や精神の面でしっかり自立していたにもかかわらず、彼女は常に保護を探し求めていたように私には思われた。シェリーこそ自分の守護天使であると本気で信じていた彼女は、彼について詩を書いている。

私の歩む道には幽玄なる精霊が付き添ってくれる
獅子ではなく、まるで豹のように
そして、幾多の矢が雹のように激しく降り注ぐとき
精霊が私の傷を舐めると、その傷はすっかり治ってしまう
幸福な私は、手厚く護られ、歩んできた
守り人の姿は見えなくとも、
天地が逆転した空の下でも、不幸な星回りの下でも、生きてゆける
大天使を友とするひとりの女

エリノアがシェリーの加護を熱烈に信じたように、守護天使や守護聖人による加護を信じることができるカトリック教徒を見つけることは難しいだろう。このような信仰を持つことは、彼女に本当の自信を与えることになった。おそらくこの自信のおかげで、彼女は肉体的にも精神的にも傑出した勇気を持つことができたのだろうし、その勇気は私だけでなく、私が知る限り、他の多くの人々にも強い印象を与えた。恐怖のために萎縮したり、尻込みしたりすることを、彼女は本能的に忌み嫌っていた。あるとき私たちは、ひとりの友人のことを話題にしたことがあった。この男性は、私たちにとっては些細に思われる理由で、神経あるいは精神を病んでしまったのだった。「本当に気が小さいんだから。あんな風になる必要なんてどこにもないじゃない」と考え込むように彼女は言った。そして、強い信念と誠意を込めて、「どんなに大変なときでも私は、シェリーのおかげで乗り越えてこられたのよ」と付け加えた。

多くの詩人とは異なり、彼女は一時的な気分や感情に流されて詩を書くことはほとんどなく、経験の根幹で複雑にもつれ合った思考が、常に詩の出発点となっていた。このために彼女の詩のいくつかは、その率直な表現にもかかわらず、難解なものとなり、何度も繰り返し読んだあとでなければその謎が解明されないことが多い。明快な言葉遣いと直接的な表現は常に彼女の詩の特徴であったが、だからと言ってその深遠な思考と思想を、容易に理解できるわけではなかった。「おお、高潔なる光よ」という詩で使われている言葉以上に、彼女の作品の特性を表しているものはないだろう。

鋼や燧石《ひうちいし》のように謎めいた
この破壊的な閃光の誕生
その内なる光は成長と共に、数多の不思議な恒星を
自然の暗闇に焼き付ける力を有する

おお、分別の壁は真っ二つに叩き割れ
そして、精神は逃げるに任せればよい！
自ずと生まれた光は
それを頼りに生きる光ではないのだ！

おお、高潔なる光よ、汝が人間の、
あるいは隕石のものならば、
光の輝きに打ち勝つのだ！
自ずと生まれた光の輝きに。

その表現において、この詩は光り輝いているが、大変難解な詩である。なぜなら、不必要な説明を一切取り払った上で、この詩が述べているのは、時間をかけて考え抜かれた一つの真理であるからだ。つまり、彼女自身の葛藤から導かれた結論を表明したものなのである——知性の光によって、創造的な精神世界に生きる者は、人間にとっては余りに危険な生を生きているということだ。

純粋に知力という点で、彼女に勝る人物に私は会ったことがないと思う。しかし、ほとんどの女性がそうであるように、彼女は自分の知力を最大限に活用する方法を見出すことができなかった。彼女が知力を発揮できるのは、ほんの一瞬の間だけなのだ。彼女の語彙にもまた瞠目すべきものがあった。生き生きとして瑞々しく、すべ

ての音節に彼女の精神が刻みつけられている。その一方で、その言葉は徹底的、いや、完璧なまでに英詩の伝統の内にあり、どの言葉であっても、読者は以前にどこで使われたことがあるかをほとんど見分けられるほどだった。彼女の使うフレーズや言い回しは、かつてシェイクスピアやダン[013]、あるいはミルトンが表現したものと一対であると瞬時に理解できるのだ。詩人たちの長い伝統の中で何度も使われた形式という鋳型の枠内、また言葉という鋳型の枠内で、彼女は感情の新しいパターンを描き出し、そこに思考の網を織り込んでいった。相反するものを愛した彼女だからこそ、このような強固で揺るぎない境界の内側で、自らの自由意志を表現することを心から楽しんでいたに違いない。彼女には常に対比や対句法を好むところがあった。その対比の型として、鷲と土竜《もぐら》や凧を捕らえるネットといった例を見ることができる。[014]彼女は二つの街の途中《ハーフウェイ》にある宿や半斤《ハーフ》のパンを好まなかったし、「中途半端な人物」や「平凡な魂」を好まなかった。

　最も悪しきもの、最も善なるもののどちらも
　雌狐のように、真理に食らいつく
　ああ、しかし、どうか用心して欲しい
　満足そうに喉を鳴らして、決して怒りを見せない中
　　途半端な人物には

　一つまみの公正、一つまみの不正、
　悪しきものと善なるものは最上を作り出す
　どうか用心して欲しい、落ちることを恐れて
　ただの一インチも高みに登ろうとはしない平凡な魂
　　には

あるとき彼女は私のことを「中途半端な人間ではない」と評してくれたことがあったが、それはこれ以上ない褒め言葉であるように思えた。エリノアはジョン・ダンに対して負うところが大きいと感じていたに違いない。『天使と地上の被造物』という最後の詩集のタイトルは、ダンの説教から取られている。そこには、対極にあるものを並置するという、彼女に特有の大胆な手法が凝縮されていると言えよう。彼女の小説を私は決して好きになれなかった。しかし、彼女は四冊の小さな詩集だけで、ア

メリカ文学における八、九名の重要詩人のひとりに位置づけられ、世界文学という規模で考えても、数少ない女性詩人の重要なひとりと見なされるようになったと思う。だが、優れた詩を生み出すための犠牲は大きかったようだ。彼女は生きることから多くのものを学び、人生が不幸なときも陽気に振る舞うことができた。そして彼女は、これまでの人生から引き出した知恵の本質を書き記したのである。

死すべき運命は、それを纏《まと》う者たちを疲弊させる
彼らこそが、より賢き被造物
この泥塗れの世界、人が嘆くこの泥濘《ぬかるみ》を避け、
私たちが引き継ぐべき空の守りを固めてくれる

私たちは願う。かつて彼女が言ったように、「天地が逆転した空の下でも、不幸な星回りの下でも」「騎士のように忠実に彼女の味方でいてくれた」あの大天使が、今なお「天上の世界で暮らす」エリノアの友としてずっと彼女の味方でいてくれることを。あらゆる善き星々が出会う、あの雲一つない空の下で。

第三十二章　文芸批評家

1

エリノアの死後、私たちはコネティカットに戻った。とはいえ、冬の間中、ずっとこの地で過ごすようなことはしないと心に決めていた。夏のコネティカットはすばらしいが、冬は陰鬱で荒涼としており、何より身の回りのものすべてがエリノアを思い出させたのである。彼女を失ったことに友人たちの誰もが打ちのめされていた。稀有でかけがえのない才能がこの世界から消え、太陽のようなその光が空から失せてしまったのだ。彼女は私のことを好きでいてくれたと思う。少なくとも、私が彼女に対して抱いていた好意やその作品に対する関心を、快く受け入れてくれていた。そもそも私は人の死を乗り越えるのに時間がかかる質《たち》である。エリノア・ワイリーを失ったことに加え、他にも一組の友人夫妻を失ったことで、私の心はひどく乱れていた。夫と私は以前よりも頻繁にニューヨークへ行くようになった。コネティカットに住んでいた頃のエリノアは、いつも週に一度はニューヨークに泊まりがけで出かけ、丸々二日間を利用して美容院に行ったり、多くの友人と会ったりしていた。そしてコネティカットに戻ると、次の週まで腰を据えて仕事に取り組んだ。しかし、当時の私はもちろん彼女のような体力を持ち合わせていなかったし、集中して仕事に向かうこともできなかった。私の心は容易に乱れてしまうのだった。

時々、私たちはマレー・クレイン夫人[001]の家に滞在した。彼女はアメリカで最初にできた友人のひとりで、ニューヨークの社交界の中心にいた女性の中で最も知的な人物だった。芸術、文学、哲学に対し、非常に強い関心を持っていて、ニューヨークで、いわゆるフランス流のサロンを開いていたのである。彼女の周りにはいつも卓越した知性を持つ人々が集い、世界中から客人が招かれていた。その中には、政治家、旧閣僚、将官などもいたので、会話の内容はいつも多岐にわたっていた。かつて政権の運営に関わっていた政治家と話をすることは楽しかったし、幾多の軍事作戦に成功した将官と、戦争の害悪について語るのも興味深かった。

　そしてもちろん私たちは、美しき狂乱と密造ジンに彩られていた、あの時代特有のパーティーにもいくつか参加した。中でも、最も陽気で馬鹿げたパーティーは――それは同時に目利き揃いの独特な集まりでもあったのだが――ハンサムで裕福な美術鑑定家、ジョージ・ゴードン・ムア[002]が主催したものである。彼は、ニューヨークの東五十丁目にある異国情緒に溢れた家に住んでおり、その部屋はそれぞれペルシア・ルームやローマ・ルームなどと呼ばれていた。彼は炭鉱から牧場に至るまで、ありとあらゆるものを所有していた。大量の本のコレクションを買い取ることも時にはあったが、それは炭鉱のそばの丸太小屋、あるいは牧場の日干し煉瓦造りの小屋に住むあいだの読み物を確保することが目的だった。彼は陽気で、才気に溢れ、華やかな生活をしていた。豪華な彼のパーティーで、ジンのような安酒が提供されることは一切なかった。いつでもシャンパンの瓶を持った召使いの男性が数名おり、彼らは当の主人よりもその宴を楽しんでいるようにさえ見えた。加えて、部屋の隅には氷の入ったバケツがいくつも置いてあり、その中で冷えたシャンパンを、客は自分で好きなだけ注ぐこともできた。主催者のムア氏は、自分なりのもてなしの流儀を持ち合わせていたようで、しばしば執事に向かって「今宵は美しい夜にしようじゃないか！」とか、「今宵は知的な夜にしようじゃないか！」などと声をかけていた。また、執事と相談の上で、「美しく、知的な夜」と組み合わせることもあった。主催のムア氏が客人の全員を把握していることは稀で、客人の中には招待されていないにもかかわらず紛れ込んでいる者もいたし、招待客が主催者の同意なく勝手に知り合いを連れてくることもあった。しかしながら、客人は皆、著名な人物であり、特別な才能を持つ者たちだった。今から思えば、招待客のリストに名前のない者たちが大勢押しかけたとしても、執事が巧みにいくつかの質問をすることによって、相応《ふさわ》しくなさそうな客人にはお引き取り頂いていたのかもしれない。

私の夫がある夜、美しく若い女性の隣に座ったとき、その女性が誰なのかムア氏に尋ねると、「私は存じ上げません。それを聞き出すのはあなたの役目ですね」と答えたという。そこで、夫は本人から直接名前を聞き出した。当時の映画女優だったが、出席者には誰も知り合いはいないと言い、「このパーティーにはトミー・ヒッチコックから誘われたんです」と彼女は説明した。「ポロ選手のトミーですか？」と夫が尋ねると、彼女は「さあ、よくわかりませんけど」と言った。「カリフォルニアからの列車の中でお目にかかったの。自分も行くからってお誘いいただいたんです。」

このように、客人たちは実に気軽に、知人や友人をこの家に連れてきていた。ただし、彼らは主人のムア氏が招待客に何らかの非凡さ――美、才能、あるいは名声、そして、おそらくは富も含まれていた――を求めていたことは決して忘れなかった。それ故、パーティー自体が退屈だったことは一度としてなかったと断言しておかなければならないだろう。それらのパーティーは活気と熱気に満ち溢れ、夜が明けるまで続くのが常だった。女性の客人には、上流階級の人々、映画女優、これから社交界にデビューする令嬢、何らかの分野で名を上げた有名人などがいて、彼女たちは魅力に溢れ、眺めているだけですばらしかったし、時に眩いばかりのドレスを身にまとっていた。男性陣も、皆愉快な人たちばかりで、あらゆる国からやって来て、多種多様な意見を持っていた。

主人のムア氏を見ていると、私はローマの皇帝――おそらくハドリアヌス帝[003]――を思い出した。知的な饗宴をいくつも主催し、豊かな人脈を有し、戦地から辺境の地に至るまであらゆる場所に赴き、自身も少々筆を執ったあの賢帝である。出席している女性の中で、特に彼の注意を惹く人物がいると、ムア氏はクッションを二つか三つ抱えて来て、その女性の足元に優雅に座り、巧みな褒め言葉を囁きながら、彼女にシャンパンを注ぐのだった。仮に才女を気取るような女性であっても、陽気で、機知に富み、見目麗しければ、問題なかったようだ。彼は、良質のファレルノ・ワイン――あるいは、別のバッカス神の飲み物だったかもしれない――と愛について書いた古代ローマ詩人[004]の詩行を囁くのである。パーティーでは、様々な種類の、実に多くの詩が朗読された。紳士のような上品な風貌をした年輩の作家、マイケル・モナハンが片手に一つずつグラスを持って、涙ながらにとめどなく朗詠する姿は忘れられない。

シャンドンの鐘の音が
高らかに鳴り響く
リー川の心地よい水面《みなも》に[005]

この禁酒法の時代には、予測できないような多くの出来事が起こった。アイルランド人が英国の法律を破ることに長けていたように、アメリカ人はほとんど熟練者のように、自ら定めた法を犯すようになった。アイルランドでもアメリカでも、法律違反はある種の美徳であると考えられていたのである。周知の事実であるが、法の執行官の保護の下、もぐり酒場は営業されていた。レストランの外観をした店では、とても美味しい料理とアルコール――輸入ワインと極上のスコッチ――が振る舞われることが多かった。まるで世界のありとあらゆる国が互いに結託して、アメリカが法律違反をするように促しているかのようだった。あるとき私は、マンハッタン五十丁目にあるレストラン風のもぐり酒場で、体の大きな連邦政府の高官と州判事のふたりが泥酔しているのを見たことがある。店主は、彼らが店を出る前になんとか酔いを覚ますために、濃いブラック・コーヒーを何杯も淹れて、無理矢理飲ませなければならなかった。出版社の編集者たちは、契約についての話をするために作家たちを連れて行ける特別な酒場を何軒も知っていた。フランスにいたときに、私は第三共和政が少しも市民を代表していないという考えを持つようになったが、この偉大なる共和制国家アメリカにおいて、ほとんどの国民が望まないような法律を立法府は通すことができるのだという考えを持つようになった。

良質の酒を売る密売人を生み出したのは、洗練された上流社会だった。あるとき私たちは、ウィルソン大統領の顧問委員会の元委員の娘が主催するパーティーに参加したことがある。知的で芸術的な会だった。極上のカクテルが振る舞われる中、その女性と結婚したばかりの花婿が、ひとりの若い男性を連れてきた。正餐用の立派な服を着た大層身なりの整った若者で、英国の皇太子が当時流行させた細かい地模様の入った上質なシャツを身にまとっていた。当時の男性の正装としては最新にして、最も洗練されているとされた服である。当主《ホスト》は、その若者を皆に紹介したのであるが、高価な服を着ているにもかかわらず、彼はどこか不安げな様子だった。もっとも、当主が何杯かカクテルを彼に飲ませると、幾分不安は和らいだようだった。その若者に、我らが当主が低い声で「話しかけられるまで、自分から話さないほうがいい」と指示しているのが聞こえてきた。私たちは各々のテーブルに数名ずつ座っていたのだが、その若い客は当主の義理の母親と同じテーブルにいた。美しく機知に富んだ女性だった。男は彼女に向かってグラスを持ち上げると、大きな声で「ああ、奥様、あなたは私の母にそっくりです」と言い、市の行政について語り始めた。その話は、同席していた誰かが当時発売されたばかりのリットン・ストレーチー[006]の『エリザベスとエセックス』についての話題に切り替えるまで長々と続いた。私の夫がその本におけるティローン伯ヒュー・オニールの役割について語り始めると、客人のひとりが断定的な口調で「オニールは立派な男です。ですから、あなた方の誰にもオニールの悪口は言って欲しくありません」と、夫の話を遮った。この後、事態は収拾が付かなくなり、その若い客はすっかり動揺してしまった――実のところ、かなり神経質そうな顔の男だった。まもなく彼は電話をしたいと言い、席を立った。女主人のベッドルームから、電話する声がその場にいる全員に聞こえ、メアリーという名の女性に、あと三十分ほどで迎えに来て欲しいと頼んでいた。彼の帰りぎわの挨拶は、充分礼儀に適っていた。ただ私たち皆が驚いたのは、当主が彼を調理場の奥へと連れて行き、そこにある裏口から彼を外に出したことである。少しばかり時間が経過して、当主が戻ってくると、彼の妻は「あなたのお友達はどういう方？」と尋ねた。すると「酒の密売人だよ、結構有名な」という答えが返ってきた。

「どなたがお誘いしたのかしら？」と彼の妻は尋ねた。

「僕だよ」と彼は言った。「ワインやスコッチを何ケースも都合つけてもらったから、お返しに何ができるかと尋ねたら、『客人が礼服を着て、ディナーのテーブルを囲むような洗練された家に呼んで欲しい。本物の油絵やピアノが置いてあって、食べながら音楽のことなんかを話題にするようなパーティーがいい』と言われたんだ。

なかなか良い奴なんだけど、合法的に仕事ができなくなって、できることは何でもやらなきゃならなくなった。さっき電話をかけていたメアリーっていうのは恋人なんだ」と続け、それから当主は義理の母親に顔を向けて、「さっき、お義母さんが自分の母親に似ているってさっき褒めてましたよね。彼は本当に母親想いなんですよ」と言った。

「じゃあ、どうしてあの方を調理場にお連れしたの？」

「玄関は通れないんですよ。逮捕されるかもしれないから。館の裏にボディーガードを付けてあるみたいでね。三人か、四人かな。調理場で靴を脱ぎ、二十ドル札を出して、女料理長に渡そうとしたんだけど、彼女は失礼にも断ったらしくてね。お客に対して無礼な料理人というのは、僕は感心しないな」

私たちがこの時出会った密売人は、後に殺されることになる。ニューヨーク郊外のとある家で警官たちに取り囲まれ、乱闘の末に死んだという。

2

まだダブリンにいた頃、イェイツは、私が『アイリッシュ・レビュー』誌やその他の雑誌に書いた文章に言及し、文芸批評家になるよう勧めてくれたことがあったが、当時の私はその忠告に全く魅力を感じなかった。ロンドンで既に幾つか短篇小説を発表していた私は、どちらかというと長篇小説を書きたいと思っていた。しかし、彼の言葉は常に頭の片隅にあった。「あなたには本当に批評の才能があると思いますよ」とイェイツは言った。そして、真剣に私の将来の可能性を考えてくれた。「もちろん、女性がそのような仕事に就くことへの偏見はあるかもしれません。確かに今の段階では、女性に許されているのは、慣習的に詩人や小説家、それから劇作家というところですよね。もっとも」と彼は一旦言葉を切ってから「レディ・グレゴリーのような本当に重要な劇作家であっても、アビー・シアターがなかったら、大成する機会はなかったかもしれません」と言い、さらに、自分の支援がなかったら……といったことをイェイツは述べたと思う。「しかし、男たちは未だに批評と哲学は男の領分だと思っています。だから、女性が割り込んできたら、きっと怒り出す者もいるでしょう」と言った。そして、彼はしばらく真剣に考えを巡らせたあとで、ひとまず試験的に男性のペンネームを使ってやってみて、上手くいったら本名を明かしたらどうかという提案をしてきた。そして、まずどこかの国の文学、例えば、当時私が強い関心を持っていたフランス文学の第一人者になれというのである。その結果、専門家として意見を求められるようになったら、次は広い分野の文芸批評に取り組めば良いというのがイェイツの忠告だった。そして、もしも私がポール・クローデルの劇の翻訳から取りかかるのであれば、アビー・シアターで上演してもよいと言った。詩劇として完成させるために、イェイツ自身が韻文のチェックをするとも言ってくれた。

もし私がダブリンに留まっていたとしたら、彼の忠告にそのまま従っていたかもしれない。しかし程なく私は結婚し、そのまますぐにアメリカに来て、しばらくの間は何か書くことなど全く頭に浮かばない日々を過ごしていた。物書きというのは、とても大変で、危険な職業だと今でも思っている。生計を立てる手段としてもそうだし、上手くいったとしても、物を書くということは全身全霊で取り組むことを意味し、それは身体を疲弊させるばかりでなく、精神的にも危うい状況になる可能性があるのだ。一般論として、作家というものは、そのような試練に耐えられない限りは、不安障碍に陥り、遂には神経を病んでしまうのである。それから、作家稼業は知名度を高めることが評価とつながるものなので、恨みを買うこともありうる。批評について言えば、あらゆる類いの物書きの中でも、恐らくは最も危険なものであろう。それはとても骨の折れるものであるし、総合的な素養も求められる。読書経験だけでなく、多くの人生経験が必要なのだ。しかも高い報酬を得られるわけではないし、最高の仕事をしたとしても、それほど多くの読者を獲得できるわけではない。さらに、書評を書くことで、扱った本の著者にひどく恨まれることがある。著者の中には神経質な人も多く、特に筆一本で生計を立てていないアマチュア精神が抜け切れていない作家ほどその傾向は強いようだ。極論を言えば、作家というものは皆、自分の作品を過大評価する傾向があり、一見謙虚に見える作家であっても例外ではないのである。

私自身について言えば、時に嫌みを言われたり、頻繁に非難されたりすることに対し、時間の経過と共に慣れることができた。もちろんいつもではないが、私の方に落ち度がないのに攻撃されることもあった。私が得意としていた分野、文学史やフランス文学、あるいは英文学といった領域に関する知識を相手が充分に持っていないことが原因だった。私を非難する人々は、私がヨーロッパ大陸ばかりで教育を受けてきたとか、あるいは全く正規の教育を受けていないなどと考えていたようだ。それから、若い男性の中には、私がマルクスやフロイトを読んだことがないと決めつける者もいたし、ゲーテなど知っているはずもないと思っている者もいたようだ。仮にマルクスやフロイトの著作に関する試験を受けたとしても、私は合格する自信があるし、ゲーテの著作に関して言えば、私は大学で学び、複数の試験に合格していた。私が実際に受け取った手紙の中には、大笑いせざるを得ないものもあった。あるとき、シェイクスピアの専門家を自称する紳士が手紙で、どうして「汝の剣を光らせ続けよ／露の滴でその刃が錆び付かないように」といったシェイクスピアの台詞を使って読者を煙に巻くのかと尋ねてきたことがあった。もちろん、明白なことであるが、この台詞は私自身が書いたものだった。またあるときには、男性の大学教授から、私が数行引用したホメロスの翻訳はどこで手に入るのかという問い合わせもあった。自分の大学の図書館ではそんな版はないというのである。しかし、私が使ったのは最も手に入りやすい『イリアス』の翻訳だった。評した本の著者を怒らせてしまうのは、もちろん毎度のことではなかったが、男性作家の中には、実際に私を一種の知的なライバルと見なす者もいて、私が書いた文章は一行たりとも気に食わず、怒りが一度口から飛び出すと収まらなくなる者もいた。アメリカでもイギリスでも、私に対し最も好意的な評価をしてくれたのは男性だったとはいえ、実際に爪を立て、掻きむしり、噛み付くということになると、やはり女性よりも男性の方が激しいようだ。女性が知的に振舞うことに対する男性特有の嫌悪感には実に長い歴史があって、それを非難する言葉遣いが数世紀にわたって積み重ねられ、そのような語彙のいくつかは今なお確かに有効なのだ。いくつかのバリエーションが伝えられているサミュエル・ジョンソン博士の「説教壇から真理を説く女性は、犬が後ろ脚のみで立って歩くのに似ている。たとえうまくできなかったとしても、それを試みたということだけで、人は驚くのだ」という言葉はその一例である。この言葉は、現在でも女性が何か普通でないことをやってのけたときに使われることがあるが、今日その有効性は、男女を問わず、何事にも生半可な知識と経験しか持たないすべてのアマチュアに当てはまるのではないだろうか。つまり、アマチュアが何かを成し遂げること自体に、人々は驚いてしまうのだ。しかし、芸術の分野においては、女性の方が男性よりもアマチュアの数が多いので、一般的真実として、この言葉は女性について述べたものと見なされてしまうのである。

　それでも、反論することが許されている限り、私は批判されても一向に気にならなかった。というのも、長らく男性の仕事とされた批評という仕事を続けるにつれて、私は熟練の戦士にならざるをえなかったのである。この点に関して、私はアイルランド人としての民族的才能に恵まれており、細身の剣も棍棒も、どちらもなかなか見事に使いこなすことができた。時には男性の強敵から、「あの女とやり合うんじゃなかった」という後悔の言葉を引き出したほどである。女性の哲学者が最初にやらなければならないことの一つは、もしその女性にバークリーやベルクソンのような能力があるならば、効果的に反論する技術を身につけることである。しかし、格闘技と同様に知的論争にも、クイーンズベリー・ルール[007]のように正々堂々と闘うための規則があってしかるべきだ。すなわち、敵について嘘を言わないこと、ベルトから下は殴らないこと、ひとりの人間に対し、集団で集中攻撃しないこと、相手の私生活に言及して議論と関係のない話を持ち出さないことである。

　私はこのルールを守ってきたと自信を持って断言できるが、一度だけエドウィン・アーリントン・ロビンソンに、穏やかな口調で諫められたことがある。彼の前で、ある人物と激しく論争してしまったのだ。この出来事を決して忘れることができない。ある人物とは、ハリエット・モンローのことで、彼女は彼女で、その退屈な何冊かの作品の中で、私のことをあれこれと書いているようである。ハリエットはその気になりさえすれば、あからさまな敵意を剥き出しにするような人物なのだ。もっとも、彼女がいつから、私に対して敵対心を抱くようになったのかよくわからない。だがそのきっかけだと思われる、一つの出来事について述べることは、女性には闘い方を知らないアマチュアが多いということが明らかになるという点で意味があるのではないだろうか。元々私はハリエットをよく知らなかった。彼女はシカゴに、夫と私は東部に暮らしていたので、滅多に会う機会がなかったのである。まだこの国に旅行者として滞在していたときだったと思うが、始めのうち彼女は私に対して好意的に接してくれていた。実際、私がアメリカで最初に書評を書いたのは、彼女が編纂した『ポエトリー』誌上だった。事が起こったのは、ニューヨークのレオノーラ・シュパイアーの家でのことである。定期的にニューヨークを訪問していたハリエットと、私は偶然出会うこととなった。夕食のあと、レオノーラがドイツの出版社のために準備していた詩のアンソロジーに誰を入れたらよいかが話題となった。レオノーラが全部で十人ほどの候補を選び、私はその選考をとてもいいと思ったので、心から賛意を示したときのことだ。突然、ハリエットが怒りに満ちた目で私を睨んでいるのに気づいた。ハリエットは激怒したまま、今度はレオノーラの方を向いて、「どうしてそのアンソロジーに私が入っていないの?」と詰問したのである。レオノーラと私は、ハリエットが選ばれていないことに気づいていなかった。実際、私たちはハリエットを重要なアメリカ詩人のひとりに含めることなど思いも寄らず、正直に言えば、私は彼女を詩人だと見なしておらず、さらに言うと、作家であるとすら考えていなかったのである。確かに、彼女がすばらしい編集者であることは疑う余地がないし、詩に対して行った貢献は計り知れない。雑誌を刊行するため、彼女は必死に資金を集め、執筆者たちに妥当な原稿料を支払っていた。英語圏でその雑誌を知らぬ者はいなかった。しかし、このとき彼女は、明らかに蔑ろにされていると感じてしまったのである。その場にいる誰も、何をどう言ったらいいのか、どのように事態を収めたらよいのかわからなかった。ハリエットは立ち上がると、何も言わずに部屋を飛び出した。掛けてあったコートをぐいとひったくり、玄関のドアに向かって突進していった。私は急いで立ち上がって彼女を追いかけ、何とかなだめようとした。しかし、ハリエットはこのように一旦気分を害してしまうと、収拾がつかなくなってしまうのである。玄関の敷居を跨いだところで、彼女は私に向き直ると、「一体何の権利があって」と強い口調で「あなたたちは詩について、独断的なことを言えるわけ?」と言った。そして、彼女はコートをひきずったまま階段を駆け下りて行ってしまった。男性だったらこのように振る舞うことがありうるだろうかと今でも思う。アンソロジーに入れてもらえないことを過度に気にかけるのは、アマチュアだけではないかと思うのである。

　ある日ハリエットが芸術家の集うマクダウェル・コロニーにやって来るまで、私はこの出来事をすっかり忘れていた。夫はアイルランドに戻っていたため、私はたまたまひとりでその場所にいた。彼女は創造的な人達に会いたいという気分になっていたのかもしれない。偶然にも、その当時のコロニーには優れた芸術家がたくさんいた。例えば、『大司教に死来《きた》る』を書き終えたばかりのウィラ・キャザーや、エドウィン・アーリントン・ロビンソンである。当然のことのように、ハリエットはロビンソン氏がいるテーブルに座った。彼は食堂ではいつも同じテーブルの同じ椅子を使うことになっていたのだ。彼はこの芸術村の創立初期からのメンバーで、コロニーの長老だったため、常に同じ仕事場《スタジオ》を使っていた。ロビンソン氏の椅子に着席するような者は一人もいなかった。例外はマクスウェル・ボーデンハイム[008]で、彼は反抗的な態度でロビンソン氏の椅子に座ることで、自分は氏を特別扱いしないということをその場にいる者たちにわからせようとしたようである。エドウィン・アーリントン・ロビンソンとリッジリー・トーレンスとは、夫と私がアメリカに到着してから数週間と経たないうちに出会ったのだが、彼らとは、詩の愛好家であり、数冊の詩集を既に出版していたルイ・ルドゥーの家でよく会っていた。そのような関係だったため、コロニーで私はロビンソン氏と同じテーブルに着くこともあった。彼が私のことを気に入ってくれて、私との会話を楽しんでいることを知っていたからである。

　ハリエットがコロニーに来たちょうどその頃、彼は一、二週間ほどのあいだ何も書くことができずにいた。彼の詩神《ミューズ》は休息中だったのだ。彼はいわゆる北部人《ヤンキー》のドライなユーモアに溢れた口調で、創作意欲が全く湧かないので、詩の授業でも受けなきゃならんなあ、と私に言った。私は喜んで彼にその授業を担当することを引き受け、私たちはフランス詩の何を読み、どんなふうに学ぼうか、楽しく陽気に話を進めていた。ハリエットが来るまでは、そんな冗談を言い合って楽しい時間を過ごしていたのである。ある日、私が食堂に入ると、エドウィンとハリエットは既に同じテーブルに座っていた。彼は目で私に合図を送り、あごで彼の真向いの席を指し示したので、私はそこに座った。このときの彼は、今何を書いているのかという質問に戦々恐々としていたのだろうと思う。しかし案の定、その質問が飛んできた。彼は穏やかな口調でハリエットに向かって、今は何も書いていないこと、どうも書く気が起きないので、眠った精神を呼び覚ますために詩の授業でも取らねばと思っていることを伝えた。「それで、私が授業を担当させていただくの」と私は朗らかに言い、ロビンソン氏は「この人なら上手くやってくれるだろうからね」と静かに笑った。ハリエットは神経質そうに少し笑ったが、その目は「全然面白くない」と言っているように見えた。その少しあとで、ロビンソン氏はヴェルレーヌの「詩法」[009]の最終連を朗読して欲しいと言ったので、私が暗唱するととても喜んでくれた。特に、傲慢とも言える最後の一行、「音楽性なき詩は詩にあらず」が気に入っているようだった。「もし私の授業を受けたあとで、そのようなひどい詩しか書けなくなったら、困ったことになりますね」と私は言った。「それは、まずいねえ」とロビンソン氏は言い、額に手を置いた。彼らしい仕草、そして彼らしい微笑だった。するとハリエットは、アイルランド人は「刑罰法」で長いあいだ教育の機会を奪われてきたため、識字率も低いし会話の才能がない人が多いのだと言った。テーブルに座っていた一人の男性が、私に向かって「全く不思議なんですが、あなたは詩を書かないんですよね。あんなによく詩をご存じなのに」と述べると、ハリエットは「きっと書けないってご存じなのよ。詩の知識があるからって誰もが書けるってわけじゃないですものね」と言った。私は「もちろん、それはそうですね」と言い、「私には詩についての充分な知識があるから、自分には書けないってわかるんです」と続けた。ロビンソン氏は心配そうにハリエットの顔を見た。夕食後、私は彼に呼ばれ、「あんなことは言うもんじゃないよ」と咎められた――「あのお嬢さんには随分堪《こた》えたんじゃないかな。何も言い返さなかったし。」

しかし、ハリエットは実際ちゃんと言い返してきた。彼女は人間として私のことを嫌いではないと思っているが、それとこれとは別の話なのだ。その翌日は、八月の終わりか九月だったと思うが、とても寒い日だったので、私はニットのワンピースを着ていた。するとハリエットが「あなたってほんとにおしゃれね！」と褒めてから「やっぱり馬子にも衣装よねえ」と言い放ったのである。当時、ピーターボロでお洒落な服を着ている者などおらず、私の服装も実際には田舎の人が着る普通の服だった。数年前、ドニゴールの奥地にあるダンロウという町にある、パディ・ギャラハーが営む小さな工場《こうば》で購入したものである。しかし、後にハリエットは、私が自分の洒落た洋服と髪型を自慢して回っていたと、自分の本の中で書いたのである。もちろん、そういうことを、稀にやってしまうかもしれないが、ピーターボロでは断じてあり得ない。さらに彼女は、私についての悪意ある噂話を流したが、それを信じた人も何人かはいたと思う。彼女の話に根拠がないことがわかったとき、ハリエットは自分の記憶力の悪さのせいにした。しかも、話が不正確なときに限って、いつも意地の悪い内容だというのも始末が悪い。私たち夫妻が一九一六年にアイルランドから〈逃亡〉したのは、潜水艦が恐ろしかったからだと言いふらしたり、別の時には、潜水艦に乗って逃げたと言ったりした。やっとのことで海を渡ってきたので、シカゴのミセス・ムーディの家に着いたときは、私たちはびしょ濡れだったと、彼女は悪意をもって触れ回ったのである。

第三十三章　パリでの生活

1

パリ滞在中の一九三〇年三月、グッゲンハイム財団から、私にとって初回に当たる特別研究員採用の通知を受け取った[001]。それで私たちは借家を引き払うためにコネティカットへ戻らなければならなかった。その家はニューヨークの不動産会社で働く男に又貸しをしていたのだが、彼はひと月分の家賃を払っただけで、家の中を荒らすだけ荒らしていなくなっていた。私たちはその家を所有していたわけではなく、単に借りていただけだったので、結局、未払いぶんの賃料を支払うはめになった。

以前にも、パリに数カ月滞在したことが何度かあったので、フランス人の知り合いが数人いた。外国から来た者がフランス人と知り合いになることは滅多にない。私がこれまで出会った民族の中でも、フランス人ほど外国人と知り合うことに関心がない人種はいないと思う。それでも私たちが多くの知己を得られたのは、第一に、私たちが作家であり他の作家と知り合う機会が多かっためであるが、さらに重要な理由として、祖先がアイルランド人だったり、学校でダニエル・オコンネル[002]の演説を学んだことがあるという理由で、アイルランドに対してロマンティックな興味を持つ人々も多かったことが挙げられる。さらに、T・S・エリオットが、彼の友人であるネオトミズム[003]を奉じる哲学者の何名かに紹介状を書いてくれたおかげで、私たちはジャック・マリタン[004]やシャルル・デュ・ボス[005]と知り合いになった。のちに私は、マリタンの著作をニューヨークのスクリブナー社に紹介したりもした。デュ・ボスについて言えば、彼は大変著名な批評家であることに加え、シャトーブリアンの系譜に連なるロマンティックな性格を持つ特権階級の出身だった。[006]私たちは、セーヌ左岸にある古い家の一室で初めて彼に会ったのであるが、のちに彼は、パリにやって来た外国人を集めた一種のサロンをヴェルサイユで主宰した。彼は数カ国語を操ることができたが、イギリス人の血が入っていたため、実にすばらしい英語を話した。とはいえ、書く方はそれほど上手くなかった。この当時、自分が親友のアンドレ・ジッドについて書いた文章[007]が原因で、ジッドと不仲になってしまったことに、デュ・ボスは心を痛めていた。批評家には避けられない宿命である。デュ・ボスは、人をもてなすことが大好きだったという点で、フランス人としては例外的だったと言えるが、おそらくその理由は、彼が英国人の家系に生まれたためではないかと思う。私が当時聞いていた話では、彼は相当な額の遺産を相続したが――彼の父は、プルーストの小説に出てくるシャルル・スワンのように、競馬クラブの会員であり、エドワード七世の友人でもあった――譲り受けた金は既にすべて使い果たしていたようだった。デュ・ボスはありとあらゆるヨーロッパの文学に精通し、彼の家に行けばあらゆる国の作家や芸術家に会うことができた。また、知的で機知に富んだ女性たち、つまり、そのエスプリで人々を魅了する、サロンの伝統を体現する女性たちにも会うことができた。例えば、ダンテ、あるいはアクィナスの『神学大全』を見事に暗唱する女性がいたが、彼女が全く無名の人物だったということに驚いたことを覚えている。

私たちが出会ったもてなし好きなフランス人の一人に、アベル・シュヴァレー[008]がいた。彼もまた批評家だった。プロテスタントだったため、フランスにおけるカトリック教徒ともユダヤ教徒ともかなり異なるタイプの人物だったように思う。シュヴァレーは、ジェイムズ・スティーヴンズの本を何冊も、実に見事にフランス語に翻訳していた。また、かつてはバルカン諸国の全権公使を務めていたこともあった。その任にあったときの出来事として、H・G・ウェルズ[009]の友人である女性ジャーナリスト、オデット・クーン[010]に関するとても興味深い話をしてくれたことがある。全権公使のシュヴァレーが公式ディナーを主催したとき、客の一人だったマダム・クーンは、シュヴァレーがテーブルクロスの下でペンナイフを使って爪の垢をほじっていたと記事に書いたというのである。この記事を読んだシュヴァレー本人は大層面白がった。というのも、自ら公言していたように、彼は低い身分の出身であり、彼の妻が家族の中で唯一良家（フローベールの一族）の出身者だそうだ。その少し後で、ソルボンヌ大学で講演を行うH・G・ウェルズを、シュヴァレーが大学まで車で送ったことがあった。ウェルズは、外務省筋に顔がきくシュヴァレーに、オデット・クーンが確実にフランスの市民権を得られるように依頼したという。

ムシュー・シュヴァレーは、私をいろいろな場所に案内することに喜びを感じていたようだ。サッカーの試合にも連れていかれたが、サッカーを一度も見たことがないと私が言うと、とても驚いていた。彼はフランスにサッカーを紹介した最初のフランス人の一人である。「モーパッサンの時代には、青年は女性にしか興味がありませんでした。狩りとテニス以外のスポーツが、フランス文学で言及されることは全くなかったように思います」と彼は言った。シュヴァレーはその状況を変えたかったようだ。パリで最初のサッカーの試合が行われた際、これまでとは異なる特別な競技に立ち会っていることを示すために、観客一人一人のコートにチョークでしるしを付けたのだという。私たちが観に行った試合には充分な数の観客が入っていたが、私はサッカーのことを全く知らなかったので、彼が「すばらしい練習試合《スクリミッジ》でしょう？」と言ったとき、「スクリミッジって何ですか？」と聞き返さねばならなかった。私の無知に呆れ果てた彼は、早々に、私を文学好きの集まるカフェに連れて行き、おどけた調子でスタール夫人以来初めての女性批評家であると、皆に私を紹介した。フランス人ではない私の登場にその場がざわついたことを彼は面白がった。「異国からの風ですね」と彼は言った。

そのとき、意地悪そうな顔をしたひとりの中年男性が話しかけてきた。かつてのポール・ヴァレリーと同じように、不幸な結末に終わった恋愛を嘆きながら日々を過ごしているのだと言う。そして、ヴァレリーの作だと偽って、教科書に出てくるような詩をいくつか暗唱して、私を騙そうとした。イギリス人同様に、フランス人も多くの詩を暗記しており、彼らの精神の大部分はそれらの詩によって形成されている。フランス人は結婚に対して、時には恋愛に対して、クールでビジネスライクな態度を取り、また、明晰な知性を持っているにもかかわらず、実際は大変感傷的であることに私はしばしばひどく驚かされた。彼らは好んで、甘ったるいほど感傷的なラマルティーヌやミュッセ、そしてルコント[011]の韻文を暗唱した。とはいえ、私自身も、同じくらい感傷的な英詩が好みであったことは認めざるを得ない。セックスについては、フランス人よりもアメリカ人の方が断然多くを語ったが、ロマンティックな恋愛に関して言えば、フランス人の圧勝だった。しかし、多くのフランス人にとって、恋愛と結婚は全く別物のようで、結婚はあくまで家族を形成する社会的な仕組みらしい。意地の悪そうなその紳士は、自分の父親が、第二帝政時代に知り合った、メリメ[012]と思われる一人のフランス人作家について語った。ウジェニー皇后の友人、もしくは家庭教師だったこの作家は、身を滅ぼすほどの恋をしていたので、彼の人生には永久にその悲恋が刻まれているのだという。私が幾分皮肉な調子で「そのせいで彼は死んだわけではないと思いますけれど」と言うと、男は「ああ、マダム。人は愛のために死ぬことができますよ。簡単なことです。しかし、報われぬ愛を抱いたまま生きること、それは難しく、つらいことで、何より勇気が試されます。事実、この作家はそれを実践したのです」と言った。ニューヨークでは、カフェやカクテル・ルームはもちろん、詩を暗唱しあう男たちの間ですら、この手の会話がなされることはまずないと思う。実際、ジョエル・スピンガーン[013]が指摘したように、アメリカ文学の中で恋愛詩を見つけることは本当に難しいのである。私たちがそのカフェを出ると、アベル・シュヴァレーは「今あなたの目の前にいるのは、たった一度しか恋愛をしたことがない唯一のフランス男ですよ」と言った。確かに彼は、結婚した女性以外の誰とも恋愛関係を持ったことはなかった。その一方、カフェにいた男たちは、女性が何らかの形で応えるかぎり、多くの女性たちと恋のできる男たちのように思われた。

　かつてパリで盛んだった文芸サロンもいくつかはまだ残っていたものの、作家たちの間では、カフェに集うことがそれに取って代わっていたようだ。文学者や大学関係者たち、つまり知識人《サヴァン》たちは、親睦会《レユニオン》と称した集まりを催していた。それはかつてダブリンで行われていた文学者たちの集いのようなものであったが、唯一異なるのは、パリでは誰かがまず原稿を読み上げ、それに続いて議論が交わされたという点である。おそらくこれはフランスのサロンで以前からずっと行われていた流儀なのだろう。シュヴァレー夫妻はモンパルナスに一軒の家を構えていたが、私の記憶によれば、三階は一つの大きな部屋になっており、そこを夫のアベルは書斎として使い、客人たちを招き入れた。あるテーマに関して原稿が読み上げられると、主宰者である彼はいつも議論をリードした。同時に、ワインやケーキが客人たちに振る舞われ、フランス人だけでなく外国から来た者たちもその場にいることを楽しんでいた。というのも、フランスでは自宅に招かれることは滅多にないことだったのだ。真にフランスの愛国者であったアベルは、外国からの客人をいつでも歓迎した。それは、アメリカ人やイギリス人を己の家に招くことが、フランスに対する貢献になると彼が思っていたためだろう。彼やアンドレ・シーグフリード[014]、そして言うまでもなくアンドレ・ジッドは、フランスのプロテスタントであり、他のフランス人とは異なっていた。それは、例えば、アルスター北東部の長老派信徒《プレスビテリアン》が、他のアイルランド人たちとは異なるのと同じことなのかもしれない。彼らが違って見える理由は、それぞれが受けた宗教教育の違いによるものなのか、あるいは実際には人種的な意味で——例えば、アングロ・サクソンの血、ゲルマンの血、スイスの血などが混ざっているような意味で——違いがあるのか、私にはよく分からなかった。

ジャック・マリタンと彼の美しい妻がムードンの自宅で開いていた親睦会《レユニオン》は、他所では見られない特徴があった。夫妻はラテン的特徴が他の人々よりも明確に刻印されているように私には思われたし、事実非常に敬虔なカトリック教徒だった。あるとき、ボードレールについての論文が読み上げられ、詩人のカトリシズムについて激しい議論が交わされたことがある。私は改めて、フランス人が宗教と性道徳を明確に分けて考えていることに驚かされた。ボードレールが詩の中で言祝《ことほ》ぎ、実際に彼が送ったような類いの人生を歩む者をカトリック教徒と見なすことは、その人物がどれほど頻繁に祈りの文句を唱えていたとしても、私には到底できそうにない。しかし、出席者の一人が私の意見に賛同し、反論を覚悟の上で、このような見解について二、三の言葉を付け加えたときのことだ。ジャック・マリタンは威厳たっぷりに

「ボードレールの精神構造が、カトリック的なのです」と宣言することで、この問題をいとも簡単に片付けてしまったのである。このような見解を、多くのフランス人のみならず、根っからの無神論者にも当てはめることができるという事実に、このとき以来私はいつも驚かされてきた。例えばピエール・ジャネは、コレージュ・ド・フランスの講義で、各国からやって来た聴衆に向かって、幼年期に受けた心理的影響について説明する際、初めての告解や聖体拝領について、それがまるで普遍的な体験であるかのように語ったのである。

ボードレールに関するマリタンの見解をジェイムズ・ジョイスに伝えると、彼は皮肉たっぷりに、カトリック的な精神構造を持つ者たちを片っ端から物笑いの種にした。しかし実際には、ジョイスほどその精神構造がカトリック的である人物に私は現在に至るまで出会ったことがない。彼はダブリンを離れて以来、建築物として眺めるという以外の目的で教会に足を踏み入れることはなかったはずであるが、ジョイスほどカトリック教会に、つまり、その儀式、シンボル、神学的言明から強い影響を受けた人物はいないと思う。彼が本気で考察し続けていた哲学があるとすれば、それはスコラ哲学[015]だったからである。ジョイスが亡くなったとき、ニューヨークの友人有志は彼のために追悼のミサをあげることを望んだのだが、依頼した聖職者は誰一人として、ジョイスが教会から離れてしまったことを理由に、引き受けてくれなかったのは、非常に残念なことである。イエズス会の修道士ですら、そうだった。ジョイスは、子ども時代に、彼らの下で学び、その後も、深い尊敬の念を持ち続けていたというのに。結局、コロンビア大学付きの司祭ジョージ・フォード神父による通常のミサがあげられた。パデレフスキ[016]やジョージ・コーハン[017]のように、ジョイスに比べれば全くカトリック的とは言えない人物に対してですら、追悼の儀式が、しかも大聖堂で執り行われたというのに、ジョイスにはそれが認められなかったという事実には驚かざるを得ない。だが、実際のところジョイスは英語圏のカトリシズムにおいて決して許され得ぬことを行ってはいた。つまり、彼は自由気ままに、セックスについて書きたいだけ書いたのである。

ジョイスは、夫のダブリン時代からの古い友人で、私たちはパリでジョイス一家と頻繁に会っていた。この当時、ジョイスは世界で最も有名な作家だった。彼がカフェやレストランに現れると、人々は彼の近くの席に座ってその顔を拝もうとした。だが、彼はいつでも壁際の席を選び、壁に向かって座っていたため、人々が見ることのできるのは彼の後頭部だけだった。知り合いだけが彼と向き合って座ることができた。ジョイスの場合、ダブリンでの生活が、彼の血管や毛穴に至るまで染み込んでいた。ジョイスと同等のレベルで、パリでの生活が血管や毛穴に染みこんだフランス人がいるとは思えない。ジョイスほどダブリンという街とその歴史に自らを重ね合わせ、そこでの生活を描き続けた者は、誰一人としていない。彼が二十代前半でダブリンを離れ、トリエステでベルリッツの語学教師になったという事実は、その心に刻まれたダブリンの印象を弱めるどころか、逆に一層明瞭なものとし、記憶を薄めるどころか、一層正確なものにしたのである。『ユリシーズ』と『フィネガンズ・ウェイク』はある一つの都市の叙事詩であり、その都市の歴史であり、そしてその都市の記憶なのだ。ダブリンに住む者であれば当たり前に理解できる言葉、実際に話されていた言葉ですべてが書かれている。多くの都市が川のそばで発展してきたように、ジョイスの『フィネガンズ・ウェイク』は川の歴史であり、都市文明の歴史である。そこに住む者たちは、歴代の王から洗濯女たちに至るまであらゆる人々が、ジョイスの想像力によって喚起され、その街の通りや周辺の地区を自由に歩き回る。この二つの偉大な小説は、あらゆる文学の中で最も特定の土地に根ざした《ローカル》作品であると言っていいだろう。ダブリンの街並みや通りのことをよく知らない読者が大勢いるという可能性を、ジョイスが少しでも気にかけたかという点について、私は疑わざるを得ない。

ジョイスはいつの日かアイルランド政府から故郷に呼び戻され、月桂樹の冠で栄誉を讃えられることを、終生心待ちにしていたのではないかという気がする。しかしどこの国の政府であれ、偉大な作家を褒め称えることはほとんどないし、とりわけアイルランド人は、作家が国のために成し遂げた功績に対し無関心であるように思う。英国から独立するための革命に参加した者、一九一六年のイースター蜂起にほんの少しでも加わった者、あるいは郵便局員や警察官、退役軍人も皆、恩給をもらえるというのに、アイルランド政府は、これらの公務員たちが束になっても敵わない程の栄誉を国に与えた偉大なる国民詩人、W・B・イェイツには、金銭的に何も支給しなかったのだ。あらゆる政府は、その国の人口比に応じて芸術の実践者たちに助成金を出すべきだと私は強く思う。そして、政府与党や世論からも、そして芸術と無関係なあらゆる営利団体からも、宗教団体からも影響を受けない独立した〈芸術担当大臣《ミニスター》〉[018]を、もしくは、アメリカ式に〈芸術担当長官《セクレタリー》〉を任命すべきだろう。そうすれば、芸術担当大臣は優秀な職員を雇い、収入がなくて困窮している本当に優れた才能を持つ人々をできるだけ多く発掘することができるはずだ。助成金と言っても、それほど莫大な額は必要なく、平均的な暮らしができ、安心して心地よく生活ができるだけの額でよいのだ。これこそ、政府が真剣に検討すべき本質的な事柄の一つである。なぜなら、一つの文明が生み出したものの中で最も永続的な価値を持つ芸術は、貨幣価値によって査定できるようなものでは決してないからだ。芸術の価値は、時に思いもよらぬ偶然や個人の気まぐれによって決まることもあるし、芸術とはほとんど関係のない――時には全く無関係の――要素によって決まることもある。私のこの本を読んだ誰かが、優れたおもしろい小説や心躍る演劇作品を書き、少なからぬ収入を得ることだってあるかもしれない。あるいは、『戦争と平和』や『武器と人』[019]のような傑作を書き、毎年かなりの額の印税を受け取るようになるかもしれない。しかし、『神曲』のような作品を書いたとしても、屋根裏を間借りし、階段を上り下りしなければならないかもしれないし、モーツァルトが作ったようなすばらしいミサ曲を完成させたとしても、無縁墓地に埋められる運命にあるのかもしれない。『失楽園』のような名作を書いても、たった五ポンドで買い取られてしまうかもしれないのだ。

　ジョイスの問題は、彼が文学的実験を試みていた点にあった。その当時、彼の実験に興味を持つ出版社はほとんどなかったため、実験を進めている間、彼は多くの時間を他の仕事に費やし、生計を立てなければならなかったのである。若き日のジョイスがダブリンを発ったのは、大学を卒業してから数年後のことで、そのとき共に旅立った女性とのちに結婚した。[020]トリエステのベルリッツで語学教師となり、ウェイターやビジネスマンからファッションに敏感な人々に至るまで、ありとあらゆる職業の生徒を相手に、くたくたになるまで英語を教えた。余暇と呼べるような時間がほとんどない中、彼は『若き日の芸術家の肖像』、そして『ユリシーズ』を書いた[021]。『肖像』の出版社はなかなか見つからなかったが、驚くべき批評眼の持ち主であるエズラ・パウンドが根気よく探し回ってくれたおかげで、ようやく出版の運びとなり、ジョイスは実験的作家としてのキャリアをスタートさせることができたのである。のちにジョイスは「パウンドがどん底の生活から私を救ってくれた」と語っている。

一九一四年に戦争が始まると、夫婦と息子と娘からなるジョイス一家は公式には英国国民であったため[022]、トリエステ[023]を離れ、中立国へ行かねばならなかった。戦争に関わる活動には一切関与しないというジョイスの誓約の下、彼らは特段の困難なく出国することができた。ジョイスは古き良きオーストリア帝国を愛しており、彼の家族もトリエステで幸福な日々を送っていたため、一家にとって出国はつらいことだった。彼はのちにパリで、「オーストリア帝国は、帝国の体を成していないと言われていたが、あのような帝国ならいくつあっても構わないと思う」[024]と私たちに語った。家族が安楽に暮らせるように、彼は懸命に働いた。また、トリエステの想い出話として、妻のノーラと一緒に聴いた音楽のこと、一家が通った馴染みのレストランのこと、そして、極めて少ない出費で楽しむことのできた日々の暮らしのことなどについて語ってくれたことを今でも覚えている。アングロ・サクソンの人々とは異なり、ヨーロッパ大陸の国々では、多くの出費をせずに幸福な生活を営む秘訣を知っている人がたくさんいたのである。

第一次大戦最中《さなか》の混乱期にあって、中立国のスイスへ到着した彼らには困難が待ち受けていた。当時のスイスには非常に多くの英語教師がいたため、英語教師の収入だけでは家族を養うことはできず、また、ジョイスの視力はかなり弱くなっていたため、何か他のことに目を向ける必要があった。そこで彼は、チューリッヒに英語劇を上演する劇団を作った。しかし上演後に出演料を巡って、アマチュア俳優として出演していた英国の領事館職員との間で激しい諍《いさか》いが起こり、ジョイスはこのことでかなり精神的に落ち込むこととなった。経済的困窮はなおも続いた。彼は『肖像』を出版したベンジャミン・

ヒューブシュに、千ドルほど用立てて欲しいと手紙を書いた。同じ内容の手紙は私の夫の元にも届いた。当時、アメリカでは、ほとんど無名の作家がそのような大金を借りることなど到底不可能だった。それでもベンジャミン・ヒューブシュは、当時まだ若く、今日のような影響力のある編集者ではなかったものの、なんとか数百ドルをかき集めてくれた。しかし、夫と私には金策の才能が全くなかった。いろいろ考えて、諦めかけた頃のことだった。家庭教師の仕事を終えて帰宅した私に、突如妙案が浮かんだ。私は意を決して受話器を取り、スコフィールド・セイヤーに電話をかけた。当時『ダイアル』誌の編集長だった彼は、既に『リトル・レビュー』誌で部分的に発表されていた『ユリシーズ』に関する文章を書いていたからである。話し始めた当初は、私は気丈に振舞えていたのだが、彼の声を聞くうちに気持ちが次第に萎えてきて、借金の依頼ができる雰囲気ではなくなってしまった。そこで私は、ただ「お話ししたいことがあるんです」と言った。すると即座に彼が「二十分ほどで伺います」と返事してくれたことを今でも鮮明に覚えている。当時私たちはニューヨークの西七十九丁目に住んでいたのだが、気が気でなかった私は、彼が到着するまで何杯も紅茶を飲まねばならなかった。やがて彼がやって来た。四階にある私たちの部屋の客間に座った彼のたたずまいと知的な顔つきを見たとき、私は大いに勇気づけられた気がした。夫はジョイスの置かれた状況を語り、私は夫に頼まれてジョイスの手紙を読み上げた。かなり緊張していたように思う――当時は私もまだ神経質な若い娘だったのだ。スコフィールド・セイヤーがそのとき見せた思いやり、その優しさを私は忘れることができない。「おふたりが金策に走るようなことはなさらないように」と彼は私たちに向かって、「つらい思いをするだけでしょうからね。必要なぶんは全額私が用意します」と言ってくれた。彼はタクシーを外に待たせていた。ずいぶんあとになって聞いたことであるが、彼は私たち夫婦の間で何か深刻なトラブルが起きたのだと思い、あくまで私たちの友人として駆けつけてくれたのだそうだ。彼が帰ったあと、私は自分が泣いていることに気づいた。その涙の理由は、彼が無条件に示してくれたその度量の大きさだけではない。セイヤー氏が芸術と文学のために尽しようとしていることを理解できる者は稀で、その奇特な志に感動せずにいられなかったのだ。とても残念なことに、それから数年後に、セイヤー氏は繊細なアメリカ人に特有の、あの恐るべき病の犠牲者になってしまった。神経を病んでしまったのである。

常々ジョイスはこのときの援助が当時の彼にとってどれほどありがたかったか、繰り返し語っていた。というのも、投機的目的で始めた劇団運営であったが、彼はほとんど利益を得ることができなかったのである。この劇団に関わる幾多のトラブルには、たとえジョイスよりも安定した気質を持った人物であっても苦しめられることになっただろう。ある日、彼がリハーサルに立ち会っているとき、彼の自宅にイングランドから一通の手紙が届いた。匿名で五千ドル――あるいは五千ポンドだったか、今でははっきり覚えていないが――の寄付が彼に送られたのだという。ノーラはすっかり興奮して、普段着に帽子をかぶったままの姿で劇場に駆けつけた。そしてリハーサル中の一座の前で、自分たちに訪れた幸運を夫に伝えた。ジョイスはあまりのことに圧倒され、言葉を失っていたが、そんな中でも彼は次の出来事を記憶していた。お決まりの祝福の言葉が次々と発せられる中で、ある俳優の妻がノーラに向かって、とげのある口調で言ったのである。「ということは、ミセス・ジョイス、あなたはいつもご主人宛の手紙を勝手に開封なさるのね？」

その寄付金はミス・ウィーヴァー[025]から届いたものだった。彼女はかつてフェミニスト系の週刊誌『ニュー・フリーウーマン』に資金提供をしていた。この雑誌は後に『エゴイスト』と名前を変え、そこにはジョイスの作品も幾つか掲載されたことがあった。その後、彼女はもう一度さらに多額の援助をジョイスに行ったのであるが、その額は、もし金遣いが荒くなければ一生楽に暮らしていけるだけのものだった。この親切な友人が、援助金を一年ごとに分割して支給し、ジョイスが散財しないようにしてくれていたらよかったのに、と思わずにはいられない。まとまった金はジョイス一家に悪影響しかもたらさなかった。彼らには金銭感覚というものがまるでなく、住居こそそれほど家賃の高い部屋に住んでいたわけではなかったが、洋服やホテル、レストランや休暇には贅の限りを尽くしたのである。彼らはただ、その金が永久にあり続けると信じていた。常に頭の中が作品のことで一杯である作家にとって、このように考えたくなってしまうのも無理からぬことなのかもしれない。仕事から離れると、安楽と気晴らしが求められ、殊に贅沢なものが好まれた。ジョイスは、レストランで食事を取ることが大好きだった。そうした場所で大勢の人々の中にいることを好み、毎晩のように同じ店に通って長い時間をかけて夕食を取り、友人達にも豪勢な食事を振舞った。長年にわたって彼がひいき贔屓《ひいき》にしたのは、モンパルナス駅近くのトリアノンというレストランだった。そこにはお気に入りのテーブルがあり、ノルベールという名のお気に入りのウェイターがいた。彼はしばしば、ジョイスが一人でやって来て泥酔してしまうと、自宅まで送ってくれたそうだ。妻のノーラが旅行中で不在のときに、ジョイスはこの店で多くの友人を夕飯に招待したことがあった。皆で大量のシャンパンを空け、気が大きくなったジョイスは、帰りがけにお辞儀をするウェイター達を一列に並ばせ、彼のテーブルに給仕をしなかった者も含め、一人ずつに百フランを渡した。店の経営者か給仕長に同意を得た上で、私はウェイター達から百フラン札を返してもらい、代わりに十フラン札を手渡した。彼らは特別なサービスをしたわけではないのだから、無駄遣い以外の何ものでもなかったと思う。私たち友人はタクシーを数台呼び、みんなでジョイスを家まで連れて帰った。彼はその間ずっと微笑みを浮かべ、この夜に起こったことすべてに満足しているようだった。私たちの一人が彼をベッドに寝かせ、私はその辺にあった封筒を一枚取り、先ほどウェイター達から回収した百フラン札数枚をその中に入れ、翌朝彼が発見できるように、暖炉の上にあった時計の下にその封筒を置いた。

2

私たちが最後にパリを訪れた一九三八年には、ジョイスは行きつけのレストランをトリアノンからフーケに変えていた。シャンゼリゼ通りにあるその店は、ニューヨークの有名なナイトクラブの常連も通うレストランで、ファッションや芸術、劇場や映画に関わる人々で溢れていた。ダブリンから訪ねて来る者がいれば、ジョイスは喜んで彼らをレストランでの夕飯に招待した。そのダブリナーが自身の作品を理解し、評価してくれるとき

——とりわけ、文学畑でない人物の場合——ジョイスは大変喜んだ。私たち夫婦がモンマルトルのカフェに座っていると、ダブリン出身の男性が夫に気づき、話しかけてきたことがあった。彼はアイルランド対フランスのサッカーの試合に出場するためにパリにやって来たのだった。ちなみにフランスチームは、私たちの友人であるアベル・シュヴァレーがかつて育成したチームの一つだった。その男性は、多くの市井のダブリナーたちと同様に、『ユリシーズ』に夢中になっていたが、文学的な教養を一切ひけらかすことのない人物だった。すぐに私たちは、この男性をジョイスは気に入るだろうと考え、電話をかけて彼を家に連れて行ってよいか尋ねた。日曜日で、家族の者達はどこかに外出しており、ジョイスはひとりアパルトマンにいた。彼はすっかり興奮して、「すぐにその人を連れて来て欲しい」と言ってきたので、ダブリンから来たその男性は少しばかり躊躇《ためら》いはしたものの、喜んでその申し出を受け入れた。ジョイスの興味を特に引いたのは、この客はダブリンの、古くからあるガラス職人の一家、ピュー家の出身だったことで、奇しくもジョイスは『フィネガンズ・ウェイク』の中で一家にゆかりの品を描いていた——注意深い読者であればその存在に気づくであろう。[026] 彼は客人に『ユリシーズ』を手渡し、労働者階級が住むダブリンの一角、クーム地区[027]のアクセントで、一つの章を朗読して欲しいと頼んだ。その朗読はジョイスを魅了した。この人物がこれまで何度も『ユリシーズ』を声に出して読んでいたことは一目瞭然で、特にこの挿話を味わうために必要な労働者階級のアクセントを、彼は完璧に再現することができたのである。ジョイスは明らかに大喜びしていたが、それは、目の前で、特に文学的素養があるわけではない一般の読者が、『ユリシーズ』を一種の国民文学の傑作として受け止めていることを実感できたからである。あるとき、どんな場所に住みたいかと尋ねられたジョイスは、「五十万くらいの人口で、女性の名前を冠した川のそばに築かれた古い都市がいい」と意味ありげに答えたのを思い出す。私が「それに加えて、中庭のある城[028]、もっと言えば、悪党どもが建てた城とそこにまつわる悪党の歴史があればなおよい、ということかしら」と言うと、彼は頷いた。

しかし、いつかダブリンで己の業績が広く認められるはずだというジョイスの希望は、遂に実現しなかった。私たちの時代に、バーナード・ショーを除いて、国から認められたアイルランドの作家は誰もいなかった。ショーの場合も、かなり老齢になってから、しかも彼が政府を賞賛する手紙を書いた後のことだった。イェイツは上院議員になったが、それは彼が生涯にわたり、文化的ナショナリズムの運動に関わっていたからである。

ジョイスは名声を得るために多くの犠牲を払った孤独な男だった。もしも彼が名声を手にすることができなかったとしたら、おそらくもっと惨めなことになっていただろう。実際、彼は有名になり、世間から注目されること自体を大いに楽しんでいた。他の著名人がそうであるように、彼は執拗な嫉妬や悪意の対象となったし、私生活を詮索され、誤解されることもあった。ジョイスが親切に手厚く歓待した人物が、のちに未だかつて目にしたことのないような悪意に満ちた言葉で彼を罵る文章を書いたこともあった。しかもそれはジョイス本人だけでなく、彼の家族や友人にも向けられたものだった。どうしてそのようなものが発表されたのか、私は今もってよくわからない。私たち夫婦は、何年もの間、その文章がジョイスの目に触れないようにしていたが、彼はとうとうその文章のことを聞きつけてしまい、実物を読むと言って聞かなかった。自分だけでなく、家族に対しても向けられたその侮辱に、彼は大層深く傷ついた。またあるときは、ジョイスの単純な依頼に対し、信じられないほど攻撃的で無礼な文言に満ちた手紙が返ってくることもあった。ジョイスには、明らかに被害妄想の傾向があったが、現実に不当な攻撃を受けていたことを考えると、当然のことかもしれない。それでも、ジョイスには心を許せる多くの友人たちがいたが、それは彼自身が信頼に足る友人であり、アパートやメイドや医者の探し方とか、旅行の計画の立て方、適当なホテルの見つけ方などといった、身近な困り事について、自ら進んで手助けすることを厭わなかったからである。そのような配慮を常に怠《おこた》らなかったし、友人で体調が優れない者がいれば、何か手伝えることはないかと親切に申し出るだけなく、見舞いのワインを何本も送り届けるのだった。私たちがパリに住んでいたときには、彼は毎日のように電話をかけてきては、元気かどうか、何か困ったことはないかと尋ねてくれた。一方、ジョイス自身も、友人達に常に気にかけてもらい、あらゆる類いの援助を受ける必要があった。当時彼は失明寸前で、『フィネガンズ・ウェイク』の執筆では大いに助けを必要とした。編集作業の手伝いだけでなく、出典が曖昧なときには必要な文献を代理で読んでもらわねばならなかったのだ。ありとあらゆる種類の書物、『千一夜物語』に始まり、かつてのダブリンの住所録や紳士録、ヴィーコ[029]の著作や、歴史的偉人についての、ロマンティックな物語を書いたE・バリントン[030]のような女性作家の作品までが調べられた。バリントンの著作の一つは、私の遠い親戚についての物語だったこともあって、特にジョイスの興味を引いたことを鮮明に覚えている。その家族の伝統がいかなるものであったか、彼は実に事細かく私に質問をした。ちょうどそのとき、彼は『フィネガンズ・ウェイク』の構成にこのような要素を盛り込んでいたところだったのだ。

ジョイスの友人であるユージーン・ジョラス[031]が指摘したように、『フィネガンズ・ウェイク』は結局のところ、ほとんど共同執筆された作品であると言えるだろう。その細部に至るまで、実に多くの友人がジョイスを手伝った。もちろん言うまでもなく、原型を形作り、その材料を繋ぎ合わせ、作品に創造的な力を注ぎ込んだのはジョイス自身である。彼の作品について多くを書いたスチュアート・ギルバート[032]は、常に根気よく、ジョイスを支え続けた。私の夫も、ジョイスがパリにいるときは彼の執筆を手伝った。ダブリンをめぐる情報について、夫に対するジョイスの要求は大きかった。かつてそこに住んでいた人間だからこそ知り得るダブリンの歴史、人物、そして地誌を彼は作品に組み込もうとしていたからである。ジョイスのアパルトマンはロビアック地区にあったが、書斎の机上には、キャンティの白ワインの瓶が置かれ、床の上には様々な本やノートが山のように積まれていた。その近くには蓄音機もあった。このような品々に囲まれて、ジョイスは友人達と共に仕事に打ち込んだ。作家を手伝った者たちが読み上げた資料の分量は、彼が書き進めるにつれてどんどん増えてゆき、ノートはメモで埋め尽くされていったが、たいていの場合、それらの集積はほんの一行、あるいは一つのパラグラフに凝縮された。作家以外でジョイスの最大の支援者だったのはシルヴィア・ビーチで、彼女は、友人のアドリエンヌ・モニエと共に、『ユリシーズ』を世に送り出した人物である。『ユリシーズ』の出版は、利益を顧みない勇敢な試みだった。ビーチとモニエは『ユリシーズ』がどのような本なのかよく理解していたという点で、間違いなく、優れた批評家だったと言えよう。最終的に作家が得た名声の一部は、彼女たちのものでもあったのだ。

ジョイスは彼女たちに対してあまりにも多くを求め過ぎていたように思う。とりわけ、ミス・ビーチに対しては、友人であったとは言え、わがままが過ぎた。しかもジョイスは自分の要求が度を超えていることに全く気づいていなかった。ビーチのためを思い、ふたりを引き離そうとする者たちが当時、常に二、三人はいたのも事実である。ただジョイスは、家庭生活において世の男性たちよりも多くのことをこなさなければならなかった。彼が天才であることは言うまでもないが、家族の中で実務的な才を持っているのは彼だけだったのである。生活してゆく上での細々したことを調整し、ありとあらゆる手紙を書き、アパルトマンの契約を行い、休暇の計画を立て、家族が病気になれば医者に連れて行く――こういったことはすべて彼の仕事で、他の家族は全く役に立たなかった。ジョイスの家族は、彼が書いたものを少しでも読んだことがあるのだろうかと思う。あるとき、ジョイスが家族の者達に、アイルランド特有のユーモアの例をどこで見つけることができるか質問したとき、彼は『ユリシーズ』の中にある多くの好例を家族が見つけ出してくれることを密かに期待していたと言う。しかし、結局、家族の誰一人として彼の作品の内容を全く知らないということに気づかされたと、実に面白がって語ってくれた。とはいえ、ジョイスは家族を献身的に愛したし、一九二〇年代後半までは一家は固い絆で結ばれていた。

ジョイスの息子は美しいアメリカ人の女性と結婚した。彼女は自分の資産を持っていたばかりでなく、ジョイスが待望していたもの、すなわち初孫を彼に与えることになった。その男児は、『肖像』の主人公の名前と、ジョイス自身の名前を合わせ、スティーヴン・ジェイムズ・ジョイスと命名された。ジョイスの息子、ジョルジオは無宗教で、ユダヤ系アメリカ人である彼の妻も無宗教であったが、息子が生まれると夫妻は周囲のフランス人の生活様式に合わせるべきであると考え、息子にカトリック教会の洗礼を受けさせることになった。

赤ん坊の父親も母親もカトリックの儀式に全く馴染み

がないという点で、それは実に奇妙な儀式だった。夫と私は代父と代母の役目を頼まれたが、赤ん坊の祖父は洗礼式について一切知らされなかった。教会の秘蹟の一つである洗礼を、ジョイスが認めない可能性が懸念されたのである。私は夫に洗礼式での質問に対し、フランス語でどのように答えたらよいか丁寧に教えておいたのであるが、夫のフランス語能力はイェイツと同様、かなり頼りないものだったため、「棄てます」と「受け取ります」と言うべき箇所を混同し、「はい」と「いいえ」で答える箇所も混同してしまった。そのため、司祭から「悪魔とその栄華とその業を棄てますか?」という形式通りの質問をされたとき、洗礼を受ける子どもの代わりに答える役割の夫は、即座に「いいえ」と言ってしまったのである。というわけで、スティーヴン・ジョイスはキリスト教徒なのか、異教徒なのか、あるいはマニ教徒なのか、今日なお私は確信が持てない。夫の失敗の他に、私も重要な場面で「使徒信条」の一文を忘れてしまった。極め付けは、順調に式を執り行っていた司祭が、「こちらのお子さんは、あの著名な作家、ムシュー・ジェイムズ・ジョイスの息子さんなのですね?」とにこやかに尋ね、式を締めくくろうとしたことである。私たちはすっかり狼狽してしまった。この洗礼式の様子が新聞に掲載され、ジョイスからひどく叱り付けられるのではないかと恐れたのだ。この当時、ジョイスはあらゆる宗教には一種の優雅で伝統的な象徴性が宿っており、正しく儀式が行われないと、一種の黒魔術のような力が発揮されると信じていた。しかし、彼がこの洗礼式について知ることになるのは、数年後、しかも私自身がうっかりその話をしてしまったときのことである。いずれにしても、その頃にはもう、宗教の問題は彼にとって重要なことではなくなっていた。既に彼の心は別の問題に向けられていたからである。

孫が生まれたことで、ジョイスの士気は大いに高まった。父親を亡くしたばかりの彼にとって、血筋を受け継ぐ後継者を得たことは喜ばしいことだった。その子が生まれたとき、私たちはニューヨークに数週間滞在していた。一九三二年初頭のことで、夫は幾つかの講演を抱え、西に東に飛び回っていた。そんな折に、スティーヴン・ジェイムズ・ジョイスの誕生を知らせる電報が届いたのである。ジョイスの父は一九三一年の年末に亡くなっており、作家は初孫の誕生を祝うと共に、父の死を悼む一篇の詩を書いた。彼はニューヨークにいる私たちに、その詩を郵送してくれた。夫の紹介によって、その詩は『ニュー・パブリック』誌に掲載されることになったが、驚いたことに、その前に掲載を断った出版社が数社もあった。一般の人々は、有名作家であれば、書いた物は何でも簡単に出版できると誤解しがちだが、実際には何度も断られることはよくあることだ。あるとき、私はジョイスの代わりに、懇意にしているアメリカの出版社に手紙を書いて、ジョイスのアンソロジーの出版を打診したことがある。かなりの部数が継続的に売れるはずだと思ったのだ。しかし、驚くような内容の返事が送られてきた。猥雑《リスキー》な表現を含む文章がなければジョイスのアンソロジーとはいえないし、かといってそれでは検閲に引っかかり訴えられる恐れがあるから出版できないと言うのである。このように、ジョイスの猥雑な表現を削除して出版された可能性もあった。しかし実際には、大西洋の反対側のヨーロッパで検閲を受けることなく出版されてきた他の作品と比べたとき、ジョイスの文章は決して猥雑であるとは言えないものだった。次に打診した出版社の男性は、その手のアンソロジーは売れないので、前金を二百五十ドルだけ支払うという条件で、危険を冒してもいいと言ってきた。第一の出版社の返事以上に、ジョイスがこの返事に激怒したことは言うまでもない。彼は即座に断りの電報をよこした。三番目の出版社の返答は、「今更ジョイスの流行に乗るのも遅すぎるのではないかと思われます」とのことだった。時々私は、文学に対する出版関係者の理解の程度は、その昔英国で近所の子どもを自宅に招いて読み書きを教えていたような一婦人にも劣るのではないかと思うことがある。数年後、ランダム・ハウス社が『ユリシーズ』を米国で出版し、大成功を収めることになるのだが、彼らが出版に踏み切れたのも、裁判所でその本がポルノではないという判決が出された後のことだった。

アメリカでの『ユリシーズ』の成功が、のちに『フィネガンズ・ウェイク』の売り上げに貢献したことは間違いないが、この作品が完成する数年前にジョイスはアメリカの出版社から出版の打診をいくつか受けていた。『フィネガンズ・ウェイク』のテクストは、重層的で難解なものだった上に、出版社の編集者に多少の文学的素養があったとしても、作品の全容を明らかにするだけの時間をかけることはできなかったはずだということを考えると、それは実に破格のオファーだった。それは『フィネガンズ・ウェイク』が完成[033]する遥か以前の一九三一年の夏にさかのぼる。ロンドンでその夏を過ごしていたジョイスは、アメリカの出版社から実に三千ドル以上の前金を提示されたのである。その報酬には、本が出版された時点で、何冊かの本に自筆のサインをすることも含まれていた。さらにロンドンでは、四千ポンドの執筆料が提示された。これらの経緯をすべて、ジョイスはパリにいた夫と私に手紙で書き送ってきたが、彼によると、関心を示した出版社の誰も「その本の内容を一切」わかっていないということだった。彼がニューヨークでの『ユリシーズ』の出版の打診を複数受けたのは、その翌年のことである。それまで合衆国では、著作権を侵害した海賊版しか手に入らなかったことは、はっきりと記憶にある。シルヴィア・ビーチの書店から出された版を基に、写真を使って違法に印刷された海賊版に対して、強い憤りを感じていたジョイスは、数人の有名作家と共に、抗議文書に署名をした。これが功を奏し、それ以後海賊版の売り上げは減ったようである。

3

同じ年の三月十七日、聖パトリックデイに、シルヴィア・ビーチとアドリエンヌ・モニエはジョイスの友人をすべて呼び集め、レストランでのディナーを主催した。このときのジョイスの行動が、ビーチとモニエを傷つけ、結果的に彼らの間に深い溝を作るきっかけとなったのではないかと常々私は考えている。ゲストはそれぞれ自分の食事代を支払い、ランソンやポメリーの高級シャンパンを注文した。しかし、ジョイス本人に対しては、事前に本人にどのような食事を注文したいかという相談がなされていなかったのである。私たち全員が着席すると、自分で自分の料理を選びたかったと言うジョイスに、ウェイターがレンズ豆の前菜を運んできた。確かに、食通のジョイスがレンズ豆の前菜はおろか、スープですら飲んでいるところを私は見たことがなかった。私たちはこのときの彼のわがままを最大限好意的に解釈し、ジョイスはおそらく食べるものにもシンボリックな意味を求めていたのだろうと考えた[034]。確かに彼は「照応関係」に対して知的にも霊的《サイキカル》にも、頑なまでに忠実だった[035]。とはいえ、私の席に近いゲストの一人は、ジョイスのこの振る舞いはあまりにも偏屈な態度であると考え、この夕食会を主催した二人の女性に心から同情していた。このときの出来事を「照応関係」と呼べるかどうか定かではないが、ヒトラーが占星術の導きに従ったと言われているように、ジョイスもまた、象徴的な「照応関係」の導きに従っていた。そしてその頃、特に彼が強い関心を持って発展させようとしていた「照応関係」の一つが、作家のジェイムズ・スティーヴンズとの関係だった。

　私たちは二人が互いに交友を深めることを望んでいたが、当時スティーヴンズは人と会うことに積極的でなかった。しかし、私たちがディナーを計画していたとき、運良くスティーヴンズはロンドンに用事でやって来ることになった。彼の妻シンシアも、私たちや友人たちと一緒になって、ジョイスとスティーヴンズを結びつける企てに加わり、ジョイスを自分たちが借りていたアパートに招待することにした。当時ほとんど目が見えなくなっていたジョイスが、一体どうやって当時ロンドンにあったスティーヴンズ夫妻の借宿の階段を上ることができたのか、私には未だに謎である。しかし、実際にジョイスはちゃんと階段を上り、手土産のスイスワインを六本持参したのである。ジョイスはすぐにジェイムズ・スティーヴンズと親しい友人になり、スティーヴンズほど愉快で心強い友人はいないというまでになった。しかし、このときジョイスが見出した「照応関係」に対し、私は大いに疑問を感じていた。私は、自分が周りにいる大方の男性よりも現実的で論理的な考え方をする人間だと自認しており、鳥が蛇を恐れるように、自己欺瞞を厭わしく思っていたからである。ジョイスによると、彼とスティーヴンズは二月二日という同じ日に誕生したというが、これは事実かもしれない。ただ、二人が同じ年に生まれ、まったくの同い齢であるという点については、大いに疑わしい。男性も少なくとも女性と同じ程度には、頻繁に年齢を偽るようであるが、ジョイスとスティーヴンズの二人とも、もしくは、どちらか一人は、年齢を偽っていたのではないかと、私は今でも、少々気持ちが沈んでしまう[036]。ジョイスが見出した第二の「照応関係」は、スティーヴンズのファースト・ネーム、ジェイムズが自分のものと同じであり、スティーヴンズも最後のｓを除けば、『肖像』と『ユリシーズ』の主人公の名前と同じだという点である。さらに、両者には共に二人の子ども、息子と娘がいた。ジョイスは大真面目にこれらのことを説明し、この説を補強するかのように、ボードレールの詩「照応《コレスポンダンス》」[037]を朗読したこともあった。

一方、私の夫のような古くからのダブリンの友人たちに対して、ジョイスは何らかの「照応関係」を求める必要はなかったことに私は気がついた。私との関係では、「照応関係」などというのは表面的なことにすぎず、私たちが実際に同じような教育を受け、同じような外国語を学び、それらの文法事項や教科書を勉強し、そして近代語や文学で学位を取ったということの方が重要だった。ジョイスも私も優秀な成績を取ることには関心はなかったが、確かに、広範囲にわたる同時代の文学運動には大いに関心を持っていた。ジョイスは常々、優等賞を独占するような学生たちを冷ややかな眼差しで見ていたが、ダブリンを出てから何年も経ったのちも、このような試験結果について、皮肉な関心を抱き続けないではいられなかったようである。しかし、ジョイスと私は同じような教育を受けたものの、それぞれが教育から受けた影響は全く異なっていたため、二人の間の「照応関係」などというものは、痕跡すらたどれないようなものだったのである。少なくとも私は諸言語の起源や言語学の発展、古い時代の各言語の文法などにはほとんど関心を持てなかったのに対し、それらはまさにジョイスの関心事に他ならなかった。彼は、古英語に始まり、ダンテ以前のイタリア語、ルター以前のドイツ語、最古のフランス語文書と称される「ストラスブールの誓約書」[038]に至るまで、実に多くの文章から数パラグラフ、時には数ページも暗記していた。彼が主催したパーティーで、彼が唄を歌う気分でないときは、文法の授業で暗唱した韻文をどちらが多く覚えているか競争しようと持ちかけてきたこともあった。それらは、戯《たわむ》れ歌のようなもので、私たち学生が文法や語形変化、あるいは名詞の性を記憶するのに使われたものだった。なぜジョイスがそのような文言を繰り返すことに強い喜びを覚えたか、私はあまり興味がないが、彼の作品を大真面目に解釈したい研究者にとっては、何か役に立つ点もあるに違いない。例えば、「ネモのこと、他の誰にも、見せないで、〈の〉はネミニスで、〈から〉はネミネよ」[039]とか、「次の語は、男性・女性、どちらでも、同じ形の、名詞です／芸術家さんに、職人さん／お客に、詩人に、外国人／証人、市民に、住民などなど」[040]といったものである。私がここで強調したいのは、アメリカでは印刷物でもラジオでも、ジョイスが聖職者になるための教育を受けたとまことしやかに語られるのだが、実際にはそのようなことはないのである。彼はアイルランドの中産階級、あるいは知的職業階級の子弟として、あくまで一般的な中等教育と高等教育を受けただけであり、大学への進学は、確か代父《ゴッド・ファーザー》の援助によって行われたのだと思う。[041] しばしばジョイスの博識ぶりが強調されることがあるが、それは学校や大学で皆が学んだことを、ジョイスが驚異的な記憶力で、大量かつ正確に覚えているだけのことなのだ。私も多くの学友よりは記憶力がよいという自負はあるが、あらゆる事柄の詳細を極めて正確に、即座に思い出すことのできるジョイスの能力に比べれば、足下にも及ばない。同時に、どうしても考えずにはいられないのは、ジョイスが徹底的に調査し、些細な点にもこだわりすぎたことで、『フィネガンズ・ウェイク』の完成が遅れたのではないかという点である。ジョイスの熱狂的な支持者ですら、やはりあの作品は技巧を凝らし過ぎだと認めるに違いない。

　レンズ豆での一件以上に、もはや冗談の域を超えて、私をうんざりさせた、ジョイスの天邪鬼な性格を物語るエピソードがある。多くの読者によく知られているように、彼は精神分析による発見に強い関心があった。意識の流れや自由連想法などは、実際、心理学者たちが新たに突き止め、明らかにしたことである。第一次世界大戦以前にはフロイトが活躍していたオーストリアに、大戦中はC・G・ユング博士が活動の本拠地としていたチューリッヒに暮らしていたジョイスは、他の国に住む多くの人々よりも早い段階で精神分析について深く知る機会があった。彼の驚くべきあの精神、創造的であると共に貪欲に何でも吸収しようとする彼の精神にとって、心理学が新たに発見した多くのことに無関心でいることは不可能だった。また、シカゴ在住で、ユング博士の支援者だったミセス・マコーミック[042]は、『ユリシーズ』を執筆していたときのジョイスにも、一時の間、支援をしていた。ジョイスは精神分析の知見を『肖像』に応用し始め、『ユリシーズ』から『フィネガンズ・ウェイク』へとその度合いは益々強まっていった。『ユリシーズ』の最後の挿話のミセス・ブルームの独白は、実際に精神分析で使われる技法を応用したものと、素朴に考えることもできる。彼女はベッドの上で、一切の論理的な要請を無視して、徒然なるままに思考を巡らせるのだ。『ユリシーズ』や『フィネガンズ・ウェイク』において、重要な「内的独白」の手法をどのように発見したのかと、情報の提供を執拗に迫る質問者たちに対し、ジョイスの少々へそ曲がりで悪戯好きの側面が頭をもたげた結果、彼は思いつきの話をでっちあげた。ジョイスは、フランスの老作家エドゥアール・デュジャルダン[043]の名前を引き合いに出したのである。ジョージ・ムアがよくこの作家の話をしていたこともあって、ダブリンにいたときから既に私たちは彼の名を聞いていた。『もう森へなんか行かない』という小説では、幾つかの独白の手法が使われていた。ある集まりで、質問を受けたジョイスは、何でも真に受けてしまう数名の読者に対して、内的独白というアイディアはすべてデュジャルダンから得たと説明した。このように少し語るだけで、多くの人を欺くことのできたジョイスは、この逸話にさらに尾鰭《おひれ》をつけてゆき、それは『ユリシーズ』の一節に匹敵するほどの創造になった。デュジャルダン自身はこのことを大層喜んだ。三十年近く世間から忘れられていた彼にしてみれば、偉大なるモダニズム文学の著者が自分から多大なる恩恵を受けていると認めたわけだから無理もない。出版社は『もう森へなんか行かない』の新版を出し、デュジャルダンはジョイスに、あなたのおかげで自分は再び世間から注目されるようになったと述べ、その本に次のような一文を記してジョイスに贈った――「あなたは私に言った、『蘇れ、ラザロよ』と。」薔薇の花のように再び咲き誇った、その老紳士は、ジョイスと同席したときに至福の表情でこの後輩作家に熱い視線を向けていた。

　私自身、ある程度はこのエピソードを楽しんではいた。あるとき、言語の起源と発展を研究していたジュッス神父[044]の講義に、ジョイスが連れて行ってくれたことがあった。講義が行われた建物からカフェに向かって私たちが歩いていると、ある若いアメリカ人の男性が遠慮がちに話しかけてきて、ほんの二、三分でいいからご一緒できないかと言ってきた。彼は大学講師で、『ユリシーズ』で実践された文学的手法の創造について、ジョイスにどうしても話を聞きたかったようである。このときもまた、ジョイスはデュジャルダンから受けた影響について長々と話し始めた。特にこのときは、カフェで何杯かアルコールを飲んでいた影響で、ジョイスが実に雄弁だったため、その若者はノートを取り出し、すさまじい勢いでジョイスの話を書き込んでいった。彼が学生に向かってこのことを大真面目に話す光景がありありと目に浮かび、私はなんともいたたまれない気持ちになってきた。そこでその若者が去ったあとで、私はジョイスに言ってみた。「こんなふうにして人を騙して、そんなに楽しいんですか？　一体どうしてフロイトやユングからの影響をお認めにならないの？　あのような偉大な二人からの影響を認めない代わりに、あなたはあんな……」彼はそこで私を制した。怒りで、彼はだんだん気色ばんだ表情を見せた。椅子に座った彼は苛立たしげに体を動かし、「知ったかぶりの女は気に入らないな」と言った。「いいえ、ジョイスさん、あなたはそんな人じゃないわ」と私は言い返した。「知的な女性はお好きでしょ。もし機会があったら私はあなたの嘘を、文章で発表するつもりですから」と続けた。しばし彼は、怒りの表情を見せたまま沈黙していたが、やがて悪戯っぽく微笑んだ。結局、その日の午後は楽しい時間を過ごすことができた。その後彼が、デュジャルダンについての逸話を公に語ることはなかったと思う。

　それからしばらくして、ジョイスは彼の女性の友人たちについて、また彼女たちの干渉について数篇の詩を書いた。そして、いかにも嬉しくてたまらない様子で、私に朗読して聞かせた。作品自体は短く、私はそのすべてを暗記しているわけではないが、多くのジョイス・ファンには興味を持っていただけるのではないだろうか。こんな一節があった。

ジョイス・セイント・ジェイムズさんのお家に行く
　途中
派手な格好をした七人の婦人に会った
皆が皆、帽子の中に蜂を一匹飼っていた[045]
鐘楼から来た蝙蝠たちがその帽子を寝座《ねぐら》にする
あらあら、かわいそうなジョイス・セイント・ジェ
　イムズ、と私は言った

この手に負えないご婦人方をどう扱ったらいいのでしょう？
かわいそうな聖《セイント》ジェイムズ・ジョイス

当時の彼は幸福と言っていい日々を過ごしていた。だが、初孫の誕生から数カ月後に、不運の一撃が彼を襲った。不幸な出来事は時に何の予兆もなく起こるものだとはいえ、この場合にはおそらく何らかの兆候があったはずだ。しかしジョイス夫妻はそれに気づくことができなかった。ジョイス一家は前年にならって、一九三二年の夏をイングランドで過ごす予定だった。しかし、いざパリで列車に乗ろうとする直前になって、娘のルチアがヒステリーと思われる突然の発作を起こし、イングランドだけでなく、どこにも行きたくないと言い出したのである。彼らは急いで列車から荷物を下ろし、混乱状態でホテルに向かった。この段階で精神科医を呼んでおくべきだったのだが、誰もそのことを思いつかなかった。私自身も、精神疾患については多少学んだことがあったし、パリの聖アンヌ病院で授業を受けたにもかかわらず、全く気がつかなかった。いろいろな事情が複雑に絡まり、ルチアの病気は進行してしまったようだ。彼女はある若い男性[046]に恋したが、彼はその恋心に気づくことはなかった。その後別の男性と婚約したことで、彼女の人生は、心と体の不一致に苦しむことになる。父親のジョイスにも責任はあった。目がほとんど見えなくなったことに加え、創作のために費やす時間が増えたため、子どもたちが日々の生活で何を求めているのか気づいてやれなくなっていた。息子ジョルジオは結婚できたが、娘のルチアは若い人たちと交流する機会さえ持てなかった。実際、パリの外国人の家庭では、子どもにそのような機会を与えることは難しかった。同時に、作品の執筆時間を除けば、ジョイスが夢中になっていたのは、当時パリのオペラ座にいた歌手のジョン・サリヴァン[047]であった。心の内に歌いたいという想いを抱えていたジョイスは、自分と同様に祖国アイルランドを捨てた亡命者サリヴァンと自身を重ね合わせたのだろう。ジョイスは、ロンドンのロイヤル・オペラ・ハウスやニューヨークのメトロポリタン歌劇場に彼を出演させたいと考え、このテナー歌手の代わりに宣伝活動を行った。これがジョイスの心の大半を占めていたのである。サリヴァンはオペラ監督たちから軽んじられているとジョイスは信じて疑わず、しばらくの間、このような状況を打破すること以外は念頭になかったようだ。実際にルチアが神経衰弱になるまで、ジョイスは娘の生活に何が起こっていたかほとんど把握していなかった。

ルチアに持参金を持たせ、伝統的なフランスのやり方で彼女が結婚できるようにしたらどうだろうかと私はジョイスに提案した。彼はこの案に賛成し、その方向でいろいろと準備を進めた。ルチアは婚約したが、それによって精神の安定が戻ってくることはなかった。その後、彼女はしばらくの間、家を出て友人達と暮らし始めた。しかし、後に起きる症状の兆候とも思われる、制御できない発作に襲われ、その家を離れることになった。次に彼女は父親に向かって、私たち夫婦と一緒に暮らしたいと言ったのだという。当時、たまたま私たちの家には空いている部屋がたくさんあった。仮になかったとしても、我が家にやって来て娘とソファーに座っているときのジョイスのあの不幸のどん底にいるかのような顔を見たならば、私であれ誰であれ援助を断ることなどできなかっただろう。喜んで受け入れることを告げると、ジョイスの顔は一気に明るくなった。ただし、一、二週間後には私の大きな手術が控えていたので、ルチアが私たちの家に滞在する期間はそれほど長くはないということが私にはわかっていた。

ルチアが病院に行くことを頑なに拒んだため、ジョイスは精神科医を一人雇い、毎朝私たちのアパルトマンに通って来させた。ルチアは、彼が私の担当医だと思い込み、私の助けになるならばと、彼の話に耳を傾けた。毎朝私たちはソファーに一緒に座り、その精神科医の問いかけに対し、時には私が答え、時には彼女が答えた。ルチアは彼女なりに私の症状——倦怠や貧血など——について説明し、私は彼女に気づかれないように彼女の症状を説明した。時々、適当に言い訳をして、私は席を外し、二人だけで会話を続けられるようにした。正直に言って、私自身このやり方がうまくいくとは思っていなかった。事実、このようなやり取りがしばらく続いたあとで、ルチアの病状は私たちの誰も予想していなかったほどにまで悪化してしまった。彼女の感情は深く混乱し、それを元に戻すためには、長い時間手厚い治療をすることが必要だと思われた。今日のアメリカで行われているような類いのセラピーが適していたのだろうが、当時フランスにはそのような療法は存在しなかった。もし私に手術を受ける予定がなく、ずっと彼女のそばにいることができたなら、その精神を正常な状態に戻すことだってできたのかもしれないと考えたこともある。愛情と気遣いに満ちた新しい環境が与えられたとしたら、彼女は元気になっていたはずだ。私たちがそのような場所を作ろうとしていたことを、ルチア自身も信じてくれていた。

ルチアの兄ジョルジオと一緒に、行き先を告げることなく、私は彼女をサナトリウムまで連れて行った。人生の中でこのときほど、いたたまれない気持ちになったことはない。自分を信用してくれている人を裏切ろうとしていたのだ。しかし医者の指示に従わないわけにはいかなかったし、他にできることは思いつかなかった。私たちがサナトリウムの院長のオフィスに入り、彼が私に向かって話し始めたときにルチアが私に見せた、あの驚きと哀願するような表情を私は決して忘れることはないだろう。それから院長に案内され、ルチアと私は階段を上り、指定された部屋に入ると、彼女と同じくらいの歳の、とても感じのよさそうな看護師が出迎えてくれた。ルチアは彼女をすぐに気に入ったようだった。考えてみれば、ルチアには女友達を作る機会がこれまでほとんどなかったのだ。その若い看護師はルチアをくつろがせ、これからは私がずっと一緒にいますからね、と部屋の二台のベッドを指さして言った。この出会いのおかげで、私が危惧していたようなつらい別れにはならなかった。

数カ月前に父親を亡くしていたジョイスは孤独だった。それもあってルチアに関する一連の出来事は、悲劇以外の何ものでもなかった。『肖像』や『ユリシーズ』で描かれるあのどうしようもない父親、サイモン・デダラスのことを考えると私にはいささか奇妙に思えるのではあるが、ジョイスは父親に対して強い愛情を抱き、父に多くを負っていると考えていた。『ユリシーズ』に登場する多くの人物は父親の友人たちがモデルで、彼らを近くでつぶさに観察し、会話をノートに取ったとジョイスはよく語ったものだ。これら二つの悲劇は彼の人生をすっかり変えてしまったと思う。ジョイスがまもなく五十歳の誕生日を迎えようとしていた頃のことである。

ルチアがサナトリウムに入り、私が手術のためにフランスの小さな病院に入院するまでの間、ジョイスは家でじっとしていられず、今思えば娘の精神状態にもっと早く気づいていれば、という自責の念もあったのだろうが、毎日のように私たちのアパルトマンにやって来た。我が家に親しみを感じていたことに加え、私たちがジョイスの友人であるユージーン・ジョラス夫妻から借りていたグランド・ピアノが目的だったようだ。何かつらいことがあると、ジョイスは歌うことに慰めを見出した。彼の歌はどれももの悲しいものだった。以前に私たちが彼の歌う姿を目にしたのは、パーティーのときのみで、そのときはサリヴァンやマリア・ジョラスも歌っていた。しかしこのときのジョイスは、我が家に来るなりピアノの前に座り、まるで彼がこの部屋にひとりきりで、彼の歌を聴いている者は一人もいないかのように、歌い始めるのだった。彼には、ジョン・マッコーマックのような声量はなかったが——ジョイスとマッコーマックは、その昔、同じ音楽コンクールで競い合ったが、優勝したのはマッコーマックだった——感情の表現ということに関して言えば、私はジョイス以上に優れた歌い手を知らない。多くの芸術に精通し、そこで描かれる人間模様を知り尽くした彼から発せられるその声は本当に印象的で、私がそれまで耳にしたグランドオペラのどのテナー歌手よりも見事だった。彼は様々な言語で歌ったが、その多くはラブ・ソングだった。日頃から彼がロマンティックな恋愛に関わる感情について辛辣な意見を持っていたことを考えると、それは奇妙なことのように思われた。「人々が愛などと呼ぶものは、所詮若さ故の本能の誘惑に過ぎない」と彼はいつも喧嘩腰に語っていたからだ。私はソファーに座って、彼が歌うイタリア語やフランス語の唄を聞いた。そして彼が「ブラウン・エール《甘口の黒ビール》とイエロー・エールのバラッド」を歌い始めたとき、私はこれほど謎めいた声を耳にしたことはないように感じた。

おお、ブラウン・エールとイエロー・エール
僕はろくでもない男に出会った
そいつは言う——一年と一日、一年と一日の間でい
い
君の愛しい人を僕に貸してくれないか？
おお、ブラウン・エールとイエロー・エール

ブラウン・エールとイエロー・エール！
　それから彼は、イェイツの詩に自分で節をつけて歌った。

ファーガスと共に駆り行くのは誰か？
幾重にも重なる暗い森の影を抜けて
……
これ以上顔を背け、苦い愛の謎について
思い悩むな
ファーガスならば、真鍮の車を操り、
森の影を全て己のものとし、
ほの暗い海に立つ白波も、
散り散りに彷徨う星々も、全て支配する[048]

　それは、強い感情が込められた声だった。そこには、ジョイスが送ることのなかった人生、本に書き記すことのなかった人生への渇望が、重層的な音となって響き合っていた。これを聞けば、彼の広大な精神の一部は、音楽でしか表現され得ないこと、作家ではなく音楽家になっていたならば表現し得た領域があるということに気づくはずだ。そしてジョイスはピアノから離れると、娘について話すのだった。今や、彼女の将来のことが、一瞬でもジョイスの心から離れることはなかった。
　翌年の冬、短い時間ではあったがルチアがサナトリウムから出られるときがあり、私たちはニースで、例の看護師に付き添われた彼女と会うことができた。しかし彼女はすぐに施設に戻らなければならなかった。第二次世界大戦中、ルチアのいたサナトリウムが建つフランスの地方は、ドイツの占領下にあった。それでも、私たちは彼女からの便りが途絶えないようにすることができた。ルチアには、すばらしい芸術的な才能があった。チョーサーが聖母マリアに捧げた詩[049]の出版にあたり、ルチアがデザインした飾り文字の見事な出来映えに、多くの人が注目した。好意的な評価の中には、『新フランス評論』[050]の編集者によって書かれた文章もあり、ルチアのレタリングは『ケルズの書』のそれにも匹敵するということだった。

第三十四章　グッゲンハイム奨学金

様々な問題を抱えていたのは友人たちばかりでなく、私たちもいくつかの問題に直面していた。問題の一つに、出版社に打撃を与えていた大不況は、作家たちにも打撃を与えたという点があげられる。夫への月極めの支払がまず止まり、その後遅れて、しかも減額されて、やっと支払われた。私も、友人たちの問題や自分自身の問題に圧倒された結果、体調を崩すこととなったが、自宅のすぐそばにあった小さな公園に座って、すべての問題を解決するために、セーヌ川に飛び込もうかと本気で考えたことを思い出す。

それにしても、医者という職業に就く人々は、この地上で最も聖人に近い存在ではないかと思う。彼らは私利私欲なく、心から患者のために尽くしているのである。私の主治医であるテレーズ・フォンテーヌ医師は、ジョイスやヘミングウェイ[001]の主治医でもあったが、私を立ち直らせてくれた。彼女が紹介してくれた外科医のベルジュレ医師も、他のフランスの友人たちと同様にすばらしい人物だった。この経験以来、ひどい病気にかかるのだとしたら、世界中のどこよりもフランスがいいと思うようになった。緊急事態に直面したとき、フランス人ほど親切な人々はいないのである。

しかし、こうした問題が降りかかるまでは、私はグッゲンハイム奨学金の仕事に懸命に取り組んでいた。執筆に取りかかると言うよりは、資料を読み、調査を進める作業である。本当の意味での文芸批評家になろうと決意し、自分が考えるような類いの本を執筆したいなら、もっと勉強しなければならないという自覚があった。率直に言うと、私と出版契約を結んだ出版社はどこも、文芸批評として通用する文学的エッセイを集めた本や、いわゆる現代文学史の類いでも、充分に満足したことだろう。しかし、自宅やフランスの国立図書館《ビブリオテーク・ナショナル》で毎日毎日勉強を続けるうちに、自分なりの考えがどんどん膨らんでいった。完成させることが難しいばかりでなく、自分の考えをまとめ上げ、易しく読みやすい英語で表現することは、離れ業のようなものだということを私は痛感するようになった。それでも、水準の低い仕事をするのは意味がないと心から思っていた。私が試みようとしていること以外については、著名な人々やそうでない人々によって既に書かれていたのである。それは、私自身が知り合いの作家たちにふざけて語っていたように、アリストテレス、テーヌ[002]、ドライデン[003]、そしてコールリッジらと競う道を自ら選び、邁進することに他ならなかったのだ。友人の一人が、私が成そうとしていることをヴァージニア・ウルフ[004]に話したことがあった。ウルフは皮肉を込めて、「そんなことは、後ろ脚のみで立って歩く犬のようなものだと言ってやりなさい」と言ったそうだ。それに対する私の答えは、「アメリカでなら、私を傲慢と言ったり、その手の言葉で揶揄することはまずないでしょう」というものだった。

フランスの国立図書館で勉強することは本当に楽しいことだった。しかし、その図書目録は、私が知っている限り最も複雑で、最も効率悪くできていた。一冊の本を探そうとしてもどこにあるかわからず、さらに、カウンターには、字が読めないのではないかと思わざるを得ない復員兵らしき片腕の人物が座っていて、ドイツ語の本がどこにあるかと尋ねようものなら、猛り狂ってわめきちらすのだった。あるとき、ヘルダーの『歴史哲学』を探そうとしていた私は、彼の中に潜んでいた怒りを爆発させてしまったことがあった。すると、そばに立っていた一人の男性が救いの手をさしのべてくれ、古色蒼然としてほとんど役に立たない数々の目録をどう扱ったらよいか教えてくれた。

この親切な人物とはかなり親しくなったのであるが、彼が自虐的に己を語る様子は面白かった。自分はドイツの歴史家で、非常に著名であるため、本名は明かさないと言うのである。そうしないと、パリの学者たちに取り囲まれ、インタビューを求める新聞記者たちに押しかけられてしまうらしい。図書館ではいつも同じ場所に座り、私を見かけると立ち上がって手を上げ、挨拶してくれた。同じような頃合に仕事を終えた日は、図書館近くの侘びしげなカフェの一軒に一緒に入り、アメール・ピコンかその類いのリキュールを一杯、一緒に飲むこともあった。ある時、どんな本を書こうとしているのかと尋ねてきたので、私は説明した。彼は眉をつり上げ、男性特有の少々見下すような調子で、「なぜ、あなたのような魅力的な女性が、そのような本を書きたいと思うのでしょうね。それに、そんな本を文学の領域で書くのはまず無理だと思いますよ。ところで、私は歴史の領域でそれをやり遂げました。そうした類いの唯一無二の本を書きましたよ」と言った。こうしたやりとりを夫に伝えると、「あなたはオスヴァルト・シュペングラー[005]ではないですかって、どうして言わなかったんだい？」と言った。彼が何者であれ、この人物は、私が出会った中で、絶望とは無縁の、最も聡明で卓越した知性の持ち主の一人だった。彼は様々な手助けをしてくれた。私が必要としている膨大な参考文献の数々を、全部は読まないで済ませる方法を教えてくれた。彼は驚くべきシステムを構築していた。あることを彼に伝えようと思い、最後に図書館で会う約束をしたのだが、それはかなわなかった。ルチアの入院と私自身の手術が重なったため、彼には二度と会うことはなかったのである。

夫がロンドンの出版社やＢＢＣと打ち合わせがあるときは私も同行し、大英博物館で研究を続けた。ここの図書目録は効率的にできていた。そうしたロンドンへの訪問は、旧友たちと再会するよい機会でもあった。その中で、二つの出来事が――おそらく、それ自体は些細なエピソードだと言うべきなのかもしれないが――私にとって特別な記憶として残っている。ロンドンに向けパリを出発する前に、詩をテーマにした講演の後で、講師のポール・ヴァレリーと話をする機会があった。その講演では、彼の詩をエレーヌ・ヴァカレスコ[006]が朗読した。ヴァカレスコはマダム・ド・ノアイユ[007]同様ルーマニア人だったが、母語のルーマニア語のようにフランス語を使いこなしていた。ヴァカレスコは、国際連盟の「国際知的協力委員会」[008]のメンバーの一人だった。講演の席上で、彼女はヴァレリーの非常に難解な詩を、実に印象的な方法で朗読した。それは、厳密に言うと上手な朗読ではなかったかもしれないが、私が自分一人で読んだ時には気づかなかった詩の意味とリズムを一層明らかにしたのである。講演会の後で、何人かの人々が近くのカフェに移動する際、私も一緒にどうかと誘われ連れて行かれた。ヴァレリーは、私が彼の作品をよく知っていると思ったのだろう、アメリカで自分について語られるごく少ない機会に、正確でない情報が流れるのはなぜか、また、自分について執筆する人々が作品を充分に理解できるほどにはフランス語を解していないように思われるのはなぜか説明してほしいと、私に愛想よく尋ねてきた。実はアメリカで、二人の知人の男性が、ヴァレリーについて、すべて分かっていると言わんばかりの、優越感に満ちた文章を書いていたこともあり、少し彼らをかばうつもりで、「それはフランス語を知っているかどうかという問題ではないように思います。それは、あのような詩にどのようにアプローチするかの問題のように思えます」と私は答えた。その場にいた一人で、アベル・シュヴァレーと一緒に一度会ったことのある人物が鋭い口調で言った。「おやおや、フランス語を知っていることは重要ですよ、マダム。そして、フランス文学をわかっていることが重要です。ボードレールやマラルメ（彼はその他にも、文学者の名前をいくつも挙げた）について知っている人は、ポールの詩を理解できます。アメリカ人は、フランス詩を全く理解しないのです。」

その後、ロンドンのあるパーティーで、私は一人の年輩の男性に出会った。その顔には、多くの経験が刻まれていた。一人の若者が、中央のテーブルで、うなぎに関する一篇の詩を朗読した。ヴァレリーの「蛇」をどこか連想させるものだった。驚いたことに、私の隣に座っていたこの男性は、この二つの詩が似ていることを指摘し、ヴァレリーの詩を知っているかと遠慮がちに私に聞いてきた。私は知っていると答え、ヴァレリーの講演について、またその後での彼とのやりとりについて、長々と話して聞かせた。彼は、ヴァレリーがノーベル文学賞を取る可能性について、自身の考えを披露した。彼のコメントは非常に情報に富んでおりすばらしいものだったので、一体、何者なのかと思ったが、直接尋ねるのは控えた。ニューヨークと異なり、ロンドンではそのような習慣はなかったからである。この人物は誰だろう？　現代詩に関して、この見知らぬ男性が考察を加えていないものは存在しないように思われた。

三十分ほどすると、あらゆる人々と知り合いであるレディ・オットリン・モレルが私たちの傍にやってきて、

「お二人とも、とてもお話がはずんでいらっしゃるのね。どんなことを話題になさっているのか、教えていただきたいわ」と言った。「詩についてですよ」と彼は言った。「でも私たち、お互いの名前を知りませんの」と私が言った。そこで彼女は、「アルフレッド・ダグラス卿[009]です」と紹介してくれた。突然、数々のエピソードを喚起させる名前が挙げられたため、私はすっかり動揺してしまった。若い娘だった頃、私は彼が編集した批評誌『アカデミー』の勤勉な読者であり、彼の詩も、彼の妻オリーヴ・カスタンス[010]の詩も読んでいた。後に、彼とオスカー・ワイルドとの関係についての出版物すべて、そして、彼の父であるクイーンズベリー侯爵[011]との関係、ワイルドの逮捕と裁判についても読んでいた。その他にも、ありとあらゆる関連が浮かんできた。彼の母親はアーサー・グリフィスとその新聞『シン・フェイン』の支援者だった。また、ブラック・ダグラス家やレッド・ダグラス家にまつわるダグラス家[012]のすべての歴史は、イギリス史における最もロマンティックな物語の一つでもあった。ダグラス家は元来スコットランドの名門の一つだったが、その後イングランドに組み込まれて久しい。

しかも、歴史的スキャンダルであり、フランク・ハリス[013]のワイルド伝における重要人物の一人であるアルフレッド・ダグラスが目の前にいるのである。この衝撃は、明らかに私の表情に現れていたに違いない。彼は一旦その手をさしのべてから引っ込め、コートのポケットに入れた。そして、混乱し不安げな眼差しで私を見つめた。楽しく親しい会話を交わし、互いの話を面白がり、私の話を心から笑ってくれた後で、私たちは突然の疎外感に耐えなければならないのだった。私の混乱に気づいたレディ・オットリンは、私を別の場所へ連れて行ってくれた。しかし、彼の名前を聞いた時に私があからさまに示した反応を見たアルフレッド・ダグラスの表情を思うと、私は一種の良心の呵責を感じ、それがあまりに強かったため、以来ずっと、私の心からそれが消えることはない。

もう一つの出来事は、さらに劇的なものだった。私は、一人のイギリス人作家と手紙での交流があった。ロンドン滞在中に彼に連絡し、夫とジェイムズ・スティーヴンズが同席するレストランでのディナーに招待した。彼が同宿の医者の友人を連れていっていいかと尋ねてきたので、私は至急電報を打ち、五人で食卓を囲むこととなった。この医者は、イギリス人らしくない風貌で、どこか外国からやって来たように見えたが、私は少しふざけた調子で、ディナーの席上でのたわいない会話に恐るべき意味を読み込もうとするなんて、フロイト派の医者みたいですねと言った。「でも、そうですよ」と彼は重々しく答え、「医学的心理学者を自認しています」と続けた。この人物が、何かの、また誰かの心理学的分析ができるようには見えなかったので、その答えは私たちを戸惑わせた。さらに、この医者は、友人の作家に対し、強い影響力を持っているように見えるだけでなく、食卓での会話を支配したいと思っているように見受けられた。数分ほど、自分についての話を続けた後、彼は、私たちが面識のない、アメリカ人の患者たちについて話し始めた。自国に優れた精神病医や精神分析医がいるにもかかわらず、アメリカ人たちが大西洋を渡って、「ヒポクラテスの誓い」[014]を遵守しているようには思えない、このような若い医者になぜ相談しようとするのか不思議に思った。その矢先、彼は私たちが非常によく知っている一人の人物の名前を持ち出してきた。彼の内的問題や家族間の確執について、当然のことながら私たちはほとんど知らなかった。この客人の医者は、私たちの友人に対し、おそらく数カ月にわたって一種の精神分析を行ったようである。そして、患者の妻が、自分の夫の友人に関する情報について書き送ってきた手紙の詳細について語り始めた。いけないとは思いつつ、私たちは、自分たちが知っている、いや、知っていると思っていた人物の隠された側面について聞くことに興味を示した。私たちが興味を持っていることに気づいたこの医者は、次々に情報を提供し続け、実は私たちは彼の患者をよく知っていると夫が告げた後でさえ、話をやめることができなかった。彼は、自分の技術によって患者を完治させたと私たちに信じ込ませようとしたが、後に、それは真実とは全く異なっていることが判明した。この男性は治療を始めた時よりも一層ひどくなってアメリカに戻り、その後、何年ものあいだ悪い状態が続いたのである。この医者であり心理学者でもある人物が、患者の秘密を漏洩したことが原因で、患者に多大なる苦痛を与えるということは、非常に頻繁に起こっているのではないかと思われる。精神分析医や精神科医になるに足るだけの人格、思いやり、さらに人間の本質に関する知識を備えることは、男性でも女性でもほとんど不可能なのではないかと、私は思うようになった。多くの精神科医は、患者が言うことをすべて鵜呑みにする傾向がある。また、患者の秘密を精神分析医が漏らすのは、これが唯一の経験というわけではなかったが、それは、過去の経験では、偏執病患者による攻撃や糾弾を避けるために欠かせないと考えた上での、一種の警告として発せられたものだった。実際、自分たちの友人が経験した精神分析の診療に関して、人々があれこれ言うのを耳にすると、人生に対する新たな戦慄を覚えずにはいられなかった。ある知り合いの女性は、私よりもはるかに知的だったにもかかわらず、私と会って話をすると必ず大変な劣等感に苛まれるという理由で、私を非難した。彼女には、自分を猿だと思い込んで精神病院に入っている親戚がいたのであるが、私がその親戚の「投影」[015]だという妄想を持つようになった。この女性は、私も彼女に対し同様の考えを持っているかもしれないと思い、私から必死に逃れようとしていた。精神分析医は、問題を解決する適切な方法は、私に二度と会わないことだと説得したそうである。この医者の説得がなければ、私は彼女に殺されていたかもしれない。

　多くの人々同様、私は若い時期に、精神疾患の症例にそれとは知らず関わることとなり、彼らの苦情や、糾弾、欺瞞にすっかり混乱させられたことが何度かある。精神疾患を持った人々に関わり、苦労することには全く無縁の友人もいるというのに、私はかなり厄介で苦しい思いを経験した。精神障碍を持った人々、もしくは軽度の精神障碍を持った人々の中には、魅力的で親切で、心を痛めるほど哀れを誘う人々がいて、彼らに大変な迷惑をかけられることはあるとしても、彼らには本当に破壊しようというつもりはないのである。別のタイプとして、関わる人すべてに災いをもたらしてしまう人々がいる。私の経験上、最悪と言えるタイプは、女性の偏執病患者たちだった。彼女たちは通常、表面上は問題がないように見えるばかりでなく、知的で、長い期間にわたって仕事を継続できるのだが、何かのきっかけで、その精神状態が露わになってしまうようだ。破壊本能が非常に強い彼女たちは、時にはその行動や、時には根拠のない攻撃によって、幸福や名声を打ち砕き、身近にいる親戚や友人たちの何人かを傷つけずにはいられない。こうした女性たちは、人間としての本当の感情を持ち合わせておらず、あるのは、本能と生物学上の衝動だけで、自分たちが重要人物であると勘違いし、知人の男性を捕らえ、非常に困難な状況に陥れてしまうのである。一人の有名な俳優がいた。偏執病患者だったが、知り合いの間では単にエキセントリックな人物として通っていた。彼はどんな些細な競争にも耐えることができなかった。そして、台詞が一言か二言しかないような脇役の俳優に対してですら、破壊的なまでの嫉妬心を抱くのだった。しかし彼は、すばらしい俳優であり続けた。時折、自分を制御することができなくなると、その献身的な妻は、一息つかせるために彼を田舎に隔離せざるをえなかった。もしも、幾分かでも精神疾患を取り除くことができたとしたら、そして、精神疾患に至らしめる何らかの問題に早い時期に対処し、発症させないようにすることができるなら、人類は大きな不幸の原因の一つをなくすことができるだろう。私は、心からそう思っている。いろいろ不幸な人々を知っているが、中でも最も不幸なのは、精神疾患のある親戚や友人を持った人々である。その上、

精神疾患は犯罪の要因でもあるかもしれないのである。016

第三十五章　リヴィエラの暮らし——アメリカへの帰還

1

私の手術からの回復をはかるため、一九三二年の秋、私たちはニースで過ごすことにした。冷たく暗い小雨交《ま》じりの夕べに、南へ向かうブルー・トレインでパリを発った私たちが翌朝目を覚ますと、降り注ぐ日射しの中で咲き乱れる花々、オレンジやオリーヴの木々などが目に飛び込んできた。アメリカで、この二倍の距離を旅したことは何度もあったが、目的地の印象は、出発地のものとほとんど変わりがないことが多かった。しかし、ここは全く異なった世界、ローマ帝国の名残のある地中海世界だった。

　ジョイス一家は、ルチアとその看護師を含んだ家族全員が既に滞在していた。彼らは、その住まいのそばに、私たちのためのホテルを見つけてくれたが、彼らがパリに戻ると、私たちは、イギリス人の散歩道《プロムナード・デザングレ》から徒歩で数分の丘の上にある家具付きアパートを、月約四十ドルで借りることにした。テラスが二つ、ナイチンゲールが囀るオリーヴの庭がついていて、地中海を眺望することができた。完全に体力を回復するまでには長い時間、実に何年もの時間がかかった。この期間、私は書くことができなかったし、すぐに疲労困憊してしまうので、新聞の見出しを読む以上の読書もできなかった。病気からの回復期にありながら大作を執筆した作家の話を読む度に、私は本当にそんなことが可能なのかと訝しく思った。しばらくの間、何もしないほうがいいというのが、ニースでの主治医の忠告だったので、暖かい日がそれほどあるわけではなかったが、私は地中海の太陽の日射しを浴び、何もせず日々を過ごした。

　大病をすることの最大の問題点は、自意識が強くなり、ほとんど自分のことしか考えなくなるということではあるが、私自身はそうした自意識過剰な状態をあまり気にすることはなかった。それでも、太陽と詩情豊かで興味深い環境のおかげで、次第に活力が戻ってきた。とはいえ、私が計画していたあの困難な文芸批評の本[001]に改めて取りかかるだけの元気はまだなかった。一方、出版社は特にそれを問題にはしなかった。私は契約書を交わし、前金を受け取っているので、彼らにしてみれば、原稿ができた時にそれを出版するだけのことなのである。それでも、私は別に短篇小説を何作か書き、それを売ることができた。体調が悪いときは、文芸批評よりも創作のほうが書きやすいように感じた。いや、それは体調の良し悪しに関係ないことかもしれない。なぜなら、創作行為は、理性的精神、論理的精神に働きかける必要がなく、文学や哲学について学んだことを概観するという機能を使わないですむからである。さらに、評論は、人生における経験を昇華させる必要があるのに対し、創作は、少し取捨選択する必要はあるとしても、生《なま》の経験をそのまま活用することができるようだ。しかし、出版社は、長篇小説を書くという私の提案を冷たく却下した。私は評論家であり、それ以外の何者でもないらしい。批評的精神と、彼らが考える創造的精神とは全く異なったもので、その二つが融合することはないというのである。若い頃から、出版されるという確約がないと、何かを書くことはできなかったため、私は少々、悔しい思いをした。

しかしながら、その当時のリヴィエラほど心地よく、気楽に、そして安く過ごすことができた場所はないと思う。出版社の多くは、倒産するかそれに近い状態だったので、私たちの収入はおそらく七割くらいまでには減少していたはずだ。それでも、夫に出版社から送られてくる減額された印税によって、私たちはなんとか以前と同じような生活を保つことができたが、衣類や余分の物にかける余裕はほとんどなかった。夫はこれまでにないほど働いた。仕事を終え、気分転換の方法を見つけることは簡単で、レストランで食べても、自宅で食べるのと変わらないほど安かった。午前中の数時間、ドル換算すると一週間三ドルで、パートタイムのメイドにも来てもらうことができたので、私はベッドで朝食を取ることができた。〈天使の入江〉と呼ばれる青い海面に、あらゆる種類の船舶が入ってくるのを眺めながら、コーヒーと焼きたてのロールパン、産みたての卵を食べた。新鮮な卵は、古い家柄のノルマン系の侯爵で、下宿屋と小さな鶏舎を経営していた隣人から分けてもらった。彼は最上の卵をとても安く売ってくれ、さらに自ら配達してくれた。彼は個性的な人物で、まさに侯爵そのものだった。以前パリに住んでいた頃、王党派の何人かと私は知り合う機会があったのだが、アメリカ人が想像する以上にフランスに王党派はいたのである。少数派ではあったが、かなりの数がいたと思う。王党派の中心は、フォーブル・サンジェルマン地区の貴族たちだったが、多数を占めていたのはプチブル階級の人々だった。あるフランス人の少女に、王党派の会合に何回か連れて行かれたことがきっかけで、彼らと知り合いになった。その少女は、王党派が台頭してきて以来、ジャンヌ・ダルクを記念する行進に毎年参加していた。その偉大な組織とは、もちろん、レオン・ドーデ[002]とシャルル・モーラス[003]を指導者に仰ぐ、アクシオン・フランセーズ[004]のことである。

王党派の運動と少しばかり関わりを持っていたおかげで、ここニースで隣人の侯爵と、彼と共に働く友人たちとの関係は良好なものだった。侯爵の家には、ド・ギーズ公爵夫妻[005]の肖像画の大きな複製が掛けられていた。ブルボン王家の血筋として、フランス王位を主張する公爵夫妻のことを、侯爵はいつも「我々の国王陛下と女王陛下」と呼び、アクシオン・フランセーズの信条を信奉していた。アクシオン・フランセーズとは、コミュニストがコミュニズムを信奉し、ファシストがファシズムを信奉するように、ブルボン王朝の復権を支援する組織である。彼にとって、それは一種の宗教であり、そのメンバーの多くも同様に感じていたに違いない。アクシオン・フランセーズは、カトリックの教義、道徳観、原則を遵守し、カトリックの伝統すべてを尊重することを明言していたが、ローマ教皇ベネディクトゥス十五世[006]によって破門された時、そのメンバーの多くはアクシオン・フランセーズに留まり、教会に反対する立場をとった。私の隣人である侯爵は、「もしも、天が示す真実があるのだとすれば、それは、アクシオン・フランセーズなのだ……ミサに出なくてもよきカトリックであり続けることは可能なのだ」と厳かに語ったものだ。カトリック教徒にとって、日曜日と定められた休日にミサに出席することは、教会が定めた第一の戒律ではないかと私は彼に改めて確認してみた。しかし、侯爵は返事をちゃんと用意していた。「マダム、それは神の戒律ではない。教会の戒律なのだ。教会はいつでもそれを変えることができるし、既に変えてしまったところもあるよ。それは、殉教者の時代の名残に過ぎないのだよ。」

　レオン・ドーデがラブレーについて講演するためにニースを訪れたとき、アクシオン・フランセーズの地元のメンバーは大挙して結集した。私は侯爵に同行した。ドーデの顔はルイ十四世に似ていると侯爵は言うのであるが、私は、むしろ庶民的な顔をしていると思っていた。そのコメントを聞いて、私はパリで連れて行かれた接見の儀のことを思い出し、侯爵に話した。それは、ド・ギーズ公爵夫人が、息子のパリ伯と婚約中の若いプリンセスをお披露目する目的で開催したものだった。セーヌ河岸《かがん》にある会場となった古い屋敷に集まった群衆を誘導した警官たちは皆、共和主義者だったが、気のいい人たちで、接見の儀そのものをどこか馬鹿にしつつも、高らかに掲げられた王党派の紋章を見て微笑んでいた。私は、警官の一人に、フランスの古い王家に対して、群衆がこれほどまでの忠誠心を示していることに心動かされないかと尋ねてみた。彼は肩をすくめて、こう言った――「ああ、マダム、もしもボナパルト一族だったならね……」とだけ彼は言った。

　私にとって印象深かったことは、その場に集まった人々は、「アメリカ革命の娘たち」[007]の会合に出席する人々と変わりがなかったということだ。もっとも、彼らは「革命の娘たち」のように、上等な服を着ていたわけでもないし、身だしなみが整えられていたわけでもなかった。世間で〈貴族的〉と言われる〈顔だち〉が、独立戦争に直接関わった人々の子孫としてアメリカの集会でよく見かける顔とあまり変わりがなかったということである。この感想を聞いて、侯爵はショックを受けたようだったが、私が直接ド・ギーズ公爵夫人と婚約者のプリンセスの姿を見たという事実を思い出し、やっと私に対する親しい感情を取り戻してくれた。王位継承権を主張する男性たちの姿はそこにはなかった。なぜなら、彼らはフランスへの入国を決して許されることはなく、主にベルギーや北アフリカで暮らしていたからである。侯爵は、私自身も貴族の一員であると思い込もうとしていた。

「こうした事柄に関して、我々は率直に語り合わなければならないね」と彼は言い、プロレタリアートたちが本来いるべきでない場所に侵入してきていることについて、感慨を込めて語った。しかし、侯爵はこのような状態が長くは続かないことを知っていた。神とアクシオン・フランセーズは、それを許すことはないだろうと。

私は、週刊紙『アクシオン・フランセーズ』の実に熱心な読者だった。それは、ヨーロッパで刊行された週刊紙の中で最上のものだったと思う。特に、文芸評論は、私が読んだことのある定期刊行物の中で最上級のものであり、ドーデやモーラス自身が執筆していた。ニースでのアクシオン・フランセーズの講演に出席した群衆は多岐にわたっていた。近隣に住む伯爵や伯爵夫人、侯爵や侯爵夫人といった貴族の面々ばかりでなく、研究休暇中のアメリカ人の教授たち、教養を高めフランス語を習得しようとやってきた海外のジャーナリストたちがいた。私は、人間の持つ憧憬、感情、忠誠心などの表出について常に興味を持っていたので、過去に何度か出席したことのある共産主義者たちの集まりと比べたとき、アクシオン・フランセーズの集まりに参加すると、いつも心を動かされたものだった。主義に対する一種の狂信以外は、憤りしか感じられないのが、共産主義者の集まりだったからである。一方、共産主義者たちは失われた大義には関心がなかった。共産主義は、未来に向かって前進しているのである。こうしてリヴィエラで過ごしている間、ルチアに関するよい知らせが届いた。医者たちが彼女は快方に向かっていると考えていると、ジョイスが書き送ってきた。

病気だったにもかかわらず、ニースで過ごした十五、六カ月は、私の人生で最も幸福な時期だったと言っても過言ではない。作家や芸術家の多くが体験することだと思うのだが、私たちは、どこにいても誰か知り合いを見つけることができた。多くの知人がニースに住んでいたし、冬になるとやって来る人々もいた。例えば、フランク・ハリスの未亡人であるネリー・ハリス、ショーレム・アッシュ[008]とその妻、ルドウィグとテルマ・リュイソン夫妻[009]、シスレー・ハドルストン[010]、レイモンド・ウィーヴァー[011]とドロシー・ウィーヴァー、さらに作家ではなかったが、自分の国に住むよりはフランスでの生活を望むイギリス人やアメリカ人たちが数人いた。私たちは皆、プロムナードのカフェに毎日集まり、コーヒーかリキュールを飲んだ。後に大切な友人となり、その温かい心と、生来の率直さに強く惹かれることになるサマセット・モームも、当時はまだ親交はなかったが近くに住んでいた。夫と多少の面識があったH・G・ウェルズもグラースの山沿いに住んでいたが、まだ家を行き来するような間柄ではなかった。私たちには、時間は無限にあるように感じられた。働くための時間、怠けるための時間、余暇のための時間などである。当時のことに想いを馳せると、スティーヴン・ヴィンセント・ベネーがフランスについて私に語ったことが嘘ではないとすら思える。フランスでは時間がゆっくり流れ、アメリカの時間の三倍の長さがあると言うのである。しかし、丘の上に建つ美しい大邸宅や、イギリス人の散歩道《プロムナード・デザングレ》に並ぶ宮殿のようなホテルなどに代表されるニースの最盛期はとうに過ぎていた。かつてそうした建物の住人だったロシアの亡命貴族やアメリカの大富豪たちは、今ではパリでタクシーの運転手をしたり、下宿屋を経営したり、生活を切り詰めてなんとかやっているのだった。ホテル・ネグレスコのすばらしいダイニング・ルームで、六人のウェイターが、たった四人の客に給仕しているのを見るのは、もの哀しいことだった。それ以外のテーブルには誰も客がいなかったのである。

日曜毎に、場合によってはウィークデーにも、私たちはバスに乗って近隣の町や村に出かけることがあった。時には、イタリアの国境近くまで足を伸ばすこともあった。イタリアはそれほど遠いわけではなかったが、イタリアに入ると、全く異なった文明がそこにあることに気づかされた。国境を越えると、長いケープを身にまとった、オペラに登場するようなハンサムな役人が私たちのパスポートにスタンプを押す前に、そうした変化を感じることができた。当時、フランス人の多くが、そしてニースに住むほとんどの人々が、ムッソリーニに共感していた。その当時はまだ、戦争は遠い時代だったのである。ムッソリーニはイタリア人が喜びそうなあらゆる政策を実践した。多くの人に向けて雇用を生み出し、オペラ・カンパニーを僻地にまで送り、道路沿いに花壇を設け、湿地を干拓するといったようなことの数々である。外国人を感心させたのは、列車が時刻通りに運行されていることだった。実際、エチオピアに侵攻するまでは、[012]当時のムッソリーニには世界中で非常に多くの支持者がいたのである。

ニースからバスに乗るとき、私たちはいつもパスポートを携帯する必要があった。というのは、バスがイタリア領土内の迂回路を取る可能性が常にあったからだ。丘の上にある町を散歩していても、知らぬ間に国境を越えていることがあり、パスポートを求められることもよくあった。カンヌ、サン゠ラファエル、メントン、モンテカルロといった海岸の町は、いつ行っても楽しい場所で、わずか数フランで行くことができた。また、地中海の島々にもよく行った。古い修道院と数々の有名な囚人たちを収監した堅固な要塞を有しているレランス諸島[013]に飽きることはなかった。そこでは、エルバ島から脱獄したナポレオンが近くに上陸したといった、ナポレオンに関する物語が際限なく語られていた。友人の侯爵がブルボン家について感じているのと同じくらい、島の人々はナポレオンにロマンティックな感情を抱いているようだった。「この岩の上で、ナポレオンは立ち止まって食事をしたよ。あそこで、彼は献身的支援者グループと落ち合い、旅のために水筒と鶏肉を手渡されたんだよ」といったように、様々な場所にエピソードが残されていた。アメリカ人が特に好んだ場所は丘の町ヴァンスだったが、私たちにとって最も魅力的な町は、アルプ゠マリティーム県の高地にあるサン゠マルタン゠ヴェジュビーだった。そこには中世風の通りや家並みが残っていて、街の中心を流れる川に、人々は生ごみを流していた。古く老朽化した家並みの扉には、小さな四角形の穴が開けられていて、そこから猫や小さな犬が、夜の間自由に出入りしていた。サン゠マルタンには町の〈触れ役〉がいて、決まった時間になるとラッパを吹き鳴らしながら登場し、世界のニュースをフランス語とプロヴァンス語で触れて回るのだった。このあたりでは、夏の観光客を除いて、新聞を読む人や外の世界に関心のある人に出会ったことはなかった。カトリックの伝統が町に溢れ、想像力をかきたてた。町における唯一の医師と言えるのは、魂にとっても肉体にとっても、教区神父のみだったと思う。彼は、まだ朝露が残る早朝に薬草を採りに出かけ、非常に良質な薬を調合した。また、町中が聖像や宗教的垂幕を掲げて行進する魅力的な宗教的祝祭のための壮麗な行列《ページェント》もあった。楽器の演奏も伴っていた。主婦たちは、手製のレースを縫いこんだ最上のシーツを窓から垂らし、それに小さな花束を結びつけ、聖人画やロザリオで飾りつけた。

　行進に参加している人々の中に、実際の年齢以上に老け込んでいる人たちがいた。四十歳くらいの男女が、前かがみになり、年老いた様子で歩いていた。彼らは神父が語る天国における永遠の喜びと休息を心から待ちのぞんでいた。その人生は苦難に満ちており、例えば、彼らのわずかばかりの耕作地は住まいから遥か遠くに位置していた。イタリアとの国境ぎりぎりの場所にあることもあった。朝まだきに目覚めると、農夫が耕作の道具を担ぎ、その妻が赤ん坊を腕に抱えて仕事に出かけていくのを見ることができた。学校が夏休みの頃は、年長の子どもたちも加わったが、それぞれが弁当やアルプマリティム[014]産のロゼワインを手にしていた。彼らの人生は過酷なものだったが、生が続く間、彼らは幸福だったと思う。そして夕べになると、まだ元気が残っていて金銭的余裕が多少ある者たちは、村の屋台に座り、オーケストラの奏でる音色に耳を傾けながらビールかワインを飲み、若者たちが踊るのを眺めるのだった。そうした集まりに、町の時計修理屋がしばしば加わった。この小柄な男と私たちは話をするようになったが、彼は振る舞われたコニャックを飲みながら、前の戦争に従軍するために村を出て行った若者たちが、この山間の村での単調な生活に戻ることはなかったと語った。野心がある者たちは、村にはない何かを求めたのだという。成功を求めた者も、変化を求めた者も、時には知識を求めた者もいた。かつて、パリのヴォージラール通りにある郵便局で、アメリカはヨーロッパを壊滅させようという願望を潜在意識の中に持っているという発言を耳にしたとき、苛立ちを覚えたことがあったが、ここでも、男は同じことを言おうとしていたのだ。

　しかし、当然のことではあるが、地中海での生活が永遠に続くわけではなく、私たちもそれを自覚していた。小さな丘の村への小旅行の一つを終えた後で、ニースのアパートに戻った私たちを待ち受けていたのは、すぐにもアメリカに戻らなければならないと告げる手紙のひと山だった。夫は、既にかなりの量の仕事を成し遂げていた。実際、かつてこれほどの仕事を完成させたことはなかったほどである。しかし、いくつかの出版社と話し合いをするために、アメリカに戻らなければならない時が来たのだった。私宛に届いていた手紙の中に、『フォーラム』誌の編集長であるヘンリー・ゴダール・リーチ[015]からのものがあった。それは、新刊の書評欄を担当しないかというもので、私に何か具体案があるかどうか聞いていた。それで、私は毎月、新たに出版された重要な本を扱う文芸批評のページを担当することを提案した。これに対し彼は、まず手始めに、私の記事を六カ月間掲載し、読者がどう反応するか見てみようと言ってきた。ニースで、最初の二回分の原稿を書きあげると、彼は旅費に相当する額の小切手を送ってくれたので、その後の原稿はアメリカで書くことになった。

十一月のある晴れた日、私たちは新しいイタリア客船の一隻である「サヴォイ伯爵号」の切符を買い、ヴィルフランシュ[016]から乗船した。レイモンド・ウィーヴァーとドロシー・ウィーヴァー、ショーレム・アッシュ夫人、ネリー・ハリスたちが見送ってくれた。「サヴォイ伯爵号」は私がかつて乗船した客船の中でも最も美しい船で、一人百五十ドルで本来なら一等船室だったはずのキャビンを使うことができた。というのは、あまりにも客がいなかったからである。乗船客のほとんどは、イタリア系アメリカ人の食料雑貨商、レストラン経営者、ウェイターたち、とあるオーケストラでささやかな楽器を担当している音楽家たちだった。過去に経験した大西洋を渡る船旅とは異なり、禁酒法実施中にもぐり酒場をニューヨークの下町で経営していた人物を除いて、あまり知り合いはできなかった。彼の酒場には多くの作家たちが集まってくるということだった。船内の食事も、食事の代金に含まれていて飲み放題だったワインも、すばらしかった。ウィークデーには白と赤のキャンティが出され、日曜にはデザートと一緒にイタリア産のシャンパンが供された。それは、ムッソリーニとその取り巻きたちが、労働者のために〈労働余暇クラブ《ドーポラボーロ》〉と呼ばれる社交の場や文化的娯楽を組織しようとしていた時期だった。乗員たちは、乗船客に対して、エンターテインメントを提供してくれた。それは、私が経験した客船上のエンターテインメントとしては、群を抜いてすばらしいものだった。歌い手たちはよく訓練されていたし、演技もすばらしかった。もしも、戦争という概念に絡め取られることがなかったとしたら、シニョール・ムッソリーニとそのファシスト党は、イタリアをすばらしい国にすることができたかもしれないのにと思ってしまう。同乗していたイタリア人たちは、決してムッソリーニ支持者ではなかったが、同時に、彼が成し遂げようとしている建設事業に対する称賛には、情熱さえ感じられた。一方、私たちが船上で出会ったフランス人は、ニースで出会った人々同様、皆、彼を支持していた。おそらく、第三共和政に対する嫌悪が、フランス国内に広く蔓延していたためだろうと思われる。国民を代表するとされる代議制による政府でさえも、他の形態の政府と比べたとき、大衆の考えを必ずしも代表しているわけではないのだという印象を私は持った。人々は、その時の興味や偏見に基づいて投票するが、少し時間が経つとその考えを変えることがよくあった。

船を下りると、私の新しい編集者とその秘書が出迎えてくれた。彼はいつもこのように親切な心配りを見せる人物だった。その後彼は、友人やニューヨークの文学界、出版界の人々を集めたパーティーを、私たちのために開いてくれた。三年間の不在の後、私は多くの友人と再会できて幸せだった。

『フォーラム』の記事は、七年後に雑誌が廃刊されるまで、毎月書き続けた——『フォーラム』の運命は、他の『センチュリー』、『スクリブナーズ』、『リピンコット』、『エブリバディズ』など、よく知られ卓越したアメリカの雑誌がたどった運命でもあった。こうした執筆の仕事に私はとても満足していた。自由が許され、編集者があれこれ指図するようなことはなかった。何でも書きたいことを書くことが可能で、読者の反応もとてもよかった。それは誰もが羨むような仕事で、アーネスト・ボイドが言ったように、私は活躍の場を与えられたのだった。読者からの手紙を読むと、当時アメリカの編集者たちがほとんど注意を留めることのなかった、ある特定の層が望む記事を、私が実際に提供しているのだということがわかった。特派員によると、アメリカの編集者の多くは、アメリカに文芸記事が不足しているため、ロンドンの『タイムズ文芸付録』を購読しているそうだ。彼らは、アメリカの週刊誌に掲載される大量の書評など眼中になかったのである。私は水準の高いものを提供しようと最善を尽くした。多くの編集者が、読者を軽んじるという過ちを犯しているようだったが、私は決して読者の知性を過小評価するようなことはしなかった。私の書評は分かりやすさが身上で、手に取ってくれさえすれば、読者は内容を理解できたと思う。編集長は満足し、私も満足し、そして、読者もどうやら満足しているようだった。アメリカの上質な文学ファンは、彼らのために書かれるものよりも、常に先を行っている人たちである。本当によい本、よい詩、よい批評が、時には批評家の目に留まらないことがあるとしても、結局は、アメリカの優れた文学ファンが見過ごすことはないのである。それに対し、批評家のほうは、見過ごしてしまうこともたまにあるようだ。とはいえ、批評家を責めるのは酷かもしれない。なぜなら、出版社は余りにも多くの本を出版し続けているからである。

2

私は懸命に働いた。毎月の記事の執筆に私は全力を尽くした——というのは、洞察力に富んだ私の読者たちは、わずかな欠点でも見逃さなかったからだ。それに加えて、夫と私は、冬の学期の間、フロリダにあるマイアミ大学で教鞭を執っていた。特別講演もいくつか行い、例の本の執筆も続けようと努力していたが、『フォーラム』誌が三カ月間の休みをくれる夏の期間を除いて、本に割く時間はほとんど取れなかった。今振り返ると、一体どうやって、こうした仕事のすべてをこなしていたのかと思ってしまう。複数の仕事を同時に進めることの方が、困難な一つの仕事を成し遂げようとするよりも、遥かに大変なことだからである。仕事の忙しさに加え、私は外科手術をしなければならないような重い病気にもかかっていた。それでも、私たちはホテル住まいをしていたため、家事の煩わしさからは逃れることができた。また、夏の間はコネティカット州のノーウォークで数カ月過ごすことにしたため、人に会うことが習慣になっていた私たちも、社交のためにそれほど時間を割かずにすんだのである。

時折、一日休みをとり、場合によっては泊まりがけで友人たちを訪問することは、私たちの楽しみだった。仕事から解放され、よい気分転換になった。こうした訪問の中で、最も記憶に残っているのは、マンハセットに住むジョン・D・ライアン夫人[017]が一九三六年の夏にパチェッリ枢機卿[018]のために催した晩餐会である。夫人は私たちが自分たちの家に滞在するように、招待してくれた。そのとき枢機卿は、ニコラス・ブレイディ夫人[019]の家に滞在していた。ブレイディ夫人は、コネティカットのノーウォークでの私たちの隣人で、大の仲良しだったアグネス・カヴァナーの妹であり、夫のジョン・カヴァナー[020]にとっては、義理の妹に当たった。晩餐会当日、私たちは午後早く、カヴァナー夫妻と合流し、ロング・アイランドのライアン夫人の家に向かって車を走らせた。その間何度も何度も、秘密情報機関の男たちに車を止められた。英国王室のメンバーがアイルランドを訪問することは滅多になかったが、その稀な機会に王室のメンバーに対して行われる警備よりも、今回はさらに厳しい警備だった。私たちの女主人は、堂々とした上品さと、本当のユーモアを見事なまでに混在させた、非常に魅力的な人物で、誰でも快く迎えてくれた。それは、友人が何を所有しているかではなく、友人の人となりを本質的に評価できる、アメリカ人の偉大な特性だと思う。ライアン夫人は、場合によっては、人々が恐れ多く畏まってしまいかねないパーティーを、忘れがたく、楽しい出来事に変える人物だった。

こうした特別な歓迎会にはつきものなのであるが、そこにはどこか滑稽な側面があった。その時起こったいくつかの出来事を思い出すと、私は今でも笑わずにはいられない。教会の高位者である枢機卿のためのディナーでありパーティーであるため、極端に胸元を開けたドレスを避けることを除けば、女性客のほとんどは、実にきらびやかに着飾っており、インドのマハラジャが身につけてもおかしくないティアラや真珠、ダイアモンドやエメラルドを身につけていた。ロング・アイランドの淑女たちの髪を結い上げ、その上にティアラを載せるために、ニューヨークから美容師が一人、早朝から来ていた。あまりに多くの女性の髪を結い上げなければならなかったので、美容師は早朝から仕事を始め、家から家を訪れ、次々に仕事をこなしていった。午後三時くらいに私たちがライアン邸に到着したときには、夫人は、しっかりセットされた頭にティアラを載せた状態で、ネグリジェを着たまま、お茶のテーブルで主人役を務めていた。客人たちがからかうのを、彼女は機嫌良くかわしていたが、一人の招待客が、インフルエンザにかかり寝込んでいるため欠席することがぎりぎりになって伝えられると、突然糸が切れてしまったようで、ほとんど泣き出しそうになった。しかし、彼女はすぐに、テーブルにおける男女のバランスをとるために、美容師にドレスを着せ、ゲストの一人として座らせることを思いついた。そして、私たちみんなが一斉に笑ったこともなんとか耐え凌いだ。それは、まるで喜劇の一場面のようだったと言ってもいいかもしれない。まったく見知らぬ人物が、予想もしない場所に居合わせ、驚くべき出来事が次々に起こるにもかかわらず、最終的にはお約束通り事が解決するといった場面を連想させた。教会の高位者である枢機卿は、すべての招待客が揃った状態で初めて登場することになっていた。彼が滞在しているブレイディ夫人の家はすぐ近くだったので、客が揃ったという電話連絡を受けた後、枢機卿はライアン邸に向かう手はずだった。

招待客が次々に到着するようになると、また新しい問題が起こった。胸元が大きく開いた服装でやってきた女性客が何人かいたため、胸を隠すためのスカーフが洋服ダンスにあるかどうか探すために、女中に確認させる必要があったからだ。私たちは、一人一杯しかカクテルを与えられなかったので、皆、冷静さを保つことができ、将来、間違いなくローマ法王になると噂される枢機卿の面前で愚かな行動を取らないですんだ。しかし、男性客の何人かは、気持ちを陽気にするために、洗面所に行き女主人に内緒で、何杯か飲んでいた。彼らは、ブレイディ夫人と枢機卿が到着したと突然告げられたとき、大慌てで戻って来た。しかし、その段階で、最後の客がまだ到着していなかったのである。身元を保証する適切な書類を持っていなかったため、検問で止められていたらしい。

パチェッリ枢機卿は、次々に招待客に紹介される間、客間に立っていたが、驚くべき風貌の持ち主だった。長身の枢機卿は、部屋にいるすべての人々を圧倒していた。その禁欲的なまでに痩せた姿、精神性の高さを示す表情、すばらしい赤の礼服と比べると、その場にいた者たちは皆、ぶよぶよと太った、退屈な下層民にしか見えなかった。知性と精神性に加え、身長の高さほど、貴族性を強調するものはないと思う。そして、枢機卿はそれらすべてを備えていた。また、彼にはどこか人の心を動かす魅力があった。その微笑みは、ほとんど子どものように純粋なものだったのである。彼は私が出会った人々の中で、最も内向的な人物だった。それは、自分の身近にいる人々とはかけ離れた問題を常に考察していたが故の内向性ではなかったかと私は想像する。枢機卿は、厳粛で、配慮深く、そしておそらく悲しみをたたえた人物で、眼鏡の奥の黒い瞳は、イェイツの深く熟考する瞳を思い出させた。その一方で私は、彼はもっとわかりやすい人物なのではないかとも思った。バチカンの政治家としての責任を持つよう訓練を受けていたばかりでなく、あらゆる人々に対する思いやり、あらゆる人々に対する愛情を持つよう、訓練を受けていたのである。

　私たち女性客は、小柄な女主人から、〈ひざを曲げて身を低くするお辞儀《カーテシィ》〉の練習を充分にしておくようにと、前もってお達しを受けていた。そのおかげで、後ろに脚を引きすぎたり、転ばないように、指輪をした枢機卿の手にしがみついたりするものは誰もいなかった。私は、他の女性客のような宝石は身につけてはいなかったが、当日の女性客の中で、完璧なカーテシィと指輪にキスをする技術を持った達人だと自負していた。修道院の寄宿学校で、充分に練習を積んでいたのである。多くの司教や枢機卿の指輪にキスするという経験も豊富にあったため、私は自分がその場にいる誰よりも、特に、カトリック教会の儀式とは関係なく育った人々にくらべ、うまくできると考えていた。しかし、美しさにおいても、装いにおいても、私たちの誰よりも勝っていたのは、オペラ歌手として活躍していたアンナ・ケイス[021]ことクラレンス・マッケイ夫人だった。その装いは、女主人の観点からすると眉をひそめるほど胸元が開いていたのではあるが、まるで雲のように浮かんでいる白いチュールレースによって、その胸は見事に隠されているという印象を与えていた。彼女のカーテシィは、実に優雅で、様式化され、完璧だったことに加え、枢機卿の指輪にしたキスは、蝶の羽ばたきのように優雅だったので、私は思わず、そのパフォーマンスがいかにすばらしかったか、彼女に告げずにはいられなかった。まちがいなく、それはパフォーマンスと呼ぶことができた。なぜなら、彼女はそのようなカーテシィを舞台の上で、大観衆に向かって、何度も演じた経験があったのに対し、私たちはただの素人だったからである。

舞台裏では、喜劇的シーンが継続中だった。すべての客が枢機卿に紹介された後、正餐の席に着くことになっていたが、最後の客がまだ到着していないのだった。私の夫は、玄関ホールでその女性客を待ち受け、彼女が到着したら直ちにしかるべき場所へと案内するという役割を仰せつかっていた。ローマ帝国の皇帝たちの胸像が並べられたホールで夫が所在なく立っていると、茶色の山高帽を被った男たちが飛び出してきて、夫が何者であるか尋ねてきた。彼らは、枢機卿の後をついてまわるシークレット・サービスだったのである。胸像の間に立って、夫は自分のあまりフォーマルでない服装についてどう説明しようかと考えあぐねている間に、最後の招待客であるマレー・クレイン夫人が到着したおかげで問題は解決した。道中、彼女も同じように茶色の山高帽を被った男たちに何度も止められていたのである。とはいえ、二人ともディナーのテーブルに無事に着席することができ、それほど遅刻したというわけではなかった。

ディナーでの私の席は、スペルマン司教[022]と、かつてドイツ大使を務めていたジェイムズ・W・ジェラード[023]氏の間だった。テーブルでの会話は控えるよう言われていたため、二人の男性との話題がはずんだわけではなかった。司教は、私がドイツの学校で短い間、同級生だった少女の夫であるジョゼフ・ケネディを天才だと語ったのだが、それはどのような類いの天才かしらと、私は考え込んだ。反対側で、ジェラード氏は、彼の外交官としての手腕を最大限に働かせて、自分の隣に座っている、この宝石を身につけていない女性は一体何者なのか探ろうとしていた。そして、私に〈スコッチ・アクセント〉があると、独断的に決めつけた。それは、当たらずといえども遠からずで、私のアクセントはアルスター地方のアクセントだったのである。その後の話題は、私がアイルランドでは出会ったこともない人種、〈スコッチ・アイリッシュ〉と呼ばれる人々について発展していった。この大使閣下を私は以前、一度だけ、『好戦将軍』[024]という題のプロパガンダ映画に自身の役で出ているのを見かけたことがある。その映画に出ることは、自身の愛国的義務だと考えたからに違いない。

正餐の後、客間に移ってからも大使閣下はさらに楽しませてくれた。そして、アメリカの大衆の関心を得るために、私は何を書けばよいのかというアドバイスをくれた。「あなたは、アイルランドの人々の日々の生活について書くべきです」と彼は言った。「例えば、朝食に何を食べるのですか？」「ベーコンと卵です」と私は本当のことを言った。「オレンジジュースは飲みません。オレンジは栽培しないのです。でも、豚とめんどりは飼っています。」さらに彼は、「どんな洋服を着ているのですか？下着は？」と畳みかけ、「私が知っているアイルランドの男性は、アメリカに来るまで下着を身につけたことがなかったそうですよ」と私を励ますように言った。「これから注意してみるようにします」と私は思慮深く答えた――「でも、今まで、私には男性の下着に精通する機会がほとんどなかったのです。」私たちは、一人、二人と客人たちから挨拶を受け続けている、立ったままの枢機卿からあまり離れていないところに座っていた。私が顔を上げると、挨拶を交わしている男性の頭越しに、枢機卿と目が合った。そして、その厳粛な眼差しの奥で、ほんの一瞬ではあったが、その瞳が面白がっているように感じられた。その少し後、私はもう一人の招待客と一緒に、彼に紹介された。その面白がっている表情がもう一度表れた。私がジェラード氏に向かって言ったことが、枢機卿の耳に入ったのではないかと思い、恥ずかしくなった。彼は何カ国語かに通じていたが、イタリア語を除くと、流暢に話すことができるのはフランス語だけのようだった。人々が、枢機卿に向かって話していたフランス語のアクセントと発音は、私が今まで耳にしたことがないほどバラエティに富んでいた。しかし、彼のフランス語もそれに似たようなものだった。そして、王室のメンバーが常にそうであるように、枢機卿は少しばかり取り残された様子で、他の招待客と親しく会話を交わすようなことはなかった。招待客たちは、順番に一人、二人と彼に紹介された後は、祭壇に神父を残して去るようにその場を離れていくのだった。

枢機卿は親しい友人の家を訪問することはあっても、このようなパーティーに出席した経験はほとんどなかったのだろうと思う。ブレイディ夫人は、この後も、彼のために大きな歓迎会を催したが、そこに呼ばれた客人たちは、ほんの瞬間、彼を見ることができただけだった。彼女は、高位の聖職者を迎えることが多かったので、館の一番大きな続きの部屋を、いつも〈枢機卿の間〉と呼んでいた。夫と私は、ある週末、その部屋に滞在したことがあった。しかし、ベッドがあまりにも硬かったので、私は一睡もすることができなかった。その前にこの部屋を使った枢機卿は、苦行者が身にまとう硬い毛織りのシャツのような意味合いで、硬い板をどこかに挿入させていたのだろう。もしかしたら、単に仙腸関節の問題を抱えていただけかもしれない。

第三十六章　出版にまつわる障碍

例の本が、あと数週間で出版できるという段階にきていた。既に版が組まれ、ゲラ刷りが上がってきている部分もあった。そうした矢先、私につきまとう不運な出来事がまた起こってしまった。一日中仕事をした後、少しばかり気晴らしをしようと、夫と私がノーウォークのとある通りを横切ろうとした矢先、横道から一台の車が大変なスピードで突っ込んできた。立ちつくす夫の前で車は急にハンドルを切った。車を避けるために私は反射的に飛び上がったに違いない。私は転倒し、その結果骨を何本か折り、脳震盪を起こした。通りかかった別の車で直ちに近くの病院に運ばれた。しかし、背骨の後遺症を避けるための正しい処置としては、そのまま地面に寝かせたまま救急車の到着を待ち、訓練を受けた救急隊員の対応に任せるべきだったのだ。

私は病室で、ひどい痛みをこらえながら横たわっていたことを覚えている。脳震盪を起こしていたため、痛み止めを処方してはもらえなかった。意識がまだ朦朧としている時に、出版社からすぐにゲラ《ガレー》[001]を戻すようにと催促の手紙が届いた。震盪を起こして混乱した私の脳は、事態を理解することができず、「ゲラ《ガレー》を戻せって、ガレー船のこと？　ゲラとガレー船はどこにあるの？」と看護師に言い続けていたそうだ。しかし、ある朝のこと、皿を洗うひどい騒音が聞こえてきた。もしかしたら、次々に割れていたのかもしれない。私は看護師に、その騒音について尋ねてみた。「あの騒音はずっとしていましたよ。それが聞こえるということは、完全に意識を取り戻したということですね。だから、耳に入ってくるのです」と答えてくれた。それから別の病室へと移された。それまで様々な国の様々な病室を経験してきたが、移された病室は、今までに経験したことがないほど快適なものだった。ノーウォーク病院の病室は、あらゆる治療に秀でていたばかりでなく、回復期の患者に対する配慮もすばらしいものだった。間もなく脳は再び機能するようになり、本に戻ることができた。

とはいえ、それから何週間も、無力な状態で寝ていなければならなかった。しかし、献身的で有能な友人のメアリー・ヴァン・ブーレンが、鉛筆で手書きされたページを読み上げて確認しながら、私のためにタイプ原稿にしてくれたおかげで本は完成した。

それは大変な道のりだった。予定していた一つの章を、丸々削除しなければならないというようなことも起こったが、一九三七年になんとか出版できた。タイトルの『伝統と始祖たち——近代文学を造った諸思想』[002]は、出版元であるモロー社の編集長フランセス・フィリップス[003]がつけてくれたものである。しかし、良いことばかりではなかった。頭の傷が完治していない状態で仕事に戻ったせいで、常に頭痛に悩まされ、記憶がすっかり戻るまでには時間がかかった。歩けるようになった後も、長い間、脳震盪の後遺症ばかりか、充分に回復していないうちに脳を酷使したことによる後遺症に苦しむことになり、突然倒れるようなことが頻繁に起こった。

書評が書かれるまで、しばらく時間がかかった。驚いたことに、最初の書評家たちのほとんどが、私の本が何を扱おうとしているのか、その意図、その方向性について理解していなかった。実際、書評家たちよりも一般読者の方がその本質を理解したのである。文学や文学史に関する旧態依然とした考え方への決別を企図して、私はあの本を書いた。もちろん、難しい理論や、様々な言語で書かれた文学を扱わねばならなかったが、分かりやすいものになるように可能な限り努力した。この本は最初から最後まで通読することを前提に書かれたものだったが、通読してもらえば、理解することはそれほど難しくはなかったはずだ。しかし、書評家たちの多くは、文学批評を扱った本のあるべき姿に先入観を持っていて、この本の本質が何なのか見極めようとする気持ちはなかったのである。『ニューヨーカー』は、どういう理由か、私の本は、ある著名で保守的な文芸評論家によって書かれた三十二(この数字も間違っている)のエッセイを集めたものだと書いた。私は文学に関して、決して保守的だったことはないが、〈保守的〉という言葉には何か政治的含みがあったに違いない。この本が批評史であると思い込んでいた別の書評家たちは、書かれていないことをあれこれと指摘し、私を非難した。『ニュー・リパブリック』は、なぜ、私がR・P・ブラックマー[004]について論じていないのか不思議がり、マラルメ的な暗示と喚起を援用して本を書いたと考えていた。『ネイション』は、この本を、ある種の左翼思想に対する攻撃と見なし、私に対する叱責とも取れる論調を展開した。しかし、道化芝居のように愚かしい書評と言えるのは、ハワード・マムフォード・ジョーンズ[005]が『サタデー・レビュー・オブ・リテラチャー』に書いたものだった。かつてヴァージニア・ウルフが予言したように、私の試みは、犬が後ろ脚のみで立って歩くのに等しい行為だと、彼は公然と非難したのである。ヴァージニアは、シェイクスピアの時代にまで遡り、女性が舞台に立つことは、犬が踊るのに近いことだと誰かが言った喩えを引き合いに出した。ジョンソン博士は、その二百年後に同じ表現を、説教壇から真理を説く女性に喩えて繰り返した。ここではウルフを引用しておこう。

女性たちが作曲を試みようとするキリスト紀元一九二八年という年において、我々はよく繰り返される表現を紹介しておきたい。「ジョンソン博士が、説教壇から真理を説く女性を喩えた表現を、マドモワゼル・ジェルメーヌ・タイユフェール[006]について、音楽という領域に適用させようと思う。『女性が作曲することは、犬が後ろ脚のみで立って歩くのに似ている。たとえうまくできなかったとしても、それを試みたというだけで、人は驚くのだ』。」[007]

「歴史は実に正確に繰り返す」とヴァージニア・ウルフは言う。そしてあろうことか、キリスト紀元一九三七年という年に、それはもう一度繰り返されたのだった。もちろん、出版直後に出たいくつかの書評の後には、洞察力と知識に裏付けられた書評が続き、私に対して、まさに最上級の賛辞を送ってくれたことを付け加えなければならない。しかし、何より私が安堵したのは、その本が目指していることをよく理解した作家たちによる書評が出たことである。まず、ヘンリー・キャンビー[008]が、その後カール・ヴァン・ドーレン[009]が『トリビューン』の第一面に、それからドナルド・アダムズ[010]が『ニューヨーク・タイムズ』に書いてくれた。

ロンドンでは、いわゆる大新聞の書評欄で取り上げられた。『ロンドン・タイムズ』は、紙面全体を使った書評を掲載してくれたばかりでなく、同じ号の社説で、その本が目指していることを論じてくれた。最上の書評は、詩人たちや鑑賞眼のある人々によって書かれたものだった。しかし、アメリカでもそうだったように、この本の本質について理解できない何人かの書評家たちは、わけのわからないことをだらだらと並べ立てているだけだった。『ロンドン・マーキュリー』では、ショーン・オフェイロン[011]が、本の内容を全く理解せず、何の脈絡もないままにエディ夫人[012]と私を比較し、「こうした本は、アメリカでのみ書かれうるものなのだろう」と、妙にいらいらしながら文章を締めくくっていた。『クライテリオン』の書評には、どこか子どもっぽいナイーヴさが感じられたのであるが、おそらく非常に若い書き手が、この本で、若い詩人たちへの言及がなされていないことに対する不満をぶつけていたのだろう。マルクス、バビット教授[013]、アプトン・シンクレア[014]の作品が、なぜ取り上げられてないのかと尋ねる手紙が次々に送られてきたが、その中にはロバート・グレイヴス[015]からのものがあり、ローラ・ライディング[016]を取り上げないのはなぜかと書いてあった。

最近、この本の新しい版[017]が出版され、再び広く書評に採り上げられることとなった。今回、最も好意的な書評は、ジョゼフ・フリーマン[018]によるもので、それは、彼の最初の書評が、本の本質を全く見抜いていなかったと正直に謝罪する誠実なものだった。他の何人かの書評家も同様の訂正を行ったが、ハワード・マムフォード・ジョーンズだけは考えを変えなかった。あの後ろ脚で立つ犬を、犬小屋へ戻すことはできなかったのである。

最終的に私は、この本によって数々の賞賛、祝辞、賞を受けることとなったが、中でもグッゲンハイム奨学金の成果として評価をされたことは嬉しいことだった。その結果、私は二度目のグッゲンハイム奨学金を受けることができたのである。後に、アメリカン・アカデミーからは、文芸批評家賞を受けることになる。他にもいくつかもたらされた名誉の中で、名誉博士号授与の話があったがこれは辞退した。しかし、それ自体は非常に光栄なことだと嬉しく思った。

新たな研究のための奨学金を受けることができたので、私たち夫婦は一九三八年の春、ヨーロッパに戻った。もしも、あの時にヨーロッパに戻っていなければ、昔からの友人のうちの何人かには二度と会うことができなかっただろう。というのは、翌年の一九三九年に戦争が勃発し、状況をよく知る人物からアメリカを離れるのは賢明でないという助言を受けたため、ヨーロッパ行きの切符を予約していたにもかかわらず、計画を中止にすることになるからである。私たちがニューヨークを出発した時に、再会を楽しみにしていた友人の多くは、到着したときには故人となっていた。ロンドンでは、私たちの到着直前に、レディ・オットリン・モレルが亡くなっていたため、彼女のために持参したプレゼントは、私のスーツケースの中に残されたままだった。夫のフィリップには会うことができたが、彼は一人で大きな家に住み、二人で共に送った生活を思い出してはふさぎ込んでいた。また、彼は妻が遺した回想録を読んで、少しばかり驚いたのではないだろうか。かつてガーシントン・ホールにやって来た客人たちの中には、夫妻を利用しようとしていた者もいたことを知り、昔を思い出して、怒りを覚えずにいられなかったのだ。ロンドンで頻繁に会ったのは、昔からのダブリンの友人たちで、ジェイムズとシンシア・スティーヴンズ夫妻とアーノルド・バックスだった。アーノルドには今や爵位があり、名誉あるイギリスの著名な作曲家として遇されていたが、少々恰幅がよくなり、私たちが新婚当初にダブリンで知っていた彼とは別人のように見えた。あの頃、アーノルドは、しばしばアイルランド語が話されている地域に出かけていき、シングに勝るとも劣らないシング風の劇を書き、アイルランド語で詩や物語を書いていたものだった。ロンドンも、私たちがよく知っていたロンドンではなくなっていた。昔よく読んでいた『ネイション』のような新聞は既に廃刊になっていたし、『スペクテイター』のような馴染みの雑誌も、驚くほど若い編集者を迎えており、さらに『クライテリオン』や『マーキュリー』は、質が落ちたと見なされていた。それらの雑誌も、新しい編集者を迎えていたと思う。そして、私たちが出会った詩人たちは皆、詩の読者がいなくなり、詩の批評は、無知で堕落したものになっていると不平をこぼしていた。今は文学の時代ではないということをヨーロッパの至る所で耳にした。英語で書かれた文学の未来はアメリカにあると率直に言う者もいたが、アメリカが英語という言語を破壊していると断言する者たちもいた。外国生まれの祖先を持つ作家たちは、韻律の知識がなく、その使い方を知らなかった。通りを歩くと、栄養失調と見られる人々に出会った。イギリスやアイルランドでよく見られることであるが、彼らは歯の状態も悪かった。従軍記者のウィリアム・シャイラー[019]が述べたように、イギリス人は、自国の若者たちの健康に充分留意してこなかったし、ドイツ人の体格と比べることを怠っていたのである。しかし、数値で計ることも推量することもできない曖昧な領域においてなら、イギリス人はドイツ人よりも明らかに優れていると私は思っている。ただ、アングロ・サクソンの特徴である、痩せて長身で、金髪の人々は少なくなりつつあるように思われた。彼らはノルマン人と言うべきなのかもしれない。そういった風貌の人々をかつてはよく見かけたが、今日では主に貴族階級や軍の将校といった階級に限定されているようである。

ダブリンでは、私の物書きのおじであるジョン・ガニングが、私が到着したまさにその日に亡くなった。これで、私の絆、子ども時代に連なる強い絆はすべて断たれてしまった。友人の多くは既に亡くなっていた。シガーソン博士、ホレス・プランケット、A・Eとその妻のヴァイオレット、そして、彼の友人であり助手でもあったスーザン・ミッチェルなどである。最後の三人は皆、癌で亡くなっていた。晩年のA・Eは、新しいアイルランドに満足していたわけではなかったと思う。結局彼は、アイルランドを去り、ロンドンで暮らし、最後はロンドンで死んだ。ただし、遺体は祖国に戻った。ジョージ・ムアも亡くなって久しく、その遺灰は故郷のメイヨーに播かれたということだ。しかし、セアラ・パーサーは九十歳を越えてなお健在だった。私たちは、彼女の美しく、思い出深い屋敷で開かれたレセプションに招かれた。ダグラス・ハイドもまだ健在で、功成り名を遂げていた。私たちは、ダブリン城で開かれた、彼のエール大統領就任式[020]にも出席した。しかし、いわゆるアイルランド文芸復興と呼ばれた運動に関わった人々の中で、当時アイルランドに留まっていたのは、イェイツ、シェイマス・オサリヴァン[021]、そしてダンセイニ卿のみだった。スティーヴンズはロンドンに、ジョイスはフランスに、そして私の夫はアメリカにいたのである。

私たちの最後のダブリン訪問の後、さらに多くのなじみある人々が亡くなった。私たちが去った時には、まだ幼児だった若い作家たちの中には、青春時代に親しくしていた友人の子どもたちもいた。最初にアイルランドを発ってから、既に二十四年が経っていたのである。街をとりまく雰囲気の変化は本当に大きかった。私たちはパリに行かなければならなかったため、ダブリンでゆっくりする時間は取れなかった。イェイツが夕食に来るようにと招いてくれたが、彼の妹ローリーは、彼を不必要に興奮させないようにと忠告してきた。イェイツが夜遅くまで話をしたがるのは明らかで、七十三歳になった彼にとって、それは健康上望ましいことではなかったからである。そのため、私たちは、夕食時にではなく昼間のお茶の時間に面会できるかどうかと尋ねたのだった。

イェイツは、ラスファーナムにある十八世紀に建てられた、居心地のよい小さな家に住んでいた。その居間に座って、イェイツが下に降りてくるのをほんの一分か二分待つ間、私たちは彼が変わってしまったかどうか考えていた。まもなく、いつも通りのせっかちで素早い足音が近づいてくるのが聞こえてきた。入って来たイェイツは、片眼に黒い眼帯をしていた。彼の声は、昔と変わらぬ情熱的なものだった。私がそばに近寄ろうとすると、彼は私をしげしげと眺め、「お互いにずいぶん変わってしまったね」と言った。そして、「昔の君は、私にとって、理想的な若いニヒリストだった」と、彼の口癖を繰り返した。もう、自分が華奢な娘でないことはわかっていた。私の金色の巻き毛は、今ではロンドンの霧の色に近いものになり、ジグやリールを巧みに踊ることができた足は、今では杖の助けが必要だった。前年の事故の影響で、少なくともしばらくの間、私は杖なしでは動けなかったのだ。

とはいえ、三十代、四十代の人間が老年にさしかかる時の変化に比べると、十代の若者が中年になった時の変化のほうがはるかに大きいのであり、私の目に映ったイェイツの変化よりも、彼の目に映った私の変化の方が大きかったことだろう。かつて漆黒だった髪が白髪になっていたこと以外、ある意味で彼はほとんど変わっていなかった。彼の話には、昔ながらの情熱が溢れていた。あらゆる領域の知的な成果に対し、イェイツが常に表していた畏敬の念が、相変わらずそこにあった。そして、政治家であれ作家であれ、若い世代の友人たちについて語るときの謙虚さが、あの誇り高く傲慢なまでに自信に満ちた精神から生まれていると思うと、実に不思議な気持ちになった。また、アメリカの詩について強い関心を示し、特にその人生にまつわる噂話を耳にしていたエリノア・ワイリーとエドナ・ミレイの詩について語ろうとした。彼は、多少のゴシップは嫌いではなく、そのユーモアのセンスは鋭かった。イェイツをウィットに富んだ人物だと思ったことはないが、ユーモアのセンスはあった。一般的に、この二つはよく似ていると見なされがちだということを、私も理解はしているが。そして、アーチボルト・マクリーシュ[022]について、かなり長い時間、話題にしていたことを覚えている。しかし、彼が最も関心を示していた詩人は、シュテファン・ゲオルゲ[023]だった。最初、私はなぜ彼がゲオルゲに興味を持つのか不思議に思った。しかし後になって、ゲオルゲがあるドイツの政治理念、政治思想に関して影響力のある立場にいたことを、誰かがイェイツに教えたことがわかった。

作家は指導者であり預言者であるべきだというイェイツの昔からの考えは健在だった。詩人は、自身が政治家であろうとなかろうと、その祖国に、その同胞と国家の実生活に影響を与えなければならないとイェイツは考えていたのである。彼がファシズムについて、ナチズムについて、またコミュニズムについて詳しく知っていたとは思わない。しかし、それらすべてに対する彼の態度は、熱心な好奇心に基づいたものだった。確かに彼は、民主主義者ではなかった。イェイツは常に、ある種のエリートが祖国に仕えるべきだと考えていた。それは、カレル医師[024]がその著書『人間――この未知なるもの』で述べた考えとあまり異なっていないように思う。教育を受け、優れた少数の人々は、他者のために自分の人生を捧げなければならないというものである。

「私は喜びのために踊ったことは一度もない」[025]とイェイツは書いている。しかし、強い感受性を持つ者のみが幸福を感じることができるという意味において、彼は幸運なだけでなく幸福な人生を送ってきたと思う。この時点で、彼はヨーロッパで最も有名な人物の一人であり、多くの崇敬者たちに取りまかれていた。彼には献身的な妻がいて、献身的な友人たちがいた。そして私は、彼が父親の役割という責任を担っており、子どもたちの将来を気にかけていることに初めて気づいた。同席していた娘は舞台装飾家として、彼の関心にかなった仕事をしていると語ってくれた。しかし、様々な話題を熱心に語るにつれ、イェイツが疲れてきているのに私は気づいた。あの霊的にも肉体的にも偉大だった彼のエネルギーは既にそこにはなく、時々、ほんの短い瞬間に閃光のように訪れるのみだった。彼の賢明な妹の忠告は、長居をしないで欲しいということだった。私はやや唐突に立ち上がり、いとまを告げたのだが、この行為は彼を悲しませたようである。そして、少しばかり恨めしそうな眼差しを私たちに向けた。秋に戻ってきたときにはディナーを共にし、ゆっくり話ができるようにすると約束した。私たちが帰ろうとしたとき、疲れて椅子に深く座った彼は、悲しそうだった。私たちに充分知的な刺激を与えられず、そんな状態で、私たちを行かせたくないと思っているに違いないと思った。

イェイツと会ったのはこれが最後になった。彼はこの数カ月後に亡くなった。今にもフランスで戦争が起こりそうだったため、私たちはフランスからダブリンに戻ることができなかった。彼ほど偉大な知性を持った、彼ほど偉大な人物を私は他には知らない。イェイツは、万能の才人で、多様な分野に知的な関心を示したと同時に、他人の才能についても、非常に寛容だった。彼は常に友人を過大評価していた。彼が白鳥だと言った人々の中には、鵞鳥にすぎない人々もいた。また、誰かが彼自身、もしくは彼に近い人物を誹謗中傷するようなことがあった場合、彼は決して忘れなかったし、決して赦すこともなかった。イェイツは、アイルランドのどの詩人と比べても、あらゆる面でアイルランド的詩人だったと言える。それは、彼が素材として使ったものがそうだったというより、生まれながらに備わっていた感情、心的態度、霊的本性、人種に対する考え方、ケルト的騎士精神といったものすべての表現がアイルランド的だったのである。もちろん、彼の出自は完全なアイルランド人というわけではなかったが、アングロ・サクソンでもなく、ケルト的だった。そのため、献身的な友人がたくさんいたにもかかわらず、彼はイングランドではあまり居心地がよくなさそうだった。A・Eと比べても、スティーヴンズと比べても、私が知っている他の誰と比べても。イェイツはアイルランドによって作られた詩人であった。彼は言う――「私はアイルランド。アイルランドの大地。私と一緒にアイルランドで踊ろう。」[026]

イェイツを知らないときの自分、彼の詩を知らないときの自分を思い出すことはできない。子どもの頃には、イェイツの比較的分かりやすい詩を諳《そら》んじることができるほどよく読んだ。彼は、私が実際に知り合った最初の詩人であり、最初の有名人だった。そして、寄宿学校で過ごしていた十代始めの頃、私は彼の詩と演劇によって、眠りから、まさにそれ全体が夢だと言える子ども時代から覚醒したのである。イェイツと私の間には、ジョイスが大いなる関心を払った、あの照応関係《コレスポンデンス》と言うべきものがいくつかあった。私たちは、アイルランドの同じ地域で、非常に印象深い子ども時代を送った。そして、同じ場所、同じ伝説、そして何人かの同一人物にまつわる記憶を共有していた。一度私は、イェイツの親戚の一人に、ひどい火傷の痕を治してもらったことがある。この人物は「火傷の治療」という神秘的な処方を伝授されていたのである。また、私たちは、六月十三日という同じ日に生まれていた――もちろん、私は四半世紀後[027]の生まれである。占星術に多大な関心を寄せていたイェイツは、星や惑星の影響関係や、同じ星、同じ惑星、同じ黄道十二宮の下に生まれた人々の強い関係性を信じていた。私は一度イェイツに、ヴィクトリア女王も私たちと同様、六月十三日生まれだと言ったことがあるが、彼はその情報には関心を示さなかった。ある意味で、私自身も、占星術的な影響について信じているところがある。彼の関心と、私の関心はかすかに共通するところがあると感じていた。それは、彼が書いたあらゆることに関して、他の人々にとってはどこか秘儀的に感じられるものも含め、その本質に到達することを可能にする何ものかだった。私の知力に関して言えば、もちろん彼より遙かに劣っていたに違いないが、イェイツ同様、私は人類の魂が発現するあらゆる事柄に興味を持っていた。それは私が若い頃から、つまり最も多感な時期から、彼の影響下にあったからかもしれない。一九一四年にアイルランドを去ってから彼の死まで、イェイツとそれほど頻繁に会ったわけではない。合計してもおそらく十数回のことだったと思う。それでも、イェイツは私の人生において、夢ではなく現実に存在した人物であり、私に多大な影響を与えた人物を二人あげるとするならば、間違いなくその一人である。

第三十七章　不穏なヨーロッパ

1

私たちは、アメリカの定期船に乗ってヨーロッパに向かった。船はコーブ港[001]でアイルランド人の乗客を降ろし、大陸に向かう新たな客を乗船させた。船のラウンジや食堂で様々な人々に出会うことができ、とてもくつろいだ気持ちで過ごすことができた。研究休暇を取ったアメリカ人教師や教授たち、フランス人の美容師やウェイター、ポーランド人家族やドイツ人家族などがいたが、こうした雑多な国籍を持つ人々は、皆、アメリカに住んでいて、貯金をしては、人生で一度か二度、文化を吸収するため、ビジネスのため、親戚に会うため、アメリカで生まれた子どもたちを祖国の祖父母に見せるためといった様々な目的で、ヨーロッパを訪れようとしているのだった。彼らは、アメリカ各地からやって来ていた。カリフォルニア、アラスカ、ハワイなど、船に乗るまでに、既にかなりの距離を移動した人たちもいたようだ。

シェルブールでフランスの声を再び聞くこと、ノルマン系フランス人特有のフランスの声でポーターや鉄道員たちに話しかけられることは心地よいことだった。ポーターたちは勢いよく大声で叫びながら、アメリカ人たちのためにスーツケース一つを運ぶのに、法外な値段をふっかけていた。ポーターたちから、不満の声を聞かないですむように、アメリカ人は皆、言われるままに運搬料を払っていた。

パリに到着し、顔なじみの人々が働くホテルから、ジョイス家の人々や他の友人たちに電話ができるということは、とても嬉しいことだった。ルチア・ジョイスは、パリ郊外のサナトリウムに入っていたが、ジョイス夫妻は、私たちが彼女に会えるように段取りをつけると約束してくれた。数日のうちに、私たちは、夏のために借りたエトワール広場近くの家具付きアパートに落ち着くことができた。そのアパートには部屋が七つあった。私が人生で最も大事にしたい贅沢は空間《スペース》である。現代社会において、あらゆる贅沢の中でも最も贅沢だと言えるのは、空間ではないだろうか。パリという街に、宮殿や大邸宅、歴史的建造物が多いことは事実であるが、私は、その本質は村が集まったものだと考えている。そのせいか、私たちは間もなく近隣の人々と親しくなることができた。八百屋、パン屋、カフェやドラッグストアのオーナー、イタリア人にほとんど独占されている靴の修理屋、ユダヤ系ロシア人がほとんど独占する仕立屋とアイロン職人といった人々である。私たちは、このようにサービスも充実し、手頃な気晴らしにも事欠かない、心地よく気楽なヨーロッパ的環境の中で一夏を過ごせるものだと思っていた。しかし、私たちがフランスを去ってから五年の年月が流れており、パリに住んでいたときから は六年が経っており、フランスでの変化は、イギリスやアイルランドでの変化よりも遥かに大きいことがすぐにわかった。焦燥感と無責任が充満していた。先の大戦の間に生まれた世代、もしくは戦争の直前に生まれた世代の存在感は今や大きくなり、古いフランスの美徳が、彼らには驚くほど欠如していた。中年の労働者たち、専門職に就いている人々、商店の店主たちは皆、従来通りよく働き、倹約家で礼儀正しかったが、若い世代は自分たちを楽しませる以外は何もしたがらない様子だった。彼らは戦争中に子ども時代を過ごし、中には全く学校教育を受けていない者や、地元で悪行の限りをつくした者もいるようだった。彼らは昔からのフランス風の規律や、秩序と勤勉というフランス人気質には縁がなかった。料理のできるメイド、きちんと仕事をしようとするメイドを雇うことは不可能なことだった。たとえ雇うことができたとしても、事前の予告なしに勝手に辞めて出て行ってしまうような者も少なくなかった。

当時、一種の主義とでも呼べるような、極端な無責任が人々の間に蔓延していた。友人によると、高級ホテルにおいてでさえ、ウェイターたちは無礼かつ無能で、特にアメリカ人には横柄な態度を取ると言う。そして、解雇されようとされまいと、彼らは一向に気にもかけない様子だった。人々の士気は明らかに低下していた。私たち自身の経験を書いておこう。一九三二年以来、倉庫に預けておいたテーブルやトランクの配送を依頼した時のことである。配送員たちは、アメリカでなら一時間以内に終わる仕事に一日かけたのである。彼らは、ワインつきの昼食に二時間費やし、仕事が終わって帰る際、故意《サボ》の破壊活動《タージュ》としてエレベーターを破損し、管理人《コンシエルジュ》を脅迫して苦情を言えないようにした。何かを修理させるのは困難なことで、私たちは何日もの間、四階のアパートまで、階段を上がったり下りたりしなければならない羽目に陥った。ストライキは数限りなく行われた。銀行や商店は、しょっちゅう三連休をとった。あらゆる宗教的祝祭日が仕事をしない口実となった。無為と娯楽への情熱が国を席巻していた。このため、週四十時間労働制を導入したブルム[002]内閣を批判する声も高かった。実際、あらゆることが先の大戦に端を発していた。フランスの花とも言える多くの若い世代が戦争で命を落とし、ヴェルダンの戦い[003]では、特にある世代の人間が大量に戦死し、戦いの後、何年にもわたって死臭があたりに漂ったとも言われていた。その次の世代が記憶しているのは、主に社会の崩壊だった。彼らの父親たちは戦死し、母親たちは生活に対処することができず、家族の蓄えは底をついた。その一方で、政府高官たちは、「フランスは働かなければならない、この怠惰を止めなければならない」と演説し続けた。アングロ＝サクソンの国々に比べると、もともと正直な商売をする方ではなかったが、それがますますひどくなった。小さな商店や田舎のバスで渡される釣り銭は少ないことがよくあり、それを指摘すると、相手の怒りを爆発させるだけに終わるということも多かった。あの魅力的なフランス文明に何かが起こりつつあった。フランス特有の愛国心や家庭生活を尊重する態度さえ変化しようとしていた。産児制限が極端なまでに進んでいて、子どもをほとんど見かけないようになっており、いたとしても、青白く不健康な子どもばかりだった。

パリは、あらゆる種類や階層の外国人たちでごったがえしていた。中でも、最も哀れをさそったのは、モーゼの律法を厳格に遵守する老いた正統派ユダヤ教徒たちだった。他国から逃げてきた彼らは、顎鬚をはやし、長袖のカフタンを身にまとい、大通りのベンチで、紙袋に入った冷たいパンとソーセージを食べていた。流行のレストランはとても混雑していて、テーブルが空くまでしばらく待たなければならなかった。それはニューヨークではよくあることだったが、かつてのパリでは珍しいことだった。私たちはそうしたレストランは、誰かのゲストとして招かれる以外は、避けるようにしていた。むしろ、ほどほどの収入を得ているフランス人たちが行くような地元のレストランで、ごく普通のワインと一緒に、普通のメイン料理とサラダを食べることを好んでいたからである。そうしたレストランでは、待つことなくテーブルに座ることができた。

娘が発病して以来、ジョイスは活気のある場所で夕食を取ることを好んでいたように思う。彼は、ありとあらゆる分野の有名人たち、例えば、世界中の演劇界や映画界のスターに加え、高級娼婦たちが集まる、シャンゼリゼ通りの高級レストランであるフーケの常客になっていた。彼は眼がよく見えなかったので、そこに集う人々を自分で見ることはできなかったのだが、誰がいるか聞かされるのを好んでいた。ある日、テーブルが空くのを待っている間、ベンチに通されたことがあった。私の隣にいたのは、黒のスーツを着た、化粧っ気のない疲れた感じの女性だった。見たことのある顔の女性だったので、どこで会ったか思いを巡らせていると、ノーラ・ジョイスが、「映画で見たことがあるでしょう? マレーネ・ディートリッヒ[004]よ」と教えてくれた。衝動的な性格の私は、内向的なジョイス夫妻が制止するより先に、「ディートリッヒさんでいらっしゃいますか?」と尋ねていた。「そうですよ」と彼女は感じよく答え、「あなたは?」と聞いてきた。私が少しばかり物を書いていると答えると、「まあ、それなら、ムッシュー・レマルク[005]をご紹介するわね」と熱心な口調で言い、側にいたツイードを着た男性を紹介してくれた。私はそのお返しに、側にいる男性が「ムッシュー・ジェイムズ・ジョイスです」と紹介した。その効果は〈感電〉という言葉に匹敵するほどだった。映画スターたちが、ジョイスのような作家に興味を持つとは思っていなかったが、彼女も、そしてごく当然のことながらレマルクも、この出会いに興奮し、テーブルの用意ができたと言われても、その場を立ち去りがたい様子だった。よく気が利くウェイターが、彼らの隣に私たちのテーブルを用意してくれたおかげで、私たちは時折会話を交わすことになった。ジョイスは、まるで歴史上の事実でも語るかのように、「私は『嘆きの天使』であなたを拝見しました」と言った。「ムッシュー・ジョイス、私の最高の作品をご覧になったのね」と彼女は答えた。ジョイスは面白がっていた。そして「自分が人気作家だった時代は過ぎ去ったと思っていました」といつもの気まぐれな調子で言った。少しばかり、鬱状態にあった時期だったのかもしれない。彼は、『フィネガンズ・ウェイク』執筆の最終段階にかかっていて、いつものことであるが、助手たちを総動員していた。しかし、この時のパリ滞在で、彼に会うことはあまりできなかった。ジョイスとその家族は夏の間、パリに住んでおらず、時々やって来るだけだったからである。

私たちは他にも古い友人たちとの再会をはたしたが、特筆すべきはシャルル・デュ・ボスとの再会である。彼は当時、オテル・ド・ヴィーユ近くにアパートを持っていて、驚いたことに、アメリカ中西部のインディアナにも家を持っていた。さらに驚いたことには、プルーストの『失われた時を求めて』における登場人物に〈時〉が及ぼしたのと同じことが、シャルル・デュ・ボスにも起こっていたことだった。彼はノートルダム大学[006]の教授になっていたのだが、このプルースト的フランス紳士が、若い野球選手たちに文学の妙味について教えていることを想像するのは難しかった。とはいえデュ・ボス自身は、妻と一人娘と数人の秘書にかこまれて送っているアメリカ中西部での生活について、心地よく満足していると語った。というのも、彼はそうした贅沢な暮らし以外に、生活するすべを知らないのだった。私は、デュ・ボスがアメリカでの新しい生活にどのくらい耐えられるものかと考えた。そして、彼がフランスを去ってアメリカに向かったのは、一種の不吉な意味合いがあるのではないかとも思った。それは、ヨーロッパの知識人を代表する彼のような人物に、自国での展望がないということを示していた。彼がアメリカに戻る前にもう一度会いに行ったが、それが最後の面会になった。彼はその後、間もなくして亡くなったからである。

パリは夏だった。パリでは短期間の又貸しの習慣がなかったため、市民たちは住んでいるアパートを閉め、暑い季節の間、群をなしてパリから脱出するのが常だった。しかしながらその夏は、例年以上に多くの人間がパリに滞在していた。イングランド国王と王妃[007]が国賓として来仏することが予定されていたため、通りは飾り立てられ、ホテルや宮殿は改修された。二人の訪問を特別なものにするために、予算も手間も、惜しむことなくふんだんに費やされた。このようなお祭りは、かつてヴェルサイユ宮殿で催された地上の祝祭、水上の祝祭などと比べても見劣りしない、すばらしいものにしなければならなかったのである。仕立屋たちは、昼夜を徹して新しい服の注文に応えようとしていたし、騎兵中隊は新しい制服を与えられ、楽隊は四六時中新しい音楽を練習していた。こうしたことすべてが戦争へと向かっている証であり、フランスはイギリスにうまく丸め込まれて参戦するようになりそうだと、人々は街の通りやカフェで噂していた。一方、アングロ・サクソン世界はフランスのために戦おうとしていて、フランスがドイツ人に侵略されないようにしているのだと、同様の確信を持って言う者たちもいた。ドレスメイカーのインスピレーションによるものなのか、女王は上から下まで真っ白な衣装に身をつつんでいた。それに比べると、国王の印象はやや地味だったが、二人は大歓迎する群衆の中、街を進んでいった。楽隊や行進する軍隊、歓迎のスピーチや晩餐会など、あらゆる光景を、女王は心から楽しんでいる様子を隠そうともせず、彼女のために用意されたすべてのものに、少女のような興味を示す姿が写真に収められた。しかし、万人が同じように歓迎したわけではなかった。新聞によっては、国王と女王によるこの訪問が、ヒトラーとその取り巻きに対し、隣国の壮麗さと実力を見せつけ萎縮させるというよりは、結果的に彼らを扇動することになったという噂を漠然と暗示したものもあった。どれくらいの数がいたかは定かでないが、多くのフランス人が、島国の帝国と同盟を結ぶよりは、大陸内での同盟、ドイツやイタリアとの同盟すらよしと考えていたことを忘れてはならない。このように考える人々は、ヴィシー以南に多く存在していたようだ。サマセット・モームはある本の中で、フランス人は、イギリス人よりもドイツ人の方を好んでいるが、ドイツ人は、特にヒトラーは、フランス人よりも、イギリス人の方を好んでいるという見解を述べている。相手国に対して持っている好き嫌いの感情は、どうやら戦争とは全く関係がないもののようである。

この当時のパリでは、誰も、ドイツで何が起こっているのか知らなかったようだ。アメリカの一つの州が別の州に隣接しているように、フランスが国境によって接している国について、一般大衆や報道陣がほとんど情報を持っていないというのは非常に奇妙に感じられた。しばらくヨーロッパに戻ってくる機会はないことがわかっていたため、私たちは、〈第三帝国〉を訪れ、そこでの様子を見てみることにした。しかし、決めることは簡単でも、実行に移すことはそれほど簡単なことではなかった。ビザの獲得に難航したのである。パリにあるドイツ旅券事務所の事務官は、私たちを疑いの目で見つめた。私たちは小さな別室に通された。パスポートの職業欄に「作家」と記入されていたため、私たちがドイツについてどのようなことを書こうとしているのか、作家としての能力を試されたのである。実のところ、私たちは、自分たちの好奇心を満足させるためにドイツに行こうとしているだけで、何かを書くつもりは全くなかった。ビザを支給されると、私たちは「旅行者用のマルク」を購入した。パリの銀行員は、私たちが最初に依頼した額よりも多くのマルクを買うように勧めた。というのは、一度ドイツに入ると、旅行者用のマルクを買うことはできないというのだった。しかし、これはパリの人々がドイツの事情について、また、そこでの習慣について全く無知であったことの一例である。実際にはパスポートと現金を提示すると、アントワープへ架空の電報を打ったことにして、その日の交換レートが示され、私たちが希望するだけの旅行者用のマルクを、ドイツ銀行の本店支店のどこででも手に入れることができたのだった。

私たちは、ドイツに入ったときの変化に驚かないように、人種的にドイツ人にかなり近いと思われるストラスブールから旅を始めることにした。ライン川を越えると、自分たちが全く異なった文明の中に投げ込まれたという実感が驚きと共に襲ってきた。列車の管理を引き継いだドイツ人の乗務員たちは、全く異なった雰囲気を漂わせていて、列車を全く別物に変えてしまった。ドイツ人たちは背が高く、自信に満ちていて、活力があり、効率的であり、更に奇妙なことに皆とても感じがよかった。私たちは、バーデン＝バーデンにある小さなホテルに到着した。ホテルは快適で管理状態もよく、料理はすばらしいものだった。当時、無味乾燥だと思われていたドイツ料理とは全く別物だった。後に、第二次世界大戦の折、世界中のどの国よりも、ドイツに対してよい印象を持ったアメリカ兵士たちは数多くいたに違いない。知り合いの一人の若い兵士が以下のように言ったことを、その言葉のままに記録しておくことは意味があると思う。「ドイツ人は、グループでいると嫌な奴らだけれど、個人でいるときは、また家族でいるときは好ましい人たちで、他のヨーロッパの人間よりもアメリカ人に似ていると思う。フランス人はグループでいると好ましいが、個人となると気難しく、場合によっては敵意を見せることすらある。」バーデン・ホテルの支配人は、ナチスとはかけ離れた政治的理念の持ち主で、自分が思ったことは何でもはっきりと口にした。「あいつらは、私たちを戦争へと追いやろうとしている」と、アメリカ仕込みの英語で言った。この支配人はアメリカに数年住んでいたが、自ら望んで帰国したのである。バーデン＝バーデンでは、ナチスの体制はそれほどはっきりとは感じられなかったが、それでも「ユダヤ人は出て行け」といったような不愉快なスローガンが目に留まった。とはいえ、そのスローガンが忠実に遂行されているわけではなかった。マッサージ店で、試しに自分の名前を、ユダヤ人に多い姓「コーエン」と書いてみたことがあった。店主は、北ヨーロッパ風の私の顔つきを見る前に、予約を入れてくれた。また、多くの場所でユダヤ人と思われる人々が見かけられた。

ミュンヘンには夜遅く到着したが、ニュルンベルクで開催されるナチスの大集会[008]に備え、ホテルは混み合っていたため、空室のあった最初のホテルに宿泊することにした。私たちは、ホテルで不愉快な扱いを受けることとなった。フロントの受付係は、私たちの顔つきをゆっくりと、何事も見逃さないといった眼差しで確認した。私たちは宿帳に自分たちの名前を正しく記入したのだが、まるで私たちが「コーエン」とでも書いたかのような扱いを受けた。翌朝、食堂に何度電話しても、部屋まで朝食を運んでもらうという大陸のホテルではごく当たり前に行われている習慣も私たちには適用されなかった。ニュルンベルク法[009]の基準に照らし合わせた際、宿帳に記載した私たちの名前は、どうやら「問題なし」とは即座に判断されなかったようである。洒落たレジーナ・パラスト・ホテルになんとか部屋を確保できたので、私たちはすぐに最初のホテルから出ることにした。ほとんど屋根裏部屋と呼んでもいいようなものだったが、充分に快適で料金も妥当なものだった。ここでは、従業員は皆、育ちがよくて礼儀正しく、支配人以下誰もが平等な待遇を受け、面倒な仕事を進んでやろうとする気持ちに溢れていた。人を平等に扱い、階級格差をなくすという観点から言えば、完全な民主主義の国にいると錯覚するほどだった。

　鉤十字《ハーケンクロイツ》は、どこででも見られたわけではなかった。また、最初に「ヒトラー万歳！《ハイル・ヒトラー》」という挨拶を耳にしたときは、本当に驚いてしまった。バーデン＝バーデンで「ハイル・ヒトラー」を耳にすることは全くなかったからである。ミュンヘンで何かを買おうと小さな店に入ったとき、カウンターの中にいる金髪でバラ色の頬をした娘に、バイエルン地方特有の挨拶、「グリュスゴット（こんにちは）」と声をかけられた。彼女はすぐに外国人が入ってきたことに気づき、立ち上がり、少し腕をあげて、ゆっくりと、印象に残るような調子で、「ハイル・ヒトラー」と言った。パリ同様、ミュンヘンにも外国人が溢れていた。特に若いアメリカ人が多かった。ある時、道に迷った私は、堂々とした制服姿の若い紳士に道を尋ねたことがあった。ナチの親衛隊か何かと思ったのである。彼は重々しく、「私はドイツ人ではありません、イタリア人です」とドイツ語で言った。私は制服につけられたイタリアの記章に気づき、謝罪した。明らかに、ニュルンベルクの大集会のために、イタリアから代表団が多数派遣されているようだった。その後、同じ制服を着た人々を多数見かけるようになった。数日後には、さらに、様々な種類の制服を着た男たちが、統制の取れたフォーメーションを取りながら、すばらしい音楽を演奏しつつ通りを行進するのを見かけることになった。

　ミュンヘン郊外で、肩に鍬をかついだ労働運動家の大隊が、一部始終を監督している一人の役人に向かって敬礼しながら行進するのに出くわした。それは、とても印象に残る光景だった。一瞬ではあったが、鍬は軍刀か機関銃のように見えた気がしたのである。そこには一種の演劇性が見受けられ、あらゆるものが劇的効果を伴って舞台上で演じられているかのように感じられた。続いて、黒い制服と大仰な肩マントをまとった男たちが、あの有名なミュンヘン一揆[010]で犠牲になった十六名の墓石を、悲痛な面持ちで警護している姿は、まるで劇的活人画《ステージ・タブロー》のようだった。一列に連なった墓とそれを警護する男たち、また、最近建設されたように見受けられる数々の建造物は、死のような厳正さを漂わせていたが、このような情景は、ミュンヘンの中でも独特のもので、他では全く見ることがなかった。しかし、街の通りで見かけられる若い人々は陽気で幸福そうで、身なりもよかった。更に奇妙だったのは、政府による食料の配給は少量だったにもかかわらず、皆、栄養が行き届いていたということである。おそらく、カロリーについて科学的に考えられているのだろう。彼らは、ロンドンの通りを歩く若い人々に比べると、背が高く、強健そうだった。毎晩ホテルはダンスをするためにやって来る着飾った若い男女で一杯になった。ミュンヘンから離れた田舎では、若い人々は皆、バリア地方の美しい民族衣装を身にまとって、場所を選ばず歌ったり踊ったりしているようだった。彼らはかなりの労働を余儀なくされていたと思われるが、同時に娯楽のための時間も充分にあったようだ。ドイツで推進されている「喜びを通じて健康を」[011]という運動は、フランスやアメリカで冷笑されているほど愚かなスローガンではないように思えてきた。そして「我々の総統《フューラー》」に対して、個人個人が深い忠誠心を持っているように見受けられた。ある時私が、大胆にも彼のことを「ヒトラー」と呼んだ時、「総統ですよ、お嬢さん」[012]と、優しくたしなめられた。パリ同様、いやそれ以上に、通りでもカフェでも、普通の人々は戦争が起こるかもしれないなどとは考えてもいなかった。教会を訪れる人はフランスよりも多かったが、劇場の演目は、音楽を別にして、どちらかというと幼稚なものが多かった。寄席劇場《ヴォードビル》では、若いアメリカ人グループによる出し物が上演されていたが、馬鹿馬鹿しさという点で、これに勝るものは考えられなかった。おそらく、目端のきいたアメリカ人学生たちが、一旗揚げようとして、この出し物を作り上げ、リハーサルもきちんとしないまま劇場に売り込んだのだろうと思われる。

2

出発前に比べて、パリの状況は一層不安なものとなっていた。ニュルンベルク党大会には誰もが不安を感じていた。ヒトラーは、ズデーテン地方はドイツの領土だと主張し、戦争が、本当にそこまで迫っているということを感じずにはいられなかった。よく眠ることができなかったある朝のこと、騒々しい車の音で目が覚めた。寝室から窓の外を覗くと、「ギャラリー・ラファイエット」、「プランタン」、その他の店の名前をつけた配達用のトラックが、家具用のトラックと一緒に走っているのが見えた。トラックには覆いがかけられていたが、荷台から軍服を着た兵士たちの脚がぶら下がっていた。出兵が始まり、軍隊がマジノ線[013]に向かって結集し始めていた。他の国でも出兵が始まり、込み入った交渉も進行中だった。ある日曜日のこと、田舎の友人の家を訪ねて帰ってきてみると、パリ中の街灯があまりにも暗かったため、通りを運転するのが難しいと感じられたほどだった。

人々で一杯の疎開用列車は、フランスの田舎に向けて次々と出発していた。逃げ出すという選択肢のある者たちは、大急ぎでパリから脱出しようとしていたのである。私たちのようにパリに残った者たちには、防空壕がどこにあるか、そこに何を持っていくべきか、また、ガスマスクの使用法について、様々な指示が下された。しかし、パリの一つの通りの住民全員に行き渡るほどのガスマスクが用意されているかどうかは疑わしいと思っていた。アパートの建物の前に、哀しいほど少量の砂の山が置かれたが、おそらく爆撃による火災を消火するためのものだったのだろう。アパートに住んでいたのは、主にスペイン内戦〔一九三六～三九〕を逃れてきたスペイン人たちで、既に空爆を充分なほど経験し、爆撃による恐怖を深く魂に刻んでいる者もいた。コンシエルジュは、突然の襲撃があっても、防空壕まで逃げる時間は充分にあると言って、そのまま滞在し続けることを勧めた。私たちは最上階に住んでいたので、最初に被害を受けることが予想された。周りのフランス人たちがパリから地方に、また、中立国であるスイスやオランダ、アイルランドなどを目指してどんどん逃げ出しているのを見て、私たちはどうするつもりかと、穏やかで冷静な一人のスペイン人の女性が尋ねてきた。戦争が始まろうと始まるまいと、今いる場所にそのまま留まるべきだと私は伝えた。彼女は安心したようだったが、実は私も、自分が主張したほど自信があったわけではなかった。

　アメリカに向かう船はどれも満員だったが、私たちが往復で買っていたチケットは北ドイツ・ロイド社が所有する船のもので、定期便の運行は止まっていた。私たちが住んでいた地域の住人の中には、すっかりやる気を失い、昔からの奉公人たちを解雇し、中立国に向けて立ち去った者もいた。八月の社交界シーズンに備えて、有名クチュリエにドレスを頼んでいた人々は、注文をキャンセルした様子だった。しかし、リュシアン・ルロン[014]の店にそれほど高級ではない洋服を何着か注文していた私は、キャンセルすることはしなかった。しばらく経つと、それが夜だったか昼だったか覚えていないのだが、新聞でもラジオでも電話でも、戦争が始まる危険は避けられた、ということが伝えられた。チェンバレン氏[015]とダラディエ氏[016]が、ヒトラーとの平和交渉に成功したのだ。[017]誰もが皆、安堵のあまり気が狂わんばかりだった。通りは踊る人々で一杯になり、カフェではシャンパンが振る舞われた。ルロンの店に注文していたあまり高価でないドレスは、本来予定していたものよりもはるかに上等の素材で作られ、実に美しいデザインのものに仕上がった。店から、縫い子と仮縫い係が一人ずつ私のアパートにやって来て、仮縫いが行われた。注文をキャンセルしなかった顧客に店は感謝の意を表したのであるが、私もそのような顧客の一人だったのだ。

とはいえ、不安であることには変わりがなかった。「こんな調子を続けたら、あいつにヨーロッパ全部を差し出さなくてはならなくなる」という声も聞かれた。戦争が始まるという危険がなくなってはいないという印象を人々は持っていたが、少し息をつく余裕はできた。

出兵した兵士たちも戻って来はじめた。カフェでは皆、歓迎されたが、実際に起こったことに対し、苛立ちと同時に恥ずかしさを感じた者もいたようだった。ヒトラーは、戦争について単に脅しをかけているだけだと考えている者もいた。一年経たないうちに、彼らは再び動員されるだろうと言う者もいた。それは、落ち着かない夏で、私はグッゲンハイム奨学金による研究を進めることが全くできなかった。客船が運航を再開すると、直ちに私たちはアメリカに戻る準備を始めた。事前に予定していた、アイルランドにお別れの訪問をすることは叶わなかった。夫の講演の日時が迫っていて、私たちはアメリカに戻らなければならなかったからだ。私はグッゲンハイム奨学金の一部をフランスの銀行に残しておくことにした。翌年、一九三九年の夏、また戻ってきて、静寂の中で研究を再開しようと思ったのである。以後、フランスにも、私の奨学金にも再会することはなかった。後者は、ドイツに没収されてしまったのだ。友人の多くは、私たちが、不安定で混乱したヨーロッパを去って、アメリカに帰ることができることを喜んでくれた。シェルブールを出る客船に接続するサン・ラザール駅発の早い列車に乗るため、私たちは最後の夜をテルミヌス・ホテルに泊まった。友人たちに別れを告げながら、私は不吉な予感を覚えた。それでも、再び戦争を起こすほど、人間が狂っているとはどうしても考えることはできなかった。早朝の出発だったにもかかわらず、何人かの友人たちが見送ってくれた。列車に乗ろうとしたその時、プラットフォームの向こうから、見えない目で躓きながら、ノーラに付き添われたジョイスがやって来るのに気がついた。二人は列車までやって来た。ジョイスはとても悲しそうで寂しそうに見えた。「君たちに行ってほしくはないんだがね」と彼は言った。「それでも、アメリカの方が安全だから。」列車が走り出すと、私たちは彼に向かって手を振りながら「また会いましょう《オー・ルヴォワール》」と叫んだ。その後、二度とジョイスに会うことはなかった[018]。

アメリカに戻ってみると、人々がヨーロッパで起こったことに困惑していることに気づいた。イギリスとフランスの判断は、その当時、必要な妥協だったのだが、アメリカ人はその妥協を理解できなかったのだ。アメリカ人がヨーロッパを理解できないのは、常のことだ。ヨーロッパはずいぶん遠くにある。一握りのアメリカ人しかヨーロッパの歴史、その複雑な歴史を学んだことがなかったし、ましてや、ヨーロッパに足を踏み入れたことはなかったのである。アメリカの内陸部では、大多数のアメリカ人はヨーロッパに関わりたいなどとは全く思っていなかった。それは、ヨーロッパがアメリカに煩わされたくないと思っている以上だった。アメリカ人の目には、イギリスとフランスが、ヒトラーに対して意気地なく屈服してしまったと映ったのである。

3

ニューヨークで開かれる万国博覧会[019]のための準備が着々と進められていた。それは、かつてないほどの規模と壮大さを誇るものになる予定だった。各国の国王や女王、皇族、有力者、そして、各界の重要人物に対し、招待状が送られた。国際的な組織である「国際ペンクラブ」[020]は、著名なヨーロッパの文筆家たちに招待状を送った。ジョイスは、自分が受け取った招待状を私たちに送って来た。招待状を受け取ったこと自体は喜んでいたが、渡米はできないと言ってきた。第一に、『フィネガンズ・ウェイク』から気持ちを離したくないということ、そしてもう一つの理由として、彼は船旅が嫌いだということだった。イェイツも招待されていた。しかし、渡米する意志があるかどうか、私たちが知る前に、マントンで彼が他界したというニュースがラジオから流れてきた。その後、彼の遺体はまず、マントンの丘に埋葬し、一年後には掘り起こして、アイルランドに輸送するようにと、イェイツ自身が遺言で指示していたと知らされた。おそらく彼は、国家行事として自分の遺骨をアイルランドまで輸送するという形で、アイルランド政府が自国の偉大な詩人に対して敬意を表わすことを期待していたのだろう。[021]作家というものは、常に、何らかの形で祖国に認めてもらいたいという願いを持っているものなのである。

イェイツの死によって、彼の演劇や詩と共に進められたアイルランドの発展は終わりを告げた。そして、全く別のアイルランドが取って代わった。友人が死ぬという経験をすると、自分の一部が死んでしまうという経験はよくある。しかし、イェイツの死に際し、私は自分の大きな部分が死んでしまったと感じた。マントンの丘にあるイェイツの墓を水彩画に描いた画家が、ジョイス宛てに送ってきたものを、ジョイスは私に転送してくれた。墓には、彼が供えた花輪と、もう一つ花輪が供えられているだけだというコメントが添えてあった。イェイツが亡くなった年に、その後何が起こったか、気づかないまま過ぎてしまった。冬の数カ月をどのように過ごしたのか、ほとんど記憶がない。そして、一年前の夏に、一部のパリ市民たちにとって少々不吉な前兆と見なされた出来事が、ニューヨークでも繰り返された。イギリス国王と女王の訪問である。[022]ホワイトハウスやハイド・パークといった国王夫妻が宿泊するスイート・ルームは飾り立てられた。パリ同様、レストランやカクテル・バーで、「戦争が近づいているね、ワシントンの有力者たちは、戦争したいんだよ」といった声に加え、「戦争なんかには行かない」とか、「戦争なんていらない」という声も聞こえてきた。

博覧会と、それに伴う来賓をもてなす準備は、大がかりな規模で進められた。著名人や招待された作家たちのために、晩餐会やレセプションが催された。海外の著名な作家たちがこのような催しに参加するには、長旅が必要なため、実際のところ、主要な作家たちはあまりやって来なかった。通常、このような催しに出席するのは、二流の作家か、ヴァイタリティに溢れる作家のいずれかだった。主要な作家の多くが自分の家に留まることを選択したため、参加した作家たちの大半は、既に何らかの理由でアメリカに避難してきている亡命者のように見受けられた。最大の社交的イベントは、ホワイトハウスでの昼食会だった。招待された作家たちも、博覧会で講演する者も、ペンクラブのメンバーも皆、招待された。アメリカ人も外国人も、招待を受けた者は皆喜んだ。時代を率いる、最も重要な人物の一人である大統領に会うことができるのである。当日の朝早く、私たちはペンクラブのための特別車両に乗り込んだ。各自の名前が書かれ、リボンがかけられ、それにＰＥＮと金色のスタンプが押された小さなカードのようなものが、コートやドレスにしっかりと留められていた。

列車の車掌は、私たちのＩＤカードのマークに目を留め、「これは何ですか」と尋ねてきた。「色んな奴がいるよ。英語を話さない者もいるよ」とか、「不動産屋の会議だよ」とふざけて言った者もいた。しかし、ペンクラブのセクレタリーが車掌の手を取り、私たちは皆、ホワイトハウスでの昼食会に招待されたゲストだと説明すると、車掌は私たちを改めて見つめ、当然のことながら、非常に感心した様子を見せた。

第三十八章　ホワイトハウスの昼食会

ホワイトハウスは、美しい敷地に建つ美しい建物ではあるが、その内部はというと、アイルランドのほどほどに豊かな地主の邸宅の方が、もう少し見栄えのする雰囲気を醸し出していると言えるのではないかと思う。家具、特に寝室の家具の類《たぐ》いは、そうしたアイルランドの名家の邸宅でよく見られるような種類のもので、ヴィクトリア時代特有の造りのしっかりした大きなベッドや、カバーが擦りきれた肘掛け椅子などが配置され、宣伝文の帯がついたままの本が書棚に乱雑に並べられていたりした。しかし、かつて英国諸島と呼ばれた地域、つまりイギリスやアイルランドのごく普通の中産階級の家庭で普通に見かける格式はなく、客人を正式にもてなそうという雰囲気にも欠けていた。中に入ると、冷たい風を感じた。一列に並んだ黒人の使用人たちが、帽子とコートを預かってくれたが、洗面所に行ったり、化粧直しをしたりすることは止められた。抗議された従僕の一人は、昼食会の招待客と、単にホワイトハウスを見学に来ただけの一般の来訪者との区別がつかず、自分は一般の来訪者が洗面所に入らないように気をつけなければならないのだと言った。ポーランドから来た派遣団の一人は、手にメモ帳を持ち、目にしたものや起こった出来事を逐一、生真面目に書き留めていた。

「アメリカでは」と彼はメモを書きなぐりながらフランス語で、「黒人は虐げられているといつも言われます。でも、それは全く逆ですね。召使いたちは皆、黒人です。大統領は、大きな信頼を彼らに抱いているはずです」と私に言った。

実際、黒人たちは、大統領の生活を、想定されうる攻撃から守るために全力を尽くしており、もしも洗面所の使用を認めたりすると、私たちの誰かがそこに爆弾でも仕掛けるのではないかと思っているかのようだった。私たちは、家畜の群れを追いやるかのように一つの部屋に押し込められ、改札口の前で列車を待つ時のように、立ったままで過ごさなければならなかった。気詰まりな時間が続いた。外国からの客人たちは当惑していた。彼らの多くは、自分の国で、正式の昼食会や晩餐会にも頻繁に出席した経験があり、国の高位の人々と共に食卓を囲むことに慣れている人々だったからである。特にフランス人たちは、そうした経験が豊富だった。この小さな部屋で、座ることも会話することもできずに拝謁を待っていた間、冷たく不安な空気が私たちを取り巻いていた。私がそれまでに出席した昼食会ではいつも、客が化粧室で化粧直しをした後、入念に身なりを整えた女主人が、居心地のよい居間で温かく出迎えてくれるのが常だった。そして昼食の前に、シェリー酒やカクテルが供された。もちろん、今回は六十人以上が招かれた、とても大がかりな昼食会で、女主人にとって厄介なものではあったのだろう。しばらく、ぎゅうぎゅう詰めの状態で控えの間で待たされた後に、シンプルなシャツ・ブラウスを着たルーズベルト夫人が入ってきた。

「皆さま、大統領と握手するために、先ず大統領の執務室にお入りください」と、夫人は言った。彼女はさらに何か続けて言ったのだが、私は覚えていない。しかし、ハリー・ハンセン[001]は「私たちをくつろがせようとしているんだね」と面白がって言った。

私の隣にいたナタリー・コルビーは、それを聞いて、「あら、私たちはくつろいでいるわよ」と答えたが、実際のところ私たちはくつろいではいなかった。既にこの時点で、私たちの多くは、ホワイトハウスのファースト・レディは、遂行すべき義務として私たちを昼食会に招いたに過ぎないと思うようになっていた。彼女は優美で、型通りの礼儀正しさを保っていたが、その態度には客に対する関心のかけらもなかったのである。私たちは、ソークセンター[002]の高校を卒業しようとしている生徒たちとなんら変わりのない存在だった。ニューヨークや大都市の限られた知識階級を除くと、概してアメリカでは、作家というものの評価は低く、まともに働くことをしない、ロマンティックなやくざ者と見なされていたようである。

確かに、ホワイトハウスにとって、ペンクラブの世界大会はさほど影響力のあるものではなかったかもしれないが、自国では重要人物として遇されている、リボンをつけた外国からの派遣団のメンバーにとっては、その扱いは少々屈辱的ではなかっただろうか。例えば、彼らがパリのどこかに登場したならば、名誉に感じた女主人が大喜びで迎え入れるに違いない。パリでは、文学はアメリカにおける野球と同じくらい、いや、それ以上に重要なものなのである。

私たちはホワイトハウスの芝生を横切り、大統領の執務室に案内され、一人ずつルーズベルト大統領[003]に紹介された。私たちの名前が一人ずつ読み上げられると、彼は順番に握手をした。私は、ヘンリー・ゴダール・リーチ夫人によって、「モリー・コラム」[004]と紹介された。

「少し、民主主義的すぎると思います」とフランス語で、誰か、おそらく南アメリカからやってきた人物が、私の耳元で囁いた。

大統領は、とてもハンサムで、気品に溢れた力強い人物だった。冷酷さや芝居がかった様子は見られず、強烈なまでに霊的《サイキック》な力をもった人物のように感じられた。私は、鉄の顎をもち、険しい顔つきでライオンのように強がっている男たちが、予想外の事態に意気消沈してしまう様子を何度も目撃したことがあったが、この大統領ほど、強さを全面に押し出した人物に出会ったことはない。その強さは、精神的なものであり、肉体的なものであり、さらに知的なものであった。しかし、私の周りにいる男性たち、特に外国からやってきた男性たちには備わっている何かが欠けていた。それを気質と呼ぶのは正確ではないと思われるが、活力と知性が強すぎて、感情の力、つまり個々人に対する思いやりの気持ちが欠けているように感じられたのである。これほどまでに強い知性、つまり、情に動かされることのない知性はアメリカでは珍しくないが、特にホワイトハウスではその傾向が顕著だった。それでも、その微笑みをたたえた瞳をよく見ていると、その顔はまぎれもなく心地よい優雅さを表しているようだったが、その裏に、他所では見ることができない激しさが潜んでいて、それが彼の行動やスピーチでの表現に、時折彩りを与えているということに気づいた。それは寛大な顔であり、貴族的な精神と貴族的な偏見のなさを示す顔だった。しかし、同時に、それは正直な顔ではなかった。ニュー・イングランド出身者[005]に特有の、本当のところは何を考えているのか予測するのが難しい顔だった。あの愛想のよい微笑みに騙されてしまうかもしれないが、同時に、彼の公人としてのすべての行動は、彼が適切だと思う通りになされるのだろう。彼には、人種、宗教、階級、性別に関する偏見はなかった。そして、政策において、マイノリティに対し意図的に配慮することを怠らなかった。ルーズベルトという名前は、ニューヨークの由緒あるオランダ系一族のものであったが、彼もその妻も、完璧なニュー・イングランド出身の人物のように私には見えた。それは言い替えると、自分の感情を隠すすべを心得ており、慣習的に礼儀にかなわないとされることは顔に出さない能力を持っているということだった。私は、どうしようもなく退屈しきった王族、怒りに燃える政治家、自分の感情をありのままに表現する貴族など、常に自分に自信がある人間にありがちな態度を目にしてきたが、育ちのよいニュー・イングランド出身の人々は、どのような状況においても、心の平静を保ち、辛抱強い優雅さを示し続けることができるのである。

　私たちは一人一人、この謎めいた微笑みを浮かべた人物のそばを通り過ぎていった。大統領は、身体的な事情[006]で立つことができなかったため、椅子に座ったままだったが、その強い意志を表した表情の中に、彼が抱えていた麻痺の兆候を見ることはできなかった。若いときの肖像画に見られた過度な感受性を、彼の弱さと誤解した政敵もいたが、彼の眼差しにも表情にもその痕跡はなかった。彼は並外れた征服をなしとげ、並外れた戦いを続けてきたのである。その結果、戦い続けた征服者に時に見られるように、穏やかな顔をしていた。それは、笑みをたたえた、気苦労のない表情で、大国の大統領としては非常に屈託のない表情だった。彼は、運命が投げてくる石や矢に対して、無頓着でいることができる境地に達していた。彼はまた、誰かに支えられていないと立つこともできなかったという事実にもかかわらず、ある意味で完璧な健康を獲得していたのである。

　しかし、彼に内在する何かが、昔から私が漠然と持っていた、理想的な民主主義という概念を突然変貌させてしまった。それは、青春時代に親しくつきあった、闘う詩人たちや教師たちから受けついだ概念である。大統領の顔はヨーロッパの顔とは全く違っていた。ヨーロッパの顔つきは、感情の炎、もしくは感情の炎の残り火を表すことが多いものである。それに対し、彼の顔は、様々な種類の微笑みを統合した驚くべき笑みをたたえていたのであるが、それは、彼が今言葉をかけている人々との交流から生み出されたものではなかった。大使が勲章を身につけたり、政治家が星章を身につけたりするように、彼の微笑みはすべて、国家を代表する衣だった。私は、自分が一人の独裁者の瞳をのぞき込んでいるのだという心穏やかでない確信をもった。世界中が知っている独裁者たちとは異なり、いかなる感情の推移や人間的情熱をもってしても、大統領が目指すゴールから気持ちをそらすことはできないのだった。ただ、彼は集合としての大衆のために尽力しているとはいえ、人間を個人と見なすことはほとんどなかったという点において、今世紀におけるヨーロッパの独裁者たちとの共通点もあった。

　独裁者たちについて思索を巡らせているうちに、私は、この人物こそがあらゆる独裁者の中の独裁者だと思わずにはいられなかった。ヨーロッパの人々を支配する、混乱を抱えた個人の感情には無縁だったという点で、また、アメリカの過去は、遙かに不安定な性質を備えていたという点で、彼は独裁者の中の独裁者たりえたのである。彼は、アメリカの過去を自分自身の企図の中に組み込むことすらできたかもしれないし、アメリカの歴史やその伝統から、いくつか重要な出来事をなかったことにすることすらできたかもしれない。そのために、彼は、適切な微笑みを駆使し、言葉を巧みに扱い、世界中がアメリカの理想だと信じる様々な種類の自由のために身を砕くことだろう。その微笑みは、過去が、そして現在さえもが、自分に反旗を翻し、自らを破滅させる可能性があるなどと、彼が微塵も考えていないことを表していた。どのようなことが起ころうとも、大統領は、それを悲劇とは捉えないのである。悲劇がつきまとうのは、物事に対する感受性の強い人間のみで、この点において、善人にも悪人にも、悲劇は平等なのである。

　大統領についてあれこれ考えているうちに、私は訪問団一行から少し離れてしまった。もう一人、私のように少し離れた場所にいた人物と一緒にグループに戻ろうとしていた矢先、私服警官か何かのように見える若い男性に、すぐに戻るようにと、威圧的な調子で命じられた。この男性もまた、我々を世界的に著名な作家も何人か含まれている、個人が集まったグループとしてではなく、彼の意志に従わせるべき人間の集合体として見なしているようだった。例えば、誰かがあるテーブルに近づこうとすると、彼は腕を使って阻止し、私たちを別の場所へと向かわせるのだった。その態度のおかげで、自分たちは招待客であるという最後の幻想は見事に打ち砕かれた。「そちらには行かないでください」と、この強《こわ》ばった表情をした若者は、感情を害したような調子で命令した。このように油断のない見張り番の役割を全うしようとする若者の代わりに、ホワイトハウスのファースト・レディを補佐する何人かの女性を配置し、外国からの客人をもてなし、くつろがせようとすることはできなかったものだろうか。

私たちは昼食のテーブルに着席した。勤勉にメモをとり続ける外国からの招待客二人の間に私の席はあり、頭上のリンカーンの肖像画は、憂鬱そうな眼差しで私たちを見つめていた。そこで起こったすべての事柄は二人のメモ帳に記述された。昼食は小さなテーブルでグループ毎に供され、いかにも安っぽい食器と銀器が置いてあった。過去の招待客が食卓のナイフやフォークを記念に持ち去るようなことがあったに違いなく、納税者の負担を少しでも軽くするという意味で納得できることではあった。大きなカップがそれぞれの右手に置かれていて、それは何のためのものかしばらく理解できなかったが、すぐに解決した。黒人の給仕が、ゼリー状の冷製スープを運んできた後、もう一人の給仕がカップにコーヒーを注いでいった。クリームの入ったピッチャーと砂糖壺はテーブルの上に置かれていた。私は一般的アメリカ人は、コーヒーをどの食事でもメインコースと同時に飲むということを思い出した。この習慣は、ホワイトハウスでも踏襲されていたのである。私の右隣に座っていた男性は、非常に当惑した様子で、最初は温かい茶色の液体がコーヒーだと認識できないまま、コースの始まりはコンソメ・ジュレだったと既に記録していた。カップに注がれた液体はコーヒーだと私が説明すると、彼は、コースの二番目は「カフェ・クレーム」と書き留めた。冷製スープを飲み終えると、給仕は一枚のレタスの上に、冷たいハムが一切置かれ、先ほどのスープよりは少し濃厚なゼリー状の物体が添えられた皿を私たちに手渡した。私の隣に座っていた男性は、「オードブル　ハム」とメモしていた。この後、アイスクリームの他は何も出なかったことに失望した彼は、「オードブルの後、何もなし。ワシントンでの昼食会は、オードブル以外は何も食せず」と書いていた。私たちは、食事が終わるまでコーヒーを飲まないでいたが、手をつけた頃にはすっかり冷たくなっていて、私たちを襲っていた冷めた感情がさらに増幅される結果となった。

昼食会が終わりにさしかかると、大統領夫人はテラスに設けられていた自分のテーブルからやってきて、ホワイトハウスを案内しましょうと言った。彼女は、様々な部屋がどのように使われているか説明してくれたが、どの部屋を見ても、寂れた家に特有の雰囲気があった。フランスやドイツにある、観光客が好む無人の城に似ていなくもなかったが、それらの城が持つ歴史も大きさも感じられなかった。居間に置かれた家庭的なウォールナットの家具も、古びたベッドも、戸外の明るく陽気なワシントンの陽光も、そこに誰かが住んでいるという印象を与えることはなかった。すべてが略式で、民主主義があらゆる場所に浸透していたが、温かみともてなしの心は全く感じられなかった。大統領と大統領夫人は共に、あらゆる人々が自分たちと同等で、それ以下でもそれ以上でもないと考えているという印象を与えていた。彼らは全く俗物根性や優越意識とは無縁だった。しかし、もしも人々が私に対して少しでも興味を持ち、そこにやって来てよかったと感じさせてくれるなら、彼らに見下されたとしても、それは気にならないというのが私の考えである。再び、「少し、民主主義的すぎる」という同じコメントが、今回は、ワルシャワやブエノスアイレスからではなく、間違いなくパリから来たフランス人から発せられるのを耳にした。

そこには、威厳はみじんも感じられなかった。例えば、ダブリンのアイルランド総督公邸で総督の名の下に行われた正餐のような格式はなく、同時に客を歓迎する温かさも欠如していた。大統領夫人は、秘書たちと共に、事前に招待客についてあれこれ準備するようなタイプの女主人ではなかった。多くの各国首脳の妻たちが諸々の準備を怠らず、客人たちの仕事や関心についての話題も見事に取り上げる様子を何度も目撃したことがある。大統領夫人は、私が見る限り、いかなる興味も、興味がある振りすら見せることはなかった。ニュー・イングランド出身の彼女と同じようなタイプの女性とは異なり、大統領夫人が見栄を張るというようなことは全くなかった。彼女は自然体であったというだけでなく、本当に単純な人物なのだ。完璧に自然体の人物が単純であるということは滅多にないことである。というのは、自然体であり、周囲から影響を受けることがないということは、一般的に言って複雑な感情と知性という才能の結果であり、同時にまた経験の結果だと言えるからである。ルーズベルト夫人は世界を、そして人々を見すぎたせいか、取り繕った態度を取ることに価値があるとは思えなくなったのだろう。

私たちは、あの警護の責任者である若者と彼を補佐するペンクラブのセクレタリーによって再び整列させられ、ホワイトハウスを退出した。フランスからやって来た招待客の表情には、強い苛立ちを読み取ることができた。別の招待客の表情には、半ば楽しんでいるような辛抱強さが表れていた。もしも、これがフランスだったら、私たちは直ちに、自由な順番でタクシーに乗り込むことが許されたことだろう。特定の事柄に限定すると、もっと自由度が高い国も他にあるに違いないが、一般的に言って、フランスはどこよりも自由の国なのである。

私たちはその後予定されていたカクテル・パーティーに向かう前に、ホテルでサンドウィッチを食べた。ホワイトハウスでの食事はあまりにも少なすぎたのである。そして、化粧も直した。カクテル・パーティーの女主人は嬉しくなるほど私たちを手厚くもてなしてくれた。彼女の家は温かさに満ち溢れ、私たちを幸せにしてくれた。女主人が生きるすべと人々を楽しませるすべを心得ている家はどこでもそうであるが、その家も人々を楽しい気持ちにし、美しく、また気前よくもてなす豊かさを備えていた。

第三十九章　戦争への序曲

1

ワシントンからの帰りの車中、私は訪問団メンバーだった旧知のヨーロッパの作家たちと再会した。当惑し、悲しそうな表情をしたエルンスト・トラー[001]の隣に私は座っていた。大統領について、如才なく遠慮がちなコメントも聞こえてきたが、様々に異なった政治的見解を持つアメリカ人ばかりが座っている後部座席では、大統領に対する率直な批判や反対意見が声高に議論されていた。私たちは、間違いなく偉大な人物と会見したわけであるし、おそらくは偉大な女性に会ったのだろう。しかし私にとっては両者とも、積極的に評価したいと思うタイプではなかった。どうやら私は大きな政治力や権威を備えた人物に対し偏見があるようである。そして、このような巨大な権力を少数の個人に委ね、残る一般大衆は、彼らが用意したあらゆるプログラムにおとなしく従わねばならないという状況から、いつの日か、民主主義は抜け出す方法を見出しうるのだろうかと考えずにはいられなかった。戦争が目の前に迫っているという噂は、気の毒なことにエルンスト・トラーを一層当惑させ、一層悲しませた。しかし、作家たちはすぐに、自分たちの仕事に関連した事柄、つまり書くこと、講演すること、出版することなどを話題にし始めた。訪問団のほとんどのメンバーは、世界を揺るがすほどの重要な作品を書いているわけではなかったと思う。このような世界大会には、重要な作家たちはほとんど出席しない。彼らは自分の書斎で執筆に専念することを望むようである。かなり多くの小説家が参加していたが、中には単に流行小説を書き散らしているにすぎない者も混じっていた。実際、ヨーロッパからは一流の小説家は全く参加していなかったし、地元アメリカからもほとんど参加がなかった。ヨーロッパからの参加者は、「どうしてヘミングウェイはいないんだ？　ウィラ・キャザーは？　シンクレア・ルイスは？　フロストは？　どうして彼らは姿を見せないんだ？」と言い続けていた。理由はわからないが、アメリカの作家たちは、ヨーロッパの作家に比べると、何事に対してもあまり協力的でないようだ。その結果、作家たちが一般大衆に与える影響力が弱くなっているのはとても残念なことである。スペインで実際に戦闘に参加した数人のイギリス人作家たちがいた。その当時、スペインは混乱状態にあったが、自分たちが戦う理由を、彼ら自身がわかっていたとは思えない。自分たちの草稿をオークションにかけることで、スペインを援助しようとした作家たちもいた。とはいえ、これがどのような援助になるのか、私には理解できなかった。しかし、オークションでの草稿の価格がどれだけ跳ね上がったか語っている作家たちの様子から、彼らは大義よりも自分たちの草稿により関心を持っているように思われた。

少し後になって、食堂車の中で、がっちりした顔つきの一人の男性が私に近づいてきた。彼は、ホワイトハウスでも遠くから私に挨拶をし、そのスラヴ系の顔はぼんやりとではあったが、どこか私の記憶にあった。彼がテーブルの隣の席に座ったので、私が彼のことを覚えていると思っているらしいことがわかった。また、彼は明らかに中央ヨーロッパ出身の顔をしていたので、おそらく海外で出会ったに違いないと考えたが、どこで会ったのか思い出すことができなかった。それで、私は単刀直入に、「最後にお目にかかったのはどこでしたか」と尋ねた。「最後にお目にかかったのは、軍縮会議を終わらせた、あの大変なトロカデロ会議の席上ですよ」と彼は言った。

それで、私はすっかり思い出すことができた。この男性と私は、一九三一年の暮れの一週間、パリのパレ・ロワイヤルで開催された国際軍縮会議の席上で毎日顔を合わせていたのである。二人とも会議に派遣されていたのだった。私はそこで起こった事柄のいくつかをはっきりと思い出した。それまでにも何か大きな志を実現しようと努力する人々に会ったことがあるが、この会議の参加者たちは、表向きの目的を達成するための最低限の能力、いや情熱すら持ち合わせていないように思われた。しかし、その会議には世界中から、ロバート・セシル卿[002]、エドゥアール・エリオ[003]、ポール・パンルヴェ[004]、ポール＝ボンクール[005]といった名高い政治家たち、国際連盟の代表者たち、各国の著名な平和主義者たち、ヒトラーが台頭する前のドイツから理想主義的指導者たちなどが集結していた。私の隣に座っている男性の名前を私は正確に綴ることも発音することもできないので、仮にミスターXと呼ぶことにするが、このミスターXと私は会議の重要な参加者ではなかった。実際のところ、私たちは最も影響力のないグループに属していたと認識している。それは、大学組織に属していた面々で、その中には、特にアメリカの派遣団の中には、フランス語を理解しない人たちがいた。会議では、発言者の言語が何語であっても、スピーチが終わると、国際連盟の優秀な通訳によって直ちにフランス語に翻訳された。そのため、出席者の中でフランス語がわからない者にとっては、何が議論されているのか、議論はどこに向かっているか見当もつかなかったのである。ミスターXと私はその中の小委員会に参加していた。私たちは、短時間ではあったが毎日控え室に座って、戦争を阻止し軍縮を推進するために、解決策やルールをなんとか導こうと、会議を重ねていたのである。参加者たちには、直後にジュネーブで開催が予定されていた国際連盟による軍縮会議において、何か意味のある提案をすることが期待されていた。ミスターXは国際連盟の国際知的協力委員会と関係があり、パレ・ロワイヤルでの議事録に関する報告文を書くことになっていた。私は、ニューヨークの『ニュー・リパブリック』誌に報告文を書く予定だった。そして、一週間の会期が終わる頃、会議をうまく進めようと努力し続けている勤勉な女性たちの何人かから、私たちは二人とも、悲観的で皮肉な視線でしか物事を見ていないと、非難されることになった。ミスターXがジュネーブでどのような発言をするか、私がアメリカの出版物にどのように書くか、とても気にしていた彼女たちに対し、私が何を書こうと、大した違いはないことを請け合った。なぜなら、そこに出席していたアメリカの新聞社の特派員たちが電報で送信する内容の方が千倍も影響力があったからである。

食堂車で私の隣に座って夕食を取っているミスターXは、ヨーロッパの政治の中枢で起こっていることについて、実に造詣が深かった。帝国主義や植民地問題、軍備の問題といった事柄などについてである。武器や軍備についての私の知識は、ほとんどないに等しかった。さらに、軍艦や議論に上がってくる各国海軍の軍事力に関する識別能力といえば、コルヴェットと呼ばれる小型の軍艦、巡洋艦、最新鋭の戦艦の区別もできないほどで、諸国海軍、特に英国海軍が所有している大きな戦艦の数は、実に少ないことに驚かされた。最新鋭の軍艦やそれに準じる限られた戦艦の数に限りがあるなどとは思いもよらず、戦艦は何万隻もあると考えていたからである。

しかし、私たちの小委員会は、まもなく軍艦に関する議論をやめ、平和と軍縮に関する提案を集中して審議するようになった。友人ミスターXは、彼の発言について私が覚えているよりも遥かに多く、私の発言を記憶していた。それは、私が現実的でなかったから、おそらく興を覚えるほど非現実的だったからであり、さらに、私が推し進めようとした、戦争を扇動するような行為は、殺人や窃盗、治安妨害などと同様に厳罰に値する犯罪として扱うという決議案は、素朴《ナイーヴ》で非現実的なものだったからだ。個人的には、自分の考えが他の提案よりもナイーヴなものだったとは思っていなかったし、私の考えに似たような意見が、別の小委員会で発言されたということも後になってわかった。とはいえ、ここでは自分が〈素人《アマチュア》〉だったということを正直に認めようと思う。かつて文学活動や芸術活動を行うなかで、私は〈素人〉を本当に軽蔑していたというのに。

素人だったのは私だけではなかった。出席者の多くは、当時私が彼に言ったように、会議と名のつくものならどこへでも出かけていくような人々だった。例えば、ヌーディストのための会議でも、禁酒推進の会議でも、動物の生体解剖反対の会議でも、同じような関心を持って参加しただろう。そして、私が今述べたことを証明するかのように、私とミスターXはペンクラブの国際会議に出席していたのである。今回は、世界博覧会の会場ホールで開催される会議において、私は、文学が特定の思想のためのプロパガンダにはなりえないという趣旨のスピーチをすることになっていた。この考えは、マルクス主義的文芸批評を生業としている人々を常に悩ませる問題だった。それは、知的体操競技とでも呼ぶことができる一つの形態で、マルクス自身は、彼が書いた文章や書簡が示すように、文学に造詣の深い人物ではあったとはいえ、マルクスと文芸批評を結びつけることは難しかった。何年も前の小委員会で私が指摘したのは、プロパガンダが多すぎること、派遣団の間に偏見がありすぎること、各国がそれぞれ自国の利益のことだけしか考えていないことなどだったが、その結果、強い反対意見を引き出すことになった。パリでの会議に出席していた、明らかに著名な人物と思われたポーランドの派遣団の一人は壇上で、人類愛のために祖国への愛国心を棄てることはできないと宣言した。また、人類愛や平和の希求、軍縮のために、より個人的な愛を犠牲にすることはできないと言う者もいた。

多様な偏見、多様な対立意見がありすぎて、非常に不安な気持ちになったことを覚えている。特に著名でない出席者たちは、三大国、または四大国の意見、もしくは多数派の意見にすぐに同調したが、明らかに偏見を持っていた。そこでは、ありとあらゆる〈反《アンチ》〉を見ることができた。反ユダヤ主義、反カトリック、反東洋、反資本主義、さらに断固とした反民主主義者などである。しかし、会議の成否という観点から言うと、最も顕著な流れは、反ロシア主義、反ゲルマン主義といった強力な〈アンチ〉だった。多くの人間が、誰かを味方にしようとし、誰かを敵にしようとしていた。奇妙なことであるが、あの会議が総体として、きちんと組織立っていなかったということに対し、私は全く驚く必要はなかったのだ。なぜなら、世界の諸問題を解決するために、歴史そのものが時代の要請により運営することになる、ウィーン会議、ヴェルサイユ会議、そして後の国際連合などの、もっと大がかりな〈見世物〉ですら似たような状況であったのだから。それ故、この本の最終章で、私が人生でたった一度だけ経験した重要な政治的議論について、触れずにはいられないという気持ちになったのである。あの一週間で、私は人々が持つ国家的偏見について、また、各国の政治運営について、芸術家や知識人たちとのみ過ごしていたら一生かかっても知ることができないようなことを学んだのだった。

政治家や内政を動かしているような人物といった、もっと高位の派遣団のメンバーについて言うと、それぞれが自分の国の特別な利害、場合によると、自分が所属する政党の利害、または既得権益の維持を主張する帝国主義に囚われ過ぎるあまり、このような軍縮会議をうまく機能させることができないのだ。それ故、派遣団のメンバーはそれぞれの利害に基づいて手を結んだため、話し合いは一向に進展しなかった。例えば、ドイツが再び力を持つ可能性を全力で阻止しようと、英米の代表が連携した。その当時、ロシアが将来どのような動きをするかについて、関心を持つ者は誰もいなかったし、ロシアからの参加者は一人もいなかったと思う。また、平和維持について真剣に考えた結果、英独の代表が連携することもあった。一方、フランスからの派遣団は平和に対して、あまり関心を持っているようには見えず、あらゆる参加者に対して懐疑的な眼差しを向けていた。ベルギー、オランダ、ギリシャなどのヨーロッパ大陸の小国からの派遣団は、『グッド・ヨーロピアン』のようなリベラルな雑誌で活躍する名士たちのみで構成されていた。彼らはすべての参加者の中で、最も心が広く、最も人間的な叡智を備えている人々のように思われた。

　ミスターXと私が思い出話に花を咲かせていると、同じテーブルに座っていた人々が時折、コメントを挟んできた。そして、ある人物がためらいながら、一つの疑問を敢えて口にした。「戦争はまもなく始まると思いますか？」私の友人は、直ちにそれに答え、「ええ、そう思います。一、二カ月の問題でしょう」と言った。「この国が、もう一度ヨーロッパの戦争に参加するわけがない」と別の人物が言った。というのは、既に私たちの会話は周りのテーブルの関心を引き寄せていたからである。「フランスも、また戦争したりしないでしょう」と私は落ち着いて言った。そして、「去年、ミュンヘンで感じた安心感は本当に大きいものでした」と続けた。「みなさんがおっしゃることはすべて真実です」とミスターXは言った。「それでも、戦争になります。愚かなことがあまりにもたくさん、既に起こっています。」「でも、誰と誰が戦争するんでしょう？」「最初はおそらく、ドイツとロシアでしょう」とミスターXは答えた。このやりとりを聞いていると、パリでの会議の際、ドイツの代表団の間には、表面に表れることはないが、強い反ロシアの感情が流れていたことを思い出した。この感情は、どの代表団のものよりも強かった。ドイツのメンバーの一人だったフォン・ラインバーベン男爵[006]は、フロアから大声で、ある国は四百五十万人の予備戦闘員を用意していたにもかかわらず、公式の数としては一万二千人と偽って報告していたと持論を展開し、物議を醸すこととなった。人口から推察すると、彼はロシアのことを言っているに違いないと私たちは考えた。すると壇上から、一人の怒った男性が男爵にくってかかり、ドイツが自国の工場や産業を、迅速に武器や弾丸を生産できるような機能を持つものに変貌させたことを非難した。そして、ドイツ中央党のシュライバー博士[007]が、入念に準備された演説を読み上げたとき、聴衆はその演説を中断させ、彼を笑いものにしたのだった。しかし、ヨーロッパの和平に関して、彼ほど心を砕いていた人物はいないということも明らかだった。これらはすべて、ヒトラーが台頭する一年前のことである。ヒトラー以前のドイツは、誰からも支持されなかったのだ。ドイツに残された選択肢は、ナチス党しかなかったというのは、不思議な事ではないのかもしれない。

会議全体の最後のプログラムが、トロカデロでの公開による集会だったことを、私の隣に座るミスターXは思い出していた。真の平和と軍縮を訴えるための舞台が用意されていた。司会を担当したのはエリオ氏で、イギリス大使がドイツ大使の隣に着席し、小国から派遣された大臣たちも数多く出席していた。発言者は、世界各国から参加している錚々たる面々だった。アメリカのアランソン・ホートン[008]、イギリスのロバート・セシル、フランスのムッシュー・パンルヴェとムッシュー・ド・ジュヴネル[009]、スペインのマダリアーガ[010]、イタリアのシャロージャ[011]、そしてドイツの有名な平和主義者たちである。しかし、ロバート・セシル卿の短い発言の後、他の誰の意見も聞くことはできなかった。予想外のことであったが、聴衆が怒りにまかせて騒ぎを起こし始めたのである。会議の運営を阻止しようとする動きがあらかじめ用意されていたことに対し、私たちはなすすべがなかった。ドーデやモーラス率いるアクシオン・フランセーズのメンバー、ド・ラ・ロック将軍[012]率いるクロア・ド・フーのメンバーは、皆、足を踏みならして不満を表明し、フランス国歌「ラ・マルセイエーズ」を歌い、国旗を振ることによって、その会議が何らかの結論を導き出すことを阻止することに成功した。フランスの聴衆は、平和のためのいかなる行動も望んでいないかのようだった。そして、軍縮会議の名のもとに始まった集まりは、戦争肯定を表明するものになっていったのである。

あのような混乱のただ中に置かれるという経験を私は他ではしたことがない。それは、アングロ・サクソン系の国だったなら、死者や負傷者が出ても不思議ではないような雰囲気だった。しかし、誰も銃を持ち出したり、殺し合ったりしたわけではないのだった。

今、私の隣に座っているミスターXは、トロカデロ会議では他の出席者と同様、私と一緒に同じ仕切られた席に座っていた。私は彼に、もしも戦争を推進することが極刑に値する行為だとしたら、ドーデやモーラス、ド・ラ・ロックらは、その晩のうちに投獄されるだろうと言ったことを覚えている。私がこの文章を書いている時点で、モーラスは結果的に、トロカデロ会議における平和への提案に反対したことに加え、〈戦争協力者〉として投獄されている。

ペンシルヴァニア駅で、ミスターXは八年前とほとんど同じ言葉を使って別れを告げた――「世界では、戦争を求める狂気が蔓延しています。」夫はヨーロッパ行きの切符をこの直前に予約し、私たちは一、二週間の内に船出しようと予定していた。私はパリの銀行に残っているグッゲンハイム奨学金の残額を使って本を書く仕事を進め、夫は劇を書くつもりでいた。真夜中にワシントンから戻った私は、出迎えてくれた夫に、戦争が迫っているというミスターXの警告を伝えた。前年の夏のフランスでの経験は、非常に混乱したものだったので、同様の経験を繰り返したいとはどうしても思えなかった。そこで、私たちはチケットをキャンセルし家に留まる可能性について話し合った。翌朝、ミスターXから電話がかかってきたのだが、その電話が私たちの気持ちを決定させた――「アメリカから出ないことを強くお勧めします。平和を望むことはもう無理でしょう。」その後、彼には会っていない。私たちは、ヨーロッパ行きをキャンセルしなければならないことを本当に残念に思った。それから十ドルかけて、何人かの友人に電報を打った。彼らは何らかの影響力を持っていると思われる人々だったので、忍び寄る戦争を何とか止めるように働いてはもらえないかと懇願したのだ。しかし、ヨーロッパを知る者の誰が、新たな戦争がもたらす影響を想像できたというのだろう。物質的な影響や、人々が死んだり負傷したり、さらには離ればなれになることから生じる影響ばかりでなく、その後長く続くに違いない恐ろしいまでの心理的影響は明らかだった。そして、実際に、強者に立ち向かうことのできない敗北者たちの鬱屈した怒りや復讐心は、より弱い者たちに向けられた。一九三三年に、さらには一九三八年に、迫害され、国境を越えフランスにやって来た絶望的な表情をした人々を目にした後、他の多くの人々がそうであったように、私は眠られぬ夜を過ごしたものだった。豊かな者たちは、財産を持ってアメリカまで船で向かうことが可能だったが、貧しい者たちは、近くの友好的な国に自らの足で向かい、そこで可能な生活を営むしか選択肢がなかったのである。そして、来るべき戦争の敗者がどの国になるとしても、その国もまた迫害者となりうることは疑いの余地がないとも思った。

私たちはコネティカットの小さなバンガローを夏の間《あいだ》借りることにした。ラジオをつけるたびに、何かよくないニュースが聞こえてくるのが常だった。エルンスト・トラーの自殺、シャルル・デュ・ボスの死、当時は信じることができなかった強制収容所の残酷さなどである。そして、突然、不吉にも独ソ不可侵条約が締結されたという知らせが届いた。どれくらい時間をおいたか記憶にないが、しばらくしてラジオをつけると、快活なドイツ人の声で、ポーランドの領有権に関しての提案、いや、主張が聞こえてきた。そして、ポーランドを二方向から侵略したというニュース[013]。また、イギリスがドイツに対し宣戦布告をした[014]というチェンバレンの沈鬱な演説も流れてきた。彼には戦争に耐えられる心臓はなく、後に、チャーチル[015]に首相の座を譲るために辞職したことも不思議ではなかった。戦争が目の前にあった。前回の戦争よりも、想像を超えた、さらにおぞましいものになりそうだった。ヨーロッパは自らの手で自らを破壊しようとしていた！

一年も経たないうちにフランスが陥落したとき[016]、私は一週間泣き続けた。後に、空襲で犠牲となった五百人もの遺体をコヴェントリー[017]の共同墓地に埋葬した写真が新聞に掲載されたとき、友人と電話でその話をしたが、彼らも電話の向こうで涙を流していた。しかし、まもなく、あまりにも事態は深刻になり、私たちの感情も、想像力もそれらを受け入れることはできなくなった。一つの破壊が、別の破壊の上に積み重ねられていった……

ジョイス夫妻からはしばらく便りがなかったが、その間に第二次世界大戦が始まっていた。その後、私の手紙の返事として、ジョイスから、結果的に最後となる手紙を受け取った。彼はこう書いてきた。「私の家族に起こった第二の災いについて、君は何も知らないと思う。X[018]は破滅的なまでに衰弱し、精神的にも身体的にもどうにもならない状態に陥ってしまった。もう、回復の見込みはないと思う。」この手紙は、戦争が始まったときパリを離れて彼が住んでいたヴィシーで書かれていた。あまりにも悲しみに溢れた手紙で、運命と闘うために身にまとうべき鎧が彼に残されているとは思えなかった。ジョイスは、その後間もなく、手術をした結果スイスで死んだ。あれほどまで苦しみ抜いた人間に、生きるための意志をこれ以上持てというのは、さすがに酷なことではなかっただろうか。

2

私が成長してから、世界で起こった主な出来事は、戦争と破壊ばかりだった。目に入ってくるありとあらゆるものが破壊された。一九一四年以前には、私が知っている世界で、最も重要だと見なされていたのは文学だった。私たちは象牙の塔に住んでいたのだと思う。有名な作家が死ぬと、新聞各紙は、追悼の言葉と作家の人生や作品について何ページも費やしたものだった。今では、紙面の一段か、その半分が一人の芸術家や学者について割かれるならまだよい方だと言わねばならない。一九一四年以降に成長した人々は、この世紀の初めには、ヨーロッパの若者たちの前に静謐、幸福、可能性が広がっていたことを理解できないだろう。世界が目撃した二つの破壊的な戦争を生き抜いてきた一人として、また、二番目の戦争を止めようと努力し続けたが、結局は徒労に終わることになった様々な組織のメンバーとして、このような災害が起こりうるような世界は、何が問題だったのだろうか、なぜ科学者たちは破壊を促進するためにその才能を使ったのだろうか、また、なぜ知識人たちはこの破壊的なパターンに我が身を置くことを容認してしまったのだろうかと、他の多くの人々が考えたように、私も考えたものだった。もしも、私の結論の数々がナイーヴすぎるのだとしても、それらは、経験も知性もない者が導いた結論ではないと思うし、もしも、私の結論の数々が陳腐に聞こえたとしても、それらは、陳腐で愚鈍な人生を送った人間が到達した結論ではないと言えると思う。

世界で最も危険なこと、つまり、継続的な不安定さを生み出すのは、不平等であり、それは、人間が作り上げた愚かな不平等の数々であると私は考える。そうした根絶すべき不平等、すなわち社会的不平等、経済的不平等、人種的不平等、男女間の不平等などは、人間を不幸にするだけでなく、ひどい無駄をも生み出している。それらの不平等が根絶された後に、本当の不平等が見えることになると言う人もいる。その点には、私も同意する。しかし、ここで言う本当の不平等とは、生来の個別差のことで、それは常に人類に貢献してきた。精神的個別差、感情的個別差、強さの個別差、美の個別差などである。私たちの時代においては、経済的不平等こそがまず根絶されるべき不平等であると考えられている。しかし、あらゆる不平等の中で、男女の性差による不平等ほど無駄なものはないと、私は考える。多くの男性、その大半は肌の色が白い男性がテーブルを囲んで座り、複数の人種を除外しているのみならず、女性を完全に除外した状態で、世界の将来について決定を下そうとしている光景は、私たちの民主主義を茶番めいたものにしている。世間一般に関することで言えば、通常女性の領域だと見なされてきた仕事ですら、女性たちには責任ある地位が一切与えられてこなかった。例えば、陸軍や海軍の食糧供給といった仕事は女性の方がうまくできただろうと思ってしまう。退役軍人たちがよく語っていたように、現実の食料の管理は絶望的に杜撰で、むやみに腐らせてしまっていたという。

私は、より優れた人種も、より優れた性もないと思っている。あるのは、より優れた個人とより劣った個人なのである。反ユダヤ主義のような偏見は、戦争へと向かう動機がそうであるのと同様に、伝染する心の病であり、身体の病がきちんと対処されると治癒するのと同様、きちんと対応さえすればなくなるはずのものだと思う。皮膚の色に対する偏見と同じように、女性に対する偏見は習慣的なものである。有色人種が携わる職業がそうであるように、女性の職業の多くは隷属的なものだからだ。女性に対する偏見は、どこでも、どの国でも、どの時代でも、そしてどの人種においても存在し続けてきた。一方、反ユダヤ主義を標榜しない国は数多く存在するのだ。私は、男性が女性よりも精神的に強いとは思わないし、より勇気があり、より知的であるとも思わない。少なくとも過去においては、男性は身体的にはより強い存在で、より強い忍耐力を備えていたが、身体的な忍耐力については、その差は縮まりつつあると言えるかもしれない。そして、もしも、破壊のための武器を生み出すために費やされてきた努力と同じだけの努力が、たとえ大まかな形ではあっても、人間を幸福にするのは何かを見出すために費やされるなら、世界はもう少し非人間的ではなくなるのではないかと思う。もちろん、人間が対応できないような想定外の出来事があるとは思うが、それでも、幸福に向かう手段を見出すために、もう少し意識を向けることはできると思う。他人に服従を求め、均一であることに執着し、人々が同じ宗教を信仰し、同じ政治原則や社会習慣を保つための情熱を持ち続けることは、常に問題の大きな原因となってきたのである。私たちに向かって、一律に行動し、一律に考え、一律な外見を保てと教える本が、今日ほど大量に出回ったことはない。過去においては、宗教戦争があった。今、私たちが目にしているのは、政治的な戦争であり、一つの集合体が別の集合体に対して行う戦争なのだ。ドイツが、その国の市民でもあるユダヤ人を迫害し、この世から消滅させようとしていたとき、私たちはほとんど何もできなかったばかりか、その手段を容認したのである。

しかし、自分たちの政治的イデオロギーと異なったイデオロギーが世間を席巻しようとしていると感じる時、私たちは戦争に至る。それがいかなる戦争であろうと、男たちが戦争を始める理由を私はあまり尊重する気になれない。責任のある地位で女性がもっと活躍できたら、事態はもっと変わるのではないだろうか。仮に各国が、民主主義であれ、共産主義であれ、ファシズムであれ、自国の政府の体制として何を選択しようとも、それは彼らの自由だと思うが、その選択を他国に強要してはならないと思う。そして、もしも、彼らが自国民のうちのある特定のグループを迫害しようとするならば、それを阻止する権限を、組織された国々の集合体に与えるべきだと思う。これは、特に驚くような真理ではないかもしれないが、少なくとも、私が強く支持したいと思う真理なのである。

註

第一章　子ども時代

001　バルトロメ・エステバン・ムリリョ(一六一七〜八二)　スペインの画家。生涯のほとんどを故郷のセビリアで過ごし、数多くの宗教画を手がけた。中でも、聖母マリアの「無原罪の御宿り」を題材とした作品が有名。ベラスケス(一五九九〜一六六〇)と並んで、スペイン・バロックの代表的画家と見なされている。

002　ペーテル・パウル・ルーベンス(一五七七〜一六四〇)　フランドルの画家。バロック絵画の巨匠。宮廷画家として活動し、大胆な明暗表現と豊富な色彩で雄大華麗な作品を約二千点残した。代表作は、壁画『マリー＝ド＝メディシスの生涯』(一六二二〜二五)。

003　ミケランジェロ・ブオナローティ(一四七五〜一五六四)　イタリアの画家、彫刻家。レオナルド・ダ・ヴィンチ(一四五二〜一五一九)と並び称されるイタリア・ルネサンスの巨匠。彫刻では『ピエタ』、『モーセ』、『ダヴィデ』など、絵画ではローマのシスティナ礼拝堂の『最後の審判』などの壁画で知られる。

004　ピエタ　イタリア語で「敬虔な心」の意。死んで十字架から降ろされたイエスを、聖母マリアが膝に抱いて哀悼する絵画や彫刻の主題。バチカンのサン・ピエトロ大聖堂内にあるミケランジェロの彫刻が最も有名。

005　マライア・エッジワース(一七六七〜一八四九)　アイルランドの小説家。英国に生まれるが、一七八二年、十五歳の時に、父親の領地であるロングフォード州のエッジワースタウンに家族で移り住んだ。父親の領土管理を手伝った結果、農民の暮らしに精通するようになり、地域性に根ざした作風で知られる。代表作に『ラックレント城』(一八〇〇)、『不在地主』(一八一二)などがある。

006　イマヌエル・カント(一七二四〜一八〇四)　ドイツの哲学者。フィヒテ、シェリング、ヘーゲルへと続く「ドイツ観念論」の祖とされる。主著は「三批判書」と呼ばれる『純粋理性批判』(一七八一)、『実践理性批判』(一七八八)、『判断力批判』(一七九〇)。

007　エドマンド・バーク(一七二九〜九七)　アイルランド生まれのイギリスの政治家、思想家。ダブリンの裕福なプロテスタントの家庭に生まれ、一七六五年から九四年までイギリスの下院議員を務めた。フランス革命を批判した『フランス革命に関する省察』(一七九〇)において、伝統と経験を重視し、合理主義を否定する「近代保守主義の父」と見なされている。

008　ジョン・ロック(一六三二〜一七〇四)　イギリスの哲学者、政治思想家。『人間悟性論』(一六九〇)は近代認識論の基礎を作った。また、人民主権を説いたその政治思想は、アメリカ独立革命やフランス革命に多大なる影響を与えた。

009　フランク・リード　雑誌『ボーイズ・オブ・ニューヨーク』に一八七六年から九四年にかけて連載された、少年向けの小説の主人公。「ノーネーム(名前なし)」というペンネームで出版されているが、物語の多くはルイス・セナレンズ(一八六三〜一九三九)によって書かれた。非常に人気を博したシリーズで、少なくとも一七九篇の物語が確認されており、何度も再版されている。十代の少年発明家フランク・リードが様々な「血湧き肉躍る」冒険を行うこのシリーズは、サイエンス・フィクションの先駆的作品であるとも位置づけられている。コラムの原文では“Frank Read”と綴られているが、正しくは“Frank Reade”である。

010 サー・ウォルター・スコット（一七九一～一八三二）　スコットランドの詩人、小説家。叙事詩『湖上の美人』（一八一〇）で認められ、その後ロマン主義的な歴史小説を数多く書いた。代表作は『ウェーバリー』（一八一四）や『アイヴァンホー』（一八二〇）などで、ヨーロッパで広く愛読された。

011 ジェイン・オースティン（一七七五～一八一七）　イギリスの小説家。地方中流階級の人々を中心とした社会の日常をユーモアと皮肉を交えた筆致で丁寧に描き出した。代表作は『高慢と偏見』（一八一三）や『説得』（一八一八）など。

012 シャーロット・ブロンテ（一八一六～五五）、エミリー・ブロンテ（一八一八～四八）、アン・ブロンテ（一八二〇～四九）　イギリスのヴィクトリア朝を代表する小説家姉妹。シャーロットは『ジェイン・エア』（一八四七）、エミリーは『嵐が丘』（一八四七）、アンは『ワイルドフェルホールの住人』（一八四八）で知られる。父パトリック・ブロンテ（一七七七～一八六一）は、アイルランド出身の牧師であった（本書第二十七章を参照）。

013 ダンテ・アリギエリ（一二六五～一三二一）　イタリアの詩人。フィレンツェ方言で書かれた叙事詩『神曲』（一三〇七～二一年作）は、ヨーロッパ中世の精神と学問を総括すると共に、ルネサンスの先駆となった。

014 ウィリアム・モリス（一八三四～九六）　イギリスの詩人。テキスタイル・デザイナーとしても活躍し、「モダンデザインの父」と呼ばれる。社会主義運動家としても活動した。『地上の楽園』は、一八六八年から七〇年にかけて出版された四万二千行の大作で、美と平和と不死に恵まれた地上楽園の存在は、中世以降、ヨーロッパで広く信じられてきた。モリスの中世への憧れとユートピア志向が見られる。チョーサーの『カンタベリ物語』の構造を模し、序詩と二十四篇の物語詩からなる。

015 終油の秘蹟　カトリック教会における七つの秘蹟のうちの一つ（他の六つは、洗礼、堅信、聖餐、告解、叙階、結婚）。臨終間際の者が安らかな死を迎えられるように行われた、祈りや聖体拝領などを含む儀式。第二バチカン公会議後の一九七二年からは「病者の塗油」と改称された。

016 死者の目の上に硬貨を置く習慣は、古代ギリシャをさかのぼり、黄泉の国へと至る川の渡し守カロンに支払う代価と考えられている。古代ギリシャ文化の影響を受けた地域に限らず、古代のイランやベトナムなどの地域でも同様の例が見られるが、アイルランドでは、十九世紀末頃までこの習慣が行われていたことがわかる。

017 「サクソンの血」とは、侵略者であるイギリス系の血統を指している。コラムの祖母が、土着のアイルランド人の「正しい」系統であることを意味する。

018 ジャン・ド・ラ・フォンテーヌ（一六二一～九五）　フランスの詩人。イソップ童話などに材を取った『寓話詩』（一六六八～九四）で知られる。

第二章　寄宿学校の日々

001 アンジェラスの鐘　カトリックにおいて一日に三度（朝、昼、晩）唱えられる〈お告げの祈り〉の時刻を知らせる鐘。アンジェラスは、聖母マリアへの受胎告知を記念する祈りの冒頭の句、「主の召使い《アンジェラス・ドミニ》」に因む。

002 十字架の道行きの留　キリストが捕らえられてから磔となり、埋葬されるまでを十四の象徴的な場面（留＝stations）で表したもの。カトリック教会内の壁には、それぞれの留を表す聖画や像が掛けられている。信者は、順番に一つ一つの留の前で佇み、黙想することによって、キリストの受難を追体験する。聖地エルサレムまで行くことができない信者が、自分が今いる場所で行える巡礼として、十四世紀頃から普及した。

003 スモーキング・キャップ　ヴィクトリア時代に、男性の喫煙者が使用した帽子。タバコの煙による臭いが髪につくのを避けるために使われた。

004 カール・ツェルニー（一七九一～一八五七）　オーストリアのピアニスト。ベートーヴェン（一七七〇～一八二七）に師事し、フランツ・リスト（一八一一～八六）などを育てた。現在でも彼の練習曲集は指使いの訓練に用いられている。

005 ヘンリー・ワーズワース・ロングフェロー（一八〇七～八二）　アメリカの詩人。ハーバード大学で近代語の教授を務め、ヨーロッパ文学をアメリカに紹介すると共に、「人生讃歌」（一八三九）や『エヴァンジェリン』（一八四七）など多くの詩を書いた。ダンテの『神曲』の英訳（一八六五～六七）でも知られる。

006 『イースト・リン』　イギリスの作家エレン・プライス（一八一四～八七、通称ヘンリー・ウッド夫人）による小説。一八六一年に出版され、大ベストセラーとなった。

007 『二輪馬車の秘密』　イギリスの作家ファーガス・ヒューム（一八五九～一九三二）による小説（一八八六）。ヒュームが当時住んでいたオーストラリア、メルボルンを舞台としたこの小説は、同地で出版されたのち、イギリスやアメリカでも大ベストセラーとなった。

008 『レディ・オードリーの秘密』　イギリスの作家メアリー・エリザベス・ブラッドン（一八三五～一九一五）の代表作で、一八六二年に出版された。いわゆる「センセーション・ノヴェル」でありながら、近代ミステリーの源流の一つとも見なされ、当時、大人気を博した。

009 『聖エルモ』　アメリカの小説家オーガスタ・ジェイン・エヴァンズ（一八三五～一九〇五）によるセンチメンタル小説（一八六七）。発売四カ月で百万部を売り上げ、一九世紀で最も人気を博した小説の一つと見なされる。幾度となく舞台化、および映画化された。

010 長老派は、十六世紀に起源を持つ、歴史の長いプロテスタントの一派。アイルランドのカトリック信者には、聖書を読む習慣はあまりなく、聖書はプロテスタントの信仰と結びつけられる傾向がある。『ジェイムズ王の欽定訳聖書』（一六一一）とは、イギリス国教会の典礼で用いる目的のため、国王ジェイムズ一世（一五六六～一六二五）の命によって翻訳が進められた聖書で、荘厳で格調高い文体で知られている。カトリック信者の子どもたちに、この欽定訳聖書を与えるという行為には、改宗を促そうという目的が垣間見えるため、修道女は警戒したのである。

011 ロトの物語　旧約聖書の「創世記」（第十一章から十四章、および第十九章）で描かれる物語。アブラハムの甥ロトが住んだ町ソドムは、近隣の町ゴモラと共に、住民の犯した罪によって天上からの火で滅ぼされたと伝えられている。住民の犯した罪については、聖書では明らかにされていないが、伝統的に同性愛だったと考えられており、キリスト教の同性愛禁忌の根拠とされている。

012 ハイ・クロス　アイルランドに特徴的な十字架で、柱頭の十字を円環でつないだ形が特徴的。

013 P・B・シェリー（一七九二～一八二二）　イギリスの詩人。ロマン派を代表する詩人で、特に抒情詩に優れた。代表作は「西風の賦」（一八一九）、『鎖を解かれたプロメテウス』（一八二〇）、詩論『詩の弁護』（一八四〇)。

014 「インド風セレナード」　シェリーの恋愛詩の傑作の一つとされる。二十四行からなるこの詩は"I arise from dreams of thee"という一行から始まるが、コラムが聞いた賛美歌は、"I arise from dreams of time"から始まり、詩の語り手が恋人の窓辺に導かれるという内容を、天使によってキリストの祭壇に導かれるという内容に変えているため、「パロディ」という表現をしたと考えられる。

015 ウィーダ(一八三九〜一九〇八)　イギリスの作家。父はフランス人、母はイギリス人で、本名はマリー・ルイーズ・ド・ラ・ラメー。上流社会を題材にしたメロドラマ的小説で人気を博した。代表作『フランダースの犬』(一八七二)は、児童文学の傑作とされる。

016 トマス・ハーディ(一八四〇〜一九二八)　イギリスの小説家。長篇小説作家として人気を博すが、『ダーバヴィル家のテス』(一八九一)、『日陰者ジュード』(一八九六)などで結婚制度を否定し、新しい男女関係を大胆に描いたため酷評され、以後は詩作に専念した。現代では自然主義の古典として再評価されている。

017 チェンバーズ編の『英文学事典』　スコットランドの出版業者で著述家のロバート・チェンバーズ(一八〇二〜七一)が一八四〇年に出版した二巻本の事典。

018 ジョン・フォード(一五八六〜一六四〇頃)　イギリスの劇作家、詩人。代表作に、『哀れ、彼女は娼婦』(一六三三)。

019 フィリップ・マッシンジャー(一五八三〜一六四〇)　イギリスの劇作家、詩人。代表作に、『新案旧債返済法』(一六三三)。

020 ロバート・グリーン(一五五八〜九二)　イギリスの風刺作家、劇作家。本文中にある『三文の知恵』(一五九二)では、暗にシェイクスピア批判が展開されていると考えられている。

021 サミュエル・バトラー(一六一二〜八〇)　イギリスの詩人、諷刺作家。物語詩『ヒューディブラス』(一六六二〜七八)では、清教徒を痛烈に諷刺した。

022 ウィリアム・シェンストン(一七一四〜六三)　イギリスの詩人。代表作に『女校長』(一七三七)。

023 ロバート・タナヒル(一七七四〜一八一〇)　スコットランドの詩人。ペイズリー柄の織物の製造に従事する傍ら、抒情詩を執筆した。「ジェシー、ダンブレーンの精華」を含む一連の作品はR・A・スミス作曲の歌唱曲として、人口に膾炙した。

024 エルネスト・ディムネ(一八六九〜一九五四)　フランスの神父(律修司祭)、作家、教育者。パリのカトリック・スクールでの経験を経て、第一次世界大戦後にアメリカに移り、ハーバード大学で教鞭を執った。英語での執筆活動を積極的に行い、著書『思索の道』(一九二九)はベストセラーとなった。

025 コラムの寄宿学校の母体である「聖ルイ修道会」を指す。一八五九年、フランスから招聘された三人の修道女が、アイルランドのモナハンに、最初に設立した学校にコラムは学んだ。現在なお中等学校として存続している。

026 ウェルギリウス(紀元前七〇〜前一九)　古代ローマの詩人。ヴェルギリウスとも。英語読みではヴァージル。ここで「第二巻」と言及されるのは、代表作である『アエネーイス』(紀元前三〇〜前一九)のことで、トロイ戦争におけるトロイ側の勇士アエネーイスの放浪の旅を描いた叙事詩。トロイ陥落後、ギリシャ軍から逃亡したアエネーイスは、最終的にイタリア半島に到着し、ローマを建設したと伝えられている。

027 カトゥルス(紀元前八四頃〜前五四)　古代ローマの抒情詩人。カトゥルルスとも。恋愛詩を得意とした。『歌集(カルミナ)』に含まれた詩の一節は、本書第二十八章のハワイでの一シーンで劇的に想起される。

028 ホラティウス(紀元前六五〜前八)　古代ローマの詩人、諷刺家。ラテン文学黄金期に活躍し、ウェルギリウスと並んで高く評価される。

029 トルクァート・タッソ(一五四四～九五)　イタリアの叙事詩人。『解放されたエルサレム』(一五七五)は叙事詩の傑作と見なされている。彼の生涯は、ゲーテの『タッソ』(一七九〇)に描かれた。

030 エヴリン・シャックバラ(一八四三～一九〇六)　イギリスの古典学者。ケンブリッジ大学で学び、後に同校で教える。一九〇一年にアイルランド中等教育評議会より任命され、アイルランドでの実地調査を行った(この頃コラムの学校に訪れたのだろう)。ポリュビオス(紀元前二〇四頃～前一二五)の全訳やキケロ(紀元前一〇六～前四三)の手紙の翻訳でも名高い。

031 オウィディウス(紀元前四三～後一七頃)　古代ローマの詩人。恋愛エレゲイア詩(エレジー)を完成したと称される一方、主著の『変身譚』(後八年頃完成)は彼が残した唯一の叙事詩であり、ギリシャ・ローマの神話や歴史から、人間が木や鳥などに姿を変える物語を集め、後世に多大なる影響を与えた。

032 トマス・ムア(一七七九～一八五二)　アイルランドの詩人。彼の『アイリッシュ・メロディーズ』(一八〇七～三四)は大ベストセラーとなった。

第三章　昔ながらの教育

001 モーリス・メーテルリンク(一八六二～一九四九)　ベルギーの詩人、劇作家。『ペレアスとメリザンド』(一八九三)や『青い鳥』(一九〇八)など、多くの象徴劇を描いた。一九一一年、ノーベル文学賞受賞。

002 ジョージ・メレディス(一八二八～一九〇九)　イギリスの小説家、詩人。夏目漱石にも大きな影響を与えた。代表作『エゴイスト』(一八七九)は、ウィットに富んだ喜劇的小説である。

003 ホール・ケイン(一八五三～一九三一)　イギリスの小説家。本名はトマス・ヘンリー・ホール・ケイン。メロドラマ風の大衆小説で一世を風靡した。

004 マリー・コレーリ(一八五四～一九二四)　イギリスの小説家。本名はメアリー・マッケイ。十九世紀末から二十世紀初頭にかけてイギリスで最も人気があった作家で、発表した本の売り上げは、コナン・ドイル(一八五九～一九三〇)をはるかに凌いでいたと言われる。

005 リマの聖ローザ(一五八六～一六一七)　ペルー生まれのカトリックの聖人。アメリカ大陸初の聖人。苦行の一つとして、週に三度の断食を行い、顔を醜くするために胡椒とアルカリ液を用いたと言われる。一六六七年に列聖された。

006 フロイトの精神分析のこと。

007 ルルド　スペインとの国境となっているピレネー山脈の麓にあるフランスの小さな町。聖母マリアの出現と奇跡の泉で知られ、カトリックの巡礼地となっている。一八五八年に村の十四歳の少女ベルナデッタが郊外の洞窟で聖母マリアの顕現を目撃する。ベルナデッタが聖母の言葉に従って洞窟の土を手で掘ると、そこから泉が湧き出し、その泉には病気を癒やす力があるという評判が立った。

008 アルフォンス・ド・ラマルティーヌ(一七九〇～一八六九)　フランスの詩人、作家、政治家。フランス・ロマン派の代表的詩人であり、フランスにおける近代抒情詩の祖と称される。代表作の『ジョスラン』(一八三六)は、八千行に及ぶ叙事詩である。

009 ウジェニー・ド・ゲラン(一八〇五～四八)　フランスの日記作家。詩人のモーリス・ド・ゲランの実姉。

010 モーリス・ド・ゲラン(一八一〇～三九)　フランスの詩人。死後出版された散文詩『ケンタウロス』(一八六〇)では、自然に対する繊細で宗教的な感覚が描かれている。

011 アルフレッド・ド・ミュッセ(一八一〇～五七) フランスのロマン主義の作家。詩、小説、戯曲を執筆した。作家ジョルジュ・サンド(一八〇四～七六)の歴代の恋人の一人。代表作である戯曲『マリアンヌの気まぐれ』(一八三三)、『戯れに恋はすまじ』(一八三四)は二十代前半に書かれた。

012 エミール・ゾラ(一八四〇～一九〇二) フランスの小説家。自然主義文学を代表する作家。代表作に『テレーズ・ラカン』(一八六七)、『居酒屋』(一八八七)など。

013 ギュスターヴ・フローベール(一八二一～八〇) フランスの小説家。一八五七年に発表した『ボヴァリー夫人』によって文学上の写実主義を確立した。他の代表作は『感情教育』(一八六九)、『聖アントワーヌの誘惑』(一八七四)など。

014 『若き日の芸術家の肖像』(一九一六)の第三章で、ジョイスが通ったダブリンのベルベディア・カレッジでの静修(および、「地獄の説教」)の体験が描かれている。

015 聖テレジア(一五一五～八二) スペインの修道女、神秘家。アビラのテレジア、イエスのテレジアとも呼ばれる。修道院改革に尽力し、テレジアは自身が見た地獄の様子を、正確に生々しく自著の『地獄の幻想』に書き記している。

016 ダヴィデとバテシバ　旧約聖書の「サムエル記」に描かれた挿話。イスラエル王ダヴィデは宮殿の屋上から水浴する一人の女性を見初めた。それが軍人エリアムの娘でヒッタイト人ウリヤの妻バテシバだった。ダヴィデは彼女を召喚し、強引に関係を持つ。身籠ったバテシバと結婚するために、ダヴィデは策を弄して夫ウリヤを殺害させた。

017 ジェラルド・マンリー・ホプキンス(一八四四～八九) イギリスの詩人。イエズス会の聖職者。オックスフォード大学在学中に、オックスフォード運動(十九世紀オックスフォード大学を中心に起こったイギリス国教会内の刷新運動)に啓発され、一八六六年にカトリックに改宗。その二年後にイエズス会に入る。それまでに詩才を発揮していたが、信仰のために断筆した。その後、宗教者としての詩作に取り組むようになった。一八八四年に、ユニヴァーシティ・カレッジ・ダブリン(UCD)のギリシャ文学の教授に就任し、四十五歳でチフス熱で死ぬまで教鞭を執った。二十世紀以降、再評価が進んでいる。

018 第一章第四節に描かれている。ドーラン神父から不当に体罰を受けた主人公スティーヴンは、クロンゴウズ・ウッド・カレッジの校長であったコンミー神父に直訴し、正義を勝ち取る。

019 『ファビオラ』　枢機卿ニコラス・ワイズマン(一八〇二～六五)が著した歴史小説『ファビオラ、あるいはカタコンベの教会』(一八五四)を基に作られた宗教劇。ファビオラ(生年不詳～三九九頃)はカトリックの聖女。ローマ貴族の出身で、キリスト教に改宗後、三九〇年にローマで巡礼者のための救護所を設立し(キリスト教徒の手によるヨーロッパ最初のものと言われる)、聖ヒエロニムス(三四七頃～四二〇)のもとで聖書を研究した。

020 フリードリヒ・フォン・シラー(一七五九～一八〇五) ドイツの詩人、歴史学者、劇作家。ゲーテと並ぶドイツ古典主義を代表する作家。代表作『群盗』(一七八一)は、シュトゥルム・ウント・ドラング(疾風怒濤)運動の代表作の一つとされている。

021 オーギュスト・ロダン(一八四〇～一九一七) フランスの彫刻家。自然主義を基礎にしつつも、写実にとどまらない人間の内面を彫刻に表現することを試みた。「近代彫刻の父」と称される。代表作は『地獄の門』、『考える人』など。

022 アンリ・ベルクソン(一八五九～一九四一) フランスの哲学者。具体的な生は不断の創造的な進化の活動であるとし、概念的把握よりも直感の優位を主張した。ショーペンハウエルを源流とする「生の哲学」を発展させた。代表作は『物質と記憶』(一八九六)、『創造的進化』(一九〇七)。

023 アルトゥール・ショーペンハウエル(一七八八〜一八六〇) ドイツの哲学者。カントの認識論に出発し、プラトンおよびインドのヴェーダ哲学の影響を受け、観念論・汎神論・厭世論を総合した生の哲学の祖と呼ばれる。主著は『意志と表象としての世界』(一八一九)。

024 ローズ・ケネディ(一八九〇〜一九九五) ボストン市長を務めたジョン・F・フィッツジェラルド(一八六三〜一九五〇)の長女。一九三八年から四〇年にかけて駐英アメリカ合衆国大使を務めたジョゼフ・P・ケネディ(一八八八〜一九六九)と結婚、九人の子どもを産んだ。後に第三十五代アメリカ合衆国大統領となるジョン(一九一七〜六三)は次男。

第四章 隣人たち

001 スパイク島 コーク沖に位置する広さ四二ヘクタールの島。七世紀以降、修道院として使われていた。十八世紀末には、ナポレオンの侵略に備えて海軍の要塞が建設された。その後、牢獄として使われるようになったが、二〇〇四年に閉鎖、現在は観光地として公開されている。

002 ボーア戦争(一八八九〜一九〇二) イギリスとトランスヴァール共和国およびオレンジ自由国の間で繰り広げられた第二次ボーア戦争を指す。これに先立つ一八八〇年に起こった第一次ボーア戦争でイギリスはトランスヴァール共和国軍に惨敗したが、第二次ボーア戦争では、イギリス側が勝利した。コラムの二匹のレッド・セッターは、一八八三年にトランスヴァール共和国の大統領となったポール・クリューガー(一八二五〜一九〇四)と、軍の最高司令官であるピート・ジュベール(一八三四〜一九〇〇)に因んで名付けられた。第二次ボーア戦争において、アイルランド人は両方の陣営に加わり、敵味方に分かれて戦っているが、アイルランドでは、ボーア戦争に、自らのイギリスからの独立のための戦いを投影させる者が少なくなかった。アイリッシュ・トランスヴァール旅団の副司令官としてイギリスを敵に回して戦い、英雄と見なされたのがジョン・マクブライドである。

003 刑罰法 十七世紀末からカトリック教徒(英国国教徒でない長老派教《プレスビ》会《テリアン》の信者も含む)に対して課せられた差別的な法制度。職業選択の自由、政治参加の自由、財産や武器、土地の所有などが制限された。一七九一年から行われた様々な法改正を経て、一八二九年のカトリック解放法により、ほとんどの差別が撤廃された。

004 フィン・マックール アイルランド神話における英雄。フィアナ・サイクルと呼ばれる神話群の中心人物で、エリン(アイルランドの古称)の上王コーマックを守る、フィアナ騎士団の首領だった。

005 クフーリン アイルランド神話における英雄。クー・フーリン、あるいはクー・フリンとも。アルスター・サイクルと呼ばれる神話群の中心人物で、コノハトの女王メーブの侵略からアルスターを守った。

006 アシーン アイルランド神話における英雄。フィアナ騎士団の詩人。

007 ニアヴ 海神マナナーンの娘で金髪の女神。不老不死の国ティルナノーグの王女で、アシーンを誘って結婚した。アシーンは彼の地で三週間を過ごしたつもりだったが、実は三百年が過ぎていた。

008 聖パトリック(三八七頃〜四六一) アイルランドの守護聖人。ブリテン島西部(ウェールズ説が有力)に生まれたその生涯については、伝説や伝承が多い。アイルランドに最初にキリスト教をもたらした人物(四三二年)とされてきたが、今日では、パトリック以前に同島へキリスト教は伝わっていたと考えられている。有名な逸話としては、アイルランド島から蛇を追い出したというものや、三位一体の概念を問われ、シャムロック(三つ葉のクローバー)を示した、などがある。命日の三月十七日は、聖パトリックデイとしてアイルランドの祝日となっている。

009 グローニャ・ウェール(一五三〇頃〜一六〇三頃)　アイルランド西部の名門オ・マーリャ一族の族長オーウェン・ドゥ・ダラ・オ・マーリャの娘。「海賊女王」として知られる。英語名はグレース・オマリー。

010 ダーモットとグローニャ　アイルランド神話に登場する恋人たち。コーマック王の娘グローニャは、フィン・マックールとの婚礼の席上でダーモットに一目惚れする。マックールに忠誠を誓うダーモットは最初、グローニャの求愛を拒絶するが、彼女がかけた呪文のため、結局はグローニャを受け入れ、駆け落ちする。アイルランド各地には、さまよう二人が潜んでいたとされる洞窟や隠れ家などが伝わっている。

第五章　旅の楽士たち、バラッドの歌い手たち、放浪する人々

001 「ラリーがしばり首になる前夜」　一七八〇年頃に書かれたバラッドで、死を目前にしながら笑い飛ばすブラック・ユーモアが特徴。

002 「フィネガンの通夜(Finnegan's Wake)」　アイルランドのバラッド。酒好きの煉瓦運び、ティム・フィネガンは酔って梯子から落ちて意識を失ってしまう。死んだと考えられた彼は棺に納められ、通夜(wake)が始まる。集まった会葬者が浮かれ騒ぎ、ウイスキーをティムの顔にこぼすと、彼が起き上がる(wake)という内容。ジョイスは最後の大作のタイトルを、この民謡と語呂を合わせ、『フィネガンズ・ウェイク(*Finnegans Wake*)』(一九三九)と呼んだ。

003 ピエール＝ジャン＝ド・ベランジェ(一七八〇〜一八五七)　フランスの歌謡詩人。政治批判を行い、投獄されたこともある。

004 フランシスコ・サレジオ(一五六七〜一六二二)　ジュネーヴの司教。宗教改革期にカルヴァン派の拠点都市だったジュネーヴで、強い信念をもって人々との対話を重ね、魂の救済に尽力し、多くの信者をカトリックに回帰させた。一六六一年にカトリック教会の聖人として列聖された。

第六章　人々と土地

001 ペイル　十二世紀以降、アングロ＝ノルマン人が征服、定住したアイルランド東部のダブリンを中心とする地方。ペイルの範囲でのみ、イングランド王権の直接的な支配が及ぶ。ペイルは、十二世紀のヘンリー二世の時代から、十六世紀のエリザベス一世の時代に至るまで、時代によってその範囲は異なる。

002 アイルランドやスコットランドの習慣で、一族の長《チーフトン》、首領のみが姓の前に接頭辞としての〈The〉を付けることができる。

003 シャルル・エルヴ・アルパン(一八七九〜一九四二)　フランスの外交官。本文中にあるように、一九三〇〜三二年までダブリンでは公使、その後モスクワやベルンでは大使として駐在した。

004 シモーヌ・テリー(一八九七〜一九六七)　フランスの作家、ジャーナリスト。アイルランド内戦を取材し、デ・ヴァレラやコリンズだけでなく、文芸復興運動に関わったイェイツやシングにもインタビューを行った。主著は『ソビエト紀行』(一九五二)。

005 オリヴァー・クロムウェル(一五九九〜一六五八)　イギリスの政治家、軍人。清教徒革命(一六四〇〜六〇)を指導し、一六四九年に国王チャールズ一世を処刑後、アイルランドに遠征し、反対派を制圧し

た。特にドロヘダ、ウェックスフォードにおける彼の残忍な行動から、クロムウェルは虐殺者としてアイルランド人の記憶にとどめられることとなった。

006 ウィリアム三世（一六五〇〜一七〇二）　オレンジ公ウィリアム（オラニエ公ウィレム）。オランダ統領ウィレム二世とイギリス王チャールズ一世の娘メアリーの子。一六八八年、イギリス王ジェイムズ二世の反対派に招聘され出兵、名誉革命（一六八八〜八九）に成功した。フランスに亡命したジェイムズ二世がフランス軍を率いてアイルランドに出兵したため、一六八九年にはウィリアム三世も遠征軍を派遣した。一六九〇年には自らアイルランドに渡り、ボイン川の戦いで勝利した。ボイン川の戦いは、アイルランドにおいてプロテスタントが覇権を取った象徴的な戦いであると考えられている。

007 土地戦争（一八七九〜八二）　マイケル・ダヴィット（一八四六〜一九〇六）とパーネルを中心に結成された「土地同盟」（一八七九〜八二）は、借地農の権利改善を要求し、追い立てを強要する地主に対して村八分を加える、いわゆる「ボイコット」戦術を展開した。これらの運動はしばしば過激化したため、「土地戦争」と呼ばれる。

008 一八四八年と一八六七年の蜂起　一八〇一年の合同法（連合法）の施行によって、アイルランドは英国の一部となったが、その直後から合同法を撤廃しようとする数々の運動が起こった。二九年にカトリック解放法を成立させたダニエル・オコンネルは、四〇年代に議会を通じて併合を解消しようとする政治運動を推進したが、失敗に終わった。その後、「青年アイルランド」に参加していたウィリアム・スミス・オブライエン（一八〇三〜六四）が、一八四八年七月にティペラリー州で武装蜂起を起こした。しかしこの反乱は即座に鎮圧され、民衆の支持も得られなかった。一八六七年は、ＩＲＢ（フィニアン）のダブリンでの蜂起を指すが、こちらもすぐに鎮圧された。

009 飢饉　歴史用語としては「大飢饉」と呼ばれる。アイルランド国外では「ジャガイモ飢饉」とも。一八四五年、ヨーロッパ諸国で流行した「胴枯れ病」は夏にアイルランドに上陸し、人々が主食としていたジャガイモの収穫量が激減、翌年には前年比の約四分の一となった。四五年から五〇年にかけて、餓死者と疫病による死者を合わせて約百万人が死亡、約百万人が移民したとされる。その後も人口の流出は止まらず、一八四一年に八百万を超えていた人口は、二十世紀初頭に約四百五十万、一九二〇年代まで人口は減り続けた（約四百二十万）。現在世界中にアイルランド系を自認する人々は約七千万人いるとされるが、アイルランドの人口流出（近年では「アイリッシュ・ディアスポラ」とも）の最大の要因が、この大飢饉とされる。

010 一七九八年　ユナイテッド・アイリッシュメンの反乱がアイルランド各地で起こった年。アメリカの独立戦争やフランス革命に触発されたウルフ・トーンらの指導のもと、共和国樹立を目指して、カトリック教徒とプロテスタント（主に長老派）が共に戦ったが、イギリス政府によって鎮圧された。「ユナイテッド」が意味するところは、このように宗派の違いを越えてアイルランド人が団結するという点にある。

011 トマス・ムアの『アイリッシュ・メロディーズ』のこと。

012 ゼナ・デア（一八八七〜一九七五）、フィリス・デア（一八九〇〜一九七五）　イギリスの女優。ゼナは十二歳、フィリスは九歳から舞台に立ち、エドワード朝のミュージカル・コメディや初期の映画に出演した。本文にあるように、姉妹共に数多くの写真が残っている。

013 ダブリン・ホース・ショー　ロイヤル・ダブリン・ソサエティで、毎年八月に開催されるアイルランド最大のホース・ショー。障碍飛越競技が中心。

014 ポチーン　ジャガイモや雑穀から作るアイルランドの醸造酒。四〇度から九〇度という強いアルコールで、長らく製造を禁止されていたが、一九九七年に許可を得た業者は合法に製造販売できるようになった。

015　アメリカ大陸の先住民を「レッド・インディアン」、あるいは「アメリカン・インディアン」と呼ぶ習慣は、今日では差別的な表現と見なされるため、「ネイティヴ・アメリカン」や「先住民」などと呼ぶことが多い。ここではあえて原文通り「レッド・インディアン」という表現を用いた。

第七章　田舎の暮らし

001　ジョゼフ・コンラッド(一八五七～一九二四)　ポーランド生まれのイギリスの小説家。長い船員生活の体験に基づく数多くの作品を書いた。代表作は、『ロード・ジム』(一九〇〇)、『闇の奥』(一九〇二)。

002　レジナルド・ダイヤー(一八六四～一九二七)　英領インド生まれのイギリスの軍人。ここでコラムが述べている「虐殺」とは、一九一九年に起きた、ダイヤーの率いる部隊が非武装のインド人市民に無差別射撃をした「アムリットサル虐殺事件」のこと。ダイヤーはスライゴーやロスコモン州に多い姓である。

003　パトリック・ピアス(一八七九～一九一六)　アイルランドの詩人、愛国者。一九一六年のイースター蜂起の指導者の一人で、鎮圧後、銃殺刑に処せられた。古代アイルランドの伝統にのっとった教育を理想に掲げ、男子児童のための聖エンダ校、女子児童のための聖イタ校を設立した。コラムは大学卒業後、この聖イタ校で教鞭を執る(第十四章参照)。

004　ロジャー・ケイスメント(一八六四～一九一六)　イギリスの政府官僚、アイルランドの愛国者。アフリカや南アメリカにおいて、現地労働者に対する西洋列強の搾取に対して立ち上がり、国際的な名声を得た。一九一一年にはナイトの爵位を受け、一九一三年に退職。その後、アイルランドの独立のために尽力し、第一次大戦中にドイツの援助を求めたという理由で反逆罪に問われ、絞首刑に処せられた。コラムが後に結婚するポーリックの友人で、彼については第十六章と第十九章で詳しく述べられる。

005　ジェイムズ・マクニール(一八六九～一九三八)を指す。カルカッタ(現在のコルカタ)におけるイギリス政府の高官を務めた後、ティモシー・ヒーリー(一八五五～一九三一)の後を継いで、第二代アイルランド自由国総督に就任した(一九二八～三二)。オウン・マクニールの弟。

006　ジョナサン・スウィフト(一六六七～一七四五)　アイルランド、ダブリン生まれの作家、政治パンフレット作者、国教会司祭。代表作に『ガリヴァー旅行記』(一七二六)など。「慎ましき提案」(一七二九)で、イギリスのアイルランド政策を痛烈に諷刺した。一七一三年から、ダブリンの聖パトリック大聖堂で主席司祭を務めた。

007　アングロ・アイリッシュ　アイルランド生まれのイギリス人、もしくはその子孫を指す。その多くは、英国国教会の信徒。十八世紀末頃から一般に用いられるようになった。なお、アングロ・アイリッシュ文学とは、アイルランド人によって英語で書かれた文学を指す。

008　赤い手　「アルスターの赤い手」とも呼ばれ、切断され、血に染まった左手はアルスターのシンボルとして紋章などにも使われる。十四世紀、アルスターの王族であったオニール家の紋章として使用されたことに起源を持つ。なぜ「赤い手」がオニール家の紋章として使用されるようになったかについては諸説あるが、かつて、オニール家の一族の一人が、土地の権利をめぐって船のレースで争った際、最初に土地に手を触れた者が勝者であるという条件を満たすため、自分の左手を切り落とし、船上から土地に向かって投げた結果、勝利を得たというエピソードが広く伝わっている。

009 ティンカー　多くの辞書では「定住せず、旅しながら、鍋などの金属製品の修理をする人々」と説明される語であるが、今日では差別的な言葉として避ける傾向がある。例えば、アイルランド政府が実施する国勢調査では、「トラベラー」というカテゴリーが使われる。ここでは原文通り、「ティンカー」という表現を用いた。

010 「ジプシー」という呼称は、エジプト人(Egyptian)を語源とするため、非ヨーロッパに対する差別的な意識が反映していることが懸念され、一九七一年に開催された第一回の世界ロマ会議以降は、多くの集団が自称する「ロマ」を呼称とすることが提唱され、今日では日本でもロマの語を用いることが増えてきている。ただし、ここではコラムの原文を尊重した。

011 ストラ　聖職者が肩から膝下まで垂らす細長い帯状の布。

012 ジョン・B・イェイツ(一八三九～一九二二)　アイルランドの画家。W・B・イェイツの父。ダブリンのトリニティ・カレッジで法律を学び、弁護士となるが、二十代後半に画家を志した。肖像画家としての需要はあったものの、経済的には常に困窮していた。一九〇七年、六十八歳でニューヨークに渡り、その後、アイルランドに戻ることはなかった。ニューヨークにおけるコラム夫妻と彼の交流は、第十九章以降、随所に描かれている。

013 ネスタ・フィッツジェラルド(一八六五～一九四四)　アングロ・アイリッシュの貴族、第四代レンスター公爵(チャールズ・フィッツジェラルド、一八一九～八七)の娘。

014 アレキサンダー・ポープ(一六八八～一七四四)　イギリスの詩人。ホメロスの『イリアス』を一七一五年から二〇年に、『オデュッセイア』を一七二五年から二六年にかけて翻訳した。

015 ウィルキー・コリンズ(一八二四～八九)　イギリスの小説家。ヴィクトリア時代、長篇推理小説作家として人気を博した。代表作は『白衣の女』(一八六〇)、『月長石』(一八六八)。

016 アンソニー・トロロープ(一八一五～八二)　イギリスの小説家。郵政省に勤務しながらも、数多くのベストセラーを生み出した。代表作は全六篇の連作小説の『バーセットシャー物語』(一八五五～六七)。

第八章　大学に進学する

001 リブレット作者ウィリアム・S・ギルバート(一八三六～一九一一)と作曲家アーサー・サリヴァン(一八四二～一九〇〇)による喜劇的オペレッタ。一八八一年四月二十三日に、ロンドンのオペラ・コミックで初演後、同年十月にはサヴォイ劇場に移った。これ以降、ギルバート・アンド・サリヴァンのコミック・オペラを「サヴォイ・オペラ」と呼ぶようになった。

002 フリート街　ロンドンの新聞街。イギリスの中央紙と地方紙のほとんどがこの一帯に本社や支社を構えている。街路名は、この地区を流れるフリート川に由来する。

003 ジョージアン・ハウス　ハノーヴァー朝ジョージ一世から四世の治世(一七一四～一八三〇)の間にダブリンで建造された建物。ジョージアン・ハウスは、カラフルな彩色をほどこした玄関扉で知られ、今日もダブリン中心部の多くの通りに残されている。

004 シトリック(九七〇頃～一〇四二頃)　デンマーク系ヴァイキングのダブリン王。「絹髭のシトリック」と呼ばれることもある。キリスト教徒であったシトリックは、独自の司教区を運営しようとし、一〇三八年にクライスト・チャーチを建造した。

005 チャールズ・スチュアート・パーネル(一八四六〜九一) アイルランドの政治家。ウィックローのプロテスタントの地主階級に生まれる。ケンブリッジ大学卒業後、一八七五年に英国の下院議員に初当選。七九年にアイルランドの自治権の獲得のために、その生涯を捧げた。ケンブリッジ大学卒業後、一八七五年に英国の下院議員に初当選。七九年には土地同盟の会長を務め、土地運動を指導した。八二年以降は「アイルランド議会党」の党首として自治法案の成立に尽力するが、九〇年、同僚議員だったウィリアム・オシェイの妻、キャサリンとの不義が発覚したため、これを契機に議会党の分裂を招くこととなり、政界から失脚。翌年、失意の中病死した。

006 一八八四年生まれのコラムが、十八歳でダブリンの大学に進学したとすると、ここで描かれている情景は一九〇二年の九月か十月ということになる。一九〇二年の十月二十七日から十一月一日にかけて、A・Eの『デアドラ』、イェイツの『キャスリーン・ニ・フーリハン』、マックギンリーのアイルランド語劇『リジーと乞食女(*Eilis agus an Bhean Deirce*)』が再演されたという記録が残っているが、シングの『海へ駆りゆく者たち』の初演は一九〇四年一月二十五日、グレゴリーの『噂の広まり』の初演は一九〇四年十二月二十七日で、コラムがダブリンに到着した当日に、イェイツ、グレゴリー、シングの代表作の三本立ての宣伝看板を見たというのは、単なる記憶違いか。ちなみに、一九〇七年四月二日、四日の二日間に、『海へ駆りゆく者たち』、『噂の広まり』、『キャスリーン・ニ・フーリハン』にレディ・グレゴリーの『ヒアシンス・ハルヴェイ』を加えた四作品がアビー・シアターで上演されている。ダブリン在住のコラムがこの上演を見た可能性は高い。

007 ジョン・ミリングトン・シング(一八七一〜一九〇九) アイルランドの劇作家。イェイツ、レディ・グレゴリーらと共にアビー・シアターの運営に尽力した。代表作は、『海へ駆りゆく者たち』(一九〇四)、『西の国のプレイボーイ』(一九〇七)など。『西の国のプレイボーイ』の上演をめぐる騒動は、第十二章で述べられている。

008 イェイツの「イニスフリーの孤島」の冒頭の一行。

009 イェイツの「ドゥーニーのフィドラー弾き」の一節。コラムの記憶の中で、弟と従兄が入れ替わっている。正しくは、"My cousin is priest in Kilvarnet, / My brother in Mocharabuiee." である。

010 イェイツの「妖精の国を夢見た男」の冒頭の一行。イェイツの詩の主語は「私」ではなくて、「彼」である。

011 オック語 中世フランス南部地方で話されたロマンス語。

012 オイル語 中世フランス北部で話されたロマンス語、現代フランス語のもととなった言語。

013 キルタータン英語 キルタータンは、ゴールウェイ州南東にあるレディ・グレゴリーの領地名。彼女が自分の領地やその周辺に伝わる民話や伝承を蒐集した際、農民たちが話すアイルランド語の影響を強く受けた英語表現をそのまま記述し、記録に残した。

014 『アングロ・サクソン年代記』 紀元一世紀から一一五四年までの、イングランドの七王国時代を扱った年代記の集大成。

015 『薔薇物語』 十三世紀にフランスで書かれた寓意的な物語。様々な知識や教養を盛り込んだ百科全書的な恋愛作法の指南書として流布した。

016 『ニーベルンゲンの歌』 十三世紀に中高地ドイツ語で書かれた叙事詩。ネーデルランドの王子ジークフリートの生と殺害を描いた前編と、その妻クリームヒルトの復讐劇を描く後編とに分けられる。

017 アルフレッド・テニソン(一八〇九〜九二) イギリスの詩人。ヴィクトリア朝を代表する詩人で、ケンブリッジ大学中退後、ヨーロッパを旅する。親友を追悼した『イン・メモリアム』(一八五〇)や『イノック・アーデン』(一八六四)などで知られる。一八五〇年に、W・ワーズワースの後を受けて桂冠詩人となった。

018 アルジャーノン・チャールズ・スウィンバーン(一八三七〜一九〇九)

イギリスの詩人。オックスフォード大学在籍中よりギリシャ詩に傾倒し、中退後発表したギリシャ古典劇の対話法の詩劇『アタランタ』(一八六五)で時代の寵児となった。異教的耽美主義の作風で反響を呼び、イギリス世紀末文学の代表する詩人と見なされる。

019 リチャード・ブリンズリー・シェリダン(一七五一～一八一六) アイルランド出身の劇作家。機知と諷刺に富んだ十八世紀の喜劇で知られる。代表作に『悪口学校』(一七七七)。

020 オリヴァー・ゴールドスミス(一七三〇～七四) アイルランド生まれの劇作家、小説家。小説『ウェイクフィールドの牧師』(一七六六)で作家としての名声を得た。戯曲『負けるが勝ち』(一七七三)は、代表的な十八世紀喜劇として見なされ、今日も上演される。

021 コメディ・フランセーズ パリのパレ・ロワイヤルにあるフランス最初の常設劇場、およびその付属劇団。一六八〇年、ルイ十四世の勅令により、喜劇作家モリエールを引き継ぐゲネゴー劇団と、悲劇を得意としたブルゴーニュ劇団が合併し、王立劇団として出発した。フランス革命の影響で、一時分裂するものの、ナポレオン執政官時代の一七九九年に再統合され、国立劇団として現在に至る。

022 現代語 原文は“modern languages”で、ギリシャ語やラテン語の古典に対して、フランス語、ドイツ語、イタリア語などのヨーロッパ諸言語を指す。

023 ここでディムネは、アメリカ生活が長くなった結果、コラムと共有していた大陸的(フランス的)教育が薄れてきたと冗談を言っている。

024 ケンブリッジ大学は、十三世紀に創設されて以来、男性しか入学できなかったが、一八六九年にガートン・カレッジ、一八七一年にニューナム・カレッジが、英国で初めて女性のために作られた全寮制のカレッジとして設立された。なお、ガートンは一九七九年に共学になるが、ニューナムは現在なお女性のみのカレッジである。

025 カレッジ・グリーン ダブリン中心部にある三辺に囲まれた広場。歴史的に、政治集会に用いられてきた。北側にはアイルランド銀行(この建物は一八〇〇年までアイルランド議会の議事堂だった)、東側にはトリニティ・カレッジの正面玄関に接している。

026 ジョン・マーティン＝ハーヴェイ(一八六三～一九四四) イギリスの舞台俳優。一九二一年にはナイトの爵位を受けた。

027 マックス・ラインハルト(一八七三～一九四三) オーストリアの演出家兼プロデューサー。本名は、マックス・ゴルトマン。ウィーン近郊のユダヤ系の家庭に生まれた。リヒャルト・シュトラウスやフーゴ・フォン・ホーフマンスタール(一八七四～一九二九)とともに、ザルツブルク音楽祭の設立に貢献し、一九二〇年代のベルリンの劇壇では、「皇帝」と呼ばれた。三八年以降はアメリカに永住した。三四年にハリウッド映画の『夏の夜の夢』を演出した。

028 『オイディプス王』 ギリシャの三大悲劇作家の一人、ソフォクレスによる悲劇。

029 パトリック・キャンベル夫人(一八六五～一九四〇) イギリスの舞台女優。ベアトリス・ローズ・ステラ・タナーとしてロンドンに生まれた。ミセス・パットの名称でも知られるが、「パトリック・キャンベル」は一八八四年に結婚した最初の夫(一九〇〇年にボーア戦争で戦死)の姓である。一九一四年にジョージ・コーンウォリス＝ウェストと再婚した後も、同じ芸名を使い続けた。『ピグマリオン』のイライザ役ほか、バーナード・ショーの多くの劇作に出演し、ショーのミューズでもあった。コラムの本文中にある、イプセン作の『ヘッダ・ガブラー』にキャンベル夫人が出演したのは、一九二二年のことで、この頃には、コラムは既にアメリカに滞在していたため、彼女の記憶違いの可能性もある。

030 サラ・ベルナール(一八四四～一九二三) フランスの舞台女優。十九世紀末から第一次世界大戦勃発までの華やかなパリの一時代（ベル・エポック）を代表する女優として知られる。キャリアの終わりには、初期の映画が製作された時代とも重なり、数本の無声映画にも出演した。一つの文化圏を超えて人気を博した最初の国際スターとも言われる。本文中にあるメーテルリンク作の『ペレアスとメリザンド』で、彼女は男性であるペレアス役を演じている。ハムレットも当たり役だった。

031 ヘンリー・アーヴィング（一八三八〜一九〇五） イギリス生まれの舞台俳優、演出家。本名はジョン・ヘンリー・ブロドリップ。シェイクスピア劇の演出・演技で知られている。前出のマーティン＝ハーヴェイは、アーヴィングの劇団に所属していた。

032 ジョンストン・フォーブズ＝ロバートソン（一八五三〜一九三七） イギリスの舞台俳優、劇場経営者。ヴィクトリア朝時代の最上のハムレット役者として知られる。

033 フランク・ロバート・ベンソン（一八五八〜一九三九） イギリスの舞台俳優、劇場経営者。一九〇一年には演劇学校を設立し、ストラットフォード・アポン・エイヴォン・シェイクスピア演劇祭を二十六回にわたって運営するなど、シェイクスピア劇を数多く手がけた。

034 エレン・テリー（一八四七〜一九二八） イギリスの舞台女優。前出のアーヴィングの劇団に所属し、シェイクスピア女優として、『ヴェニスの商人』のポーシャ、『間違い騒ぎ』のベアトリスなどの演技で知られる。演出家ゴードン・クレイグ（一八七二〜一九六六）の母。

035 ジョージ・ムア（一八五二〜一九三三） アイルランドのメイヨー州出身の小説家、詩人、文芸批評家、劇作家。カトリックの地主階級に生まれる。画家を志してパリに渡り、多くの印象主義画家や自然主義作家と交流した後、ロンドンで作家活動を開始した。一九〇一年にアイルランドに戻り、従弟のエドワード・マーティンを介して、アイルランド文芸劇場に関わった。本文中の『ダーモットとグローニャ』は、一九〇一年、イェイツと共に、この文芸劇場のために執筆された。また、『いざ、別れのとき』（一九一一〜一四）は、三巻からなる自伝的作品で、アイルランド文芸復興運動に、ムアがいかに関わったか、詳細に述べられている。

036 ダグラス・ハイド（一八六〇〜一九四九） アイルランドの言語学者、政治家。一八九三年にゲーリック・リーグを創設し、アイルランド語の復興、推進にあたった。一九〇九年にＵＣＤ教授となる。一九三八年にはアイルランド初代大統領に就任。著書に『アイルランド史』（一八九九）など。

037 ブノワ・コンスタン・コクラン（一八四一〜一九〇九） フランスの俳優。一八九七年、ロスタンが彼のために書き下ろした『シラノ・ド・ベルジュラック』の初演で主役のシラノを演じたことで知られる。

038 モリエール（ジャン＝バティスト・ポクラン）（一六二二〜七三） フランスの俳優、劇作家。鋭い風刺を効かせた多くの優れた喜劇を執筆し、フランス古典喜劇を完成させた。本文中の『町人貴族』、『守銭奴』はモリエールの代表作。モリエール劇団（原文では「モリエールの家」）は、コメディ・フランセーズの別名。

039 『フラウ・フラウ』 アメリカの劇作家オーガスタン・デイリー（一八三八〜九九）によるメロドラマ。デイリーは演出家、プロデューサーとしても知られ、二十世紀初頭のロンドンで人気を博したデイリー・シアターの所有者でもあった。また、アメリカでもニューヨークに複数の劇場を所有し、当時のアメリカ演劇界に大きな影響力を持っていた。

040 『工場の技師』 フランスの小説家、劇作家ジョルジュ・オーネ（一八四八〜一九一八）による小説を劇化した作品。ブルジョア市民の対等と旧来の貴族階級の拮抗する姿を生き生きと描き、フランスやイギリスでベストセラーとなり、人気を博した。

041 ジェイン・ヘイディング(一八五九〜一九四一) フランスの女優。本名はジャンヌ＝アルフレディーヌ・トゥレフーレ。一八八八年と一八九三年に、本文中にもあるフランスの名優コクランと共に、アメリカ巡業を成功させた。

第九章 初期のアビー・シアター

001 メカニックス・インスティテュート アビー・ストリートにあったミュージック・ホール。本文にもあるように、この劇場を改装したのが、アビー・シアター(一九〇四〜)である。

002 アニー・ホーニマン(一八六〇〜一九三七) イギリスの芸術後援者《パトロン》。裕福な紅茶商の家に生まれたホーニマンは、祖父から受け継いだ遺産で、様々な演劇活動を支援した。友人であったフローレンス・ファー(一八六〇〜一九一七)のロンドンでの舞台を支援した際(一八九四)、演目の一つにイェイツの『心願の国』が含まれていた。一九〇三年に、イェイツに招かれてダブリンを訪れ、アイルランド国民演劇協会の上演を援助した。ホーニマンがイェイツに劇場を贈る約束をしたのは、この時である。彼女の資金援助は一九一〇年まで続いた。

003 『キャスリーン伯爵夫人』(一八九二出版、一八九九初演) イェイツの詩劇。飢饉に苦しむ領民を救うため、自らの魂を悪魔に売り渡した伯爵夫人は、死後、救済される。

004 ダブリン城 アイルランド、ダブリンの中心部にある城。十世紀にヴァイキングによって建造されたこの砦は、一一七〇年にアングロ・ノルマン人によって征服され、一二〇四年以降、拡張された。以後、一九二二年まで、イギリスのアイルランド支配の中枢であった。「ダブリン城の連中」とは、イギリス側の官憲と、その下で働くアイルランド人を指す。

005 フィニアン運動 武装闘争によるアイルランドの独立を目的とした「アイルランド共和主義同盟(IRB)」(一八五八〜一九二四)、およびアメリカ合衆国で結成された「フィニアン同盟」(一八五九〜八〇)の参加者が行った運動。後者を主導したゲール語学者ジョン・オマホニー(一八一六〜七七)が、古代アイルランド神話に登場する騎士団「フィアナ(Fianna)」に因んで命名した。一八六七年、IRBはダブリンで武装蜂起を行うものの、直ちに鎮圧された。

006 モード・ゴン・マクブライド(一八六六〜一九五三) アイルランドの革命運動家、女性参政権運動家。一八八九年に初めてイェイツと出会って以来、イェイツのミューズであり続け、『キャスリーン・ニ・フーリハン』の初演では主役を演じた。一九〇三年に結婚したボーア戦争の英雄ジョン・マクブライドは、一九一六年に復活祭蜂起に参加したとがで処刑された。

007 ゲーリック・リーグ(一八九三〜) ダグラス・ハイドによって創設された、アイルランド語の復興、歌やダンスなどのアイルランド文化の振興を目的とした団体。

008 A・E(一八六七〜一九三五) アイルランドの作家、詩人。ジョージ・ウィリアム・ラッセルの筆名(ラテン語で「永遠」「無窮」を表す、aeon から取られた)。神秘主義や神智学に強い関心を寄せ、文芸復興運動でも中心的な役割を果たした。

009 エドワード・マーティン(一八五九〜一九二三) アイルランドの劇作家。ジョージ・ムアの従弟に当たり、青年時代は二人でヨーロッパを旅行するなど親密な関係にあったが、政治的見解を巡って、晩年は疎遠になった。一八九六年にイェイツとレディ・グレゴリーを引き合わせ、翌年三人の連名で「アイルランド文芸劇場のための宣言書」を発表した。一八九九年の第一回公演では、マーティンの『ヒースの野』が、イェイツの『キャスリーン伯爵夫人』と共に上演されたが、やがて芸術観の相違が原因となり、一九〇二年に文芸劇場は解散した。

010 ジョン・エグリントン(一八六八~一九六一) アイルランドの作家、編集者、図書館員。本名はウィリアム・カークパトリック・マギー。イェイツは、彼を「アイルランドの唯一の批評家」と称した。ジョイスの『ユリシーズ』第九挿話では、スティーヴン・デダラスとシェイクスピアについて議論する人物として描かれている。

011 フェイ兄弟 フランク・フェイ(一八七〇~一九三一)とウィリアム・フェイ(一八七二~一九四七)。アビー・スタイルと呼ばれる演技法を確立した。一九〇八年、演出方法を巡ってイェイツらと対立した後は、アメリカに移って演劇活動を続けた。

012 サラ・オールグッド(一八八三~一九五〇) アイルランドの女優。フェイ兄弟とともに、俳優としてのキャリアをスタートさせ、アビー・シアターの創設以降、数々の作品に出演した。また、初期のヒッチコック作品など、多くのハリウッド映画にも登場した。

013 『キャスリーン・ニ・フーリハン』 イェイツとレディ・グレゴリーによる一幕劇。アイルランドの若者たちを戦いに誘うキャスリーン・ニ・フーリハンは、アイルランドの化身と見なされている。一九〇二年の初演時には、モード・ゴンが演じ、当時のアイルランド社会に非常に大きなインパクトを与えた。

014 ジョン・マッコーマック(一八八四~一九四五) アイルランドのテナー歌手。一九〇三年のフェシュ・キョール(音楽祭)でゴールドメダルを獲得した(ジョイスは三位のブロンズメダル)。その後、ミラノで学び、オペラ歌手として活躍した。

015 トマス・オブライエン・バトラー(一八六一~一九一五) アイルランドの作曲家。代表作は、本文にもあるオペラ『ムアガス』(一九〇三)。

016 ルシタニア号 イギリス船籍の豪華客船。進水は一九〇六年。第一次大戦中の一九一五年五月七日、ドイツ海軍の潜水艦U20により、南部アイルランド沖十五キロの地点で雷撃を受け、沈没した。乗客一一九八名が死亡。

017 ハリー・ゲイブリエル・ペリジアー(一八七四~一九一三) イギリスの作曲家、舞台演出家。彼が作曲した風刺的な寸劇で一世を風靡した。

018 ポーリック・コラム(一八八一~一九七二) アイルランドの詩人、劇作家、児童文学者、民話蒐集者。一九一二年に、本書の著者であるメアリー・マガイヤーと結婚。

019 アーノルド・バックス(一八八三~一九五三) イギリスの作曲家、詩人、作家。王立音楽院の学生だった時期にイェイツの『ケルトの黎明』に触発され、アイルランド語を学び、その歴史、伝説、文化などに耽溺した。第一次世界大戦前の数年間、ダブリンに暮らし文芸サークルの一員として活躍した。交響曲の作曲家として、今日、再評価がすすんでいる。

020 『道化師』 一八九二年初演のルッジェーロ・レオンカヴァッロ(一八五七~一九一九)作曲のオペラ。全二幕。

021 アーサー・ダーリー(一八七三~一九二九) アイルランドのヴァイオリニスト。優れた演奏家であると同時に、伝統的な民謡の蒐集家としても知られる。

022 ダンセイニ卿 エドワード・ドラックス・プランケット(第十八代ダンセイニ男爵)(一八七八~一九五七) アイルランドの小説家、劇作家、軍人。一九一六年のイースター蜂起ではイギリス軍人として、蜂起の鎮圧にあたった。幻想的な作風で知られる。代表作は、短篇集『ペガーナの神々』(一九〇五)、長篇『エルフランドの王女』(一九二四)など。

023 ホレス・プランケット(一八五四~一九三二) アイルランドの農業改革者、政治家。オックスフォード大学を卒業後、肺病の治療のため約十年間アメリカのワイオミング州で静養しながら、農場経営を行った。八九年の帰国後は、農業協同組合運動を推進し、一八九四年にはアイルランド農業組織協会を発足させた。一八九二年から一九〇〇年まで英国の下院議員を務めるなど、自治運動にも尽力した。

024 ダレル・フィギス（一八八二〜一九二五） アイルランドの作家、詩人、政治家。一九一四年、ホウスでの武器密輸に関わったエピソードは、本書第十六章で描かれる。一九二四年に妻が自殺、その翌年新しい恋人リタ・ノースが死亡。フィギスはリタの死因審問で証言した一週間後に、自らの命を絶った。

025 トマス・マクドナー（一八七八〜一九一六） アイルランドの詩人、劇作家、教師、政治的指導者。ゲーリック・リーグのメンバーとなり、愛国的な理想主義を持つようになる。アイルランド語を学ぶために訪れたアラン島でパトリック・ピアスと出会い、その後、ピアスが設立した学校聖エンダで教鞭を執る。またＵＣＤで学士号と修士号を得た後は、大学でも英文学を教えた。一九一六年のイースター蜂起の際は、共和国宣言に署名した首謀者の一人として処刑された。第十六章でコラムに求婚した男性は、このマクドナーである。

026 ウィリアム・ピアス（一八八一〜一九一六） アイルランドの彫刻家、ナショナリスト。パリやロンドンの美術学校で彫刻を学んだが、父が創業した記念碑制作を中心とする石材業は継がずに、兄パトリックが創設した聖エンダ校で美術や演劇の授業を担当した。兄と同じく、イースター蜂起に加わり、処刑された。

027 ウィリアム・ギブソン（第二代アッシュボーン男爵）（一八六八〜一九四二） アイルランドの貴族。文化的ナショナリストとして知られ、後にカトリックに改宗した。ゲーリック・リーグのメンバーであり、キルトを日常的に着用した。コラムが述べているように、イギリスの上院では、時折アイルランド語で演説した。

028 バーナード・フィッツパトリック（第二代キャッスルタウン男爵）（一八四八〜一九三七）を指す。アングロ・アイリッシュのフィッツパトリックは、ケルト文化に高い関心を持ち、様々な文化的活動を後援した。また、本文中のアッパー・オソリーは、ラオス州にある男爵領。

029 マギーラ・ポーリックの一族 アイルランド語で、Mac Giolla Phádraig。十世紀に遡ることができるアイルランドの名門一族。家名の意味は、「聖パトリックに帰依した者たちの子孫」。十六世紀以降、一族の多くが英語化された「フィッツパトリック」を名乗った。

030 タラの丘 アイルランドのミース州ナヴァンにある丘陵。アイルランド語で「聖域」の意。伝説の王たちが集った地で、十二世紀のアングロ・ノルマンによる侵攻以前は、政治的、文化的中心地だったと見なされている。

031 ヘブリディーズ諸島 スコットランド西岸に広範囲に広がる島嶼部の総称。

032 モリーン・フォックス（一八八三〜一九七二） アイルランドの作家、詩人。プロテスタント系のアイルランド人としてイギリスに生まれる。一九〇七年以降、アイルランドに在住。一九一七年にクロード・チャヴァス（一八八六〜一九七一）と結婚、家庭内ではアイルランド語を用いた。一九三五年にカトリックに改宗。

033 『ケルズの書』 八世紀に制作された聖書の装飾写本。特徴的な「組紐文様」「渦巻文様」で装飾され、多くの動物や人物像、抽象的なデザインが盛り込まれている。現在、ダブリンのトリニティ・カレッジ図書館が所蔵している。

034 クラダー・リング アイルランドの伝統的な指輪。「王冠を戴いたハートとそれを両側から支える手」という意匠で、王冠は「誠実」、ハートは「愛」、両手は「友情」を表している。

035 ヴィクトリア時代 ヴィクトリア女王の治世下、一八三七年から一九〇一年の六十三年七カ月を指す。

036　フィルボルグ　伝説上、アイルランドの最初の住民と見なされている。ダーナ神族に征服された後、ヘブリディーズ諸島へ追放された。フィルボルグはアイルランド最初の妖精となったが、巨人のようなグロテスクな存在だった。フィルボルグ族とダーナ神族の関係は、ギリシャ神話のタイタン族とオリュンポス神族の関係に似ている。

037　マナナーン・マクリール　アイルランド神話における海の神。アイルランド語で、「海の息子、マナナーン」の意。

038　デリンラッシュ島　メイヨー州にある馬の一つ。アイルランド西部に位置する、荒々しく辺鄙な土地に、シングを喩えるムアの姿勢は、一種のステレオタイプに傾いているという批判を、コラムはここで暗に行っている。

039　フリッツ・クライスラー（一八七五〜一九六二）　オーストリア生まれのヴァイオリン奏者、作曲家。ウィーン音楽院やパリ音楽院で学ぶ。一九三八年、オーストリアがナチス・ドイツに併合されたためフランス国籍を取得するもの、第二次世界大戦直前にニューヨークに移り、四三年アメリカにに帰化した。

040　『四人の領主たちの年代記』　七巻からなる中世アイルランドの歴史書。大洪水の時代から一六一六年までを扱っている。

041　シアーズのカタログ　世界最大の小売業者シアーズ・ローバック社の通称。カタログ通信販売で有名になった。

042　「地獄に行くか、それともコノハトに行くか」　クロムウェルが一六四九年にアイルランドを侵略した際、カトリック住民に向かって、「地獄に行くか（死ぬか）、（シャノン川の西部の）コノハトに移住するか」選択を迫ったという、アイルランドでは非常によく知られた表現で、クロムウェルに対する憎しみと共に記憶されている。

第十章　国の目覚め

001　シン・フェイン　アーサー・グリフィスによって結成されたアイルランドの政党（一九〇五〜）。「シン・フェイン」とは、アイルランド語で「我ら自身」を表し、アイルランドの民族自決を目指した。

002　パトリック・サースフィールド（一六四五頃〜九三）　アイルランドのジャコバイト、軍人。カトリック勢力を率いて、イングランド王ウィリアム三世に抵抗した。

003　ウルフ・トーン（一七六三〜九八）　アイルランドの愛国的革命家。ユナイテッド・アイリッシュメンを組織し、一七九八年の蜂起を率いた。蜂起の失敗後、死刑を宣告された際、古代ローマ人の風習に倣って自害した。

004　エドワード・フィッツジェラルド卿（一七六三〜九八）　アイルランドの貴族、政治家。英国陸軍の一員として、アメリカ側を制圧する立場でアメリカの独立戦争を戦った。その後、フランス革命の理念に賛同して退役し、ユナイテッド・アイリッシュメンに参加した。一七九八年五月二十三日の蜂起に先立つ五月十九日にダブリンで逮捕された。その時に受けた怪我により死亡した。

005　ロバート・エメット（一七七八〜一八〇三）　アイルランドの愛国的革命家。プロテスタントの家系に生まれ、トリニティ大学を放校処分となった後からユナイテッド・アイリッシュメンの活動に加わる。一七九八年の反乱には直接参加をしなかったが、蜂起の失敗後、組織の立て直しに尽力した。一八〇三年に蜂起を企てたが、イギリス軍に捕らえられ、絞首刑に処せられた。

006　エリン　アイルランドの古名。

007　スタンディッシュ・オグレイディ（一八六九〜一九二八）　アイルラン

ドの作家、小説家、歴史家。『アイルランドの歴史』（一八七八）と題する神話物語を編纂し、文芸復興に多大な影響を与えた。

008 『ネイション』　一八二八年創刊の英国の政治的週刊紙。ヘンリー・ウィリアム・マッシンガム（一八六〇〜一九二四）は、一九〇七年から二三年まで編集長を務めた。一八四二年創刊のアイルランドの週刊紙『ネイション』とは別のもの。

009 「ジョン・ブル」は英国の擬人的表現。典型的英国人を、ユニオン・ジャックのベストを着た肥満体の男性の姿で描いたもの。「ジョン・ブルのもう一つの島」とは、アイルランドを指す。同じタイトルの劇作品（一九〇四）がバーナード・ショーによって書かれている。

010 アーサー・シモンズ（一八六五〜一九四五）　イギリスの詩人、文芸評論家、雑誌編集者。イェイツが創設した「ライマーズ・クラブ」のメンバーとなり、ワイルドらと交流した。イェイツとは同居していたこともある。『文学における象徴主義の運動』（一八九九）は今日も重要な評論と位置づけられている。ゾラ、ダヌンツィオ、ボードレールらの英語訳を出版した。

011 モーラ・ニ・ヒューブリ（一八八三〜一九五八）　アイルランドの女優、革命運動家。十代から舞台に立ち、一九〇四年十二月のアビー・シアターの柿落《こけらおと》しの際、イェイツの『キャスリーン・ニ・フーリハン』の主役を演じた。

012 マリー・オニール（一八八六〜一九五二）　アイルランドの女優。舞台と映画で活躍した。サラ・オールグッドの妹。シングの婚約者でもあった。

013 キャスリーン・ニ・フーリハン　イェイツとレディ・グレゴリーによる一幕劇『キャスリーン・ニ・フーリハン』のヒロイン。アイルランドの化身と見なされている。一九〇二年の初演時には、本文中にもあるように、モード・ゴンが演じ、当時のアイルランド社会に非常に大きなインパクトを与えた。

014 ヒュー・レーン（一八七五〜一九一五）　アイルランドの美術蒐集家。レディ・グレゴリーの甥。本文中の「ヒュー・レーン・ギャラリー」とは、一九〇八年にレーンが自らのコレクションを展示するためにダブリンのハーコート通りに開設した、世界初のモダン・アートのギャラリーを指す。レーンは自分の死後、専用美術館での常設展示を条件に、ダブリン市にすべて作品を寄贈する意志を表明したが、市からの積極的なサポートを得られないことに怒り、ロンドンのナショナル・ギャラリーにそれらを寄贈する旨の遺書を一九一三年に書いている。一九一五年には、ダブリン市へ寄贈するという遺書補足書が書かれたものの、正式に承認される前にレーンが急逝したため、コレクションのうち、主要な三十九点がロンドンに送られた。これらの絵画の所有権をめぐって、ダブリンとロンドンの間の係争は長く続いたが、一九五九年十一月に初めて、コレクションを二つのグループに分け、ロンドンとダブリンを交互に行き来することが合意され、一九九三年には、ダブリン市美術館が三十一点の所有権を獲得し、残りの八点は二つの都市を交互に行き来することになった。レーンが生前希望した、コレクションを常設展示できるギャラリーとして、一九三三年にパーネル・スクエアにあるシャールモント・ハウスが改装され、ダブリン市美術館としてオープンし、ダブリンに残っていたコレクションの所蔵と展示が行われることになり、一九七七年には、ヒュー・レーン・ギャラリーと命名された。

015 ジョージ・フレデリック・ワッツ（一八一七〜一九〇四）　イギリスの画家、彫刻家。ラファエル前派に属し、詩的かつ寓話的な作品を描くかたわら、多くの肖像画や歴史画も制作した。代表作は『希望』（一八八六）や『愛と人生』（一八八四〜八五頃）。

016 ジャン＝バティスト・カミーユ・コロー（一七九六〜一八七五）　フラ

ンスの画家。バルビゾン派の一人。非現実的な色調の風景画で知られ、印象派の先駆とも称される。代表作は『真珠の女』(一八六八〜七〇頃)など。

017 クロード・モネ(一八四〇〜一九二六) フランスの画家。印象主義の代表的画家。一八七二年に描いた『印象・日の出』は印象派の名前の由来となった。同じ主題を一日の光の変化に合わせて描き分けた連作である『ルーアン大聖堂』(一八九二〜九四)や『睡蓮』(一九一五〜二六)が特に名高い。

018 エドゥアール・マネ(一八三二〜八三) フランスの画家。スペイン画家に多くを学び、モネやルノアールと交流しながら、近代的な都会感覚で日常生活を描き、印象派の直接的な先駆となった。代表作は『笛吹き』(一八六六)や『フォリー・ベルジュールの酒場』(一八八二)など。

019 ワッツによる『かくして世の栄光は移りゆく』を指す。

020 ジェイムズ・クラレンス・マンガン(一八〇三〜四九) アイルランドの詩人、翻訳家。十五歳から代書人やトリニティ・カレッジの図書館の助手などの仕事のかたわら、詩作を始める。三〇年以降は独学で学んだドイツ語の翻訳を手がけ、特にゲーテの翻訳は注目を集めた。四〇年以降はトルコ語、ペルシャ語、アラビア語、そしてアイルランド語の翻訳も行った。大飢饉以降は、愛国的な詩を多く書く。コレラにかかり、四十六歳で亡くなるが、死後イェイツやジョイスによって、高く評価された。

021 サミュエル・ファーガソン(一八一〇〜八六) アイルランドの詩人、翻訳家、学者。プロテスタントでイギリスとの連合を支持するユニオニストであったが、文化的にはナショナリストで、独自のナショナル・アイデンティティを持っていた。ファーガソンが行ったアイルランド語からの翻訳、また翻訳に関する諸論文は、文芸復興運動に大きな影響を及ぼすこととなった。

022 ジェレマイア・ジョン・カラナン(一七九五〜一八二九) アイルランドの詩人、翻訳家。アイルランド語で書かれた詩の英訳を積極的に行う一方で、西コーク地方の伝承や韻文を蒐集した。全詩集は没後三十年以上経った一八六一年に公刊された。

023 「ジョニー、あなただとわからなかった」 一八六七年に出版されたバラッドで、英国、アイルランド、アメリカで人気を博した。赤ん坊と自分を捨てて逃げた男が、戦地で両腕、両脚、両目、鼻を失って戻ってきたが、女はそれでも男が戻ってきてくれて嬉しいと歌う、究極の反戦歌と見なされている。

024 ヨハン・ゴットフリート・ヘルダー(一七四四〜一八〇三) ドイツの哲学者、文学者、詩人、神学者、牧師。カント哲学に触発され、ゲーテやドイツ古典主義文学、ドイツロマン主義に大きな影響を残した。主著は『言語起源論』(一七七二)、『人類歴史哲学考』(一七八四〜九一)。

025 トマス・パーシー(一七二九〜一八一一) イギリスの聖職者、文人。アイルランド、ダウン州で主教を務めた。中世文学に関心のあった彼は、十七世紀の写本を編集し、『古代英国詩拾遺』(一七六五)を出版した。

026 ウィリアム・ルーニー(一八七三〜一九〇一) アイルランドのジャーナリスト、詩人。アーサー・グリフィスと共に、ケルト文学会を一八九三年に設立、一八九九年には雑誌『ユナイテッド・アイリッシュマン』を創刊し、その編集に携わった。

027 ウィリアム・ダラ(一八七二〜一九三三) アイルランドの詩人。本名はウィリアム・A・バーン。神学校であるメイヌース・カレッジに学び、神父の道を志すが、健康を損ない、教師の道を選ぶ。イースター蜂起で処刑されたトマス・マクドナーの後継者として、ユニヴァーシティ・カレッジ・ダブリンの英文学講師となる。その後、ユニヴァーシティ・カレッジ・ゴールウェイで英文学教授となった。

028 ダーク・ロザリーン キャスリーン・ニ・フーリハンとともに、アイルランドを象徴する女性の名前。十六世紀にアイルランド語で書かれた同名の唄は、マンガンやピアスによる英語版があるが、それぞれ、翻訳というよりは翻案に近い。今日なお多くの読者に親しまれている。

029 エスナ・カーベリー(一八六四～一九〇二) アイルランドの詩人、短篇小説家。本名はアナ・ジョンストン・マクマナス。コラムの記述にあるように、一九〇一年に詩人シェイマス・マクナマスと結婚するが、翌年、胃炎をこじらせて死亡。

030 シェイマス・マクマナス(一八六七～一九六〇) アイルランドの作家、詩人、劇作家。アイルランドの民話伝説を蒐集、紹介したことで知られる。

第十一章 アビー・シアターのレディ・グレゴリー

001 コンスタンス・マルキェヴィッチ(一八六八～一九二七) アイルランドの革命家、フェミニスト、社会主義者、政治家。第五代準男爵、ヘンリー・ゴア＝ブース(一八四三～一九〇〇)の娘としてスライゴーに生まれ、一九〇〇年にポーランド貴族カジミェシュ・マルキェヴィッチ伯(一八七四～一九三二)と結婚。一九一六年のイースター蜂起に加わり、死刑宣告を受けたが釈放される。後に、アイルランド議会(ドイル・エアラン)議員を務め、英愛条約に反対の立場を取った。彼女については、第二十五章で詳しく語られる。

002 ウィリアム・フレデリック・ベイリー(一八五七～一九一七) アイルランドの法律家。リムリック州キャスルタウンに生まれ、トリニティ・カレッジで学んだ。一九〇三年に土地や不動産に関わる弁務官に任命された。本文中にあるように、アイルランド文芸復興を幅広く支援し、歴史や行政に関する著作も多数ある。

003 ヴィクトリア女王(一八一九～一九〇一) ハノーヴァー朝のイギリスの女王。一八三七年に十八歳で即位し、四〇年にザクセン＝コーブルク＝ゴーダ家のアルバート(一八一九～六一)と結婚、四男五女をもうける。六一年に、四十二歳の若さでアルバートが病死すると、女王は生涯喪服を着続けた。グレゴリーが、夫の死後、喪服を着続けたことに加え、第十三章に、「背の低いヴィクトリア女王のような風貌のレディ・グレゴリー」と書かれているように、二人の背格好はよく似ていた。

004 スミス・カレッジ／ヴァッサー・カレッジ それぞれ一八七五年と一八六一年創立のアメリカ東部にある名門女子大学。アイビー・リーグがコーネル大学を除いてすべて男子大学だったことから、東部にある名門女子大学七校を対比的に「セブン・シスターズ」と呼び、二校はそのうちの二つ。

005 『聖書』に対して、ローマ・カトリック教会が見せる、一種の〈アレルギー〉は、「教導職＝マジステリウム(Magisterium)」という概念に基づいている。神の言葉を正しく教え導く権威を有している機関はローマ・カトリック教会のみであり、ローマ教皇がその最高の教導職を遂行し、教皇の座から全教会に向けて協議を宣言するとき、それは不謬性を持つと見なされる。これに対し、プロテスタントの諸教会では「聖書のみ」の原理のもと、教会の機関としての教導職を否定し、信仰者一人ひとりが聖霊の導きを受け、聖書を教会と信仰生活の規範として生きるべきであるとする。そのため、『聖書』は、プロテスタントの信仰を象徴するものとして見なされることが多い。アイルランドにおいて、最初のアイルランド語訳の『聖書』は、プロテスタントのアイルランド教会による宗教改革を推進するために、一五八五年以降、何度か試みられた。『メイヌース聖書』と呼ばれる、カトリックの司教たちが推進した、新約聖書のアイルランド語への翻訳は、一九四五年から始められ、第二バチカン公会議の後の一九八一年に出版された。

006 ジョージ・ヘンリー・ムア(一八一〇～七〇)　アイルランドの政治家。ジョージ・ムアの父。メイヨー州の地主で、カトリック教徒でもあったムアは、小作人の権利を拡大する運動に尽力した。

007 パーマストン卿　イギリスの政治家、ヘンリー・ジョン・テンプル(第三代パーマストン子爵)(一七八四～一八六五)のこと。ホイッグ党を自由党に改組した自由党初の首相であり、外務大臣を三期、首相を二期務めた。

008 アーサー・シモンズの両親はコーンウォール出身。

009 いわゆる「キルタータン英語」のこと。本書第八章の註を参照。

010 グレゴリーはモリエールの『いやいやながら医者にされ』(一九〇六)、『スカパンのたくらみ』(一九〇八)、『守銭奴』(一九〇九)、『町人貴族』(一九二六)をアビー・シアターのために翻訳している。

011 カルロ・ゴルドーニ(一七〇七～九三)　ヴェネツィア共和国の劇作家。イタリアの近代劇を確立した。グレゴリーは、ゴルドーニの『ミランドリーナ』(一九一〇)をアビー・シアターのために翻訳している。

012 前章に登場した、モーラ・ニ・ヒューブリのこと。彼女の英語表記の名前は、メアリー・エリザベス・ウォーカーである。ここでコラムは、アイルランド語表記(モーラ)と英語表記(ウォーカー)を混在させている。

013 ブライアン・ボルー(九四一頃～一〇一四)　アイルランド王(在位一〇〇二～一四)。デーン人と戦って勝利したが、クロンターフの戦いで戦死。その後、アイルランドにおけるデーン人の勢力は衰退した。後世、民族的英雄と見なされるようになった。

014 『馬盗坊』　この邦題は森鷗外による。原題は*Shewing up of Blanco Posnet*(一九〇九)。

015 ジョージ・バーナード・ショー(一八五六～一九五〇)　アイルランド生まれの劇作家。一八八四年、イギリスの社会主義者団体であるフェビアン協会の設立に参加。イプセン、ワーグナー(一八一三～八三)、ニーチェなどの影響を受け、多くの劇作を発表した。代表作に『人と超人』(一九〇三)、『ピグマリオン』(一九一三)、『聖女ジョウン』(一九二三)などがある。一九二五年、ノーベル文学賞を受賞。

016 アントニ・ラフタリ(一七七九頃～一八三五)　アイルランドの盲目の詩人。五歳のとき天然痘で視力を失い、その後はフィドルを弾きながらアイルランド語による詩の朗誦をする、旅回りの詩人として知られる。最も有名な詩が、本書に登場する「儂はラフタリ(Mise Raifteirí an File)」であるが、実際には本人の作でない可能性も指摘されている。

017 ジョン・ペントランド・マハフィー(一八三九～一九一九)　アイルランドの古典学者。トリニティ・カレッジ・ダブリンの古代史の教授。博学で知られるが、アイルランド語は解さず、学校や大学でアイルランド語教育を行うことに反対した。そのため、次註のアトキンソン教授とともに、ゲーリック・リーグの「天敵」と見なされた。

018 ロバート・アトキンソン(一八三九～一九〇八)　アイルランドの言語学者、文献学者。トリニティ・カレッジに学ぶ。一八六九年には同大学のロマンス語の教授、一八七一年から死の直前までサンスクリット語の教授を務める。レディ・グレゴリーが編纂した『アイルランドの理想』(一九〇一)の中で、アトキンソンのことをA・Eは「トリニティ・カレッジの知的に蒙昧な馬鹿教授が、『アイルランド語を話すことを、自分はどんな局面においても阻止したいと思っている』と私たちに言い放った」と述べている。

019 クノ・マイアー(一八五八～一九一九)　ドイツのケルト言語学者・文学者。生涯を通じ四つのケルト学芸誌を創刊し、編集にあたった。アイルランドでは、一九一一年刊行の『アイルランド古詩選』を通じて、古代の詩文学について広めた人物として知られている。彼については

第十四章で再度言及される。

第十二章　私の知っているイェイツ

001 ウィリアム・ジェイムズ(一八四二～一九一〇)　アメリカの心理学者、哲学者。作家ヘンリー・ジェイムズの兄。哲学の実用的価値を重視する「プラグマティズム」をC・S・パース(一八三九～一九一四)とともに提唱した。主著の『心理学原理』(一八九〇)で議論された「意識の流れ」は、やがてモダニズム文学の技法を説明する用語として使われている。

002 ガブリエーレ・ダヌンツィオ(一八六三～一九三八)　イタリアの詩人、作家、劇作家。世紀末耽美派の代表的作家で、代表作は『快楽』(一八八九)や『死の勝利』(一八九四)など。

003 エレオノーラ・ドゥーゼ(一八五八～一九二四)　イタリアの女優。サラ・ベルナールの当たり役をイタリア語で演じ、名を馳せた。ダヌンツィオとの恋愛でも知られる。

004 古代ローマの喜劇作家(カルタゴ生まれの解放奴隷)、テレンティウス(紀元前一八五／一九五頃～前一五九頃)が書いた『自虐者』(紀元前一六三)の台詞。

005 マックス・ビアボーム(一八七二～一九五六)　イギリスのエッセイスト、批評家、風刺画家。オックスフォード大学在学中から『イエロー・ブック』誌に寄稿を始め、諷刺に富んだ評論、風刺画で認められた。

006 イェイツの詩、「塔」からの引用。

007 黄金の夜明け団　十九世紀末にイギリスで創設されたオカルト的魔術結社。イェイツは熱心な会員だった。

008 イェイツの詩、「困難な事柄の魅惑」の一節。

009 アーネスト・クリストファー・ダウソン(一八六七～一九〇〇)　イギリスの詩人。イェイツが創設したライマーズ・クラブのメンバーで、デカダントな作風で知られる。

010 オスカー・ワイルド(一八五四～一九〇〇)　アイルランド生まれの詩人、小説家、劇作家。ダブリンのトリニティ・カレッジを卒業後、オックスフォード大学に学び、ジョン・ラスキンやウォルター・ペイター(一八三九～九四)のもとで学んだ。才気溢れる機知と華々しい衣装でロンドンの社交界で衆目を集め、美のための美を唱える「唯美主義」を代表する。演劇の代表作としては『サロメ』(一八九三)や『真面目が肝心』(一八九五)があり、長篇小説『ドリアン・グレイの肖像』(一八九一)や童話『幸福な王子』(一八八八)でも知られる。

011 ライオネル・ピゴット・ジョンソン(一八六七～一九〇二)　イギリスの詩人。世紀末の退廃と倦怠感に苦しみ、アルコールに依存する生活を送った。彼の死に関して、コラムが書いているようなエピソードが広く伝わってはいるが、実際はロンドンの通りで心臓発作を起こし死亡した。

012 ウィリアム・アーネスト・ヘンリー(一八四九～一九〇三)　イギリスの詩人、編集者。『スコッツ・オブザーバー』、『ナショナル・オブザーバー』の編集者として、ショー、バリー、キプリング、イェイツらの作品を出版した。

013 オーブリー・ビアズリー(一八七二～九八)　イギリスの挿絵画家。十九世紀末のアール・ヌーボーを代表する一人。独学で絵画を学び、オスカー・ワイルドの『サロメ』(一八九四)や雑誌『イエロー・ブック』誌(一八九四年創刊)などの挿絵や装丁で知られる。

014 ジョン・デイヴィッドソン(一八五七～一九〇九)　スコットランドの詩人、劇作家、小説家。ロンドンではライマーズ・クラブに参加し、イェイツと親交を結んだ。

015 ポール・ヴェルレーヌ（一八四四〜九六）　フランスの詩人。マラルメやアルチュール・ランボー（一八五四〜九一）と共に、象徴派を代表する詩人。破滅的な人生を送る一方で、感情の機微を歌う音楽性豊かな詩法を確立した。代表作は『言葉なき恋歌』（一八七四）など。

016 ステファヌ・マラルメ（一八四二〜九八）　フランスの象徴派詩人。ポーやボードレールの影響を受け、独自の手法によって純粋詩を生涯追求した。代表作は『骰子一擲』（一八九七）。晩年、彼がパリで開いたサロン「火曜会」から、ジッドやヴァレリーなど二十世紀初頭のフランス文学を代表する作家が生まれた。

017 コラムが同性愛を「性的倒錯」と断定した背景には、当時、イギリスで同性愛が法律で禁止されていた時代性が垣間見える。その後、イングランドとウェールズでは一九六七年、スコットランドでは八〇年、北アイルランドでは八二年、アイルランドでは九三年に、同性愛は合法化された。

018 スペランザ　ジェイン・フランセスカ・ワイルド（一八二一〜九六）のペンネーム。アイルランドの詩人、ナショナリスト、作家オスカー・ワイルドの母。

019 シャルル・ピエール・ボードレール（一八二一〜六七）　フランスの詩人。象徴詩の先駆者で、ランボー、ヴェルレーヌ、マラルメに決定的な影響を与えた。芸術至上主義や頽廃主義の代表者とも見なされる。代表作は、近代詩の聖典と呼ばれる『悪の華』（一八五七）や散文詩集『パリの憂鬱』（一八六九）。また、ポーをフランス語に翻訳、紹介した。

020 オーギュスト・ド・ヴィリエ・ド・リラダン（一八三八〜八九）　フランスの小説家、詩人、劇作家。象徴主義を代表する作家の一人。ブルターニュ地方の由緒ある貴族の家に生まれ、伯爵の称号を持つが、父親が財産を蕩尽し、厳しい経済環境の中で育つ。パリでボードレールらと交流を深め、ワーグナーから影響を受けた。代表作は短篇集の『残酷物語』（一八八三）や、長篇『未来のイヴ』（一八八六）。

021 フィリップ・チェスターフィールド（一六九四〜一七七三）　イギリスの政治家、文人。非嫡出の息子に、人生の教訓を述べた手紙を書き送り、後に書簡集『我が息子よ、君はどう生きるか』（一七七四）として出版された。サミュエル・ジョンソンは、この人生訓について、「娼婦のモラル、ダンス教師のマナーについて教えてくれる」と書いている。

022 ジェイムズ・スティーヴンズ（一八八〇〜一九五〇）　アイルランドの小説家、詩人。代表作は『黄金の壺』（一九一二）。一九三〇年代に、パリでジョイスと交流をした際のエピソードについては、第三十三章で詳しく述べられている。

023 W・B・イェイツの詩「慰め」の一節。この女性はモード・ゴンのことで、彼女については第十三章で詳しく述べられる。

024 一シリングは十二ペンス。続く場面で、コラムはアビー・シアターの一人あたりの入場料一シリングを、八ペンスにしてもらう交渉をしている。八ペンスで十二人分の入場料は九十六ペンスとなり、八シリングになる。

025 フレドリック・ライアン（一八七六〜一九一三）　アイルランドの劇作家、ジャーナリスト。一九〇四年にアビー・シアターが設立された際、初代事務長を務めた。また、アイルランド社会党でも活躍した。

026 ワイルドの劇『ニヒリストのヴェラ』（一八八三）を指す。

027 ジャック・B・イェイツ（一八七一〜一九五七）　アイルランドの画家。W・B・イェイツの弟。イラストレーターとして出発し、一九〇六年より油彩画に取り組んだ。アイルランド固有の風景を数多く描き、晩年は表現主義の手法を取り入れた。今日、アイルランドを代表する画家と評価されている。

028 アーサー・グリフィス（一八七一〜一九二二）　アイルランドの政治

家。シン・フェイン党の創設者の一人(一九〇五)であり、『シン・フェイン』はその機関紙。

029 プレイボーイ騒動　一九〇七年、シングの『西の国のプレイボーイ』の初演時に、女性の下着、シュミーズを指す「シフト(shift)」という劇中の言葉に観客が過剰反応した結果、起きた暴動。この騒動は、単に「シフト」という表現が観客の感情を逆なでしたというよりは、『海へ駆りゆく者たち』や『谷間の陰』以来のシングの作品に対する不信感、先入観から生じたもので、暴動を起こした観客たちは、あらかじめジャガイモや卵を用意して劇場に向かったと言われている。

030 ゴットホルト・エフライム・レッシング(一七二九～八一)　ドイツの文学者、劇作家。劇作において、三一致の法則を重んじたフランス古典主義からの解放を目指した。美学評論『ラオコーン』(一七六六)が名高い。

031 三一致の法則　アリストテレスに始まるとされ、特にフランス古典派が遵守した劇作の構成法。一つの劇作品において、時間は一日(二十四時間)を超えず、場所は一カ所に限定し、一つの筋のみを貫くべきだとする。

032 ジョゼフ・ホーン(一八八二～一九五九)　アイルランドの作家。バークリーやG・ムアの伝記でも知られる。

033 フランシス・シーヒー・スケフィントン(一八七八～一九一六)　アイルランドの作家、参政権拡張論者。一九一六年の復活祭蜂起の際、民衆がダブリン市内の店舗を襲撃し、物品を盗もうとするのを止めようとする混乱の中、誤認逮捕され、警察庁舎で処刑された。ジョイスの大学時代の友人でもあった。

034 エリザベス・バレット・ブラウニング(一八〇六～六一)　イギリスの詩人。詩人ロバート・ブラウニング(一八一二～八九)の妻。代表作は『ポルトガル語からのソネット集』(一八五〇)。

035 ラビンドラナート・タゴール(一八六一～一九四一)　インドの詩人、思想家。一九一三年、詩集『ギーターンジャリ』によってアジア人初となるノーベル文学賞を受賞した。

036 ウィリアム・ローゼンスタイン(一八七二～一九四五)　イギリスの画家、美術評論家。二度の世界大戦における戦争画家として名を馳せた。彼が描いた二百点以上の肖像画は、現在ロンドンのナショナル・ポートレート・ギャラリーに所蔵されている。一九三一年、ナイト勲に叙された。

037 ホリヘッド　ウェールズ北西部にある港町。一八〇一年以降今日に至るまで、ダブリンとの連絡船の発着港となっている。

038 サミュエル・テイラー・コールリッジ(一七七二～一八三四)　イギリスの詩人、批評家。一七九八年にワーズワースと共に、ロマン主義の金字塔と称される詩集、『抒情歌謡集』を発表し、コールリッジの代表作「老水夫の歌」は巻頭を飾った。その他の代表的な詩に、「クリスタベル」や「クーブラ・カーン」などがある。

第十三章　「ホメロスが歌った女性」

001 一九〇六年十月二十日の出来事。

002 ジョン・マクブライド(一八六八～一九一六)　アイルランドの独立運動家。ボーア戦争ではトランスヴァール側を支援し、英国と戦った。その後、イースター蜂起に参加し、処刑された。ゴンとの関係については、下記の註004を参照のこと。

003 ジャンヌ・ダルク(一四一一／一二～三一)　フランスの愛国者。百年戦争(一三三九～一四五三)の末期、救国の神託を受けたと信じて皇太子シャルル(のちのシャルル七世、一四〇三～六一)の軍を率い、一四二九年にはイギリス軍に包囲されたオルレアンを奪還した。その後、敵方に捕えられ、異端者としてルーアンで火刑に処された。死後、シャルル七世による再審の結果、有罪判決は破棄され、一九二〇年には列聖された。

004 ゴンとマクブライドは一九〇三年二月二十一日にパリで結婚した。一九〇四年一月二十六日に二人の息子ショーンが誕生する以前に、結婚は既に破綻していたと言われる。ボーア戦争の英雄マクブライドと独立運動のアイコン的な存在であったゴンの結婚の破綻のニュースは、アイルランドでは大きな社会的関心を持って受け止められた。ゴンは、結婚した地であるフランスの法廷で一九〇五年二月三日に、正式に離婚訴訟を起こすが、マクブライドも反訴した。一九〇六年十月、ゴンがアビー・シアターに登場した直前に、パリで二人の法的な別居が認められるという評決が出されたばかりだった。

005 イェイツの「恋人に唄を捧げる」の一節。

006 イェイツの「第二のトロイはない」の一節。なお本文二〇〇頁の「気高さゆえに……」もこの詩からの引用である。

007 エドワード七世(一八四一～一九一〇)　イギリス国王。ヴィクトリア女王の長男で、一八六三年、デンマーク王女のアレクサンドラ(一八四四～一九二五)と結婚。一九〇一年に六十歳で即位後、ドイツに対抗すべく、英仏協商(一九〇四)や英露協商(一九〇七)の成立に尽力した。

008 「緑をまとう」　アイルランドの伝統的反戦歌。一七九八年に起こったユナイテッド・アイリッシュメンの反乱に起源をもつ。当時、緑色の洋服を着たり、シャムロックの葉を身につけること自体が反逆罪に問われ、場合によっては死刑に処されることもあった。

009 ウジェニー・ド・モンティジョ(一八二六～一九二〇)　フランス皇帝ナポレオン三世の皇后。スペインの貴族、テバ伯爵令嬢として生まれ、一八四八年にルイ＝ナポレオンと舞踏会で出会い、五三年にノートルダム大聖堂で挙式した。普仏戦争でフランスが敗れたのちは、夫とともにイギリスに亡命した。

010 ジョン・オリアリー(一八三〇～一九〇七)　アイルランドの革命思想家、フィニアン運動の指導者。一八六五年、未遂に終わったアイルランド共和主義同盟(ＩＲＢ)による武力蜂起の首謀者の一人として逮捕され、反逆罪に問われる。イギリスの刑務所で五年間の刑期を終えた後、政治的亡命者の道を選び、渡米。一八八五年にアイルランドに帰国後は、ダブリンの文化的、政治的サークルの中心的存在となった。

011 ルシアン・ミルヴォワ(一八五〇～一九一八)　フランスのジャーナリスト、政治家。モード・ゴンの娘として知られるイズールト(一八九四～一九五四)は、ミルヴォワとの婚外子(第一子の男児は早世)。

012 ウィリアム・トマス・ステッド(一八四九～一九一二)　イギリスのジャーナリスト。一八八三年より六年間、『ペル・メル・ガゼット』紙の編集長を務めた。一九一二年のタイタニック号沈没事故で死去。

013 ジョルジュ・クレマンソー(一八四一～一九二九)　フランスの政治家、ジャーナリスト。ブーランジェ事件では、共和制の擁護のために軍部の陰謀を暴き、ブーランジェの野心をくじいた。

014 ジョルジュ・ブーランジェ(一八三七～九一)　フランスの軍人、政治家。一八八九年に、フランス第三共和国に対する軍部・右派からのクーデター未遂事件(「ブーランジェ事件」)を首謀した。その後、第三共和制において首相を二期務めた。

015 トマス・ムアの『アイリッシュ・メロディーズ』所収の「類稀なるきらびやかな宝石を纏い」からの引用。

016 ダートモア刑務所　イングランド南西部、デヴォン州にある刑務所で、本文中にあるようにアイルランドの独立運動の政治犯が数多く収監された。そこでの待遇は非人間的なものだったとされる。

017 ウィルフリッド・スコーウェン・ブラント(一八四〇〜一九二二)　イギリスの詩人、作家、旅行家。バイロンの孫娘であった妻アン(一八三七〜一九一七)と、サウジアラビア、インドなどアジア各地を旅し、帝国主義支配に疑問を感じるようになった。エジプトのカイロでは、『エジプシャン・スタンダード』紙を創刊し、ナショナリズムの運動を支援した。一八八八年以降、アイルランドの土地開放運動に関わり、騒乱罪のかどで逮捕、投獄された。一九一二年には、著書『土地戦争とアイルランド』を出版した。

018 イェイツの詩「夜の到来を待つ」からの引用。

019 トマス・アクィナス(一二二五頃〜七四)　イタリアの哲学者、神学者。『神学大全』で知られる、スコラ哲学を代表する神学者で、キリスト教思想とアリストテレスなどのギリシャ哲学を統合し、総合的な哲学大系を構築した。

020 メアリー・スプリング＝ライス(一八八〇〜一九二四)　アイルランドのナショナリスト、政治活動家。アングロ・アイリッシュの貴族、第二代ブランドンのモンティーグル卿(トマス・スプリング＝ライス、一八四九〜一九二六)の娘としてロンドンに生まれる。本書第十七章で描かれるように、一九一四年のホウスでの武器密輸計画に参加した。

021 ジョン・デントン・ピンクストン・フレンチ(初代イープル伯爵)(一八五二〜一九二五)　イギリスの軍人。プロテスタント系アイルランド人として、イギリスのケント州に生まれる。一九一八年五月から二一年四月まで、アイルランド独立戦争の最中、アイルランド総督を務めた。一九二二年、第一次世界大戦における激戦地イープルでの戦功により、初代イープル伯に叙された。

022 シャーロット・フレンチ・デスパード(一八四四〜一九三九)　アイルランドのナショナリスト、婦人参政権論者、政治活動家。エディンバラで、アングロ・アイリッシュの家庭に生まれる。女性参政権運動に関連して四度逮捕、投獄された。晩年まで、女性の権利、貧困の撲滅、世界平和を求めて戦い続けた。一八九二年、カトリックに改宗。

023 モリグ　アイルランド神話における女王であり女神。戦争と運命を司る。モリガンとも呼ばれる。

024 プロテウス　ギリシャ神話の海神。その姿は変幻自在であり、予言の能力を有している。

第十四章　パトリック・ピアスと共に働く

001 キルメイナム刑務所　ダブリン市内にあった刑務所(一七九六〜一九二四)。アイルランドの独立運動に関わった多くの政治犯を収容し、「イースター蜂起」では指導者十四名が処刑された。今日では博物館となっている。

002 チャールズ・ガヴァン・ダフィー(一八一六〜一九〇三)　アイルランドのナショナリスト、政治家、詩人。ダニエル・オコンネルの合同撤廃運動に参加した盟友ジョン・ブレイク・ディロン(一八一四〜六六)やトマス・デイヴィスと共に、「青年アイルランド」(一八四二〜四九)を結成し、週刊紙『ネイション』(一八四二〜一九〇〇)を創刊した。一八四八年の未遂に終わった蜂起に関与したかどで逮捕され、翌年まで収監された。一八五二年にはイギリス下院議員に選出され、アイルランドの土地問題の解決に尽力した。コラムの記述とは異なり、ダフィーに逮捕・投獄歴はあるが、死刑宣告を受けたことはなく、オーストラリアにも自らの意志で移住した。長年、ヴィクトリア州の首相を務めた功績により、爵位を授けられた。

　なお、ここで言及されているダフィーの娘ルイーズ(一八八四〜一九六九)は、ゲール語同盟の熱心な支持者で、アイルランド語のみで教育を行う学校、「ゲールズコイル(Gaelscoil)」を創設した。また、女性参政権運動やナショナリスト運動にも関わり、クマン・ナ・マンの創設者の一人でもあった。

003 ウェストミンスター　日本語において永田町が政界、霞ヶ関が官公庁を表すように、英国の国会議事堂があるウェストミンスターは、議会政治、国政そのものを意味する。

004 セアラ・パーサー(一八四八〜一九四三)　アイルランドの画家。特に、肖像画家として、アイルランドの多くの著名人の肖像画を描いた。ステンド・グラス作家としての作品は、ダブリンの聖パトリック大聖堂で今日も見ることができる。また、一九〇四年にオープンしたアビー・シアターのエントランス・ホールを飾っていた(一九五一年に焼失)。第十五章で詳述される。

005 アーノルド・ベネット(一八六七〜一九三一)　イギリスの小説家。雑誌編集者を経て、創作に専念し、モーパッサンの『女の一生』に範を取った『二人の女の物語』(一九〇八)で一躍脚光を浴び、リアリズム小説を多数書いた。エドワード朝を代表する作家の一人。

006 ウィリアム・メイクピース・サッカレー(一八一一〜六三)　イギリスの小説家。カルカッタ(コルカタ)生まれ。チャールズ・ディケンズ(一八一二〜七〇)と並んでヴィクトリア朝を代表する小説家で、代表作は、上流階級の俗物根性を批判した『虚栄の市』(一八四七〜四八)。

007 これは、コラムの勘違いで、実際には、マイアーは大戦勃発後、アメリカに渡り、その後、一九一九年、ライプチヒの病院で亡くなった。

008 ユリウス・ポコルニー(一八八七〜一九七〇)　オーストリアのチェコ系の言語学者、印欧語学者。プラハ生まれで、ウィーン大学で学ぶ。アイルランド語の専門家で、アイルランドの政治運動にも尽力した。

009 ジョン・リース(一八四〇〜一九一五)　ウェールズのケルト研究者。一八七七年より、オックスフォード大学で初めてケルト研究の教授に就任した。一九〇七年にナイト爵に叙されたが、コラムが推測しているように、ウェールズ中西部の農民の出身だった。

010 ウィリアム・バルフィン(一八六四〜一九一〇)　アイルランド生まれの作家、ジャーナリスト。オファリー州のバーに生まれる。二十歳でアルゼンチンに移民し、執筆活動を開始した。ダグラス・ハイドと交流があり、ゲーリック・リーグを支援するためにブエノスアイレスで募金活動を推進した。アーサー・グリフィスのシン・フェイン運動も支援し、機関誌『ユナイテッド・アイリッシュマン』には度々寄稿した。カタリーナ(モード・ゴンとジョン・マクブライドの息子、ショーンと結婚)、メアリー、アイリーンという名の三人の娘がいる。本文中にある一九一一年のイースターにアビー・シアターで上演された『聖史劇』で聖母マリアを演じた少女はメアリー。

011 ロバート・ブラウニング(一八一二〜八九)　イギリスの詩人。テニソンと並んで、ヴィクトリア朝を代表する詩人。劇的独白の手法を用いて、人間の心理を力強く表現した。代表作は詩集『男と女』(一八五五)、長篇物語詩『指輪と書物』(一八六八〜六九)。

012 首に長い髪を巻き付けるヒロインが登場するR・ブラウニングの作品には、詩劇『ピッパが通る』(一八四一)や詩「ポーフィリアの恋人」(一八三六)などがある。

013 ヘンリー・ネヴィンソン(一八五六〜一九四一)　イギリスのジャーナリスト。第二次ボーア戦争、第一次世界大戦時において、従軍記者を務めた。

014 デヴィッド・ヒューストン(生没年不明)　アイルランドの植物学者。ロイヤル・カレッジ・オブ・サイエンスで教鞭を執り、マクドナーやコラムらと共に月刊誌『アイリッシュ・レヴュー』(一九一一〜一四)を創刊した。

015 エドワード・オブライエン(一八九〇〜一九四一)　アメリカの詩人、

編集者。アメリカの作家によるアンソロジーを数多く編集した。

016 スタール夫人（一七六六〜一八一七） フランスの小説家、批評家。本名はアンヌ・ルイーズ・ジェルメーヌ・ネッケル。ルイ十六世の財務長官ネッケルの一人娘で、若くからサロンで注目される。フランス革命によって亡命生活を余儀なくされ、ナポレオン失脚後に帰国するまでの間、ヨーロッパの様々な知識人と交流をする。代表作は評論『ドイツ論』（一八一〇）、小説『コリンヌ』（一八〇七）。

017 オーガスティン・ビレル（一八五〇〜一九三三） イギリスの弁護士、政治家、作家。一九〇七年から一六までアイルランド相を務め、アイルランドの土地問題の解決や教育の機会拡充に尽力したが、イースター蜂起の責任を問われ辞職した。

018 実際にピアスたちが武装決起したのは復活祭の月曜日（四月二十四日）。コラムの記憶違いであろう。当時、アイルランド義勇軍の中に、武装蜂起に慎重な一派と積極的な一派の対立があった。義勇軍のリーダー、オウン・マクニールは慎重派で、ピアスらはマクニールの合意を得ないまま、復活祭の日曜日（四月二十三日）に決起する準備を進めていた。ピアスらの計画は、直前にマクニールの知るところとなり、いかなる軍事演習も中止するというマクニールが出した新聞広告によって、蜂起の中止が義勇軍に向けて伝達された。ピアスらは、義勇軍を再度の演習に招集し、二十四日に蜂起を決行したが、命令系統の混乱のため、動員数が減ったと言われている。

第十五章 A・E、シガーソン博士、セアラ・パーサー

001 ジョージ・シガーソン（一八三六〜一九二五） アイルランドの科学者、内科医、政治家、詩人。十九世紀末のアイルランドにおける文芸復興運動で、指導的な役割を果たした。

002 「シガードの息子（シガーソン）」という意味の姓がゲール語化されると、「マックシガード」（MacSigurd、Macは「息子」の意）となり、多くの植民者はそのような改姓を行ったが、一族は「シガーソン」と名乗り続けた。本文では、アイルランドにおけるシガーソン一族のルーツは十一世紀にまで遡るとあるが、一九二五年にダグラス・ハイドが書いたシガーソン博士の追悼文では、一六五四年の植民者の中に見られるクリストファー・シガーソンが、博士の先祖である可能性が高いとされている。

003 ヘンリック・イプセン（一八二八〜一九〇六） ノルウェーの劇作家。近代劇の父と称される。自我の解放と確立を主張し、写実主義的な作品を数多く残した。代表作は『ペール・ギュント』（一八六七）、『人形の家』（一八七九）、『ヘッダ・ガブラー』（一八九〇）など。

004 ジャン＝マルタン・シャルコー（一八二五〜九三） フランスの神経病学者。パリ大学の病理解剖学教授を務めつつ、サルペトリエール病院においてヒステリーや催眠術の研究を行った。その方法論はジャネやフロイトに引き継がれた。神経学の領域でも多くの業績を残し、特に脊髄疾患の研究で知られる。

005 ピエール・ジャネ（一八五九〜一九四三） フランスの心理学者、精神科医。シャルコーのもとで催眠療法の研究に従事した。主著は『ヒステリーの心的状態』（一九一一）。

006 アーサー・ドン・ピアット（一八六七〜一九一四） アメリカの外交官。ダブリンのアメリカ副領事（一八九三〜一九一一）。一九〇〇年にシガーソンの娘ヘスター（一八七〇〜一九三九）と結婚し、ダブリンでは義父の家に住んでいた。

007 ドラ・シガーソン・ショーター（一八六六〜一九一八） アイルランドの詩人、彫刻家。シガーソン博士の長女、ヘスターの姉。ダブリン美

術学校で、W・B・イェイツと共に学んだ。

008 クレメント・ショーター(一八五七〜一九二六) イギリスのジャーナリスト、文芸評論家。『イラストレイテッド・ロンドン・ニュース』の編集者を経て、一九〇〇年には週刊新聞『スフィアー』を創刊、翌年には『タトラー』を創刊し、編集にあたった。

009 サミュエル・ジョンソン(一七〇九〜八四) イギリスの詩人、批評家、文献学者。『英語辞典』(一七五五)の編集で知られる。批評家としては『イギリス詩人伝』(一七七九〜八一)やシェイクスピア全集(一七六五)に付した序文が有名。しばしば「ジョンソン博士」と称される。

010 アイルランドの詩人フィリップ・フランシス・リトル(一八六六〜一九二六)を指す。リトルと親交のあったA・Eは、その著作『生きる松明』で、リトルは、この世に存在しない植物などを勝手に創り上げては詩の中に書き、機会をみつけては、それを朗読し、聞き手が詩の中の「創作物」を黙って受け入れるかどうか、試すようなことをしていたと述べている。シガーソン博士には、そのような冗談は通用せず、リトルの朗読を遮って、「スモック・ウィードなどという植物は存在しない」と断言し、彼を狼狽させたそうである。本文のエピソードは、コラムが実際に目撃したものではなく、A・Eから聞いた可能性が高い。

011 ジョルジュ・デュマ(一八六六〜一九四六) フランスの医師、心理学者。主として生理学や病理学の観点から感情について研究した。主著は『微笑と情緒の表出』(一九〇六)。

012 エドガー・アラン・ポー(一八〇九〜四九) アメリカの小説家、詩人、批評家。怪奇的かつ幻想的な短篇小説を数多く発表し、推理小説の先駆者とも称される。また、音楽的な詩作とその詩論はフランスの象徴派詩人に多大な影響を与えた。代表作は短篇「アッシャー家の崩壊」(一八三九)や「黒猫」(一八四三)、詩「大鴉」(一八四五)など。

013 パーサーは一八四八年生まれで、一八六五年生まれのイェイツは、彼女より十七歳若い。イェイツが一九三九年に七十四歳で他界したのに対し、パーサーがこの世を去ったのは、その四年後、一九四三年のことだった。

014 マリー・バシュキルツェフ(一八五八〜八四) ロシアの画家、日記作者。子どもの頃からフランス語で日記をつけていて、その選集は死後に出版された。

015 アカデミー・ジュリアン 一八六八年に、画家ロドルフェ・ジュリアン(一八三九〜一九〇七)がパリのパサージュ・デ・パノラマ通りに開いた私立美術学校。本来、官立の美術学校エコール・デ・ボザールを目指すための準備学校だったが、次第に独自の美術教育をほどこすようになる。ボザールが女性に門戸を閉ざしていたのに対し、女性の入校を許可していた。創立から百年目となる一九六八年に、ペニンゲン高等芸術学校に統合された。

016 正確には、パーサーは一九四三年八月七日に、九十五歳で他界している。

017 ニコライ・ベルジャーエフ(一八七四〜一九四八) ロシアの哲学者。マルクス主義者であったが、ロシア革命を経て、転向。一九二二年にパリに亡命した。宗教的実存主義の立場から、精神の自由を説き、文化や歴史哲学を論じた。

018 ラドヤード・キプリング(一八六五〜一九三六) イギリスのジャーナリスト、短篇小説家、詩人、小説家。インドのボンベイ(ムンバイ)に生まれる。一九〇七年にノーベル文学賞を四十一歳の史上最年少で受賞。彼の詩「白人の責務」には、人種差別的な思想が反映していると見られる。ジョージ・オーウェル(一九〇三〜五〇)は、彼を「英国帝国主義の伝道者」と呼んだ。

019 このストライキは、今日では「ダブリン・ロックアウト」と呼ばれる

（ロックアウトは「労働者締出し」「工場閉鎖」の意）。労働組合への参加を許さない資本家に対して、労働者たちが権利を主張し、一九一三年八月二十六日から翌年の一月十八日までストライキを行った。この際、労働者側の指導者として活躍したのが、「アイルランド運輸・一般労働組合（ITGWU）」を創設したジム・ラーキンと、「アイルランド社会主義共和党」を創設したジェイムズ・コノリーである。

第十六章 結婚、そしてサー・ロジャー・ケイスメントとW・S・ブラント

001 この求婚者は、一九一六年の復活祭蜂起において、共和国宣言に署名した七人の一人、トマス・マクドナーだと考えられている。マクドナーは、コラムに拒絶された後、ミュリエル・ギフォード（一八八四～一九一七）と結婚した。

002 この教会の正式名称は「聖マリアの海の星」で、サンディマウントに一八五三年創設された。「海の星」は信徒の導きの星であるという理由で、聖母マリアの別名である。

003 ウィルフリッド・メイネル（一八五二～一九四八）　イギリスの作家、編集者。十八歳のときに、カトリックに改宗。ジョン・ヘンリー・ニューマン（一八〇一～九〇）やローマ教皇レオ十三世についての伝記を書いた。
アリス・メイネル（一八四七～一九二二）　イギリスの詩人。旧姓はアリス・クリスティアーナ・ガートルード・トンプソン。幼少期を主にイタリアで過ごし、一八六八年にカトリックに改宗した。ウィルフリッドとアリスは、一八七七年に結婚した。メイネル家については第二十七章で詳述されている

004 「インディアンたち」とは、いわゆるアメリカ大陸の先住民を指すが、ここではコラムの原文を尊重した。

005 ケイスメントは英国の外交官として、ベルギー王国領コンゴにおける原住民に対する暴虐を告発する文書を英国政府に提出し、国際問題へと発展させた。一九〇六年以降はリオデジャネイロ駐在総領事として、アマゾン川の支流であるプトゥマヨ川流域で発生した、原住民虐殺事件の調査を命じられ、ゴム業者による原住民への搾取と虐待を報告した。一九一三年に辞職した後は、本文にある通り、アイルランドの独立運動に身を投じることとなる。彼の死については第二十一章で詳述されている。

006 スティーヴン・グウィン（一八六四～一九五〇）　アイルランドのジャーナリスト、作家。アイルランド国民党のイギリス下院議員（一九〇六～一八）。

007 フランシス・トンプソン（一八五九～一九〇七）　イギリスの詩人。カトリックに改宗した医師の家に生まれ、オーウェンズ・カレッジ（現マンチェスター大学）の医学部へ進学したが、創作への意欲に駆られ、二十六歳で単身ロンドンに移った。極貧生活を送っていたトンプソンの才能を、一八八八年、出版社を経営するメイネル夫妻が見出し、彼を一時期自宅に受け入れるなど、支援を行った（メイネル家との関係は、本書第二十七章で語られる）。代表作の長詩、「天の猟犬」（一八九三）は、死後も評価が高い。

008 ジョージ・ゴードン・バイロン（一七八八～一八二四）　イギリスの詩人、第六代バイロン男爵。ロマン派の代表者。ケンブリッジ大学を卒業後、『チャイルド・ハロルドの巡礼』（一八一二）で一躍名声を得るものの、私生活をめぐる数々の醜聞のためイギリスを去り、ヨーロッパ大陸を放浪した。二三年、ギリシャ独立戦争に参加、翌年メソロンギで病死した。

009 麗しのミルバンク家の血　レディ・アンの祖母でありバイロンの妻

だったアン・イザベラ・バイロン(一七九二～一八六〇)は、アン・イザベラ・ミルバンクとして生まれた。アン・イザベラは、非常に高い教育を受け、信仰心の厚い女性で、その娘エイダ(レディ・アンの母、一八一五～五二)も、「コンピューターの父」と呼ばれるチャールズ・バベッジ(一七九一～一八七一)の元で数学者として仕事をしたことがある。「ミルバンク家の血」には、このような知的水準の高さと強い信仰心、道徳心が流れていて、自由で放縦な生活を送るブラントとは相容れなかったという意味であろうか。

010 リチャード・バートン(一八二一～九〇)　イギリスの探検家、翻訳者、軍人、外交官。インド、中東、アフリカに赴き、それぞれの文化に強い関心を示した。三十以上の言語を使いこなし、『千一夜物語(アラビアン・ナイト)』の翻訳で知られる。

011 アフマド・アラービー(一八四一～一九一一)　エジプトの政治家、軍人、革命家。本文中の「アラビ・パシャ」は英語圏での通称(オラービーとも表記される)。ヨーロッパ列強による内政干渉に抵抗するナショナリズム運動――これはエジプト初の反植民地運動であり、しばしば「アラービー革命」とも呼ばれる――を指導し、エジプトの近代化を目指した。しかし、八二年の武装蜂起は、英軍によって鎮圧され、アラービーはセイロンに流刑された。

012 ヒューバート・ジョージ・ド・バーグ＝カニング(第二代クランリカード侯爵)(一八三二～一九一六)　イギリスの貴族、外交官。アイルランドの不在地主であったヒューバートは、多くの小作人に立ち退きを命じたため、土地戦争において標的となった。

013 フランソワ＝ルネ・ド・シャトーブリアン(一七六八～一八四八)　フランスの政治家、作家。由緒ある貴族の家の出身でフランス革命では反革命軍に参加、王政復古後には外務大臣にもなった。文学者としては、初期フランス・ロマン主義を代表する人物で、主著は『キリスト教精髄』(一八〇二)。

014 セシル家、チャーチル家、ローズベリーズ家　セシル家は十六世紀、チャーチル家とローズベリー家は十七世紀に起源をもつイギリス貴族の家系。

015 ベンジャミン・ディズレイリ(一八〇四～八一)　イギリスの政治家、小説家。二期にわたって保守党政権の首相を務めた(一八六八、一八七四～八〇)。同時期の自由党のW・グラッドストーン(一八〇九～九八)と交互に政権を担当して二大政党制を展開した。ディズレイリ内閣の特質は、その外交政策に見られ、スエズ運河を買収し(一八七五)、ヴィクトリア女王をインド皇帝とするインド帝国を成立させ(一八七七)、第二次アフガン戦争を行いアフガニスタンの保護国化を実行した(一八七九)。また、ロシアのバルカンへの南下政策を阻止し、キプロスを獲得するなど、十九世紀末からの帝国主義政策につながる諸政策を推進した。

016 ロバート・クライヴ(一七二五～七四)　イギリスの軍人、政治家。東インド会社の一事務員から身を起こし、初代ベンガル知事を務めた(一七五八～六〇)。プラッシーのクライヴ男爵の称号をもつ。

017 ウォーレン・ヘースティングズ(一七三二～一八一八)　イギリスの政治家。英領インドの初代総督。在任中、言語政策や司法制度に関する重要な改革を行うと同時に、インドの文学や芸術を愛好した。

018 ジョージ・ウィンダム(一八六三～一九一三)　イギリスの政治家。第三次ソールズベリー保守党政権下の一九〇〇年にアイルランド担当大臣に就任し、一九〇三年には土地購入法(ウィンダム法)を成立させた。これは、政府が補助金を出して小作農の自作農化を促進しようとする法律で、グラッドストーン政権の時代から進められていた土地改革は、一応の解決を見たとされている。

019 エドワード・カーソン(一八五四～一九三五)　アイルランドの法律

家、ユニオニストの政治家。コラムはコーク生まれと書いているが、実際はダブリンに生まれた。オスカー・ワイルドの同性愛裁判で、ワイルドを糾弾し、有罪に導いた。アイルランド北部地方（アルスター）で、反自治法運動の指導者として活躍した。

020 キャサリン・オシェイ（一八四六〜一九二一）　アイルランドの自治推進派の下院議員で、パーネルの同僚議員だったウィリアム・オシェイ（一八四〇〜一九〇五）の妻。一八八〇年に彼女は初めてパーネルと出会い、コラムが書いているように〈ポリティカル・ホステス〉として、パーネルとグラッドストーンとの政治的仲介役を務めた。このときオシェイ夫妻は既に別居していたため、まもなくキャサリンとパーネルは同棲生活を始めた。二人の間に娘が二人いることは、公然の秘密だったが、一八八九年、彼女が裕福なおばから財産相続を受けたことを機に、オシェイが慰謝料を求めて離婚提訴を行い、パーネルを不貞相手としたため、一大スキャンダルとなった。九一年六月に離婚が成立し、パーネルとキャサリンは同月結婚した。

021 ヘレンフォルク　ナチズムのスローガンで人種理論に基づくドイツ民族自賛を意味する。

022 ハーバート・ヘンリー・アスキス（一八五二〜一九二八）　イギリスの自由党政治家。一九〇八年から一六年にかけて首相を務める。一九一二年、第三次アイルランド自治法を議会に提出した。一八九一年、最初の妻ヘレンと死別し、一八九四年にマーゴ・テナント（一八六四〜一九四五）と再婚した。

023 ルイ・ド・ルヴロワ・ド・サン゠シモン（一六七五〜一七五五）　フランスの貴族。サン゠シモン公爵。ルイ十三世の寵臣だった、アンリ・ド・サン゠シモン伯爵（一七六〇〜一八二五）の遠縁に当たり、膨大な回想録を残した。当時の宮廷の様子を物語る重要な資料として用いられる。

024 コルネリウス・タキトゥス（五五頃〜一二〇頃）　帝政ローマ期の政治家、歴史家。代表作とされる『年代記』（一一七）は、ローマ帝国初代皇帝アウグストゥスの死（紀元一四年）からネロ帝の死（六八年）までを扱っており、同時代人タキトゥスの視点で描かれた記録であるという点で、ブラントの日記との相関性が認められる。他に、『ゲルマニア』（九八）、『同時代史』（一〇五）などの著作がある。

025 他人の出自や身体的欠陥をあげつらう、こうしたブラントの偏見を、コラムは彼の言葉をそのまま引用する形で表している。今日的な視点では、受容しがたい差別的表現もあるが、ここでは著者の原文を尊重した。

第十七章　出発

001 エラ・ヤング（一八六七〜一九五六）　アイルランドの詩人。文芸復興運動に積極的に関与し、イェイツやA・Eなどと交流があった。一九二〇年代に初めて渡米した際、ヤングはコネティカットのコラム夫妻を訪れている。二五年以降はカリフォルニアを拠点に、複数の大学でアイルランドの神話や伝説を講義しつつ、詩だけでなく、子ども向けの再話なども著した。

002 ジョージ・ピアス・ベイカー（一八六六〜一九三五）　アメリカの英文学教授。ハーバード大学（一八八八〜一九二四）やイェール大学（一九二五〜三三）で教鞭を執った。

003 ワークショップ四十七　ベイカー教授がハーバード大学で一九〇五年に始めた、戯曲を執筆するためのワークショップ。「四十七」という数字は、大学のコース番号。大学のカリキュラム内で実施された、劇作のための創作コースとしては、世界初であると考えられている。ハーバード大学以外では、一九〇七年にパリのソルボンヌ大学での実施を皮切りに、世界各地で巡回コースが開設された。

004 アメリカの文化人類学者で作家のウォルター・エヴァンス＝ウェンツ（一八七八〜一九六五）のこと。

005 サウィン　ケルト暦に基づいた祭りの一つ。ケルト文化における一年の最後の日である十月三十一日の夜から、新年の始まりである翌日の十一月一日の夜明けにかけて祝われた。この日は、現世と異界との境界が曖昧になり、死者の霊、精霊、魔女などが現れると信じられていた。ケルトの僧侶たちは、そのような霊魂を鎮めるために儀式を執り行ったとされ、ハロウィンの起源の一つと言われている。

006 一九〇八年、社会政策のための財源を富裕層の税負担に求める法案が英国下院で承認されたものの、上院で拒否された。このとき、有権者によって選出された議員によって構成される下院よりも、英国国教会の上位の聖職者と貴族によって構成される上院に優位性があることに対して、大きな議論が起こった。これを受け、政府与党（自由党）は一九一〇年に二度にわたる総選挙に勝利し、翌年に上院の権限を大幅に制限する「議会法」（一九一一）を通過させた。これにより、上院は予算案を否決、または修正することができなくなり、その他の法案に関しては、上院が否決しても、二年を経ると法律として成立するようになった。第三次自治法が英国議会で審議されたのは、その翌年の一九一二年である。コラムが「偶然のこと」と述べているのは、議会法の通過は、アイルランド問題とは何ら関係がないことによる。

007 ランドルフ・チャーチル（一八四九〜九五）　イギリスの政治家。一八七七年から八〇年までアイルランド総督を務めた父マールバラ公爵（一八二二〜八三）の秘書としてアイルランドに赴任した。後の首相ウィンストン・チャーチルは彼の長男。

008 アルスター義勇軍（ＵＶＦ）　一九一三年一月、イギリス上院において第三次自治法が否決されたことに続き、結成された民兵組織。「アルスター・デイ」と呼ばれた一九一二年九月二十八日に、カーソンが中心になって結成したアルスター誓約同盟に、二十万人を超える男性が署名し、うち十万人が義勇兵として志願した。

009 アイルランド義勇軍（ＩＶＦ）　アルスター義勇軍に対抗し、自治法案を守るために一九一三年十一月に結成された民兵組織。

010 ジョン・レドモンド（一八五六〜一九一八）　アイルランドの政治家。パーネル失脚後、アイルランド議会党（国民党）党首としてアイルランドの自治実現に貢献する。第一次大戦の開戦に伴い、延期された第三次自治法の実現のために、およそ二十万人の志願兵をアイルランドから参戦させることに尽力したが、一九一六年のイースター蜂起以降は、議会党は求心力を失った。

011 アイルランド女性評議会《クマン・ナ・マン》　ダブリンで結成された、アイルランド全島の独立を目指す女性たちによる準軍事組織（一九一四〜）。モード・ゴンが創始、指揮した「アイルランドの娘たち《イニニー・ナ・ヘーラン》」（一九〇〇〜一四）の後続組織。本文中にあるように、アイルランド義勇軍の補助機関としてイースター蜂起や独立戦争において武器を取って戦う一方、その多くは看護師として活躍した。

012 セシル・スプリング＝ライス（一八五九〜一九一八）　イギリスの外交官。一九一二年から一八年まで駐米英国大使を務めた。彼の祖父は初代ブランドンのモンティーグル卿（トマス・スプリング＝ライス、一七九〇〜一八六六）であるため、本文にあるように、メアリーとは従兄妹の関係にあった。

013 ジョゼフ・オニール（一八八五〜一九五三）　アイルランドの作家、教育者。代表作は『イングランド支配下の土地』（一九三五）。

014 モリー・チルダース（一八七五〜一九六四）　アイルランドの作家、ナショナリスト。ボストンの名家に生まれる。一九〇四年アースキン・チルダースと出会って数カ月で結婚し、アイルランドの独立のために奮闘した。

015 オウン・マクニール(一八六七〜一九四五) アイルランドの歴史学者、ナショナリスト、政治家。一九〇八年、UCDの古代アイルランド史の初代教授に任じられた。ゲーリック・リーグの熱心な活動家でもあり、一九一三年に結成されたアイルランド義勇軍のリーダーを務めたが、一六年の復活祭蜂起には反対した。自由国成立後は、教育大臣や財務大臣を歴任した。

016 トマス・ジェファーソン(一七四三〜一八二六) アメリカの政治家、思想家。第三代大統領(一八〇一〜〇九)。ベンジャミン・フランクリン(一七〇六〜九〇)やジョン・アダムズ(一七三五〜一八二六)らと共に独立宣言起草委員に指名され、ジェファーソンは宣言の草案を執筆した。

017 ロバート・アースキン・チルダース(一八七〇〜一九二二) アイルランドのナショナリスト、作家。イギリス人の父、アイルランド人の母のもと、ロンドンに生まれる。英国軍人として、ボーア戦争、第一次世界大戦に従軍し、殊勲十字章を受けた。英国軍人であったチルダースが、母の出身地アイルランドのナショナリストになった経緯は知られていない。最初は、自治運動の支持者だったが、後に、マイケル・コリンズやデ・ヴァレラらと共に独立戦争を戦った。英国からの申し入れによる停戦成立(一九二一年七月)後、コリンズらと共に、ロンドンで条約締結の交渉にあたった。同年十二月六日に調印された英愛条約は、アイルランド自由国をカナダと同等の自治領《ドミニオン》とし、自由国の領土は南部二十六州とするもので、チルダースは反対の立場をとった。条約締結後に起こった内戦ではデ・ヴァレラと共に、反政府軍の一員として戦った。武器を所有していたという理由で逮捕され、一九二二年十一月二十四日に銃殺刑に処せられた。彼の唯一の著作『砂洲の謎』(一九〇三)は、世界初のスパイ小説と見なされている。

018 エイモン・デ・ヴァレラ(一八八二〜一九七五) アイルランドの革命家、政治家。一九一六年のイースター蜂起に指揮官として参加し、逮捕されるが、アメリカ国籍だったため処刑を免れた。一七年にシン・フェイン党党首に選ばれたが、英愛条約の批准を巡って推進派(コリンズやグリフィス)と袂を分かち、一九二二年に成立したアイルランド自由国の軍隊と戦う(アイルランド内戦)。一九二六年にフィアナ・フォイル党を創設し、三二年の総選挙に勝利して、アイルランド自由国の第二代行政評議会議長《プレジデント》(行政府の長)となった。一九三七年にエール共和国が成立すると、三七〜四八年、五一〜五四年、五七年〜五九年の三度にわたって首相(ティーショック)を務め、五九〜七三年は大統領を務めた。

019 ウィリアム・コスグレイヴ(一八八〇〜一九六五) アイルランドの政治家。英愛条約における交渉の代表団団長を務めたあと、条約支持派の指導者としてアイルランド自由国の初代行政評議会議長《プレジデント》(一九二二〜三二)に就任した。翌年、条約支持派議員から成る政党クマン・ナ・ゲール(一九二三〜三三)を結成し、その党首として活躍、八月の総選挙で第一党となる。約十年におよぶ彼の政権によって、暴力を排した議会制民主政治が定着することとなった。三二年の総選挙で、デ・ヴァレラ率いる南北分離反対派のフィアナ・フォイル(一九二六〜)に敗れ、下野すると、コスグレイヴは他の二党と合同したフィナ・ゲール(一九三三〜)を結成し、四四年まで党首を務めた。

020 トマス・クック 世界初と称される英国の旅行会社。社名は創業者トマス・クック(一八〇八〜九二)に因む。鉄道などの移動手段が整備されていく中、クックは乗り物やホテルの手配を請け負うパッケージ旅行や団体旅行を提供し、旅行を市民の娯楽の一つとして定着させた。ここから彼は「近代ツーリズム」の祖と称されている。

021 ウナ・オコナー(一八八〇〜一九五九) アイルランドの女優。ベルファストのカトリックの家庭に生まれた。アビー・シアターやロンドンの劇場で活躍後、アルフレッド・ヒッチコックやジョン・フォードの映画にも出演した。

第十八章 アメリカでの最初の数週間

001 アラン・リロイ・ロック(一八八五〜一九五四) アメリカの作家、哲学者、教育者。一九〇七年、アフリカ系アメリカ人として初めてローズ奨学金を受けた。ニューヨークの黒人地区ハーレムから広がった民族的覚醒と黒人文化の興隆をめざす運動、「ハーレム・ルネッサンス」を指導したことで知られる。

002 ローズ奨学金 一九〇二年にセシル・J・ローズ(一八五三〜一九〇二)の遺言により作られた、世界最古の国際的フェローシップ制度。オックスフォード大学の大学院で学ぶ学生に与えられ、二年間の学費と生活費が支給される。当初奨学生はイギリス、アメリカ合衆国、ドイツの三国から選出されていた。

003 カンティー・カレン(一九〇三〜四六) アメリカの詩人、研究者。ハーレム・ルネサンスを牽引した。

004 オーガスタ・サヴェージ(一八九二〜一九六二) アメリカの彫刻家。ハーレム・ルネサンスを代表する一人。アフリカ系アメリカ人女性が芸術の領域で活躍できる先鞭をつけた。

005 イディッシュ語 インド゠ヨーロッパ語族のゲルマン語派に属する言語で、表記にはヘブライ文字を用いる。中世ドイツ語方言を基礎に、スラヴ語、ヘブライ語、アラム語を交え、形成された。現在はイスラエルをはじめ世界各地のユダヤ人によって使用される。

006 エリス島 ニューヨーク湾にある小島。一八九二年から一九五四年の間、合衆国移民局の施設が置かれ、「新世界への玄関」と呼ばれた。

007 セオドア・ルーズベルト(一八五八〜一九一九) アメリカの軍人、政治家(共和党)。マッキンリー大統領の副大統領を務めていた一九〇一年、大統領が暗殺されたため、第二十六代大統領に就任(一九〇一〜〇九)。トラスト規制や資源保護などに尽力する一方、外交では海外膨張主義を主張し、帝国主義的な積極策を推進した。一九〇六年、ノーベル平和賞を受賞。

008 ウィリアム・ランドルフ・ハースト(一八六三〜一九五一) アメリカの新聞経営者。アメリカの巨大メディア、ハースト・コーポレーションの創業者。「新聞王」と称される。映画『市民ケーン』(一九四一)のモデル。

009 デイヴィッド・ベラスコ(一八五三〜一九三一) アメリカの劇作家、演出家。プッチーニ作曲のオペラ『蝶々夫人』の原作者。

010 ニコラ・テスラ(一八五六〜一九四三) オーストリア帝国(現クロアチア)生まれの電気工学者、発明家。セルビア人の両親のもとに生まれた。変圧器、発電機、アーク灯などを発明した。一八九一年アメリカに帰化。

011 ジョン・デヴォイ(一八四二〜一九二八) アイルランドの社会活動家。フィニアン運動の活動家となるが、一八六六年に逮捕され、一八七一年に国外居住を条件に解放されて渡米、クラン・ナ・ゲールの指導的立場についた。一九二一年、英愛条約締結後はアイルランド自由国を支持し、二四年、祖国を訪れて歓迎された。

012 トマス・ウッド・スティーヴンズ(一八八〇〜一九四二) アメリカの作家、舞台演出家、教師。カーネギー芸術カレッジの演劇科主任の職を一九一三年から二五年にかけて務めた後、ケネス・ソーヤー・グッドマン記念劇場の主任職、数々のコミュニティー劇場、大学の劇場運営に携わった。

013 カーネギー芸術カレッジ　アメリカの「鉄鋼王」アンドリュー・カーネギー（一八三五～一九一九）が一九〇〇年に設立した「カーネギー技術学校」内にあった芸術カレッジ。現在のカーネギー・メロン大学内の芸術カレッジの前身に当たる。

014 メアリー・ブレア（一八九五頃～一九四七）　アメリカの女優。オニールの劇作に数多く出演した。

015 ユージン・オニール（一八八八～一九五三）　アメリカの劇作家。アイルランド系の両親のもと、ニューヨークに生まれる。プリンストン大学中退後、放浪の旅に出るが、結核にかかり、その入院中に劇作家を志した。ブロードウェイで上演された自然主義的な『地平のかなた』（一九二〇）で高く評価され、その後表現主義的技法や無意識、神秘主義などを取り入れ、アメリカ演劇界を牽引した。一九三六年、ノーベル文学賞。代表作は『楡の木陰の欲望』（一九二四）、『夜への長い旅路』（一九四一）など。

016 エドマンド・ウィルソン（一八九五～一九七二）　アメリカの作家。二十世紀アメリカを代表する文芸批評家。『ヴァニティ・フェアー』誌（一九二〇～二一）や『ニュー・リパブリック』誌（一九二一～四〇）の編集に携わる。代表作は、象徴主義の伝統を論じた『アクセルの城』（一九三一）、フランス革命からロシア革命に至る思想の展開を描いた『フィンランド駅へ』（一九四〇）など。

017 ハロルド・ゲイガン（一八七六～一九四二）　アメリカの人文学者。専門は英文学でダブリンで学位を取得後、カーネギー大学では芸術史を教えていた。

018 ウィラ・キャザー（一八七三～一九四七）　アメリカの小説家。ヴァージニア州生まれ。九歳のときに、移民たちが土地を開拓しているネブラスカ州の村に移り住み、その体験に基づいた多くの作品を書いた。代表作に『私のアントニア』（一九一八）がある。『われらの一人』（一九二二）でピュリッツァー賞を受賞。

019 スコッチ・アイリッシュ　アルスター・スコッツ（アルスター地方にスコットランドから植民した人々）を指すアメリカ特有の表現。アルスター・スコッツの多くは長老派《プレスビテリアン》の信者であり、彼らはカトリック教徒同様、国教徒でないという理由で差別を受けていた。例えば、十分の一税を自分が所属しない国教会に支払わなければならなかった。そのため、一八二九年にカトリック解放令が法制化される以前、多くのアルスター・スコッツが新天地を求めアメリカに移住した。コラムが「奇妙である」と書いたのは、スコットランド人を表すときに「スコッチ」を用いるのは蔑称とされ、避ける慣習に馴染んでいたからであろう。通常、人間に対しては、「スコティッシュ」や「スコッツ」が使われ、「スコッチ」は、「スコッチ・ウイスキー」や「スコッチ・テリア」などの分離複合語に限って用いられる。

020 アルスターの長老派《プレスビテリアン》の信者は、前註で述べたように、十九世紀初頭まで非国教会信者として様々な差別を受けたため、その差別を撤廃するために戦った。一七九八年に起こったユナイテッド・アイリッシュメンの反乱では、多くのプレスビテリアンがカトリックと共に戦った。しかし、様々な差別が撤廃された後は、「プロテスタント」として国教会信者と共闘するようになり、自治法に対しては反対の立場を取るようになった。

021 ネリー・オブライエン（一八六四～一九二五）　アイルランドの画家。本名はエレン・ルーシー・オブライエン。細密画や風景画を得意とした。ゲーリック・リーグ創設当初からのメンバーで、一八九七年の総会に参加している。

022 フィノン・マッカラム（一八七五～一九六六）　アイルランドの作家。二十一歳でロンドンに渡り、ゲーリック・リーグのロンドン支部に参加。一九〇二年に故郷のケリーに戻り、同リーグのダンス部門の発展に尽力した。その後一九一〇年にアメリカに渡り、十二年から十六年までリーグのアメリカ代表を務めた。帰国したのちはゲール語で書かれた民話や唄の蒐集に関わり、教育省のアドバイザーを約二十年務めた。

023 シェーン・レズリー（一八八五～一九七一） アイルランド生まれの外交官、作家。本名は第三代准男爵ジョン・ランドルフ・レズリー。レズリーは、一九〇八年にカトリックに改宗し、自治運動を支援した。ウィンストン・チャーチルは従兄に当たる。

024 ローリー・イェイツ（一八六八～一九四〇） アイルランドの美術教師、出版者。詩人W・Bの妹で、本名はエリザベス・イェイツ。姉のリリー（本名スーザン）と共に、クアラ・プレスを運営し、兄の作品に加え、レディ・グレゴリー、シング、コラムらの作品を出版した。

第十九章　みすぼらしいビークマン・プレイスのアパート

001 ジェイムズ・シェリー・ハミルトン（一八八四～一九五三） アメリカの作家。多くのサイレント映画の脚本を執筆した。

002 ウィルトン・アグニュー・バレット（一八八六～一九四〇） アメリカの詩人。代表作は『旅の歌』（一九二〇）。米国映画批評会議の事務局長も務めた。

003 ウォルター・ストーレイ（一八八一～一九五三） アメリカの作家。アンティーク家具や装飾芸術に関する専門家で、ニューヨーク大学でも講師を務めた。

004 ドナルド・エヴァンズ（一八八四～一九二一） アメリカの詩人。一九世紀末の唯美主義と既存の秩序に反抗するボヘミアニズムの影響を受け、自らニューヨークに出版社「クレール・マリー」を立ち上げ、詩集を出版した。本文にあるように、死因は自殺であると推定されている。代表作の『パタゴニアのソネット』は一九一四年に出版された。

005 ジョージ・スターリング（一八六九～一九二六） アメリカの詩人、劇作家。ニューヨークの医者の家に生まれたが、一八九〇年にカリフォルニアに移住し、詩作を発表した。その後、「ボヘミアニズム」を標榜するサンフランシスコの文学サークルでは中心的な役割を果たし、ジャック・ロンドンやシンクレア・ルイスからも高い評価を受けた。本文にあるように、青酸カリを服用し自殺した。

006 シェイマス・オシール（一八八六～一九五四） アメリカの詩人、文芸批評家。アイルランド系の移民三世で、高校卒業後、ジェイムズ・シールズから改名した。

007 ジョージ・シルヴェスター・ヴィレック（一八八四～一九六二） ドイツ系アメリカ人の詩人、作家。ナチスを支持する活動をしたことで知られる。

008 リゼット・ウッドワース・リース（一八五六～一九三五） アメリカの詩人。ボルティモアで教鞭を執りながら、執筆活動を続けた。

009 フラットアイアン・ビル　二十一階建てのニューヨーク初の高層建築。一九〇二年完成。その形がアイロンの形に似ていることから命名された。

010 シンガー・ビル　ニューヨークの高層ビル。一九〇八年に竣工した四十七階建てのビルで、一九六八年に解体された。

011 ウールワース・ビル　ニューヨークの高層ビル。五十七階建てのビルで、一九一三年から三〇年までの間、世界で最も高いビルだった。

012 ヴェイチェル・リンゼイ（一八七九～一九三一） アメリカの詩人。韻文は歌われ、朗唱されるべきだという考えを持っており、現代の「歌う詩」の創始者と見なされている。一九一〇年代に人気を博したが、二〇年代には人気を失い、その後自殺した。第二十章で、彼とシカゴで再会したことが述べられている。

013 オーウェン・ジョンソン(一八七八〜一九五二) アメリカの小説家。文芸誌の編集にも携わった。

014 聖パウロと毛髪 聖パウロは「コリント人への手紙 一」の中で、女性が被り物をつけずに祈ることをよしとせず、(夫の)権威に従う印として、女性には被り物が必要だとしている。

015 ジョージ・デュポン・プラット(一八六九〜一九三五) アメリカの実業家、慈善家。スタンダード・オイルの重役の三男として生まれる。ロング・アイランド北岸のグレンコーヴに建つ彼の邸宅は「キレンワース」と呼ばれた。

016 ニコラス・ブレイディ(一八七八〜一九三〇) アメリカの実業家、慈善家。ロング・アイランド北岸のマンハセットに建つ邸宅は、一九二〇年にブレイディが建てたもので、「イニスファーダ」(アイルランド語で「ロング・アイランド」の意味)と呼ばれた。ブレイディはもともと聖公会の信徒だったが、カトリック教徒のジェエネヴィーヴ・ガーヴァンと結婚するために改宗した。多くの慈善事業に携わった功績により、一九二六年に時のローマ教皇、ピウス十一世(一八五七〜一九三九、在位一九二二〜三九)から特別な称号「教皇公爵」を授けられた。この点については、第三十五章を参照のこと。

017 アーモリー美術展 一九一三年二月から三月にかけて開催された美術展の通称。ニューヨークのマンハッタンにあった兵器庫《アーモリー》が会場だったため、この名称で呼ばれる。正式名称は「アーモリー・ショー(国際近代美術展)」。ピカソ、ブラック、マティス、カンディンスキーなどヨーロッパのフォービズムやキュビズムが初めてアメリカに本格的に紹介され、絶賛から嘲笑まで強い反応を引き起こした。以後、米国美術は西欧モダニズムを基軸に展開することになる。

018 マルセル・デュシャン(一八八七〜一九六八) フランスの美術家。二十世紀美術に決定的影響を与えた。『階段を降りる裸体』は、一九一二年にキュビズム的手法で制作された油彩作品で、一九一三年にアーモリー美術展で展示された際、センセーションを巻き起こした。階段を降りる人物の動きを黄土色と茶色を用いて抽象的に表現した作品であるが、二次元の画面に、三次元的立体性が加えられただけでなく、「動き」「時間」という四次元的要素を分解して表現しようとした点が画期的であった。

019 アルベール・グレーズ(一八八一〜一九五三) フランスの画家。セザンヌの強い影響のもと、キュビズム理論に基づく作品を発表。色彩、デザイン性に富んだ作品を制作し、キュビズムの普及に貢献することになった一方、キュビズムを装飾的絵画に堕落させ、世俗化したという批判を受けることもある。

020 フランシス・ピカビア(一八七九〜一九五三) フランスの画家、イラストレーター。画法も印象派からキュビズム、ダダイズムを経て、晩年は抽象絵画へと向かった。

021 ウィリー・ポガニー(一八八二〜一九五五) ハンガリーの画家、イラストレーター、舞台デザイナー。一九二一年、アメリカに帰化。

022 トニー・サーグ(一八八二〜一九四二) ドイツの挿絵画家、人形芝居の演出家。一九一五年に渡米し、マリオネット座を設立し、人気を博した。二一年に帰化。

023 ヘンリー・フォード(一八六三〜一九四七) アメリカの企業家、自動車会社フォード社の創設者。一九一五年、平和主義者ロジカ・シュウィマーと出会い、第一次世界大戦中のヨーロッパに〈平和の船〉を送り出す資金を提供した。フォード自身、一七〇人の平和主義者と共に、その船に乗り込んだ。

024 ロジカ・シュウィマー(一八七七〜一九四八) ハンガリーの平和主義

者、婦人参戦論者、フェミニスト。一九一八年には、駐スイス・ハンガリー大使を務めた。

025 ルドルフ・コマー(一八八六〜一九四三) チェルノフツィ(今日のウクライナ)生まれのジャーナリスト、演出家。ユダヤ系の一家に生まれ、ヨーロッパで学んだ後、ニューヨークでジャーナリストとなる。その傍ら、マックス・ラインハルトの右腕として、演劇界でも活躍した。本文でコラムが彼を「オーストリア人」と書いているのは、出生地のチェルノフツィが、一七七五年から一九一八年までオーストリア領であったためである。

026 アルトゥル・シュニッツラー(一八六二〜一九三一) オーストリアの医師、小説家、劇作家。代表作に、ブルジョワのプレイボーイを主人公にした戯曲『アナトール』(一八九三)がある。

027 エリノア・ワイリー(一八八五〜一九二八) アメリカの詩人、小説家。二十歳で最初の夫、フィリップ・シモンズ・ヒッチボーン(一八八二〜一九一二)と結婚し、長男を授かるものの、一九一〇年に妻子ある弁護士のホラス・ワイリー(一八六八〜一九五〇)と駆け落ちし、英国に滞在した。一九一二年にヒッチボーンが自殺し、一九一六年にホラスの離婚が正式に成立したのちに、二人は帰国し再婚する。ニューヨークでエドマンド・ウィルソンやドス・パソス(一八九六〜一九七〇)、シンクレア・ルイスなどの作家たちと交流を深め、一九二一年に発表した第一詩集『風を捕らえるネット』で詩人として高い評価を受けた。その後、ワイリーとも破局し、文学仲間の一人であったウィリアム・ローズ・ベネーと一九二三年に再再婚した。一九二八年頃にはベネーの友人でもあったヘンリー・ド・クリフォード・ウッドハウスと恋愛関係になり、主に英国で暮らした。第四詩集『天使と地上の創造物』の出版間近に、腎臓病がもとで急死した。彼女の生涯については、本書第二十九章から第三十一章で詳述されている。

028 ジョン・クイン(一八七〇〜一九二四) アイルランド系アメリカ人の弁護士、美術蒐集家。オハイオ生まれ。一九〇二年にW・B・イェイツと出会い、アビー・シアターの設立を支援した。また、ジョイスの『ユリシーズ』が『リトル・レビュー』で連載されていた際、その出版差し止めを巡る裁判で、編集者のアンダーソンとヒープの弁護を行うも、敗訴となる。

029 ベインブリッジ・コルビー(一八六九〜一九五〇) アメリカの政治家、弁護士。ウィルソン政権で国務長官を務め(一九二〇〜二一)、ラテン・アメリカ諸国への内政干渉を行わない、とするいわゆる「善隣政策」を推進したことで知られる。

030 『ポガニー嬢の肖像』 ルーマニアの彫刻家、コンスタンティン・ブランクーシ(一八七六〜一九五七)による作品。ハンガリー人の画家、マージット・ポガニー(一八七九〜一九五四)がモデルとなっている。人物を写実的に表現するのではなく、単純なフォルムと流れるようなラインを用いて、人間の本質を表現しようとした。

031 エイミー・ローウェル(一八七四〜一九二五) アメリカの詩人。イマジズム運動に参加し、日本や東洋を題材とした作品が多い。死の翌年、ピュリッツァー賞詩部門を受賞した。彼女の人柄や、一三〇〇頁におよぶキーツの伝記については第二十二章で語られる。

032 エリザベス・マーベリー(一八五六〜一九三三) アメリカの演劇ならびに文芸代理人、プロデューサー。十九世紀末から二十世紀初頭にかけて、商業的シアター・ビジネスの原型を形作った先駆者と見なされている。

033 『ゲーリック・アメリカン』の編集者の一人として、デヴォイに雇用されていたジョージ・フリーマン(生没年不明)のこと。

034 ペティパ J・B・イェイツが下宿していた家の所有者であったフランス人の名。

035 クラン・ナ・ゲール　フィニアン運動の精神を受け継ぎ、一八六九年にアイルランド系アメリカ人によって結成された政治結社。

036 リチャード・カーリー(一八八三〜一九六八)　スコットランドの作家、批評家。コンラッドの友人であり、彼についての本を多数執筆した。

037 ケイスメントとコンラッドは、ベルギー植民地下のコンゴで、一八九〇年代の一時期、共同生活をしていたことがあった。

038 一九一六年八月三日のこと。

第二十章　シカゴ　一九一五年

001 アーネスト・ボイド(一八八七〜一九四六)　アイルランドの作家、文芸評論家。各国領事館勤務を経て、一九二〇年以降は執筆活動に専念、文芸諸誌に評論、書評などを寄稿した。一九三〇年代は『アメリカン・スペクテイター』の編集長を務めた。

002 ハリエット・ムーディ(一八五七〜一九三二)　アメリカの実業家。コーネル大学で英文学の学位を取得。最初の夫と離婚直後、一八八九年に全く財産を残さず父親が亡くなったため、教師となって、自身と母親の生活を支える。またケータリング・ビジネスを立ち上げ成功した。一八九九年に二人目の夫ウィリアム・ヴォーン・ムーディと出会い、一九〇九年に結婚したが、十五カ月経たないうちに、夫が脳腫瘍で死亡した。コラム夫妻が出会った頃には、彼女の家は、様々な形で芸術家を支援する家として知られていた。学生時代、彼女は指導教授で英文学者のハイラム・コーソン教授(一八二八〜一九一二)宅に下宿していたが、彼はブラヴァツキー夫人の研究者でもあった。コラムのコメントと併せると、興味深い。

003 ブラヴァツキー夫人(一八三一〜九一)　ロシアの神智学者。本名はヘレナ・P・ブラヴァツキー。神秘的直感、幻視、瞑想などを通して、神の啓示に触れようとする宗教的立場を取った。神智学協会の設立者の一人である。

004 ウィリアム・ヴォーン・ムーディ(一八六九〜一九一〇)　アメリカの劇作家、詩人。ミルトンの影響を受け、神と人間の相剋を扱った韻文劇などを書いた。代表作は『大分水嶺』(一九〇六)。

005 ハリエット・モンロー(一八六〇〜一九三六)　アメリカの詩人、編集者、研究者、文芸批評家。また、ウォレス・スティーヴンズ(一八七九〜一九五五)、エズラ・パウンド、T・S・エリオットらの支援者でもあった。一九一二年に文芸誌『ポエトリー』を創刊、長らく編集長を務め、現代詩の発展において、重要な役割を果たした。彼女が支援した詩人たちとの間に交わされた膨大な書簡は、資料として非常に価値が高い。

006 H・D(一八八六〜一九六一)　アメリカの詩人、小説家。ヒルダ・ドゥリトルの筆名。二十世紀初頭に、エズラ・パウンドやリチャード・オールディントン(一九一三年に結婚、三七年離婚)などのイマジスト詩人たちと交流し、古代ギリシャ文学から多くの題材を借り、イメージ豊かな短詩を数多く創作した。自らの同性愛をより深く理解するために、三〇年代にフロイトと交流、精神分析を受けた。代表作は『詩集』(一九二五)、『天使への贈物』(一九四五)など。

007 エドガー・リー・マスターズ(一八六八／六九〜一九五〇)　アメリカの詩人。一九一五年に、中西部にある架空の町、スプーン・リヴァーを舞台に、二一二名の異なった人物にそれぞれ自分の過去を語らせるという設定で構成された詩集、『スプーン・リヴァー詞花集』を発表して一躍有名になった。

008 カール・サンドバーグ(一八七八〜一九六七)　アメリカの詩人、作家、編集者。スウェーデン系アメリカ人。リンカーンの伝記でピュリッツァー賞を受賞した。

009 シャーウッド・アンダーソン（一八七六～一九四一）　アメリカの作家。中西部の庶民の生活や心情を、ヨーロッパ的モダニズムの技法を用いて描いた。代表作は『ワインズバーグ・オハイオ』（一九一九）。

010 スプリングフィールド　イリノイ州の州都。コネティカット河畔の工業都市。

011 アリス・コービン・ヘンダーソン（一八八一～一九四九）　アメリカの詩人、小説家、編集者。

012 エズラ・パウンド（一八八五～一九七二）　アメリカの詩人、批評家、イマジズムの提唱者。T・S・エリオットらと共に、二十世紀初頭の詩におけるモダニズム運動を推進した。イェイツと親交を結び、第一次大戦中、二人はサセックスにあるストーン・コテッジで共同生活を送った。パウンドを通じて、イェイツは日本の能楽について知ることとなる。代表作は、ダンテに倣い、現代の叙事詩を企図した長大な連作詩『詩篇』（一九三三年以降、断続的に発表するものの未完）。日本の俳句や漢詩、孔子の英訳もある。

013 『リトル・レビュー』（一九一四～二九）　アメリカの出版者、マーガレット・アンダーソン（一八八六～一九七三）が、パウンドとジェイン・ヒープ（一八八三～一九六四）の協力を得て、一九一四年に創刊した文芸雑誌。一九一八年三月号から二十年九～十二月合併号までジョイスの『ユリシーズ』を連載し、今日ではモダニズム芸術運動を代表する雑誌と見なされている。

014 アンソニー・コムストック（一八四四～一九一五）　アメリカの作家、社会改革家。狂信的なヴィクトリア朝的道徳観の信奉者で、文芸作品、美術作品に対する、極端なまでの道徳的批判や弾劾、検閲を可能にした、通称「コムストック法」（一八七三）は、彼の働きかけによって成立した。

015 一九三三年十二月六日のこと。

016 ヴァイオラ・コール（一八八三～一九三六）　アメリカのピアニスト、作曲家。シカゴを活動のベースとした。

017 ベアトリーチェ・ファッジ（生没年不明）　アメリカのピアニスト。夫のアルフェオ・ファッジ（一八八五～一九六六）はイタリア生まれの彫刻家で、古典主義的な宗教彫刻で知られる。

018 エリー・ナイ（一八八二～一九六八）　ドイツのピアニスト。一九二一年から三〇年にアメリカに滞在し、ベートーヴェンとブラームスの専門家として名を揚げた。

019 ジョージ・バークリー（一六八五～一七五三）　アイルランドの哲学者、聖職者（アイルランド国教会）。一七三四年にクロイン主教に叙せられて以降、ビショップ・バークリーと呼ばれる。経験論を徹底し、物の存在は知覚されることに過ぎないという主観的観念論を主張した。主著は『人知原理論』（一七一〇）。

020 ルーシー・モンロー・キャルフーン（一八六五～一九五〇）のこと。その夫ウィリアム・キャルフーン（一八四八～一九一六）は、一九〇九年から一三年まで中国大使を務めた。

021 ラスマインズ　ダブリン市の南部郊外にある住宅地。

022 ダンテ・ゲイブリエル・ロセッティ（一八二八～八二）　イギリスの画家、詩人。一八四八年にラファエル前派の運動を興し、その中心人物として活躍した。神話や聖書を主題とした水彩画や素描を得意とし、世紀末の象徴主義やアール・ヌーボーに大きな影響を与えた。

023 リリー・イェイツ（一八六六～一九四九）　アイルランドの刺繍作家、出版者。詩人W・Bの妹で、本名はスーザン・メアリー・イェイツ。妹のエリザベス（ローリー）と共に手工芸の工房を開き、のちにクアラ・プレスとして出版も行った。

024 第六章の註で示した通り、ここはコラムの原文を尊重した。
025 ジョン・ミリングトン・シングのこと。
026 マシュー・アーノルド(一八二二～八八) イギリスの詩人、批評家。オックスフォード大学にケルト文学の講座を立ち上げる目的で、一八五七年に、「ケルト文学の研究」というタイトルで連続講義を行った。代表作に『教養と無秩序』(一八六九)がある。
027 ホウバート・チャットフィールド・テイラー(一八六五～一九四五) アメリカの作家、小説家。モリエールの伝記(一九〇六)で名高い。

第二十一章 フランス人が営む下宿屋──アイルランドの反乱

001 不実なアルビオン アルビオンは英国の古名。十七世紀から十八世紀にかけての列強諸国が当時の信用の置けない英国を揶揄した表現で、イギリス人およびその国の異名となった。
002 プラトン・ミハイロヴィチ・ケルジェンツェフ(一八八一～一九四〇) ロシアの革命家、ジャーナリスト、劇作家。本名レベデフ。ロシア第一次革命の失敗によって、一九一二年以降はヨーロッパを転々とし、一六年にニューヨークに移り住む。一七年のロシア第二革命後、故国に戻り、プロレタリア演劇の代表的指導者となった。
003 フランク・ムア・コルビー(一八六五～一九二五) アメリカの教育者、作家。コロンビア大学卒業後、同校やニューヨーク大学などで歴史と経済学を講じる一方、複数の百科事典の執筆や編集を行った。
004 フランシス・ハケット(一八八三～一九六二) アイルランドの作家、批評家。キルケニー生まれ。一九〇一年にアメリカに移住し、評論活動を行う一方で、出版の仕事にも携わった。妻はデンマークの作家、シニュ・トクスヴィグ(一八九一～一九八三)。
005 スチュアート・シャーマン(一八八一～一九二六) アメリカの文芸批評家、ジャーナリスト。モダニズムに対して否定的な立場を取り、アメリカ文学の伝統的形式を重んじた。
006 レオン・トロツキー(一八七九～一九四〇) ロシアの革命家、著述家。ロシア革命の中心人物だったが、レーニンの死の数年後、スターリンと対立したため国外追放され、亡命先のメキシコで暗殺された。彼の本名がレオン・ブロンスタイン。
007 パシー パリの十六区にある地名。
008 ジョゼフ・プランケット(一八八七～一九一六) アイルランドのナショナリスト、詩人、ジャーナリスト。ホレス・プランケットの遠縁に当たる。ゲーリック・リーグでの活動中に、マクドナーと親交を結び、義勇軍のメンバーとなる。イースター蜂起に指導者として参加し、銃殺刑に処された。
009 マイケル・ジョゼフ・オラハリー(一八七五～一九一六) アイルランドの民族主義者。一族の長を示す"the"を冠した、The O'Rahillyとして知られる。一九一三年創設の、アイルランド義勇軍の創設メンバーであり、一九一六年のイースター蜂起の戦闘中に、イギリス軍の機関銃砲撃により死亡した。
010 フォントノワの戦い 一七四五年のイギリス、オランダ、オーストリアの連合軍とフランス軍との間の戦闘で、フランスが勝利した。この戦いで、アイルランドはフランス側について戦った。
011 アメリカがドイツに宣戦布告し、第一次世界大戦に参戦したのは一九一七年四月六日のことである。
012 第一次世界大戦に志願したアイルランド兵の志願理由の一つに、ドイツがカトリックの小国ベルギーに侵略したことが挙げられる。彼らの多くは、カトリック国であるベルギーを支援しなければならないと考えていた。

013 トマス・クラーク（一八五八〜一九一六）　アイルランドのナショナリスト、独立運動指導者。二十歳からIRBの活動に参加し、ニューヨークでの活動を経て、一八八三年にロンドンでのダイナマイトを用いた破壊活動に関与したかどで逮捕され、十五年刑に服する。釈放後、ニューヨークやダブリンで独立運動を続けた。イースター蜂起に参加し、本文にあるように、ピアス、マクドナーと同日の一九一六年五月三日に銃殺刑となった。彼らは蜂起で死刑となった十六名の指導者のうち、最初に処刑された三人だった。

014 ジェイムズ・コノリー（一八六八〜一九一六）　アイルランドの労働運動指導者。アイルランド社会主義共和党（一八九六〜一九〇四）の創設者。一九一三年〜一四年のダブリン労働組合ストライキ（ダブリン・ロックアウト）を指導し、労働者をダブリン首都警察の暴力から守るために、ジム・ラーキンらと共に、アイルランド市民軍を結成した。ピアスの要請により、市民軍と共にイースター蜂起に参加し、共和国宣言の「七名の署名者《セヴン・シグナトリーズ》」（次註を参照）の一人となる。戦闘で重傷を負ったコノリーは、逮捕後椅子に縛り付けられたまま銃殺隊によって処刑された。

015 共和国宣言　一九一六年のイースター蜂起の際に発表された、イギリスからの独立を宣言した声明文。蜂起の初日である四月二十四日、中央郵便局前でピアスによって読み上げられた。この宣言に署名をした七名は、トマス・クラーク、ショーン・マク・ディアルマダ、トマス・マクドナー、P・H・ピアス、エイモン・キャーント、ジェイムズ・コノリー、ジョゼフ・プランケットで、彼らは「七名の署名者《セヴン・シグナトリーズ》」と呼ばれ今日なお英雄視されている。

016 ジョージ・ガヴァン・ダフィー（一八八二〜一九五一）　アイルランドの弁護士、裁判官、政治家。一九〇七年からロンドンで弁護士として働き始め、本文にあるように、一九一六年のケイスメント裁判で弁護を担当した。ケイスメントの処刑を機に、翌年ダブリンに転居し、アイルランドの政治に深く関わるようになる。一九二二年に外務大臣に就任するものの、内戦の勃発をきっかけに辞任、その後は高等裁判所の判事や長官を歴任した。

017 トマス・アディス・エメット（一八二八〜一九一九）　アイルランド系アメリカ人の医師。ヴァージニア生まれ。同名の祖父（一七六四〜一八二七）は、コーク生まれのプロテスタントで一七九八年の蜂起で逮捕され、服役後、移住したアメリカで弁護士や政治家として活躍した（一八〇三年の武装蜂起の指導者、ロバート・エメットの兄に当たる）。

018 ジョン・W・ゴフ（一八四八〜一九二四）　アイルランド系アメリカ人の法律家、政治家。ウェックスフォードに生まれ、少年期に家族と共にアメリカに移民し、苦学の末、弁護士の資格を得た。生涯、アイルランドのナショナリストであり続けた。

019 ダニエル・F・コハラン（一八六七〜一九四六）　アイルランド系アメリカ人の法律家、政治家。アメリカのアイルランド社会において影響力を持った人物で、イースター蜂起の経済的援助を行ったとされる。また、ケイスメントの武器の輸入にも関与したと見なされている。

020 フランク・P・ウォルッシュ（一八六四〜一九三九）　アイルランド系アメリカ人の法律家。アイルランドのナショナリストとして知られ、「アイルランド独立を支援するアメリカ委員会」の会長を務め、当時のアメリカ大統領ウィルソンに、イースター蜂起で宣言されたアイルランド共和国を承認するように迫った。

021 ジョン・デニス・ライアン（一八六四〜一九三三）　アメリカの実業家。銅採掘企業のアナコンダ・コッパーの社長を務めた。

022 ヴィクター・ハーバート（一八五九〜一九二四）　アイルランド生まれの作曲家、チェリスト。アメリカに帰化。三歳で父を亡くし、祖父サミュエル・ラヴァーのもとで育つ（次註を参照）。ヨハン・シュトラウス二世(一八二五~九九)の楽団を経て、渡米後はメトロポリタン歌劇場管弦楽団の首席チェリストとなった。

023 サミュエル・ラヴァー(一七九七~一八六八)　アイルランドの画家、音楽家、小説家。画家としてキャリアを開始後、喜劇向けの作詞・作曲で名声を得た。英国への反乱を指揮したローリー・オローク(一六〇〇頃~五五)をテーマにしたバラッドは、後に彼自身の手で小説と劇に翻案され、いずれも人気を博した。

024 アーサー・アップハム・ポープ(一八八一~一九六九)　アメリカの研究者。とりわけ、ペルシャ美術の研究で名高い。

025 オズワルド・ギャリソン・ヴィラード(一八七二~一九四九)　アメリカのジャーナリスト。

026 ウィリアム・アレン・ホワイト(一八六八~一九四四)　アメリカのジャーナリスト、政治家、作家。

027 ノーマン・トマス(一八八四~一九六八)　アメリカの長老会派の牧師。社会主義者であり平和主義者でもあった。

028 ウッドロウ・ウィルソン(一八五六~一九二四)　アメリカの政治家、第二十八代大統領(民主党、在任一九一三~二一)。第一次世界大戦中、一九一七年に対独宣戦を布告し、翌年、民族自決や国際連盟の設立などを目指す「十四カ条平和構想」を提唱した。戦後、パリ講和会議を主導したが、帰国後上院の反対に合い、自身も病に倒れたため、アメリカの連盟加入は実現できなかった。一九年、ノーベル平和賞を受賞した。

029 ダンレアリー　ダブリンの南一二キロメートルに位置する海沿いの港町。十九世紀初頭に建築されたこの町の湾港は、ウェールズのホリヘッドと結ばれ、イギリスへの主要な海上交通の拠点であった。ダンレアリーは一八二一年、英国王ジョージ四世の訪問を祝して「キングスタウン」と改称されたが、独立直前の一九二〇年に現在の名称に戻された。

030 イェイツの「ベン・バルベンの麓で」の第五連からの引用。この詩の最終連の最後の三行("Cast a cold eye / On life, on death. / Horseman, pass by!")は、イェイツの墓碑に刻まれている。

第二十二章　生活費を稼ぐ

001 ルイ・ルドゥー(一八八〇~一九四八)　アメリカの実業家、詩人。ニューヨーク生まれ。コロンビア大学卒業後、父が設立した科学工業会社で働きながら、多くの詩集を発表し、ロビンソンやトレンスと親交を結んだ。日本美術の蒐集家でもあり(一九二〇年に来日)、浮世絵についての著作も複数ある。

002 トマス・ヒューズ・ケリー(一八六五~一九三三)　アイルランド系アメリカ人の弁護士、慈善家。父ユージン・ケリー(一八〇八~九四)はアイルランドからの移民で、銀行家として莫大な富を築いた。トマスは父の遺産を引き継ぎ、慈善事業を開設し、コラムの夫、ポーリックも彼から五年間の奨学金を得た(一九〇三年に、若き日のジョイスもケリーからの援助を試みるものの、失敗に終わる)。

003 クラレンス・デイ(一八七四~一九三五)　アメリカの作家。代表作の『父と暮らせば』(一九三五)は、一九三九年にブロードウェイで劇化され、ミュージカル以外の作品としては、最長のロングランを記録を持ち、今日も上演が続いている。

004 ポール・ポワレ(一八七九~一九四四)　フランスのファッション・デザイナー。このあとに書かれているコラムの記述とは異なり、彼は一九〇六年以降コルセットなしの婦人服を次々と発表した。「ベル・エポックのファッション王」や「ファッション界のピカソ」とも称される。

005 チャールズ・フレドリック・ワース(一八二五～九五) イギリスのファッション・デザイナー。フランス語で、シャルル・フレデリック・ウォルトとも称される。一八五八年にパリで創業し、パリのオートクチュールの基礎を築いたことで知られる。

006 ジョン・レッドファーン(一八二〇～九五) イギリスのファッション・デザイナー。一八八八年、ヴィクトリア女王のドレスメイカーに任命された。

007 マルセル・プルースト(一八七一～一九二二) フランスの小説家。代表作『失われた時を求めて』(七巻十五冊、一九一三～二七)は「無意志的記憶」を追求し、二十世紀フランス文学の最高傑作の一つと見なされる。

008 ケルシー・アレン(一八七五～一九五一) アメリカの演劇評論家。ニューヨーク生まれ。本名ユージン・カットナー。十六歳から様々な出版社で働く。一九一五年には日刊『ウイメンズ・ウェア』に、演劇に関わる記事を掲載することを提案し、宣伝文句を書くことから始めて、やがて劇評を執筆した。その批評は常に好意的であることで知られ、「ブロードウェイで最も愛された記者」と評された。

009 ジャック・コポー(一八七九～一九四九) フランスの演出家。一九一三年ヴィユ・コロンビエ劇場を創設し、商業演劇ではなく、芸術性の高い演劇を志向した。若い俳優の育成に情熱を注ぎ、コメディア・デラルテ風の演出で知られるコポー一座として、近隣各国を巡業して回った。

010 オットー・カーン(一八六七～一九三四) ドイツ生まれのアメリカの銀行家、美術蒐集家・後援者。ハート・クレインなどの芸術家を支援すると共に、メトロポリタン・オペラの会長を務めた。

011 イヴェット・ギルベール(一八六五～一九四四) フランスのキャバレー歌手、女優。本名は、エマ・ロール・エステル・ギルベール。ベル・エポック期のシンボル的存在で、アンリ・ド・トゥールーズ＝ロートレック(一八六四～一九〇一)に愛され、多数の肖像画が描かれた。

012 サミュエル・アンターマイアー(一八五八～一九四〇) アメリカの弁護士、法律家。ユダヤ系ドイツ人の家系に生まれる。ウィルソン政権の強力な支持者で、米国財務省顧問を務めた。

013 リヒャルト・シュトラウス(一八六四～一九四九) ドイツの作曲家、指揮者。ワーグナーやリストに強い影響を受け、楽劇『エレクトラ』、『サロメ』および、交響詩『ティル・オイレンシュピーゲルの愉快ないたずら』、『ツァラトゥストラはかく語りき』などを作曲した。後期ロマン派を代表する作曲家と位置づけられる。

014 ジェイムズ・アボット・マクニール・ホイッスラー(一八三四～一九〇三) アメリカの画家。主にロンドンやパリで活動した。イギリスの美術批評家ジョン・ラスキン(一八一九～一九〇〇)がホイッスラーの『黒と金色のノクターン』を「公衆の面前で絵の具壺の中身をぶちまけるだけで二百ギニーの金を要求する画」と酷評したことに対して、ホイッスラーは名誉棄損で告訴した。慰謝料は極く少額であったが、ホイッスラーの勝訴に終わった。

015 ここはコラムの勘違いで、実際には「交響詩」である。

016 イゾルデの国 中世の恋愛物語、『トリスタンとイゾルデ』のヒロインの国アイルランドを、コラムが祖国に持つことを指している。騎士トリスタンとアイルランド王女イゾルデの悲恋は、中世のヨーロッパにおいて、広く語り継がれ、その後、ロマン主義の主要なモチーフの一つとなった。

017 エドワード・ウィーラー(一八五九～一九二二) アメリカの編集者、作家。「全米詩協会」の会長を務め、一九二二年にピュリッツァー賞の詩部門の創設に尽力した。

018 ロバート・フロスト（一八七四～一九六三） アメリカの詩人。ダートマス大学やハーバード大学で学んだのち、一九一二年に英国に渡り、『少年の心』（一九一三）や『ボストンの北』（一九一四）を発表した。一五年に帰国したのちも、自然詩から哲学詩へとその作風を変化させていった。

019 エドワード・トマス（一八七八～一九一七） イギリスの作家、詩人、評論家。初期はスウィンバーンやペイター、メーテルリンクの伝記を書いていたが、フロストに勧められ三十代から詩を書き始めた。第一次世界大戦で戦死。

020 ラルフ・ワルド・エマソン（一八〇三～八二） アメリカの思想家、詩人。ドイツ観念論をアメリカに移入し、超絶主義《トランセンデンタリズム》運動の指導者となった。代表作は『自然論』（一八三六）。

021 ウォルト・ホイットマン（一八一九～九二） アメリカの詩人。ロング・アイランドの大工の子に生まれ、若い頃は印刷工や教師、記者など多くの職業に従事した。代表作の『草の葉』（一八五五年初版）は、出版当初、一般には受け入れられなかったが、エマソンらに絶賛された。中でも「僕自身の歌」は、従来の詩法を破るだけでなく、生命や肉体を言祝ぎ、自由詩を確立させたと称される。

022 ヘンリー・ヴァン・ダイク（一八五二～一九三三） アメリカの作家、牧師。一八九九年から一九二三年までプリンストン大学で英文学を講じた。代表作は、クリスマスを描いた物語『もう一人の博士』（一八九六）。詩作も多数ある。

023 エドワード・ダウデン（一八四三～一九一三） アイルランドの批評家、研究者。コーク生まれ。ダブリンのトリニティ・カレッジを卒業し、一八六七年以後同大学の英文学教授を務めた。シェイクスピアについての優れた研究、『シェイクスピア――精神と芸術の批評的研究』（一八七五）で知られる。ジョイスの『ユリシーズ』でも彼について言及されている。

024 ウィリアム・ワーズワース（一七七〇～一八五〇） イギリスの詩人。ロマン派の代表的詩人の一人。一七九八年にコールリッジと共に、『抒情歌謡集』を発表した。もう一つの代表作『序曲』（一八五〇年に死後出版）は、副題に「詩人の心の成長」とあるように、彼の「精神の成長に関する詩」が集められている。四三年、桂冠詩人に選ばれた。

025 フロストの詩、「石垣の修理」より。

026 エドウィン・アーリントン・ロビンソン（一八六九～一九三五） アメリカの詩人。ハーバード大学に入学後、大学の文芸誌に詩が掲載され注目を集めるが、父親の死により大学を中退。その後、ニューヨークで詩作に専念し、一八九六年には私家版の詩集、『激流とその前夜』を出版した。三度ピュリッツァー賞を受賞し、四度ノーベル文学賞の候補者となった。代表作は『夜の子どもたち』（一八九七）や、アーサー王伝説に材を取った三部作、『マーリン』（一九一七）、『ランスロット』（一九二〇）、『トリストラム』（一九二八）など。

027 パーシー・マッケイ（一八七五～一九五六） アメリカの詩人、劇作家。ハーバード大学を卒業後、教員として働いたのちに執筆に専念した。

028 D・H・ロレンス（一八八五～一九三〇） イギリスの小説家、詩人。近代の機械文明を徹底的に批判し、自然な本能としての性愛を主題とする多くの作品を書いた。代表作は、『恋する女たち』（一九二〇）、『チャタレー夫人の恋人』（一九二八）など。

029 リチャード・オールディントン（一八九二～一九六二） イギリスの詩人、小説家。一九一五年、詩集『イメジズ』を出版し、妻のヒルダ（筆名H・D）と共に、イマジズム運動の主要人物となった。第一次世界大戦の体験をつづった小説、『ある英雄の死』（一九二九）やロレンスの伝記（一九五〇）でも知られる。

030 テオフィル・ゴーチエ（一八一一〜七二）　フランスの詩人、小説家。V・ユゴーに触発され、ロマン派の文人として活躍したのち、最初の小説『モーパン嬢』（一八三五）の序文で「芸術のための芸術」を唱え、高踏派の先駆者となった。

031 ジョン・キーツ（一七九五〜一八二一）　イギリスの詩人。ロマン派を代表する詩人の一人で、豊かな感受性と耽美主義的な作風で知られる。結核のために二十五歳の若さで療養先のローマで客死した。代表作は『エンディミオン』（一八一八）、『レイミア、イザベラ、聖女アグネス祭の前夜、その他の詩』（一八二〇）など。

032 ジョン・ミドルトン・マリー（一八八九〜一九五七）　イギリスの文芸評論家。ロマン主義の詩人やD・H・ロレンスを熱烈に支持した。著書に『キーツとシェイクスピア』（一九二五）、『キーツ研究』（一九三一）などがある。妻は作家のキャサリン・マンスフィールド（一八八八〜一九二三）。

033 エラ・ウィーラー・ウィルコックス（一八五〇〜一九一九）　アメリカの詩人。神智学や心霊主義にも関心を持った。有名な「あなたが笑えば、世界はあなたと共に笑う／あなたが泣くときは、独りで泣くことになる」という一節は、一八八三年に出版された『情熱の詩』の一篇「孤独」の冒頭部である。

034 『アンクル・トムの小屋』　アメリカの作家、ハリエット・ビーチャー・ストウ（一八一一〜九六）による小説。一八五二年に刊行され、キリスト教人道主義の立場から奴隷制度を批判し、大きな反響を呼んだ。

035 「クーブラ・カーン」　ロマン派詩人、コールリッジの代表作。

036 「私は大理石のホールに住むことを夢見た」　アイルランドの作曲家、マイケル・ウィリアム・バルフ（一八〇八〜七〇）の代表作、オペラ『ボヘミアン・ガール』（一八四三）における有名なアリア。アイルランド出身の歌手、エンヤやシネイド・オコナーなどによって、今日も歌い継がれている。

037 ロバート・バーンズ（一七五九〜九六）　スコットランドの詩人。スコットランド方言を駆使し、その抒情性と風刺が高く評価され、今日ではスコットランドの国民詩人と見なされている。代表作は「オールド・ラング・サイン」（一七八八、「久しき昔」の意で、「蛍の光」の原曲）や「ドーン河畔」（一七九一）など。

第二十三章　詩人たち、そして彼らの葛藤

001 ハート・クレイン（一八九九〜一九三二）　アメリカの詩人。T・S・エリオットの詩に影響を受け、極めて難解で野心的なモダニズムの詩を著す。三十二歳で自ら命を絶った。代表作は、ブルックリン橋を描いた「橋」（一九三〇）。

002 原文では「男らしい《マンリネス》（manliness）」に対し、クレインの発音は「メインリネス（mainliness）」と聞こえたと書かれている。

003 ジェラール・ド・ネルヴァル（一八〇八〜五五）　フランスの詩人、小説家。ロマン派の運動に参加し、ゲーテの『ファウスト』の翻訳（一八二七）などドイツ文学の紹介者としても活躍した。四一年以後、度重なる狂気の発作に苦しみ、自殺した。代表作は、短篇集『火の娘たち』（一八五四）、小説『オーレリア』（一八五五）など。夢と狂気が錯綜する作品世界は死後、ボードレールやプルースト、シュールレアリストたちによって高く評価された。

004 一八九五年に設立された「ニューヨーク公共図書館本館」のこと。五番街沿いの四十丁目と四十二丁目の間に位置する。一九一一年、本館の竣工に際して正面玄関前に置かれた二頭のライオン像が有名。

005 ボードレールとランボーのこと。

006 スコフィールド・セイヤー(一八八九〜一九八二) アメリカの出版者、詩人。マサチューセッツの裕福な家庭に生まれ、ハーバード大学在学中にE・E・カミングスらと交流する。一九一九年に廃刊の危機にあった『ダイアル』誌(一八四〇〜一九二九)を買収し、一九二〇〜二六年まで同誌の編集長を務めた。彼の膨大なモダニズム芸術に関するコレクションは、今日、メトロポリタン美術館などに収められている。彼がコラム夫妻を通じて、若き日のジョイスを支援したエピソードは、第三十三章で語られる。

007 グッゲンハイム奨学金 一九二五年、ジョン・サイモン・グッゲンハイム記念財団によって創設された。学生を除く、広く芸術に関わる人々が対象で、国外での活動に従事することが求められる。コラムは生涯二度この奨学金を授与されている。

008 サラ・ティーズデール(一八八四〜一九三三) アメリカの詩人。愛や自然美を主題とし、『愛の歌』(一九一七)でピュリッツアー賞を受賞した。一九一四年、ヴェイチェル・リンゼイからの求婚は断ったが、二人の友情は生涯続いたという。同年十二月、彼女の詩の愛好家であった、実業家のエルンスト・フィルシンガー(一八八〇〜一九三七)と結婚したが、二九年に離婚。睡眠薬の過剰摂取により自ら命を絶った。

009 グラディス・クロムウェル(一八八六〜一九一九) アメリカの詩人。オリヴァー・クロムウェルの血を引くとされる、ニューヨークの裕福な家庭に生まれた。『ポエトリー』誌での活躍後、一九一五年に第一詩集を発表する。本文にあるように、第一次大戦末期の一九一八年、双子の妹ドロシアと共に赤十字社を通じて、激戦地と言われたベルダンなどの前線に赴いた。姉妹が船から投身自殺をしたのは一九一九年一月のことで、同年の十二月に出版されたグラディスの『詩集』の序文は、ポーリックが執筆している。

010 エミリー・ディキンソン(一八三〇〜八六) アメリカの詩人。終生独身で隠遁生活を送り、死や永遠を主題とした形而上学的な詩を書いた。破格表現が多く、生前は評価が低かったが、二十世紀に入り再評価が進み、現在ではアメリカ最高の女性詩人のひとりと見なされている。

011 クロムウェル姉妹には、一人の姉と二人の兄がおり、それぞれ十八歳、十五歳、十一歳差だった。

012 ロバート・W・チェンバース(一八六五〜一九三三) アメリカの小説家。大衆作家と見なされることが多いが、一八九五年に発表した短篇集『黄衣の王』は、H・P・ラヴクラフトの「クトゥルー神話」に強い影響を与えた。エドガー・アラン・ポーとスティーヴン・キングをつなぐホラー作家として近年再評価が進んでいる。

第二十四章 アメリカで暮らす一人のフランス人作家

001 アンリ・アントワーヌ・ジュール＝ボア(一八六八〜一九四三) フランスの作家。神秘主義《オカルティズム》に強い関心を持ち、「黄金の夜明け団」創立者の一人であるマグレガー・メイザースの友人であった。

002 ジョージ・ナサニエル・カーゾン(一八五九〜一九二五) イギリスの政治家。一八九九年から一九〇五年までインド総督兼副王を務めた。

003 ボロ・パシャ(一八六七〜一九一八) フランスの金融業者。本名、パウル・ボロ。第一次大戦中、ドイツ側から資金援助を受け、戦争を早期に終結されるため宣伝工作を行ったため、反逆罪で処刑された。

004 ポール・クローデル(一八六八〜一九五五) フランスの詩人、劇作家。外交官として駐日大使(一九二一〜二七)、駐米大使(一九二七〜三三)などを歴任した。日本文化の研究者でもあった。

005 『ブヴァールとペキュシェ』は、ギュスターヴ・フローベールの遺作となった未完の長篇小説。主人公の友人二人組、ブヴァールとペキュシェは、体格や性格においては対照的であるが、二人とも初老の独身男で書記をしており、異様なまでの向学心において共通している。

006 モリエールの『町人貴族』（一六七〇）の主人公。貴族に憧れる成り上がりの商人。

007 モリエールの『守銭奴』（一六六八）の主人公。吝嗇な老商人。

008 モリエールの『タルチュフ』（一六六四）の主人公。貴族の財産を狙う偽善的な聖職者。

009 オノレ・ド・バルザック（一七九九〜一八五〇） フランスの小説家。十九世紀のフランス社会の風俗と人物を写実的に描いた。近代小説の創始者の一人と称される。代表作は『ゴリオ爺さん』（一八三五）、『谷間の百合』（一八三六）。

010 バヤール（一四七三頃〜一五二四） フランスの武将。騎士道の典型と呼ばれ、シャルル八世、ルイ十二世、フランソア一世の三代にわたって国王に仕えた。

011 ルイ九世（一二一四〜七〇） カペー朝第九代フランス国王。内政の安定に力を尽くし、対外的にも和平を保った名君として知られ、聖王ルイとも呼ばれる。その信仰心と十字軍遠征を推進した業績により、死後、列聖された。皇帝や国王で列聖されたのは、ルイ九世のみである。

012 ジェフリー・チョーサー（一三四〇頃〜一四〇〇） 中世イギリスの詩人。フランス文学やイタリア・ルネサンスの影響を受け、『カンタベリ物語』（一三八七〜一四〇〇頃執筆）を執筆し、「英詩の父」と称されている。

013 エドマンド・スペンサー（一五五二頃〜九九） イギリス・ルネサンス期を代表する詩人。その詩形はスペンサー詩行《スタンザ》と呼ばれ、絵画的な美しさに満ちた寓意詩で知られる。代表作は未完に終わった長篇叙事詩『妖精の女王』。また、彼はアイルランド総督アーサー・グレイ（一五三六〜九三、在職一五八〇〜八二）の私設秘書としてアイルランドに渡った植民者であり、『アイルランドの現状における管見』という政治的見解を論じた官僚の顔を持つ。スペンサーは、グレイがロンドンに召喚された後も、アイルランドに残り、一五八〇年代半ばにはコーク州キルコーマンに広大な領地を下賜されたが、一五九八年にマンスター暴動と呼ばれる反乱により、彼の城は焼き討ちにあった。近年、ポスト・コロニアリズム文学批評の分野で、上記のことを念頭においたスペンサーの再読と再評価が進められている。

014 ブレーズ・パスカル（一六二三〜六二） フランスの数学者、物理学者、哲学者。数学では円錐曲線論や確率論、物理学では流体に関する「パスカルの原理」を発表した。思想の分野では、主著の『パンセ』（一六七〇）で人間を「考える葦」と定義し、人は卑小な存在ではあるが宇宙の無限性を知り得るということに意義を見出した。

015 ヴォルテール（一六九四〜一七七八） フランスの作家、思想家。本名はフランソア＝マリー・アルエ。信教と言論の自由を求め、啓蒙主義の代表的思想家と見なされる。明晰な論理に基づいた、痛烈な風刺と流麗な文章で名高い。主著は、哲学小説『カンディード』（一七五九）、論文集『哲学辞典』（一七六四）。

016 レオ十三世（一八一〇〜一九〇三） ローマ教皇（在位一八七八〜一九〇三）。近代科学の発展によって人々の信仰心が失われてゆく中で、カトリックの再興に尽力した。七九年の回勅「エテルニ・パトリス」では、トマス・アクィナスの哲学に神学は基づくべきであると主張し、新トマス主義《ネオトミズム》の隆盛を導いた。

017 エマ・カルヴェ（一八五八〜一九四二） フランスのオペラ歌手。ベル・エポック期で最も有名なソプラノ歌手と称され、ニューヨークやロンドンでも公演を行った。

018 トマス・ア・ケンピス（一三七九／八〇〜一四七一） ドイツ生まれの

神秘思想家。本名はトマス・ハンメルケン。彼が著したと伝えられる『キリストに倣いて《イミタツィオ・クリスティ》』(一四一八頃)は、信仰修養書であり、宗教的生活の勧めとして『新約聖書』に次いで広く読まれた。

019 本書第四章を参照のこと。

020 アリスティード・ブリアン(一八六二〜一九三二) フランスの政治家、弁護士、ジャーナリスト。一九〇九年クレマンソーの後を受けて首相に就任、その後十回首相を務めた。ロカルノ条約の締結に尽力し、この功績から一九二六年ノーベル平和賞を受賞した。

021 レイモン・ポアンカレ(一八六〇〜一九三四) フランスの政治家、弁護士。外相や首相を歴任後、一九一三〜二〇年大統領を務めた。二六〜二九年は、挙国一致内閣の首相兼蔵相として国家財政の立て直しに成功した。数学者アンリ・ポアンカレ(一八五四〜一九一二)の従弟。

022 フィリップ・ペタン(一八五六〜一九五一) フランスの軍人、政治家。第一次大戦のベルダンの戦いにおいて第二軍司令官として名声を得るが、第二次大戦ではナチス・ドイツの傀儡政府であったヴィシー政権に協力したため、大戦後終身禁固となった。

023 フェルディナン・フォッシュ(一八五一〜一九二九) フランスの軍人。第一次世界大戦の連合国側の勝利に最も貢献したとされる将軍。

024 フレデリック・ミストラル(一八三〇〜一九一四) フランスの詩人。プロヴァンス地方のマイヤーヌ生まれ。プロヴァンス語で書かれた代表作『ミレイオ』で、一九〇四年にノーベル文学賞を受賞した。

025 カチュール・マンデス(一八四一〜一九〇九) フランスの詩人、小説家、劇作家。ボルドーのユダヤ系の家庭に生まれる。第一詩集『フィロメラ』(一八六三)でフランス近代史の流派の一つ「高踏派」の成立に大きな役割を果たす一方、演劇や小説でも人気を博した。代表作は長篇小説『童貞王』(一八八〇)や戯曲『スカロン』(一九〇五)。

026 ジュール・ラフォルグ(一八六〇〜八七) ウルグアイ生まれのフランスの詩人。自由律詩法の提唱者の一人で、生の憂愁や倦怠をうたった。代表作に、詩集『嘆きぶし』(一八八五)や『最後の詩集』(一八九〇)など。

027 アウグスタ・フォン・ザクセン＝ヴァイマール(一八一一〜九〇) 初代ドイツ皇帝ヴィルヘルム一世の皇后。一八二九年に結婚し、二子をもうける。ラフォルグは一八八一〜八六年の約五年間、アウグスタのフランス語講書役を務めた。

028 上田敏(一八七四〜一九一六)の翻訳による。

029 ヘンリー・ジェイムズ(一八四三〜一九一六) アメリカの小説家、批評家。ハーバード大学で学び、一八七六年以降はロンドンを拠点にヨーロッパ各地を訪れた。一九一五年、英国に帰化。代表作は『ある婦人の肖像』(一八八一)、『ねじの回転』(一八九八)、『使者たち』(一九〇三)など。哲学者のウィリアム・ジェイムズは兄。

030 ウッドローン墓地 ニューヨーク市ブロンクス区にある墓地。一八六三年に創設された。ハーマン・メルヴィルやジョゼフ・ピュリッツァー、日本人では野口英世や高峰譲吉などが埋葬されている。

031 ペール・ラシェーズ墓地 パリ東部の二十区にある、パリ最大の墓地。エディット・ピアフやショパン、マルセル・プルーストやモディリアーニなどの著名人の墓がある。

032 シャルル＝オーギュスタン・サント＝ブーヴ(一八〇四〜六九) フランスの文芸批評家。ロマン派詩人として出発したが成功せず、文芸批評に専念した。『ポール・ロワイヤル史』(一八四〇〜六〇)や『月曜閑談』(一八五一〜七〇)などを著し、「フランス近代批評の父」と称される。

033 マルセル・シュウォッブ(一八六七〜一九〇五) フランスの作家。ナントの裕福なユダヤ系の家庭に育ち、パリ高等師範学校で学ぶ。代表作は『少年十字軍』(一八九六)。

034 ポール・ブールジェ(一八五二〜一九三五) フランスの小説家、評論家。代表的著作に『現代心理論集』(一八八三)がある。

035 ユイスマンス(一八四八〜一九〇七) フランスの作家、美術評論家。本名は、ジョリス゠カルル・ユイスマンス。内務省に勤務しながら文筆活動を続けた。ゾラに見出され自然主義的な作品を発表したが、次第に象徴主義や唯美主義に傾斜した。一八八四年に発表された『さかしま』は「デカダンスの聖書」と呼ばれた。

036 エリファス・レヴィ(一八一〇〜七五) フランスの詩人、神秘思想家。本名は、アルフォンス・ルイ・コンスタン。聖職を志すも、神秘主義に魅せられ、その研究成果は『高等魔術の教理と祭儀』(一八五五〜五六)や『魔術の歴史』(一八六〇)、『大いなる神秘の鍵』(一八六一)にまとめられた。これらの著作は、ボードレールやマラルメ、さらにはイェイツ、アンドレ・ブルトン(一八九六〜一九六六)、ジョルジュ・バタイユ(一八九七〜一九六二)などに大きな影響を与えた。

037 マグレガー・メイザース(一八五四〜一九一八) イギリスの神秘思想家。本名はサミュエル・リデル・メイザース。二十世紀最大の西洋オカルト組織とも称される、「黄金の夜明け団」を一八八八年に仲間と共に創立し、儀式や教材の大半を執筆した。

038 一八九四年にパリのレオン・シャイエ社から出版された。

039 ワイルド・ギース 十七世紀から二十世紀初頭にかけて、アイルランドを離れヨーロッパのカトリック国(特にフランス)で傭兵として活躍した人々のこと。

040 コーネリアス・ヴァンダービルト夫人(グレイス・ヴァンダービルト)(一八七〇〜一九五三) アメリカの芸術後援者。ニューヨークの裕福な銀行家の家に生まれ、一八九六年に、大実業家のコーネリアス・ヴァンダービルト(一七九四〜一八七七)の玄孫、コーネリアス・ヴァンダービルト(一八七三〜一九四二)と結婚した。

041 クレイトン・ウェッブ(一八五四〜一九四八) アメリカの軍人、弁護士。ニューヨークの名家に生まれ、イェール大学で法学を学ぶ。米西戦争(一八九八)では少佐として活躍し名を成した。

第二十五章 アイルランドに帰る

001 当時のハワイは、一八九八年の「ハワイ併合」によって、米自治領ハワイ準州の地位にあった。なお、ハワイがアメリカの五十番目の州になったのは、第二次大戦後の一九五九年である。

002 アイルランド自由国(一九二二〜三七) アイルランド国民議会の代表団とイギリス政府との間で調印された「英愛条約」(一九二一年十二月六日)に基づいて、一九二二年十二月六日に誕生した、英連邦に属する自治領。自由国の領土は、暫定的に南部二十六州とされ、北部アルスター六州は連合王国に残留した(この状態は現在まで続いている)。その後、一九三七年のアイルランド憲法によりアイルランド(エール)に国名を改称、一九四八年のアイルランド共和国法により、翌年、共和制が明文化された。

003 英愛条約による自由国成立後も、アイルランドの沿岸防衛の要であるビリヘイヴン、クイーンズタウン(今日のコーブ)、ロッホ・スウィリーの三港は「条約港」として、第一次大戦中、イギリス海軍が自由に使用できた。これらの三港は、一九三八年にアイルランドへ返還された。

004 一九二二年一月七日に、賛成六十四、反対五十七の僅差で批准された。

005 アイルランドの政治において、アイルランド全島での独立を目指す人々は「ナショナリスト」、英国との連合の継続を望む人々は「ユニオニスト」と称され、目的のために暴力も辞さない過激派は、それぞれ「リパブリカン」と「ロイヤリスト」と呼ばれる。

006 マイケル・コリンズ(一八九〇～一九二二) アイルランドの革命家、政治家。アイルランド共和軍(ＩＲＡ)を指揮し、独立戦争を戦った。停戦後、アイルランド代表団の一員として講和会議に参加。ここで協議された英愛条約の草案には、アイルランド島の南北分裂を容認する点、また、国会において英国王への忠誠を宣誓することを義務づけていた点が含まれており、反対者も多かった。コリンズはこの条約が将来の全島独立に向けた足がかりになると考え、苦渋の決断ではあったが批准を推進した。この結果、アイルランド国内で条約賛成派と反対派の間に激しい対立が起こり、内戦に発展した。その最中の一九二二年八月、反対派によってコークで暗殺された。

007 「絹のような美しい雌牛(Silk of the Kine)」は「貧しい老婆」と並んで、古くよりアイルランドを象徴する表現である。

008 およそ十二世紀ごろからアルスター地方で勢力のあった、オニール一族やオドンネル一族などを指す。一五九三～一六〇三年の「九年戦争」で、ヒュー・オニールやヒュー・ロー・オドンネル(一五七二～一六〇二)らは、エリザベス女王率いる英国軍と戦うが、敗れる。コラムの言う「最後の戦い」とはこの「九年戦争」を指す。敗北後、オニール族とオドンネル族は大陸に逃亡するが(一六〇七年の「伯爵たちの逃走」)、彼らが所有していた広大な領地に、スコットランドやイングランドからの植民が進み(「アルスター植民」)、その結果、アイルランド北部ではプロテスタント系住民の比率が高くなった。

009 聖パトリックはアイルランドの守護聖人であるが、アイルランドにおける布教活動において、アルスター地方と深い繋がりがあると見なされている。アルスターは、彼が布教を始めた地であると同時に、埋葬された場所であるとされる。

010 「この国の叙事詩」とは、「アルスター伝説群」の中心となる物語、「クーリーの牛争い」を指す。若き英雄クフーリンは「アルスター最大の英雄」と称されるが、十九世紀後半の文芸復興運動において、多くの神話や伝説が再発見される過程で、アイルランドの独立、すなわちナショナリズムを象徴する人物として広く受容されてゆく。イースター蜂起を指揮したパトリック・ピアスはこの若き不死身の英雄を敬愛した。また独立後も、蜂起を記念した一九三五年の式典では中央郵便局(ＧＰＯ)に「死に瀕したクフーリン」と題された銅像が置かれた。これに対し近年では、アルスターのユニオニスト(英国との連合支持者)によって、クフーリンを取り戻そうとする運動があり、ベルファストのプロテスタント系住人の壁画にもこの英雄が描かれている。

011 トマス・ラドモウズ＝ブラウン(一八七八～一九四二) アイルランドの文学研究者。トリニティ・カレッジ、ロマンス語学科の教授。サミュエル・ベケットの指導教授だった。

012 オービュッソン絨毯 フランス中部、クルーズ川沿いにある小都市オービュッソンで製造された絨毯。同地は十五世紀以降、タペストリー産業の町として知られる。

013 コラムがアイルランドを離れていた約八年間におけるコンスタンスの人生が、この一文の中に凝縮され、コラムの感傷を反映しているためか、わかりにくい表現になっている。特に、「先頃釈放されたばかり」という表現は、一九一六年の復活祭蜂起での「反逆罪」に対する終身刑からの釈放と読めなくはないが、実際コンスタンスは一九一七年に他の受刑者と共に恩赦を受け、釈放されている。ここでコラムの言う「釈放」とは、一九二二年の自由国成立後の新政府に対するコンスタンスの抗議活動――彼女は南北分離を容認した英愛条約に反対の立場を取った――による逮捕と勾留からの釈放を指す。

014 W・B・イェイツの詩「ある政治囚によせて」の一節。一九二一年に出版された『マイケル・ロバーツと踊り子』所収。

015 一九一四年七月の出来事。コラム夫妻もこの事件に関わっていたことが、本書第十七章に描かれている。

016 リリー・ラングトリー（一八五三〜一九二九） イギリスの女優。一八七四年に最初の結婚をするも、皇太子時代のエドワード七世や第二十代シュルーズベリ伯爵（一八六〇〜一九二一）と愛人関係にあった。リリーとワイルドの交友関係は、ワイルドがオックスフォード大学を卒業し、ロンドンに移り住んだ一八七八年から始まり、彼女を演劇の世界に導いたのはワイルドだった。コラムの記述では、両者の関係は恋愛関係であったことが仄めかされているが、今日に至るまで、事実は明らかになっていない。いずれにせよ、ワイルドはリリーに三篇の詩を捧げ、ワイルドの同性愛スキャンダルが発覚し多くの友人が去った後も、二人の交友は続いていたことは確かである。

017 エヴァ・ゴア＝ブース（一八七〇〜一九二六） アイルランドの詩人、劇作家。コンスタンス・マルキェヴィッチの妹。英国の婦人参政権運動にも積極的に参加し、イースター蜂起後にはダブリンに戻り、姉のコンスタンスを含む逮捕者の死刑判決に対して減刑を求める運動でも活躍した。

018 ボーイスカウト 一九〇八年、イギリス陸軍少将ロバート・ベーデン＝パウエル（一八五七〜一九四一）によって創設された国際的組織。団体訓練により少年の心身を鍛えて、善良な市民に育てることを目的とした。

019 ジム・ラーキン（一八七六〜一九四七） アイルランドの労働組合運動の指導者。本名、ジェイムズ・ラーキン。アイルランド移民の両親の元、リヴァプールに生まれる。一九〇九年に「アイルランド運輸・一般労働組合」（〜一九九〇）を創設し、労働環境の改善に奔走した。一九一三年の「ダブリン・ロックアウト」においても指導的役割を果たし、デモ行進する労働者を守るための準軍事組織、「アイルランド市民軍」をジェイムズ・コノリーらと共に創設した。資金集めのためアメリカに渡った後、一九二三年に帰国し、「アイルランド労働者連盟」を設立した。

020 正確に言うと、コンスタンスは一九一八年の英国の下院議員を選出する総選挙に出馬し当選したが、ウェストミンスターには登壇せず、国民議会《ドイル・エーレン》に加わった。

021 今日、アイルランド行政府の長は、アイルランド語で「ティーショック（Taoiseach）」と呼ばれるが、一九二二〜三七年のアイルランド自由国時代には、「プレジデント」の名称が用いられていた。ここでの「プレジデント」は、初代のウィリアム・コスグレイヴを指す。

022 「二人の紳士」とは、ケヴィン・オヒギンズ（一八九二〜一九二七）とアーネスト・ブライス（一八八九〜一九七五）のこと。共にアイルランドの政治家。

023 「老僭王」とは、ジェイムズ・フランシス・エドワード・ステュアート（一六八八〜一七六六）のこと。イングランド王ジェイムズ二世（スコットランド王ジェイムズ七世）の息子で、一七〇一年にジェイムズ二世が亡命中のフランスで死んだ後、フランスのルイ十四世によって、正当な王位継承者と認められた。一方、「若僭王」とは、その息子チャールズ・エドワード・ステュアート（一七二〇〜八八）を指す。両者ともに、ステュアート朝復興を狙って反乱を起こしたが、いずれも鎮圧され、その政治的手腕は高くなかったことで知られる。パーサーはここで、コスグレイヴ政権の閣僚二人を無能であると揶揄したのだろう。

024 オーガスタス・ジョン（一八七八〜一九六一） ウェールズの画家。肖像画家としても知られ、イェイツやグレゴリー、バーナード・ショーなど、アイルランドの文人の肖像画を描いている。彼はいわゆる「ジプシー」に強い関心があり、一家でジプシーのようにキャラバンに乗って旅をしたこともあった。その後、彼は一九三七年から六一年まで「ジプシー学会（Gypsy Lore Society）」（一八八八年英国で設立）の会長を務めた。

025 今日の観点からすると、かなり差別的な発言であるが、セアラの性格をよく表す台詞として、そのまま訳出した。また、前註に示したように、本作が発表された当時、「ジプシー」という呼称は、それほど差別的であるとは見なされていなかったようである。今日では「ロマ」という表現を採用することが多くなっている。

026 アリス・ストップフォード・グリーン(一八四七〜一九二九) アイルランドの歴史家。父はアイルランド国教会の大執事だった。ロンドンで歴史家のジョン・リチャード・グリーンと出会い、一八七七年に結婚した。一九一八年にダブリンに移住し、本書にも書かれているように、彼女が住んでいたセント・スティーヴンズ・グリーン九十番地の家はダブリンの知識人が集う一種の「サロン」であった。晩年は、アイルランド自由国の上院議員としても活躍した(一九二二〜二九)。

027 ジョン・リチャード・グリーン(一八三七〜八三) イギリスの歴史家。前註のアリスの夫。オックスフォード大学を卒業後、国教会の聖職に就き、ロンドンの貧民街で活動した。主著は『イギリス国民小史』(一八七四)、およびこの書を発展させた全五巻から成る『イギリス国民史』(一八七七〜八〇)。

028 スーザン・ラングスタッフ・ミッチェル(一八六六〜一九二六) アイルランドの作家、詩人。A・Eが編集長を務める『アイリッシュ・ホームステッド』(一八九五〜一九一八)で編集補佐を務め、同紙に詩だけでなく、エッセイや書評を発表した。イェイツ一家とも交流があり、ジョン・Bによる肖像画がある。

029 エメリン・パンクハースト(一八五八〜一九二八) イギリスの婦人参政権運動家。一九〇三年に、婦人社会政治同盟(WSPU)を結成し、ハンガー・ストライキや暴力的な手段を含む過激な方法で運動を展開した。彼女の三人の娘もまたこの運動に参加していたため(ただし次女と三女は途中でWSPUから離れる)、コラムはここで「パンクハースト家の女性たち」という表現を用いたのだろう。

030 ジョゼフ・チェンバレン(一八三六〜一九一四) イギリスの政治家。一八七六年下院議員に選出され、自由党の再編成に尽力するも、一八八六年にグラッドストーン内閣が提出したアイルランド自治法案に反対し、「自由統一派」を組織した。第三次ソールズベリー保守党政権の一八九五年に、植民地相として入閣し、ボーア戦争に深く関わった。

031 イヴリン・グリーソン(一八五五〜一九四四) アイルランドの刺繍作家。チェシャー生まれ。ロンドンでイェイツ一家と知り合い、一九〇二年以降はダブリンでイェイツ姉妹と共に工芸品を制作する工房や出版社を立ち上げた。

032 ウィリアム・カールトン(一七九四〜一八六九) アイルランドの小説家。アイルランドの農民の生活を描いた作品で知られる。プロテスタントに改宗後は、カトリック教会を厳しく批判した。

033 ジェラルド・グリフィン(一八〇八〜四〇) アイルランドの小説家、詩人、劇作家。リムリックにあるカトリックの名家に生まれるが、劇作家を志してロンドンに渡った後は貧しい生活を送った。代表作は、実際の殺人事件に材を取った『学士様たち』(一八二九)。

034 オーブリー・トマス・ド・ヴィア(一八一四〜一九〇二) アイルランドの詩人。ロマン派詩人の影響下で詩作を始め、テニソンやブラウニング、カーライルらと親交があった。大飢饉後はカトリックに改宗した。コラムの原文には単に「オーブリー・ド・ヴィア」と書かれているため、同じく詩人であったトマスの父、第二代准男爵サー・オーブリー・ド・ヴィア(一七八八〜一八四六)を指す可能性も否定できない。

035 チャールズ・レヴァー(一八〇六〜七二) アイルランドの小説家。両親はイギリス人の家系。トリニティ・カレッジ医学部在籍中にカナダやヨーロッパを遊学し(最終的に三一年に学位を取得)、その経験が後の創作に反映されている。トロロープも絶賛した彼の小説は、発表当時ディケンズと肩を並べるほどの人気を博したが、コラムが本書を書いているときはほぼ忘れ去られていた。近年、再評価が進んでいる。

036 アーサー・パワー(一八九一～一九八四)　アイルランドの作家。第一次世界大戦に従軍後、パリに居を構えた。そこでのジョイスとの交流は『ジェイムズ・ジョイスとの対話』(一九七四)にまとめられている。帰国後は、『アイリッシュ・タイムズ』で文芸批評を担当した。

037 アッピア街道　イタリアのローマと南イタリアを結ぶ古代ローマの街道。紀元前三一二年、監察官アッピウス・クラウディウス・カエクス(紀元前三四〇～前二七三)によって建設された。全長五四〇キロメートル。

038 ソフォクレス(紀元前四九六頃～前四〇六)　古代ギリシャの詩人、劇作家。ギリシャ悲劇を形式上だけでなく、人間性豊かな内容面でも完成させたと言われる。代表作は『アンティゴネ』、『オイディプス王』、『エレクトラ』など。

039 オリヴァー・セント・ジョン・ゴガティ(一八七八～一九五七)　アイルランドの医師、詩人、小説家。『ユリシーズ』に登場するバック・マリガンのモデル。

040 ダブリンの有名な「奇人」。本名はジェイムズ・ボイル・ティズダル・バーク・スチュアート・フィッツモリス・ファレル。『ユリシーズ』に登場する。

041 ロレンス・スターン(一七一三～六八)　イギリスの小説家、国教会の牧師。代表作『トリストラム・シャンディ』(一七六〇～六七、未完)は、十八世紀前半に確立されたばかりの小説作法を大胆に無視したパロディ的作品で、しばしば「意識の流れ」小説の先駆とも見なされる。

042 ジョージ・ファーカー(一六七七～一七〇七)　アイルランドの劇作家。ダブリンのトリニティ・カレッジを中退。俳優として活動後、ロンドンに移り、劇作家に転じた。『募兵官』(一七〇六)や『伊達男の計略』(一七〇七)は、王政復古期の「風習喜劇」の代表作である。

043 トマス・デイヴィス(一八一四～四五)　アイルランドの作家、詩人。トリニティ・カレッジで学び、彼自身はプロテスタントであったが、英国からの独立を目指す「青年アイルランド」運動を推進した。一八四二年にジョン・ブレイク・ディロンやチャールズ・ガヴァン・ダフィーと共に『ネイション』紙を立ち上げ、併合撤回運動を展開するダニエル・オコンネルを支援した。デイヴィスが作詞した「抵抗の歌《レベル・ソング》」である「国家よ再び」や「オーウェン・ロー・オニールのための悲歌」などは、二十世紀初頭の独立運動で盛んに歌われ、今日まで歌い継がれている。

044 ヒュー・オニール(一五四〇頃～一六一六)　アルスターにおけるティローン地方のオニール一族の首長。エリザベス女王からティローン伯爵の称号を授かるが、次第にイングランドの政策への反抗心を募らせ、長年敵対関係にあったオドンネル族と和解し、共に独立を求め「九年戦争」を戦った。しかし、その後の反乱も含めすべて失敗に終わり、一六〇七年にアイルランドを脱出して、ローマで客死する。

045 ジョン王(一一六六～一二一六)　プランタジネット朝第三代イングランド王(在位一一九九～一二一六)。ヘンリー二世(一一三三～八九)の末子。失政を重ねたため、貴族の離反を招き、一二一五年王権を制限する「マグナカルタ」への合意を余儀なくされた。本文では「ジョン王のために建てられ」とあるが、これは正確ではない(コラムの記憶違いであろうか)。トリム城は、ヘンリー二世によって一一七二年ミーズの地を与えられた、ヒュー・ド・レイシー(生年不詳～一一八六)とその息子、ウォルター(一一七二頃～一二四一)が三十年以上かけて建設したものである。一二一〇年、ジョン王がアイルランドに来た際、王と敵対していたウォルターは錠をかけてトリム城から逃げた。そのために入城できなかった王への皮肉を込めて、今日なお「ジョン王の城」と呼ばれることがある。

046 モーリス・ムア(一八五四～一九三九)　アイルランドの作家、軍人、政治家。作家ジョージの弟。二十歳で陸軍に入隊し、ボーア戦争など数多くの戦闘に参加した。一九〇六年に退役した後はゲーリック・リーグ(主としてアイルランド語の教育)と政治的な独立運動にも尽力、自由国成立後は上院議員として活躍した(一九二二～三九)。

047 トマス・ヘンリー・グラタン＝エスモンド(一八六二～一九三五)　アイルランドの政治家、第十一代準男爵。父は第十代準男爵ジョン・エスモンド卿、母ルイーズは、十八世紀末にアイルランド議会の設立に尽力した政治家、ヘンリー・グラタン(一七四六～一八二〇)の娘であるため、他の同名のエスモンド卿と区別して、「トマス・ヘンリー・グラタン＝エスモンド卿」と呼ばれる。一八八五～一九一八年までイギリス議会の下院議員を務め自治運動を支持、一九二二年の自由国成立後は上院議員を三四年まで務めた。

048 ヘンリー・ペティ＝フィッツモーリス(第五代ランズダウン侯爵)(一八四五～一九二七)　イギリスの貴族、政治家。カナダとインドで総督を務めたのち、保守党政権下で陸軍大臣と外務大臣を務める。内戦中の一九二二年に、ケリー州にある彼の屋敷は襲撃されたが、二年後に再建された。

049 ハロルド・マクミラン(一八九四～一九八六)　イギリスの政治家。マクミラン出版社の創業者の孫に当たる。オックスフォード大学を卒業後、第一次世界大戦に従軍した。その後、二四年に保守党下院議員に初当選するまで、一時期家業の出版社で働いていた。国防大臣や大蔵大臣を歴任後、一九五七年から六三年まで首相を務め、英米関係の強化に尽力する。辞任後はマクミラン出版社の会長に就任した(七四年まで)。一九八四年に伯爵位を贈られる。本文中にあるように、彼の妻ドロシー(一九〇〇～六六)の母方の祖父は、前註のヘンリー・ペティ＝フィッツモーリスである。

050 ハリー・ウスター・スミス(一八六五～一九四五)　アメリカの実業家。製織産業において巨大な財を成した。障碍物飛越競技の騎手としても知られ、各種スポーツの発展に尽力した。

051 フランス革命で処刑された、ルイ十六世(一七五四～九三)のこと。

第二十六章　ロンドンのボヘミアン社会

001 マーメイド・タヴァン　ロンドンのセント・ポール大聖堂の近くにあった酒場。「人魚亭」とも。ベン・ジョンソンやジョン・フレッチャー(一五七九～一六二五)などのエリザベス朝時代の劇作家たちが足しげく通った。一六六六年のロンドン大火で焼失。

002 十九世紀英国の聖職者であり詩人でもあるジョン・バーゴン(一八一三～八八)がペトラ遺跡について書いた詩の一節から。

003 『ユニオン・ジャック』　一八九四年から一九三三年まで英国で刊行された子どもや青年向けの挿絵入り文芸雑誌。当時流行していた大衆小説ではなく、より洗練《ハイ・クラス》された物語を掲載することを目指した。ジョイスの短篇「出会い」で言及されている。

004 ハヴロック・エリス(一八五九～一九三九)　イギリスの医者、心理学者。性科学の創始者として知られる。ロンドンで開業医として活動していたが、三十代で執筆稼働に専念するようになった。主著は『性の心理学研究』(七巻、一八九七～二八)。

005 マリー・ストープス(一八八〇～一九五八)　スコットランドの植物学者、性科学者。人類学者の父とシェイクスピア学者の母を持ち、ロンドンで学位を得た後、ミュンヘンで博士号を取得。産児制限や性教育運動を主導し、『結婚愛』や『賢明な親』(共に一九一八)はベストセラーとなった。再婚後の一九二一年、夫婦でイギリス初の産児制限診療所をロンドンに設立した。

006 クリストファー・マーロウ(一五六四～九三) イギリスの劇作家、詩人。ケンブリッジ大卒の学士として、「大学才人」の一人とされる。シェイクスピアの先駆者として、エリザベス朝演劇の基盤を確立した。代表作に、『タンバレン大王』(一五八七)や『マルタ島のユダヤ人』(一五八九頃)、『フォースタス博士』(一五九二～九三頃)など。「キット」は、クリストファーの愛称。

007 ベン・ジョンソン(一五七二～一六三七) イギリスの劇作家、詩人。とりわけ風習喜劇において活躍した。代表作は出世作の『十人十色』(一五九八)の他、『ヴォルポーネ』(一六〇六)、『錬金術師』(一六一〇)など。

008 ジョージ・ロムニー(一七三四～一八〇二) イギリスの肖像画家。ラファエロやティツィアーノの影響を受けた。一七八二年に、十七歳のエマ・ハート(のちのハミルトン夫人。ネルソン提督の愛人として知られる、一七六五～一八一五)と出会い、彼女の肖像画を六十作以上描いた。コラムがここで想起しているのも、画家が繰り返し描いた「微笑み」をたたえたエマの肖像画であろう。

009 アイステッズヴォッド 十二世紀に起源を持つ、ウェールズの音楽・文芸祭。十八世紀末、ウェールズのナショナリズムが高まる中で復活し、今日でも毎年八月上旬に、南北ウェールズで交互に開催されている。

010 アメリカ在郷軍人会 第一次大戦の退役軍人たちによって一九一九年に結成された。

011 アンクル・サム(Uncle Sam) US(アメリカ合衆国)をもじったもので、アメリカ人やアメリカ政府を指す。政治的なカリカチュアに登場するときは、星条旗を連想させる模様のついたシルクハットをかぶり、赤と白のズボンをはいた長身の男性の姿で描かれる。

012 英国では第一次世界大戦中の一九一六年一月に、徴兵制が導入されたが、アイルランド島に住むアイルランド人は徴兵の対象から外された。

013 一八九三年に出版されたW・B・イェイツの詩集、『薔薇』の最後を締めくくる詩「来たるべき時代のアイルランドへ」より。

014 メトセラ 旧約聖書の「創世記」に登場する伝説的人物。ノアの方舟で知られるノアの祖父に当たり、九百六十九歳まで生きた。ショーの劇作に、一九二一年に出版された『メトセラへ還れ』がある。

015 ベン・ジョンソンの『ヴォルポーネ』に出てくる「セリアへ」と題された詩の一節より。原詩は三世紀のギリシャ詩人、ピロストラトスによると見なされている。

016 A・Eの詩「キャロモア」の一節。ただし、厳密には「湿地帯を通る寂しい道がある(There's a lonely road through bogland)」ではなく「それは湿地帯を通る寂しい道(It's a lonely road through bogland)」であり、コラムの記憶違いか。本文中の男性が、引用を間違えたことを揶揄した可能性もある。

017 A・Eの詩集『石の声』(一九二五)に収録された「約束」。

018 『サムソンとデリラ』 フランスのカミーユ・サン＝サーンス(一八三五～一九二一)によるオペラ(一八七七)。旧約聖書の「士師記」に材を取っている。

第二十七章 様変わりしたヨーロッパ

001 メイネル夫妻には八人の子どもがいた。上から、セバスチャン、モニカ、エヴァランド、マデリン(後述のシルヴィアの母)、ヴァイオラ、ヴィヴィアン(生後三カ月で死去)、オリヴィア、フランシスである。

002 フランシスが一九二二年に、二番目の妻ヴェラ・メンデルや、ブルームズベリー・グループのメンバーでもあった英国人作家、デイヴィッド・ガーネット(一八九二〜一九八一)と共に設立した出版社。

003 フランシス・メイネル(一八九一〜一九七五)　イギリスの詩人、出版者。一九四六年にナイト爵に叙せられた。

004 ヴァイオリンの前身である弦楽器のヴァイオル(viol)と弦楽器のヴィオラ(viola)を、ヴァイオラ(Viola)の名と掛けている。

005 ブロンテ三姉妹(『ジェイン・エア』のシャーロット、『嵐が丘』のエミリー、『ワイルドフェル屋敷の人々』のアン)を輩出したブロンテ家の起源は、アイルランド系のÓ Pronntaighであり、当初英語化された際にはPruntyと呼ばれていた。

006 ジョン・ドリンクウォーター(一八八二〜一九三七)　イギリスの詩人、劇作家。史劇『エイブラハム・リンカーン』(一九一八)で一躍有名となり、その後もメアリー・スチュアートやオリヴァー・クロムウェルなどを題材とした詩劇を執筆した。

007 デイジー・ケネディ(一八九三〜一九八一)　オーストリアのヴァイオリニスト。ロンドンで活躍後、世界中でツアーを行った。一九一四年、ウクライナのユダヤ系のピアニスト、ベンノ・モイセイヴィチ(一八九〇〜一九六三)と結婚、一女をもうけるが、離婚。一九二四年にドリンクウォーターと再婚した。

008 エミリー・グリグスビー(一八七九〜一九六四)　アメリカの芸術後援者。アメリカの金融業者、チャールズ・ヤーキス(一八三七〜一九〇五)と愛人関係にあり、彼から譲り受けた資産は莫大なものだった。一九一一年以降は英国に移住し、本文にあるように様々な芸術家と交流した。

009 マラプロピズム　シェリダンの喜劇『恋敵』(一七七五)に登場するマラプロップ夫人に由来する言葉。劇中で夫人は、教養があるふりをして難しい言葉を使うが、しばしば的外れなことを言ってしまう。転じて、「言葉の滑稽な誤用、特にある言葉を他の似ている言葉と間違えること」を指す。

010 これらの人物はチョーサーの『カンタベリ物語』の「騎士の話」に登場する。チョーサーは十四世紀の文人なので、彼女の祖母が会っているはずはない。なお、イギリスの桂冠詩人であるジョン・ドライデンは、『古代・近代寓話』の中で、チョーサーの「騎士の話」を翻案し、「パラムンとアルシータ」とした。

011 エミリーはワイルドの「レディング監獄(gaol)のバラード」のgaolを「ゴール(goal)」と読み間違えている。Gaolは監獄《ジェイル》(jail)と同じ発音で、イギリス英語で使われる。

012 これもエミリーの勘違い。創業者のジャック・ジョゼフ・ボランジェ(一八〇三〜八四)の孫である、ジャック・ボランジェの妻エミリーに因むと推測される。

013 夫人はアメリカ原住民の指導者を意味する「インディアンの酋長」と、東南アジアの島嶼部を意味する「東インド」を混同している。一八二四年の英蘭協約によって、イギリスがマレー半島側、オランダがスマトラ島側を植民地支配していたことを考えると、夫人のネックレスは、アメリカ大陸ではなく、東南アジアのいずれかの場所で作られたものであろう。

014 「ソレントは永遠に……」はサント＝ブーヴのソネットの一節から。

015 エリオットは一九一四年、二十六歳の誕生日直前の九月二十二日に、ロンドンでパウンドと出会い、翌年からイギリスを活動拠点とした。エリオット自身、「私の人生を変えた」出会いだったと述べている。コラムの言う「移住」はこの時期を指すのだろう。その後、一九二七年、三十九歳のときに、イギリスの市民権を獲得し英国国教会で洗礼を受けたが、自身を「アングロ・カトリック」(国教会の中で、カトリックの伝統や典礼の慣習を重視しながら、ローマ・カトリックとは一線を画す人々のこと〉と位置づけている。
016 コラム夫妻が渡米したのは一九一四年、第一次世界大戦が勃発した直後のことで、メアリーの墓碑銘に刻まれた一八八四年という誕生年から計算すると、渡米時のメアリーの年齢は三十歳前後ということになり、本文の「二十五歳」という記述とは齟齬が生じる。本文中、このように、彼女自身の年齢については、曖昧な点が随所に見られる。
017 オットリン・モレル（一八七三〜一九三八）　イギリスの貴族。父は、名門ポートランド公爵家の血を引く、アーサー・キャヴェンディッシュ＝ベンティンク卿（一八一九〜七七）。哲学者のバートランド・ラッセル（一八七二〜一九七〇）と長らく恋愛関係にあった。
018 フィリップ・モレル（一八七〇〜一九四三）　イギリスの自由党政治家。モレル夫妻の関係は、今日で言う〈オープン・マリッジ〉、つまり互いに婚外交渉を認め合う、開かれた夫婦の形だった。
019 オックスフォード近郊にある十七世紀に建造された屋敷で、「ガーシントン・マナー」と呼ばれる。オットリンは一九一五年から二四年まで、ここに住み、ブルームズベリー・グループを中心に、多くの知識人が訪れた。
020 ヴィルヘルム二世（一八五九〜一九四一）　第三代ドイツ帝国皇帝（一八八八〜一九一八）。軍備を増強し積極的な対外進出を図ったが、第一次世界大戦に敗れる。一九一八年十一月のドイツ革命の結果、帝位を退いて、オランダに亡命した。
021 ドールン　オランダ中部の町。一九一九年以降、皇帝は一九四一年に没するまでこの地に住んだ。
022 ヴィルヘルム二世の母ヴィクトリア（一八四〇〜一九〇一）は、英国のヴィクトリア女王とアルバート公の第一子。
023 コラムのこの予言通り、オットリンの伝記は数多く出版されている。
024 ハーバート・クロリー（一八六九〜一九三〇）　アメリカの作家、編集者。一九一四年、ウォルター・リップマン（一八八九〜一九七四）らと共に、『ニュー・リパブリック』を創刊する。主著である『アメリカ生活の将来性』（一九〇九）はT・ルーズベルト大統領の政策にも影響を与えた。
025 ギルバート・セルデス（一八九三〜一九七〇）　アメリカの作家、批評家。ハーバード大学卒業後、二〇年代にモダニズム文学の発表の場であった『ダイアル』誌で編集者として関わる一方、多数の新聞や雑誌に投稿し、彼による『ユリシーズ』の書評はアメリカにおけるジョイスの作品の知名度を上げるきっかけとなった。また、大衆文化についての批評も多数あり、ブロードウェイの脚本やラジオ・ドラマ、晩年はテレビ番組にも携わった。
026 アルバート・ジェイ・ノック（一八七〇〜一九四五）　アメリカの作家、編集者、批評家。『ネイション』や『フリーマン』（一九二〇〜二四）で編集長として活躍した。
027 ヴァン・ウィック・ブルックス（一八八六〜一九六三）　アメリカの文芸評論家、歴史家。ハーバード大学卒業後、精力的に活動し、『花開くニュー・イングランド』（一九三六）でピュリッツァー賞受賞した。他の代表作としては、『アメリカ文学史一八〇〇〜一九一五――造る者と見出す者』（一九五二）がある。
028 ミゲル・デ・セルバンテス（一五四七〜一六一六）　スペインの作家。代表作の『ドン・キホーテ』（前編一六〇五、後編一六一五）はしばしば「近代小説の祖」と称される。
029 シルヴィア・ビーチ（一八八七〜一九六二）　アメリカの出版者。一九一九年パリに「シェイクスピア・アンド・カンパニー書店」を設立し、多くの文学者が集う場所となった。回想録に『シェイクスピア・アンド・カンパニー書店』（一九五九）がある。
030 アドリエンヌ・モニエ（一八九二〜一九五五）　フランスの出版者、批評家。一九一五年にパリに「本の友の家」書店を開店し、ビーチの書店設立にも尽力した。文筆家として、詩や評論を様々な雑誌へ寄稿し、死後、回想録『オデオン通り』(一九六〇)が出版された。

031 ポール・ヴァレリー(一八七一～一九四五)　フランスの詩人、批評家。マラルメに師事し、象徴主義の後継者として、長詩「若きパルク」(一九一七)で一躍名声を得た。文学、哲学、政治など多岐にわたる文芸批評を書き、これらは評論集『ヴァリエテ』(五巻、一九二四～四四)としてまとめられた。

032 アンドレ・ジッド(一八六九～一九五一)　フランスの小説家。厳格なプロテスタントの家庭に育ち、マラルメやヴァレリーとの交流をきっかけに、初期は象徴主義的な作品を書いた。その後、簡素明快な文体で人間性の自由を追求し、心理小説を改革した。代表作は『狭き門』(一九〇九)、『贋金つくり』(一九二六)など。四七年にノーベル文学賞を受賞した。

033 一九二九年刊。

034 ドロシー・ウェルズリー(一八八九～一九五六)　イギリスの作家、詩人、批評家。本名ドロシー・ヴァイオレット・アシュトン。一九一四年にジェラルド・ウェルズリー(のちに、第七代ウェリントン公爵、一八八五～一九七二)と結婚、二子をもうけた(二二年に別居)。イェイツとの交流、またV・ウルフの恋人でもあったヴィタ・サックヴィル＝ウェスト(一八九二～一九六二)との恋愛関係などで知られる。

035 オリヴィア・シェイクスピア(一八六三～一九三八)　イギリスの小説家、芸術後援者。旧姓タッカー。一八八五年に弁護士のヘンリー・シェイクスピアと結婚し、一人娘のドロシー(一八八六～一九七三)をもうける。本文では「イェイツの親友」と紹介されているが、一八九四年にイェイツと知り合い、約一年のあいだ恋愛関係にあった。関係が終わったあとも友情は生涯続き、イェイツの後に妻となるジョージ・ハイド・リース(一八九二～一九六八)を紹介したのも彼女だった。

036 ジョゼフ・リンカーン・ステファンズ(一八六六～一九三六)　アメリカのジャーナリスト。『ニューヨーク・ポスト』などで活躍、後年は社会主義に傾倒した。コラムは彼の講演についてかなり辛辣であるが、ジャーナリストとしては、賄賂や汚職など社会的な不正を暴く数多くの記事を書き、今日非常に高く評価されている。

037 ダグラス計画　イギリスのエンジニア、C・H・ダグラス(一八七九～一九五二)によって提唱された、近代における通貨改革運動。一定の資格を得た市民全員に対して購買力を給付するというこの政策は、経済学者のジョン・メイナード・ケインズ(一八八三～一九四六)にも影響を与えた。

038 ローリー・オドンネル(一五七五～一六〇八)のことを指す。一六〇二年に、兄ヒュー・ロー・オドンネルの死に伴い、アルスター地方の名門オドンネル一族の首長となった。一六〇三年にはジェイムズ一世から初代ティルコネル伯に叙されたものの、領土と権力を大幅に縮小されたことに不満を覚え、一六〇七年にヒュー・オニールらとともに、大陸に逃れた(「伯爵たちの逃走」)。ローリーがローマで客死した後は、息子ヒュー(一六〇六～四二)が第二代ティルコネル伯となるが、彼が後継者を残さずに一六四二年に死亡したため、ティルコネル伯の直系の家系は途絶えた。

039 フアン・オドンネル(第三代テトゥアン公爵)(一八六四～一九二八)　スペインの貴族、政治家。プリモ・デ・リベラ(一八七〇～一九三〇)首相の軍事独裁政権下で、陸軍大臣を務めた。公爵の称号は、スペイン女王イザベル二世(一八三〇～一九〇四)が、一八六〇年に初代テトゥアン公爵レオポルド・オドンネル(一八〇九～六七)に与えたものであるが、レオポルドの祖父ホセ・オドンネル(一七二二～八七)は、ティルコネルのオドンネル家の分家の出身で、一六九〇年にアイルランドを離れた。前註で述べたように、フアンはティルコネル伯の直系の血族ではないが、オドンネル家に連なる血筋である事は相違ない。

040 コラムはここでかなり痛烈な皮肉を言っている。『栄光』（一九二二）の作者、モーリス・ロスタン（一八九一～一九六八）は、『シラノ・ド・ベルジュラック』（一八九七）で知られる父親のエドモン・ロスタン（一八六八～一九一八）――サラも出演した『鷲の子』（一九〇〇）の作者――の栄光の影に隠れた存在だったと言える。

041 第三共和政（一八七〇～一九四〇）　普仏戦争敗戦後に成立し、第二次大戦中のナチス・ドイツによる占領とヴィシー政権の成立まで続いた。

第二十八章　ハワイでの幕間

001 ロイド・モリス（一八九三～一九五四）　アメリカの作家、批評家。コロンビア大学で教鞭を執り、『ニューヨーク・タイムズ・ブックレビュー』にもたびたび寄稿した。

002 ウィリアム・ローズ・ベネー（一八八六～一九五〇）　アメリカの詩人、批評家。スティーヴン・ヴィンセント・ベネーの兄。ビルはウィリアムの愛称で、ベネットと表記することもある。自伝的詩『神なる塵』（一九四一）でピュリッツァー賞を受賞。エリノアの三番目の夫（一九二三年）であるが、結婚生活は上手くいかず、一九二八年には別居状態にあった。彼自身は四度の結婚をし、エリノアは二番目の妻に当たる。

003 ハーバート・ゴーマン（一八九三～一九五四）　アメリカの作家、文芸批評家。新聞記者として出発し、その後ニューヨークの新聞で編集を務めた。ジョイスの最初の伝記、『ジェイムズ・ジョイス――最初の四十年』（一九二四）で知られる。妻のジーン・ライト・ゴーマン（一八八六～一九四五）も作家、詩人であった（一九三二年に離婚）。

004 レオノーラ・シュパイアー（一八七二～一九五六）　アメリカの詩人、ヴァイオリニスト。ヨーロッパで音楽教育を受け、銀行経営者兼慈善家のエドガー・シュパイアー（一八六二～一九三二）とロンドンで結婚後、一九一五年にアメリカに戻り、ニューヨークで詩作を始めた。一九二七年、ピュリッツァー賞（詩部門）を受賞。

005 ジェファーソン・デイヴィス（一八〇八～八九）　アメリカの軍人、政治家。一八六〇年の大統領選挙で、奴隷制度の拡大に反対したリンカーンが勝利したため、同年末、南部諸州は連邦離脱を決定し、翌年デイヴィスが「アメリカ連合国」の大統領に選ばれた。南北戦争（一八六一～六五）での敗北後、逃亡を図るも北軍に捕えられ、二年間の獄中生活を送ったが、その後、官職に就くことを除いて、市民権は回復された。本文に登場する女性が、リンカーンを憎み、デイヴィスを支持するのは、以上のような理由からである。

006 ロバート・ルイス・スティーヴンソン（一八五〇～九四）　イギリスの小説家、随筆家。エディンバラ生まれ。代表作は『宝島』（一八八三）や『ジキル博士とハイド氏』（一八八六）、『旅は驢馬をつれて』（一八七九）などの紀行文もある。スティーヴンソンは、一八七七年にパリでアメリカ人女性、ファニー・オズボーン（一八四〇～一九一四）と出会った。二人の子どものいる既婚者だったファニーの離婚が成立した後、二人は結婚、一八八八年以降、一家は南太平洋の各地、ハワイに滞在した。本文で語られるのはこの一連の出来事についてであるが、ファニーの元夫は幾度となく不貞を働き、彼女を苦しめたことが離婚の原因の一つとも考えられている。

007 オコレハウ　センネンボクの根を原料とする蒸留酒。

008 ウォレス・ライダー・ファリントン（一八七一～一九三三）　アメリカの政治家。メイン大学卒業後、旅行でホノルルを訪れ、同地の新聞『ホノルル・アドヴァタイザー』の編集に三年間携わった。その後、共和党の第二十九代大統領ウォレン・ハーディング（一八六五～一九二三)の支援を得て、第六代ハワイ州知事(一九二一〜二九)に就任した。

009 デイヴィッド・カラカウア(一八三六〜九一) ハワイ王国の第七代国王。一八七四年に国王に選出されたのち、アメリカ合衆国と経済交渉を積極的に行った。一八八七年にアメリカ系住民が主導する親米派の組織「ハワイ同盟」が、王の権限を大幅に減少させる「一八八七年憲法」をカラカウアに承諾させた。彼が没した後、妹のリリウオカラニ(一八三八〜一九一七)が、ハワイ王国の最初で最後の女王(第八代)となり、王権の復興を試みるも、親米派勢力を抑えきれず、一八九三年に王制は廃止された。

010 正確にはカメハメハ大王の孫、カメハメハ五世(一八三〇〜七二)まで、第六代はウィリアム・チャールズ・ルナリロ(一八三五〜七四)が選挙によって選ばれたが一年あまりの在位期間の後、肺結核のため死去した。

011 キプリングの詩、「マンダレー」の一節。マンダレーは、旧ビルマ(ミャンマー)の首都。この詩は同地に派遣された労働者階級出身の英兵が、ロンドンに戻り、ビルマに残した恋人を思い出す内容である。「十戒」(旧約聖書の「出エジプト記」)は、預言者モーセが神から受けた十の啓示(禁止)を記したものであり、キリスト教道徳の基盤にもなっている。ハワイはビルマ同様、キリスト教による禁止とは無縁の場所であると、コラムは見なしているのだろう。

012 ジュリー・ジャッド・スワンジー(一八六〇〜一九四一) ハワイの教育者。本文にあるように、祖父はニューヨーク生まれでハワイに移住した宣教師で、カメハメハ三世の相談役だったゲリエット・パーメリー・ジャッド(一八〇三〜七三)、父はカラカウア王にも仕えた実業家チャールズ・ヘイスティングス・ジャッド大佐(一八三五〜九〇)である。ジュリーは、カリフォルニア州オークランドの女子大で学び、ハワイに帰国後、アイルランド人の実業家フランシス・ミルズ・スワンジー(一八五〇〜一九一七)と結婚、教育事業に従事した。

013 『オデュッセウスの冒険』/『トロイの物語』 一九一八年に出版されたポーリックの著作(『子どものためのホメロス――オデュッセウスの冒険とトロイの物語』)のこと。

014 カナカ人 ハワイおよび南洋の島々の先住民。

015 タロイモの球茎から作るポイの食感が糊のようであるというのは、コラムの偽らざる実感なのであろうが、同時にハワイの創造神話に関わる神聖な食べ物であることは注目に値する。

016 アウトリガー・カヌー 南太平洋などでよく用いられるカヌーで、アウトリガーとは、船体を安定させるために、舷の外に取り付けられた浮のこと。

017 ハワイ語でラウは「葉」、ハラは蛸木科の「島蛸の木」を指す。

018 コラムは明示していないが、聖テレジアの『地獄の幻想』が念頭にあったと思われる。二十一歳のとき、カルメル会に入会後、体調不良に陥った聖テレジアは、闘病中に多くの神秘体験を得た。この著作に加え、『自叙伝』や『完徳の道』などは、スペイン神秘文学の代表作となっている。

019 ジョン・ミルトン(一六〇八〜七四) イギリスの詩人。自由と民主制を求め清教徒革命に参加、議会派の論客として活躍、共和政府にも関わった。五二年に失明。六〇年の王政復古後は、一時投獄されるも処刑は免れた。以後、詩作に精進し、イギリス文学史上最大の叙事詩と称される『失楽園』(一六六七)を完成させた。他の代表作は、『復楽園』、『闘士サムソン』(共に一六七一)。

020 共和制ローマ期の抒情詩人カトゥルスの詩の一節。

021 オースティン・ストロング(一八八一〜一九五二) アメリカの劇作家。父はアメリカの画家、ジョゼフ・ストロング(一八五三〜九九)、母はスティーヴンソンの妻ファニーの連れ子、イザベル・オズボーン

(一八五八〜一九五三)。ニューヨークで建築を学んだのち、劇作家として成功を収めた。なお、原文の記述は「スティーヴンソンの妻の連れ子」であったため、訳では修正を行った。

022 ジョナ・クヒオ・カラニアナオレ(一八七一〜一九二二) ハワイの政治家。カウアイ島最後の王の末裔。幼いころに両親を相次いで失うが、ハワイ王国第七代カラカウア王の妻であるカピオラニ(一八三四〜九九)が、彼の母方の伯母であったため、彼女の養子となった。最後の王である、第八代リリウオカラニ女王のもとでも重用された。一八九三年に米国によってハワイ王朝が倒され、ハワイ共和国(一八九四〜九八)が成立すると、反乱に参加したクヒオは捕らえられる(なお、この獄中時代にクヒオは本文に登場する「王女」、マウイの名家出身のエリザベス・カハヌ・カラニアナオレ(一八七九〜一九三二)と出会っている)。釈放後は、政治家の道を志し(共和党)、一九〇三年から二二年まで合衆国議会のハワイ代表を務め、ハワイ人の血を引く者たちの地位向上に努めた。

023 カヴェロ カウアイ島を代々統治した王の一族の名前。単に「カヴェロ」と言う場合は、棍棒と槍の名手として知られた、十七世紀の名君カヴェロ=レイ=マクア(生没年不明)を指す。コラムはこの王を、フランク王国(今日の西ヨーロッパの基となった)の最盛期をもたらしたカール大帝(別名シャルルマーニュ、七四二〜八一四)に擬えることによって、その偉大さを示そうとしたのであろう。

024 ハワイ諸島(より正確に言えば「東南ハワイ諸島」)は、東からハワイ、マウイ、カホオラヴェ、ラナイ、モロカイ、オアフ、カウアイ、ニイハウの八つの主要な島から成る。

第二十九章 エリノア・ワイリー

001 マクスウェル・パーキンス(一八八四〜一九四七) アメリカの編集者。ハーバード大学を卒業し、『ニューヨーク・タイムズ』の編集者として活躍した後、出版社スクリブナーズに移り、スコット・フィッツジェラルド(一八九六〜一九四〇)やヘミングウェイ、トマス・ウルフら若き才能を多数見出した。

002 マイケル・モナハン(一八六五〜一九三三) アイルランドの詩人、出版者。コークに生まれ、アメリカに移住後、記者として働きながら詩を書いた。本文に登場するハイネ論(『ハインリヒ・ハイネ』)は一九〇二年に出版された。

003 ブリス・カーマン(一八六一〜一九二九) カナダの詩人。人生の大部分をアメリカで過ごしたが、晩年にはカナダの「桂冠詩人」と讃えられた。代表作は『サッフォー——抒情詩百篇』(一九〇四)。

004 ロバート・ブラウニングの詩「ウェアリング」の冒頭二行。ブラウニングの代表作の一つであるこの詩は、突然ロンドンから失踪した男性について描いたものであるため、ホラスは英国に逃亡した自らの境遇を重ねているのだろう。

005 スウィフトはダブリンのトリニティ・カレッジを卒業後、一六八九年の春に、外交官ウィリアム・テンプル卿(一六二八〜九九)の秘書となり、そこで卿の使用人の娘である当時八歳のエスター・ジョンソン(一六八一〜一七二八)——「ステラ」——と出会う。二十二歳のスウィフトは、彼女の家庭教師となり、その後、二人の友情は生涯続いたと言われるが、二人は密かに婚姻関係にあったとする説もある。一方、スウィフトは一七一一年(四十四歳)に、ロンドンで二十代前半のエスター・ヴァナムリー(一六八八頃〜一七二三)——「ヴァネッサ」——に出会い、恋愛関係に発展したが、スウィフトとステラの「関係」が続いていたことに耐えられなくなったヴァネッサは、別離を選んだ。

006 "live in sin"という熟語は今日「未婚のまま同棲する」という意味であるが、道徳意識の高かったヴィクトリア時代においては、文字通り、「罪深い」と見なされていたのである。

007 コンデ・ナスト(一八七三〜一九四二) アメリカの編集者、実業家。週刊『コリアーズ』(一八八八〜一九五七)で勤めたのち、一九〇九年に出版社「コンデ・ナスト」を創業し、当時はまだ小規模だったファッション雑誌『ヴォーグ』を買収した。

008 マクダウェル・コロニー ニュー・ハンプシャーに一九〇七年、マクダウェル夫妻(作曲家のエドワードとピアニストのマリアン)によって作られた「芸術村《アート・コロニー》」。

009 ジョン・チップマン・ファー(一八九六〜一九七四) アメリカの編集者、作家。イェール大学卒業後、ニューヨークの文芸誌『ブックマン』の編集者となった。後に、二つの出版社、「ファー・アンド・ラインハート」(一九二九〜四六)および「ファー、シュトラウス・アンド・ジルー」(一九四六〜)を設立した。

010 ジョン・ヴァン・アルスティン・ウィーヴァー(一八九三〜一九三八) アメリカの詩人、小説家。平板な言葉で書かれた詩で知られる。

011 サマセット・モーム(一八七四〜一九六五) イギリスの小説家、劇作家。大衆性を重視し、平明な文体と巧妙な筋の運びで知られる。代表作は『人間の絆』(一九一五)、『月と六ペンス』(一九一九)、『剃刀の刃』(一九四四)など。

012 ヘンリー・ロンガン・スチュアート(一八七五〜一九二八) アメリカの作家。アイルランド系の両親のもとロンドン生まれたが、若くしてアメリカに移り『ボストン・ヘラルド』や『ニューヨーク・タイムズ』で活躍した。パリやフィレンツェにも滞在し、フランス語やイタリア語の翻訳にも携わった。

013 ヘンドリック・ヴァン・ルーン(一八八二〜一九四四) オランダ生まれのアメリカのジャーナリスト、作家。代表作に、『オランダ共和国の没落』(一九一三)や、自身で挿絵も描いた『人類の物語』(一九二一)、『聖書の物語』(一九二三)がある。

014 ランドルフ・ボーン(一八八六〜一九一八) アメリカの作家、批評家。コロンビア大学でジョン・デューイ(一八五九〜一九五二)のもとで学び、修士課程修了後は編集者として働きながら、政治や文学に関する批評を書いた。「スペイン風邪」で夭折したが、死後出版の評論集はその反戦思想や進歩主義において高く評価されている。

015 ヘンリー・ジョージ(一八三九〜九七) アメリカの政治経済学者。彼が唱道した「土地単税論」はその名にちなみ、「ジョージズム」とも呼ばれる。代表作『進歩と貧困』(一八七九)は、三百万部を超える大ベストセラーとなった。

016 土地単税論 一国の税制を地価税のみとし、他の租税は全廃すべきとする経済理論で、フランソワ・ケネー(一六九四〜一七七四)などの重農学派に起源を持ち、ショーやハクスレー、トルストイや孫文にも影響を与えた。

017 フランソワ・ラブレー(一四九四頃〜一五五三頃) フランスの物語作家、医師。十六世紀フランス・ルネサンス文学を代表する。フランスの中世伝説に材を取った、主著『ガルガンチュアとパンタグリュエル』(五巻、一五三二〜六四、ただし第五の書は偽書の疑いもある)は、人文主義《ユマニスム》の立場から、痛烈な教会批判を行ったため、禁書とされた。

018 『ガルガンチュアとパンタグリュエル』(「第四之書」第五十一章)からの引用。渡辺一夫訳では、「それ以前も然らず、他に然るべき折はない」となっているが、本書は文脈に合わせて訳出した。

019 コンスタンス・ローク(一八八五〜一九四一) アメリカの作家、教育者。大衆文化を分析した数多くの評論を書いた。

020 ルイス・マンフォード(一八九五〜一九九〇) アメリカの作家。特に都市建築についての研究で知られるが、歴史や社会学、文芸評論などの分野でも幅広く活躍した。

021 ルウェリン・ポーイス(一八八四〜一九三九) イギリスの作家。ケンブリッジ大学卒。南イングランドの田舎を描き続けた。エッセイや旅行記でも知られる。

022 マーク・トウェイン(一八三五〜一九一〇) アメリカの小説家。本名サミュエル・ラングホーン・クレメンズ。新聞社勤務の後、『トム・ソーヤーの冒険』(一八七六)や『ハックルベリー・フィンの冒険』(一八八四)など、幼年時代の経験に基づく自伝的小説を執筆、アメリカの国民文学を確立したと言われる。

023 『レビ記』第十三章より。この皮膚病は従来「ハンセン氏病」と考えられてきた。

024 デジデリウス・エラスムス(一四六六〜一五三六) オランダの人文主義者。主著の『痴愚神礼讃』(一五一一)を始め、様々な著作でカトリック教会を痛烈に批判し、宗教改革に影響を与える一方、彼自身は福音主義の立場から、教会の分裂は望まず、ルター派に対しても論戦を続けた。また、古典文学の校訂や注解、出版にも尽力し、ラテン語訳付の校訂ギリシャ語新約聖書(一五一六)は高く評価された。『ユートピア』(一五一六)を著したイギリスの人文主義者、トマス・モア(一四七八〜一五三五)との親交も有名。

025 この女性はイギリスの画家、グラディス・ハインズ(一八八八〜一九五八)と思われる。アイルランド人の両親のもとに生まれたハインズは、ロンドンの美術学校を卒業後、家族と共にコーンウォールに移り、一九一九年からはロンドン郊外のハムステッドに定住した。アイルランド独立の熱心な支持者であったこと、パウンドと親しい交流があり彼の『詩篇』のイラストを担当したこと、また、ロジャー・フライ(一八六六〜一九三四)の「オメガ工房」で働いた時期があるなど、コラム夫妻とも知り合いだった可能性は非常に高い。

026 暖炉に着火するための道具。ケープ・コッドは、ニュー・イングランド(マサチューセッツ州南東部)にあるL字型の半島のことで、この土地特有の建築様式で知られる。

027 ベンジャミン・ヒューブシュ(一八七六〜一九六四) アメリカの出版者。一九〇〇年に自らの名前を冠した出版社を創業し、ロレンスの『息子と恋人』(一九一三)、ジョイスの『ダブリナーズ』や『若き日の芸術家の肖像』をアメリカで最初に出版した。また、前述の文芸週刊誌、『フリーマン』も同社から出版された(一九二〇〜二四年)。一九二五年に同社は「ヴァイキング・プレス」に合併され、ヒューブシュはここで副社長を務めた。

028 ベルナール・ファイ(一八九三〜一九七八) フランスの歴史家。主としてアメリカ文明や米仏関係について論じたが、ガートルード・スタインの友人でもあり、『現代のフランス文学』(一九二五)などの文芸書も著した。

029 アーサー・ジョンソン(一八八一〜一九三六) アメリカの弁護士、作家。ハーバード大学を卒業後、弁護士として働きながら、短篇小説を書いた。

030 フォワイヨ セーヌ川左岸のカルチェ・ラタンのそばにあった高級レストラン。

031 リヒャルト・フォン・クラフト゠エビング(一八四〇〜一九〇二) ドイツの精神病学者。犯罪心理学や性心理学について多数の本を著した。主著は『性的精神病質』(一八八六)。

032 カボット家、ローウェル家、バウディッチ家はいずれもボストンの名門一族で、本文で語られる「ボストン・トースト」と呼ばれる乾杯の挨揄は、エリート階級の排他性と自己中心性を皮肉ったものである。

第三十章　コネティカットでの仮住まい

001 ヴェラ・ブリテン（一八九三～一九七〇）　イギリスの作家。オックスフォード大学卒業後、第一次大戦中に看護師として従軍した。代表作はその経験を描いた自伝的作品『青春の証』（一九三三）。

002 ミゲル・デ・ウナムーノ（一八六四～一九三六）　スペインの思想家。真のスペイン思想とは何かを追求し、オルテガ・イ・ガセット（一八八三～一九五五）などに大きな影響を与える一方で、三十代にセーレン・キルケゴール（一八一三～五五）に影響を受け、実存的な思想を展開した。また、十八歳で博士号を取得、三十五歳でサラマンカ大学総長に任命され、十七の言語に精通するなど、まさに天才であった。

003 コラムはこの夫人のマラプロピズム（語の誤った使用）を再現している。原文は"His mind is mortised and termined by Plato's philosophy of beauty and angelic manifestations"だが、mortiseは「ほぞ穴（で固定する）」の意で、「接合する」「結び付ける」という意で動詞として使う際も、あくまでも建築の用語としてであり、この場面には相応しくない。また、termineという英単語はなく、ラテン語のterminus「終わり・限界」からの連想なのだろう。そこで訳文では完遂《かんすい》のよくある誤読である「かんつい」を用いた。また、紀元前四世紀のプラトンの哲学は、キリスト教的「天使」の概念とは相容れない。古代ギリシャ哲学（特にアリストテレス）とキリスト教神学を結合したスコラ哲学と、プラトンとの関係（プラトンはアリストテレスの師）が、この夫人にはよくわかっていなかった模様である。

004 ウィリアム・ブレイク（一七五七～一八二七）　イギリスの詩人、画家。彫版師として生計を立てながら、神秘思想主義的な詩を数多く書き、ロマン派の先駆者と見なされている。代表作は『無垢と経験の歌』（一七九四）、『エルサレム』（一八〇四）など。

005 P・B・シェリーが盟友キーツの死を悼んだ『アドネイス』（一八二一）第三十二詩節より。

006 ロバート・ブラウニングの「エブリン・ホープ」（一八五五年に出版された詩集『男と女』所収）の一節。

007 イギリスの歴史家、詩人ならびにホイッグ党政治家であったトマス・マコーリー（一八〇〇～五九）が、一八四二年に出版した『古代ローマ詩歌集』は、一大ベストセラーとなった。彼の『イングランド史』（五巻、一八四八～六一）は、今日なお英国で最も有名な歴史書の一つと称される。

008 『ピーター・パン』の作者として著名なJ・M・バリー（一八六〇～一九三七）が、一九一二年に発表した戯曲『ロザリンド』にメレディスの詩の引用がある。

009 ハリー・シンクレア・ルイス（一八八五～一九五一）　アメリカの小説家。イェール大学卒業後、ニューヨークで雑誌編集や新聞の仕事に携わりながら、一九一二年頃から作品を発表、中西部の田舎町を舞台にその閉鎖性を風刺した『本町通り』（一九二〇）で名を馳せた。一九三〇年に、アメリカ人初のノーベル文学賞を受賞した。

010 一九四五年出版、原題は*Cass Timberlane*である。

011 トマス・ウルフ（一九〇〇～三八）　アメリカの作家。ノース・カロライナ大学（学士）とハーバード大学（修士）で演劇を専攻。代表作は『天使よ故郷を見よ』（一九二九）。

012 バルブス（生没年不明）　前一世紀のローマの政治家。カエサルの信を得て、ガリア遠征の際、工兵の指揮官を務めた。ジョイスの『若き日の芸術家の肖像』でもこのラテン語の例文が登場する。

第三十一章　エリノア・ワイリーの死

001　バルビゾン・プラザ・ホテル　セントラル・パーク・サウス一〇六番地にある、一九三〇年五月十二日にオープンしたアール・デコ調の三十八階建てのホテル。一九八一年に、のちに第四十五代および第四十七代アメリカ大統領となるドナルド・トランプ(一九四六〜)が、その周辺のビルと共に購入し、現在は分譲マンションになっている。

002　ベル麻痺　顔の片面が歪む症状。スコットランドの解剖学者、チャールズ・ベル(一七七四〜一八四二)に因んで命名された。

003　リッジリー・トーレンス(一八七四〜一九五〇)　アメリカの詩人、編集者。一九二〇年から三三年まで『ニュー・リパブリック』(一九一四年創刊)で詩のページを担当した。妻のオリヴィア(旧姓ホワード・ダンバー、一八七三〜一九五三)は、短篇小説家で、ゴースト・ストーリーの名手として知られている。

004　ナタリー・セジウィック・コルビー(一八七三〜一九四二)　アメリカの小説家。代表作は『緑の森』(一九二七)。本書第十九章に登場するベインブリッジ・コルビーの妻。

005　ジョー・ケリガン(一八八四〜一九六四)　アイルランドの俳優。本名はジョゼフ・マイケル・ケリガンだが、しばしばJ・M・ケリガンと表記される。新聞記者として働いたのち、一九〇七年にアビー・シアターに参加。一七年以降はアメリカに移り、ブロードウェイやハリウッドでも活躍した(『風と共に去りぬ』(一九三九)や『狼男』(一九四一)などに出演)。

006　ブロモ・セルツァー　解熱鎮痛剤の一種。

007　この男性は、ヘンリー・ド・クリフォード・ウッドハウスであることが複数の研究書により特定されている。エリノアが彼に出会ったのは単身イングランドに戻った一九二八年初頭のロンドンであるが、彼は既婚者で、しかもエリノアの友人の夫であった。

008　エリノアと当時の夫、ウィリアム・ローズ・ベネーは、この頃別居中だった。

009　スティーヴン・ヴィンセント・ベネー(一八九八〜一九四三)　アメリカの作家、詩人で、ウィリアム・ローズ・ベネーの弟。南北戦争について書いた長篇詩『ジョン・ブラウンの屍』(一九二八)でピュリッツァー賞を受賞。妻のローズマリー(旧姓カー、一九〇〇〜六二)と一九二一年に結婚、彼女もまた作家であった。

010　ダグラス・ムア(一八九三〜一九六九)　アメリカの作曲家。イェール大学で文学士号と音楽学士号を取得後、第一次世界大戦に従軍。その後、パリに留学し、ナディア・ブーランジェ(一八八七〜一九七九)に師事した。コロンビア大学音楽学部で教鞭を執り(一九二六〜六二)、「アメリカ芸術・文学アカデミー」の会長も務めた(一九五三〜五六)。

011　ブランチ・クノップフ(一八九四〜一九六六)　アメリカの出版者。夫のアルフレッド(一八九二〜一九八四)と共に、一九一五年アルフレッド・A・クノップフ社を創業、運営した(二人の結婚は翌年の一六年)。一九四九年、レジオン・ドヌール勲章を授与された。

012　エドナ・セント・ヴィンセント・ミレイ(一八九二〜一九五〇)　アメリカの詩人、劇作家。一九二三年『竪琴をつくる者』で、女性では三番目にピュリッツァー賞(詩部門)を受賞。

013　ジョン・ダン(一五七三〜一六三一)　イギリスの詩人、聖職者。機知や奇想、地口によって逆説的な不調和の調和を理想とする「形而上詩人」の代表的存在。T・S・エリオットなどの再評価によって、二十世紀の詩壇に強い影響を与えた。代表作は『周年の詩』(一六一一〜一二)。

014　一九二一年に出版されたエリノアの詩集『風を捕らえるネット』に、「鷲と土竜」というタイトルの詩が収録されている。

第三十二章　文芸批評家

001　ジョセフィーン・クレイン(一八七三〜一九七二)　アメリカの芸術後援者。オハイオの名家出身で、一九〇六年に、二十歳年上の前マサチューセッツ州知事の国会議員、ウィンスロップ・マレー・クレイン(一八五三〜一九二〇)と結婚し、夫の死後、ニューヨーク近代美術館の設立に尽力した。

002　ジョージ・ゴードン・ムア(一八七五〜一九七一)　アメリカの弁護士、実業家。カナダ生まれ。第一次世界大戦の混乱に乗じて巨万の富を築き、一説にはスコット・フィッツジェラルドの『グレート・ギャツビー』(一九二五)の主人公のモデルとも言われる。一九二九年の大恐慌で財産の大半を失い、晩年は不遇であった。

003　ハドリアヌス(七六〜一三八)　ローマ皇帝。五賢帝の一人(在位一一七〜一三八)で、優れた政治的手腕を持つと共に、文芸や絵画を好み、学者を厚遇した。ブリタニアの「ハドリアヌスの壁」など、帝国内の建築事業でも知られる。

004　ホラティウスのこと。

005　フランシス・マホニー(一八〇四〜六六)による詩、「シャンドンの鐘」(一八三四)からの一節。この鐘はコーク市内、リー川北岸のシャンドン地区にある聖アン教会のもの。マホニーはコーク出身の神父であったが、聖職を離れロンドンやパリで文筆に従事した。同じくコーク出身のモナハンは、この詩を朗読しながら望郷の念に駆られていたのだろう。

006　リットン・ストレーチー(一八八〇〜一九三二)　イギリスの批評家、伝記作家。ブルームズベリー・グループの一員。一九二八年に発表された『エリザベスとエセックス』は、扱う人物を礼賛する従来の伝記文学とは一線を画し、伝記の芸術的地位の向上に大いに貢献した。

007　クイーンズベリー・ルール　一八六五年にロンドンのジョン・グラハム・チェンバース(一八四三〜八三)によって定められたボクシングのルールで、第九代クイーンズベリー侯爵を保証人として成立したため、彼の名を冠してこう呼ばれるようになった。

008　マクスウェル・ボーデンハイム(一八九三〜一九五四)　アメリカの詩人、小説家。アメリカ詩におけるモダニズム運動への貢献で知られる。ニューヨークのグリニッチ・ヴィレッジで、社会の慣習を無視した奔放な生活を送り、二十八歳年下の三番目の妻ルースと共にマンハッタンの安宿で殺害された。

009　フランス象徴派詩人のヴェルレーヌが一八八二年に発表した詩のタイトル。

第三十三章　パリでの生活

001　コラムは一九三〇年と三八年の二度、グッゲンハイム財団から奨学金を得ている。

002　ダニエル・オコンネル(一七七五〜一八四七)　アイルランドの弁護士、政治家。裕福なカトリックの地主の家に生まれ、法学位を取得後、政治活動を開始する。一八二九年の「カトリック教徒解放法」の成立に尽力し、「解放者」の名で知られるようになった。その後も合同撤廃運動を推進したが、彼の非暴力主義に不満を感じた「青年アイルランド」が離反し、さらには大飢饉という状況下で民衆の支持を失った。

003　ネオトミズム　十九世紀以降、カトリック教会内で再興が図られ、主流神学となった、トマス・アクィナスの哲学を奉じる学派。一八七九年、教皇レオ十三世による回勅「エテルニ・パトリス」によって、カトリック神学がアクィナス哲学に基づくことが示された。

004 ジャック・マリタン(一八八二〜一九七三) フランスの哲学者。トマス＝アクィナスの説を復活させ、近代合理主義を克服しようとするカトリックの哲学運動、「ネオトミズム」の代表的信奉者の一人。コラムが出会った当時、マリタンはパリ・カトリック大学で、近代哲学の教授を務めていた(一九一四〜三九)。

005 シャルル・デュ・ボス(一八八二〜一九三九) フランスの批評家。パリに生まれ、父は外交官、母は英国人であった。オックスフォード大学へ留学後、パリで英語の学士号を取得する。代表作は『文学とは何か』(一九四〇)。

006 シャトーブリアンは文学史上フランス・ロマン主義の先駆者と見なされている。

007 デュ・ボスが一九二九年に発表した『アンドレ・ジッドとの対話』。

008 アベル・シュヴァレー(一八六八〜一九三三) フランスの外交官、批評家。息子のクロード(一九〇九〜八四)は、コロンビア大学やソルボンヌ大学で教鞭を執った著名な数学者。

009 H・G・ウェルズ(一八六六〜一九四六) イギリスの小説家。『タイム・マシン』(一八九五)や『モロー博士の島』(一八九六)、『宇宙戦争』(一八九八)など、現在なお人気の高い、空想科学小説を次々と発表した。その後社会主義に傾倒し、戦争を根絶するための様々な社会活動にも関わる一方で、優生学の熱烈な支持者であった。

010 オデット・クーン(一八八八〜一九七八) オランダの女性作家、ジャーナリスト。コラムは「友人」としているが、実際にはウェルズと愛人関係にあった。

011 ルコント・ド・リール(一八一八〜九四) フランスの高踏派詩人。ホメロスやギリシャ悲劇の翻訳もある。代表作は『古代詩集』(一八五二)、『現代高踏詩集』(一八六六)など。

012 プロスペル・メリメ(一八〇三〜七〇) フランスの作家。歴史趣味と異国情緒に溢れるロマンティックな主題を扱いロマン派を代表する作家であると共に写実表現に優れ、写実主義の先駆者とも見なされる。代表作の『カルメン』(一八四五)は、後にジョルジュ・ビゼーの作曲でオペラ化された(一八七五)。

013 ジョエル・スピンガーン(一八七五〜一九三九) ユダヤ系アメリカ人の文芸評論家。コロンビア大学で文芸評論の教授を務める一方、黒人の地位向上に尽力した。

014 アンドレ・シーグフリード(一八七五〜一九五九) フランスの政治経済学者。コレージュ・ド・フランス教授。主著に『現代のアメリカ』(一九二七)などがある。

015 スコラ哲学 中世ヨーロッパにおいて、カトリック教会や修道院に属する学校で研究された学問体系。キリスト教神学を、ギリシャ哲学、とりわけアリストテレスを援用することによって体系的に理論化した。スコラ哲学の完成者とされる十三世紀のトマス・アクィナスについて、ジョイスは作品内で度々言及している。

016 イグナツィ・ヤン・パデレフスキ(一八六〇〜一九四一) ポーランドのピアニスト、作曲家、政治家。欧米各地で演奏活動を続ける一方で、独立運動に参加し、ポーランドの初代首相を務めた(一九一九年一月〜十一月)。

017 ジョージ・コーハン(一八七八〜一九四二) アメリカの劇作家、プロデューサー。俳優、歌手、ダンサーとしても活躍し、作詞作曲も行った。アメリカの「ミュージカル・コメディの父」と称される。自伝『ブロードウェイ生活二十年』(一九二五)がある。

018 直訳は「純粋芸術のための大臣(Minister for Fine Arts)」である。自由国成立以前の、一九二一年八月二十六日から翌年の一月九日まで、イギリス政府には非合法とされた「アイルランド国民議会(ドイル・エーラン)」によってこの職が設置された。

019 一八九四年にロンドンで初演されたジョージ・バーナード・ショーの喜劇。

020 ジョイスは一九〇四年十月八日、ノーラ・バーナクル(一八八四〜一九五一)と共にアイルランドを出奔した。ジョイスとノーラは、正式な婚姻関係のないまま二人の子をもうけたが、遺産相続のことを考慮し、一九三一年七月四日にロンドンで正式に結婚した。

021 コラムは言及していないが、短篇集『ダブリナーズ』(一九一四)もこの期間に含まれる。一九〇四年十月にジョイスがダブリンを発つ以前から『ダブリナーズ』の数篇は既に書かれていたが、その大部分はヨーロッパ大陸で執筆された。

022 このときアイルランドはまだ独立国ではなかったため、彼らの国籍は英国だった。

023 当時、トリエステは、オーストリア＝ハンガリー帝国の支配下にあった。

024 「オーストリア帝国」とは、正確には「オーストリア＝ハンガリー帝国」(一八六七〜一九一八)のことで、オーストリア皇帝がハンガリー国王も兼ねるという二重帝国体制は、様々な民族がある意味においては、平和的に共存していたとも言える。

025 ハリエット・ショー・ウィーヴァー(一八七六〜一九六一)　イギリスの政治活動家、編集者、芸術後援者。ジョイス一家の経済的支援を行った。その額は今日の貨幣価値で一億円以上とも言われる。

026 この人物は古くからダブリンでガラス工房を営む一家の出身で、名前をトマス・W・ピュー(一八八三〜一九六八)ということが判明している。『フィネガンズ・ウェイク』におけるピュー家の記述は、例えば七六頁十一行目の"Pughglasspanelfitted"や、三四九頁三行目の"Mind your pughs and keoaghs"などに見られる。

027 クーム地区　ダブリン市内の一地区で、聖パトリック大聖堂の西側にある。十七世紀後半から毛織物産業で栄えたが、英国政府が一六九九年にアイルランド産の毛織物の輸入を制限する法案を通したため、この地区の産業は衰退し、十九世紀にはダブリン市内で最も貧しい場所の一つと見なされていた。

028 ダブリン城は、十二世紀末にアイルランド侵攻を開始したヘンリー二世の末子「欠地王」ジョンによって一二〇四年に建設され、その後、自由国が成立する一九二二年まで、およそ八百年にわたる植民地統治の拠点となった。

029 ジャンバティスタ・ヴィーコ(一六六八〜一七四四)　イタリアの哲学者。デカルトの合理論に反対し、哲学や歴史の統一や知識の統合を主張した。「神々の時代」「英雄の時代」「人間の時代」の三段階が絶えず循環して発展するというその特異な歴史観はジョイス、とりわけ『フィネガンズ・ウェイク』の執筆に大きな影響を与えた。

030 E・バリントン(一八六二〜一九三一)　イギリスの作家。本名はエリザベス・ルイーザ・モレスビー。英国海軍将校ジョン・モレスビーの娘で、幼い頃からエジプト、インド、中国、チベット、日本などを旅した。代表作の『栄光のアポロ』(一九二五)はベストセラーとなった。

031 ユージーン・ジョラス(一八九四〜一九五二)　アメリカのジャーナリスト。フランスで育ち、幼少期より英仏独の三カ国語に堪能であった。アメリカで新聞記者生活をした後、夫婦でパリに移住し、一九二七年、シルヴィア・ビーチのシェイクスピア書店から文芸誌『トランジション』を創刊。この雑誌に『フィネガンズ・ウェイク』の一部が、一九二七年から三〇年にかけて連載された。妻のマリア(一八九三〜一九八七)も『トランジション』の創設メンバーであり、ガストン・バシュラールの『空間の詩学』(一九五八)など多くの作品を翻訳した。

032 スチュアート・ギルバート(一八八三〜一九六九)　イギリスの文芸批

評家、翻訳家。最初期のジョイス研究者の一人であり、作家の友人でもあった。一九三〇年に発表した『ジェイムズ・ジョイスの「ユリシーズ」研究』（一九五〇年に改訂版）は、古典的かつ最も重要な研究書の一つである。一九五七年には、ギルバート編によるジョイスの書簡集が出版された。

033 ジョイスは、『ユリシーズ』が出版された一九二二年の後、ほどなくして『フィネガンズ・ウェイク』の執筆に取りかかり、一九二四年以降、作品は「進行中の作品」として断片的に『トランスアトランティック・レビュー』や『トランジション』などの文芸誌に掲載された。一九三九年に、初めて『フィネガンズ・ウェイク』というタイトルが明かされ、同年五月四日に、ロンドンのフェイバー社より出版された。

034 レンズ豆のスープにジョイスが見た象徴性は不明。旧約聖書の「創世記」に見られる、狩猟に失敗し、空腹をかかえたイサクの子エサウが、レンズ豆のスープ一杯と引き換えに、弟ヤコブに長子権を譲り渡してしまったというエピソードが、長子だったジョイスに強い印象を与えた可能性を指摘しておく。

035 ここで想起すべき「照応関係（correspondences）」は、例えば『ユリシーズ』にホメロスの『オデュッセイア』を重ね合わせたこと、あるいは『ユリシーズ』の出版を二が四つ並ぶ彼の四十歳の誕生日、一九二二年二月二日にしたことなどであろう。

036 実際、コラムのこの疑念は正しく、ジェイムズ・スティーヴンズの生年月日は一八八〇年の二月九日で、ジョイスの生年月日が一八八二年二月二日だったことを考えると、この点における「照応関係」は疑わしいものとなる。

037 『悪の華』第一章、「憂鬱と理想」に収められた詩。堀口大學訳では「呼応」、鈴木信太郎訳では「交感」と訳されている。

038 ストラスブールの誓約書　八四二年に東西フランク王の間で結ばれた盟約についての文書。ドイツ語とフランス語で書かれた最古のものと見なされている。

039 原文は“with nemo never let me see neminis or nemmine”である。ラテン語「誰も〜ない」（nemo=no one）の格変化（属格（neminis）と奪格（nemine））を暗記するための短い戯れ歌。

040 この韻文の原文は以下の通り――“Common are to either sex / Artifex and opifex, / Conviva, vates, advena, / Testis, civics, incola [etc.]”。ここで例として挙げられているラテン語の職業などを表す単語は、男性形と女性形が同じ形の名詞であるが、それを修飾する形容詞は、男性形と女性形それぞれに変化させる必要がある。

041 ジョイスの代父であるフィリップ・マキャン（生年不詳〜一八九八）は成功した船具商で、ジョイスがＵＣＤに進学する際の学費を援助した。『スティーヴン・ヒアロー』の第二十六章に登場するフラム氏のモデル。

042 エディス・マコーミック（一八七二〜一九三二）　アメリカの社交界の名士。スタンダード・オイル社を創業した〈石油王〉、ジョン・ロックフェラー（一八三九〜一九三七）の娘。二十三歳で実業家のハロルド・マコーミック（一八七二〜一九四一）と結婚し、一九一三年にはチューリッヒに移住した。鬱病に苦しみ、ユングの治療を受けたが、同時に彼の資金援助を行った。二一年に帰国し、ハロルドと離婚後も、様々な社会活動を援助した。

043 エドゥアール・デュジャルダン（一八六一〜一九四九）　フランスの作家。一八八七年に出版された、代表作の『もう森へなんか行かない』（原題『月桂樹は切られて』）は、発表当初ほとんど注目されなかったが、ジョイスが偶然パリの書店で見つけ、友人のヴァレリー・ラルボー（一八八一〜一九五七）に紹介したことで、フランス国内でも再評価されることになった。

044 マルセル・ジュッス（一八八六～一九六一） フランスのイエズス会士。現在では人類学者とも見なされている。

045 この詩の三行目「皆が皆、帽子の中に蜂を一匹飼っていた（Every dame had a bee in her bonnet）」は本文では直訳したが、熟語"have a bee in one's bonnet"には「ある考えに取り付かれている」「変人である」という含意がある。

046 サミュエル・ベケット（一九〇六～八九）のこと。トリニティ・カレッジ卒業後、パリの高等師範学校で教師として働いていた際、ベケットはジョイスと知り合い、『フィネガンズ・ウェイク』の執筆を手伝った。代表作に、小説『モロイ』（一九五一）、『ワット』（一九五三）、劇作『ゴドーを待ちながら』（一九五二）などがある。一九六九年にノーベル文学賞を受賞した。

047 ジョン・サリヴァン（一八七七～一九五五） アイルランドのテノール歌手。一八九九年以降パリに住み、一九一四年にパリ国立オペラで初舞台を踏み、二二年以降はイタリアでも活動を行った。

048 イェイツの詩劇『キャスリーン伯爵夫人』（一八九二）の中の詩、「ファーガスと共に駆り行くのは誰か」（のちに一八九三年の詩集『薔薇』にも収録された）。『ユリシーズ』第一挿話において、主人公のスティーヴンは、今わの際にあった母から、この詩を歌って聞かせて欲しいと懇願されたことを回想する。

049 一九三六年にオベリスク出版社より三百部限定で出版された『チョーサーのＡＢＣ』には、ルチアがデザインした、二十三枚の彩色したレタリングが収録されている。一九三二年に同社がジョイスの詩集『ポウムズ・ペニーチ（*Pomes Penyeach*）』を出版した際にも、ルチアのレタリングが挿入された。

050 『新フランス評論』 フランスの文芸雑誌。一九〇八年創刊。初期は同人誌であったが、現在ではフランス有数の出版社、ガリマールが発行している。

第三十四章 グッゲンハイム奨学金

001 アーネスト・ヘミングウェイ（一八九九～一九六一） アメリカの小説家。「失われた世代」を代表すると共に、ハードボイルド文学の先駆者と見なされる。代表作は『武器よさらば』（一九二九）、『老人と海』（一九五二年）。一九五四年、ノーベル文学賞を受賞。

002 イポリット・テーヌ（一八二八～九三） フランスの哲学者、批評家。実証主義的な立場から、文化の発展を人種・環境・時代の三要素から分析する批評形式を打ち立てた。著作に『英文学史』（四巻、一八六三～六四）などがある。

003 ジョン・ドライデン（一六三一～一七〇〇） イギリスの詩人、劇作家、批評家。王政復古期に、風刺詩や教訓詩、劇作品を数多く書いた。古代と近代を比較した『劇詩論』（一八六八）などの批評も名高い。初代の桂冠詩人（一六六八～八八）。

004 ヴァージニア・ウルフ（一八八二～一九四一） イギリスの小説家。モダニズム文学を代表する一人で、意識の流れの技法を駆使した『ダロウェイ夫人』（一九二五）や『灯台へ』（一九二七）、『波』（一九三一）などの作品で知られる。第三十六章の註を参照のこと。

005 オスヴァルト・シュペングラー（一八八〇～一九三六） ドイツの文化哲学者、歴史学者。ヨーロッパ中心史観を批判した『西洋の没落』（一九一八～二二）は、哲学、歴史学、芸術の各分野に大きな影響を与えた。

006 エレーヌ・ヴァカレスコ（一八六四～一九四七） ルーマニアの詩人、作家。主にフランス語で執筆し、ルーマニア文学の仏訳にも携わった。アカデミー・フランセーズの文学賞を二度受賞した。

007 アンナ・ド・ノアイユ(一八七六〜一九三三)　フランスの詩人、小説家。ルーマニア貴族の血を引く。本名、アンナ＝エリザベート・ビベスコ・ド・ブランコヴァン。一八九七年、ノアイユ伯爵(一八七三〜一九四二)と結婚。一九三一年、女性として初めてレジオン・ドヌール勲章のコマンドールを受勲した。代表作は、詩集『百千の心』(一九〇一)。プルーストの『失われた時を求めて』に登場するゲルマント公爵夫人のモデルとされる。

008 国際知的協力委員会　ユネスコの前身。一九二二年に国際連盟のもとに設立された。

009 アルフレッド・ダグラス(一八七〇〜一九四五)　イギリスの作家、詩人。一八九一年、オスカー・ワイルドと出会い、恋愛関係に発展する。この関係を問題視したダグラスの父がワイルドを侮辱した文書を送ったため、ワイルドは名誉毀損で彼を告訴した。しかし裁判の過程で同性愛に関する証拠が明るみに出た結果、逆にワイルドは強制猥褻罪で告発され、一八九五年に重労働と二年の懲役刑に処せられた。刑期を終えたワイルドとダグラスは数カ月共に暮らした後、離別した。ワイルド裁判はメディアによってスキャンダラスに報道され、多くの人々の知るところとなった。

010 オリーヴ・カスタンス(一八七四〜一九四四)　イギリスの詩人。一九〇二年、前註のダグラス卿と結婚し、一子をもうけた。二人が出会ったときカスタンスは、アメリカ生まれのフランス作家で、レズビアンであることを公言していたナタリー・クリフォード・バーネイ(一八七六〜一九七二)と恋愛関係にあった。一九二〇年代末には夫妻は別居したが、離婚はせず、晩年には緊密な友情を築いていたとされる。

011 ジョン・ショルト・ダグラス(第九代クイーンズベリー侯爵)(一八四四〜一九〇〇)　イギリスの貴族。三男のアルフレッドとの関係は、彼がオックスフォード大学を中退した頃から険悪になり、先述のワイルド裁判において最も悪化したと言われる。

012 ダグラス家　スコットランドのクラン(氏族)制度は、六世紀に遡ることができるが、ダグラス家は最も古くから国境地方に勢力を誇っていたクランで、ブラック・ダグラス家とレッド・ダグラス家の二大系譜がある。

013 フランク・ハリス(一八五六〜一九三一)　アイルランド生まれのアメリカの作家。ゴールウェイに生まれ、一九二一年に帰化した。代表作は自伝『わが生と愛』(四巻、一九二二〜二七)。ネリー(一八七七〜一九五五)とは、一八九八年頃から同棲を始め、一九二七年に二番目の妻エミリーの死後、結婚した。

014 ヒポクラテスの誓い　医師の倫理・任務などについての、ギリシャの神への宣誓。ここでは、患者の秘密を守ることを指している。

015 投影　心理学用語。自分自身の隠された欲求や衝動を認めたくないとき、自らを守るために、他者にその悪い面を押しつける(帰属させる)ような心の動きを指す。

016 精神障碍患者の犯罪率は、そうでない人の犯罪率よりも低いことが統計上明らかになっているが、ここではコラムの文をそのまま翻訳した。

第三十五章　リヴィエラの暮らし——アメリカへの帰還

001 グッゲンハイム奨学金を得て、コラムが書こうとしている文芸批評の本。第三十四章を参照。

002 レオン・ドーデ(一八六七〜一九四二)　フランスのジャーナリスト、小説家。作家アルフォンス・ドーデ(一八四〇〜九七)の息子。反ユダヤ主義の論説を展開した。

003 シャルル・モーラス（一八六八～一九五二）　フランスの文芸評論家、作家。王党派右翼の「アクシオン・フランセーズ」を主催した。

004 アクシオン・フランセーズ　一八九四年の「ドレフュス事件」を契機に組織された、フランス王党派の組織。「フランス的行動」の意。

005 ジャン・ピエール・クレマン・マリー（一八七四～一九四〇）　フランスの貴族。旧王家オルレアン家の家長。ギーズ公とも呼ばれる。フランス王ルイ・フィリップ一世の曾孫で、一八九九年にパリ伯フィリップの三女で、従妹に当たるイザベル（一八七八～一九六一）と結婚した。一九二六年のオルレアン公ルイ・フィリップ（一八六九～一九二六、イザベルの兄）の死後、ギーズ公が名目上のフランス王「ジャン三世」となった。

006 ベネディクトゥス十五世（一八五四～一九二二）　ローマ教皇（在位一九一四～二二）。ベネディクト十五世とも。イタリア、ジェノヴァ生まれ。第一次世界大戦の苦難を乗り越え、世俗国家の仲介者として、世界平和の実現と新しいカトリック教会のあり方を探った。

007 「アメリカ革命の娘たち」（DAR）　一八九〇年に設立されたアメリカ最大の愛国婦人団体。現在、全米で約二十万人の会員がいるとされる。独立戦争に従軍、援助した家系の子女であることが会員資格で、当初は名門家系の上流婦人が中心となって組織されていたが、今日では中間層の女性が会員の中心を占めている。

008 ショーレム・アッシュ（一八八〇～一九五七）　ポーランドの小説家、劇作家。二〇年にアメリカに帰化。代表作『復讐の神』（一九〇七）、『ナザレ人』（一九三九）を含め、主にイディッシュ語で執筆した。

009 ルドウィグ・リュイソン（一八八二～一九五五）　アメリカの小説家、批評家。ベルリンのユダヤ系一家に生まれ、一八九〇年に、家族と共にアメリカに移住。その後、アメリカの『ネイション』誌やニューヨークで刊行されたシオニスト系雑誌『新しいパレスチナ』の編集に携わりながら多くの小説や批評を書いた。生涯で三度結婚をしており、セルマ・スピアーズ（一九〇三～六八）とは二度目の結婚前の一九二四年から四〇年まで、内縁の妻の関係にあった

010 シスレー・ハドルストン（一八八三～一九五二）　イギリス生まれのジャーナリスト、作家。一九三〇年代、英紙『タイムズ』のパリ特派員として働いたが、第二次世界大戦中にフランスに帰化し、ヴィシー政権を支持したため、一九四四年自由フランスによって反逆罪に問われた。

011 レイモンド・ウィーヴァー（一八八八～一九四八）　アメリカの文学研究者。コロンビア大学教授（一九一六～四八）、ハーマン・メルヴィルの最初の伝記作家として知られる。なお、ウィーヴァーは生涯未婚であり、「ドロシー」という名の姉妹もいないようである。コラムの勘違いか。

012 エチオピア侵攻　一九三五年十月、ムッソリーニは宣戦布告なしに約八十万の兵力をエチオピアに投入し、翌年五月に併合を宣言した。

013 レランス諸島　カンヌ沖合の島々で、サン゠トノラ島、サント゠マルグリット島、サン゠フェレオル島、ラ・トラドリエール島によって構成されている。

014 アルプマリティム　フランス南東部のイタリアに接する県。県都はニース。

015 ヘンリー・ゴダール・リーチ（一八八〇～一九七〇）　アメリカのスカンジナビア研究者。ハーバード大学で博士号を取得し、アメリカン・スカンジナビア財団の会長（一九二六～四七）を務めたのち、カンザス大の教授となった。一九二三～四〇年までは政治や経済を扱う、月刊誌『フォーラム』（一八三六～一九五〇）の編集長を務めていた。

016 ヴィルフランシュ　ニースの東にある古い港町。

017 ネッティ・ライアン（一八六九～一九六〇）　アメリカの慈善家。旧姓ガードナー。一八九六年、実業家のジョン・デニス・ライアンと結

婚、一子をもうける。三三年の夫の死後も、多くのカトリックの支援事業に関わり、ニューヨーク大司教区の慈善団体の婦人部名誉会長を務めた。

018 パチェッリ枢機卿(一八七六〜一九五八) 本名は、エウジェニオ・マリア・ジュゼッペ・ジョヴァンニ・パチェッリ。後に、第二百六十代ローマ教皇ピウス十二世(在位一九三九〜五八)となる。

019 ジェネヴィーヴ・ブレイディ(一八八〇〜一九三八) アメリカの慈善家。旧姓ガーヴァン。敬虔なカトリック教徒として育ち、一九〇六年、実業家のニコラス・ブレイディと結婚後、様々な慈善事業に関わった。一九三六年にパチェッリ枢機卿(前註を参照)がアメリカを訪問した際、彼は夫人の家に滞在した。

020 ジョン・カヴァナー(一八六四〜一九五七) アメリカの帽子製造業者、政治家。十六歳から帽子職人として働き始め、高級紳士帽子メーカー、カヴァナー・ドブスを創業した。一方、一九〇二年〜〇三年にはサウス・ノーウォーク、一九〇八〜〇九年にはノーウォークの市長を務めた。妻のアグネス(一八七六〜一九五七)とは一九〇五年に結婚した。

021 アンナ・ケイス(一八八八〜一九八四) アメリカのソプラノ歌手。トマス・エジソンのために、生演奏と録音の差を示すテストのための録音を行ったことで知られる。一九三一年、実業家のクラレンス・マッケイ(一八七四〜一九三八)と結婚した。

022 フランシス・スペルマン(一八八九〜一九六七) アメリカのカトリック教会の聖職者。本文では「司教」と紹介されているが、その後一九三九年から亡くなる六七年までニューヨークの大司教を務め、四六年には枢機卿にも任命された。

023 ジェイムズ・W・ジェラード(一八六七〜一九五一) アメリカの弁護士、外交官。ニューヨーク州裁判所の判事を務めたのち、一九一三年〜一七年までドイツ大使を務めた。

024 『好戦将軍』 一九一八年に公開されたアメリカのサイレント映画。ルパート・ジュリアンが脚本の執筆、監督、主演を務めた。原題は『カイザー、ベルリンの獣』。

第三十六章 出版にまつわる障碍

001 ゲラとガレー 出版前の最終確認のため、印刷所で刷られた試し刷りのことを日本語で「ゲラ」と言うが、英語の「ガレー(galley)」に由来する。これは、中世に奴隷や囚人に漕がせた多数のオールがある帆船を指すガレーと同じ綴りであるため、「ゲラ」と「ガレー船」の二者が混乱している様子が描かれている。

002 増谷正衞・多田稔訳による邦題(あぽろん社、一九九四)。原題は『ルーツを紐解いて——近代文学を造った諸思想(*From These Roots: The Ideas That Made Modern Literature*)』。

003 フランセス・フィリップス(一八九六〜一九八六) アメリカの編集者。一九二六年に設立された出版社ウィリアム・モロー・アンド・カンパニー(本文では「モロー社」と書かれている)で四十年以上働き、三一年から五七年は編集長を務めた。

004 R・P・ブラックマー(一九〇四〜六五) アメリカの詩人、文芸批評家。一九三〇年代は批評家として強い影響力を持ち、その後プリンストン大学で二十五年間、英文学を講じた。

005 ハワード・マムフォード・ジョーンズ(一八九二〜一九八〇) アメリカの文芸史家、文芸批評家、ジャーナリスト、詩人。ミシガン大学やハーバード大学で英文学教授を務めた。

006 ジェルメーヌ・タイユフェール(一八九二〜一九八三) フランスの作

曲家。十八世紀のフランス音楽に由来する新古典的作風で知られる。ジャン・コクトー（一八八九〜一九六三）によって、「耳のマリー・ローランサン」と呼ばれた。

007 ヴァージニア・ウルフの『自分だけの部屋』（一九二九）、第三章からの引用。文芸批評家としての地位を確立し、高い評価を受けた一方で、コラムは「知的に振る舞う女性に対する男性特有の嫌悪感」に基づいた批判や攻撃に苛まれ続けた。よほど悔しい思いをしたのであろう、知的活動を行う女性を「後ろ脚のみで立って歩く犬」に喩える「歴史」について、本書では三度にわたって言及している。さらに、男性からの批判にもまして、コラムが許しがたいと感じたのは、彼女の執筆の試みについて漏れ聞いたウルフが「そんなことは、後ろ脚のみで立って歩く犬のようなものだと言ってやりなさい」と言ったことだと思われる。ウルフの『自分だけの部屋』は、女性の経済的自立と精神的独立を主張し、女性の受難史を明らかにしたフェミニズム批評の古典と見なされるが、その当のウルフが「男性特有」の視点でコラムを断罪したことの矛盾がここに示されている。

008 ヘンリー・キャンビー（一八七八〜一九六一） アメリカの文芸批評家、編集者、イェール大学教授。『イェール・レビュー』（一九一一〜二二）、『サタデー・レビュー・オブ・リテラチャー』（一九二四〜三六）の編集を担当した。検閲に反対し、表現の自由を推進するために生涯闘った。

009 カール・ヴァン・ドーレン（一八八五〜一九五〇） アメリカの文芸批評家、伝記作家。一九二一年に出版された『アメリカ小説』では、メルヴィルを再評価し、第一級の文豪と位置づけた。また、ベンジャミン・フランクリンの伝記執筆により、一九三三年にピュリッツァー賞を受賞した。

010 ジェイムズ・ドナルド・アダムズ（一八九一〜一九六八） アメリカの批評家、作家。一九二五年から四三年まで『ニューヨーク・タイムズ・ブックレビュー』を担当した。

011 ショーン・オフェイロン（一九〇〇〜九一） アイルランドの小説家、批評家。本名、ジョン・フランシス・ウェラン。コークに生まれ、独立運動に参加後、渡米しハーバード大学で学んだ。短篇小説において高い評価を得ている。

012 メアリー・ベイカー・エディ（一八二一〜一九一〇） アメリカの女性宗教家。一八六六年に神学者キリスト教会を創立した。

013 アーヴィング・バビット（一八六五〜一九三三） アメリカの学者、文芸批評家。一九一二年からハーバード大学でフランス文学、比較文学の教授を務め、ニュー・ヒューマニズム運動を推進した。

014 アプトン・シンクレア（一八七八〜一九六一） アメリカの小説家、ジャーナリスト、政治活動家。『ジャングル』（一九〇六）や『石油！』（一九二七）など社会問題を題材とした小説で人気を博した。

015 ロバート・グレイヴス（一八九五〜一九八五） イギリスの詩人、小説家、評論家。父アルフレッドは、ダブリン生まれの詩人、数学者。

016 ローラ・ライディング（一九〇一〜九一） アメリカの詩人、批評家、エッセイスト。ローラ・ジャクソン、もしくはローラ・ライディング・ゴチョークとしても知られる。旧姓ライチェンサル。一九三八年に四七七頁にも及ぶ『全詩集』が出版されたときはまだ三十代だった。

017 *From These Roots* の第二版は一九四四年に出版された。

018 ジョゼフ・フリーマン（一八九七〜一九六五） アメリカの作家、編集者。ユダヤ教徒の両親のもと、ウクライナに生まれ、一九〇四年にアメリカに渡り、二〇年に帰化した。アメリカ共産党系の雑誌の編集に携わった。

019 ウィリアム・シャイラー（一九〇四〜九三） アメリカのジャーナリスト、戦争特派員、歴史家。著書に、ナチス・ドイツについての歴史書

『第三帝国の興亡』(一九六〇)がある。

020 大統領就任式　一九三八年六月二十六日に実施された。

021 シェイマス・オサリヴァン(一八七九～一九五八)　アイルランドの詩人、編集者。一九二三年に文芸誌『ダブリン・マガジン』を創刊し、生涯編集長を務めた。また、文芸復興期の諸作家との交流でも知られる。

022 アーチボルト・マクリーシュ(一八九二～一九八二)　アメリカのモダニスト詩人。一九二三年にパリに渡り、T・S・エリオットやイェイツ、エズラ・パウンドらの影響を受け、詩作を始めた。

023 シュテファン・ゲオルゲ(一八六八～一九三三)　ドイツの詩人。ドイツにおける象徴主義を代表する人物。代表的な詩集としては『魂の一年』(一八九七)、『生の絨毯』(一八九九)。ボードレールやダンテ、シェイクスピアの翻訳家としても知られる。

024 アレクシス・カレル(一八七三～一九四四)　フランスの外科医、解剖学者、生物学者。一九一二年にノーベル生理学・医学賞を受賞。

025 一九三八年に発表された詩、「日本の詩調にまねて」からの一節。

026 『螺旋階段と、その他の詩』(一九三三)に所収の「私はアイルランド」の一節。記憶に基づく引用のためか、一部異同がある。

027 イェイツは一八六五年、コラムは一八八四年にそれぞれ生まれているため、二人の年齢差は四半世紀(二十五歳)ではなく、十九歳である。

第三十七章　不穏なヨーロッパ

001 コーブ港　アイルランド第二の都市、コーク市近くにある港。

002 レオン・ブルム(一八七二～一九五〇)　フランスの政治家。社会党に属し、三度にわたって首相を務めた。また、一九三六年に成立したフランス人民戦線内閣の首班を務めたことで知られる。

003 ヴェルダンの戦い　第一次世界大戦の西部戦線下、ロレーヌ県ヴェルダンを舞台に繰り広げられたフランス軍とドイツ軍との戦い。一九一六年二月から同年十二月まで続いた消耗戦で、終わりの見えない戦いに、交戦各国の兵士たちの士気は低下したと言われているが、フランス軍では特に著しかった。フランス軍三十六万人、ドイツ軍三十四万人の死傷者を出した。

004 マレーネ・ディートリッヒ(一九〇一～九二)　ドイツの女優、歌手。一九二〇年代に数多くのドイツ映画に出演し、ドイツ映画最初期のトーキー『嘆きの天使』(一九三〇)で世界的な名声を獲得した。一九三〇年代からはハリウッド映画で活躍し、三九年にアメリカに帰化、一九五〇年代以降は、主に歌手として活動した。

005 エーリヒ・マリア・レマルク(一八九八～一九七〇)　ドイツの文学者、作家。本名はエーリヒ・パウル・レマルク。一九三九年にアメリカに渡り、四七年に帰化。作品に『西部戦線異状なし』(一九二九)、『凱旋門』(一九四六)などがある。

006 ノートルダム大学　アメリカ、インディアナ州サウスベンドにあるカトリック系の名門私立大学。一八四二年創設。

007 ジョージ六世(一八九五～一九五二)　イギリス国王(一九三六～五二)。ジョージ五世(一八六五～一九三六)の次男で、ヨーク公時代の一九二三年、エリザベス・ボーズ＝ライアン(一九〇〇～二〇〇二)と結婚。兄エドワード八世(一八九四～一九七二)が「王冠を賭けた恋」により退位したため、一九三六年末に即位し、三八年の夏にパリを訪問した。エリザベス二世(一九二六～二〇二二)の父。

008 全国党大会、いわゆるナチス党大会のこと。一九二三年からドイツ各所で開催されたが、三三年の政権掌握後は一貫してニュルンベルクで開催されたためしばしばニュルンベルク党大会と呼ばれる。本書の記述は、一九三八年の九月の第十回のもの。

009　ニュルンベルク法　一九三五年九月十五日に国家社会主義ドイツ労働者党(ナチス党)政権下のドイツにおいて制定された法律で、ユダヤ人から公民権を奪った法律として悪名高い。

010　ミュンヘン一揆　一九二三年十一月八日から九日にかけて、ミュンヘンでエーリヒ・ルーデンドルフ(一八六五～一九三七)、アドルフ・ヒトラーらナチス党員が参加した同一闘争連盟が起こしたクーデター未遂事件。半日あまりで鎮圧され、ヒトラーら首謀者は逮捕された。英語では「ビアホール一揆」と呼ばれることが多い。

011　ドイツ語原語は"Kraft durch Freude"(「喜びを通じて力を」の意)。ナチス政権下において、国民が様々なレジャー活動を通じて心身を鍛えることが推奨された。

012　「お嬢さん」の部分は原文では"*gnädige Fräulein*"となっており、いわゆる未婚の若い女性に対して使われる呼びかけである。当時五十代前半だったコラムは、自身がものを知らない若い女性のように扱われたことを皮肉っているのであろう。

013　マジノ線　フランスがドイツとの国境線に構築した三二二キロにおよぶ要塞線。当時のフランス国防相アンドレ・マジノ(一八七七～一九三二)に因む。

014　リュシアン・ルロン　パリの高級洋品店《メゾン》の一つ。コラムが注文した一九三八年当時、クリスチャン・ディオール(一九〇五～五七)とピエール・バルマン(一九一四～八二)がデザインを担当していた。

015　ネヴィル・チェンバレン(一八六九～一九四〇)　イギリスの保守党政治家。政治家ジョゼフ・チェンバレンの次男。一九三七年から四〇年まで首相を務め、三八年のミュンヘン会談で対独宥和政策を取った。

016　エドゥアール・ダラディエ(一八八四～一九四〇)　フランスの政治家。リセの歴史学教師から急進社会党に参加し、一九三四年と三五年に首相となった。一九三八年～四〇年にも再度首相となるが、ミュンヘン会談ではヒトラーの要求に屈した。

017　一九三八年九月二十九日から三十日にかけて、ズデーテン地域の帰属を巡って、英仏伊独の首脳がミュンヘンで和平交渉を行った(ミュンヘン会談)。英仏側は、これ以上の領土要求を行わないことを条件に、ヒトラーの要求を全面的に認めたため、今日では「宥和政策」の典型であると批判されることが多い。

018　ジョイスは、ナチス・ドイツによるフランス占領から逃れるために、一九四〇年に、パリからチューリッヒに移り、翌年一月十三日に十二指腸潰瘍穿孔で死去した。

019　ニューヨーク万国博覧会　一九三九年の四月三十日から十月三十日、および一九四〇年五月十一日から十月二十七日まで、ニューヨーク市クイーンズ区のフラッシング・メドウズ・パークで開催された国際博覧会。

020　国際ペンクラブ　一九二一年にロンドンで結成された、国際的な作家団体。文筆家の相互理解や表現の自由の堅持を目的とする。

021　イェイツは、一九三九年一月二十八日、保養先の南フランス、マントンで七十三歳で死去し、同地に埋葬された。第二次世界大戦が終了した三年後の一九四八年、遺骸はアイルランドに戻され、イェイツの生前の希望通り、スライゴーのベン・バルベン山の麓、ドラムクリフの墓地に埋葬された。その際、尽力したのはモード・ゴンとジョン・マクブライドの息子で、当時アイルランドの外務大臣を務めていた、ショーン・マクブライド(一九〇四～八八)であった。

022　ジョージ六世は、一九三九年の五月から六月にかけてカナダとアメリカを公式訪問した。国王夫妻は六月十日にニューヨークの博覧会を見学している。

第三十八章　ホワイトハウスの昼食会

001 ハリー・ハンセン(一八八四〜一九七七)　アメリカのジャーナリスト、批評家。『シカゴ・デイリー・ニュース』や『ニューヨーク・ワールド』などの新聞で文芸欄を担当した。

002 ソークセンター　ミネソタ州中西部の町。

003 フランクリン・ルーズベルト(一八八二〜一九四五)　アメリカの政治家、第三十二代大統領(民主党、在任一九三三〜四五)。大統領就任後、世界恐慌からの脱却を目指し、ニューディール政策を推進した。第二次世界大戦では連合国の勝利に貢献したが、戦争終結前に死亡した。アメリカ史上、四選された唯一の大統領。

004 本書の筆者、メアリー・コラムは友人の間では、しばしば「モリー(Mollie)」と呼ばれていた。

005 アメリカ北東部にある合衆国の中で最も歴史の古い地域、メイン州、ニュー・ハンプシャー州、ヴァーモント州、マサチューセッツ州、コネティカット州、さらにロード・アイランド州を合わせた地方の出身者を指す。

006 一九二一年、ルーズベルト大統領は突然ポリオにかかり、下半身不随となった。一生自分の足で歩くことはできなかったが、カメラマンたちの協力もあり、多くのアメリカ人はそのことに気づくことはなかった。

第三十九章　戦争への序曲

001 エルンスト・トラー(一八九三〜一九三九)　ドイツの劇作家。『機械破壊者』(一九二二)や『独逸男ヒンケマン』(一九二三)などを発表し、ドイツ表現主義戯曲の旗手と見なされた。ユダヤ系であったためナチスの迫害を逃れ、アメリカに亡命するも、マンハッタンのホテルで自殺した。

002 ロバート・セシル(一八六四〜一九五八)　イギリスの弁護士、政治家、外交官。第三代ソールズベリー侯爵(一八三〇〜一九〇三)の三男として生まれ、オックスフォード大学で法律を学んだ。保守党下院議員として、外務政務次官などを務めた。国際連盟の創設者の一人として、一九三七年にノーベル平和賞を受賞。

003 エドゥアール・エリオ(一八七二〜一九五七)　フランスの政治家。第三共和政における急進社会党のリーダーで、三回にわたって首相を務めた。

004 ポール・パンルヴェ(一八六三〜一九三三)　フランスの数学者、政治家。フランス首相(一九一七〜二五)。

005 ジョセフ・ポール＝ボンクール(一八七三〜一九七二)　フランスの政治家。フランス首相(一九三二〜三三)。第二次大戦中は、レジスタンス運動を指揮した。

006 ヴェルナー・フォン・ラインバーベン男爵(一八七八〜一九七五)　ドイツの外交官、中央党政治家。国際連盟でのドイツ代表を務めた。

007 ゲオルグ・シュライバー(一八八二〜一九六三)　ドイツの歴史家、民俗学者、ミュンスター大学教授(教会史)。一九二〇年、カトリック系の中央党の国会議員に選出され、ナチス・ドイツを批判した。

008 アランソン・ホートン(一八六三〜一九四一)　アメリカの実業家、共和党政治家。一九二二〜二五年まで駐独大使を務めた。

009 アンリ・ド・ジュヴネル(一八七六〜一九三五)　フランスのジャーナリスト、外交官。日刊紙『ル・マタン』の主筆を務めていた一九一二年に、作家のコレット(一八七八〜一九五四)と二度目の結婚し、一女をもうけた(二四年に離婚)。また、外交官としては、当時フランスの植民地であったレバノンおよびシリアの高等弁務官や、イタリア大使を務めた。

010 サルヴァドール・デ・マダリアーガ(一八八六〜一九七八)　スペインの小説家、批評家、外交官。スペイン第二共和政時代(一九三一〜三六)に駐米大使、駐仏大使を歴任し、スペイン内戦後は、イギリスに亡命した。代表作は文明批評の『スペイン』(一九三〇)。

011 ヴィットリオ・シャロージャ(一八五六〜一九三三)　イタリアの法学者、政治家。法務大臣や外務大臣を歴任した。

012 フランソワ・ド・ラ・ロック(一八八五〜一九四六)　フランスの軍人。陸軍を離れたのち、一九二九年に「クロア・ド・フー」(「火の十字団」の意、一九二七〜三六)に加入、旧出征軍人の親睦を目的とした小規模だった同団体は、彼の指導によって急進的右翼のブルジョワ青年を中心に、大衆的政治団体へと拡張していった。

013 一九三九年九月一日の早朝、ドイツは宣戦布告をすることなくポーランドに侵攻した。

014 一九三九年九月三日、イギリスとフランスは、ドイツに対し宣戦布告を行った。

015 ウィンストン・チャーチル(一八七四〜一九六五)　イギリスの保守党政治家。第二次世界大戦中、主戦論を展開し、宥和政策を主張するチェンバレン首相を退陣に追い込み、一九四〇年に首相に就任。連合国の勝利に貢献したが、戦後の総選挙に敗れ下野する。五一〜五五年再度首相となった。『第二次世界大戦回顧録』(六巻、一九四八〜五四)などの文筆家としての功績が認められ、五三年にはノーベル文学賞を受賞した。

016 一九四〇年六月十四日にドイツ軍はパリを占領し、二十二日には独仏休戦協定が調印された。

017 コヴェントリー　イングランドのウェスト・ミッドランズ州にある工業都市で、一九四〇年十一月ナチス・ドイツの爆撃の標的となった。大規模なアイリッシュ・コミュニティがあることで知られる。

018 Xとは、ジョイスの娘ルチアを指す。

訳者あとがき

本書『人生と夢と』はメアリー・コラム（Mary Maguire Colum, 1884-1957）の自伝的回想録 *Life and the Dream*（Doubleday & Company, 1947）の全訳である。コラムは、アイルランドのスライゴー州、コルーニーに住む、王立アイルランド警察の巡査チャールズ・マガイヤーを父に、その妻マライア（旧姓ガニング）を母に、メアリー・キャスリーン・マガイヤーとして、一八八四年六月十三日[★01]に誕生したことが、スライゴーの登記所の記録で確認できる。[★02]その後の経緯は明らかにされていないが[★03]、十代のはじめには、スライゴー州のバリソデアに住む母方の祖母キャスリーン・ガニングに引き取られ、育てられた。本書の回想は、モナハン州にある聖ルイ修道院寄宿学校に十三歳で入学した日から始まっているが、そこから遡る形で、祖母の家での生活や彼女の葬儀の模様なども描かれている。寄宿学校卒業後は、ダブリン

★01——コラムの生年については、一八八七年とする資料が散見するが、出生届と墓碑から判断すると、一八八四年が正しい。一八八七年説を採るのは、アメリカ系の資料に多いようである。本書の中で、イェイツとの年齢差について述べた箇所で、コラムは、自分はイェイツより「四半世紀後の生まれ」であると述べている。一八六五年生まれのイェイツとの年齢差は、実際には十九年しかないにもかかわらず、二十五年の差と自称していることから推察すると、アメリカに渡ったコラムが、自分の年齢を少し若く見せるために詐称した可能性も考えられる。

★02——今日、個人の「ルーツ探し」という需要に応えるためか、世界各地の出生届や国勢調査などの資料がＰＤＦ化されてインターネット上に挙げられ、検索し確認することが可能となっている。歴史的に移民を多く送り出したアイルランドでは、特にこうしたルーツ探しの支援が積極的に行われている。メアリー・マガイヤー（・コラム）の出生届もIrish Genealogyieで確認することができた。

★03——この間の経緯には不明な点が多い。チャールズとマライアの間には、メアリーの妹に当たるブリジッドが誕生していることが、Irish Genealogyieの記録から読み取れるが、彼女について詳しいことはわかっていない。また、祖母キャサリーン・ガニングの元に引き取られたのは、母マライアの死後とする評伝も多いが、マライアが死んだのは、祖母のキャサリーンが死んだ翌年の、一八九七年の様である。父チャールズはその翌年に再婚している。

の王立大学(現在のUCD)に進学、文芸復興期の熱気の中で青春時代を送り、一九〇九年★04には文学学士号を取得している。その後、パトリック・ピアスが経営する女子校の聖イタ(男子校聖エンダの姉妹校)で教鞭を執る中で、同僚たちと月刊誌『アイリッシュ・レビュー(*Irish Review*)』(一九一一～一四)★05を創刊し、編集に携わった。一九一二年に結婚したポーリック・コラムは同誌を共に編集した仲間の一人である。結婚祝いとして、ピッツバーグ在住のポーリックのおばから、アメリカを訪問するようにと招待されたコラム夫妻は、一九一四年九月、第一次世界大戦開戦直後の混乱の中、ダブリンを出発した。一年以内にはダブリンに戻るつもりで出発した夫妻であったが、大戦が長引いたことに加え、復活祭蜂起(一九一六)、独立戦争(一九一九～二一)、内戦(一九二二～二三)といった、アイルランド国内の混乱のため、帰国する機を逸し、結果的に、自らの意志で祖国を離れて《セルフ・エグザイル》生きる道を選択することとなった。祖国には何度か帰国し、グッゲンハイム奨学金を受けて数年間フランスにも滞在しているが、一九一四年以降、彼らの生活の基盤は常にアメリカにあった。メアリーは一九五七年に、ポーリックは一九七一年に、ニューヨークで亡くなり、共にダブリンのサットンにある聖フィンタン墓地に眠っている。

コラムは一九二〇年代から五〇年代にかけて、アメリカを中心に、文芸誌や新聞の書評欄に一六〇篇を超える文芸批評や書評を寄稿し、本書を含む三冊の著書を残した。最初の著書である評論*From These Roots: The Ideas That Have Made Modern Literature* (1937)は、『伝統と始祖たち——近代文学を造った諸思想』という邦題で、増野正衞氏と、本書の監訳者多田稔との共訳により、一九九四年にあぽろん社から出版されている。また、夫ポーリックとの共著*Our Friend James Joyce* (1957)は、彼女の死後、ポーリックの手により完成され出版された。文芸批評家としてのコラムの評価は高く、劇作家ユージン・オニールが「英語で文芸批評を行う、数少ない本物の批評家」(一九三五)と賞賛し、ウィリアム・ローズ・ベネーが「メアリー・M・コラムがアメリカにおける最上の女性批評家であることは、誰もが認めることである」(一九三三)と述べたことでも知られている。また、晩年にはコロンビア大学で比較文学の講座を夫と共同で担当した。

本書は、十九世紀末に、アイルランドの片田舎で生まれ育った一人の少女が、ダブリンで大学教育を受けた後、新進の劇作家ポーリック・コラムと結婚し、夫妻でアメリカに渡ってからは、文芸評論家として認められ、活躍するようになるまでの半生が描かれると同時に、彼女が人生で出会った、多くの才能ある人々とのエピソードが綴られている。コラムにとってヒーローであり、師《メンター》でもあった詩人W・B・イェイツを筆頭に、イェイツのミューズで活動家のモード・ゴン、A・E(ジョージ・ラッセル)やアビー・シアターの創設に貢献したレディ・グレゴリー、また一九一六年の復活祭蜂起に関与し、処刑されたパトリック・ピアスやトマス・マクドナー、ロジャー・ケイスメントといった、二十世紀初頭のアイルランドの文学史や歴史を彩る人物たちとの親密な交流が生き生きと描かれている。舞台がアメリカに移ってからも、エリノア・ワイリーやハート・クレイン、ウィラ・キャザー、ユージン・オニールといった文学者たちとの出会いが記録されており、さらに、グッゲンハイム奨学金を得てパリに滞在した際、旧交を温めることになったジェイムズ・ジョイスとその一家との交流は、後半のハイライトとなっている。また、アルベルト・アインシュタイン、リヒャルト・シュトラウス、T・S・エリオット、レオン・トロツキー、フランクリン・ルーズベルト大統領夫妻といった人々の名前も散りばめられている。

少女時代――古きよきアイルランド

第一章は、コラムが修道院の寄宿学校に入学した、その最初の一日を回想するところから始められ、「死んでしまった自分が、現世と少しばかりつながりのある新しい世界に足を踏み入れたような感覚」とともに記憶される特別な一日だったと記されている。寄宿学校という新しい共同体での生活が、それまでの環境とは全く異なっていたことは容易に想像できるが、この喩えは興味深い。入学した時点で象徴的な〈死〉を迎えたのだとすると、寄宿学校での生

★04――メアリー・C・マガイヤーが学士号を取得したのは一九〇九年であるというUCDの卒業記録が残っている一方、本人によると、本書で大学に進学したのは十八歳だったとある。大学入学が一九〇二年(コラムは一八八四年生まれ)であるとすると、卒業までに七年かかっているのは、どうにも長すぎるのであるが、詳細は不明。

★05――文学のみならず、政治、経済、教育といったあらゆるジャンルを網羅したこの雑誌を、一九一二年の三月の創刊号から、一九一四年の九月に最終刊四十二号まで、毎月出版し続けた、編集者たちのエネルギーに脱帽する。現在インターネット上のアーカイヴで全号を読むことが可能である。

活は、まだ過去と完全に決別しきれない煉獄に似た場所であり、ダブリンに移って初めて、本当に新しい〈生〉が始まるという本書の仕掛けが、強調されているようである。第二章では、「私は誰」と寄宿学校のベッドの中で煩悶しながら、「肉体はまだ朦朧とした境地にあり、神経だけが活動を始め意識を研ぎ澄ませているような」状態で、「自分が誰で何者なのか、一体なぜ生きているのかなどといったことに想いをめぐらせる」少女の姿が描かれている。そして、「他人が自分を理解することができないように、自分にとっても〈私〉は理解しがたいものだ」という認識に至る。寄宿学校は、新しい世界で生きていくための、移行期間として位置づけられていると言えるだろう。

　このように考えると、ダブリン以前の少女時代を描いた章（第一章〜七章）で、特定の個人や場所との繋がりを明らかにする固有名詞がほとんど示されない点も納得できる。コラムの旧姓マガイヤーも、両親の名前も触れられない。彼女を引き取って育てた祖母キャスリーン・ガニングの名前は、本書の献辞で記されるのみである。母の兄弟たちであるガニング家のおじたちも、〈アメリカに行っていたおじ〉、〈文通していたおじ〉、〈物書きのおじ〉、〈一番若いおじ〉といった表現で区別されるのみで、母親には兄弟が何人いたのか、それぞれ何を生業としていたのか、おそらく意図的に明らかにしていないように思われる。★06 同様に、彼女が在籍した修道院寄宿学校も、聖ルイという固有名詞で語られることはないのである。★07

　様々な固有名詞が秘される一方で、友人のバートリー老人は名前で呼ばれている。酔った勢いで殺人を犯したという罪で、スパイク島の流刑監獄で七年間服役した後、故郷に戻ってきたバートリーに、少女コラムは特別な友情を抱いており、彼が死んだとき、「自分の人生の一部がすっかり消えてなくなってしまったような気持ちになった」と書いている。バートリーという名は、おそらく、少女コラムの友人として実在した人物の本名であると考えられるが、シングの一幕劇『海に駆りゆく者たち』に登場し、海で命を落とす若い漁師バートリーと重ねられることによって、それは、一種の文学的響きを備えた特別な名前に変貌する。シングがアラン島で生活を共にし、共感し、思いを寄せながら、同時に客観的な眼差しで見つめ続けた島民たちに見いだした神話性、悲劇性を、コラムは友人バートリーの中に見ていたように思えてならない。★08

　思えば、ダブリン時代、彼女自身も編集に携わった『アイリッシュ・レビュー』の創刊号に掲載されたシング全集の書評こそが、コラムが文芸評論家として最初に注目され、評価された文章だった。その中でコラムは、「(『海へ駆りゆく者たち』の)登場人物はみな、ギリシャ悲劇の静寂と荘厳さを備えており、劇は、古の劇作家たちが真の悲劇の結末に相応しいと考えた、非常に重々しい音調で終わっている……悲劇的な危機が過ぎ去り、悲劇を超越したかのように主人公である母親が立ち上がり、気高い告別の台詞を述べる時、感情の激しさは一層強まり、高揚した音調で劇は幕を閉じる」と述べた後、『海へ駆りゆく者たち』から、息子バートリーの死を嘆く母の台詞を九行にわたって引用している。

実在のバートリー老人の死から半世紀が過ぎ、アメリカで本書を書いていたコラムにとって、〈バートリー〉という名前には、単に懐かしさだけではなく、近代化される前のアイルランドの姿が、シングによる文学的な裏付けのある神話的記憶と共に凝縮されていたとは考えられないだろうか。シングが描いたアイルランド西部とその地に生きた人々は、知的な自我を持った〈私〉が誕生する以前の少女コラムが親しんだ存在であったと同時に、彼らを生き生きと描いたシングの作品の書評は、彼女が批評家としての第一歩を踏み出した、記念碑とも言える文章だったのである。

ダブリン時代——自我の確立

ダブリンの大学に進学し、アイルランド文芸復興運動の熱気のただ中で、コラムは本当の意味での〈私〉を確立させ

★06——例外的に、第六章でおじの一人〈ピーター〉が妻の〈アン〉を連れてアメリカから帰国した場面では、〈ジョンおじ〉と〈ピーターおじ〉といった名前が使われている。それはおそらく、〈アン〉と〈ピーター〉と〈ジョン〉が同席し、会話を交わす場面を描くにあたり、混乱を避けようという配慮によるものだと考えられる。

★07——寄宿学校のシスターたちは、シスター・セバスチャン、シスター・ヴィンセントと記述されているが、元来、それらの修道名は、俗世のアイデンティティとは別物である。

★08——コラムにとって、バートリーという名前が特別なものであったことがわかる例として、研究者のトーラ・ネイピアーは、彼女がダブリン時代に書いた短篇小説「審判」の主人公にもバートリーという名前が与えられていることを指摘し、この人物の造型にあたり、シングの登場人物が影響した可能性を指摘している。

ていく。ダブリンに到着したその日、馬車でオコンネル橋にさしかかった時、アイルランド演劇三本立ての広告——J・M・シングの『海へ駆りゆく者たち』、W・B・イェイツの『キャスリーン・ニ・フーリハン』、レディ・グレゴリーの『噂の広まり』の三作——を背負ったサンドウィッチマンを目撃したコラムは、「私はまさに、アイルランドの文芸復興運動に巡り合った」(第八章)と、その興奮を綴っている。大学に進学したのは、十八歳の夏だったという本文の記述が正確ならば、それは一九〇二年の夏の出来事のはずであるが、『海へ駆りゆく人々』の初演は一九〇四年一月二十五日、『噂の広まり』の初演は一九〇四年十二月二十七日であり、コラムが初めてオコンネル橋を渡った時点で、一九〇二年四月二日に初演された『キャスリーン・ニ・フーリハン』を除く二作は、まだこの世に存在していないのである。[★09] 単に、四十年あまり昔の記憶が混乱したためだと言うことも可能であるが、むしろ、芸術家に許される詩的放縦《ポエティック・ライセンス》と見なしてよいのではないかと思う。ダブリンに到着したまさにその当日に、文芸復興運動を象徴する三つの劇作品の広告に巡りあったことに触発され、新しい〈私〉が誕生する場面の劇的な〈演出〉である。これ以降、『人生と夢と』の中では、特にプライバシーを配慮しなければならない場合を除き、具体的な人名が用いられるようになっていく。

　コラムが大学の友人たちと設立し、自身が会長となった〈黎明文学協会〉の名称が、イェイツの評論集『ケルトの黎明』(一八九三)に由来していたことからもわかるように、ダブリン到着以前から、文学少女だったコラムはイェイツに傾倒していた。「ダブリンの街は大きすぎるわけでなく、街で進められているありとあらゆる知的活動に参加することは、それほど難しいことではなかった」(第九章)と本文にあるように、コラムやその友人たちは、ごく自然に、作家たち、芸術家たちとの交流を深めていった。イェイツと知り合うのも時間の問題で、やがてイェイツはコラムにとっての師《メンター》と呼んでよい存在となっていく(国立図書館でイェイツに初めて遭遇したコラムが、図書館を出たイェイツをまるでストーカーのように追いかけ、彼が捨てた吸い殻を拾って、大事に取っておいたというエピソードも語られる)。同時に、「新しい文学や新しい概念は、それらを躊躇することなく熱烈に受け止めることができる若者のために存在する」(第九章)という意味で、イェイツにとっても、コラムは重要で必要な存在だった。イェイツがロンドンの講演で、「アビー・シアターの二等席の観客は、詩劇を理解する耳を持っている。私がある劇の台詞を書き換えたとしたら、直ちにその違いに気がつくのだ」（第十二章）と述べたとき、「二等席の観客」とは、アビーの劇を欠かさず見続けていたコラムを含む〈黎明文学協会〉のメンバーのことを指していたようである。そしてコラムは、自分たちはイェイツが理想とする観客だったと誇らしげに述べている。また、イェイツがコラムを「理想的な若いニヒリスト」と呼んだ事実は、コラムが、イェイツの無批判的な追随者ではなく、確かな批評眼を持った読者、受容者だったという点において、二人の関係性をよく物語っている。イェイツとコラムには十九年という年齢差があったが、同じ日（六月十三日）に生まれたという事実が象徴する「照応関係《コレスポンデンス》」があると二人は考え、多くの関心を共有していた。「イェイツを知らないときの自分、彼の詩を知らないときの自分を思い出すことはできない。子どもの頃には、イェイツの比較的分かりやすい詩を諳んじることができるほどよく読んだ。彼は、私が実際に知り合った最初の詩人であり、最初の有名人だった。そして、寄宿学校で過ごしていた十代始めの頃、私は彼の詩と演劇によって、眠りから、まさにそれ全体が夢だと言える子ども時代から覚醒したのである」（第三十六章）とコラムは述べている。

　イェイツの他に、コラムがダブリンで出会った人々との交流の記録は、いずれも興味深いものばかりであるが、中でもイェイツのミューズであり、彼の詩によって不滅の存在へと変貌したモード・ゴンの描写は印象深い。ゴンについて書いた第十三章には、イェイツの詩のタイトル「ホメロスが歌った女性」が章のタイトルとしてそのままつけられているが、コラムは、彼女に恋い焦がれた男性イェイツのレンズを通して見えるゴンではなく、闘士として生涯闘い続けたゴンを描いてみせる。そして、コラムの筆から立ち上がってくるゴンの姿は、イェイツの詩が讃えた永遠の美女としてのゴンよりも、血肉が通う人間としての魅力を備えている。コラムの結婚祝いにゴンが贈った品々の中に、これから戦いに向かおうとする赤毛の女性、アイルランドの戦争の女神モリグの姿を描いたゴン自筆の絵が含まれていたという。盾を手にし、頭上には一群れの黒いカラスを従えているモリグの姿には、闘士としてのゴン自身のイメージが重ねられるが、同時に、結婚のはなむけとして、精神的な姉であるゴンから贈られた〈闘う人生たれ〉という

★09——一九〇七年の四月二日と四日に、この三作に、グレゴリーの『ヒアシンス・ハルヴェイ』を加えた四作が同時に上演されているので、当時ダブリン在住でアビー・シアターの常連客であったコラムが、この四本立ての上演を見た可能性は限りなく高い。

メッセージを、コラムが確かに受け取り、三十年以上経ても忘れることができない結婚祝いとして心に残っていることが読み取れる。

ダブリン時代に出会った、もう一人の闘う女性が、レディ・グレゴリーである。歴史という審判者に判断を委ねるとしたら、近代アイルランド史において「最もめざましい働きをした女性はグレゴリーである」（第十一章）とコラムは評価しているが、ゴンの描写が一貫して慈愛と尊敬の念に溢れているのに対し、レディ・グレゴリーのそれは、少し異なっている。グレゴリーがアビー・シアターの創設や、運営に関して大きな役割を演じ、劇作家として非凡な才能を示したことを認め、彼女に対する悪意ある批判は間違っていることを指摘しつつも、グレゴリーを敬愛する人物に出会ったことはないと断言し、彼女が階級意識の強い、冷たい人物だったと語るのである。コラムがグレゴリーに対して好意を持っていなかったのは明らかで、その理由の一つが、第十六章でポーリック・コラムとの結婚後、新婚の夫婦に降りかかった経済的な問題を述べた箇所で明らかにされる。二人の結婚を肯定的に受け止めていなかったらしいグレゴリーの意思で、ロンドンの劇場におけるポーリックの一幕劇『裏切り』の再演が中止となり、その代わりにグレゴリー自身の作品に差し替えられたというのである。若い二人にとって、その経済的なダメージは大きく、コラムがグレゴリーに対し、個人的な〈恨み〉を抱いたであろうことは容易に想像できる。しかし、コラムは、一人の作家の評価は、個人的な感情と切り離して行うべきだという批評家としての矜持を保ち続け、グレゴリーが成し遂げた仕事の偉大さをとりあえず評価する。それでも、結果的に読者に〈意地悪な女性〉というグレゴリーのイメージを残すことに成功しており、コラムの人間らしさが伝わってくる点が面白いと思う。

女性文芸評論家としてのメアリー・コラム

コラムに文芸批評家になることを強く勧めたのはイェイツであるが、子どもの頃から作家になることを志していた彼女は、「批評をシンデレラの姉のようなものだと考え、あまり高く評価していなかった」★10ため、大層がっかりしたという。「シンデレラの姉」という表現は言い得て妙で、文学において主役にはなり得ず、時には意地悪な役を担わなければならないという批評の宿命を見事に切り取っている。コラムが生きた当時、女性作家の存在は、それほど珍しいものではなかったはずだが、女性の批評家として身を立てることは、かなり険しい道のりだったのだろう。イェイツが、最初は男性のペンネームを使って始めた方がいい、と忠告した事実が物語るように、文芸批評の領域で女性が活躍することの困難は最初から示されていた。しかし、アメリカに渡ったコラムは、結果的に文芸批評家の道を歩むようになる。

二十世紀初頭のアイルランドで、大学教育を受けることができたコラムが、恵まれた環境に生まれ育ったことは間違いないが、家族から経済的な援助を受けることができたのは大学卒業までで、ヴァージニア・ウルフが言う自立するための年収五百ポンドを手にするためには、文字通りこつこつと努力を重ねなければならなかった。「若い頃から、出版されるという確約がないと、何かを書くことはできなかった」(第二十五章)とコラムが述べる時、何かを書くということは、生活のための手段だったということを意味している。

ファッション誌のライターを経て、文芸誌や新聞に書評や文芸批評を依頼されるようになったコラムの書く文章は、次第に評価されるようになっていく。とはいえ、恨みを買うことも多く、読書経験だけでなく総合的な素養、豊かな人生経験を求められる文芸批評家という仕事の報酬は決して高くはなく、たとえよい仕事をしても多くの読者を獲得できるわけではない、というのが彼女の主戦場だった。そうした戦場で闘い続けたコラムが、敵について嘘を言わないこと、ひとりの人間に対し集団で集中攻撃しないこと、相手の私生活に言及しないことを自分に課したという時、そこには、プロフェッショナルな文芸批評家としての意志が垣間見える。そして、「反論することが許されている限り、私は批判されても一向に気にならなかった」と宣言するのである。そして、「ベルトから下は殴らない」(第三十二章)というボクシングのルールで語るように、正面から、正々堂々と批評を行うというのがコラムの流儀だった。

グッゲンハイム奨学金を得て書き上げた、最初の著書『伝統と始祖たち』は、コラムの批評家としての仕事の集大成であり、エドマンド・ウィルソンの『アクセルの城』(一九三一)と同様に、モダニズム文学を定義づける上で、重要な著作であるという評価を受けている。コラムはその冒頭で、「より高次の形式における批評は、立派な小説や劇作や

★10——Taura Napier. "The Mosaic 'I': Mary Colum and Modern Irish Autobiography," *Irish University Review*, vol.28, no.1, 1998, p. 51.

詩と同じように、創造的文学なのである。ある著作が創造的文学であるかないかを判定するための決定的な基準は、その形式や特有性ではなく、その著作の背後にある精神の質的内容なのだ」(『伝統と始祖たち』二頁)と述べているが、まだ黎明期にあった文芸批評というジャンルそのものを、創造的で意味のあるものにしようという強い意志が見えてくる。

一方、本書『人生と夢と』の最終章で書かれた文章は、少しトーンが異なっている。

私は、より優れた人種も、より優れた性もないと思っている。あるのは、より優れた個人とより劣った個人なのである。……皮膚の色に対する偏見と同じように、女性に対する偏見は習慣的なものである。有色人種が携わる職業がそうであるように、女性の職業の多くは隷属的なものだからだ。(第三十九章)

自分の人生を回想した本書を締めくくるにあたって、このように結論づけた背景に、彼女が〈女性〉であるという理由で、計り知れない差別を受け、女性批評家に対する偏見と生涯闘い続けた人生を送ってきたということが垣間見える。それでも、コラムの能力は若い頃から抜きん出ていたのだろう。仲間たちとともに編集した『アイリッシュ・レビュー』誌の編集委員の中心にいたのは妻だったと夫ポーリックは述べている。一方コラム自身は、「私はそのグループのなかで唯一の女性であり、また男性たちよりも少し若かったため、常に皆からあれこれ指図されていた」(第十四章)と回想している(とはいえ、創刊号の記事の中で自分のシング論が最も注目され、高い評価を受けたことを、コラムは忘れず書き記している)。

『伝統と始祖たち』の執筆にあたり、パリの国立図書館で研究を続けたコラムは、偶然『西洋の没落』の著者オズヴァルト・シュペングラーらしき人物に出会う。この人物について、コラムは概ね好意的な印象を記しているが、彼女が本の構想について語ると、「男性特有の少々見下すような調子で」その人物は、「なぜ、あなたのような魅力的な女性が、そのような本を書きたいと思うのでしょうね。そんな本を文学の領域で書くのはまず無理だと思いますよ。自分は歴史の領域でそれをやり遂げました」と述べたと言う(第三十四章)。多田は『伝統と始祖たち』の訳者後記で、シュペングラーやコラムの試みを、「自己の体系的方式を堅持しつつ歴史の潮流を把握しようと努める態度」(四〇七〜四〇八頁)であると、端的に要約しているが、シュペングラーの優越感を伴った杞憂に反し、文学の領域で無理だと考えられたことを、コラムはやり遂げてみせる。

しかし、コラムの渾身の力作『伝統と始祖たち』は、一部で高い評価を受けつつも、彼女が女性であるという理由で、「犬が後ろ脚で立って歩く」ようなものだと喩える批評家がいたのも事実である。「後ろ脚でのみ立って歩く犬」という表現は、十八世紀にサミュエル・ジョンソンが説教壇から真理を説く女性に対して用いて以来、女性が新しい分野に挑戦する度に、歴史的に繰り返されてきたが、本書でもコラムは、第三十二章、三十四章、三十六章と三つの章にわたって反復している。その結果、この表現は否応なく読者の記憶に残るのであるが、同時に、コラムのロジックがわかりにくい箇所でもある。『伝統と始祖たち』の書評の中で、実際にこの表現を用いたのは、『サタデー・レビュー・オブ・リテラチャー』誌に掲載された、ハワード・マムフォード・ジョーンズによる文章だった。しかし、コラムの矛先は、彼に直接向けられる代わりに、ヴァージニア・ウルフに向けられている。『伝統と始祖たち』が出版される前に、コラムの執筆意図を漏れ聞いたウルフが、「そんなことは、後ろ脚のみで立って歩く犬のようなものだと言ってやりなさい」(第三十四章)と陰で言ったことを、コラムはどうしても許せなかったようである。ジョーンズの書評に対して書いた反論の中でコラムは、かつてウルフが同じ表現(後ろ脚で立って歩く犬)を用いて「予言」したことが繰り返されたにすぎないと軽くいなした後で、ウルフの『自分だけの部屋』(一九二九)から、犬の喩えを用いた箇所を六行にわたって引用するのである。

この部分を一層わかりにくくしている理由は、『自分だけの部屋』でウルフが、「後ろ脚で立って歩く犬」という喩えを、新しい分野に挑戦する女性を批判するときの男性の常套句であるとして、女性の立場から嘆いているからだろう。一九二八年(『自分だけの部屋』の執筆年)という時代においてさえ、女性作曲家に対し、この表現が使わることを、ウルフは女性の受難史という文脈の中で批判する。フェミニズム批評の古典と見なされる『自分だけの部屋』において、男性的視点を女性作家の立場から糾弾したはずのウルフが、その全く同じ表現を用いて、しかも正面からではなく陰で自分を揶揄したことに対し、コラムは一矢報いずにはいられなかったに違いない。彼女は、ウルフの表現をなぞって、一九三七年（『伝統と始祖たち』の出版年）という年においても、同じ表現が繰り返されていると指摘し、ウルフの矛盾、ダブル・スタンダードを暴こうとしている。

本書を読み進めるうちに、書き手コラムが相当な負けず嫌いで、やられたらやり返す性格だったことは、次第にわかってくるが、「ポーリックは物静かで優しく、豊かなアイルランド訛りで話しながら学者のような気配りを見せ、感情を抑えきれない傾向のあるモリー〔メアリー〕とバランスをとっていた。舌鋒鋭い赤毛のモリーは、喧嘩っ早く、不協和音を引き起こすことを好んだ」[★11]という、レイモンド・ネルソンによるコラムの描写は、読者を納得させる。ただ、批評家として正々堂々と闘うことを旨としていたコラムは、たとえ相手が「ベルトから下を攻撃した」としても、正面から反論せざるを得なかった。その結果、回りくどい表現をせざるをえなかったコラムの苦労が窺える。そして、グレゴリーの場合と同様、ルールが許すぎりぎりのところで本音を漏らしているところが、回想録としての本書の面白さでもある。

『人生と夢と』で書かれなかったこと

サンフォード・スターンリクトは、『人生と夢と』の中で、夫ポーリックについてはあまり触れていないのに対し、ヴァン・ウィック・ブルックスについては多くの頁が割かれている点を指摘している。[★12]彼によると、一九二〇年代初頭、コラムとブルックスが恋愛関係にあったことは、夫のポーリックを除いて、多くの友人たちにとって周知の事実であったらしい。妻帯者だったブルックスは、妻と別れ、コラムとの新しい生活の可能性を探ったようであるが、結局、妻のもとにとどまる選択をした。これに怒ったコラムは、ブルックスに対する気持ちは残っていたにもかかわらず、その後二十年間、彼との交流を絶ったという。[★13]

しかし本書の中では、二人の秘められた関係は、当然のことながら一切触れられることはない。ブルックスは、コラムが文芸評論を寄稿し続けた雑誌『フリーマン』の編集者として、あくまでも、仕事上の親しい友人として登場するのみである。本書の最初の読者として、夫のポーリックが想定されていることは、忘れてはならないだろう。そして、この隠された関係性を念頭に置いて、もう一度ブルックスについて書かれた場面を読み直すとき、そこにコラムらしからぬある種の〈歯切れの悪さ〉が感じられる。それは、本音を隠しながらある人物について語るときの歯切れの悪さである。同時にまた、この回想録の中でコラムが〈書かなかったこと〉がどれだけあるのかと考えずにはいられない。

コラムが〈書かなかったこと〉について考えていると、本書のジョイスに関する記述の中で、特に印象に残っていた箇所に、突然別の光が当てられたように感じられた。コラム夫妻がパリに住んでいた頃、ジョイスは、何かつらいことがあると、夫妻の住居にやってきてはピアノの前に座り、そこに誰もいないかのように、もの悲しい唄を歌ったという——「それは、強い感情が込められた声だった。そこには、ジョイスが送ることのなかった人生、本に書き記すことのなかった人生への渇望が、重層的な音となって響き合っていた。これを聞けば、彼の広大な精神の一部は、音楽でしか表現され得ないこと、作家ではなく音楽家になっていたならば表現し得た領域があるということに気づくはずだ。」(第三十三章)

もちろん、コラムの鋭く豊かな感性がジョイスの孤独に共感し、共振したことを、まず読み取らなくてはならないだろう。しかし、ここでコラムは、ジョイスについて描きながら、彼女自身の感情を反映させているような気がする。ジョイスの歌声を聞きながら、「彼女自身が送りえなかった人生」に想いを馳せ、「彼女自身、文章に書き記しえない人生への渇望が響かせる重層的な音」に耳を澄ませていた四十代の自分を、六十歳を過ぎたコラムが、記憶の淵から掬い上げているのではないか。コラムの本心は想像するしかないが、可能性として言えることは、六十歳を過ぎたコ

★11——Raymond Nelson. *Van Wyck Brooks: A Writer's Life*. E. P. Dutton, 1981, p. 157.
★12——Sanford Sternlicht. "Declaration of Independence: Mary Colum as Autobiographer." *The Courier*, vol. 32, 1997, p. 30.
★13——ブルックスの妻の死後、二人は再会するが、その時にコラムが書き送った手紙が残っている。「お目にかかるのを楽しみにしています。でも、我が家の扉を開けて出迎えた太った女性に向かって、「ミセス・コラムにお目にかかりたいのですが」なんて言ってはだめですよ。長らく音信が途絶えていた別の友人に、そういう仕打ちをうけたばかりなのです。その太った女性が、私ですからね。」(一九四七年二月十六日の手紙)

ラムが、四十代の自分を愛おしみながら、ジョイスを回想しているということである。

こうした視点で本書を読み直すと、アメリカで出会った友人エリノア・ワイリーに多くの紙面を割かれるのには、別の意味があるのではないかという気になってくる。コラムの友人たちの名前をタイトルに含んだ章は数多くあるが、二つの章にわたって個人名が含まれているのはワイリーだけなのである(第二十九章の「エリノア・ワイリー」と第三十一章「エリノア・ワイリーの死」)。コラムが文学者としてのワイリーを高く評価し、波瀾万丈の人生を送った一人の女性として、興味の尽きない愛すべき友として、本書で描かれる他の〈天才たち〉と同列に扱っているのは事実である。しかし、もしかしたらコラムは、エリノアが最初の夫フィリップ・ヒッチボーンと息子を捨て、ホラス・ワイリーと駆け落ち同然でイギリスに去り、さらには、後に正式に結婚したホラスとも別れ、ウィリアム・ローズ・ベネーと再々婚するも離婚し、死ぬ間際には別の恋人がいたという、その波乱に富んだ人生そのものに驚嘆し、憧れを抱いていたのかもしれない。エリノアは、コラムが選択し得なかった人生を選択した女性だった。そして、ホラス・ワイリーについて、「思慮分別をかなぐり捨てて愛のために人生を捧げる男性は、世界中探しても滅多にいるものではないし、あの当時のアメリカではほとんどあり得ないことだったはずだ」(第二十九章)と書くとき、コラムは、「愛のために人生を捧げなかった」自身の恋人、ヴァン・ウィック・ブルックスを念頭に置いているのかもしれない。

本書の中には他にも、少々思わせぶりに〈語らない〉場面がある。例えば、少女時代に、「〈盲目の神父〉」と呼ばれる、旅の男から呪いの言葉を伝授されたというエピソードを紹介した後で、人生で三度以上は使ってはならないというその呪いの言葉を、彼女は人生で一度だけ口にし、効果があったと思うと書いている(第五章)。彼女が人生で一度だけ、呪いの言葉を口にせざるを得なかったような状況とはどのようなものだったのか、一瞬ではあっても、読者は興味を持ち、思いを巡らせるが、その答えを得ることはない。また、彼女に多大な影響を与えた二人の人物の一人がイェイツであると述べるとき(第三十六章)、もう一人の人物の正体について語られることはない。[★14] この場合も、コラムは読者に、この人物は誰だろうと一瞬、考えさせたあげく、おそらく意図的にそれ以上の説明をしないのである。

このような謎に満ちた逸話を残すことで、『人生と夢と』の中には、もっと大きな、語られない事柄が隠されていることを、コラムは暗示しているのかもしれない。

『人生と夢と』というタイトルについて

本書のタイトルに使われている〈夢〉という言葉について、少し考えてみたい。ハワイとヨーロッパを比べた箇所で、「数千年という長い時間をかけて、死者の亡骸が埋められ、大地を肥沃にしてきたという歴史」を持つヨーロッパに対し、ハワイでは、「人々の感情や夢の年代記は未だ充分に記録されていない」(第二十八章)とコラムが述べるとき、彼女にとって歴史は夢の蓄積に他ならないことがわかる。人類の歴史とは、成し遂げられた夢と実現しなかった夢の双方を蓄積したものなのである。そして、アイルランドという国の歴史には、実現しなかった夢の数々が脈々と流れている。「国のために命を捧げ、国の記憶として不滅の名前を刻むという夢」は、パトリック・サースフィールド、ウルフ・トーン、エドワード・フィッツジェラルド卿、ロバート・エメットらを経て、コラムがともに働いた友であるピアスやマクドナーたちに受け継がれた。「自分たちの命を犠牲にすることの意味を信じ、自分たちの血を流すことが、祖国の自由を勝ち取ることにつながると信じる」(第十四章)ことが、ピアスとその仲間たちの夢であり、その夢は、復活祭蜂起の首謀者として、一九一六年五月に彼らが処刑されたことによって、「終わりを告げた」のである。

一九一六年当時、アメリカに滞在していたコラムは、新聞記事を通して、一連のニュースを知ることとなる。歴史の〈もしも〉に意味はないかもしれないが、もしも、コラム夫妻が一九一四年、ホウスの武器密輸に関与した直後にアメリカに向かわず、一九一六年もダブリンで暮らし続けていたならば、二人は復活祭蜂起の単なる傍観者ではあり得なかったはずである。それくらい、夫妻とピアスやマクドナーたちは親密な関係を結んでいた。もちろん、ピアスたちを残してアイルランドを去ったという意図はなかったとしても、不本意にも、しかも遠く離れて彼らを見送らざるを得なかった夫妻に、〈生き残ってしまった〉という一種の罪悪感は、生涯つきまとったのではないだろうか。同時に

★14――別の箇所でコラムは、「長い年月の間に、様々な領域で世界に影響力を与えた多くの人物に出会ってきたが、私は、今なお、自分が知っている人物の中でイェイツが最も偉大な人物だと思っている」(第九章)と〈素直に〉書いている。

またコラムは、革命家以外のピアスを記憶しようとする。血の犠牲を払い、国の大義を信じることだけが、ピアスの夢ではなかったはずで、彼にも、「誰もが持つような人生に対する夢と愛」があったはずであり、当たり前に人生を全うすることもできたはずだと。ロンドンの会員制のバーで、誰にでもわかるような、アイルランドの詩を朗唱してほしいと頼まれたコラムが選んだのは、A・Eが夢について述べた詩だった。彼女の朗唱によって、「失われてしまったあらゆる夢、叶わなかったあらゆる願い、獲得しえなかったあらゆる美に対する嘆き」(第二十六章)が、確かに永遠のものになるという考えに、聞き手が大いに心を動かされたことが伝えられている。

そして、タイトルに含まれる二つのキーワード、〈人生〉と〈夢〉について、本文中、最も詳細に述べられているのは、玉石混淆だった寄宿学校の図書館の蔵書についてコラムが回想する箇所である。

〔寄宿学校にいた頃から〕通俗的だと見なされる本でも読むことに何らかの価値があるという確信が変わることはない。それは、人々の夢を理解するのに役立つのである。ここで言う夢とは、目覚めているときに、私たちの内部で絶えず息づく精神性のことを指している。そのような人生における夢とは、決して止むことなく、我々が皆行うことや考えることを支え、互いに分かち合うことのできるものなのである。(第三章)

寄宿学校の図書館にある本が玉石混淆だったように、本書の中では、様々なレベルの夢が語られる。アイルランドという国の歴史の中に脈々と流れる、「国のために命を捧げ、国の記憶として不滅の名前を刻む」という夢、それを受け継いだピアスやマクドナー、クラーク、ケイスメントたちの見た夢、歴代の文学者たち(ダンテ、イェイツ、エリオットなど)が抱いた夢を〈崇高な〉夢とするならば、その隣に、人々のささやかな夢が決して軽んじられることなく並べられているのである。ダブリンに行く列車の中で出会った青年が抱いた、ジョージアン・ハウスの家並みを見るという夢、妖精たちについて調査しようとやってきたアメリカ人の夢、パリの墓地に葬られることを望んだアメリカ在住のフランス人ジュール゠ボアの夢(結局、ニューヨークで死に、そこに埋葬された)、アイルランドでは、美しい夢が終わることのなく永遠に続くのだと考えるイギリス人作曲家アーノルド・バックスのロマンティックな夢などである。

そうしたささやかな夢をピアスもまた抱いていたはずだと記憶し続けること、すべての夢には意味があり、あらゆる夢を同じように尊重することが、生き続けることであり、先に逝った友人たちへの鎮魂にも繋がるという想いを彼女は抱いていたのだろうか。そうした想いが、本書のタイトルに託されているような気がする。

コラムの再評価

コラムの名前が今日、多くの人々から忘れられている理由に、コラムの主戦場が、主役にはなりきれない「シンデレラの姉」と位置づけられる文芸批評というジャンルだったことが挙げられる。また、アカデミアに所属することのなかった批評家の宿命か、彼女が書いた一六〇を超える評論や書評はほとんどが散逸し、著書も絶版となっている。とはいえ、一九九〇年代後半以降、修士論文や、博士論文のテーマとして取り上げられるようになり、学術誌に投稿される論文も増えてきた。また、MaryColum.comというウェブサイトでは、彼女が執筆した書評の一部を読むことができる。

一方、日本ジェイムズ・ジョイス協会が二〇一八年に招聘したマセラータ大学のジョン・マッコート教授が法政大学で行ったレクチャー(“‘Little read by sane folk’: The Fate of *Ulysses* in 20s and 30s Ireland”)は、一九二〇年代から三〇年代初頭のアイルランドにおけるジョイスの受容に関するもので、夫のポーリックとともに、メアリー・コラムについて、多くの時間が割かれていた。その後、ジョイス協会の学会誌*Joycean Japan*に寄稿された論文は、「メアリー・コラム——アイルランド人ジョイス批評家の先駆者(Mary Colum: Pioneering Irish Joyce Critic)」(二〇一九)というタイトルで、コラムに焦点を当てたものに書き換えられている。

さらに、本訳書の入稿直前の二〇二二年一月十一日に、ポーリックの死後五十年を記念して、「ポーリック・コラム——その人生と作品」と題したオンラインによるシンポジウムが、ダブリンのトリニティ・カレッジによって開催された。シンポジウムのタイトルになっているのは夫ポーリックだったが、本書から引用されることも多く、「今後、この二人のコラムに対し、研究者の注目が急速に高まることが期待できる」という運営者の言葉でシンポジウムは閉じられた。
本訳書が、アイルランド文芸復興の生きた証人として、また、イェイツやジョイスといった、二十世紀文学の巨人たちと親しく交流した友人として、さらには女性文芸評論家の草分けとしてのメアリー・コラムに対する関心を喚起する一助となれば幸いである。

本書の翻訳は、三神が京都の大谷大学で特別研修員として勤務していた一九八四年当時、同大学教授だった多田稔先生に声をかけていただいたことから始まった。当時多田先生は、コラムの最初の著書である『伝統と始祖たち――近代文学を造った諸思想』(一九九四)の出版を準備中で、『人生と夢と』はそれに続く企画だった。諸々の事情で、翻訳は一向にはかどらないまま、時間だけが過ぎていった。新進のジェイムズ・ジョイス研究者である小林広直氏に参加いただいた結果、作業を着実に進めることが可能となった。一九八四年というと、小林氏はまだ一歳だったという。翻訳が完成するまでに、言葉を覚えたばかりの幼児が成長し、文学に興味を持つようになり、学び、研究者として立つまでの時間を要したということである。この事実に、我ながら呆れるしかない。翻訳は、第一章から二十一章、第三十四章から三十九章までを三神が、第二十二章から三十三章までを小林氏がまず日本語に直すことから始め、その後、監訳者の多田先生を含む三人で、読みやすい日本語にするための推敲を重ねていった。今ある文章は、どの章も三人の合同協議、作業によるものである。
最初の読者として、通読しうる日本語かどうか、厳しいチェックをしてくださった、大谷大学時代以来の友人である加治千絵美さん、出版を快諾し、丁寧な編集作業をしてくださった幻戯書房の中村健太郎さんに心よりお礼申し上げます。

三神弘子

ヤ

ラ

ワ

マ

ナ

ハ

タ

サ

カ

索引

ア

［著者略歴］

メアリー・コラム Mary Colum, 1884–1957

アイルランド、スライゴー生まれ。旧姓マガイヤー。モナハン州の聖ルイ修道院寄宿学校を経て、ダブリン王立大学(現在のUniversity College Dublin)に進学、文芸復興期の熱気の中で青春時代を送り、一九〇九年に文学学士号を取得。その後、パトリック・ピアスが経営する女子校の聖イタで教鞭を執った。一九一二年に結婚したポーリック・コラムと共に、一九一四年に渡米。一九二〇年代以降は、アメリカを中心に、文芸誌や新聞の書評欄に一六〇篇を超える文芸批評や書評を寄稿。本書を含む三冊の著書を残した。最初の著書である評論*From These Roots: The Ideas That Have Made Modern Literature* (1937)は、『伝統と始祖たち——近代文学を造った諸思想』として、増野正衛氏と本書監訳者多田稔との共訳により、あぽろん社から出版されている(一九九四年)。また、夫ポーリックとの共著、*Our Friend James Joyce*(1957)は、彼女の死後、ポーリックの手により完成された。夫妻は共にニューヨークで死去したが、現在、共にダブリンのサットンにある聖フィンタン墓地に眠っている。

［監訳者略歴］

多田稔　ただ・みのる

元大谷大学教授、帯広大谷短期大学学長(二〇〇二年〜〇八年)。一九三一年広島生まれ。京都大学文学部(英文専攻)旧制卒業。カリフォルニア大学客員教授、京都工業繊維大学工芸学部教授を経て、一九八四年より大谷大学文学部(英文)教授。大学院文学研究科長を務めた。一九九五年米国セント・オラフ大学より、人文学博士号を授与される。著書に『仏教東漸——太平洋を渡った仏教』(禅文化研究所)。訳書に『イギリス美術史』(岩崎美術社)。共訳にリンダ・バリー『ウィリアム・モリス』(河出書房新社)、メアリ・M・コラム『伝統と始祖たち——近代文学を造った諸思想』(あぽろん社)、ジョージ・メレディス『リチャード・フィーバレルの試練』(英潮社)、ジリアン・ネーラー編『ウィリアム・モリス』(講談社)、リンダ・バリー『ウィリアム・モリスのテキスタイル』(岩崎美術社)、ハーバート・リード『今日の美術』、『若い画家への手紙』(以上、新潮社)など。

［訳者略歴］

三神弘子　みかみ・ひろこ

早稲田大学国際教養学部教授。一九五四年松山生まれ。早稲田大学第一文学部卒業。同大学院研究科修士課程修了、Trinity College Dublin (Postgraduate Diploma)、アルスター大学大学院博士課程修了(PhD)。大谷大学特別研究員、立正大学助教授、早稲田大学政治経済学部教授を経て、二〇〇四年より現職。著書に*Frank McGuinness and His Theatre of Paradox* (Colin Smythe)、共著に『文学都市ダブリン——ゆかりの文学者たち』(春風社)、『アイルランド・ケルト文化を学ぶ人のために』(世界思想社)など。編著書に*Irish Theatre and Its Soundscapes* (Glasnevin Publishing)、*Ireland on Stage: Beckett and After* (Carysfort Press)。共訳に『トマス・マーフィー I・II』『ブライアン・フリール』『トマス・キルロイ』『フランク・マクギネス』(以上、『現代アイルランド演劇1〜5』、新水社)など。

小林広直　こばやし・ひろなお

東洋学園大学グローバル・コミュニケーション学部准教授。一九八三年埼玉生まれ。早稲田大学第一文学部卒業。同大学院修士課程、University College Dublin修士課程(Anglo-Irish Literature and Drama)、早稲田大学文学研究科博士課程修了。博士(英文学)。早稲田大学文学学術院英文学コース助手、日本学術振興会特別研究員PD、東洋学園大学専任講師を経て、二〇二一年より現職。共著に『ジョイスの罠——『ダブリナーズ』に嵌る方法』、『ジョイスの迷宮《ラビリンス》——『若き日の芸術家の肖像』に嵌る方法』、『ジョイスの挑戦——『ユリシーズ』に嵌る方法』(以上、言叢社)、『幻想と怪奇の英文学 4』(春風社)など。

人生《じんせい》と夢《ゆめ》と

二〇二五年四月七日　第一刷発行

著者　メアリー・コラム
監訳者　多田　稔
訳者　三神弘子・小林広直
発行者　田尻　勉
発行所　幻戯書房
郵便番号一〇一－〇〇五二
東京都千代田区神田小川町三－十二　岩崎ビル二階
電　話　〇三（五二八三）三九三四
ＦＡＸ　〇三（五二八三）三九三五
ＵＲＬ　http://www.genki-shobou.co.jp/
印刷・製本　中央精版印刷

ISBN978-4-86488-320-7　C1098